康志刚小说集

康志刚◎著

河北出版传媒集团
花山文艺出版社

图书在版编目（CIP）数据

康志刚小说集 / 康志刚著. —石家庄:花山文艺出版社, 2014.7（2023.6 重印）
ISBN 978-7-5511-1934-4
Ⅰ. ①康… Ⅱ. ①康… Ⅲ. ①中篇小说－小说集－中国－当代 ②短篇小说－小说集－中国－当代 Ⅳ. ①I247.7
中国版本图书馆CIP数据核字(2014)第131006号

书　　名：康志刚小说集
KANG ZHIGANG XIAOSHUO JI
著　　者：康志刚

责任编辑：梁东方　贺　进
责任校对：李　鸥
装帧设计：景　轩
美术编辑：胡彤亮
出版发行：花山文艺出版社（邮政编码：050061）
（河北省石家庄市友谊北大街330号）
销售热线：0311-88643217/96/99
印　　刷：北京一鑫印务有限责任公司
经　　销：新华书店
开　　本：700×1000　1/16
印　　张：23.75
字　　数：360千字
版　　次：2014年10月第1版
2023年6月第3次印刷
书　　号：ISBN 978-7-5511-1934-4
定　　价：78.00元

目　录

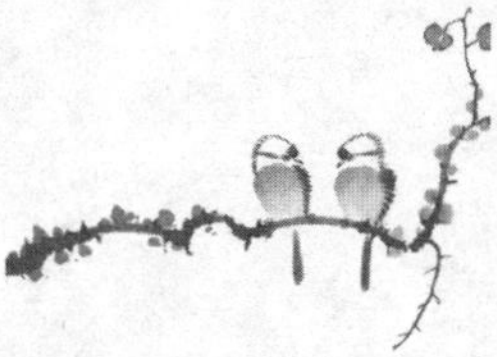

序

□ 吴义勤

康志刚是近年来创作势头良好、颇为引人注目的一位作家。他的《香椿树》《天文现象》《枯井》《团圆饭》等中、短篇小说以及长篇小说《天天都有大太阳》都深受文学界好评。他的小说接地气、通人心，扎根于生活深处，有着浓郁的生活气息和泥土的味道，其对乡村中国儿女生活方式、精神方式以及底层社会的人情世故与世道人心有着细腻入微的观察与表现。他的叙事平静舒缓，对笔下的人物总是采取平视、理解的视角。他不是一个高调的批判者，尽管他对乡村社会的政治伦理以及国民性有着深入的揭示；他也不是一个浅薄的歌颂者，尽管在其小说所表现的贫穷艰苦的生活背后，我们总能读到人性的闪光，读到对生活的温情、热爱、理解与感动。

对平凡生活中心灵浪花、人性挣扎、情感波动的精彩捕捉是康志刚小说的突出特色。《团圆饭》写生意成功有点自得的儿子大牛与从村长位置退下后有些失意的父亲，在团圆饭桌上因为儿子的一句有伤父亲自尊的话而爆发冲突，不欢而散。父亲、母亲、儿子、小花各自的心理活动由此展开，抱怨、犹豫、后悔、自责等等矛盾情绪在小说中回环往复，但最终亲人间的理解、亲情还是超越了彼此的隔阂。《回门》中婆婆因为儿媳妇花妮家只派了小弟小夏来接她回娘家而深感不快。因此，在给小弟做饭规格的问题上就有了暗暗的心理“较量”。儿子巧妙化解了做饭的尴尬，小夏吃饭姿态不雅的难堪，也因婆婆母性和爱心的回归而迎刃而解，生活中颇为窘迫的境况最终化作了酒桌上温暖的亲情的升华。

对底层小人物生存状态和心理病态的表现也是康志刚小说颇有深度的领域。《醉酒》中的秦小毛因为喝醉酒骂了村长王秋福，虽然村长并不在场，但乡村政治伦理所带来的巨大心理恐惧还是摧毁了他的生活、他的意志。最终的结果是他把自己的老婆玉梅亲自送到了村长的床上。小说篇幅不长，但人物内心的恐惧、挣扎表现得惊心动魄。《好大一座山》中三丑爷是乡村正义与力量的化身，是琴琴、大贵这类小人物对抗以马三为代表的邪恶势力的力量来源。但当三丑爷被打之后，围绕着去看他还是不看他，他们内心的波动、犹豫、患得患失，还是暴露了主人公身上自私、猥琐、狭隘的国民劣根性。《天文现象》中杨启民与多年前的梦中情人田晓鸽意外相聚，对浪漫艳遇的期待在二人心中潜滋暗长。但两人河滩边约会时，却彼此沉醉在自己对不如意婚姻生活的倾诉中不能自拔，谁也不顾及对方的感受，终于希望变成失望，浪漫被厌恶取代，一切都回到了原点。

当然，康志刚始终是一个对于人性、对于美好的价值观有“信心”的作家。他对生活中的丑与恶有着揭露与表现，但他始终对美好的事物、对真善美有着热情与信心。《大柏树》中亮亮、妞妞两个小孩对大柏树的童年记忆在作家笔下被表现得神秘、浪漫，充满诗意，唯其如此，其最终的逝去才令人叹惋而感伤。《香椿树》中小李与美静一路奋斗，从农村进入城市，从无房到有房，但伴随欲望的一步步实现，自我的异化、迷失也随之而来。那棵见证了他们生活的香椿树无疑是一种象征，是对他们人性的一种唤醒。

从艺术上看，康志刚的小说叙事简洁，构思、结构巧妙，善于以小见大，对生活细节的捕捉与表现精细入微，语言生动，富有个性和生活韵味，体现了良好的艺术功力和灿烂的文学前景。

康志刚嘱为其小说集作序，聊以如上文字充数。

2014年春于西安

（作者为当代著名评论家、中国现代文学馆常务副馆长）

这里，有片小树林

“荷花，走哇！”珍儿那尖尖的声音把荷花从甜睡中唤醒了。她急忙穿好衣服，揉着惺忪的双眼，开了门，见她们几个人都来了，背着筐，站在门口。

“还早呢，不怕狼吃了你们！”妈也醒了，冲她们大声嚷嚷。

“不早了，不早了！听，嫂子家的公鸡都叫好几回了。”荷花急了。她慌乱地吃了几口昨晚的饭菜，背上筐拿上镰，冲姐妹们一挥手，走了。眨眼间，她们消失在了朦胧的月色里。

的确，天还早。月亮就像她们手中的镰刀，弯弯的，给大地洒下一层银色的神秘的光线。是她们心急吗？还是误把月光当天亮？

她们自己最清楚。河岸边的姑娘们谁睡过一个囫囵觉！哪个不是天不亮就起来，过河，钻林子，有时，星星眨眼才回家。日久天长，也就习惯了。她们割草、拾柴、采槐叶……也常常为此而自豪。每当外村的亲戚来到她们家时，她们总是伸长脖子，睁着天真的大眼睛问人家：“你们那儿烧煤吧？俺们不用买煤！”“你们烧嘛呀？”“烧树叶、树枝呗！去一趟林子，就有好几天的柴烧哩！你瞧，院里那一大堆……”她们得意极了，总是把“林子”挂在嘴边，当成了宝贝。

她们说笑着，过了大堤，来到河边。这时天已放亮，却起雾了。远处的林子变得蒙蒙一片，就像小山。滹沱河也变得水濛濛的，看不到尽头，那么神秘，那么静谧。偶尔才有几只小鸟啁啾着，从她们头上飞过。她们高高地挽起了裤腿，毫不胆怯地把脚伸进了柔软、清凉的河水里，顿时舒适、惬意极了，简直就是一种享受。

过了河，离林子还有一段路。姑娘们到底不甘寂寞，特别是珍儿，好像怕人家把她当哑巴卖了，说话又一惊一乍的，爱报告个新闻，什么刘晓庆和她丈夫离婚了，等等。现在，她又拿荷花开玩笑了。

“哟，荷花，昨晚上大喇叭喊你拿信，谁来的？”

“你管哩！”荷花斜了她一眼，脸红了。

“看呀，荷花的脸红得像……像柿子。”珍儿冲荷花大声嚷，并发出一串咯咯的笑声。笑声在这寂静的河滩里萦绕，怪好听的。

“好呀，荷花，回去不让看信可不饶你！”姑娘们七嘴八舌。

“我撕了你的嘴！”荷花骂着，一下子来到珍儿跟前，使劲胳肢她……

她们来到林子里，空气更清新，吸一口，潮漉漉、甜丝丝的。阳光，透过树间的空隙，射到地上，给绿草涂上了一层金色。草叶上的露珠闪着亮光，晶莹得可爱。小鸟儿，像个尖嗓子的小姑娘在吵闹。她们听呀，听得咧嘴笑了，看呀，看得眯起了眼睛。

她们嬉闹着，来到靠着河滩的兵营的那片林子，这里草多。她们挥舞着镰刀，忙活开了。一片片的绿草，倒下去了。

“你们听呀，我昨晚做了一个梦……”珍儿的嘴又闲不住了。

“保准梦见做新娘子了！才多大，就想男人！”荷花瞥了她一眼。

“哟，假装正经！你想男人才想疯了哩！”珍儿的嘴从来不饶人。

话音刚落，只听珍儿大叫一声，把大家吓了一跳。顺着珍儿的目光望去，只见林边池塘旁的一丛柳棵子后面，坐着一个兵，手拿书本，正埋头苦读。他穿一身绿军装，怪不得刚才谁也没发现。

这个兵抬起头来，用一种谁也说不清的目光瞧了她们一眼。珍儿那很少羞红的脸变得像个红苹果。——天知道他听见没有！

荷花呢，不知怎的，有点心神不定。她慌乱地割着草，眼睛不住地往那里瞧。那神秘的地方，像块磁石，总是吸引着她，以至于割破了手指都不晓得。她今天割的比往日都少。

在回家的路上，珍儿她们又说开了。

“你看他的脸，比俺娘蒸的馒头都白！”珍儿又是第一个开口。

“嗨！整天待在军营里，闷白的呗！他再白，也没咱荷花白！”兰子说。

“他和咱们荷花真是……嘻嘻！”珍儿调皮地和荷花开玩笑。

“死妮子，以后叫你找不到好婆家！”荷花急了，又去胳肢珍儿，让她又笑又叫。

“瞧那兵，见了咱们，还假装用功哩！”

第二天清晨，还是珍儿那尖尖的声音把荷花唤醒了。可她却推说有病，不去了。吃过早饭，荷花背上筐，拿上镰刀，就向外走。她知道，珍儿她们去了另一片林子。

“荷花，干嘛去？”妈正在洗碗。

“割草呗！”

“你不是病了吗？”

荷花脸一红：“病好了！”她说完，心里直跳。她这大概是头一回向母亲撒谎吧！

她又来到了那片槐树林。这时，只听从前面传来了一阵歌声，尽管嗓音稚气，但挺带感情，歌声满林子萦绕……

“九九那个艳阳天来哎哟，十八岁的哥哥坐在河边……”

她紧走几步，透过柳枝，只见那个兵手拿书本，站在那儿，脸朝池塘，正放声高唱。她想笑，不小心触动了树枝，弄出了响声。他扭过头，倏地，四目相对了。

她惊呆了。只见他白皙的脸，大而黑的眼睛，闪烁着青春的火焰。鼻梁有点塌，鼻尖调皮地翘起。他中等个儿，穿的军衣大了点。看样子，他顶多十八九岁。还是个小兵呢。

“你、你一定是见俺来了，才唱这首歌哩！”荷花竟下意识地走了过去。

“没有，是心血来潮。”小兵连连摇头，脸忽地红了。

“那是嘛书呀，让俺看看！”她拿过书来一看，原来是本《物理学》。

他告诉她，他是南方人，十九岁了，参军两年了。现在正抓紧时间复习功课，准备报考军校。连里为了照顾他，让他边看这藕塘边复习。离考试只有十天了。

“你怎么十七岁就当兵，人家要吗？”荷花那双明亮的眸子，不解地望着他。

“参军心切，多报了两岁！”

“你真有意思！”荷花咯咯地笑起来。

“你叫啥？”他问。

荷花没有回答，望了一眼池塘里那鲜艳迷人的荷花。

他的眼睛顿时放出了光：“我知道了，你一定叫荷花！”

“你真鬼，昨天准是听见她们喊俺了！”

“树林作证，绝对没有！因为你像荷花一样！”小兵急了。

“你在家考大学没有？”荷花不急，故意翻动着书页，那双杏子眼不时地瞧他。

“考啦，只差八分没……”

“没被录取？！”荷花合上书，惊喜极了，“你还真沾呀，为嘛后来不复习，又当兵啦？”

“你真落后！”小兵向她翻了一个白眼，“那年，自卫还击战刚过去两年，我一个劲地想当兵。”他更加自豪地仰起了头，说，“没有当兵的，国家能行吗？谁要是瞧不起当兵的……”他越说越激动，俨然发表演说。

他真够神气的！荷花噘起嘴，真想上前狠狠地拧他两下，或者胳肢他——他是珍儿吗？荷花真想笑自己糊涂。

小兵的脸一下子红了，他又坐在那里，一头钻进了书里。是见她生气了吧？

她靠在旁边的槐树上，望着在微风中轻轻摇动着、闪着亮光的一片绿叶出神……

不知怎的，她竟然喜爱上了文学。

每当看到报刊上的小说时，心里有一股热流直往上涌，跃跃欲试。她喜欢孙犁的《荷花淀》，觉得它像诗一样美。前些日子，她竟鬼迷心窍地，试探着写了篇小说，题目就叫《一片绿叶》。写的是一位新婚的小媳妇，怎样地侍候好公婆，又是怎样地种好责任田，让丈夫在部队安心服役。她像绿叶一样朴实，一样美丽，为人类释放出一刻也离不开的氧气。她写好后，誊写清楚，跑了二里地，放进了公社的邮所里。此时她心里像揣了只小兔，“怦怦”地狂跳——其实，她满可以放进大队办公室里，可她怕村里人看见。一个月过去了。前天晚上，大队的高音喇叭喊她去拿信。广播员声音大得有点震耳欲聋。荷花脸上火辣辣的，悄悄地去了。

是一个印着刊物名字的大信封。回到家，拆开了，里面是她的稿子和一张铅印退稿信。妈妈边吃饭边嘟囔个不停：“都十八九的大闺女了，也不学个针线活，到了婆家还不把婆婆急死？天天晚上写呀，写呀，这不，白写了吧！”

——妈妈都不理解她。

顿时，她觉得身后有无数钢针在扎她。那是人们的目光，有嘲讽、讥笑……她淌着泪，咬着牙，索性把稿子撕了个粉碎，纸片从她手中轻轻飘落，像秋风中的落叶。她心中的希望和憧憬，也随之飘落……

几天来，每当珍儿喊她时，她总是推说有病，但吃过早饭后，她就独自悄悄地过河去。

妈被弄糊涂了，问她时，她把头一摇：“谁稀罕和她们做伴？珍儿那嘴，整天唧唧呱呱的，像只野鸡一样！”说完，自己却偷偷地笑了。

“这回再别怕别人和你嚷嚷了！”

她冲妈扮了个鬼脸……

他看书看累了，就帮她割会儿草。她总是扭头问人家：“你们离长江多远呀？”“坐火车颠不颠？”“你去过洪湖吗？那里很美吧？有小船、野鸭吧？”

小兵对她是有问必答，而且说得那么详细。他把江南风光描绘得像诗一样美！她听呆了，竟然忘记了割草。

“你光看书，难道不眼疼？”她问。

“眼疼怕啥哩！”他摘了片树叶，放在嘴里，学了几声清脆的鸟叫。

“假如你考不上，怕别人讽刺吗？”

“不怕！我们正年轻，是学习的大好时机，怎能让年华付之东流！”他激动了，脸颊微红，“你说呢，再过些年，皱纹就会无情地爬到我们脸上，后悔就晚了。古人说，‘少壮不努力，老大徒伤悲’。国家不正在提倡自学成才吗？你听广播看报纸吗？”也许是心血来潮，他哼唱起了《年轻的朋友来相会》。

她呆愣了，觉得他懂的知识那么多。是的，自己就天天割草、拾柴吗？一直干到找婆家，以后就拉扯孩子……真不害羞，一个姑娘家咋想这个！

这天，她来了不久，小兵不知触动了哪根神经，竟冲荷花笑眯眯地说：“我爱荷花的洁净，她虽出污泥，却一尘不染！”

荷花的脸倏地红了，妩媚的双眼狠狠地瞪了他一下：“你真坏！”鬼知道他指的是哪朵荷花。

她真的生气了，噘起了嘴，背上草，索性走了，心里发誓再也不来了。可走了几步，又回过头，望一眼在那里傻待着的小兵。他是有点不好意思吗？

第二天她没来。

她像丢了魂似的，整天无精打采的，老埋怨妈做的菜不香，晚上辗转反侧，耳边总响着小兵的话，一遍又一遍，难以进入梦乡。

妈妈摸了摸“心肝”的额头，不烫。

“看看，还一个人去钻林子吧，准是撞见鬼怪了。”妈妈说。

她想笑。瞧，妈多迷信。嘻嘻，他能是鬼怪吗？什么病，她也不清楚。

这天，她再也待不住了，又背上筐，拿上镰刀，悄悄地过了河。

远远的，她看到树林里，有个绿色的影子在晃动。那准是他！她的心又跳起来，脸又红了。

走近一看，却不是他。只见他比小兵个子高，比小兵胖，两眼细长，总眯缝着。

“你是荷花吧？”那人倒挺大方。

“是。”她惊异地望着他。

“我替他看池塘，俺俩是老乡！”他说着，从挎包里掏出了两个笔记本和一本《自学成才报告文学集》，双手向她递去，“这是他让我送给你的！”

她一双明亮的眼睛直直地望着那本书，迟疑了一会儿，眼睛湿润了，才又猛地夺过那本书，转身跑去。

小树林子哟，多么美！树叶闪着光亮，绿得可爱！她踏着柔软、潮乎乎的小草，吸着林间特有的、带着草香的空气，心里的一股热流在奔涌。她相信，艺术宫殿的大门是会向她打开的。

她张开嘴，在高声喊，声音满林子响哟！喊些什么，她也不知道。她要找到珍儿她们，把这里的一切都告诉她们！她相信，她们会原谅她的！

啊！这片小树林子哟……

（写于1982年秋，刊发于1984年《潮头集》）

风从园外吹来

园妹子到村西菜园里干活，总是叫上云雁。

她们来得早。园子里很静，各种菜叶子上，挂满了晶莹的露珠，似乎刚落过一场小雨，那绿茵茵的菜叶显得更绿；本来清新的空气里，又混合了菜园特有的幽香，有了醉人的魅力。偶尔才有几只鸟儿“扑棱棱”飞起，打破园子的寂静。

园子对园妹子有着特殊的吸引力。她没来园子之前，心早就飞了来；等她真的来了，又舍不得立刻走进去，总爱呆呆地望着园子出神。她觉得园子是一位穿了一身绿衣的睡熟的美人，不忍心惊醒她甜美的梦！

她俩先是猛干一阵儿，等火辣辣的太阳把菜叶炙烤得无精打采时，她们就来到地头那棵杨树下乘凉。从远处吹来的风，非常的凉爽，她们身上的汗顿时无了踪影。园妹子爱从自家菜地里摘下几个紫皮茄子，再拔几根大葱，和云雁共同品尝茄子就大葱那特有的味道。

她俩的确很要好。不管谁家做了好吃的，都得带点让对方品尝，甚至把心里的秘密也都慷慨地掏出来。有一次，云雁竟把爸爸给她买的一块漂亮的纱巾送给了园妹子。她爸爸在城里当工人呢！

这天，云雁来了，锄着草，忍不住咯咯地笑。园妹子问她，她不答，反而笑得更响。园妹子急了，丢下锄头，几步来到云雁跟前，使劲胳肢她：“说不说？”

“……我，我说！”云雁立即服软，笑眯眯地对园妹子说，“昨个儿后晌俺姑来给俺提亲啦！你猜哪的？河对岸的。过了河，得穿过那片大树林子！——让俺后天去和他见面呢！”

园妹子睁大眼睛，惊奇地望着云雁，觉得自己像做梦一般。

现实就是这样不容置疑，调皮的时光，似乎使她们猛然长大了，而且变得丰满起来——胸脯明显隆起，身条那样匀称，手腕白嫩得像鲜藕一般，嗓音高而尖，带着妙龄女子特有的韵味。园妹子面颊上竟然也飞上了两片彩霞般的红晕。

这天，云雁去了。园妹子不知怎的，一天都无心干活儿，也说不上心里是一种什么滋味。

第二天，她迫不及待地问云雁：“保准是个美男子！他和你说了点什么呀？”

“去去去！跟美男子还差一大截哩！”云雁笑眯眯地说，“长得倒可以，就是不大爱说话，老实巴交的，像只绵羊。”

园妹子被逗得咯咯地笑起来，说：“老实还不好吗？”

“好！好！让我好好治他！让他得‘气管炎’。”云雁说着，哧哧地笑了，仿佛真的牵住了一只可爱的小绵羊。

“是在城里工作吧？”园妹子又问。

“在家呢！”云雁脆生生地回答。

不知从哪天起，她们来菜园子，总爱带上点针线活儿。有时即便菜地里没活儿，她们也来这里做针线。娘阻拦园妹子时，园妹子把嘴噘得老高，似乎满肚子理由：“现在学生们放暑假啦！到地里割草的很多，那园子不看着点，西红柿还不叫人家吃光？茄子还不叫人家摘完？再说那儿凉快！”

园妹子的针线活儿比云雁好。每做好一双鞋什么的，云雁总是抢过去，先瞪大眼睛，“呀”地惊叫一声，然后左瞧瞧右看看，仿佛拿在手里的是一件精美的艺术品……

没过几天，云雁又兴冲冲地对园妹子说：“俺爸来了信，让俺去他那儿住几天哩！”停了片刻，忽然白净的脸上洋溢起激动的神色，猛地拉住园妹子的手，“你和我一块儿去吧！到了城里，咱们一块儿到公园划船……嘿！一定有趣极了！”

园妹子也激动得满脸绯红，眸子里闪出兴奋的光。由于住得偏僻，园妹子长这么大才去过几次城里呀？她也真想去开开眼界！但她舍不得这个园子，舍不得满园子迷人的绿色！

她不去城里，却从自家菜地里，给云雁摘了满满一篮子西红柿，对她说：“拿去吃吧！在那买还得花钱，听说城里的菜贵死人！”

云雁起初不肯要，但看到园妹子那涨红的脸，和闪着泪光的眼睛时，只好顺从地收下了。

云雁走了，园妹子一个人在园子里干活儿，感到孤零零的。她心不在焉，总是望着天上飞翔的鸟儿发呆。偶尔才和别人说几句话。

她想云雁，而且她还想到，云雁一定“走”在自己前头，那时，她再也不能和云雁在这儿锄草、摘菜、做针线了！她离不开园子，也离不开云雁。她心里酸楚楚，眼圈红红的。忽然，她的心头有一股细微的暖流淌过。她想到了在那金色的、令人神往的秋天，去河滩树林里拾槐叶的情景。她可以趁着拾槐叶的机会，经常去看望云雁。顿时，她心里舒适了许多。

几天后，云雁回来了，她竟脱去了那条园妹子认为最适合她穿的天蓝色的裤子，换上了一条鲜艳的红裙子，下面露着一截白嫩的小腿；上身穿了一件园妹子从未见过的褂子，那是什么样的褂子呢？胸前奇怪地飘着两根布条！她看呆了。

“给！这是我给你买的。”

云雁把一支和园子一样绿的塑料发卡兴奋地晃了晃，塞到了园妹子手里。只见那发卡两端都镶着一颗红色的珠子，璀璨夺目。发卡里还穿着一条金线儿，园妹子觉得像早晨射进园子里一缕金灿灿的阳光，使得发卡更加玲珑剔透。她看了又看，似乎永远也看不够，还高兴地搂着云雁的脖子，像小孩似的直撒娇！

这次进城的见闻，自然成了云雁的主要话题。她眉飞色舞地说城里的马路多宽，楼多高，人们走路都匆匆忙忙。她神秘地瞥园妹子一眼，又笑呵呵地说：“俺爸还给俺认了一个干哥哥哩！高高的个儿，白净的脸儿。他本事可大啦！进城租了两间房子，开了一个成衣店，净卖好看的衣服，很赚钱哩……还有一台大录音机，净唱好听的歌儿，听一百遍也听不烦。他是咱们这儿胡庄的。”

园妹子一动不动地听着，手轻轻地托着下巴，早把针线活丢到了一边。那神态，就像小时候听娘讲“白蛇传”的故事。

云雁还向她讲起了城里的公园。她说那才棒呢，有假山、有湖、有一对儿对儿的……说着哧哧地笑起来。

“比咱们这园子还好吗？”

“好多了！”

园妹子不吭声了。

……听奶奶说，这里一直就是菜园子。小渠闸门一开，蓝幽幽的渠水就流了进来。那时她还小，爷爷给她在园子里捉蜻蜓、捕蝴蝶，有时还掐来几朵野花，插在她头上，把她打扮得像个美丽的小公主，还给她起名叫园妹子。……可云雁却说这园子不好了。她心里很不是滋味。

“园妹子，我明个就走了！”这天，云雁来向她告别。

“又上哪儿呢？”园妹子吃惊地问。

“俺爸又来信了，说跟俺干哥谈好了，让俺去他那里帮忙哩！”云雁那双水汪汪的眼睛里，闪烁着兴奋的光，“哟！如今村里人到城里做买卖的，多得很！”

园妹子惊呆了，把眼睛瞪得大大的，望着云雁。

“你放心，我想法儿在城里给你找点活儿。”

但园妹子似乎没听到这些，只是问她和“小绵羊”的事。

“小绵羊？”云雁惊异地皱起了眉头。

“河对岸的那个呀！你……”园妹子也惊异地望着她。

“哦！……”云雁似乎才猛地想了起来，脸上顿时泛起一层淡淡的红晕，低下头，两手摆弄着胸前那两根布条。随即又微微地笑了，轻轻而又干脆地说：“以后再说吧。”

她匆匆地走了……

园妹子只好独自来这菜园子了。她仍爱望着园子发呆。偶尔从地头的大杨树上，传来斑鸠“咕咕”的叫声，为这园子增添了几分凄凉。她心里闷闷的，眼睛也湿润了。一股微风从园外悄悄地吹进来，含着庄稼的清气和野花馥郁的香味，带着极大的诱惑力。园妹子深深地吸了一口，才觉得清爽了许多。

（原载《文论报》1986年11月1日）

静静的水田

萍儿把裤腿挽得高高的，在稻田里“呼哧呼哧”地踩着青泥儿，一心一意地拔水草。

她和姐妹们才进城卖了一个多月的服装，水田里活儿就忙了。而眼下打草的多，爸是编筐能手，正是赚钱的好时机，不能停下。妈有关节炎，不能下水，只好苦了萍儿，让她独自来水田。

这村在水田的边缘，地势很独特。村南低，村北高。村南甘泉密布，河汊纵横，水田悠悠，而村北却是旱田。人们总是为此而自豪。和外乡的亲戚朋友谈话时常挂在嘴边；就连寻了外乡对象的小伙子在第一次见面时，也总是不无激动地像念数来宝似的说：“俺们那里是半水半旱。嗨！吃烦了白面吃大米，吃腻了猪肉有鱼虾！”……

此时，萍儿两根小辫调皮地在胸前一晃一晃的，远远望去，缠在辫梢上的红尼龙绳，就像在碧绿的稻田间飞翔的红蜻蜓。累了，她就来到田头的小柳树下小憩。她总爱在旁边的小河沟里洗把脸，然后到那个汩汩地往外淌着水的泉眼里掬一捧水，咕咕地喝下去，那绽开的笑脸似乎溢出了泉水的甘甜。她用花手帕轻轻地扇着风，这风带着水草的清气和鱼腥味儿，还有稻谷浓重的香味儿。河里生长着各种各样的水草，但她最喜欢的，还是那翠绿欲滴的水葫芦。那水葫芦呈桃形的叶子，在阳光的照射下，闪着迷人的亮光，更显得洁净、娇嫩。她久久地望着，心里有说不尽的惬意。偶尔有几条小鱼跃出水面，打破小河的平静。不远处，总是传来几声水鸟尖细的啁啾声。刚结束了在嘈杂的集市上和人家大声讨价还价的萍儿，竟被这里的景色迷住了。心里一遍又一遍地叨念：不让卖就不卖呗！在这儿也蛮好哩！看那神情，似乎才发现了这块优美而恬静的“新大陆”。有时心血来潮，瞧瞧四下没人，学着县剧团来村里演出的戏子，两手在胸前优美地舞动着，煞有介事地歪着头，放开嗓子，尽情地唱几句。歌声带着水音，颤悠悠……

突然有一天，萍儿变得闷闷不乐了。那种快乐的神情竟荡然无存。白里透红的脸上，缺少了那种因兴奋而透射出来的富有迷人魅力的光彩。原来，她望见河沟那边，有一块稻田与众不同。那里长满了黑乎乎的稗草，密密麻麻的，像浮着一层乌云。有时，她蹚过小河沟，站在那块稻田边呆呆地看。稻谷挤在稗草丛中显得可怜巴巴，如不细看，根本看不见。这里和优美的景色极不谐调。萍儿心里别扭极了，觉得这儿破坏了整个水田的美，宛如一幅令人陶醉的画儿，不小心溅上了几点污渍！

这是罐儿家的稻田。一想到罐儿，萍儿心里就感到厌恶，甚至还隐隐有一点愤恨。罐儿这人脑瓜聪明，善于看风使舵，在村里当过几年副书记。他很爱喝酒，在台上时，村里不管是谁，一请就去，从来不客气。因此人们在他的名字前巧妙地加了一个“酒”字——酒罐儿。有时晚上出去喝酒一夜不归，为此传出许多闲话……罐儿一家似乎和庄稼毫无缘分。他在台上时，家里人自然都安排在副业摊上，竟没一个下地的。如今分田到户，他一家还是懒得下地。前年在“班子”改选时，他理所当然地被“刷”了下来。和其他下台干部一样，他先是闷闷不乐了一阵儿，甚至很少出家门了。听人说只是在家里喝闷酒。后来，他突然又精神振奋起来。就像当年在大会上传达上边的新精神一样：从信用社贷款几万元，买了一辆“大解放”，让在队里开过拖拉机的大儿子当司机，跑起了运输，还扬言一年拿个“万元户”。但很不理想，跑了几个月，赚的钱刚够吃饭和汽车的消耗……

萍儿依然干自己的活儿。有时也朝罐儿家那块稻田望望。那里就像针尖儿一样，扎得她心里难受。她那妩媚的脸变得涨红，甚至埋怨起罐儿家来了：难道就真的不指望这块地吃饭了吗？光拔拔草还累吗？那么大的人在家里也歇得下去？！真够怂儿的！嘴里还发出“唉唉”的叹息声。她多么希望这块地的主人忽然出现在这里呀！

这天，萍儿如愿以偿了。这块地的主人真的来了，尽管只是罐儿家的二儿子。他叫小忠，十七八岁。今年刚中学毕业，没考上大学，也没去复习。他戴一顶崭新的大草帽，穿着白背心和蓝色的短裤，显得活泼而顽皮。他长得和他爸一个模样，只是脸白净了一点。也总是挂着笑，但这笑不那么虚伪，而是流露着天真与诚挚，让人看了很舒服，甚至招人喜欢！

但萍儿也有点讨厌他。

他笑着，和萍儿简单地打了一个招呼，就拔草去了。但他只干了一会儿，就来到柳树下面的小河沟里捉鱼。他有时也主动和萍儿说会儿话。

女人终究不甘寂寞，尤其是少女！何况，萍儿又是和姐妹们嘻嘻哈哈惯了的。她的心就像身边的小河，尽管安静得无声无息，却在悄悄地流淌。而无声无息里却蕴藏着青春的活力，那样热烈！那样奔放！萍儿似乎忘记了对小忠的厌恶。小忠捉鱼弄出的“哗哗”声，对萍儿来说具有极大的吸引力，使得她不由自主地来到了岸上。此时，她望着小忠，想起了孩子们见了罐儿常念的顺口溜：酒罐子，圆又大，一河沟子酒，也盛得下……忍不住嘎嘎地笑。小忠感到莫名其妙，他愣了一下，也望着萍儿咧开嘴呵呵地笑起来……

当萍儿静下来时，就有几分嗔怒地问小忠：“还笑哩！看你家的稻田都成大草滩了，臊不臊？”

谁知，小忠仍嘿嘿地笑，那双细而长的眼睛弯弯的，流露出不屑一顾的神色：“庄稼长得再好也发不了财！俺爸说了，明年打算把地全租出去，俺家就成运输专业户了！”他用鄙夷的目光瞧了瞧他家那稗草丛生的稻田，“嗨！光指着这地可不行！俺爸他们在家摆弄车哩。我没事儿，他们就把我撵来了，反正都是耍！”

“你老子有本事呗！”也许是提到了罐儿的缘故，或许是别的什么，萍儿突然变得冷冷的。

这天，小忠那白皙的脸上透出一种难以抑制的激动，咧着嘴，眼睛笑弯了，对萍儿说：“俺爸他们又走了！”

“又到哪去了？”萍儿漫不经心地问。

“往山西送西瓜！”小忠很得意，脸上的每一个细胞，都放射出兴奋的光；左手还把头上的草帽压得低低的，抬起头，冲萍儿调皮地扮了个鬼脸，“估计十来天就能回来。嘿！这一趟就能赚几百块！”他说完，嘴里还发出“啧啧”的响声。他这天真可爱的神情，竟使得萍儿白皙的面颊上泛出了红晕，眼睛里闪出一种难以名状的光。

小忠仍吊儿郎当的。有时，他俩还把双脚泡在凉津津的河水里，贪婪地享受着大自然的恩赐，惬意极了！有时从柳树上传来几声水鸟清脆、婉转的鸣叫。小忠左手撑着地，仰起头，眯缝起眼睛，右手冲那鸟儿晃着用草茎穿成一串的小鱼，嘴里还学起了那鸟儿的叫声。萍儿被小忠这可爱的神态吸引住了。她不看那鸟儿，只是呆呆地瞧他，觉得他有趣极了！他们的脚激起层层美丽的涟漪，使得那翠绿的浮萍也兴奋地荡漾起来……

十多天过去了。这些天里，萍儿不知怎的，心里总是想着小忠父亲往山西运西瓜的事儿，也可以说是一种期待。尽管她还是极厌恶罐儿，但完全被小忠那天真的笑和自信的神气所征服。

这天上午小忠来得很晚。他是蹒跚而来的。他那白净的脸上现出些许疲惫的神色。他站在岸上，对在田里正目不转睛地望他的萍儿说："俺爸他们回来了！"

萍儿睁大了探询的眼睛。

"没赚！"小忠笑眯眯地说。但萍儿立刻发现，小忠的笑是那么不自然，分明是勉强的笑，而且还流露着一丝不易察觉的痛苦！那双细长而顽皮的眼睛也变得黯然无神。

萍儿没心思干活了，急匆匆地来到岸上，眼睛一动不动地望着他问："哎，咋回事呀？"

"真倒霉！都怨我爸做事马虎，那一车西瓜根本没和人家签合同，只是说好了的，谁知他娘的不认账了！空口无凭，好说歹说人家横竖不要。那里西瓜海着哩！只好降价处理了，还坏了不少！"小忠说着，脸上强装的笑无影无踪了，眼睛里闪出了晶莹的泪花，"唉！我爸光会吹！"

萍儿呆愣了。她没再问小忠什么，她知道他此时的心情。她望着他那一副沮丧相，心里说不出是一种什么滋味。

周围依然很静。只有偶尔从远处苇塘里或天空中传来水鸟尖细的啁啾声，间或还从河沟里传来几声青蛙不慌不忙、别具一格的鸣叫：

呱——吱吱……

小忠向萍儿靠近一步，小声说："你别告诉别人，我爸不让把这事说出去！"

……萍儿拔完了自家稻田的稗草，没急着进城卖服装，瞒着父母，帮小忠拔了起来。小忠不像以前那样吊儿郎当的了。他们在田里总爱嘻嘻哈哈地笑……

（原载《太行文学》1987年第3—4期）

盛 夏

伏天来到后，天气沉闷、燥热得很。村子里鸡不叫，狗不咬，死一般静。田里没什么活儿，男人们一拍屁股，丢下老婆孩子，早出门挣钱去了。女人们在家里忙忙碌碌，除了喂鸡喂鸭，还得拆洗被褥、棉衣。这时候也是做酱的好季节。家家户户把坛坛罐罐做得满满的，有西瓜的，也有西红柿的。等天凉快后，再打开，嗬！红红的香香的，无论是炒菜还是吃卤面，都是色味俱佳。

这天下午，梅荣帮妈妈做酱。妈妈掰捂好的馍，梅荣坐在小木凳上，切红玛瑙般的西红柿。她穿着短袖蓝底红碎花的确良小褂，乌黑的秀发剪得短短的，显得很利索。她微低着头，妩媚的眼睛很少抬起，只是一动不动地朝下瞅着，变成两条美丽的弧线。她切得一丝不苟，西红柿特有的酸甜味，欢快地向四周弥漫开去。她有时哼首歌儿，有时不知突然想起了什么，又哧哧地笑起来，两腮现出迷人的酒靥。

太阳悄悄地滑过了院子西边那棵大槐树，梅荣忽然想到了在城里上班的妹妹梅珍。她该回来了。她这些天回来得很勤，梅荣知道她心中的秘密。

不大一会儿，传来清脆的车铃声，梅珍回来了。

她比梅荣苗条，大概是很少被太阳晒的缘故，比梅荣更白皙。鼻梁比梅荣略挺一点，显得有些清高、孤傲；眼睛和姐姐一样妩媚，只是有些圆，透出一股子机灵、顽皮。她比姐姐爱打扮，把秀发在头顶上挽了一个髻，上面随便地插了几个金灿灿的首饰，珠光宝气的；穿一件淡蓝色的连衣裙，左胸上还点缀着一朵红色的小花。

“妈。”她放好了车子，甜甜地喊了一声。

“下班啦。”妈声音里带着笑。

梅珍"嗯"了一声，把那个小巧玲珑，漂亮别致的小提包放到屋里，然后一阵旋风似的，来到梅荣跟前："姐，我切吧！"

"你累啦！歇会儿吧！"梅荣淡淡地说。

梅珍每次回来，总是嚷着叫着要活干，但过不了多大会儿，即使活儿就在她跟前，她也不去看一眼。

"姐呀，你固执死啦！干嘛这样固执！"梅珍很不高兴，噘起小嘴，白了梅荣一眼，气呼呼地往屋里走。几只鸭子摇摇摆摆地在她后面觅食，被她一脚踢跑了。

梅荣没言声，她的面颊和菜板上的西红柿一样红。

那天，她把自己和国钟的关系悄悄地告诉梅珍，梅珍脸上泛出一种讥讽和疑惑的神色，噘起小嘴，狠劲斜她一眼说："姐呀！你咋就看上他啦？没什么能耐，又黑不溜秋的，像头大黑驴。我一见他就发呕！"嗓音很尖，是十足的女高音。

"狗拿耗子，又不是让你和他结婚哩！"梅荣生气了。

"我就是讨厌他！以后让我叫他姐夫，没门！"梅珍忿忿地说。

从此，俩人之间似乎有了一堵厚实的墙，不再像以前那样，在一起饶有兴味地哼流行歌曲，谈哪位电影演员的私生活。尽管俩人在一个屋里睡觉，但很少说话。一说话就是无休止的吵。梅荣觉得妹妹让她无法理解，不可思议。

梅荣切得缓慢起来，像干一件自己很不情愿干的事情，脸颊上仍泛着一层很浓的红晕。她陷入了无限的惆怅……

天好蓝。几丝洁白的云挂在远处的树梢上，静静的，一动不动。清澈的水从水管里欢畅地钻出来，在水池里来回跑着，撒够欢儿，才顺着长满杂草的垄沟，向玉米地里流去。有些不安分的，变成了水汽，去和墨绿色的玉米叶子亲吻。

"等会儿吧！大碗家浇着哩！一会儿就好！"他对她说。声音低沉而有力。他长得很粗壮，穿白色短裤和蓝色背心，干净利索，透着青春的活力。

天气很热。她喝了几口水，来到旁边树下，向四周呆呆地望。

柴油机"哒哒"地叫，似乎想撕破沉闷的天幕。四周是一团绿又一团绿，耀人的眼。鸟儿很少在田野上空飞翔，而是躲在枝繁叶茂的大树上，偶尔才鸣叫几声，叫声被绿色的屏障挡住了，传不远，只是在树和庄稼的枝叶上，秸秆上，撞来撞去，因而越发委婉动听，余音不绝。

这时候，支书家的二儿子中旺吹着口哨儿，神气十足地骑着车子来了。他左手提油桶，右手撑车把，在坑坑洼洼的土路上左扭右拐，像跳摇摆舞一样。

“一个钟头儿几毛？”他放好车子。

“九毛。”国钟平静地回答。

“九毛？”中旺的小眼睛冲着国钟眨了眨，“你是认钱不认爹！人家别人都七毛，你他妈的怕死了没钱埋你？”

国钟冷冷地瞥了他一眼，低而有力地说：“你嘴上抹屎来，说话干净点！这地势高，水泵跟猫撒尿似的，能和别人比！咱合情合理，不赚一分昧心钱！”

“叫唤得好听！今儿个你就得给老子按七毛！”中旺把油桶放在地上，挑衅般地盯着国钟。

“做梦娶媳妇，想得美！”国钟不甘示弱，眼睛喷出一团火，“你妈的胎毛还没脱净，给谁充老子！”

“给你！咋？想打架？”中旺眯起一只眼，冷笑着晃晃拳头，“它这几天怪痒痒的！”说着像恶狼般向国钟扑去。

两人厮打成一团，犹如两头发怒的公牛，眼睛也变得像红玻璃球一般。一只漆黑的蝉“吱”地鸣叫着，从树上惊慌失措地向远处逃去。

梅荣傻了，她一动不动地站着，不知如何是好。中旺是有名的“打架王”，自称会点少林拳，又依仗老子的权势，在村里称王称霸，横踢竖打，谁人惹得起！可面对国钟这铁一般坚硬的身躯，他那点少林拳显然失去了威力。

……当他气急败坏地悬起右脚，向国钟踢去时，国钟机灵地一闪，踢空了。中旺的身子像陀螺似的一旋，“啪”的一声，像摔肉布袋似的，重重地摔在了地上。他咧咧嘴，喘着粗气站起来，连油桶也没拿，骑上车子，像秋后被暴露在净光的田野上的野兔子，飞快地溜了。狼狈得很。

国钟呵呵地笑，好痛快！

以后，梅荣就很喜欢浇地。即使等好久才轮到她家，她也不肯回家，宁肯等着。她爱看国钟摆弄柴油机，更爱看他给柴油机打火——右手握住摇把，俯下身子，一起一伏地摇动，烟筒发出“呼哧呼哧”的喘息声。国钟的动作干练、潇洒，又那样从容不迫，黝黑的臂膀上隆起一个个厚实而坚硬的肉疙瘩。她看呆了。

柴油机像一只顽皮的小鹿欢快地跳动起来，“哒哒”的响声惊飞了树上的小鸟儿。

有一次，他从身边的柳树上折下两根柳枝，伸进柴油机水箱里，夹出几个黄灿灿的玉米棒，啪啪啪抛进水池。从里面捞起两个冷却了的，呵呵地笑着扔给梅荣：“尝个鲜吧！俺家的！”

棒子的颜色真好看！散发出的缕缕清香更诱人！梅荣吃得好香甜！

她紧紧地盯着他看。他浓浓的眉毛，嘴巴、鼻梁棱角分明，透出几分英俊；深邃的双眼迸射出刚毅的神色。那宽厚的胸膛里，仿佛蕴藏着无穷的力量。

她爱上了他。

……那是个美丽的夜晚，月亮调皮地把一切都涂抹上一层神秘的色彩。雾气很浓，一缕缕挂在庄稼的叶子上，有几缕还在他俩脚前悠然地飘动。空气里饱含着庄稼特有的香味，像陈年佳酿那样醇厚、醉人。蛐蛐在庄稼地里，在路边的草丛里，轻轻地弹奏着美妙的乐曲，若有若无，恰到好处，像一条细微的溪流。

“真美呀！”国钟笑吟吟地说，狡黠而又真诚地望着她。

两人对视了很久，终于，梅荣情不自禁地倒在他大山一样宽厚、温暖的怀抱里。她嗅到了他身上温热的气息。她的心在激烈地跳动，血在加速地奔涌。

“你不嫌我长得黑？”他的大手抚摸着她的脸。

“你黑得好看！”她调皮地咯咯地笑起来。

“我明年打算种西瓜哩！”过了一会儿，国钟突然兴奋地说。

种西瓜比开柴油机赚钱……

梅荣把切好的西红柿，端到妈妈跟前。

这时，梅珍在门口探出头。她像突然变了个人，明澈而机灵的眼睛笑得弯弯的，宛如月牙一样，显得越发神秘，越发楚楚动人。白皙的脸庞像一朵似开非开的花，流露出难以抑制的兴奋。

“姐，你过来。”她朝梅荣诡秘地伸伸舌头，抬抬手，脆生生地喊。

她对梅荣的怨恨似乎早已烟消云散了。

“嘛事呀？”梅荣停住手，来到屋里问。

“你坐这儿！”梅珍郑重地说，两眼滴溜溜乱转，随即搂住了梅荣的脖子，吃吃地笑。

梅荣愣住了，在她白净的额头上杵了一指头：“死妮子，有事儿就说吧！我可没工夫陪你玩！猴精！”

“姐姐！”梅珍甜甜地叫着，凑到梅荣耳根，悄悄地说，“明柱有个干弟，长得帅极了。姐姐，你长得漂亮，我想把你给他介绍介绍！”她冲梅荣扮个鬼脸，“他有一个亲戚在一个什么局里当领导，以后……”

“去去去！”梅荣摇摇头说，“姐姐没那份福气！”

“你脑瓜真不开窍！”梅珍气得鼻翼一张一翕的……

梅荣匆匆地走了出去，心里闷闷不乐。

……梅珍高中毕业后，常去找同学玩，她说她那个同学在城里开了一个饭馆，想让她去帮忙，后来她果然去了，挣得钱不少。总算有了工作，家里人欢天喜地的。梅荣跟她说：“抽空儿也领那个同学来家里坐坐呀！”梅珍笑而不答。没过多久她真领来了。是个男的，中等身材，模样长得还不错，人也很精明。

她悄悄地对妈妈说：“他叫明柱，很有能耐！”

妈会意地笑了，笑得很甜。

后来的一天晚上，梅荣看见梅珍趴在桌子上写什么。梅珍平时很少写信呀！她觉得奇怪，于是蹑手蹑脚走过去。

梅珍发现了她，那白净的面颊上泛出些许红晕，低着头，双手捂住信哧哧地笑。

“给谁写信哩？”

“你甭管！”

“哎呀呀！整天姐姐长姐姐短的，嘴上比抹了蜜还甜，原来把姐姐当做外人！”梅荣故意嗔起脸，扭头就走。

梅珍嘎嘎笑着跑过来，亲昵地搂住她的肩膀：“人家和你开玩笑嘛！给，看吧看吧看吧！”

她也笑了。接过了信，只见上面歪歪扭扭地写了几行字：

亲爱的新海：

你好！我是从别人那里得知你的地址的，首先对你考上军校表示中（衷）心的祝贺！我真羡慕你呀！同时对你的才华也备感钦佩……还记得那天真烂漫的校园生活吗？你给我的印象深极了。你的男高音真好听……我真的很喜欢你！我相信，你一定不会嫌弃我……

我真诚而热切地期待着你的回信！

梅荣看完信，顿时呆住了。新海家离她们家不远，去年在部队考上了军事院校。可这是自己最喜欢的妹妹写的吗？她疑惑地望着妹妹。

"奇怪吗？"梅珍从她手中夺过信，"一个人要不断有新追求，永不满足，这才是现代青年人的特点。我发现明柱讨厌极了！"她冲梅荣调皮地眨眨眼，"我明天就邮走！哎，求求你，可别告诉咱妈，等事成了，我给你买件风衣……"

梅荣在那儿呆愣了许久。

梅珍把信寄走了。可三个月过去了，新海的大札也没来……

夏日好长。太阳疲惫地收敛起最后一抹橘红色的余晖时，她们往装酱的坛坛罐罐里浇上花椒水，然后用报纸把口糊住，外面再蒙上一层塑料布。封闭好后收拾停当了，炉子上的水也咕咕咕地响起来，便手忙脚乱地做饭。

农家的晚饭是很迟的，往往到掌灯时分才能吃到嘴里。他们总爱把饭桌放到院里，一边乘凉，一边悠闲地吃。吃几口，拿起蒲扇摇几下，还不停地饶有兴趣地谈论村里发生的新鲜事。即使吃饱了，也不肯立刻收拾碗筷，似乎这是一天中最好的享受。就像城里人看电影、电视一样。

梅珍刚放下碗，听到村里的大喇叭喊她去办公室拿信。她嘻嘻地笑着，像一只欢快的小鸟冲进了茫茫的夜色里。

不大一会儿，她就回来了，迫不及待地跑进屋里。

瞧她那高兴劲儿，准是新海来的。梅荣想。但她没吭声，仍一丝不苟地收拾碗筷。

忽然，屋里传来一阵"嘶啦啦"的撕纸声。梅荣一惊，似乎明白了什么，心里顿时沉闷起来。

天边吹来一丝丝凉风时，她才来到屋里。只见梅珍趴在床上，嘤嘤地哭，声音很微弱。那信的碎片，白花花地落了一地，冷冷地盯视着她们。她倏地觉得妹妹很可怜，想安慰她，可又说什么呢?

她轻轻地躺下了，却毫无睡意，呆呆地望着窗外亮晶晶的星星出神。

她的确很喜欢妹妹。尽管她有些高傲，爱蔑视别人，但她调皮、活泼、热情。她比妹妹大两岁。记得小时候，她俩常为将来母亲在谁家住争得面红耳赤。都想让母亲在自家住。有一次，梅珍眨巴着天真的眸子对她说："姐姐，你心眼太好，太实在了，容易受人欺负。你寻婆家别远了，谁欺负你看姑奶奶来收拾他！"她说着，两手叉腰，威风凛凛得像一位所向披靡的女将军，逗得梅荣搂住她一个劲地笑……她越想越激动。她躺不住了，轻轻地坐起来。不知什么时候，梅珍停止了哭泣，发出了很轻的却是均匀的鼻息声。月光透过窗玻璃，洒在她脸上，像浪花闪闪地跳荡。她觉得妹妹太累了，让她睡个够吧！

她在心里说："梅珍呀梅珍！姐姐理解你了，可你理解姐姐吗？……"

夜很静。有几只蚊子在蚊帐外面嗡嗡地叫。盛夏的确燥热，却很短……

（原载《无名文学》1987年第5期）

斜阳如血

一

奶奶拉着小凯站在村口，小凯仰起头望奶奶，见奶奶盯着宽广的村路尽头。村路的尽头被一团如烟般的柳树所占领。

“你爸爸还不回来呀？”

奶奶望着行人，喃喃地说。

“你爸爸还不回来吗？”

这声音带着凉意在小凯耳畔徐徐吹过。小凯循着这声音望去，瞧见奶奶的眼睛里有小球一样的东西闪闪烁烁。

邮递员伴随着银色的铃声飘然而至。

“信！”邮递员笑笑，一片白云般的东西落在了奶奶手里。

那片白色在奶奶手中颤抖着跃跃欲飞。当她抬头望年轻的邮递员时，他早风似的消失了。于是奶奶开始拆信。奶奶拆信拆得兴致勃勃。她拿出信瓤时，灰色的失望像黄昏的雾气一样弥漫开来。奶奶面对上面密密麻麻的字迹无可奈何，于是喊来一个名叫二小的中学生。二小念起信来像唱通俗歌曲一样沙哑又慢条斯理。小凯静静地听着。是爸爸的来信。他还看到奶奶的脸变得喜形于色。

爸爸在信上对奶奶说，他在城里开了一个家具店，赚了一笔钱。过些日子就要回家还账。

小凯看出奶奶又失望了。眼里那水珠一样的东西滚落下来，砸在黄褐色的泥土上。

回家的路上，奶奶如风般飘忽不定。有一群纸灰般的蝙蝠随着她飞，把她缠绕在黑色的旋风里。奶奶的小脚踩在泥土上发出击鼓般的“咚咚”

声。响声把空气激起了水纹一样的涟漪。

二

奶奶躺在了炕上。小凯呆坐在奶奶身旁。奶奶的病倒似乎是他所预料到的，但他仍显得不知所措。奶奶睁着那双干瘪的眼睛，痴痴地望着被烟熏黑了的房梁。

——奶奶在呼唤爸爸。

在小凯的记忆里，爸爸显得瘦弱又萎缩。他爱蹲在门前的墙根下冲着太阳抽烟，几乎不干什么活儿。小凯则像一只小猫似的，在他身旁走来走去。爸爸很少看他，即使看他目光也冷淡得没有一点慈爱。小凯清晰地记得妈死时的情景。妈死时已面黄肌瘦，如一只风干的黄色的蚱蜢。但他不知道妈得的是什么病。临终时妈的手紧紧拉着他。他感觉不是妈的手拉着他，而是一只冰凉的铁爪在紧紧挠着他。

奶奶张着大嘴拼命吸气，急促的样子很像一只风箱。而人们说那不是吸气而是倒气，还说人一倒气就完了。但小凯发现妈的眼睛是睁着的，只是目光暗淡得像是晚上没有月亮的天空。同时他还闻到了一股气味——这气味他如今在奶奶身上也闻到了。可此时他不知道这是什么气味。这气味给他的感觉只是恶心。

妈妈弥留之际，爸爸忽然不见了。有人说了声不好，就赶紧跑了出去。小凯也挣脱开妈的手去追赶人们。

他们在村口的小河边找到了爸爸。爸爸正操着一把锋利的镰刀，割胳膊上的血管。血顺着手臂咕嘟嘟流下来，然后汇入小河里。鲜血汇入小河时像一条红色的水蛇在游动，游出不远就倏地消失了。小河里漂浮起一层淡淡的红晕。

一个小伙子猛地夺过爸爸的镰刀，“啪”，一记耳光回响在空旷的水田上。爸爸的脸上立刻印上一个血红的手掌。

“没出息！”小伙子拧着眉头斥责爸爸，把带血的镰刀“咣”地甩到了河那边。镰刀上的血珠溅到了小凯脸上，小凯觉得像火星一样灼热。甩出去的血珠在空中熠熠闪光。

“把自己的女人气死了，又想自杀，没出息。”小伙子愤愤地说。

大家和医生救了爸爸的性命，而妈妈的性命却像烟一般悄然散去。可小凯回到屋里，发现妈妈的眼睛还睁得像平常一样大，待他走近妈妈时，妈妈的眼睛奇异地合上了。

“你妈死啦！”有人对他说。

“我妈死啦？”小凯迷惑地问。

小凯不明白妈妈为什么会死，而且还死得那么快。他想，妈妈死后也许是到了一个非常好的地方。

从此以后爸爸就一蹶不振，就用蹲在门口墙根下冲着太阳懒洋洋地抽烟来打发寂寞的时光。胳膊上的绷带，在阳光下射出刺眼的白光。

爸爸的伤痊愈后，去河滩林子里打了只野兔。他有一只崭新的双管猎枪。那只血淋淋的野兔使小凯想到了爸爸的伤口。

爸爸打猎自然受到了奶奶的斥责。奶奶训起爸爸来像训几岁的小孩子。

“你还有心思打野兔哇！”奶奶把猎枪扔出老远，动作干练得如同扔一支烧火棍，“小凯他妈还不是你气死的？厂子一垮，一下子就赔进去了五万！呀，五万块啊！这是个无底洞，一辈子也甭想填满！——老天爷，咱们以后怎么过呀！”

爸爸垂着头，狼狈得使小凯联想到被雨水淋湿的麻雀，而且脸色铁青。突然他揪着自己蓬乱的头发在墙上猛撞。奶奶厉声说你撞吧你撞吧！你就撞死在这儿吧！这还有把你一把屎一把尿拉扯大的老娘，还有你不懂事儿的儿子。你撞吧！撞吧！

爸爸停止了撞击。小凯发现他的眼睛红彤彤的如那只被他打死的野兔的眼珠。

第二天早饭后，奶奶正刷碗，小凯坐在小板凳上逗那条鼻尖上长一撮白毛的小狗玩。

爸从屋里走出来，对奶奶说他要出远门。奶奶粲然一笑，说我知道你要出远门，不过你也应该出远门。爸爸又说他出远门是去挣钱来偿还那无底洞般的债务。奶奶没动弹，说你走吧，别挂念家里。——奶奶似乎对什么都明白。

爸爸离开家时背着一个大书包，那书包在爸爸身上一摇一晃形同一个黑皮球。

三

奶奶确确实实进入了冥冥之中。她蜷缩在被子里，闭着眼睛，小凯叫来曾经救活爸爸送走妈妈的瘦高个儿医生。那医生用听诊器听听奶奶的胸膛，然后又摸脉。摸完脉后用手电筒照了照奶奶的双眼。医生看得十分认真，看过后他对小凯说你奶奶已进入昏迷状态，但心跳和呼吸都很正常。他说他也诊断不出到底有什么病，但肯定是不行了。死对于奶奶只不过是迟早的事儿，也许就是这几天吧！

“你奶奶不肯咽气好像在等你爸爸回来！”医生说。

四

奶奶躺下后时间如同没有风的空气般停滞不前。小凯无可奈何地守在奶奶身旁，不知怎的却流露不出丝毫悲伤。只是用小手指头数着奶奶病倒后的天数。可他越数越糊涂，始终弄不清奶奶病倒多少天了。他扳着手指头数天数时感觉有一种奇妙的东西在手指间流动，他觉得那就是让他越数越糊涂的数字吧！

他数不清，就盯着奶奶。

奶奶的嘴轻轻嚅动，似乎在说什么。

麻雀在树枝上清脆地鸣叫，声音犹如金丝闪着亮光四处迸射。窗户上呈现出小鸟清晰的剪影。

突然，奶奶紧闭的双眼睁开了，有光亮在里面流动。

他听到奶奶喃喃地说：“你爸爸回来啦！”

于是一股什么力量驱使着小凯向外面跑。跑到门口时他还没忘记望一眼躺在炕上的奶奶，只见奶奶正凄惨地笑。那笑没有声音，却让人感到极真实。

在门口，他遇到了爸爸。爸爸身后是一个漂亮女人。

小凯呆呆地望着爸爸，目光里流露出一丝陌生，小手不由自主地放进嘴里。他觉得爸爸梦幻一样虚无缥缈。那女人则像一道诡秘的霞光。

几天后的一个黄昏，一个十岁的小男孩从他一个婶子家走出来，坐在自家门口的小土坡上，和斜阳默默对视。

小男孩冲太阳无声地问，于是一串明亮的气泡从他嘴里接连不断地向斜阳飞去。

（原载《草原》1990年第12期）

夏　　天

瑞瑞割草时，一只和草一样绿的蚂蚱被她惊飞，扇动着亮闪闪的翅膀，“吱嘎嘎”地落到了她前方的一处草丛里。她欣喜地扔掉镰刀，跑过去想逮住它。她看见那蚂蚱紧缩着翅膀，很机警地躲在一枚宽草叶下面，一对儿翡翠般亮晶晶的眼睛也被染成绿色的了。瑞瑞忙伸手去捂，却扑空了，那蚂蚱又“吱嘎嘎”地飞到周汉河那边去了。

瑞瑞一脸的懊丧，但又发现自己有了意外的收获。是啊，这里的草多么茂密呀！茂密得看不见那灰褐色的地皮，她心里又高兴起来。在这儿用不了多大会儿，就能割满一小车，然后就可以和秋生尽情地玩耍。

于是，那把明晃晃的镰刀在草丛里飞舞起来。她割呀割呀，割倒了一片又一片。许久，才站起身，掏出手帕擦擦脸上的汗珠，向远处望一眼，期待着河边小路上出现秋生的身影。

那个熟悉的身影没有出现，二傻却出人意料地赶来了。

“瑞瑞！”他放好自行车，笑眯眯地走过来。

“干什么呀？大叔！”瑞瑞疑惑地望着他。之后，又躲开他的目光，望着不远处柳树上的一只水鸟，那水鸟正用黄色的喙子翻动美丽的羽毛。

二傻收起脸上的笑纹：“刚才上边来了几个人，还有记者。我去小刚他们鱼塘买几条鱼……顺便告诉你一声，回去了就把草放到牛棚吧，别到家里啦。记者们不定问你嘛呢，烦人！”

瑞瑞收回目光，望着二傻，没吭声……

瑞瑞十九岁了，她在家里是老大，下面弟妹多，因此日子过得很紧巴，初中一毕业，爹就不让她上学了。不让上就不上吧，她心里难受了几天，又一如既往地有说有笑了。然而，家里没门路，她不上学好多天了还没找到活儿干。

一天晚上，二傻摇着蒲扇来到她家，对瑞瑞的父亲说："让孩子给我割牛草吧，一个月六十块钱。"瑞瑞的爹摸着黑短的胡子，说："以前一斤鸡蛋六毛钱，现在一斤鸡蛋两块六，你一个月还给六十块呀！"

二傻嘿嘿一笑，拿扇子在发福的肚子上用力一拍："老兄，咱都是痛快人！这么着吧，加十块，一个月七十！"

等二傻走了，月亮已升上中天，娘望着喝得有些醉意的爹说，二傻这人猴精，我有些不大放心。瑞瑞的爹把眼一瞪："哼，娘们儿家就是事儿多，找个活儿干容易吗？好几张嘴吃饭，不能光指着我这老胳膊老腿的！又是人家二傻主动找上门来，得去！"

瑞瑞给二傻家割草的第五天下午，她刚把那一车散发着浓郁草香味的草卸了，二傻从屋里走出来，望着她笑笑，扯下一截草棍放嘴里咀嚼着，对瑞瑞说："你吃了晚饭来一下！"

"什么事呀？大叔。"瑞瑞问。

"来了不就知道啦！"

吃过晚饭，瑞瑞唱着一首很流行的歌儿，像只欢快的小鸟，来到了二傻家。

二傻正坐在院里摇着蒲扇乘凉，跟前的小饭桌上放着一壶茶水，茶香在院里飘荡着。月光透过淡淡的水汽，给小院涂上一层银色；屋里的收录机放着这一带人爱听的丝弦戏，唱腔高亢、激昂。

二傻亲自给瑞瑞倒了一杯茶。

"大叔，嘛事儿呀？"瑞瑞不解地望着他。

"你干得不赖——"二傻眯起一只眼，"啊，好好干吧，我不会亏待你。"说完徐徐吐出一口烟，"今晚上让你来，其实呀，也没有什么事，听说你歌唱得不赖，我想听听。——你婶子回娘家了，你就大胆唱！"说罢呵呵地笑几声。弹弹烟灰。

瑞瑞心里很慌乱。她万万没有想到，二傻是来让她唱歌的。尽管她爱唱爱跳，可她不想给他唱："俺唱得不好，俺不唱！"

二傻一皱眉："别不好意思嘛！我又不是外人，大胆唱吧！"

然而瑞瑞越发不愿唱了。如果是别人，她或许会答应的。

她真的没唱。

村南稻田里的青蛙仍在不停地鼓噪。偶尔传来几声狗吠。露珠从树叶子上掉下来，砸在瑞瑞身上，凉津津的。夜空中，响起几声夜鸟的啼鸣。瑞瑞突然有些恐惧，觉得这夏夜像一块大石头，正向她砸下来。

“俺该走啦！”瑞瑞急不可耐地站起身。

二傻沉吟一下，抬起头，紧盯着瑞瑞：“好吧。”

月亮真好，她不但皎洁、柔美，而且还那么情意绵绵。因此当瑞瑞回到家里，躺在那宽敞的土炕上时，发现月亮正在窗口探着头，一动不动地瞅她。她望着又圆又大的月亮，心里倏地惶惑起来，如同塞进了什么东西似的，憋闷极了。是啊，刚才在二傻家，月亮不也是这样明亮吗？——月亮使她想起了刚才的情景，二傻那令人难以琢磨的笑脸又浮现在她的眼前，她弄不明白二傻的一举一动，那颗单纯的心乱得像水田里纵横交错的苲草似的。

秋生这天来周汉河里逮鱼。

他逮了几条，坐在柳树下玩耍，发现了在远处割草的瑞瑞，于是提着用柳条儿穿成一串的小鱼，溜溜达达地来到了瑞瑞跟前。他把鱼扔在草丛里，一屁股坐在地上。那串鱼在草丛里闪闪发亮。他眯起眼，盯着瑞瑞看。瑞瑞被他看得不好意思了，低下头，仍旧割她的草，手却慌乱起来。突然“哎哟”一声，扔掉镰刀，右手使劲捏住了左手的一根指头，然后放到嘴里吸吮，眸子里汪出了泪花。

秋生从口袋里掏出一块手帕，来到瑞瑞跟前，要为她包扎。但瑞瑞拒绝了他。

他讪讪地笑笑，说你们女孩子都不懂，割破手了，要涂一种东西才好得快，要不容易发炎。见瑞瑞愣在那儿，他示意她等一下，然后转身朝周汉河走去。回来时，手里拿着一片翠绿娇嫩的草叶。他边捏住瑞瑞滴血的手指，边捏压草叶，绿色的汁液从上面滚下来，落在伤口上。红的血和绿的汁液混合在一起。让人惊奇的是，那汁液又突然变成透明的了，浮在血上面。但很快又凝固了。

“我怎么没见过这种草？稀罕！”

秋生狡黠地一笑：“你没见过的东西多啦！”

秋生又告诉她，即便血凝固了，也不要立马去干活儿。

他拿起镰刀，蹲在地上“唰唰”地割起来。身子一起一伏，像一匹在草原上奔驰的骏马，明晃晃的镰刀在草丛里飞快地舞动，那“唰唰”的声音像优美的旋律。

从那以后，秋生天天来周汉河里逮鱼。

瑞瑞割一会儿草，就和他坐在河岸边玩耍。听他讲笑话，他很会讲笑话，总是把她逗得咯咯地大笑。有时，瑞瑞还看他在河里逮鱼。他也很会逮鱼，跳进河里，两只手悄悄地在水草里摸索，冷不丁，就会拎出一条鱼。大多是白鲢，也有鲫鱼。那鱼猛烈地摆着尾巴，在他手里挣扎，鳞片亮得晃眼。

“你就天天逮鱼吗？”有一天她问秋生。

秋生有些不好意思，朝她笑了笑：“哪呀，前些日子跟着小三的建筑队去城里干过。哼，他妈的小三真不是个东西，赚的钱大多装进了他的腰包，我们辛辛苦苦，得到的只是一点儿小零头。——不干啦！”

瑞瑞点点头，喃喃道：“是不该给他干。可你也不能天天耍吧。”

秋生抬手拍拍额头，苦笑道：“我就是耍，也不受他那个窝囊气。”又朝她挤挤眼，“你以为我真耍呀，我是在用心琢磨——反正得干成点事儿。”

瑞瑞相信他的话。她满意地点点头。

有一天，秋生来到瑞瑞跟前，不说话，只是怔怔地望着她，一双细长的眼睛里燃起熊熊的火焰。瑞瑞突然有些胆怯起来。

秋生猛地抓住了瑞瑞白嫩的小手，不停地亲吻。瑞瑞脸上似着了火，心里很慌乱。她眯起眼，喃喃道：“快别这样，当心让人瞧见！”

“你真美，我喜欢你，我不怕别人瞧见！”秋生说着，丢开瑞瑞的手指，一把搂住她，去亲她的脸。

瑞瑞急忙躲开了。

她对秋生说：“你不怕人瞧见，我还怕哩。”

随即，发出了一串欢快的笑声。

二傻家又买了几头奶牛。

瑞瑞更忙了，早晨起得更早，中午还得去割一车青草，晚上回来得很晚。尽管如此，二傻还是嚷草不够牛吃。

二傻是不割牛草的，他上午和他女人挤牛奶，下午就驮上牛奶去镇上卖。镇上有一个奶粉厂。二傻女人又丑又恶，从没给过瑞瑞笑脸，一张长脸成天耷拉着。

瑞瑞下午回来卸草时，二傻总喜欢帮她。

二傻女人的爹病了，这天，她回了娘家。

二傻让瑞瑞晚上来帮他挤牛奶。

晚上，娘做了香喷喷的大米饭和清炖鳝鱼。那鳝鱼切成一小段一小段的，有一股诱人的香味。鳝鱼是爹下午在稻田拔草时逮的，瑞瑞最喜欢吃，可她心里很乱，根本没吃出一点香味。二傻果真是让自己挤牛奶吗？她觉得这里面似乎隐藏着什么。她不想去，可不去二傻就恼了。二傻恼了她就割不成草了，割不成草就给家里挣不来钱了，爹就会责怪自己。——家里又没一点门路，找个活儿多么不容易！最后她把嘴唇一咬，心一横：去就去，看你二傻敢把我咋的？

二傻正坐在院里独斟独饮，他指着旁边的凳子，让瑞瑞坐下。然后，从盘里夹一条油炸小鱼，让瑞瑞吃。瑞瑞说刚吃过饭，不饥。

"挤牛奶吗？"瑞瑞问他。

二傻嘿嘿地笑了，口里喷出一股难闻的酒气："我早挤啦！哎，到月底啦，该给你工钱啦！"说完起身到屋里去了，出来时手里拿着一件花褂子。他把钱递给瑞瑞："这是九十块。——给你加二十。"

"这，这——"瑞瑞不知如何是好。

"你干得不赖，应该的。"二傻摇摇手，示意瑞瑞把钱收起来。又指着那件褂子说："今儿我去镇上，看这褂子不难看，挺适合你穿。"说着把褂子递到瑞瑞跟前。

瑞瑞傻了。她没去接，说："给俺婶子吧，俺有衣裳穿。"

"哼，她也配？"二傻轻轻一笑，又陡地嗔起脸，把那褂子塞到瑞瑞怀里："我给你买的，你和我还见外呀？看你这丫头——"

这时，一只肉嘟嘟的手，突然向瑞瑞摸去，瑞瑞一闪身躲开了。那件褂子噗地掉在地上。

瑞瑞像被蛇咬了，惶惶地逃了出去……

第二天，瑞瑞在周汉河边见到了秋生，脸颊变得绯红。突然她用双手捂住脸，呜呜地哭起来。

"你，你怎么啦？"秋生吃惊地问。

“怪我怪我怪我！”她大声地说。

“到底怎么啦？”

“也怪你也怪你！”瑞瑞狠狠白他一眼，又拾起扔在地上的镰刀，噌噌地割起来。这天她一直没和他说话。

可秋生无论如何也弄不明白瑞瑞为什么哭……

灼热的太阳把大地烤晒得滚烫。周汉河和碧绿的稻田上浮现一层透明的水汽。很少见到水鸟的影子了，只从柳树上和苇丛里，传来它们有一声没一声的叫声。

瑞瑞拉着满满一小车草，沿着周汉河边滚烫的小路，慢悠悠地向村里走来。

当她来到二傻家时，看见牛棚前围着几个人，二傻站在中间，正高声大嗓地对来人说：“嘿，咱富啦，可不能忘了乡亲！瑞瑞家里非常困难，又找不到致富门路，我就让她来给我家割牛草！说是每月七十，多给她三四十块也是常事儿。年底，我还打算白送给她家一头奶牛！让她家也成为养牛专业户！”

那两位戴眼镜的该是记者吧，一边听一边在小本子上“唰唰”地记。旁边一位干部模样的人，向记者伸出大拇指：“怎么样？记者同志，这是个多好的扶贫典型啊！值得你们大写特写！”

二傻说不让瑞瑞见记者，可她躲不开了呀。记者们早看到了她，立刻围上来，问这问那。瑞瑞生平头一次见记者，脸红得像天边的彩霞，两只手搭在一起，不知放哪儿好了。

二傻瞥瑞瑞一眼，皱起了眉头。忽然，眼睛眨一下，哈哈地笑道：“哎呀，别吓着她了，这孩子腼腆！”然后，朝院里挥挥手，对记者们说，“走吧，咱先吃饭，菜都做好了。我要请你们尝尝我做的红烧草鱼，那鱼可是鲜的，在城里吃不上——”

待记者们走进院里，围住压水机洗手时，那个干部模样的人悄悄对二傻说：“二傻，看出门道了吧？我先把你吹成致富带头人，然后嘛，再给你申请一笔无息贷款。反正是公家的钱，你愿怎么花就怎么花！”

二傻赶忙递上一支烟，嘿嘿地笑着：“哎呀，到底是李乡长，真够哥们儿。好吧，一会儿我敬你一大杯——”

……

吃过午饭，瑞瑞在家里呆不住，就走出村来，在周汉河边漫无目的地走着。

周汉河悄无声息地流淌着，清清的河水反射着太阳耀眼的光，像撒下一大片鱼鳞。一些带壳的虫子在松软的河岸上爬动，青蛙潜伏在水里，露出脑袋，静静地观望着四周的景物。远处偶尔传来一两声水鸟的啼叫，叫声撕裂了中午沉寂的天幕。

瑞瑞靠在一棵柳树上，凝视着远处被绿树掩映着的睡熟的村子。

远远的，一个人从村里走出，朝河边走过来。

走近了，是秋生。

他穿了件天蓝色的背心和一条白色的短裤，鼻梁上戴副变色镜。

“我知道你在这儿！”他诡谲地笑着说。

“你上午咋没来？”

“我上午办成了一件大事！”

“什么大事？”

“我承包了镇上的罐头厂。”

瑞瑞的眼睛瞪大了，像不认识他了。

“我是来告诉你，你明天就不要给二傻割草了。”

“我不割草干嘛呀？”

“去厂里当会计。——我相信你能干好，你聪明，也很诚实。”

瑞瑞不知说什么好了。

“还有，你，你太美了，像电视上的日本小姑娘，我爱你！”

他一把握住了瑞瑞的手。

瑞瑞的心狂跳起来，却是甜蜜的。

她想，不割牛草真好，再不用提防那只肉嘟嘟的手了，上面那个黑痣，多像一团苍蝇屎呀。

更不用给二傻唱歌……

（原载《长城》1989年第3期）

走向蔚蓝

一

一只啜饱绿色树汁的蝉驮着夏天尖厉的声音，从他们身边一棵槐树上朝远处绿云般的林子里飞去。

“砰”，大振的拳头击碎黄昏的空气落在水娃的胸上。水娃朝后踉跄几步，黄白的沙土在他脚下腾起迷蒙的烟雾。“我×你妈，狼心狗肺的东西！”水娃歪斜着厚嘴唇，恶狠狠地骂。唾沫星子紧随骂声如林子里的蚱蜢一样飞溅。他用沾满泥沙的手背抹把嘴，朝大振扑去。

西边的天际像肥皂泡一样璀璨，有那么多颜色任夕阳挥洒。两只归巢的大鸟从夕阳身边悠然飞过，阔大的翅膀把那橘红色扇得铺天盖地。于是他俩也罩在了橘红色的氛围里。

大振望见水娃的拳头像石块一样飞来时，一闪身躲开了。他正庆幸自己的敏捷，水娃又一拳打来，正中大振左脸。大振“哎哟”了一声，左脸火辣辣地疼。

“我叫你霸道！”水娃吼着，又向大振扑去。

二

那年的夏天在水娃的记忆里绿色和金黄交相辉映。

水娃和大振在坚硬的田埂上噼噼叭叭地跑。纷沓的脚弄出的曲线像一团尘土尾随着他俩远去。稻田如两条绿色长龙从他们身旁一闪而过。

阳光如风，在空寂的水田上吹起一阵阵热浪。他们脱掉鞋子，干硬的泥土烙得他们的脚麻麻地疼，于是他们像青蛙一样跳将起来，甩掉衣服，扎入蓝湛湛的周汉河里。赤条条的身子往绿色背景上撒下两道闪电般的白光，眨眼间就让阳光吹得一干二净。那沉闷的“扑通”声，在水田上空久久回响。

“你们这里真好，有水玩。”大振从水里钻出来，抹掉脸上的水珠，黄白色水纹在他黝黑的脸上荡漾。“你们那里没有河吗？”水娃模仿水牛的动作，剧烈地喷着水问，稀疏的头发让水撩拨得四分五裂。“俺们那里有条水渠，水浅得连××也淹不过！”大振说完留下一声笑就在水面上消失了。

河水把他们燥热的身子舔得冰凉。于是他们就躺在河岸上晒太阳。

“过几天我就不在我舅家干啦！”大振眯着眼说。

“怎么啦？”水娃吃惊地扭过头望着他。

“俺舅太抠门儿，一套组合柜卖好几百，你猜给俺多少？八十块！”大振忿忿地说，青紫的嘴唇微微翘起，一团白色的气体从嘴里喷出。

三

大振在水娃拳头的撞击下沉重地摔在了地上，腿叉开着，两手在身后尴尬地撑着地，沙粒的缝隙里落满夕阳纤细的毛发。水娃收回拳头时有一股风轻轻抚弄他的脸。一只斑鸠在林子里叫得十分凄惨，声音如夜晚一样灰黑。而一群麻雀正在他们旁边那棵槐树上享受着相聚在一起的欢快，叽叽喳喳的嬉闹纷繁地敲打着他们头部。黄昏的氛围徐徐弥漫过来，水娃看到绿色的水腥味在里面浮动，淡得像蝉的翅膀。

“人家想买我的瓜哩，你干嘛叫到你那儿，太不够朋友！”大振的腿和两手一用力，弹跳起来。他抖动着微卷的头发，唾沫星子喷了水娃一脸。

水娃的脚一下一下踩着沙土，眼球完全凸出来：“你想得倒美，你认为人家想买你的瓜呀？车一开出林子我就看见了，人家只是往你那儿吐了口唾沫。我一声儿也没叫，是人家自己过来的。西瓜卖不出去就自认倒霉，干嘛往别人头上扣屎盆子。告诉你，老子可不是那么好欺负的！”水娃白皙的脸似乎充盈了全身的血。

大振用眼角斜着水娃，黝黑的脸像用靛青恣意涂染了：“你成心抢我的买卖哩，我今个非打扁你！”说着右脚朝水娃胸上踢去。

四

他们身下的土坎安详地潜藏在夏夜黑魆魆的鼾声里。太阳的余温在上面仍十分张狂。

“这节目真没劲，还不如在家看电视哩，说不定今晚有武打片。”大振用肩膀碰碰水娃，失望地摇着头。此时三个打扮得像蝴蝶一样艳丽的少女正十分机械地表演舞蹈。

“看下一个吧，不好了咱就走。”水娃说。

那三个姑娘在冷清的气氛里下去后，一个高个儿长脸盘的姑娘走上来。紧接着动人的电子琴声潺潺地在人群里流淌开来，在这炎炎夏夜给人听觉上的享受。水娃知道那姑娘叫丰儿，是学校文艺队的台柱子，水娃的目光都让她明媚的眸子收拢了过去，那眸子似乎集中了所有星星的光亮。

让夜装饰得十分深沉的路在他们急促的脚步声里延伸。“弹电子琴的妞儿长得真他妈的俊！”大振的沙哑嗓子显得阴阳怪气。水娃捅他一把说：“明天晚上去我家吧，我要为你饯行——俺家那只黑母鸡总也不下蛋，正好杀了下酒！”

水娃说话时被路上的石块差点绊倒。

五

一只什么动物在远处的林子里狺狺地叫，也许是狐狸，也许是野猫。水娃愣怔了一下，但马上又恢复常态。要是平时，他准会冲过去，满足他的好奇与贪婪。

大振第二脚踢中水娃的下巴，于是一股殷红的液体从他嘴里爬出来。水娃没有揩，嗷嗷叫着去向大振复仇。大振猴子似的一闪，留给水娃一片空白。大振跳出老远，蹲在地上，虎视眈眈地迎接着水娃凶猛的攻击。

水娃坐了下来，口里发出拉风箱般的声响。

夕阳落在了河滩的尽头，鲜亮了一天的滹沱河突然暗淡下来。有紫色的气体在河面诡谲地此起彼伏。

他俩急促的喘息声重叠在一起，眼睛火辣辣地对视着。此时风的每一根胡须都在林梢上屏声敛息。夜的影子溜了过来。

他们都疲倦地坐在地上。

六

春天河滩的早晨像秋水一样明净，水娃整好即将下秧的瓜田，把锨靠在地头的槐树上，看到不远处那个种瓜人也在重复他的动作。他皱起眉头，想起这人是第一次在河滩上出现。再仔细看，那张脸很熟悉，于是，他朝那里走去。

水娃和那人面对面站着时，他发现时间在五个春秋里竟然在对方脸上划出了许多条印痕。

“大振！”水娃惊喜地叫着，许多逝去的日子落叶般在他眼前纷纷飘飞。

“包了多少亩？”水娃问他。

“二十亩。”大振掏出烟，递给水娃一支，于是清甜的空气里又溶进了烟草苦辣辣的香味。

他们的瓜棚出现在河滩上时，春天刚让夏天闷热的风吹跑。晚上，月亮把沙滩照得一片银白。他们坐在热烘烘的沙滩上，被大曲酒的香味缠绕着。身旁的瓜棚在月光下犹如停泊的小船，微风吹来河水的腥味。

“你还记得那个弹电子琴的姑娘吗？”水娃喝下一口酒，冲大振诡秘地眨眨眼。

“那个姑娘啊，嘿，老子一辈子也忘不了！那双眼睛他妈的太迷人啦！”大振拿着一条兔子腿笑嘻嘻地说。

“我们年底结婚哩。”水娃激动地说。

大振立刻停止了咀嚼，怔了一下，说你小子艳福真不浅，搞到了那么俊俏的妞儿。过几天让她来给咱们弹一曲解解闷。

“你喜欢嘛曲子呀？”水娃问。

“《梁山伯与祝英台》。那曲子有味！”

“那曲子用小提琴演奏才好听呢。”

“那就让她随便弹一支歌吧。”

“想得美，能把电子琴搬河滩来吗？”水娃嘿嘿笑着把一块骨头扔出去。

七

水娃像经过养精蓄锐的猎犬，又一次向大振发出猛烈的进攻。

夏夜将白昼的最后一点颜色吞噬。藏在林子深处的夜鸟开始炫耀自己的歌喉，但叫声让潮润的夜气浸得沉甸甸的。

“我瞎了眼，还把你当好朋友哩！你凭什么说我抢你买卖啦？”水娃挥动着拳头，骂声在宁静的河滩里显得很孤独。

“你就是抢我的买卖呢！”大振阴冷地说。

于是“砰砰”的响声撕开宁静的夜幕消失在高远的夜空里。林子和河滩在月光的一片青幽里显得很深沉。倏地，一种响亮的声音从远处的河面上挟着河水的腥气溜过来。他俩不约而同地停住，支棱起耳朵疑惑地倾听。那声音时而缓慢时而急促，像什么动物在河边贪婪地汲水。一条条蛇一样的紫气仍在铅灰色的河面上舞动。

那纯净的蔚蓝同时出现在他俩的脑屏幕上。

八

那辆红色的拖拉机开走时太阳已扯去温柔的面纱，向人们投来热辣辣的笑。河滩里的鸟声寥若晨星，但变得十分悠远十分回味无穷。

水娃扭过头，望着瓜地，身上犹如卸下货物的船。但他也开始感觉到那束目光又在脊背上蛇一样蠕动。他不愿瞅那目光，急急地朝瓜棚走去。

他坐在瓜棚上，两腿直棍一样垂下来，吐出的烟气顺着黄澄澄的阳光朝天空飘去。

大振朝他走来。

大振走来时漫不经心，那件白色汗衫让风吹得像鼓满风的帆一样。阳光从树叶的空隙里跳到他脸上，眨动了一下后又消失殆尽。

令水娃十分疑惑的是随着他和大振之间距离的缩短，那束光线越发暗淡，待大振走近他时，使他觉得刚才的感觉恍若梦境。

大振蹲下来，问："这趟拉走了多少斤？"

"五千。"

"我今儿个还没有开张哩。×他妈！"大振把还没有燃尽的烟扔在地上，狠劲地踩灭。水娃瞥见从他细长的眼睛里闪出一丝青色阴冷的光。突然一个古怪的声音从大振的瓜棚里溜来，那声音像初冬里打着旋儿的风，凉飕飕的使他禁不住在灿灿的阳光下打了一个寒战。

"那是什么声音？"水娃问。

大振没回答，只是怪异地笑，笑过后说，那是什么声音呀，我怎么没听见。

九

从林子那边的瓜地里飘来种瓜汉子们粗野的歌声，那歌声散发着野草味、西瓜味和林子深处苔藓的腥气，他们禁不住张大鼻孔贪婪地吸吮。在那粗野的歌声里，所有的虫子都躲在湿淋淋的草丛里闭上了嘴巴。

他俩隔着厚重而又单薄的夜对望着，都想看清对方的脸。但失望在他们心里渐渐升起。因为对方的脸都让夜涂得模糊不清。

他俩不约而同地循着歌声走去，脚步声和他们的身影一起消失在夜的迷蒙里……

十

秋天来到时夏天还十分猖獗，秋天像淡薄的晨雾一样若有若无。

水娃背靠槐树粗糙的躯干，喷着一朵朵肥硕虚伪的烟雾。瓜田里的西瓜已寥寥无几。一只绿色的蚂蚱蹦到他脚边，竟毫不畏惧地爬上了他的脚面。种西瓜的汉子们开始收拾行李，满载整个春夏的喜悦与惆怅，暂时结束种瓜的日子。

他看见大振在瓜棚边低着头徘徊，似乎在琢磨什么事情。粗大的身躯让一件瘦小的白褂子箍得极尴尬，斜斜的身影像夜的尾巴一样紧紧追逐着他。

晚上，水娃躺在瓜棚上，外面许多的声音风一样吹过来，把他的思绪撩拨得骚动不安。草丛里的蛐蛐儿和水洼里青蛙的叫声缠绕在一起，极有力地捣着他的耳鼓。不知怎的，他听不到了大振瓜棚里那个古怪的声音。他弄不明白那声音为什么突然沉寂下来而没有汇入这夏夜的喧闹。忽然，一个细微的独特的声音引得他抖动着耳朵倾听，那声音仿佛是什么东西在河滩上轻轻摩擦。当他听出是滹沱河的流水声时，又神往起那片纯净的蔚蓝。

然而，他觉得那片蔚蓝离他很遥远。

一阵咳嗽挤开所有的声音传过来，他扭过头，见大振瓜棚上有烟头朝他眨眼睛。

两个瓜棚隔着厚重的夜色遥遥相望。

清晨，水娃在小鸟儿的嘈杂声里醒来，瞥见一张纸条在身边迎着晨风晃动。他拿起纸条，如蚁的字迹顿时布满他的视野。纸条是大振留下的，大振说，水娃我走了，留下十元钱你买点东西，算我送给你们的结婚礼物吧！

大振最后说，我很珍惜咱们过去的那一段纯真的友谊！

水娃拿着那张纸，外面的鸟声戛然而止，蝈蝈清脆的吟唱钻进他的耳朵里。水娃跳下窝棚，踩着松软的沙土，来到了大振的瓜棚前。

大振的瓜棚像一个破旧的门洞，里面空空的只有早晨乳白色的空气。

他看见了那只挂在瓜棚壁上蜂窝一样的蝈蝈笼。蝈蝈笼用高粱篾编成，高粱秸那特有的甜丝丝的气味在上面萦绕不散。一只碧绿的大肚子蝈蝈正狐疑地望着他。

他弄不懂以前听到的那个古怪的声音，是不是蝈蝈的鸣叫呢?

时间在他的沉思里飞快地流逝。不知过了多久，一串拖沓的脚步声唤回了他的思绪。

他扭过头，见一个老汉背着一筐枯树枝蹒跚走来。枯树枝如一团生锈的铁丝牢牢缠着他。他认得那老汉是河北岸里寨村的老钟。

老钟放下筐时，水娃看到轻松的神情在他已经变形的眼睛里水一样溢出。

老钟吸着水娃递给他的烟，眨巴着眼睛说："刚才我在林子里碰到几只刺猬，两只大的正领着三只小的耍哩。我正要去逮，可一望见仨小的手就软啦！——你没见，那仨小的像插满钢针的线蛋蛋儿，可招人喜欢哩！

刺猬肉可有吃头，香着哪！”

深蓝的天空上有一只灰色的鹰像块纸一样往林子里缓缓飘落。

“今年秋天还没有听见雁叫哩。”水娃的耳畔回响起以往秋天的田野里那洪亮的雁鸣。

“叫啦！叫啦！你没留心听。人呀，岁数越大，越对那些东西不留意啦！像老鸹呀，野鸡呀……小时候那些东西真多！”老钟说完就讪讪地笑，干瘪的嘴扭曲了一脸的皱褶……

突然，水娃嗅到了那片蔚蓝的诱惑，全身涌起一股股的热浪。他猛地想到，原来那片蔚蓝离他那么近。

他朝滹沱河走去。

他想象着清澈如镜的秋水里的自己。

（原载《长城》1991年第6期）

枯　井

那年腊月一个漆黑如墨的晚上，十五岁的大妮随着生产队的人群在田里拉土垫地时，不慎掉进了一口大野井里。于是这寒冷的旷野里便呈现出一幕震撼人心的抢救场面。灯笼和手电的光亮杂乱地撕扯着厚重的夜幕，人们焦急的喊叫从这口幽深而恐怖的野井旁朝四周恣意地扩散，以至于那令人心悸的喊叫在人们耳边萦绕了许多年后才像水纹一样渐渐消失。由于天气严寒和一些别的原因，使打捞工作困难重重。人们把大妮捞上来时，已是第二天凌晨了。此时大妮早已和井水一样冰凉。那天晚上的风不大，但像刀子一样锋利歹毒。天上的星星黯淡无光，犹如一只只疲倦的眼睛。本来，大妮的书念得好好的，过了年就要升入高中了。由于家境贫寒，父亲不得不让她辍学去挣那几个可怜的工分……结果，大妮就这样匆匆地走向了自己短暂的生命的尽头。

这已是十几年以前的事了。如今那口野井已变成了枯井，四周也成为臭小家的瓜田。那密匝匝、绿莹莹的瓜叶子向四野铺展开去，像湖水一样意味深长。当然，大妮的故事和臭小家没有丝毫联系，那年臭小和自己新婚不久的妻子盼盼只是目睹那可怕一幕的拉土人群中的一员。但后来臭小家发生的一些事情却和这枯井有些关联。

夏天的清晨呈现着秋水一样的凉爽。刚睡醒的麻雀们在枝头上、院墙上往这明净的氛围里挥洒着清脆的鸣叫，尽情地享受着这一天中难得的惬意。

盼盼做好了早饭，才喊醒了正在酣睡的女儿艳霞。

艳霞睁开惺忪的睡眼，一副十分不情愿的样子：“天还早呢！妈！”艳霞今年高考落榜，这些天情绪一直不好。

“早嘛呀，早！这还怕晚哩！”盼盼边说边往饭桌上摆饭菜，然后把臬小的饭菜放进一个竹篮里，又把正在睡觉的儿子豆豆的饭菜放到锅里。豆豆才十岁，不去地里。

昨天，臬小和城里的一个厂子联系好了，今天上午九点钟来买他们的西瓜。他们要提前把瓜摘好运到地头——这些都是臬小昨晚在饭桌上对盼盼说的。臬小说这话时嘴里不停地往外蹦着响亮的“咂咂”声。盼盼知道，臬小嘴里一发出这样的响声准是最舒畅最愉快的时候。当然，盼盼的脸上也早已灿若桃花，那种只有收获时才有的喜悦像潮水一样汹涌。

艳霞洗漱好后，就坐在饭桌前，和母亲脸对着脸，开始吃饭。饭桌上是一碟葱拌豆腐、一碟咸菜丝和一碗昨晚吃剩的炒茄子。

艳霞喝了几口大米粥后，那双酷似母亲的水杏般的眼睛一眨一眨地盯着母亲，说：“妈，前街的爱玲打算过了暑假去城里一中复习哩！”爱玲是艳霞最要好的同学，今年高考也落榜了。

盼盼明白了女儿的心思，就问：“你也想复习呀？”

艳霞“嗯”一声，赶紧低下头去吃饭。

盼盼的眉毛顿时皱成一个疙瘩：“得啦！得啦！一个闺女家还想成多大的气候呀！在家帮大人干几年活儿，攒点钱，也该寻婆家啦！”

“妈！”艳霞白妈一眼，嘴就高高地噘起来。

“你甭噘嘴，咱不看人家！——再说复习也不见得考上。”盼盼的口气十分坚决，也不看艳霞，边说边吃饭。

收拾好碗筷，盼盼就和艳霞拿上抬筐、木杠还有臬小的早饭，朝村外走去。东方的天际已呈现出迷人的色彩，她们的脸也被映得十分鲜艳。灰色的小鸟扇动着湿漉漉、甜丝丝的空气，在她们的头顶上迅疾地飞过，婉转的啼鸣却萦绕着她们久久不散。艳霞的红裙子随同母亲那件浅绿色的褂子在轻柔的晨风里抖动着，显得很飘逸。

离瓜园还很远，她们就看见臬小在绿蒙蒙的瓜田里急躁地走来走去。伫立在地头上的瓜棚像一只轻灵的乌篷船，面对丰厚辽阔的绿波跃跃欲动。

见她们过来，臬小从瓜田里走出来，斜盼盼一眼，没说话，从竹篮里拿起一个馒头就啃。腮帮子连同胡须鼓起老高。

盼盼嗔他一眼：“看你，跟饿狼似的，好像几年没吃东西！”

臬小绷着脸，说：“活儿催着哩！一会儿人家就来啦！”

当他们踏入瓜田时感觉像迈进一条舒缓的河里，裤腿顿时布满露水浓浓的痕迹。他们的身子像剪刀一样剪开了瓜田的平静。从远处的玉米地、棉花地和花生地里吹来的清冽的风在他们身旁水一样柔柔地流动着，使他们身上粘满了各种庄稼的气味。臭小用阔大而有力的手拨开瓜叶子，眼睛亮闪闪地把暴露无遗的西瓜审视一遍，才果断地摘下来，轻轻地放进抬筐里。盼盼不大会挑，就扯直了嗓子问臭小："怎么挑呀！你可对我们说说呀！"臭小抬起头，猛地醒悟了似的咧开嘴笑着走过来，说："看我，都急蒙啦，忘了还有两位大将哩！这是我指挥上的严重失误！"然后他两手急剧地舞动着给她俩讲了先看后听的挑瓜要领。他耳朵上夹着的那支香烟在这清晨翠绿的背景上十分醒目。

摘满了一筐，盼盼就和臭小用木杠抬着，顺垄沟疾步走出瓜田，去地头过秤。他们的裤角和支棱棱的瓜叶子相互摩擦，发出一阵阵短暂美妙的音乐般的声响。每过一筐，盼盼就用一个瓦片在地上把斤数记下来。

随着他们在瓜田上一遍又一遍的穿梭，圆滚滚的西瓜渐渐堆成了小山。张扬在深绿色瓜皮上雪白的花纹宛如放大了的雪花，让人望着身上顿生凉爽之感。

盼盼就是在这个时候听到了那个神奇的声音的。那声音断断续续的，时而低沉时而尖利。盼盼惊异地瞪大眼睛，四下寻觅那声音。她的目光从一片绿移向另一片绿，她看见鲜活的阳光在绿的汪洋里洒脱地流动；看见一只青色的蜻蜓从她旁边的荫凉里朝瓜田里飞去。当她终于听出了那声音是从那口枯井里发出时，目光里就布满了雾一样的迷茫和疑惑。她不明白那口枯井为什么突然就能发出声音。

这时，一阵尖利的汽车喇叭声把盼盼从梦幻般的境界里唤醒。她循着那喇叭声望去，见一辆深蓝色大卡车冲出绿树簇拥着的公路朝这里驶来。她和臭小的脸上顿时像涂了一层油脂般闪闪发亮。

来人正是臭小联系的那个厂子拉瓜的。汽车停住后，从里面跳下来一男一女。经介绍盼盼才知道男的是厂办室主任，女的是厂长秘书。男的三十多岁，身材细高单薄，让盼盼联想到田里的大秆高粱。女秘书看上去不过二十岁，身材娇小玲珑，穿件白底碎花连衣裙，连衣裙像蝴蝶的翅膀般鲜艳。盼盼呆呆地望着女秘书，心里生出又是艳羡又是喜爱的感觉。这闺女才这么大就当上了厂长秘书，真不简单！而后她由女秘书想到了女儿艳霞，她比艳霞大不了几岁，看人家！

“你们来这么早啊！”盼盼笑着，亲热地和女秘书打招呼。

女秘书没言声，只是眯眯地笑着朝盼盼微微点点头，然后扭过脸，用涂了红指甲的纤细的手指理一下额前的头发，对男的说：“我还是头一次见这么大的瓜园，这里真美！”她纯正的普通话像铜铃相互撞击般悦耳动听。

男的朝女秘书诡秘地眨了眨眼：“那你还不愿来哩！你整天待在厂长屋里，一天到晚吸他吐出的烟味，也不厌烦？今个儿就是让你兜兜风，呼吸呼吸新鲜空气，你还不谢我！”

女秘书白净的脸上立刻飘起两团淡淡的红晕，低下头笑着说：“刘主任净开玩笑！”

这时候，盼盼从瓜堆里挑一个大个西瓜，拿起瓜刀，极其熟练地切成均匀的小块，热情地招呼他们吃瓜。

“大热天，先吃个瓜，解解渴！”盼盼的声音很甜。

他们也不推辞，吃瓜声响得毫不掩饰。盼盼的目光被那女秘书牢牢地吸了过去。只见女秘书微微探着身子，两手轻巧地捧着西瓜，小拇指顽皮地高高翘起，红艳艳的指甲像两点灿烂的石榴花。盼盼心想，到底是城里人，吃瓜都这么好看这么优雅！

然而，吃完瓜后让盼盼想不到的事情发生了。那男的竟把昨天和臭小讲定的一毛五一斤的价钱压到了一毛。他说我们在路上问了问，人家别人的瓜都是一毛一斤，你们一毛五一斤我们可不买！

臭小惊愕得眼睛都瞪圆了：“咱可是昨天说好的呀！这事可不兴变卦！”

“太贵，一毛一斤吧！一毛一斤我们买。”男的说。

盼盼心里就飞快地想着：一毛俺才不卖哩！一斤少五分，这五千斤就是二百五十块！这对俺一个农户可不是个小数！可这城里人也真抠儿！五分钱都像从身上割肉似的，又不是自家买，那么大的厂子还在乎这几个钱！嘴上却说：“贵！嫌贵去镇上买处理的瓜吧！论堆儿卖，几块钱就能买一大堆儿！”

那男的嘿嘿地乐了，两手冲盼盼一摊：“我说大嫂，你就别寒碜俺们啦！俺们不是掏不起那几个钱！你想想，人家别人的瓜都是一毛一斤，俺们买回去的是一毛五，还不让人们骂死！”

盼盼指着那堆西瓜，冲男的急急地说：“不怕不识货，就怕货比货，你们去尝尝他们那是嘛瓜呀！俺这瓜是最新的品种，又沙又甜籽又小，你们刚才也吃过了，俺可不骗你们。——又想图便宜，又想吃好瓜，天底下哪有那么多的好事！再说，你们昨天又是和臭小讲好的！你们都是国家干部，怎么这么不讲信用呀！”

男的有些脸红，正当他搜寻词汇准备应对时，女秘书走了过来。女秘书优雅的气质消失得干干净净，气势汹汹地指着盼盼说：“买不买是我们的自由！你这是干什么？想勒人呀！嘿！你们这帮专业户，都是钱串子脑袋！”然后回过头，对男的说，“刘主任，咱们走！到别处买去！跟这帮人讲不清道理！”

在这一瞬间，盼盼似乎丧失了意识，脑袋嗡嗡作响，一片空白。待她恢复理智，许多反击的话却都卡在了喉咙里，热辣辣的像燃烧着一团火。她眼里汪着泪花，朦朦胧胧地看见臭小涨红着脸，狠狠地和他们争吵着，后来，那男的就和女秘书一脸鄙夷、趾高气扬地钻进汽车，在盼盼的视野里渐渐消失了。羞辱感顿时像水一样洇满了她的全身。

臭小把吸剩的烟屁股狠狠地甩进瓜田里，阴阴地笑着说：“操！我瞎了眼，怎么找了这么个××买主！”

盼盼悄悄地擦擦眼角，白他一眼：“可不你瞎了眼，人家不讲信用不算，还挖苦咱，憋气！”

臭小说：“让他们转转吧！说不定还会回来的！”

“回来也不卖给他们！”盼盼气呼呼地说。盼盼的嘴厉害，平时从不受别人的气，憨厚的臭小更是惧她三分。她想，女秘书那话太毒啦！就像刀子一样刺她的心呢！

盼盼这么想着就朝瓜棚走去，浓密的短发随着身子的晃动急剧地抖动着。她坐在瓜棚上，目光散淡地飘向瓜田的上方。那是一片明丽纯净的天空，像一张湛蓝的纸。一只黑色的鹰在空中盘旋着，突然向西边那朵被太阳镶了金边的乌云飞去。霎时，这乌云便在盼盼心头滚动、扩散开来……

滚动的乌云下，盼盼和臭小正浇瓜地。等他们抬起头，惊异地望天时，一场暴风雨已迫在眉睫，冷飕飕的风把他们的衣服鼓起老高。臭小的神情有些慌乱，他一边支使盼盼快到瓜棚去，一边扔了锨，甩开大步朝机井跑去。盼盼刚到瓜棚，白茫茫的大雨就倾泻下来……当臭小停了柴油机，迎着天河决堤一样的暴雨往回跑时，一跤跌进了枯井里，摔折了两根肋骨。后来花了五百多元钱才看好……

忽然，枯井里的那个声音又响起来。此时那声音像秋风吹过玉米林一样匆忙而纷乱。

过了约摸一顿饭工夫，那辆深蓝色的大卡车又闯进了他们的视野，朝这里开来。

汽车停在他们跟前，车门打开，那男的惶惶地跳下汽车，一边掏烟一边走过来，笑嘻嘻地递给臭小一支烟："伙计，一毛五就一毛五吧，我们买啦！"

"俺的瓜贵！"盼盼高高地仰着脸，嘴角托着一个冷冷的笑。

男的忙把脸转向盼盼，依然笑嘻嘻的，说："大嫂子，你就别卖这个关子啦！你还巴不得我们回来哩！"

"你要说这个，我更不卖给你们！"盼盼厉声说，两眼喷着火。

"你要不卖，我们可就走啦！我们走了你可别后悔！"男的脸上的笑变得诡谲起来，慢慢地朝汽车走去。

盼盼说："我也没让你们来，我管你们走不走哩！"但她心里明白，他这是虚张声势。于是她又扭过脸，眼睛悠然地盯着远处。

臭小走过来，悄悄地捅捅盼盼，小声说："算啦！卖给他们吧！"

盼盼望他一眼，没吭声，却是一副成竹在胸的神情。

果然，男的又笑呵呵地走过来，朝盼盼说："跟你开个玩笑！说真的，我们刚才转了转，是数你们的瓜好，再说别人的瓜也没你们的多，不够我们要。"

盼盼心里突然很乱。想起女秘书对自己的羞辱，她想就是让瓜烂在地里也不该卖给他们！可这念头就是在自己的心里也只能是一闪即逝，她能眼睁睁地让瓜烂在地里吗？如果不卖给他们，一时半儿会很难找到这么大的买主。这瓜个个都是熟透的，几天卖不出去就真的烂在地里了。她不忍心让这个可怕的场面变成活生生的现实。

这个时候，臭小显然已急不可耐，眼睛焦躁地望着盼盼。盼盼明白他的目光，于是就咬咬牙，扭过脸来对男的说："你们真的不嫌贵啦？"

“不嫌贵！”男的口气几乎变成了乞求，“宁吃鲜桃一口，不吃烂杏一筐，那会儿怪我们不会说话，你就别计较啦！”

“过秤吧！”盼盼本来想挤出点儿笑，声音却有些哽咽，眼睛也变红了。

那女秘书从汽车上跳下来，脸上挂着灿灿的笑——刚才那几句刺人的话，好像与她毫不相干。

装好车后天已近中午，太阳的灼热遍布瓜园的各个角落。人们长长地喘口气，擦着脸上的汗。

盼盼从剩下的几个瓜里挑了两个最好的，拿起瓜刀，麻利地打开，招呼他们吃了瓜再走。

这时，坐在一边的艳霞走过来，拿起两块瓜，要给女秘书递去时，被盼盼喝住了。

“这没你的事儿，你在这掺和嘛呀！快回家做饭去！”盼盼狠狠地剜了艳霞一眼。

艳霞惶惑地望一眼母亲，放下瓜，脸颊顿时变得红扑扑的，低着头走出了瓜园。

当满载西瓜的汽车徐徐开出瓜园时，盼盼的泪水就模糊了双眼。她掏出手帕，轻轻地擦拭着。

臭小问她：“你眼睛怎么啦？”

盼盼狠劲地咽下一口唾沫，说：“飞进了一个蠓虫！”……

在以后的日子里，盼盼闲下来的时候，总爱在那口枯井边徘徊。枯井里的声音越发强烈，像什么东西重重地敲着她的耳鼓。井口上的砖早已被拆去，蓬蓬勃勃的杂草遮盖了往昔的痕迹。阳光把盼盼单薄的身影随意地涂抹在生机盎然的瓜叶子上。这天，她探着身子朝井里张望。她看见井壁上爬满了嫩绿的苔藓，看见井底闪着亮亮的水光。呀，这井里又有水了！她惊喜地大声地叫道，就明白了这些天这口井里为什么总是发出一种声音。——那是泉水喷涌时发出的声音呀！有了水，这口井就不能再称为枯井。

这天下午，盼盼见瓜园里没有什么事儿，就骑上自行车，去镇上了。

她从镇上买回来一只漂亮的棕红色书包。

臭小正眯着眼哼着乡土味很浓的梆子戏，见盼盼回来，疑惑不解地问：“给谁买的呀？这书包真好看！”

盼盼朝他神秘一笑：“给艳霞买的。”

“你这是发的哪门子神经啊！她不上学了，还买书包干嘛？”臭小跳下瓜棚问。

“谁说她不上学啦！让她去城里一中复习一年，明年再考一次。”盼盼说得斩钉截铁。

“听说去一中复习，得先掏三千块钱的学费！”

“三千就三千，给！”盼盼说着轻松地用手帕擦着汗涔涔的脸，然后坐到瓜棚上，拿着那个书包痴迷地看，略显粗糙的手在光滑柔软的书包上轻轻地抚摩着，抚摩着。阳光透过树叶的缝隙，像水花一样溅在她的手上和脸上。她那轮廓很美的嘴就漾出很甜的笑。

“俺才不让艳霞整天待在瓜地里呢！又得给人家赔笑脸，又得低三下四的，还守着一口大野井……”盼盼不停地喃喃自语。

臭小疑惑地望着盼盼，后来似乎明白了什么，就蹲下来，望着洒满阳光的瓜田，一脸深沉地抽起烟来。

正在这时，从不远处的那口大野井里“扑棱棱”飞出两只灰色的小鸟儿。那两只鸟儿冲到蓝湛湛的天空上，又突然调转头俯冲下来，在瓜田里盘旋一圈，撒下一串串如诗如歌般的鸣叫，然后朝烈焰般的太阳箭一样射去。

盼盼和臭小仰着头，一直望着那对小鸟儿熔化在那团耀眼的炽热里……

（原载《河北文学》1992年第9期）

麦　黄

一

许多黄灿灿的日子，让人们用镰刀齐刷刷地斩了过去。

许多黄灿灿的日子里，成熟的小麦在布谷鸟声声催促下，从广袤的田野上迅速而神奇地消失。

于是人一走在田野暴露无遗的胸膛上，无数的蚱蜢从脚下的麦茬间如水花般飞溅，发出的“轰”的响声转瞬即逝，蚱蜢也消失得无影无踪。

国振走来时，香梅正直着腰用红碎花手帕擦脸上的汗珠。汗珠爬在她脸上，像晶莹的露珠落在初绽的荷花上。粘在脸上的一小片枯麦叶，也被她迅捷地擦去。

国振走下长满杂草的小路闯进没膝的麦海时，惊起一只肥大的秃尾巴鹌鹑。鹌鹑“啾啾”地鸣叫着顺着麦垄逃之夭夭。

香梅望着国振，脸颊顿时泛出朝霞般的光泽。眸子亮闪闪的，疲惫早已跑得一干二净。她扔掉镰刀，镰刀砸在放倒的麦子上，几个麦穗弹起来又落下。

“今个儿咋回来这么早？”

“嗯！”国振的眼里跳出懊恼和沮丧。

“怎么啦？”香梅皱起眉头。

国振来到香梅身旁，从黄格短袖背心的小口袋里摸出一支烟，点燃后“吧嗒”吸了一口，吐出海水般蓝莹莹的烟气。

他说去瓜园拉西瓜时撞伤了一个人，一个姑娘。

“伤得怎样？”香梅吃惊地张大嘴巴。

“只把腿碰层皮，问题不大。——却吓昏了。”

“住院了吗？”

“住啦！我下午还得去一趟，车还让人家扣着呢。”

“我昨晚做了一个梦——”香梅蹲下来，采下一颗长满红籽的野草，在手中玩耍。

“什么梦呀？”国振抬起头，一脸的惊疑。

香梅说是一个十分可怕十分奇怪的梦，梦中国振开着车和她一同滚进了山谷。

“呸！”国振啐口唾沫，捡起地上的镰刀，弓下腰割起来。

“你在后边捆吧！”国振瓮声瓮气地说。

于是香梅的膝盖一次次压在干燥的劈叭乱响的麦秆上。

二

香梅回到家里，奶奶正坐在屋里，摇着阔大的蒲扇等她吃饭。

香梅洗着脸，把国振撞伤人的事告诉了妈和奶奶。

奶奶惊得说不出话，干瘪的眼睛一眨一眨地望着她。妈在屋里焦急地问：“国振伤着了没有？”

“没有。他一会儿还要走！”香梅擦着脸说。奶奶摇摇晃晃地扭着小脚，把一大碗捞面端到她跟前。红白相间的西红柿卤飘散出的香味，使她食欲大开。

奶奶又坐到她用麦秸编的蒲团上。奶奶穿着质地很薄几乎是半透明的对襟小褂，两只如口袋般松塌塌的奶子隐约可见。奶奶望着香梅疼爱地说：“梅呀，活儿累，多吃点。唉！苦命的孩子！”

“你们为嘛不吃？”香梅抬起头问。

“俺们吃啦！你吃吧。”妈在里屋说。

香梅狼吞虎咽地吃完一碗面后，抬头看见坐在炕上的妈，正呆呆地看她。妈眼里有一种令她心酸的东西跳动着。有一股热流从香梅的心里一直涌到眼里。

妈是在爸爸去世后的第二年秋天瘫痪的。那个明净的早晨，小鸟叽叽喳喳地鸣叫着，正在酣睡的香梅被妈的喊叫惊醒。妈说她的腿不知怎么就站不起来了。她看到妈惊慌的脸上像蒙了一块黄布。后来医生说是晚上睡觉着凉所致，可无论如何医治都不见好转。而奶奶说妈的病和爸爸去世有关。

“梅呀，开了学给老师说说就别上学啦！你弟弟又小……”妈微弱的声音如风般从屋里飘来。

“还差一年就毕业啦！俺还想考大学哩……”香梅翻妈一眼。

“唉！我是说，国振现在弄着个汽车，忙着做买卖。家里的农活不能光靠人家呀！”

“不靠他靠谁呀！”香梅白了妈一眼。

奶奶说：“让香梅上吧！要不可惜了。”

奶奶一说话妈妈就不吭声了。

奶奶依然摇着阔大的蒲扇，香梅似乎看见小老鼠一样的空气从蒲扇边溜过，并发出吱吱的怪叫。香梅“哧溜哧溜”吃面的声音放大好几倍在屋里回荡。

“……说起来，早年的人才傻哩。麦子不是割，是用手拔。兴起镰刀来还没有多少年哩。我记得清清楚楚，合作化的时候才有了镰刀……割麦子比拔麦子省劲多啦！”

香梅听着奶奶的念叨，扭头看奶奶一眼，又埋下头吃饭。

“你爷爷可是拔麦子的好手！说起来你们年轻人不大相信，他一天能拔三亩地麦子。三亩地呀！放到现在你们两天也割不完。你爷爷大高的个儿，壮得像头牛，一到麦收俩眼就像猫一样瞪得圆溜溜的，身上有用不完的劲！……不晓得为嘛呀，早年的事儿我记得清清楚楚，眼前的事儿呀，一件也难记住啦！”

香梅又抬起头，看奶奶一眼。她看见奶奶的白发像沾满霜的枯草一样在风中飘舞……

三

西斜的太阳把香梅的身影抻得像竹竿一样又细又长。

麦子在夕阳里泛出浅红色，空气里飘着小麦成熟的香气。

香梅的割麦声和远处树上布谷鸟的叫声缠绕在一起。她的身后，是一排排整齐的麦茬。

国振走过来，夺过她的镰刀："你捆吧！"然后吐口唾沫，"嚓嚓"地割起来。

"那姑娘怎么样啦？"香梅擦去脸上的汗珠。

"全面检查了一下，检查不出一点毛病。可人家总嚷头痛——还不是想多要几个钱呀。过几天监理站可能做出判决。"

"你托人了没有？"

"没有。判得不合理就不给她！"

远山终于伸出巨掌，接住了奔波一天有些疲惫的太阳。几缕晚霞如火红的大鸟冲太阳做欲飞状，四周的景物都涂一层浓稠的酱黄色。

他们面对面坐在麦个儿上歇息，不时地有几只鲜红的蜻蜓在他们头顶上盘旋，像几只飘飞的红辣椒。

"头放麦假，我差点给气死！"一根洁白的麦茎在香梅嘴里蠕动。

"嘿，谁敢气你呀！"国振抽一口烟，用探询的目光盯着她。

"俺们班主任呗！"那截麦茎"啪"地从香梅嘴里吐出来，"那节自习课全让他占啦！谁谁好迟到啦！谁谁穿得不像个学生样啦！"

"那也值得生气？"

"光这些倒不生气，他还指名点了咱们！"

国振眯缝起眼睛，嘿嘿地笑得很幽默："点就点呗，谁让你追我呢！"

"哟，你觉得自个儿多美呀！"香梅嚷着，在国振背上擂了一拳，随即又"哧哧"笑了。一只白色的蝴蝶从她脸前翩然飞过。鹌鹑的叫声从麦田飘来，尖细得可怜。在太阳的余晖下，天空显得更明净。

"你在想什么呀？"国振站起来，问香梅。香梅正望着天空出神。

"想一个梦。"

"是不是我和你开车滚到山沟里的噩梦？"

"哪呀，一个好梦！"

那是去年的梦。那梦鲜亮得像一截刚从水里捞出来的藕。

去年麦收的天气似乎比今年热。去年麦收和今年麦收一样忙。那天晚上香梅睡在柔软的麦秸垛上，看护着那堆刚脱净粒的麦子。远处的打麦声挟着夜鸟的鸣叫萦绕在她的耳畔。

在满天神秘明亮的星星的注视下，在飘浮着新鲜麦秸香气的氛围里，一个五彩的梦在香梅的脑海里浮现……

四

“说起来，早年的人才傻呢。麦子不是割，是用手拔，兴起镰刀来没多少年哩。我记得清清楚楚，合作化时才有了镰刀——合作化你一准知道吧？那才新鲜哩！……”

奶奶仍旧坐在她的蒲团上，又说起那些陈年旧事。

香梅泼掉脸盆里的水，把毛巾搭在晾衣绳上。

她对奶奶说，洗了身子非常凉快。

奶奶终于把浑浊的目光从遥远的记忆里收回，对香梅说：“回屋睡吧！割了一天麦子！”

收麦的劳累使香梅很快入睡，但在临睡前她憧憬着重温那个五彩的梦。

然而，国振叫醒她时，她正在麦田里一把一把地给一只小白兔喂草。

国振站在窗前，轻轻唤她。

“什么事呀？”香梅坐起来，吃惊地问。

“打麦机找好了，咱快干吧。天一亮人家还用呢！”

香梅赶快爬起来，穿好衣服。她走出屋门，看到月亮像被人遗弃的雪白的瓦片悬挂在黛青色的苍穹上。

她从墙角拿上打麦用的家什，和国振肩并肩走进黏稠的夜色里。他们朦胧的身影投在地上。他们肩上的叉子、扫帚，不停地变幻着奇形怪状的图案。邻居家的黑狗跟着他们走了一会儿，不知什么时候又不见了。

远处有打麦机在疲惫地吼叫。清爽的空气里飘着缕缕柴油味。蛐蛐在昏暗的角落里轻轻吟唱。不远处麦场里有人在叽叽喳喳地说话。

出了村，香梅说：“好冷！”

国振把她揽在他宽大的怀里，顿时，一股温暖的气息把她包围了。

他们来到了打麦场。

国振的弟弟国有正在固定柴油机。他瘦小的身材和高大的国振形成了鲜明的对比。他像猫一样在柴油机旁转来转去。

打麦机欢叫起来时，月亮已经偏西了。满天的星星打起了瞌睡。有一颗流星迅速地画了一道直线，眨眼之间又连同直线一起消失了。

打到一半，他们坐下来小憩。远处的打麦声也戛然而止，田野上又静如止水。香梅仰着困倦的脑袋，望着深邃而博大的夜空。星星不知什么时候悄悄溜走了，夜空变得空空荡荡。东北方向有一颗大如灯泡的星星，自豪地眨着眼睛。香梅知道那是启明星。田里传过来一阵响动，大概是什么动物在觅食。

一停下来，香梅身上就开始发冷，钻进身子里的麦芒使她瘙痒难忍。

柴油机、打麦机又吼叫起来。叫声在黎明前的田野里出奇的嘹亮。

突然，国振发出撕肝裂肺般的惨叫。

他的右手，被打麦机打得鲜血淋漓……

五

又一个麦黄时节，在国振和香梅割过麦子的那个地方，国振和香梅的弟弟香国正重复着那个人们重复了许多年的动作。厚厚的麦黄在他们的四周飘来荡去，干燥的风裹着麦香抚弄着他们的脸颊。

一群山雀从远处飞来，又向远处飞去。香国直起腰，痴痴地望着山雀，直到它们落在远处的杂树林中。

“国振哥，俺姐嘛时候回来呀？”

“快啦，放了暑假就回来！”国振盯着香国说。他从香国的脸上看到了香梅的影子。

“俺姐这会儿在干嘛呢？”

国振若有所思地望着蔚蓝、淡远的天空，没有回答，但他知道香梅这会儿正编写着那个美妙的梦……

（原载《草原》1992年第9期）

假　　发

本来，山旺大叔家的日子平静如水。一家人该吃了吃，该干了干，有说有笑。然而，谁也没有想到，临近年关时，却发生了一件让全家人瞪眼咋舌的事儿。

那事儿还是翠儿最先发现的。那是腊月二十六，上午，山旺婶去儿子华炬家帮翠儿蒸年糕。当第一锅年糕出锅时，翠儿望着黄灿灿的年糕对山旺婶说："妈，我先给我爸送两块，让他尝尝！"

山旺婶听了，心里自然欢喜。嘿，翠儿真不错呀，知道疼老人，嘴上却说："算啦！我一会儿给他带回去吧！"

翠儿说："老人们就喜欢吃这个，我给他送一趟吧。"说完就用围裙擦擦湿漉漉的手，拿碗盛上两块，走出了街门，朝婆婆的院里走来。

翠儿的家和婆婆的住处没隔多远，不大一会儿，她就来到了那扇铁门前。见门虚掩着，心想公公准在家，就走了进去。

院里很安静，几只鸡悠闲地踱着步觅食。那条拴在枣树上的黄狗见翠儿进来就摇尾巴，一扑一扑地像要抢吃年糕。翠儿没理它，径直朝屋里走去。

她掀开门帘，走进堂屋。西屋门半开着，她往里扫一眼，见一个人正坐在沙发上看电视。因为侧对着翠儿，翠儿只能看见那人的半个脸。翠儿愣住了，这人是谁呀？一头漆黑发亮的头发，像个年轻人。哎呀！来客人了。她没忙着叫公公，先把年糕放在堂屋的桌子上，然后又踅回来，探身往屋里瞅。她要看看公公是不是在里面，那客人到底是谁。呀！这人的脸怎么那么像公公呀！再仔细一看，呆住了，这不正是公公吗！同时也糊涂了：怎么公公的头上长出了浓密的头发？片刻的惊愕后，她就明白了。吐一下舌头，悄悄地缩回身子，捂住嘴，蹑手蹑脚地往门外走去。

出了街门，她才拿开捂住嘴的手，哧地笑出了声。

待翠儿把她见到的讲给婆婆，山旺婶也呆住了。一边往锅里放着年糕一边说："这死老头子，什么时候买的假发呀，连我也瞒着！唉，这死老头子呀！"

"妈，你真不知道？"翠儿问。

"知道了还瞒你们？这死老头子，老了老了倒臭美起来啦！"山旺婶也禁不住笑了。

翠儿说："妈，我爸戴上假发好看着哩，得年轻十几岁。"

"哼，年轻那会儿干什么来？如今黄土快埋脖子的人啦，倒瞎讲究了。我看他好意思出门上街？"

蒸好了年糕，山旺婶急匆匆地赶回家。然而，她没有看见戴着假发的山旺，老头子头上仍是那一顶几十年不变的灰布帽子。他正蹲在磨刀石旁"嚓嚓"地磨菜刀。山旺婶没说话，蹲下来，望着山旺偷偷地笑。

"看把你乐的，有什么稀罕事儿？"山旺大叔不解地望着她。

山旺大叔这么一问，山旺婶笑得越发厉害了："你不问问你自己，怎么不戴假发啦？"

山旺大叔的脸上倏地洇出一层血色，用手轻轻地拭了拭刀刃，然后扭头瞥山旺婶一眼，嘿嘿地笑起来。

"什么时候买的呀，也不跟我说一声！"山旺婶一边埋怨一边往屋里走，"在哪呢，让我看看！"

"衣柜里。"山旺大叔轻声说。

山旺婶迅速地打开衣柜，果然看见衣服上面放着一团假发，黑亮亮的像一条蛇一样安详地盘踞在那里。山旺婶拿起来，瞪大眼睛惊奇地望着。她惊叹这假发简直跟真的一模一样。她就那么一动不动地望了许久……

山旺婶正炒菜，二儿子华亮哼着一首流行歌曲进来，悄悄地问妈："我爸买了假发？"华亮在天津当兵，前几天刚回来度探亲假。

"你怎么知道的？"山旺婶眯眯笑着用筷子搅着白菜问。

"我刚才去我哥那儿吃年糕，听我嫂子说的！"华亮嘿嘿地笑着说。

"你别去问你爸呀，他脸上下不来。戴一辈子帽子了，猛地换上假发，我都怕他戴不出去。"白菜炒猪肉的香味开始在屋里雾一样飘荡。

"妈，你放心好了，我想办法让他戴出去。"华亮说得斩钉截铁，一脸的自信。

儿子离开后，山旺婶的脑子里就全是丈夫买假发的事。想着想着，各种滋味就涌满她的心，而且一下一下地猛烈撞击着她的记忆。

……她嫁山旺大叔时才二十岁。她肯嫁给山旺大叔是因为她的腿有点跛。她的腿原先是不跛的，那是她十七岁那年秋天往屋顶上扛玉米，不慎从梯子上摔下来落下的残疾。冬天人们都戴帽子，山旺大叔似乎也没什么特别之处，但一到夏天，她一看见他穿着背心还捂着那顶帽子，心里总像吃饭吃了苍蝇一样不舒服。尤其是在人多的场合，她更是感到脸上燃起一团火，羞涩不已。此时此刻，她多么希望山旺那光秃秃的脑袋上霍然长出浓密的黑发呀！晚上睡觉时，山旺大叔也不摘帽子。山旺婶知道他爱面子，也就不去理会。但心里总有点不舒服。日子久了，她发现了山旺身上有许多她喜爱的优点。比方说吧，山旺其实长得很好看，两条黑眉毛，一双有神的大眼睛，还有那高挺的鼻梁和棱角分明的嘴巴，都透出一股子英气。当然，更主要的还是山旺大叔的勤劳和憨厚，以及对她的体贴入微……总之，她渐渐爱上了山旺大叔。

然而，他头上的那顶帽子，依然像一片阴影，笼罩在她的心头……如今山旺大叔买了假发，她既激动又不安。她盼望着他戴上假发，可又害怕他戴上假发。

一个下午在人们匆匆的忙碌中逝去了。该干的活儿都干完了，已临近深夜了。山旺婶拖着疲乏沉重的身子来到屋里，山旺大叔正要上炕睡觉，山旺婶朝他眨眨眼：“先别睡哩。”

山旺大叔问她：“怎么啦？”

“你戴戴呀，让俺看看呗。”山旺婶笑着乞求。

山旺大叔憨憨地笑着，打开衣柜，拿出假发，然后摘掉帽子，有些笨拙地往头上戴。

山旺大叔摘掉帽子的一刹那，山旺婶的心里像让人狠狠地戳了一下。她和山旺大叔结婚二十多年了，这是第二次见他的“庐山真面目”。她清楚地记得，第一次见是大儿子华炬两周岁那年夏天。那是个酷热的中午，山旺大叔吃过午饭刚要躺下睡觉，山旺婶心血来潮，嘻嘻地笑着猛地掀去了他头上的帽子。几乎同时，她就惊呆了。只见山旺大叔头上光溜溜的。那团光亮，晃得她眼发晕，心也乱了。

突然，一声震天动地的怒吼把山旺婶从梦魇般的幻境中惊醒。山旺大叔羞红着脸，气势汹汹地朝她扑来，“啪！”一巴掌打在她脸上。从她手里夺过帽子，猛地扣在头上，然后愤愤地离去……

从此以后，她就不再敢那样轻举妄动，甚至连平时说话也很注意山旺大叔的忌讳。尽管她对他给自己的那一巴掌气愤之极，但冷静下来，心里不免生出对山旺大叔的一丝愧疚。她恨自己不该那样无所顾忌地揭男人的短处。

几十年的时光像秋后的落叶般随风逝去。但那个情景却牢牢地留在了山旺婶的记忆里。

这时候，山旺婶的心怦怦地跳着，努力地睁大眼睛，看着自己男人头上发生的历史性的变化。哎呀，这是自己的男人吗？是陪伴自己二十多年的男人吗？那团如墨般的乌发在灯光下油光闪亮。那张她十分熟悉的方脸在这团黑亮的映衬下，仿佛一下子年轻了许多，还有一种她十分陌生十分新鲜的英俊。——自己的男人完全变了模样！她让眼前这神奇的情景弄得热泪盈眶。她那么痴呆呆地望着山旺，突然，伸出手在他那光滑的头发上抚摩起来。

“从哪儿买的呀？”

“前天去城里买年货，在商场里看见，就狠狠心买了，花了八十块！”山旺大叔轻轻松松地说。脸上依然挂满了笑。

“年轻那会儿怎么就没想到买呀？”

“嗨，那会儿哪敢呢！”

山旺大叔要把假发摘下来时，山旺婶一把按住他的手：“别摘，就这么戴着睡吧！明儿一定戴出去！”

“真的好看？”

“真的。”

尽管山旺婶累得浑身酸疼，但躺下后却兴奋激动得久久不能入睡。她脑子里全是山旺大叔蓬勃着一头乌发在家里在街上昂首阔步走动的情景。折磨了她几十年的心病随着这些画面的闪动渐渐消失了……

麻雀在窗前的叽喳声把山旺叔吵醒，他扭头见老伴的被窝已空空荡荡，就爬起来，匆匆地穿衣服。

山旺大叔之所以如此焦急，因为今天还有一件极其重要的事情等着他去做。他要去趟城里，换一罐煤气，然后再买点牛肉和年菜。二儿子回来了，在城里教书的女儿也放假了，他琢磨着要让这年过得味道更浓些。

这时，他听见堂屋里“沙沙”地响着来回走动的脚步声。他穿好衣服，忽然感觉到头上有些异样，用手一摸，竟是光溜溜的头发。他这才想起自己是戴了假发，顿时感到全身不自在，又似乎有千万双目光在脊梁上惊异地扫来扫去。于是脸上开始火烧火燎的。他下了炕，就去桌子上拿帽子。他清楚地记得昨晚把帽子搁在桌上了呀，可此时上面连帽子的影儿都没有。他就想可能是老伴给放炕上了，于是就去找，把每个角落都找遍了，也没有。怪了，帽子跑哪儿了？

“华亮妈，你过来！”山旺大叔焦躁地喊。

“你把我帽子放哪啦？”

“我没见呀！”山旺婶说。

山旺大叔凑过去，朝老伴十分温和地笑着，用恳求的口气小声说：“咱都这么大年纪啦，闹什么呀闹，快给我拿出来吧。”

山旺婶说：“谁跟你闹啦！找不着就别找了，就戴假发呗！”说完，又嘻嘻地笑着做饭去了。

山旺大叔急得在屋里转了几个圈，又狠狠地跺了几下脚，然后咬咬牙，终于走出屋来。

山旺婶在厨房里做着饭，也觉得这事儿蹊跷，就问女儿华贤：“你拿你爸的帽子啦？”

“妈你也是糊涂啦！我拿我爸的帽子干什么呀！”华贤忽闪着一双明亮的大眼睛望着妈。

女儿这么一说，山旺婶才想起女儿还不知道老伴买假发的事儿，于是就告诉了女儿。

华贤听了“哧哧”地笑起来。笑了一会儿，就捂着嘴要去看爸爸的新面目。

“回来！”山旺婶厉声叫住女儿。华贤回来了。那张妩媚的瓜子脸还满是笑的痕迹。

“你把华亮叫过来。还有，当着你爸的面可别笑！”山旺婶低声警告女儿。

但华贤仍灿烂着一脸的笑，像鸟儿似的欢快地跑了出去。

华亮走了进来，山旺婶问他："你把你爸的帽子藏啦？"

"嗯。"华亮嘿嘿地笑着，"我不藏，他能戴假发吗？"

"你呀……"山旺婶瞪儿子一眼，长长地叹一口气。

吃着饭，山旺大叔一脸怒气地问华亮："你把我的帽子藏哪啦？"

华亮装出吃惊的样子："我没藏呀！"

"你没藏，谁藏！"山旺大叔翻儿子一眼。

华亮狡黠地笑笑："你买假发不就是为戴吗？你要不戴还买它干什么？"

"你让我戴着怎么出门呀！"山旺大叔也"哧"地笑了。

华亮收起笑，一本正经地鼓励父亲："头一次出去见人是有点不自然，但你自己得有勇气，要和平时一样，该怎样还怎样，自自然然，慢慢的不就习惯了？"

山旺大叔咽下一口菜，乐呵呵地说："其实呀，你们不知道我的心思！我买这假发可不是这时候戴哩！"

"那你打算什么时候戴呀？"山旺婶问。

山旺大叔慢悠悠地说："嘿，俺留着送终用哩。"

他这么一说，大家都不吭声了，心里升起一缕酸楚。突然，山旺婶把碗往桌子上一放，斜了山旺大叔一眼，埋怨他："得啦！得啦！临年傍节的，怎么说起不吉利的话啦！就不怕让孩子们听了伤心？"

山旺大叔自知失言，就憨憨地笑。

女儿华贤说："爸，你就戴吧，如今城里人都兴戴假发，人家头发稀的还买假发哩。如今的人都爱美啦！"

华亮也趁热打铁："不假，听说电视上那个赵忠祥也是戴的假发。"

吃过饭，山旺大叔就和华亮驮上煤气罐进城去了。

他们回来时已满天繁星。

趁父亲去东屋拿东西的当儿，华亮从西屋拿出那顶灰色的帽子，冲母亲调皮地伸伸舌头，小声说："今天在城里我一步也不敢离开我爸。"

"怎么啦？"

"街上那么多人，一走开我怕认不出他！"

华贤和山旺婶听了都开心地笑起来。

华亮把帽子扔到东屋的炕上，对走进屋来的父亲说："爸，还你帽子，不过，你再别戴啦。”

他们正吃饭，华炬走进来。

“吃吧。”山旺婶说。

“吃过啦。”华炬说着，不看妈，眼睛一动不动地盯着父亲看。

华贤和华亮实在忍不住，装成吃饭的样子，咧开嘴不出声地笑。山旺婶狠狠地瞪了大儿子一眼。

华炬似乎没理会，他眨巴眨巴眼说：“爸，这个发型你戴着不合适，显得太年轻啦！”

华炬的话像一枚炸弹，把全家人震呆了。人们都用一种异样的目光盯着华炬。山旺大婶斜华炬一眼，气呼呼地说：“你懂个屁！年轻点还不好吗？俺见人们都往年轻里打扮，没见往老里打扮的！”

山旺大叔脸上显得出奇的平静，他缓缓地扫大家一眼，慢条斯理地说：“我在商场看了半天，还就觉得这个合适。还有个一多半白发的，我才不戴呢！”

华炬仍十分认真地说：“我是说这个发型不适合你，有点时髦，三十多岁的人戴上还差不多。”

“你能看出什么呀！”山旺婶剜儿子一眼。

饭后，山旺大叔来到里屋，站在镜子前仔细地端详，耳边响着华炬那句话。望着望着，山旺大叔惊得眼睛都直了，可不是，自己这张皱巴巴的脸和这乌亮的假发多么不般配呀！他越看越觉得自己戴上假发的样子多么荒唐滑稽！于是他就把假发摘掉，拿起帽子，戴在头上。他望着镜子里戴着帽子的自己，心里渐渐舒坦开来。他觉得还是自己戴着帽子看着顺眼。

山旺大叔又戴上了那顶戴了许多年的灰布帽子。

华亮一脸懊丧地望着父亲，后悔自己不该过早地把帽子还给他。但他更怨恨哥哥华炬，因为华炬的话使他的努力前功尽弃。

山旺婶也叹口气，说：“你这老东西呀，就没有一点主见，华炬那么一说你就不戴啦？一个人一个眼光，他说不好的东西，不见得就不好！”

山旺大叔说：“我看华炬说得有道理，我戴那假发真不合适！”

晚上睡下，山旺婶一直没有搭理山旺大叔。她心里空落落的。山旺大叔也不停地翻身，似乎有什么心事在折磨着他。

第二天吃着早饭，山旺大叔郑重其事地对华亮说：“你这次回了天津，再给我买一个发套吧。”

一家人全愕然了，都放下碗，望着山旺大叔。

“买假发干什么呀，买了你也不戴！”华亮故作生气。

“你这孩子，人不大，脾气不小！你听我说嘛！”山旺大叔一脸慈爱地望着儿子，口气极其温和，“你买的时候吧，一定要挑个适合我这年纪戴的，有点白头发也不要紧——这次买了我准戴！”

华亮忽然嘿嘿地笑了，说：“行啊爸，我去北京王府井买，保准买一个你满意的！”

山旺婶瞥山旺大叔一眼，心里一热，嗓子里顿时像堵住了什么东西一样，憋胀难忍。一股热辣辣的东西涌出了眼眶……

（原载《长城》1992年第5期）

漫游冬季

冬天黑得早，才五点多光景，镇上所有的景物，就打上了夜的印痕。

玉花家的百货店里已灯火通明。

这是今天下午的第四位顾客，一位打扮鲜丽的女人，她离开后，玉花坐下来，透过窗玻璃，开始眺望对面的便民商店。

玉花看见明山的脑袋晃动几下，就不见了。墙上映满了顾客奇形怪状的身影。

哼！明山你把我坑得好苦！玉花心里升起莫名的气愤与嫉妒。明山，你也太小看我玉花了！

她走出柜台，站在门口，理一下有些蓬乱的秀发，隔着一条街，审视着明山的商店，同时脑海里生出一个几天来令她寝食难安的疑问：为什么他那里顾客盈门，而自家的百货店却这么冷清呢？这么想着，玉花又踅回了店里。

她等着爹给她送饭。

不大会儿，爹提着饭盒进来了，一股饭菜香味钻进她鼻腔里。

“你娘给你炒了几个鸡蛋，快趁热吃吧。”爹把饭盒放在柜台上，“今儿下午怎么样呀？”

“不怎么样。”玉花开始吃饭。她吃得很慌乱，眼睛不住地往明山那里瞧。她觉得今天的饭菜索然无味。吃过饭，她就走出店里，走进冬季的黑夜里。

明山正给一个顾客包红糖。他两只大手出奇的灵巧利落，仿佛叠一只纸鹞或小船。一张棱角分明的脸，在灯光下闪着红润的光泽。

玉花站在人丛里，她看到他家货架上摆满人们冬季用的物品。她恨自己经验不足，更恨明山的鬼精。

明山递给一个老头子一包香烟，一抬头，瞥见了玉花，咧嘴笑了笑。他的牙很白。

玉花也朝他笑笑，然后又走回来。

“你干嘛去来？”爹问她。

“我去对面看了看，咱这儿货太少。明儿你在这儿看着吧，我去城里进点货。”

“我去吧！”爹说。

“我去找我同学，让人家想想办法，价格上能便宜。”玉花说，“我不信咱就抗不过他！”

爹离开后，刮起了呼呼的北风。风卷起的沙子劈劈啪啪地拍打着门窗，让人产生对暴风雨的联想。玉花坐下来，听着外面的风声，脑子里一片空白。过了许久，困意像蚊虫一样开始叮咬她。她想不会有人来了，就起来插好店门来到了里间屋。

她蜷缩在被子里，耳朵里灌满了风的声音。呜呜的风声，像有千万人在声嘶力竭地吼叫。睡意似乎又让风吹跑了，一股什么力量驱使她，爬起来掀开窗帘往马路上张望。明山的店门已关闭，但屋里亮着灯。该死的明山！她小声骂他。

在玉花的记忆里，家里一直在贫困的深巷里踯躅。她永远也抹不掉对那个中午的记忆。那是夏天一个中午，暴发户马秋因他家的狗让玉花家的狗咬了一口，和她爹发生争吵。马秋满脸鄙夷地骂了玉花爹一声贱骨头穷酸相！就因了这一句话，玉花不上学了。因为还差一年就要高考，父母极力反对，她说，就是再上，也不见得能考上，还不如早点挣钱呢。不久，她就承包了镇上这家春来百货店。

春来百货店坐落在最繁华的地段。开张后，买卖很兴隆。照这样下去，用不了几个月就能收回本钱。想着美好的前景，玉花心花怒放。

然而，一天上午，玉花瞥见对过一个关闭多日的饭馆改头换面，挂出了便民综合商店的招牌。玉花意识到，自己有了竞争对手。

果然，便民商店一开张，玉花这里的顾客就渐渐稀少了。每当她望见明山那得意的表情，心里便开始不是滋味，随即生出一种冲动……

咆哮了一夜的大风，天亮时终于停歇了。

吃过早饭，玉花让爹替她看店，拎上皮包就朝汽车站走去。她那苗条的身材让红色的风衣衬托得洒脱飘逸，粉嘟嘟的圆脸，在冷风里像熟透的苹果一样鲜亮。

来到城里，她找到了同学，人家给她托了关系，从县批发站进了许多紧俏物品，价格果然便宜许多。

太阳落山时，玉花回来了。

卸完货，玉花站在门口，目送那辆送货的汽车在街的尽头消失，才收回目光。她望一眼明山的便民商店，一种满足和惬意在她心里迅速滋生。

在后来的日子里，来她这里的人开始多起来。玉花忙得手脚不停，却不觉得累，脸上总挂着笑。

在一个月光清幽的夜里，她早早地关了门，在屋里盘点，算盘噼噼啪啪的清脆响声，犹如一团碎玉相互敲击。盘点的结果使她惊喜不已。

这天晚上，困意离她远去。她沉浸在成功后的喜悦里，而这些天明山商店里的冷清又时时在她眼前浮现，强烈地刺激着她的脑神经。

日子一天天过去了。

一天傍晚，明山走进来。

他朝玉花笑笑，露出洁白的牙齿。眼睛里射出深邃的光亮，像射进深幽的井里一缕月光。“玉花，恭喜你发财！”他抱起拳头冲玉花晃晃。仍笑着，笑得狡黠而风趣。

“不好好待着，跑这儿来干什么呀？”玉花笑眯眯地问他。

“取经呀！”明山掏出一支烟，用打火机点着，悠然地吐着烟圈。目光从花子脸上掠过，然后又去瞅那些零乱的货物。

鬼精！黄鼠狼给鸡拜年，不定又打什么鬼主意哩！玉花想着，又习惯地抚摸起自己涂了红的指甲。

“真有两下子呀玉花，嘿嘿，我败在你手里啦！”

玉花一撇嘴：“做买卖有赔就有赚，你可别那么说！”

一个披着皮袄的汉子走进来，买了一盒烟。玉花给他找零钱时，明山冲玉花莫测高深地笑笑，懒洋洋地走了出去。不大会儿，那首深情委婉的《其实你不懂我的心》从对面飘来。

玉花明白他那笑……

第二天下午，一阵节奏明快的歌声又从对面飘来。玉花从柜台里站起来，朝那边眺望。她见几个穿红戴绿的少男少女正被一台收录机牢牢地吸引在那里。

她掀开柜台板走出来。她走到门外，脸颊让冷风一吹，像结一层冰。歌星齐秦正声嘶力竭地叹息外面的世界。那沙哑的嗓声挤出商店，在灰暗的街上流淌。

玉花仿佛也置身于便民商店那份热闹里了。

第二天中午，她坐在柜台前吃着饭，对爹说，她打算买台彩电。

爹不高兴了，说："你疯啦！买彩电干嘛！别看咱赚了几个钱，还贷着款呢！烧包！"

玉花嘻嘻地笑着瞥爹一眼，说："不是咱自己看，是为做买卖！"

冬季的夜总是悄然而至。一缕缕柴草特有的香气，挟带着饭菜香味在透明的寒风里飘荡。天空变成了一个深幽幽的湖泊，繁星浩若灯海。

许多人来到了玉花的商店。有老人，也有小孩子，他们嗑着瓜子，或吸着烟，目光紧盯着电视，一刻也不肯离开。

玉花朝对面扫一眼，看见明山趴在柜台上，正呆呆地朝这边望。他那里又冷清起来了。

"哟，玉花你可真行，开张才几个月就买台大彩电！"一位抱小孩的女人笑呵呵地说。

玉花只是抿着嘴笑。

她再望一眼冷清的对面，心想，认输吧！明山！

她似乎看见爹也吸上了带过滤嘴的香烟。那整天愁眉不展的脸，笑成了一朵菊花的形状……

第二天，她又把所有货物的价格往下压了压。她明白这一手的威力。她仿佛看到一把锋利的匕首无情地刺进了明山的心脏。

人流如潮的商店在临近中午时才得到了片刻安静。玉花疲惫而欣喜地舒出一口气。她见明山在商店门口的那片太阳地里来来回回地走。有时望几眼匆匆的行人，有时朝这里扫一眼。目光冷得像外面的空气。

然而，以后的日子里，一种奇妙的情感开始占据玉花的心。她喜欢看明山那莫测高深的笑，那明亮的眼睛和棱角分明的嘴诱发她产生许多遐想。我这是怎么啦？她不解地问自己。

后来，当玉花明白了怎么回事，就开始困惑了。同时脸和心非常合乎规律地发生显著变化。她发现爱这玩意儿总是令人猝不及防。玉花单纯的心显然无法承受这爱的撞击，以至于那个充满魔力的身影在她的脑海里晃动了一夜。

第二天，她趴在柜台上，又不时地往对面眺望。

明山仍穿着那件棕色皮夹克，两手插进口袋，在柜台里踱着步。她看呀，看呀，一位老太太进来她都浑然不觉。

老太太来买酱油。当她拎着酱油瓶子离开后，玉花往炉子里添块蜂窝煤，向对面走去。

看到玉花，明山一怔："你来干嘛呀？"

玉花嫣然一笑："成天在屋里闷得慌，出来散散心呗！这几天买卖咋样？"

"不咋样！"明山一撇嘴，"把这点货处理完就关门！"

玉花意识到了自己的失言，但她不后悔。她不再看明山，目光在货架上匆匆扫视一遍，没错，上面空落落的已没有了多少物品。

……

一个明净的早晨，她走出店门，再一次朝对面走去。

明山正做早饭。屋里弥漫着糊锅的气味。

"我抗不过你！"明山抬头盯着她，目光冰冷。

"你别走，明山，今后你买卖会好起来的。"

"什么意思？"

玉花莞尔一笑："明山，以后咱们伙着干吧！咱们把规模扩大，来个双赢！"

明山诧异地审视着玉花。倏地，像被人愚弄似的，冷笑道："谢谢你的好意！我要回家开家具店！木料都买好啦！"

说完，就不再搭理玉花，开始往碗里盛饭。

玉花不知道自己是怎么走出来的。外面的风冷飕飕，她感觉比哪一天都要冷。

两个商店相隔十几步，她却觉得有千里之遥。

从此以后，她的脸变得苍白而毫无表情。她还是时不时地往对面瞥一眼，看见明山木偶般呆坐着。有时也朝这里张望，但当他的目光和玉花的目光相遇时，就慌慌地移开了，像受到惊吓逃之夭夭的小鱼。

一天夜里，玉花早早地关了店门，躲进屋里蒙着被子哭了很久。

这天晚上，她让许多奇形怪状的梦所缠绕。梦境里许多的鸟儿在她和明山的商店之间飞来飞去，急促的叫声涨满了她梦的空间。

窗外仍响着大风的吼声。

整个镇子就像一条颜色单调的纱巾，在来自西伯利亚的寒风里顽强地飘着，飘着。

（原载《朔方》1992年第9期）

蛙　鸣

几束月光落在了芦花脸颊上。村南稻田里的蛙鸣，带着水腥味和稻花香，涌进屋里。芦花盯着窗口，窗口撒满银辉，她感觉像她小时候的记忆，一片洁白。

芦花生出要给琪写信的欲望，月亮已升至院中央。她从床上起来，拉亮电灯，坐在了桌前。灯光立刻把她单薄的影子放大投到她背后的墙上。东屋里父亲响亮的鼾声，和弟弟怪异的梦呓极力挤进这喧闹的夜。芦花手托下巴，她期望脑屏幕上显示出信的内容。二姑已经回去两天了，她不清楚产生写信的欲望是否和二姑有关。她迟缓地从抽屉里拿出纸和笔……

那天，芦花迈进家门，一只知了正在院里的大榆树上扯着嗓子鸣叫；芦花用一种外乡人才有的目光，扫视这空泛的小院。二姑首先映入芦花的视野。二姑正坐在那棵大榆树下淘米。二姑白嫩的手在盆子里搓来搓去，芦花听见盆子里米粒厮咬的声音。

二姑！芦花叫一声。

哎呀！芦花回来啦！二姑站起来，抖落粘在手上的米粒，又扭头冲屋里喊，嫂，大学生回来啦！

妈从屋里走出来。芦花叫声妈，眼睛就湿了。

妈问她，放假啦？然后就躲开芦花的目光，接过她手里那只浅绿色提包，扭头朝屋里走去。

芦花转过身，问二姑什么时候来的。她还是去年夏天见过二姑的。

二姑脸上的笑像水纹一样隐去。她理理遮住右眼的几缕头发，对芦花说，快洗洗脸歇歇吧，一会儿吃姑捞的大米干饭。说完又坐下来急急地揉搓。

蝉鸣飘来荡去，诉说着有关夏天的故事。

秋秋呢？芦花问。目光在院里搜寻。

在屋里睡觉呢！二姑说。

芦花来到屋里。果然，表妹秋秋正在梦乡里神游。芦花爬在炕上观赏她那张鲜嫩可爱的脸。哎呀，这鼻子简直和二姑的一模一样，鼻尖翘得很调皮，像什么呀？芦花问自己。她觉得像城里那座仿古楼的楼角。她禁不住又扑哧笑起来，笑自己的比喻太古怪太夸张。

孩子刚睡着，别吵醒了！妈说着递过来一杯白糖水。大热天赶那么远的路，快歇歇喝点水吧！

芦花在秋秋粉嘟嘟的脸蛋上吻一下，跳下炕接过妈手里的水杯。她跳下炕时黑色的连衣裙轻轻飘起，像一只蝴蝶驮着她翩然落地。

芦生呢？妈！芦花想起了比自己小两岁的弟弟。

跟你爸去稻田里拔稗草去了。妈说着开始兴致勃勃地叠一件刚晒过的衣服。一边叠一边说，你二姑又挨打了，唉，命苦哟！咋就嫁了那么一个男人？

芦花停止喝水。停止喝水后就听见了村南稻田里响起一两声孤独的蛙鸣。

……二姑在芦花繁杂的记忆里像一只小鸟儿在家里飞来飞去。家里每一个角落都落下她委婉动听的说笑。

那时候芦花家和叔叔家还在一个院里住。夜里芦花不跟妈睡总是和二姑钻一个被窝。一钻进被窝她就缠着二姑给她讲故事。于是二姑就滔滔不绝，牛郎织女、女娲补天、梁山伯与祝英台就涌进芦花还很苍白的记忆。

芦花挨着二姑光滑的身子，顿生恶作剧的欲望。她把手伸进二姑胳肢窝里轻轻戳动。我剁了你的手！二姑嗔怒着，旋即欢快的笑飘满整个屋子。但芦花的手仍执拗地重复着那调皮的动作。二姑坐起来，骂着该死的丫头，两手伸进芦花两肋处剧烈地报复。

赶明儿给你找一个婆家，把你嫁出去得啦！省得在家里作弄人！让你女婿是个麻脸儿是个瘸子！二姑说完咯咯地笑了。

正守着油灯做鞋的奶奶扭过爬满皱纹的脸，说再嚷嚷明儿把你俩都嫁出去。

蛙鸣在她们安静下来后就乘虚而入。那声音汇成巨大的声浪，嘹亮地刺激着芦花的记忆。

早晨，芦花被二姑唤醒时麻雀们的喧闹正随同橘红色的阳光四处迸射。二姑抿着鲜艳的嘴唇正冲她笑。雪花膏的香气从二姑丰满的脸上散发出来。芦花贪婪地吸一口，早晨的气息让她兴奋。

二姑用手指弹着芦花让黑夜揉搓得蓬乱的头发，说快起来我给你梳头呀！

芦花洗漱后坐在桌前，任凭二姑在头上忙碌。二姑说往后你自己该学梳头啦！总不能让我给你梳到找婆家吧！

想得美！芦花反唇相讥，你想梳还梳不到呢！

二姑厉声说你再犟嘴当心给你梳个"顶天橛"！

芦花的脑袋让二姑丢弃后就弓着腰猫一样冲着镜子端详自己。镜子里的芦花拥有两条小辫，脸颊妩媚得像一朵花儿。

吃过早饭，芦花和二姑背上用碎布缝制的书包，踏上了通往学校的路。

笔尖即将落在纸上时芦花又停住了。她扭头望窗口，窗口上那层神秘已让灯光剥去。隔着窗玻璃她看见蛙鸣雾一样在深蓝色的天幕上飘荡，缤纷的线条使芦花眼花缭乱。她又开始回味第一次见到琪的那个细节。那细节像一张照片一样藏在她记忆的影集里。那天她去锅炉房打开水时和他擦肩而过。她扭头望他一眼。他那白皙的脸和洒脱的身影在她的脑海里划出一道耀眼的电弧。她立刻感觉到了他身上那种令她迷恋的东西。以后的许多天里那张脸一直浮现在她骚动不安的心海里……

蛙鸣浩浩荡荡弥漫过来。太阳的痕迹已让晚风吹去，这时候村里所有的人都去星光里聆听青蛙古老的吟唱。

芦花和二姑坐在院里的碾盘上。妈正摸着黑收拾碗筷。

那个狼心狗肺的东西简直没一点人味！二姑哗啦啦摇着蒲扇说。芦花看见二姑模糊的刘海儿在扇起的风中狂舞。

二姑说他天天打麻将，什么也不干，人家别的男人地里一没活儿了，就去河滩压西瓜蔓挣钱去了。那狗日的可好，一天没去过，吃过饭把嘴一抹，就去和那些狐朋狗友打麻将。有一次输光了，把正下蛋的两只母鸡卖啦！你说缺德不缺德！我说了他一句，狗日的就用皮带抽我。二姑愤愤地说。

芦花看到二姑眼里亮起两颗小星星，须臾又坠落下来。

妈说他也太狠心啦！女人家哪禁得住他那样打呀！妈的声音里弥漫着浓烈的火药味。

芦花感觉到一只蝙蝠擦着她的耳朵迅疾地飞过，从蝙蝠扇起的风里她闻到了一股腥膻味。此时，秋秋躺在她怀里，正在数星星。

二姑说他不光赌还和一个女人勾搭着！那女人的家挨着俺家，据说做闺女时就是破鞋……你说气人不气人！

这事你别吵也别嚷，捉奸拿双，你留点神，想法逮住他们，把那娘们儿狠狠羞一顿，她就不敢啦！你越软他越欺负你！妈说。秋秋数腻了星星，缠着芦花给她找知了牛。

一到了晚上你就精神啦！二姑扭头冲秋秋说，快睡觉去吧！

秋秋哭着说我不睡觉我要知了牛。

芦花跳下碾盘，穿上鞋在院里的树身上寻觅。

二姑继续发泄着她的怨愤。就说这次吧，快晌午的时候街上来了个补锅的。我正给秋秋做棉衣呢，见他在院里抽烟，就喊他去把家里的锅补补。谁知他的脸一下子耷拉下来，说还出去有事呢！能有嘛事呀！还不是打麻将！我就问了句打麻将要紧还是补锅要紧，他就扑过来揪住我的头发猛打！嫌不解气，又用钳子夹我的肉……

一只知了牛爬进芦花视野时，二姑的声音戛然而止。芦花愣怔一下，才把知了牛从树上揪下来。知了牛模糊不清，芦花感觉它就像一句朦胧的乡土诗。知了牛在她手心里乱抓乱挠，痒得她很想放声大笑。但当她看见二姑沾满黑夜浓汁的身影时，那种欲望才消失了。

找到啦？姐！秋秋的声音细细的格外好听。

逮住了一只。芦花说着踩着黑夜的肌肤朝碾盘走去。

嫂，你说我还有嘛活头？

看你说的什么话！不行就和他离了，省得受这窝囊气。妈说。

二姑，离了吧！趁你还年轻，不愁找个好人家。芦花边说边把那只知了牛塞进秋秋的小手里。

我也想过离婚，可我心疼秋秋，孩子可怜！二姑低低地说。

一个黑影移了过来。

谁？妈惊异地问。

是我，妈。芦生蔫乎乎地说，爸让我回来拿一件衣服，后半夜冷，怕吃不消。

还没浇上地吗？

没哩，大眼家浇着哩！估计还得一个来小时。芦生说着就往家走。

村南的蛙鸣已进入高潮。窗外圆圆的天让蛙鸣涂抹成了猩红色。芦花凝视了好久好久，耳朵里不时灌入几声疯狂的狗吠声。猛然一个激灵，她抛开这些杂乱的干扰，钢笔在纸上唰唰地写起来……

许多的夏天都让尖利的秋风吹跑。但那年夏天在芦花的记忆里像涨潮的河水一样饱满。那个天空瓦蓝瓦蓝的星期天的上午，芦花像藕一样白嫩的手让二姑牵着，去屋后小菜园里锄草。一园子的蓊蓊郁郁让黄泥墙头围住。有一群白蝴蝶在菜叶子间翩翩起舞。当她走近时，蝴蝶们惶惶地四散而去。

这时候芦花不知道这是自家小菜园最为兴旺的时期。以后随着四季永无休止的更换，这个小菜园渐渐荒芜下来，直至消失。

时间在她们嚓嚓的锄草声里悄然而过。

奶奶来到了园子里。奶奶的脸一半埋在阴影里，一半暴露在阳光下。奶奶招呼她俩歇一会儿。

芦花走出菜地时，发现奶奶一脸的喜悦。

奶奶对二姑说，来，我跟你商量点事儿。扭头看见芦花，挥着手说，去！到一边玩去。

芦花溜到园子的一角，假装摆弄一片菜叶子，耳朵却像雷达一样寻觅着奶奶的声音。

奶奶对二姑说，你也不小了，该考虑自个儿的事啦！

二姑低着头，没吭声，芦花看到二姑的脸让血色恣意涂染。

昨晚你哥说起这事，他说河那边有户人家不错。那孩子也好，人家一个亲戚在村里当会计呢！你二哥家的草苫就往那卖哩！

奶奶的声音给芦花带来许多新鲜感。她有滋有味地听着，心里产生一种莫名的妒忌。她恨那个即将夺走二姑的人。

二姑去河那边见面已是第四天的上午。同去的有奶奶和叔。芦花看见二姑走出街门时嘴角灿烂着一缕丰满的笑。天快黑的时候，二姑他们回来了。此时芦花正和妈在厨房里做晚饭。婶子坐在院里洗衣服。在芦花的记忆里婶子总有洗不完的衣服。

二姑放好车子，就低着头急急地往屋里走。芦花只看见二姑半边阴郁的脸。叔走过来，望着她们只是讪讪地笑。左眼下边的那颗黑痣惶惶地跳。

二哥作弄俺哩！那么矮的个儿……二姑哭着说。

叔坐在门槛上，黑着脸朝屋里说，哦，我作弄你哩！你把我的好心当做驴肝肺啦！你看人家吃的什么穿的什么呀！哥能把你往火坑里推呀！我已经答应人家啦！你要是不同意，我咋有脸见人家呢！我不活啦！

什么高个儿矮个儿呀！人这一辈子图个嘛呀？不就是吃好穿好吗？奶奶往屋里边走边说。

不！不！二姑执拗地说。

我不活啦！叔说着拿起一根绳子，就往厢房走。

叔！芦花丢开风箱，哇一声哭了。婶子也呀地惊叫着，以百米赛的速度追过去。

谁也别拦我，我不活啦！叔挣脱开人们，一抬腿跳上椅子，就要在房梁上结束自己的生命。

芦花目睹着这一切，脑袋嗡嗡直响。她觉得眼前的情景很虚假，但又犹如一把锋利的刀子真实地割着她单纯的心。

二姑走过来时，叔正伸着胳膊往房梁上拴绳子。奶奶抱着叔的腿，哭着哀求，妈和婶子用力拽叔的胳膊。

婶子把一张泪脸迎向叔。你非要多事，人家不愿意就拉倒呗，犯不上这么寻死觅活的。

奶奶突然放开叔的腿，扑通跪下，扯开沙哑的嗓子喊，孩子，快下来吧！你看在把你一把屎一把尿拉扯大的娘的面上，看在你媳妇的面上……你哥老实，咱家这门户光靠你支撑哩，快下来吧，孩子。我再劝劝你妹妹！

我谁也不管，她要不同意，我就死！叔的声音在屋里产生了很大的回音。

二姑一迈进门槛，芦花就看见她的双眼红彤彤如熟透的桃子。二姑呜呜咽咽地说，哥，你、你下来吧……

伏天的中午燥热而宁静。

二姑和妈坐在门楼里乘着凉说闲话。芦花在堂屋里教秋秋画画。芦花在纸上画了一只蜻蜓，要秋秋描摹。但秋秋把纸一推，说俺不画蜻蜓俺要真蜻蜓。芦花在秋秋白嫩的鼻子上狠狠地点了一下，说小调皮，你是见嘛要嘛！尔后从门口探出头，朝院里张望。院里的阳光刺眼得很。突然，芦花眼睛一亮，一只像红辣椒似的蜻蜓飘进了她的视野。她朝秋秋笑笑，蹑手蹑脚地朝“红辣椒”走去。

此时，二姑的声音缓缓地传了出来。那次俺家盖厢房，砖不够，我去砖窑上找二哥。谁知我一开口，他就说不行啊！我这些砖都答应人家啦！嫂子你听听，这叫当哥的说的话吗？甭说借他两千多块砖，就是借万儿八千的，你说该给不该给？即便答应人家了，可我这儿急着用呀！哼，不借给还不是怕不给他钱了……我算看透我二哥啦！他这会儿不是求人家卖草苫的时候啦！我后悔当时我心太软啦！

这时候芦花正伸着手，小心翼翼地捉蜻蜓那两对儿梦幻般的翅膀。恰在这时，妈说话了。也许是妈的声音惊动了蜻蜓，也许是蜻蜓发现了芦花，当芦花的手快要触到它的翅膀时，它倏地振翅高飞。转瞬间那团诱人的红色就溶化在阳光里了。

妈安慰二姑说也许不是他不借给。

咋不是！二姑说，谁都是傻子呀！二哥如今这样也和二嫂有关。二哥耳朵根子软，忒听她的啦……要是娘还活着……哎，娘咋丢下俺不管啦！好狠心呀！

二姑的声音刚落，偏巧叔来了。

今晚上让芦生给我帮下忙吧！叔站在黑影里说。看见二姑，先是一愣，尔后问二姑，什么时候来的？明儿去我家呆一天吧！

二姑冷冷地说，俺不麻烦你！再说俺穷，怕人家嫌弃俺！

叔刚要说什么，只听爸问，你让芦生帮嘛忙呀？

去雁儿滩浇玉米。芦华不在家，我自个不行！叔递给爸一支烟，慢悠悠地说。

行啊！爸低着头点烟，火光映亮他粗糙的脸。

二姑说，二哥，我有话要跟你说。

嘛话呀？说吧！叔扭过头望着二姑。

二姑走近叔，说，二哥，我不跟你吵也不跟你嚷，我只问你一句话——你当得起哥吗？

叔干笑两声，芦花觉得叔的笑像磷火一样诡秘。

你这是咋说话呀？叔说。他的笑顿时凝固在他左边的嘴角上。我哪对不住你你就说，这不，也当着咱哥和嫂子哩。

二姑呜呜地哭了。我算看透你啦！前几年你拿我去巴结人家，这会儿你有钱啦，光怕别人沾挂你。往后我要再登你的门我不是人！

芦花努力地往屋里拉二姑。她感觉二姑的身子像筛糠一样抖得厉害。

一落笔芦花发现许多的话像一群鸟儿一样在她心里吵闹不休。她写道：

> ……亲爱的琪，我终于又听到了故乡的蛙鸣，虽然这蛙鸣在我心里伴我度过一年多的大学生活，但却如风一般飘渺。今天才还原成活生生的现实。此时我感觉这蛙鸣和我记忆里的已经不能重叠，它揭开了故乡的宁静，同时也昭示了故乡的喧嚷。伴着这如歌般的蛙鸣，我咀嚼着二姑的命运，心里顿生一层苦涩……

当芦花从梦乡里挣脱出来时，窗上已涂满了金黄色的晨光。她揉揉眼睛，坐起来，隔着淡绿色的窗纱去浏览故乡的清晨。她觉得故乡的清晨如一泓清澈的水。许多的鸟儿鸣叫着在这清新的空间里飞来飞去。她看见窗前那棵杏树纷繁的叶子里，有两片冲她莫名其妙地抖动。阳光透过树叶的空隙撒到院里。此时二姑穿着天蓝色的裙子正在往院里摆饭桌，小巧的身影摇来晃去像跳民族舞蹈。

芦花朝二姑笑着，穿上衣服跳下炕。

二姑的圆脸上绽出一丝含蓄的笑。

来，姑给你梳头。

芦花的笑像四散而去的羽毛。她说二姑你糊涂啦！我可不是小时候啦！再说如今也不兴梳小辫啦！

也是也是，二姑说，并羞赧地低下了头。

芦花，我今个儿就回去啦！二姑说。

芦花心里似乎让石块猛烈撞击了一下。她想说什么，但嘴唇似乎被粘住了。她抬起头，从桌上的镜子里看到了二姑的脸。有两滴泪花像两颗葡萄一样晶莹地悬挂在二姑妩媚的脸上……

钢笔在纸上曲曲弯弯地滑动：

琪！读到这里，你也许又要说我太容易激动太难以控制自己了。不，琪，我不是多愁善感，而是故乡又呈现给了我一份赤裸裸的真实。外面的蛙鸣响亮依旧，拍打着迷蒙的天空也拍打着我的心。蛙鸣使我想起满天的繁星。星星出来的时候，才会有蛙鸣，蛙鸣充实了故乡虚空的夜。

我觉得蛙鸣是大地向星星们一声声地诉说……

（原载《广西文学》1993年第2期）

满地落叶

心田想，这次回家该好好休息几天了。

以往每次收队回来，都会因为一些琐碎的事情和瑞云闹得很不愉快。尽管他在回家之前对家抱有很大的期望，下决心要努力忍耐，过几天舒心的日子，可回家后不愉快的事儿总是悄然而至。

已经是深秋了，家属院里的月季花依然开得热烈奔放，一点颓败的样子也没有。几只麻雀在修剪齐整的冬青树上跳来跳去。

来到那栋灰色的楼前，他抬头望望三楼那个熟悉的窗子，心里顿时热乎乎的。他想瑞云也许早已准备了一桌丰盛的晚餐，要为他洗尘呢!

楼道里涌满炒菜的香味，爬了大半年的秃山野岭，这家的气息使他兴奋不已。他疾步上楼，迅速地来到了自家那扇门前。

瑞云为他开了门。

一进屋，他就俯下身给了妻子一个吻。

“接到收队通知啦？”他笑嘻嘻地问她。

“嗯！”瑞云火辣辣地望着他，而后又把嘴一撇，“怎么才回来呀？”

他笑笑：“起身晚，回来自然就晚呗。”边说，边放下提包，然后脱去那件污渍斑斑的灰色褂子，就要去卫生间洗脸。忽然想起了儿子小宝：“哎，小宝呢？”

瑞云一脸的愁容：“孩子下午突然发烧，他们阿姨告诉我时都快下班了。这不，刚打了针，正睡呢。医生说是感冒了，得打几天针！”

心田顾不得洗脸，就直奔卧室。见小宝静静地躺在床上，呼呼地熟睡着。他伸手摸摸儿子的额头，不大烧了，上面满是米粒大的汗珠。他这才放了心，去卫生间洗脸。

瑞云在厨房里忙碌晚饭。她腰里围一条洁白的围裙，很干练的样子。心田从卫生间出来，瑞云把晚饭摆上了桌。

然而，心田坐在饭桌前，没有看到丰盛的菜肴，而是很普通的家常便饭。

心田眉头一皱，脸上就有些不高兴。

瑞云收拾停当，草草地擦了擦手，坐在饭桌前，心田就瞪着眼问她："你知道我今天回来吗？"

瑞云很诧异，望着他："知道呀。"

"看你做的饭！"他斜她一眼，懒洋洋地拿起筷子，说，"一点也不体谅人，都好几个月了，人家在外面哪吃过可口的饭呀！"

瑞云刚才还是满面春风的脸上，忽然暗淡下来，说："我不是告诉你了嘛，小宝病了，等给孩子打了针，天也就快黑啦！还能给你买什么菜呢？是我不体谅人还是你不体谅人！"

心田觉得瑞云是在强词夺理，破坏了他的一片好心情，便狠狠地白她一眼："你总是有理！你中午下班就不会买菜吗？莫非那时候小宝也病了？"

瑞云本来正夹菜，听了这话，愤然地把菜放下，弯弯的眉毛一挑："废话！我又不是神仙，能知道小宝下午生病吗？"

瑞云不甘示弱，她有一个犟脾气。

心田听她这么说，也就火了，平时他最讨厌她的犟脾气。他"啪"地把筷子摔在桌上，大声说："我不跟你吵！你是锅里的鸭子，肉烂嘴不烂！你就是不体谅我！"

听了这话，瑞云也"啪"地把筷子甩到了桌上，眼睛瞪成一枚大杏子："你说的是什么话！什么东西！"说完，起身进屋，"啪"地关上了屋门。

瑞云耍起了小性子，心田就越发恼恨，心想，你不吃就饿着吧。于是，大口大口地吃起来，他真饿了，更有几分赌气。

吃完饭，心田望着瑞云没吃几口的米饭，心里怅然若失。他想起自己过去对家的向往，都说家是生活的港湾，可他的港湾又何曾安宁过？他苦笑着摇摇头，开始后悔自己的暴躁和冲动。一个很好的温馨氛围又让自己破坏了。可又想，瑞云也太不讲理了，她心里根本就没有他。

心田硬着头皮，来到了卧室。

瑞云正趴在床上啜泣，身子剧烈地耸动着。

他走过去，说："得啦吧！快三十的人啦，为这点小事儿哭鼻子，也不怕人知道了笑话！"说着就去拽瑞云的胳膊，"啊，吃去吧，都快凉了！"

"别碰我！我讨厌你！"瑞云猛地推开他的手。

"好啦，今天是我的不对！"心田挤出一脸的笑，"给你赔个不是！"

"你没错！你永远都没错！"瑞云转过身，泪汪汪地望着他，"你说吧，你从外面一回来，就像有了多大功似的，一点儿侍候不到，就给人家脸子看。可我在家里又得上班又得带孩子，买米买菜洗衣做饭，你体谅我吗？"

心田强压抑着内心的火气，听她唠叨。终于，在他的耐心劝说下，瑞云才恹恹地起来勉强吃了饭。

吃了饭，她的脸却依然阴沉沉的很难看。她匆匆地收拾了碗筷，来到屋里，坐在沙发上看电视。中央台的《新闻联播》刚刚开始。

心田心里也很憋闷。他抽出一支烟，坐在床上，对瑞云说："本来都好好的，又闹个不愉快，何必呢？"

瑞云扭过脸来，冷冰冰地斜他一眼："这得问问你自己了。本来都好好的，是谁闹的？"

"问我，还是问你吧！你看你哪像个女人样儿？总是冷冰冰的没有一点温情！"心田吐出一口烟。

"讨厌！讨厌！"瑞云双手捂住耳朵，"我看你那脸跟死猪肝一样，今晚非大吵一架不可！"

"好啦！好啦！我不说啦！"心田干笑几声，"咱们早点休息吧！"

"要睡你先睡！"瑞云有些厌烦。

心田没吭声。他掐灭烟，来到瑞云跟前，握住了瑞云的手。

"别生气了，好不好！"心田笑眯眯地望着她，"今天怪我，下不为例吧！"说完在瑞云额头上吻一下，一副要和解的样子。

瑞云把他一推："一边去！少来这一套，虚情假意的！告诉你，我可不是三岁小孩子，没那么好哄！"

又扭过头去看电视。

心田的脸真的变得像紫红的猪肝样儿了，那种温柔的神色顿时像退潮的海水一样渐渐消逝了。我再也不能给你说好话了，没有你我照样活得好好的。心里这样想着，就气昂昂地脱鞋上床躺下了。

瑞云没有动弹，眼睛盯着电视，看得津津有味，似乎刚才那些不愉快的事情根本没有发生过。

外面起风了。窗帘像船帆一样鼓荡起来。

心田心里越发的烦乱。

他翻个身，想让自己进入梦乡，然而身上像着了火，脑袋里也似开了锅一样乱糟糟的。突然，他爬起来，凶神恶煞般地逼视着瑞云，吼道：“你到底睡不睡呀？”

瑞云不理他，只顾看电视。

“你到底睡不睡？你聋啦！”他把声音又提高了八度。

瑞云扭过头：“你睡呗！管我睡不睡呢！”

心田“呼”地掀开被子，赤条条地跳起来，吼道：“妈的！你睡不睡！不睡我揍扁你！”

瑞云盯着他，一副惊恐的样子，犹如一只受惊的小鹿一般。依然没动弹。

“你睡不睡？不睡，咱们明天就离婚！我看你是对我一点感情也没有了！”心田又吼道。

面对心田提出离婚和那咄咄逼人的目光，瑞云嘴上说着“离就离！”却又恹恹地关了电视，上了床。

“嘿，你怕我跟你离婚吧？”心田见她顺从了自己，就一脸的得意。

“呸，我才不怕哩，你是大学生，我也是大学生。实话告诉你，爱我的男人多着呢，哪个也不比你差！”瑞云冷笑道。她嘴上从来不肯吃亏。

“那就离吧！”心田故意逗她。

“好吧，离就离！”瑞云一梗脖子，“你以为我怕呀！”

心田嘻嘻地笑了，一把搂住她：“哎呀，你真是锅里的鸭子，肉烂了嘴不烂。”

无论心田怎样哄瑞云，她仍是兴味索然，心田也感到实在没劲，就扭转身睡下了……

第二天早晨，小宝精神好多了，搂着心田的脖子，问爸爸给他买了什么玩具。心田拍着儿子的屁股蛋，故意虎起脸说："你有那么多玩具，还买什么呀！"

儿子把小嘴高高地噘起来："那都是妈妈买的嘛！你就买过一个小乌龟！我记得清楚着哪！"

"好！好！你妈妈好！你妈妈亲你！"心田扭过头，冲正在收拾屋子的瑞云一挤眼，"听见了吧！你完全把儿子'赤化'了。"

瑞云白他一眼："不是我'赤化'他！孩子的感情最真实，拉屎撒尿看病吃药，哪样你管过？"心田见她又要唠叨个没完，刚想回击她，忽然小宝说话了，声音脆得像吃豆子："爸爸，我也亲你！"

心田把到嘴边的话咽了回去，心里暖暖的。

吃过饭，瑞云又摸了摸小宝的额头，说烧退了，不过今天就不让他去幼儿园了，在家里观察一天吧！心田说，那你别上班了，请个假，就在家陪孩子一天！瑞云说，留着你个大活人就会吃饭呀？我们那要优化组合了，紧着呢！

瑞云喂了小宝药，就上班走了。

心田他们从野外回来后，照例是要休息一些日子的。这些时间心田在回家的路上就已经安排好了，那就是把那篇论文赶出来。他是所里的技术员，每年都要随探测队去野外作业。他要用这一次获得的资料和数据撰写一篇论文。

心田趴在写字台上，开始专心致志地写那篇论文。小宝就拿出各式各样的玩具，在屋地上玩。

清脆的鸟声和娇嫩的阳光透过窗口，钻进屋来。一切都是那么恬静而富有诗意。

不知过了多久，小宝突然说："爸，我困！"

心田正为一个很关键的数据进行演算，头也没回，说："你又捣什么鬼呀，都睡一晚上了还困？"

"爸爸，我困！"小宝又说。

他仍没扭头，说："小宝真不懂事呀，看爸爸正干什么呢！困就自个儿睡去吧！"说完，他看看表，十一点多了。一上午很快就要过去了，快得像眨了下眼睛。可数据仍未算完。

这时候，心田也感到脑袋发涨，胳膊发酸，就停下笔，刚抽了一支烟，瑞云下班回来了。

放下手提包，瑞云脸上略带笑意地问他：“给俺们做的什么饭呀？”

心田像从梦中醒了似的问：“哦，下班了？”

瑞云一切都明白了。脸上那本来就十分吝啬的笑顿时消失了，大声地责怪他：“哼，真是自在惯了，在家歇着连饭都不做！吃你口现成饭这么难！”

心田说：“你上班，我也没有闲着呀！”

“你可以边写边做饭呀！还能耽误你多少时间呀！”瑞云噘着嘴，一屁股坐在沙发上。忽然看到躺在床上的小宝，又腾地起来，奔过去，用手一摸孩子的额头，大叫起来：“哎呀！孩子都烧成这样了，你也不管！我看他死了你也不会着急！”

心田一惊，就想起来小宝那会儿嚷困。急急地赶过去，看见孩子的脸颊烧得像盛开的红玫瑰，心里又是懊悔又是焦急。

此时，瑞云急得眼睛里满是泪水了。她指着心田吼道：“你说有你这样的男人吗？连孩子的死活都不顾，我嫁给你算瞎了眼！”

心田自知理亏，但看到瑞云那凶神恶煞般的样子，心里也有了火气。冷笑着说：“好吧，你可以和我分手！”

瑞云狠狠地剜他一眼，没吱声，抱上儿子出去了。

心田知道她是去找医生。他也担心孩子，就跟了出去。

医疗所里中午没人值班，他们只好回来了。

瑞云把小宝放到床上，给他喂了退烧药。

“你还有理呀？在家待着哩，连饭也不做，孩子也不管。好吧，你不做我也不做！”瑞云嚷嚷着，爬到了床上。

“好吧，咱都甭吃！”心田气呼呼地说，“你看哪个女的像你呀，动不动就发脾气！”然后，坐在沙发上，点一支烟，慢慢地吸起来。

一个中午就这样匆匆地过去了。两人就那么对峙着，谁也没有做饭，但后来还是忍受不了饥饿的煎熬，就各自泡了袋方便面，草草地对付了一顿。

瑞云简单地化了妆，抱上小宝，就往外走。

走几步又回来了，掀起门帘对心田说：“你等着吧，回来咱们就离婚！”

听着瑞云“通通”的下楼声，心田就越发烦躁。他扔掉手中的烟，来到写字台前，望着那篇写了一多半的论文，想极力排除心里的烦恼，继续写下去。可一坐下来，那些烦恼就像黑色的苍蝇一样朝他飞来，无论如何也写不下去了。于是就仰躺到床上，迷迷糊糊地睡着了。

不知过了多长时间，他被唰唰的撕纸声和惊雷般的吵嚷声惊醒。

“我让你写！我让你写！”

他睁开眼，看到瑞云把那篇论文撕了个稀巴烂，正往窗外扔。

“好哇，你撕我的论文！”他吼道，豹子一样跳过去，可是晚了，一团碎纸像蝴蝶般朝楼下飘去。

“啪——”一记耳光打在瑞云脸上，“臭娘们，你敢撕我的论文，我打死你！”

瑞云像一只因受伤而发怒的动物，拼了命似的朝心田扑过去，嘴里嚷道：“你打死我，有本事你打死我呀？”

尽管瑞云不是那种娇小羸弱的女人，但她毕竟不是心田的对手。她不但没打过心田，反而又重重地挨了心田儿拳头。一头秀发，被弄得像鸡窝一样纷乱不堪。

瑞云扑在床上，“哇”地大哭起来。“离婚！离婚！我算跟你过够啦！”她的吼声在屋里回荡。

心田一屁股坐在沙发上，狠狠地抽起烟来，一根接一根地抽。

不知过了多久，瑞云起来了，洗了脸，对着镜子简单地梳理了一番，下楼去了。

不大一会儿，心田又听到了她“通通”的上楼声。时间不长，她又下楼了。心田弄不清她搞什么名堂。

心田坐了一会儿，忽然就想起自己那篇论文，于是赶紧下楼，想把撕烂的论文捡回来重新复原。

可楼下光光的不见一片纸。

他有些疑惑地又低头走上楼来，一副垂头丧气的样子。

于是他更恨瑞云，也烦这个令他头疼的家了。

下午，瑞云回来得很早。回来后就开始做饭，饭做好了也不叫心田吃，喂了小宝些，就自个吃起来。心田望着喷香的饭菜，就想放着饭菜不吃才是傻瓜呢！于是就大口大口地吃起来，吃得极香甜。

两人谁也不理谁。

吃了饭，一切收拾停当，瑞云问心田：“你说咱们什么时候离婚吧？”

“你说吧！”

“那好！明天！”瑞云脆生生地说。

瑞云给小宝喂了药，打发孩子睡了，她才躺下。

心田躺下后就翻开一本杂志。但看几眼又放下，心里乱糟糟的像塞进一团麻。

忽然瑞云爬起来，披衣下床，拉开抽屉，拿出纸和笔，坐在写字台前唰唰地写起来。须臾，把那张纸扯下来，递给心田：“咱明天不是离婚吗？我写了个字据，你签字吧！”

心田疑惑地接过来，只见上面写道：“我们自结婚以来，因性格不合，经常吵架，这样下去双方都感到很痛苦。我们的关系很难再维持下去了，因此双方一致同意离婚。”

心田看后，冷笑着把它扔到了一边：“扯淡，离就离呗！写这个干什么？”

瑞云说：“怕你反悔！”

心田撇一撇嘴，狠狠白她一眼：“哼，我反悔？笑话！你说以前谁最怕离婚吧！好！这次我也狠了心了。签就签！”他拿起笔，唰唰唰地在字据上签了名。

心田躺下后，心里想，这婚是真他妈离定了！你瑞云凭了哪一条呀，要个头儿没个头儿，要模样儿没模样儿，当初要不是你对我穷追不舍，我能娶你呀？离了婚，随便找一个也比你强！

吃过早饭，瑞云对心田说，她昨天下午没上班，今天要去单位看看。“下午咱们去办吧。”

瑞云走了几步，又想起什么似的停下来，不卑不亢地对心田说：“一会儿你去趟医疗所，给小宝再打一针！昨天孙医生说了，孩子是扁桃腺发炎，还得打两天针！”

说完，她又到屋里拿出一沓稿纸，十分郑重地递给心田：“给你！”

心田接过一看，顿时愣住了——这不正是他那篇论文吗？什么时候，瑞云把它捡上来，又用透明胶布粘得好好的？

……

他给小宝打针回来，已是十点多钟了。

想起下午要和瑞云去离婚，他就什么也干不下去了。他扭头望着写字台上那篇完好无损的论文，心里突然就想，其实瑞云还是知道体贴人的，只是脾气太倔了！

这天中午，他做了一桌丰盛的饭菜。他想他和瑞云也许这是最后一次在一起吃饭了。这么想着，心里竟生出了几分伤感。

瑞云回来时一桌的饭菜已经摆好了。

面对这桌丰盛的饭菜，瑞云愣怔住了。阴沉沉的脸上泛出一抹淡淡的红晕，那双冷漠的眼睛里也流露出一缕犹如春色般温馨的亮光。

她放下包，问心田："做这么多菜干什么呀？"

"让你吃的！吃了好离婚！"

瑞云没吭声，心里却涌出来一股热流。他们结婚五年了，这是心田第一次做这么多这么好的菜！她简直不相信这是心田做的。其实心田的手还是很巧的。她望一眼心田，见他围着洁白的围裙，那样子既陌生又可爱。眼睛一热，泪水就扑簌簌地掉了下来。

吃过饭，心田说："走，咱们去吧！"

瑞云低下头，眼泪又淌下来，喃喃地说："你先去。"

"字据都写了，可不能反悔！"

瑞云趴在桌子上，呜呜地哭起来。

哭了几声，她就起来，抬手抹一下眼睛，走进屋里。再出来，手里拿着那张字据，瞥心田一眼，嚓嚓嚓，撕了个粉碎……

这天晚上，刮了一夜的大风。

早晨，院里铺一层法桐叶子。

瑞云望一眼窗外，扭头对心田说："你看，一晚上，叶子就快掉光了。"

心田说："我喜欢落叶，落叶也是一种美。"

瑞云似不明白，不解地望着他。

心田朝她一笑，说，没有落叶，哪来明年的新绿呢？

（原载《新生界1993年第2期）

冬天的一瞬

一

秋子和小芬吵架，是因为小芬无意中说到了她的表哥园子。

小芬和秋子结婚前和园子相爱过。一次，两人进城看电影，看到了街上关于禁止近亲结婚的宣传。宣传牌上那奇形怪状的图片，令小芬瞠目结舌，作呕不已。后来，两人分手了。分手时，发誓说尽管没成眷属，但彼此仍心心相印，再后来，小芬就和秋子结婚了。

一切都是从那个黄昏开始的。秋子从温州回来，把车开进大眼家就往家赶。

小芬正打毛线，见秋子回来，眼睛一亮，扔掉毛线，问他："快洗洗吧，我给你擀面条吃。"

她知道秋子爱吃面条。

秋子说："别擀啦，我中午吃得饱，随便做点汤吧！"

汤很快做好了。韭菜鸡蛋汤的香味飘满了屋子。

秋子吃得很香。小芬坐在他身边，看他吃饭。

"中午吃的什么呀？"小芬笑嘻嘻地问他。

"嗨，能赖了呀！"秋子咽下一口汤，得意地瞥小芬一眼，"哪天中午不吃几十块呀！鸡鸭鱼肉，什么好吃吃什么！反正都是大眼掏钱！"秋子很庆幸自己在部队学会了开汽车这门技术。尽管没提干，但如今汽车司机很吃得开，一复员回来就被大眼雇去，一个月给他五百元工资。

"又吹哩！又吹哩！"小芬用小拇指拨弄着鲜艳欲滴的嘴唇，笑着说，"好像就你有那口福似的！"

"甭说，你就没那口福！"

“你甭小看人，山珍海味俺也吃过。”小芬不甘示弱。

“在梦里吃过吧！”秋子咧开嘴嘿嘿地笑。

小芬用眼睛剜秋子一眼，就无所顾忌地向秋子炫耀了一次园子。她说园子就带她去吃过两次馆子。园子很舍得花钱，每顿饭都花百八十块……

秋子听着听着，嘴里就停止了咀嚼，脸上蓦然风起云涌。他猛地咽下馒头，呼地跳到小芬面前，抡起巴掌，“啪”就是一个响亮的耳光。喷火的双眼死死地逼视着小芬。

小芬捂着脸，惊异地盯着秋子。

“你为什么打我？”

“我就是打你！你个臭婊子，还有脸炫耀！”

小芬和秋子的目光对峙了足足有二十秒钟，小芬才哇地哭起来。

小芬的哭声在屋里缓慢地流动着。秋子脱了鞋，就上床睡觉。但刚才的愤恨执拗地阻止着他的睡眠。他听见远处谁家的狗先凄厉地狂吠一声，然后全村的狗群起而响应。后来小芬停止了哭泣，到外面洗了脸，插上门，扯过一条被子，没脱衣服，在他旁边躺下了。蓦地，一股淡淡的发香徐徐飘来，这香气吹暖了秋子封冻的心，那种火辣辣的欲望顿时在这温馨的氛围里复苏。但他一想到这严酷的现实，那种欲望就烟消云散。

于是他咬咬牙，倒头睡去。

小芬睡不着，她心里像塞进一团破布，乱糟糟的。她恨自己说话冒失，但更怨恨秋子的心胸狭隘。当然，最使她耿耿于怀的，还是秋子那一记耳光。他们结婚快一年了，秋子这是第一次打她，以前他们也吵过也嚷过，但吵嚷的结果总是秋子屈服于伶牙俐齿的她。她对于自己处于这种“主宰”地位而自豪，这种自豪使她不容许秋子对她有丝毫的反抗。

开始，她是让秋子那一巴掌打蒙了。躺下后，脑子渐渐清醒过来，才猛然醒悟到事情的严重。突然的醒悟使她决定这次不能放过秋子，放过了秋子就等于自己那“主宰”地位的崩溃。

天刚刚放亮，秋子就起来了。他今天要出车去内蒙古，十天以后才回来。他洗脸的时候，悄悄瞥了小芬一眼，见小芬合着眼胸脯急促地起伏着。他知道小芬已经醒了，但他不理她。

母亲早就起来了，已经给他做好了饭。

他吃着饭，母亲低声问他：“昨晚吵架了？”

他不想瞒母亲，说："吵啦！"

"为嘛呀？"

"不为嘛！"

"你又争不过她，就少说一句吧。两口子过光景，吵吵嚷嚷的让人笑话！"

放下碗，秋子回到屋里，戴上手套，望小芬一眼，就往外走。

这时小芬睁开眼，厉声说："别走！咱们去法院离婚！"

秋子怔一下，说："要去你去，大眼还等着我哩！"说完抬腿就走。

"你走——"小芬呼地坐起来，怒目瞪着他。秋子冲进了刺骨的寒风里。

二

太阳升起老高，小芬才起来。

尽管秋子娘苦苦相劝，她还是拿上几件换洗衣服，回娘家去了。她娘家在本村。

小芬娘正刷碗，见小芬进来，问："吃饭了吗？"

小芬不吭声，把装满衣服的小花包袱往椅子上一扔，爬到炕上呜呜地哭起来。

小芬娘慌忙走过来，瞪着有些浮肿的眼睛，说："哎呀呀！是几岁的小孩子吗？没长嘴呀！是黑是白快吐出来，哭鼻子抹眼泪的那是草包！是秋子给你气受了还是你婆婆给你气受了？我一直看不上那老东西，俩眼一眨巴就是一个事儿！"

"不！是秋子！他打了我，我不和他过啦！我要和狗×的离婚！"

小芬愤恨地哭诉了吵架的经过："我就说了说园子，他就往死里打我！"小芬哭得越发厉害了。

小芬娘就小芬这么一个宝贝女儿，自然视作掌上明珠，舍不得让她受一点委屈。

"芬，别哭了，先在咱家住几天，这次可不能饶了那混账东西！"

"我跟他离婚！"

"离不离先吓吓他！"小芬娘用手理理花白的头发，"等秋子来了，我跟他算账！”

于是，小芬就一心一意地住在了娘家。她每天坐在热炕头上打着毛线看电视。她很爱打毛线，打毛线不但让她感觉不到一点劳累和麻烦，而且成了一种享受。有一次，秋子嗔怒地说她：“没事了，就歇会儿，别整天打呀织呀的，心里不烦呀？”她就笑嘻嘻地回敬他一句：“芥末拌白菜，各有各的爱，你管得着吗？”

此时小芬想到这些，心里便升起一种说不出的滋味。

三

十几天后，秋子出车回来了。

那天是入冬以来难得的好天气，暖洋洋的太阳在深蓝的天空上悄然地移动着，掠去一个又一个的岁月。秋子穿着黑色皮夹克，在凸凹不平的街上匆匆地走着，心里既激动又不安。他盼望着小芬那张笑盈盈的脸像花儿一样在他的视野里绽放。

他迈进家门时，见几只母鸡在落满柴草和枯树叶的院子里文静地踱着步，眼睛在地上寻觅。秋子娘正在喂猪，见秋子回来，忙将一桶猪食倒入猪槽里，然后拍打几下衣服，冲秋子凄然一笑。秋子从这笑里看到了那个他最害怕的征兆。

秋子娘说：“小芬走啦！那天连饭也没吃，就走啦！一直没回来过！”

“管她哩！走就走吧！”秋子心里顿时升起了一股怒火，但仍装出无所谓的样子，一边说着一边往家走。

这天的午饭吃得索然无味。秋子爹仍和平时一样沉默寡言。呼噜噜的吃饭声十分夸张地在屋里响着。

突然，秋子爹放下碗，慢吞吞地说：“秋子，你还是接小芬回来吧！”

“不让去！”秋子娘啪地放下筷子，“人家那是勒咱哩！这次服了软，以后就等着受气吧！”

冬天的夜来得早。晚饭后，秋子没出门，在屋里看了一会儿电视，就躺下了。但他辗转反侧，怎么也睡不着，心里有一种失落感，身上像让火煎着一样烦躁不安。脑袋里也乱糟糟的，似有一根木棒在剧烈地搅动。他又坐起来，点上一支烟，吧嗒吧嗒地抽起来。他的烦恼随着烟的香味升腾弥漫……经过长久的思考，他决定明天悄悄地去接小芬。

早饭后，他来到了小芬家。把自行车放在院里，秋子就往屋里走。突然，他看见小芬的脸在玻璃后面一闪就不见了。

还没等他走近门口，小芬娘掀开门帘出来了。

“你来干嘛？”小芬娘像一条面袋似的堵在门口，似笑非笑地问秋子。

“我来接小芬回家。”秋子抑制着心里的愤懑说。

“你走吧！小芬不走啦！她不愿意见你！”

“我要见小芬，我有话跟她说……”秋子顿感脸上火烧火燎的。

“我说过了，小芬不愿意见你！”小芬娘眯起眼睛，冷冰冰地说。然后走进屋里，砰地一声关上门。

秋子的脑袋嗡地一声响，眼前飞舞起蚊虫一样的金星。愤恨和懊恼像开闸的渠水般涌入他乱糟糟的心里……

四

日子像音乐一样在漫漫冬季里无休无止地挥洒。

假如不是一件意想不到的事情的突然出现，秋子和小芬也许还会长久地僵持下去。那件事情犹如秋风乍起，使本来平静的林子落叶纷纷。他俩就像那随风飘扬的落叶一样，身不由己地淹没在了冷酷的秋风里。

那天下午，小芬娘摇摆着肥硕的腰肢，去小卖部买东西。当她走到十字路口时，偏巧听到秋子娘正对几个女人说小芬的不是，说她太任性了，又好吃懒做，简直和早年的千金小姐没有什么两样，这次吵架全怨小芬。但如果秋子娘只说这些，还不至于引起以后两家轰轰烈烈的冲突，秋子娘还说到了小芬娘。她说小芬不回来全怨她娘。

小芬娘一愣，然后一拍屁股，奔过去，骂了一声老破鞋，就指手画脚地说让小芬嫁你家算倒了八辈子血霉，上梁不正下梁歪，大人不好甭想训教出好儿子。秋子和小芬吵架全怪你这个老妖精！

在一瞬间里，秋子娘几乎丧失了意识。她无论如何也想不到她的这些话让小芬娘听到。但秋子娘毕竟是个聪明人，这片刻的无意识马上被喷发出来的反击所取代：“什么谷子什么米，什么娘什么女！自家屁股底下坐着脏还厚着脸去说别人！你把你闺女当成宝贝疙瘩一枝花，俺还不稀罕哩！”

“哎哟哟！你嘴上说得好光溜呀！我问你，你不稀罕俺家小芬，你怎么那天让秋子去接小芬？你说呀！”

秋子娘的脸立刻变得像一块白布。小芬娘刚才的话把她打蒙了。但她马上明白了，明白了儿子对自己的背叛。她支支吾吾地说：“我，我没让他去……”

残阳在西边纷乱的树梢上和颜悦色地照耀着这场意外的冲突。秋子娘和小芬娘的唾沫星子在橘红色的太阳风里恣意飞舞。看热闹和劝架的人把她俩团团围住。

秋子娘羞恼地回到家后就四处寻找秋子。秋子不在家，去集上买猪崽去了。秋子娘就在炕上躺下了。

大快黑的时候，秋子回来了。

秋子娘呼地从炕上跳下来，冲着秋子就是一阵连珠炮：“你背着你娘干的好事！没骨气的东西！咱家的脸可让你丢尽了！”

秋子惶惑地望着母亲，丈二和尚摸不着头脑。

秋子娘又声嘶力竭地说：“这回你再恋着那小妖精，我就敲断你的腿！你给我和她离了！”

后来，秋子才弄清楚了他挨母亲劈头盖脸数落的起因。弄清这个起因后，他就整天待在屋里抽闷烟。

五

小芬娘回到家，一头闯进屋里。小芬仍坐在炕头上打毛线。小芬娘奔过去，夺过毛线，甩到一边：“我跟着你丢尽脸啦！你怎么就那么窝囊，让人家白白打了，还让人家在外边窝憋咱！这回要不跟他狗日的离，我就不活啦！”

小芬愣住了，那双水灵灵的杏眼惶恐地盯着母亲。突然，有两颗泪珠从里面流出来：“我怎么啦？我怎么啦？”她委屈地问母亲。

小芬娘叹口气，坐在炕沿上，忿忿地把她和秋子娘吵架的事儿说了。

在后来的几天里，小芬连毛线也不打了，成天躺在炕上，想她和秋子的事，她想她和秋子吵架的每一个细节，想他们结婚近一年来的日日夜夜。许多的情景像电影一样在她纷乱的脑子里层出不穷。大部分的情景是甜蜜而欢快的，但她仍恨秋子。因为秋子打她时的情景极其鲜亮，以至于其他的细节显得黯然失色。可她对秋子的怨恨还不能促使她下决心和秋子离婚，她总觉得有一根无形的绳子紧紧地牵扯着她。尽管母亲催过她好几次去乡里打离婚，但她都用各种形形色色的理由拖延下来。

这天晚上，母亲又催她："还等什么呀！明个儿去吧！"

"过几天再去吧！"

"咋啦！你心又软啦！"

"不是，我心里很乱！"

"明个儿一定得去！你要不去我就没有你这闺女啦！"小芬娘说得斩钉截铁。

这天晚上，小芬一夜没合眼。外面的风像千万只猛兽一样在绝望地吼叫，强烈地摇曳着她那愁肠百结的心。她的耳朵里灌满了尖利的风声。

早饭后，小芬娘用混浊而威严的目光逼视着小芬："走，我领你去！"

此时小芬感到了母亲那目光里的不可违拗。她在这目光的牵引下，懵懵懂懂地和母亲走出家门。

六

这些天秋子如坐针毡。

他没有再去出车，只是在家帮母亲收拾家务活。但更多的时间是让他抽着烟冥思苦想打发的。他和小芬吵架的起因已在他的脑子里模糊不清，他的思维里全是他去接小芬时的情景。他不知道他去接小芬为什么会掀起如此的轩然大波，以至于这场来势凶猛的风波令他猝不及防并把他打得落花流水。他觉得自己去接小芬并且想和她推心置腹地谈谈并没有什么过错。他之所以去接小芬是因为他已认识到自己的自私以及这种自私带来的感情冲动。而他对小芬含蓄的忏悔和尊重又是那样的适得其反。

母亲在他身边走来走去，那肥胖的身影蛮横地切割着他平和的视线。

“哪也别去，咱等着哩！法庭什么时候传咱，咱就什么时候到！她不跟咱过，咱还不要她哩！人争的就是这口气！”秋子娘时不时甩过几声如石块般坚硬的声音。

有时候，秋子的脑屏幕上也清晰地再现出小芬那白皙而俊俏的脸，还有那如鸽哨般清脆悦耳的笑声。受这回忆的驱使，他心里便升起一种迫不及待的冲动。他站起来，想走出去，但母亲刀子一样的目光总是把他的那种冲动残酷地驱赶得一干二净。于是他又无奈地坐了下来。

他在那团目光面前总是感到束手无策……

七

十天后的一个上午，秋子和小芬在各自母亲的逼迫下，终于解除了夫妻关系。

秋子从法庭回到家里，望着空空的屋子，突然觉得结婚后的时光仿佛是一场短暂的梦。他眼花缭乱，一下子坐在椅子上，垂下了脑袋。

母亲走过来，安慰他：“别着急，天底下比小芬长得俊气的姑娘一摸一大把，娘无论如何也要给你找一个！”

“别说了，我烦！”秋子疯了似的吼着，拿起桌上的茶杯，啪地摔在了地上……

小芬坐在炕头上打毛线，母亲在一边不停地唠叨：“芬呀，别着急，就凭你那模样，咱不愁找不到好的！”小芬听着，一声不吭。突然，她的手停住了。她想起了去年秋天她和秋子的那次吵架。那天，秋子出车回来，他们为一点小事拌了几句嘴。晚饭后，小芬就索性不理他，先上床睡了。待秋子上床后，她就给了他一个脊梁，面朝窗口。过了一会儿，她就感觉到秋子在轻轻捅她。“别理我！”她忿忿地说。秋子说你看这是什么。她就好奇地扭过头，见秋子拿着一只剥了皮的橘子冲她嘻嘻地笑。“不稀罕！”她冷冷地说。秋子把一瓣橘子往她嘴里塞。她咬住橘子拒绝下咽。谁知秋子用力一按，只听“呲”的一声，酸甜的橘子汁射了他们一脸，她忍不住“哧”地笑起来，一肚子的气恼都随着这开心的笑烟消云散。秋子抱住她，在她脸上狂吻……

想着想着，小芬的身子一阵战栗，哇地哭起来。她突然不明白，自己为什么就去了法庭。她觉得她去乡法庭的时候恍若梦幻。在那梦幻里，她丢失了一件最宝贵的东西……

第二年夏天，小芬嫁给了河西一个镶牙的男人。那男人比她大六岁，由于有眼疾，一直没有成家。小芬不跟那人走，哭得死去活来。母亲仍十分平静地劝她："不是当娘的狠心，你弟弟的对象嫌你在家里，你不嫁出去，人家不跟你弟弟结婚。再说你身子也笨啦！总不能把孩子生在家里吧！没有工夫挑三拣四啦！你跟了有手艺的人不吃亏，一辈子吃香的喝辣的……"

小芬拖着笨重的身子和那男人走出村来，路过一块玉米地时，恰巧秋子正和他新娶的媳妇锄玉米。小芬看不清那女人的脸，只看见了那一头像茅草一样蓬乱发黄的头发。秋子没发现小芬，仍弯腰锄着，那动作小芬十分熟悉。小芬停住了，怔怔地看了一会儿，嗓子里像堵了一个火团儿，然后捂住嘴，哽哽咽咽地疾步朝前走去。

秋子直起腰，正望见小芬挺着大肚子和一个矮个男人匆匆地往前走。他"啊"的一声，锄头从手中落下，砸在脚面上。他的脚面让锋利的锄头割得血流如注……

（原载《草原》1994年第12期）

枪声悠远

后来发生的一系列事情都源于那个黑漆漆的夜晚。那个夜晚，葡萄和三喜把山果用被子活活捂死了。

其实，在葡萄和三喜有了那种关系的时候，三喜就对葡萄说：“咱把他毁了吧！毁了他咱俩光明正大地做夫妻，这样偷偷摸摸跟他妈做贼似的，我受不了！”葡萄诧异地瞪三喜一眼说：“你怎么这么狠心呀！把一个大活人活活害死，我不敢！”

就这样，葡萄和三喜悄无声息、平平安安地好了两年。假如不发生那件事，他俩也许还会这样好下去的。而那件事情却无情地改变了他们三人的命运。

那件事发生的背景是场光地净的秋后，那时，徐徐吹来的北风已有了初冬的意味，而原野呈现出的辽阔苍凉使人常常滋生出一种虚无的感觉。那天晚上，当葡萄正在家里和三喜拼死拼活地亲热，山果打麻将回来了。显然，葡萄不知道山果今天回来得这样早。而下面的场面人们便可以去随意想象了，因为人们对这样的画面早不新鲜了。但山果后来不该踢葡萄的裆部。那时，山果仿佛是一头咆哮的狮子，他竟然朝葡萄的裆部狠狠地踢了一脚，边踢边说：“看你以后还偷汉子不！”

因此，当后来有一天三喜又说要毁了山果时，葡萄就不再像从前那样惊恐气愤了。她只是低下头，一副神情惶惑的样子。葡萄神色的变化让精明的三喜看在眼里，他知道葡萄的心开始动摇了。

于是，在一个北风呼啸的晚上，三喜和葡萄趁山果睡得正香，就用被子把他活活捂死了。

山果有心脏病，而葡萄和三喜的关系还没有露出一点儿的蛛丝马迹，因此山果的猝然而死就没有引起人们的怀疑。其实，山果身上一块块紫色的淤血已充分显示着他死于非命，但这些却逃过了人们的视线，当然，这也跟葡萄的极力遮掩有很大的关系。但她和三喜的心里依然忐忑不安。

办完了山果的丧事，葡萄就依旧去镇上卖服装。起初她还惶恐忧郁了几天，后来也就一如既往地有说有笑了。

三喜是牲口经纪，镇上逢单是集，因此三喜每隔一天就要来镇上赶集。每到中午，三喜就像鱼一样穿过熙熙攘攘的人群，来到小吃摊前，买一包刚出锅的牛肉包子，用荷叶包了，匆匆地来到葡萄的摊位前，递给葡萄，口里喷着白色的哈气说："趁热，快吃吧！"

这时，葡萄的摊位前围满了挑选衣服的男男女女。这花花绿绿的屏障使旁边的摊主们很难看到三喜。但葡萄还是娇嗔地斜他一眼，低声责备道："往后再别这样啦！你就不怕让村里人瞧见呀！"

三喜没说什么，只是眯缝着眼笑嘻嘻地瞥葡萄一眼，转身走了，眨眼间消失在了熙熙攘攘的人群里。

望着三喜蓦然而逝的背影，葡萄心里顿时乱纷纷的。她盼着见到三喜，他那魁梧洒脱的身影使她如痴如醉，这种感觉在她和三喜相识时便已悄然滋生。从此，她再也无法忍受山果那副委琐的样子了。可她此时又怕三喜突然闯进自己的视野。葡萄有些谨小慎微，她怕自己和三喜在光天化日之下过于频繁的往来把那件事情暴露了。

但每当夜深人静，三喜就像幽灵般悄然钻进葡萄家里。这时候雪花和雪水睡得正香甜，两人就紧紧地抱在一起，痛快淋漓地享受着来之不易的欢娱。

有一次，三喜从葡萄身上滚下来，点上支烟，对葡萄说："咱们的事儿也该办了吧？"

葡萄知道他说的是婚事，就推他一下说："紧嘴吃不了热豆腐！这事儿着急了对咱们没有好处！"

就这样，他们在难挨的等待中惶惶地过了春节。

一出正月，葡萄又开始去镇上卖服装了。三喜也精神抖擞地叼着烟在牲畜之间走动。其实他的心思并没有放在任何一头牲口上，他在盘算自己的婚事。当然，钱他不发愁，他当牲口经纪肥实得让人眼馋。他在想着如何把婚事办得热闹些，把葡萄体体面面地娶过来。他要对得住葡萄。

但他们最害怕的那一天却悄然降临了。

那天晚上葡萄正在灯下收拾白天弄得凌乱不堪的服装。葡萄那丰满俊俏的脸庞在橘红色的灯光下泛出一种和霞光一样鲜艳的光晕。她那黑黑的眸子就埋在了这神奇的光晕里，有如掉在水里的宝石。三喜就是在这时候来到了葡萄家。

三喜的到来使葡萄心里依然涌满甜蜜，这和往日的情形十分吻合。但三喜的眼神却有些慌乱，而葡萄对这个没有丝毫的察觉，她嘴角一撇，依然朝三喜妩媚地笑了。

显然，三喜极力压抑着自己心里的慌乱。他坐在椅子上，掏出一支烟，点燃后慢悠悠地吸一口，然后才眯起眼望着葡萄说："有件事得和你商量一下。"

葡萄一怔，惊慌地在三喜脸上搜寻着，她见三喜脸上弥漫着一种复杂的灰黑色。三喜轻轻咂咂嘴，对葡萄说："葡萄你别怕，倒不是有什么大不了的事儿，我只是听到了一点风声。有人说山果死后的样子不像是心脏病，看来是有人怀疑咱们了。"三喜说着就低低地垂下了脑袋。

"这可怎么办呀？"葡萄扔了衣服，手在胸前急躁地搓着，她后悔自己当时还是把山果掩饰得不好，让人看出了破绽。

许久，三喜才艰难地抬起脑袋，十分果断地说："事到如今，三十六计，走为上策！"

"走？往哪里走呀？"

三喜站起来，猛地拉住葡萄的手说："咱走得远远的，越远越好！"

葡萄却把手抽了回来："还有孩子呢！那怎么行啊！"

"把孩子带走！"三喜掐灭烟，狠狠地甩到了地上，一束很亮的光从三喜那双总像眯缝着的眼里迸射出来。

"我不愿在外面东躲西藏的，跟做贼一样！"葡萄抬起脸来，哀怨地望着三喜。

这时候，几句怪异的梦呓从儿子雪水那红嘟嘟的小嘴里水一般流溢出来，把葡萄吓了一跳。她转过身，把儿子蹬开的被子重新盖好。儿子那胖胖的脸蛋在灯光下像抹了胭脂般鲜亮。葡萄望着，一股热辣辣的东西在她心里油然而生，顷刻间遍及全身。她就想，可不能带孩子走，让他们也跟着自己担惊受怕的，那多对不住孩子们呀！

三喜逼视着葡萄，焦急地对她说："咱可不能在家待，待在家里就是等死！”

“你是不是再想想别的办法，我不愿意离开家！”葡萄不看三喜，目光几乎凝固在了雪水脸上……

从第二天开始，葡萄的眼睛很怕看人，那目光仿佛是那种胆小如鼠的鱼。有一天三喜又给她送来了牛肉包子，但葡萄的目光一触到他，就感到有无数双目光像利剑般在身上乱戳。“你，你怎么又来啦！”葡萄没有去接包子，而是手足无措地质问三喜。

三喜立刻现出尴尬的样子，他讪讪地笑着，把包子塞给葡萄，转身走了。葡萄发现他身上的那种洒脱消失殆尽了。

晚上，三喜来到葡萄家，对葡萄说：“没有别的办法了，咱们只有走了！”

葡萄正坐在炉子旁发怔，她往红彤彤的炉子里添了两块煤，当那熊熊燃烧的火焰将那两团儿黑色渐渐吞噬时，她才说：“我不走！我不愿意让孩子们跟着担惊受怕的！我不走！”葡萄的口气布满了坚决的意味。

三喜说：“那就把他们留下吧！送到东庄你娘家！”

葡萄弯弯的眉毛一挑，狠劲地剜三喜一眼：“你是让我把孩子扔了呀？”

三喜露出诡谲的笑：“不是扔了！咱们是先在外面躲躲，等家里风声不紧了，咱再悄悄地回来把孩子们接走！”

三喜的安排不能说没有道理，但葡萄无论如何也舍不得抛下自己的亲骨肉去背井离乡。此时望着狼狈不堪的三喜，葡萄就后悔自己当时不该依顺了他把山果置于死地。如今回想起那个令人恐惧的夜晚，葡萄顿时生出一种置身梦境的感觉。

“都怪你！”葡萄埋怨三喜，“都怪你，你非要害死他！”

三喜说：“怪山果踢了你！他踢你踢得那么狠！”

葡萄就不吭声了。她也非常记恨山果的那一脚，那一脚把她对山果那点本来就很单薄的感情踢了个一干二净。但此时她还是后悔自己不该因了那一脚而要了山果的命。

“那也不该要了山果的命呀！”过了一会儿，葡萄又仿佛是自言自语般地埋怨三喜。

“我恨他！”三喜撇了撇嘴，从那双细眯眯的眼睛里射出一缕充满寒意的光。

这天晚上，两人不欢而散。这样的情况在他们相识后的日子里还是初次出现。

时光随着暖暖的春风匆匆流逝。葡萄和三喜却觉得人们落在他们身上的目光越发异样。那目光像虫子般在他们身上的各个部位爬来爬去，一副要探究个什么的样子。

后来葡萄就不再去镇上卖服装了。她那双清澈妩媚的眼睛也失去了往日的光泽，有如雾天的月亮般黯淡，而且干什么都丢三落四的，有一次做中午饭，竟把淘好的大米连同水一起倒进了猪圈里。有时邻家的狗吠也会使她魂不守舍。每当夜幕降临，她的耳边总是回响着一种恐惧的声音，那声音尖锐而绵长，葡萄感觉它就是那令她心惊肉跳的警笛。

她就下意识地把雪水、雪花搂得紧紧的，那样子像是怕被人夺走似的。

当孩子们进入梦乡，几声轻轻的叩门声飘进了葡萄那异常灵敏的耳朵里。

葡萄开了门，三喜就挟着一股浓浓的烟味闪进来。屋里没有开灯，两人就在浓浓的黑暗里默默对视着，急促的呼吸声都清晰无比。

“咱们得马上走，晚了就没命啦！”过了许久，三喜开始催促葡萄。

“要走你走，我舍不得孩子。”葡萄的语气冷冰冰的。

“你把孩子送你娘家，我再给他们多留些钱，这你该放心了吧！”

葡萄说：“要走你走，这次你说下天王老子来我也不听你的！”葡萄只披了件花衬衫，还很凉的夜风从门缝里钻进来，葡萄禁不住缩了缩肩。

“真的不走？”三喜的呼吸声越发急促。

“不走！要走你自个儿走！”

三喜阴冷地笑了，那笑声在葡萄听来仿佛是从屋外飘进来的。

“你简直是找死！蠢！”三喜说着拉住了葡萄的手狠狠地握了一下。

“都怪你！你要不害死他，哪来这担惊受怕的事儿！”葡萄忿忿地说。

“怪他！怪他踢了你！”

“那也犯不着害死他！”

“他不该踢你！更不该踢你那地方！”

“踢就踢啦！又没踢坏！”

“我咽不下这口气！哪能让他白白踢了你！”

“我是他的人！他要不那样做反倒奇怪呢！你说，哪个男人发现自己女人偷汉子不发火？”

“你……”三喜无言以对了。他恶狠狠地盯着葡萄，艰难地咽了一口唾沫，说：“我看你是给吓蒙了吧！到底是女人，经不得一点大事！”

葡萄说：“我没吓蒙！”

“没吓蒙你咋说那样的话！你说你到底是喜欢我还是喜欢山果？”

“我喜欢你，可你不该害死山果！”

三喜听了干笑两声说，葡萄你倒真会择净自己呀！害死山果是我自己干的吗？我告诉你，咱俩是拴在一起的蚂蚱，谁也别想自个儿跑了！

葡萄便不吭声了，低低的啜泣声随着耸动的肩膀在黑暗里徐徐飘荡。

三喜便长长地叹口气，上前扶住葡萄的肩膀，抬手给她擦去眼泪，声音又变得像从前那样柔和：“事到如今，再着急也没用，咱还是走吧！”

“我舍不得孩子！我不像你，心狠手毒！”葡萄冷冷地说着，推开了三喜的手。

“好！好！我心狠，我是坏人！你怎么说翻脸就翻脸呀！”三喜说着，气急败坏地朝外走去。当他要迈出屋门时，又回转身来，对葡萄说，你还是再考虑考虑吧！过两天我再来听你的回话。

但两天后葡萄甩给三喜的答复依然令他失望。这时三喜的耐心终于崩溃了，那双细眯眯的眼睛里迸射出了火一样的凶光。他扬起手，一巴掌打在了葡萄脸上。

“我看你是不想活了！”三喜声嘶力竭地朝葡萄吼道。

“啪！”又一声脆响在葡萄脸上响起。

“你走不走？”

“不走！你打死我也不走！”……

当这个夜晚在新鲜的朝阳的威逼下悄然隐退时，葡萄也仿佛变成了另一个葡萄。她穿着件和这季节很不相称的花棉袄，在家门口走来走去。每当和人相遇，她便惶惶地跑回家去，过一会儿又从门口探出头来，警惕地四下张望。当确信没有人再闯进她的视野时，才小心翼翼地走过来，继续在门口走动。晚上三喜一来到葡萄家，葡萄就朝他嘻嘻地笑，边笑边说：

“咱俩是一根绳上的蚂蚱！嘻嘻，咱俩是一根绳上的蚂蚱！”

三喜没有出走，他在等待着葡萄，他想过些日子葡萄也许会好起来的。

当色彩斑斓的蝴蝶开始面对一团团新绽开的野花翩然飞舞时，葡萄又突然不那么胆小如鼠了。她专拣人多的地方去，去了就在人们旁边坐下来，眯起眼，头一点一点的仿佛在打瞌睡，嘴里还喃喃自语：“唉，我真不该把山果害了，我这辈子算是对不住他了——”

葡萄就这么一遍遍地不厌其烦地叨念着。

其实刚开始人们并没有在意葡萄这梦呓般的忏悔。人们把葡萄近些日子精神的反常归咎于她过度的悲痛。但时间一长，也就突然醒悟了。是啊，葡萄为什么在山果刚死了的时候不这样呢？这个疑问使人们又重新审视山果的死了。没过多久，关于葡萄和三喜害死山果的议论像漫天的雪花般在村里沸沸扬扬了……

这年秋天的一天，在村南的芦苇塘边，葡萄和三喜走向了自己生命的尽头。那天正是镇上的大集，围观的人黑压压站满了两边的土坎。白茫茫的芦花像一大团洁白而迷蒙的雾气，苇塘里很贫嘴的苇扎子鸟此时却破天荒地停止了鸣叫，仿佛也在屏声敛息地聆听那个声音。

当那两声清脆的枪声砰地响起并在很远的地方消失后，人们不禁扼腕叹息：

唉！就因了山果那一脚……

（原载《佛山文艺》1996年第2期〈上半月〉）

昨日风景

秋天的黄昏，我看见一只大鸟在我家花园里飞来飞去。

秋天的黄昏绚丽澄明，就像一块彩色水晶石，让人怦然心动。当我开始一次又一次来花园窥视那只大鸟的翩然舞姿时，药铺老板冯子玉已成了我的干爹。那天，望着从我脸前悠然掠过的大鸟，我兴奋得跌了一跤。当我一拐一拐地走回院里，李妈顿时惊得脸黄如蜡，她说你又去看那只鸟儿了吧！让老爷知道了又得说我们的不是了，明儿让大保把它赶跑吧，省得我们整天提心吊胆的。李妈的话使我眼里泪花晶莹。我说李妈你千万别把它赶走，赶走了我就去死！我两手捉着李妈粗硬的胳膊，仰脸哀哀地望着她。李妈赶紧捂住我的嘴，说少爷你又说疯话了吧，让老爷听见可了不得，我只不过是拿话唬你呢，其实你喜欢的东西谁敢赶跑呢！只是那鸟让你着了魔，我们怕你喜欢出病来。什么事都怕上心，一上心就容易弄出病来。你还小，这些你不懂！

管家大保慌慌地跑来，说太太让少爷去一下。大保的眼睛斜视得厉害，显得眼白很多，我觉得他的眼珠就像是塞进去的两个瓷球，很好玩。李妈一听太太叫我，急得眼睛眨个不停，但随即又安然地笑了，说大保你去回太太，就说少爷刚喝了一碗燕窝粥，出了一身汗，等汗落了让他再过去吧。大保朝李妈伸伸舌头，说怪不得下人们都佩服你，今儿我可是眼见为实了。待大保在月亮门里消失后，李妈脸上的笑纹顿时无影无踪了。她说少爷快进屋吧，我给你捏捏脚。

我让李妈搀着来到屋里，坐在了凳子上。李妈蹲下来，问我跌了哪只脚，我说跌了左脚。李妈圆胖的脸上洇出了一缕一缕的笑，说幸亏是左脚，这就好办了，你去见太太时走路右脚用劲大些，太太就不会理会了。李妈给我脱了鞋，用力捏我的脚腕儿。李妈的手又粗又大，这和太太那只雪白的小手形成了鲜明的对比。我不知道同样是女人，为什么她们的手却生得有天壤之别。见我进屋来，丫头雪花忙给我捧来一杯茶，在袅袅的茶香里雪花的脸鲜艳无比。这些日子，雪花的脸常常就莫名其妙地像贴了两片红纸，这使我很迷惑却常常产生吻她的欲望。雪花放下茶后没有离开，站在一旁笑嘻嘻地望着我和李妈。李妈沉着脸瞥雪花一眼说，你要没事儿干了就去收了我晾在院里的衣服。雪花眼睛含笑地看我一眼，怏怏不快地走出屋去，我看见门口的霞光把她的身子切割得纷乱不堪。一阵疼痛使我忍不住哎哟了一声，李妈在下面说，少爷你就忍着点吧，不疼哪能好呢！李妈的身子急剧地耸动，直到她喘息如牛才停了下来。好了，下来走走吧！李妈说。我走了几步，果然，左脚轻松多了。

别忘了，见太太时走路右脚用力大些！当我走进院里，李妈的叮嘱还在汹涌地尾随着我。

太太正在屋里把玩两只手镯，她是歪着身子躺在躺椅上的。这样子我觉得和花园里那只大鸟落在树枝上的姿势一模一样。那是一对儿洁白的手镯，在太太手里就像两只跃跃欲飞的大蝴蝶。太太把玩得津津有味，脸上漾出的笑使她掩藏在脂粉下面的皱褶暴露无遗，太太顿时变得很苍老。秋草垂手站在旁边，充满某种欲望的目光在那对儿手镯上爬来爬去。秋草的脸又大又圆，还拍满了白白的粉，这使我仿佛就忽视了她的存在，总感到是一只洁白的大盘子整天在太太周围飘来飘去。

见我进来，太太就坐直了身子，朝我招招手说，你来看看这是什么呀！我牢记着李妈的叮咛，右脚用力踩着方砖铺成的地面来到太太跟前。太太拉着我的手，让我坐在她的腿上。你看这是什么？太太把那对儿手镯递到我的跟前。我说我认得，是一对儿手镯。太太笑出了声，脸上的皱纹越发密集。我也是头一次见这么好的镯子，太太说，这可是真玉石的，你摸摸。我接了过来，手镯让太太的手攥得热乎乎的，像两只刚出窝的小鸟。这的确是一对好镯子，沉甸甸的，射出的白光使我禁不住眯起了眼睛。太太说，这是你干爹冯子玉送我的，我来到你们吴家都快四十年了，你老子都没给我买过这么好的镯子，我在你们家是白白图了个虚名！太太说着慢慢合上了眼睛，眼角有些湿亮亮的。我看见了秋草脸上的笑也烟消云散。我知道冯子玉经常给老爷送滋补药品，他见了我总是说少爷又长高了，我仿佛是在他的这句话里渐渐长大的。他每次来都要到太太屋里，说是看看太太要吃什么药。他在太太屋里待的时间比在老爷屋里待的还长，但每次从太太屋里出来，脸上都红得像刚喝了酒。他的眼睛又细又长，仿佛总是在眯缝着。有一次我从这两条长长的缝儿里瞥见了两束刺眼的亮光，顿时吓了一跳，那亮光使我想到了月光下寒光闪闪的刀子。

我无论如何也不会想到太太是让我来看这手镯的，李妈也不会想到。自从二太太青蒲死后，太太就显得有些怪异，有一次深更半夜把我叫去，问我明天早饭想吃什么，弄得我和李妈都哭笑不得。

此时正当我新奇地观赏这对儿手镯时，老爷托着那只黄铜水烟袋悠闲地走了进来。我看见太太的脸一沉，手下意识地去拿那对儿镯子，可老爷对这些已一览无遗。老爷瘦长的脸变得灰灰的，犹如一片灰色的纸。他狠狠地瞪了太太一眼，说你怎么让少爷玩这种东西，我看你是想把他毁了呀！太太诧异地盯着老爷，说这怎么能毁少爷呀！老爷把水烟袋猛地砸在了桌子上，朝太太恶狠狠地说，你怎么越来越糊涂了，你不怕少爷长大了变成花花公子！我可不愿意让咱家这万贯家产毁在他手里。

老爷坐下来，肥大的黑绸大衫使他的脑袋显得很渺小，简直是形同虚设。将要归巢的麻雀在窗前的海棠树上吵闹不休，屋里已爬上了黑夜的痕迹。秋草给老爷倒了茶，就垂着眼睑走了出去。太太忙朝我递一个眼色，我也惶惶地溜了出来，我知道太太怕老爷查问我的功课。

我没有往我的院里走，而是站在廊下看鸟笼里那只杜鹃吃食。这只鸟是太太的宠物，平时从不让秋草喂它，而是自己亲手把一粒粒的小米塞进鸟笼里。由于太太的宠爱，这杜鹃的脾气变得和太太一样古怪，只有面对太太它才跳上跳下，一副讨好的样子。对于其他人总是置之不理。这时望着它一脸的傲慢，我恨不得把它连笼子一块儿砸了。

屋里的一声脆响使我把脸扭向了窗口，显然是里面摔碎了什么东西。只听老爷大声吼道，这件事儿我想怎样就怎样，谁也别想挡我！我来和你说就是给你天大的面子，你倒不知道天有多高地有多厚了。太太声音发颤地说，我哪里是挡你呀！青蒲一死我就知道你是要娶一房的，你如今上了年纪，我是担心你把自己的身子糟蹋了。咱家那么多的田地，又有好几个钱庄，你就够费心了，还是好好保养身子要紧。老爷冷笑道，你关心我是假的，你是不愿意让我再娶一房。你们谁也别想挡我！我听见了老爷往屋外走来的声响，就忙缩着脖子从东边的小角门走出来。

谁敢挡你呀！太太哀怨的声音犹如微风般尾随着我。一走出院门，我就和提着水桶匆匆往前走的大保撞了个满怀，水桶里的水撒了大保一身。

那只大鸟飞进我家花园时，花园里正绽开着五颜六色的花儿。那天，李妈拉着我，来到花园，看见一只只蝴蝶在花丛里上下翻飞，我和李妈顿时心花怒放。少爷我给你逮一只吧！李妈的小眼睛亮晶晶地望着我。我说好吧！李妈弯下腰，伸手去逮在玫瑰花上飞舞的一只金黄色的蝴蝶。但那蝴蝶很机灵，从李妈的手指缝里像鱼儿一样溜走了。李妈朝我讪讪地笑笑，又去逮那只血红色的蝴蝶。那只蝴蝶左躲右闪，像一片让风吹起的红纸片。李妈伸展胳膊，随着蝴蝶的舞动急剧地晃动着，却总也逮不住。这群五彩缤纷的蝴蝶仿佛是李妈撒出的一把花花绿绿的碎纸屑，简直让我有些眼花缭乱了。

这时，那只大鸟从花园外的柳林里姗然飞来，从我眼前飞过，落在了我身旁的大杨树上。大鸟携来的花园外面那清甜的气息汹涌浓烈。我和李妈都一怔，但随即又平静如初。这时我绝对想不到这只人鸟会在我家花园里栖息下来，更想不到它的光临其实对我家是一种不祥的昭示。

这天，李妈竟然没有逮住一只蝴蝶。今天的蝴蝶都很狡猾！李妈自我解嘲地说，脸上仍是讪讪的笑。

当我和李妈走出花园，路过二太太青蒲的院子时，看见二太太正揉着惺忪的睡眼从屋里出来。二太太穿一件粉红色的旗袍，头发蓬乱，显然她刚起床，还没顾上装扮自己。她见了我们，咧开嘴很不自然地笑笑，那颗金牙犹如一粒闪闪发亮的玉米豆子，这让我很想上去摘下来玩。李妈笑着问她，你怎么才起来呀？我们都快吃中午饭了。青蒲依然笑着，笑得很凄然，她对李妈说，这还不都怪老爷呀！天天夜里让我陪他抽大烟，谁受得了！李妈听了诡秘地一笑，说不是抽大烟吧！老爷可没抽过大烟，别看老爷年岁大了，精神头可大着呐！青蒲灰白的脸顿时涌出了如血般的红晕，弯弯的眉毛一挑，眼睛瞪得圆圆地盯着李妈，说李妈你这是在跟谁说话呀！你是柿子专拣软的捏！李妈脸上诡秘的笑一扫而光，惶恐地望着青蒲说，对不起，我这可是当没事儿的话说呢！青蒲用鼻子鄙夷地哼一声，就趾高气扬地朝厕所飘去了，她淡雅的旗袍上落满了中午黄灿灿的阳光。

李妈的脸顿时由红色变成了青色，她拉着我忿忿地说，这女人真狠毒，不过是一个妾，就这么傲气，我看她是短命相。

果然，不久青蒲就魂归西天了。她死时身下流了一大摊血。对她的死，人们议论纷纷。太太喜不自禁，然而面对众人时却泪流满面。老爷说二太太是得血崩死的，血崩是什么病我一点也不明白。我只是看见人们的议论和猜测犹如无孔不入的蚊子般在我家的每个角落恣意飞舞。可我觉得二太太青蒲的死扑朔迷离，除了老爷和太太，没有人能解开这个谜。

老爷和太太大发雷霆后，果然又娶了一房二太太。二太太名叫榆钱，是王庄镇上汇丰钱庄老板的千金。汇丰钱庄是个小钱庄，他肯把女儿嫁给年过半百的老爷显然是出于业务上的考虑。

秋天里时常刮风，每刮一次风，我家院里就会铺上一层黄绿色的树叶。那落叶斑斑点点像硕大的泪滴。四儿总是弯着腰，抡圆胳膊，一丝不苟地扫落叶。

我吃过早饭，踩着落叶在院里玩。鲜嫩的太阳将院里抹上了一层淡淡的橘红色，麻雀们在这温馨的阳光里飞来飞去，尖细的啁啾声犹如秋水一样清爽。当我走出院门时，雪花赶过来，给我披上了一件夹袄，说李妈怕你着凉，让你穿厚点。雪花的脸蛋在朝晖里越发鲜艳迷人，我盯着她，目光总是不愿意离开。雪花却羞涩地低下头去，说少爷玩会儿就早点儿回来，别忘了温习功课，说完就扭身跑了。

我从扫落叶的四儿身边走过时，四儿就直起腰，眼睛一眨一眨地冲我笑笑，说少爷这么早你干什么去呀，是太太叫你吧！我说不是，我要到前边玩儿。四儿说，看少爷整天闷在家里也够可怜的，等我回家时从田里给你捉几只蛐蛐、蚂蚱，那东西很好玩儿！四儿长得又瘦又矮，脑袋却出奇的大，我总觉得他是一个假人，一个用竹竿挑上圆球做成的假人。

当我从老爷门口走过时，看见二太太榆钱正站在朱红色的回廊下逗鸟笼里的金丝雀玩儿。这鸟是老爷专为她买的，她也爱鸟。她来到我们家的第二天，老爷就让大保去城里买了这只金丝雀。

这是我第三次见二太太，第一次是她嫁到我家那天，当她打扮得花枝招展地走下轿子，就朝我们嫣然一笑，她没有金牙，而是露出了一口如同石榴般整齐洁白的牙齿。她这嫣然一笑，就永远地刻在了我的记忆里。第二次见她是几天后的早晨，那天的情景和今天有着惊人的相似，当我从这里走过时，看见二太太正在院里刷牙，满嘴角都是雪白的泡沫。青蒲是从不刷牙的，太太也不刷，只是吃了饭用茶水漱漱口。我觉得她和我们家里人都不一样。

这一次二太太看见了我，就抬头定定地望着我，我忙走上去，毕恭毕敬地叫了一声二太太。二太太忙漱了口，朝我甜甜地笑笑，说少爷到屋里玩会儿吧！她的声音很委婉，仿佛太太那只杜鹃的叫声一样动听，只是声音太低了，显得有气无力。她仍穿着她嫁来那天穿的红绸子小袄，粉嘟嘟的圆脸埋在高高竖起的领子里，娇嫩水灵得像刚剥开的水萝卜，但我不明白何以二太太陪老爷抽一夜烟还这么容光焕发。青蒲不是这样，青蒲每天上午起来都是一副萎靡不振的样子，看上去有些病恹恹的。

我很想去二太太屋里看看，可一想到老爷也在屋里，就顿时打消了这个念头。我对二太太说不玩了，我得回去温习功课呢！二太太说，小孩子家也不能总在屋里闷着，总闷着会闷出病来的！

四儿扫落叶的声音在我家幽深复杂的院子里横冲直撞，我仿佛看见在这坚硬的声音里趋于平静的落叶又像蝴蝶般纷纷飞舞。我告别了二太太，走出院门，正碰见冯子玉提着一个黑色大皮包走过来。他高大扁平的身子犹如一块木板一样。

少爷，这么早去干什么呀？冯子玉见了我，忙停住，黑胖的脸上立刻涌满了笑纹。我望着他那只鼓囊囊的黑皮包，知道他又给老爷送补药来了。我对冯子玉说，我不干什么，我只是在院子里转转。冯子玉俯下身来，用一只手抚摸我的脸，他身上那股很浓的药味使我想到了老爷那只热气腾腾的黑色药罐。少爷，你又长高了。冯子玉死死盯着我，虚无地笑着说。他嘴里喷出的热气也满是药味，仿佛他整天是用药泡着似的。

冯子玉拉着我，朝二太太屋里走来。

二太太榆钱已不在院里了。院里很安静，只有那只金丝雀的鸣叫在明丽的阳光里像水纹一样四处扩散。我们朝屋里走时，纷乱的脚步声把院里的宁静撞得支离破碎。走到屋门口，冯子玉站住，大声地喊老爷。

老爷在屋里咳嗽一声，说是冯子玉吧！客气什么，快进来！我跟着冯子玉走进屋去。二太太榆钱忙躲到西屋回避了。

老爷刚穿好衣服。老爷说，怎么这么早就来了，不是有什么要紧的事吧！我看见老爷的眼睛又肿又红，显得睡眠不足。

冯子玉道了安，就坐在新油漆过的紫檀木太师椅上，掏出一包洋烟卷，抽出一支递给老爷。老爷摆摆手，说不抽那洋玩意。冯子玉就抽起来，他那细长的眼睛突然闪闪发光，说我刚从北京趸了一批上等的鹿茸和鹿鞭，今儿给你送些来。冯子玉望着老爷，忽然嘻嘻地笑了，他的笑很绵长很古怪。他又对老爷说，你刚讨了一房太太，又这把年纪了，不补补哪行啊！老爷喷出一口烟，也低声地笑了，他笑得很和善，嘴角上那颗大黑痦子，犹如从锅里蹦出来的黑豆子。笑过后，老爷眼睛亮亮地盯着冯子玉说，知我者莫如贤弟也，我一生有这么一位知己也就足矣！冯子玉十分谦卑地笑笑说，我这药铺能有今天还不是全仰仗了老爷呀！背靠大树好乘凉嘛！老爷喷出一串很响的笑，说哪里哪里，人最主要的还是靠自己！片刻后，老爷瘦长的脸又阴沉下来，他耸着眉头对冯子玉说，这些天我也懒得出门，不知道外面的情况怎样了。

冯子玉把身子往前探了探，那把崭新的椅子发出一声轻微的响声。他神情黯淡地说，外面形势很不好，听说共产党要攻打县城了，如今国军正四处抓民工修筑工事呢！不过，老爷不用过于担心，县城四周都是又高又大的城墙，共产党是很难攻下的。老爷阴沉着脸一言不发，只是呼噜噜地拼命地吸着水烟袋。过了许久，他才抬起脸来，长叹一声，说我可不是担心我城里的那几个钱庄，什么事情都是上天安排好的，着急也没用，我就不着急，我只觉得这乱纷纷的世道也该有一个结果了。冯子玉说，还是老爷心胸宽，看得透，怪不得创下这么大的家业，看其他有钱人如今慌得像热锅上的蚂蚁似的，真是可笑又可怜。

老爷仰起他那长长的脸，眼睛亮亮地朝门外喊，榆钱，快收拾药锅给我熬药！榆钱应声摇摆着腰肢走过来，朝冯子玉笑笑。冯子玉惶惶地站起来，朝榆钱谦卑地笑着，目光在她脸上扫来扫去。老爷从书包里拿出鹿茸、鹿鞭，递给二太太，二太太接了，又摇摆着腰肢走了出去。这时老爷仿佛才看到了我，厉声问我，你在这里干什么，还不快读书去！我说今儿私塾先生没来，我在院里转转。那你来这里干什么？快出去！老爷又说。冯子玉忙把我揽在怀里，说，我把他带来的，我喜欢少爷，少爷仪表堂堂，日后会有大出息的。老爷听了冷冷地瞥了我一眼，用鼻子狠狠地哼了一声什么。

后来，冯子玉就起身告辞，拉着我走出来，来到了太太的院里。

太太躺在床上，丫头秋草正用一个青色的玉棒在太太的脸上轻轻地滚来滚去。我知道那是擀脸上的皱纹，太太怕老。

冯子玉道了安，就在太太身旁坐下来，太太毫无血色的脸上顿时涌起一抹春色。她推开了秋草的手，坐起来。秋草给冯子玉倒了茶，就垂着眼睑退了出去。冯子玉又摸着我的脸颊问太太，怎么不让少爷去城里的洋学堂念书呀！太太边整理着发鬓边说，城里那么乱，我可舍不得把他送去，如今在家里请了位私塾先生，等外面安定下来，再把他送到城里的洋学堂念书吧。太太扭过头，目光温和地盯着我，说今儿先生没来吗？我说先生着了寒，让人送信来，说今儿个不来了。

冯子玉望着太太，说老爷昨晚差不多又是一夜没睡。太太冷冷一笑，说他连着几天不睡才好呢！冯子玉眼睛里又闪出那种咄咄逼人的寒光，他微微地笑着，说太太不用着急，我刚才又给老爷送了上好的滋补药品，除了东北的鹿茸、鹿鞭，我又加了一味新药。他说到这里停住了，笑得越发怪异，太太也会意地笑了。冯子玉又低声说，太太你就把心搁肚里吧，二太太不会有身孕的。

太太突然扭过脸来对我说，少爷你还在这里干什么，快回去温习功课吧！

我出门时，瞥见了冯子玉的眼睛里仿佛燃起一团火。

在黄昏开始铺天盖地时，我依然去我家花园，坐在凉爽的石凳上，看那只在花草树木间飞来飞去的大鸟。我看见它孤寂的鸣叫让夕阳映得像一片片金色的纸。当它落在一棵杨树上，用灰黄的喙子耐心地梳理羽毛时，我看见它的眼睛像两滴血。当它一动不动地望我时，我就飞快地逃离了花园。我觉得这双眼睛能刺透我的心，我最畏惧这样的目光了。

自从上次冯子玉给老爷送了滋补药后，夜里我总是听到从老爷的院里隐隐约约地传来一种怪异的声音。这声音让我联想到许多动物临死时的哀嚎。每当这种声音在院里像风一样四处游走时，我就爬起来，隔着纱窗往外眺望，外面如同一大团的墨，没有星星的影子，星星仿佛让这深深的夜淹没了。但渐渐的，老爷院里房屋的影子就像一只狰狞的怪兽一样跳进了我的视野。那怪异的叫声仍在这浓重的夜幕下涂抹着奇形怪状的曲线。我压抑不住内心的好奇和恐惧，就喊来了睡在外间的李妈。我怯怯地说李妈你听老爷院里那是什么声音。李妈一边揉眼睛，一边干笑，说少爷别怕，这就是夜的声音。你还小呢，等大了也就明白了。我疑惑地躺下后，听见李妈在外面床上窃窃地笑。二太太迟早得让老爷折腾死！李妈这样自言自语。

我从不知道黑夜还有声音，我感到很新奇。

但后来我走向睡眠的道路变得艰难而曲折。那怪异的声音还使我的脑屏幕上浮现出那只大鸟各式各样的睡态。但无论它的睡态如何变化，那双红灯笼一样亮晶晶的眼睛依然虎视眈眈地盯着我。

每天早晨起床后总是李妈给我穿衣服。有一次我对她说，我会穿衣服了，还是我自己动手吧！李妈微微下垂的眼角拉成了一条直线，说少爷又说疯话了，你要自己动手还要我在你家干什么？你是想赶我走吧！我说李妈我可不想赶你走，我是说我长大了。李妈说你再大也是孩子。李妈把我拉出了被窝，我身上的每个部位在李妈面前都暴露无遗，但我却感不到一点羞涩。李妈浑浊的眼睛亮如明灯，我感觉她那热辣辣的目光在我身上爬来爬去，犹如夏天里从树上掉进脖子里的小绿虫。李妈这异样的目光使我突然觉得有些无地自容了。

橘红色的阳光从窗外射进来，把屋里映得如同梦境。李妈给我穿得很慢，这和平时干活麻利的她简直判若两人。李妈你快穿吧，我要到外面去看落叶。对于李妈的慢条斯理我怏怏不乐。李妈说，着什么急呀，少爷，衣服是人的门面，再好的衣服穿不好也就不是好衣服了。对于李妈的一丝不苟我无可奈何，就把目光从窗口抛向院里。雪花正提着一桶水走进院里，她那丰满的脸蛋在阳光里越发鲜嫩欲滴。她粉红色的衣裳在晨风里悠悠地抖动，犹如蝴蝶漂亮的翅膀。一对儿麻雀一齐落在枝叶繁茂的海棠树上，亲亲热热地嬉闹一番，又双双朝蓝湛湛的天空射去。一缕云彩被血红色的太阳染得像一片月季花瓣。突然，李妈低声地笑了，她轻轻地摸着我的脊梁说想不到少爷的身子和老爷的身子一样白，其实，这倒不奇怪！李妈笑得越发暧昧。

从我开始有了记忆的时候，李妈就在我身边。李妈最先当过老爷的丫头，太太生了我，她又来到我家成了我的奶妈。有一次她对我说，老爷睡觉时鼾声如雷，吵得她怎么也睡不着，后来渐渐习惯了，在老爷滚滚的鼾声里也能安然入睡。离开老爷后，竟然常常失眠，一失眠就思念老爷那惊天动地的鼾声。李妈一说到老爷就精神焕发，显得很年轻，那干涩的眼睛里顿时波光潋滟。

自从娶了二太太，院里就很少见到老爷的身影了。即使老爷出来一下，也像幽灵般匆忙而诡秘，从前的威严庄重荡然无存。有一次我从太太屋里出来，在长长的夹道里正巧碰到了老爷，他一手拿着水烟袋，一手拿着一本发黄的书，正匆匆地朝院里走。我知道老爷是去青蒲的屋里找来的这本书，但我不知道这是一本什么书，值得老爷那么爱不释手。自从青蒲仙逝后，她的屋子一直闲着，榆钱却不肯搬进去，她嫌那里晦气。今天老爷走起路来身子往前一探一探的，仿佛是让风吹起的一件什么轻飘飘的东西。他从前可不是这样。从前他总是一手端着水烟袋，一手背在身后，迈着八字步，那悠然自得的样子和戏里的七品县官毫无二致。但更令我惊奇的是，老爷今天见了我，笑容可掬地问我，你干什么去呀！老爷的亲切让我受宠若惊，竟呆愣着说不出一句话。

老爷像影子一样在门口消失时，我看见有两只麻雀尾随着老爷飞进院里。

后来，老爷那本发黄的线装书就总是在我的眼前鲜明地飘浮着。老爷是让二太太榆钱读书吗？不可能，我听说二太太目不识丁，尽管她是钱庄老板的千金，但她是从小地方来的，小地方的小姐不念书已习以为常了。

我秋天的睡眠里总是弥漫着奇形怪状的梦，梦境里，那只大鸟摇身一变成为一群，它们爬满了我家房屋，密密麻麻，那一双双猩红的眼睛犹如一块块闪闪发亮的红宝石。而纷繁的鸣叫又像唱歌一样好听。在我的梦境里，老爷总是一声接一声地打喷嚏，在那高亢的声音里，火红的树叶纷纷朝院里飘落。二太太榆钱那双漂亮得有些娇艳的眼睛光芒四射，那样子像在黑夜里溜来溜去的狐狸。太太整天拿着她那只手镯左瞧右看，突然有一天那只手镯不翼而飞了。为了找到它，太太整天在院里走来走去。有一天太太把李妈的头发扯得乱糟糟的，她声嘶力竭地朝满脸血污的李妈吼道，快把我的镯子拿出来！这时候，天空布满了血红色的云彩，那只大鸟在这些云彩的缝隙间飞来飞去，硕大的翅膀把云彩扇得飘浮不定。

四儿扛着扫帚在院里匆匆走过后，青蒲从月亮门里突然闪出来，她枯瘦如柴，嘴唇却涂得像花瓣一样艳丽。青蒲在院里怪异地笑着走一圈后，又蓦然消失了。院里留下了一朵朵像怒放的梅花一样的血滴。青蒲消失后，院里就开始了长久的空寂……

四儿从老家回来时没有给我带蛐蛐和蚂蚱，却带来了一对刚出窝的小刺猬。为了盛它们，四儿特意用柳条编了一只筐子。

少爷，这刺猬也挺好玩儿的，你捉它们时得小心呀，别让刺儿扎破了手。四儿恭恭敬敬地站在我面前，对我说。他仍穿着那件灰色的满是补丁的衣服，他身上散发着一股青草味。那两只刺猬缩在柳条筐里，屏声敛息，安分守己，那亮晶晶的小眼睛惊恐地朝我眨动着。

后来四儿兴致勃勃地给我讲了他逮那对儿刺猬的经过，随着他的讲述，一幅很有动感的画面呈现在我的眼前。在这个绿色和蓝色交织的画面里，四儿在平展展的红薯地里东张西望，搜寻着蚂蚱或蛐蛐的行踪。当一只绿莹莹的蚂蚱从他的眼前翩然飞过时，两只小刺猬也跳进了他的视野。一阵惊喜掠过四儿的脸，他猛地扑过去，逮住了那对儿刺猬。这时，一朵白云飘到了他的身后，鲜亮了他身后蓝湛湛的背景。

这个画面还让我看到了我家的佃户们在田里挥汗如雨的劳作场面。他们脸上麻木的笑在四季的风里飘来飘去。

我对那对儿刺猬视若珍宝，我极力排除李妈的阻拦，把它们放在了我的卧室里，在我睡眠之外的时间里，就有了更多的机会观赏它们。深更半夜，它们的响声总是把我惊醒，借着从窗外射进来的月光，我看见它们在笼子里旁若无人地调情戏耍，调皮可爱得使我睡意全消。其时，二太太尖利的呻吟也犹如秋雨般飘来，这些声音把这秋夜搅得像湍急的河流。

当我家园子里的月季、玫瑰、鸡冠花开始衰败的时候，菊花又为园子涂抹了一片片的嫩黄。那种带有药味的香气洋洋洒洒。远道而来的蜜蜂在这温馨的花丛里飞来飞去，挑挑拣拣。有一天我和李妈来这里赏花，正巧碰到了二太太榆钱。二太太穿了件大红色的对襟小褂，脸上的脂粉擦得很浓。丫头碧莲跟在她身后。李妈赶忙奔过去，朝二太太弯弯腰说，二太太也来赏花呀？李妈的动作让我觉得很好笑，这和我对她的印象简直判若两人。

二太太毫无表情地笑笑，说真想不到咱家园子里的菊花开得这样好！

望着英姿飒爽的二太太，我突然觉得晚上那令人心颤的喊叫恍若梦境。

李妈的双手很不自然地在胸前摆弄着，问二太太，老爷怎么没来呀？

二太太脸上的笑蓦然消失，她说那个冯子玉又给老爷送药来了，冯子玉一走，老爷就过来。二太太的眼睛又紧紧盯着李妈问，冯子玉这人怎样啊？

李妈惊愕得嘴巴轻轻地翕动，忽然她眼睛一亮，孩子般地笑了，她语气平静地对二太太说，冯子玉不是少爷的干爹吗？他和老爷可是至交呀！难道二太太不知道？老爷可是很有眼力的人呀！二太太鼻子里发出一声鄙夷的笑，说老爷也是看花了眼，我看冯子玉每次来总是鬼鬼祟祟的，老爷早晚得吃他一次大亏！

听说老爷要来，我和李妈赶忙离开了花园。一走出花园。李妈自言自语地说，二太太真是怪了，晚上让老爷那样折腾，白天还这么精爽！我看说不定老爷得让她毁了，这女人不一般！李妈走路时脚步很响，两只脚踩在地上就像鼓槌敲在鼓面上。

我们路过老爷院子时，里面传来了大声说话的声音。那声音尽管很响亮，但在这秋天的下午却显得很黯淡，犹如在黄昏里飞来飞去的蝙蝠。我知道冯子玉要走了，他一走老爷就去花园陪二太太赏菊花。这时那本发黄的书在我的眼前飘来飘去，我顿时产生了要翻翻它的欲望。因此，我和李妈回到自己的院里后，我又撒谎说要去茅房。当我走出院门时，看见老爷朝花园里走去了。他疾走如飞的身影像一片随风飘去的纸。

我来到了老爷的院子。二太太的丫头碧莲正在廊下给老爷熬药。我知道冯子玉又为老爷送来了名贵的滋补药。碧莲见了我，直起腰来，说少爷有什么事吗？老爷和二太太到花园赏菊花去了。碧莲脸上的雀斑像天上的星星一样多。

我说没什么事，来玩玩。碧莲说，可不，好长时间了，你还没有来过这里呢！碧莲双眼火辣辣地望着我，两腮红红的。那些雀斑也让饱胀的红潮淹得无影无踪了。我不敢正视她这目光，赶忙钻进了老爷的屋里。我在老爷的枕头下面发现了那本发黄的书，封皮上三个大字赫然跳进了我的眼帘——《金瓶梅》。我随便翻开一页，上面的文字和插图使我心惊肉跳，热血沸腾。我担心老爷和二太太回来，就匆匆地把书塞进了枕头下面。

我走出屋子时，院里已飘满了蓝澄澄的药香，碧莲正拿着一把扇子弯着腰扇火。我逃也似的跑了出去。不知道为什么，我的目光从不愿在碧莲脸上停留。

当园子里的菊花开始衰败时，二太太有了身孕。二太太一有身孕，就越发的深居简出。老爷整天在院里大声地发号施令，一会儿让管家大保到外面买两只老母鸡，一会儿又让买两条鲜鱼。老爷的喊声嘶哑却有力，犹如酒馆里的跑堂。有一次，二太太想吃酸杏，老爷就给了四儿几块响当当的银元，让他去镇子上买。四儿苦笑着，说老爷这事儿可不好办，就是把咱家所有的银子都拿出来也不会买到一只酸杏。老爷一下子怒气冲冲，说四儿你真不中用，我让你去买的东西就没有买不到的。四儿满腹狐疑地走出去，果然，不到半天工夫，他就带回来一堆干杏子。原来他找遍了全镇一无所获后，就灵机一动去了冯子玉的药店，果然，他在那里如愿以偿了。冯子玉的药店里有做药引子的干杏子。

又有一天二太太想吃刺猬肉，老爷就让人把我那两只刺猬拿去杀了。面对老爷的发号施令，我们都无可奈何，李妈冷笑着对大保说，我看二太太要吃老爷的肉，老爷也会割下来一块给她吃的。大保哭丧着脸说，这些天差点把我的腿跑断了，前天二太太要吃蛇肉，我在田里一直找了一上午，才逮住了一条菜蛇。李妈用鼻子哼了一声，说我从没有见过哪个女人怀了孕像二太太这样，就连太太怀了少爷也没这样过。这二太太怀的说不定是什么稀罕物呢！李妈的话把大保逗笑了，大保边笑边朝我神秘地挤眼睛。

突然有一天，二太太走出屋来，在院子里昂首挺胸地走来走去。这时候，海棠树和石榴树上寥寥无几的叶子在疲软的阳光里黄里透红。毛茸茸的麻雀在树枝上洒脱地跳来跳去。二太太在院里走得悠然自得，有时她也来我们院里走走。她的脸丰满红润，圆圆的眼睛神采奕奕。尽管她的肚子还没有多大变化，但她总是把它挺得很高。有一次李妈对她说，二太太走路可小心点呀！跌了跤可不得了。二太太眯着眼，说不会的，我从来没跌过跤。二太太有时也到太太的院里走走，我看见她在太太跟前越发眉飞色舞。她还不厌其烦地问太太，女人怀孕都有什么反应，爱吃什么。太太的手不经意地摆弄着手指上黄灿灿的金戒指，脸色平静地望着二太太，一副不屑一顾的神色。有时见二太太过于洋洋自得，太太就不动声色地还击她一句，你也别太得意了，再好看的花儿也有谢的时候，咱们老爷可是专掐花骨朵儿的。二太太很怪地笑了，说太太你真是少见多怪，哪个男人不是这样。太太的脸色顿时像抹了一层灰，但仍微微地笑着对二太太说，可不是，在这方面我可不如你，你是见多识广呀！

但无论两人如何冷嘲热讽，唇枪舌剑，二太太离开时两人依然彬彬有礼，客气如初。二太太还热情地邀太太有空了去她屋里坐坐，太太也让她有时间再来，刚才的不快仿佛没有发生过，这使我觉得眼前的一切像梦境一样虚幻。

二太太刚一闪出院门，太太就冷冷地一笑，小婊子，你也想气姑奶奶呀！做你娘的美梦去吧！我让你生下个妖怪来。

二太太走了没多大会儿，冯子玉来了。

又给老爷送的什么滋补药呀？见了冯子玉，太太阴郁的脸上顿时云开雾散。冯子玉说，也没有什么新鲜的，还是那么几种。太太朝他一挤眼，说你看见二太太了吧？你看她耀武扬威的样子，是想活活把我气死！冯子玉讪讪地笑笑说，我怀疑那次的药没有熬好，药效没有达到。尔后，他又指着站在旁边的我说，你们家这么大的家产，只能是咱少爷的了，无论老爷再娶几房，我也不会让她们再生的。我看见冯子玉说这话时眼睛里溢着绿莹莹的光芒。

太太咯咯地笑了，太太一笑脸上抹得厚厚的脂粉就扑簌簌地往下掉，那些细密的皱纹又都凸现出来。太太慢悠悠地说，子玉呀，这就要看你的手段啦！

随着冬天的来临，二太太的肚子渐渐地鼓了起来。她仍然常常精神抖擞地在院子里走来走去，身子很大程度地往后仰，那肚子就仿佛是一面硕大的鼓。她每次见到我，总是朝我微微一笑，那笑很黯淡，如有雾的天空。她穿得很厚，远远望去很像一只深红色的圆球。

有一次，李妈望着二太太远去的背影，神情暧昧地对我说，二太太厉害着呐，以后会有好戏看的！

在黄昏里我仍然悄悄地来花园里观赏那只大鸟。初冬的花园里荒凉而萧条，那只大鸟俨然成了花园的唯一风景。残留在枝头上的几片枯树叶迎风抖动，发出的细微响声如同凄凉的音乐。那只大鸟从这棵树上飞到那棵树上，展开的翅膀把奇形怪状的灰色树枝撞得胡乱地抖动。忽然，那只大鸟在我的头顶上一遍又一遍地盘旋，一团绿色的屎落在了我的肩膀上，它那双火红的眼睛依然紧紧地逼视着我。我的脊背像放了一块冰，凛冽透骨。

中午时分，大保送过来一大堆木炭。

大保面对着我，眼珠却盯着李妈。老爷让我送过来的，天冷了，该生火盆了，他说。

李妈正坐在门口用篦子梳理凌乱的头发，温和的阳光把她那缕白发映得很刺眼。她歪着脑袋对大保说，把木炭放屋里吧！慢着点，别把屋地弄脏了。大保提着木炭边往屋里走边说，李妈你不说我也知道，在少爷屋里干活我哪敢毛手毛脚的呀！

大保临走时对我们说，太太喝醉了，李妈你快看看去吧！

李妈一怔，随即又朝大保嗔怪地说，大保你真会开玩笑，太太是从不喝酒的，小心让太太知道了撕你的嘴。大保说，我哪有那胆呀？我是让你去讨好太太呢。你却把好心当作驴肝肺。李妈拍打着落在身上的头发说，去侍候喝醉酒的人可不是什么美差，你也真会讨别人的人情。但大保走后，李妈还是匆匆地赶去了，我也惴惴不安地尾随李妈朝太太院里走去。

金色的阳光在院里的方砖地上跳着柔软的舞蹈。那只挂在廊下的杜鹃屏声敛息，噤若寒蝉，那双灰色的眼睛充满敌意地盯着我们。

我跟李妈来到了屋里，见太太正趴在床上，痛苦万状地呕吐着。丫头秋草捧着痰盂站在太太旁边，脸色红涨，不知所措。见李妈过来了，就像见了救世主，说李妈你可来了，我正想找人去叫你呢！李妈扶住太太，问秋草，太太和谁喝酒了？秋草说，太太自己喝的，谁知就喝醉了，太太从前是不喝酒的。

李妈弯腰轻轻地捶着太太的背，边捶边扭头埋怨秋草，这就怪你了，你知道太太不喝酒，怎么不拦她？秋草急得汪着泪花说，我怎么没劝呀，太太的脾气你还不知道，我哪劝得往！

太太吐完了，李妈赶忙给太太捧来茶水。太太漱了口，睁开眼睛望着李妈，又痛楚地哭了。太太从前是很少在仆人面前哭的，太太今天的失态使我脸上有些发烧。

太太哭了一阵儿，就轻轻地念叨，冯子玉你怎么还不来呀！冯子玉你怎么还不来呀！

太太的话使李妈很吃惊，她问秋草，太太找冯子玉干什么？秋草说，想是太太又想喝药了吧！

从此以后，太太常常喝酒，喝醉了就说冯子玉你怎么还不来呀！

初冬的夜里星星显得格外明亮。院里时常回荡着北风的窃窃私语。李妈坐在火盆旁，把火摆弄得犹如一团鲜亮的红绸布。屋里的温暖如春使我觉得外面的冬夜像纸一样单薄。半夜时分，二太太隐隐约约的喊叫仍在我家院里飘舞。每当此时，我就听到李妈躲在被窝里幸灾乐祸地笑。李妈的笑使我感到似乎有一条冰冷的蛇在我的背上蠕动。

其时，那只大鸟正在花园的某个树枝上安然入睡，但那双灯笼一样的眼睛仍扑朔迷离。

二太太在冬日的阳光里走来走去时身上落满了人们惊异的目光。李妈更是在门后睁大眼睛审视着二太太，二太太走过后，她就自言自语道，二太太真是怪了，肚子里就是怀个铁蛋，也该掉下来了。

太太喝醉酒已习以为常，喝醉了就哭闹着喊冯子玉。刚开始老爷还来看看，叮嘱秋草给太太熬醒酒的汤，但后来老爷就不再过问了，院里也很少见老爷的身影了。

我的私塾先生名叫林鹤鸣，他性情古怪，形体枯槁。他的脸形和老爷惊人的相似，但脸上如蚯蚓一样的皱纹却比老爷的密集。下巴上飘拂着的一撮黄白色的胡子像一缕轻烟，这使他就有了一种仙风道骨的风采。他穿灰色长袍，留着整齐的短发，显得精神抖擞而又十分滑稽可笑。他的喉结又圆又大，每当他教我念书时，脖子里就像滚动着一个鸡蛋，这就使我的目光常常随着它上下移动而忘了念书。这时候他就抬起头，朝我笑笑，说少爷怎么不念了，是不是瞌睡了，我给你讲一个故事听听吧！他放下书，一动不动地盯着我，给我讲起了古人头悬梁锥刺骨的故事。这个发霉的故事从林鹤鸣的口中伴着唾沫星子像气泡一样飞溅，我的眼前就出现了一张发黄而又陈旧的画面。在这个虚幻的画面里我瞥见了一只红色的蝴蝶姗然起舞，把这单纯的画面弄得不伦不类却极有立体感。

每当林鹤鸣走后，我就张开双臂往外跑，那种迫不及待的样子如小鸟飞进山林。这天当我走进我那古色古香的院子时，看见雪花正端着一盆脏水往院里泼。她的脸洁如凝脂，我顿时垂涎欲滴。我张着嘴，目不转睛地盯着她。但我去吻她的勇气却又渐渐地萎缩下来。雪花把水泼在地上时抬头朝我嘻嘻地笑。少爷，今天念的什么书呀？我说读的“千字文”。天地玄黄，宇宙洪荒；日月盈昃，辰宿列张……我学着先生的样子摇头晃脑地背了一段“千字文”。雪花用手掩住嘴笑了，说什么天黄地黄的，我听不懂。我说你要能听懂你也就不是你了。

我来到屋里，看见李妈正在镜子前往脸上抹雪花的脂粉。她那发紫的嘴唇也抹得像雪花一样鲜艳。见我进来，李妈飞快地擦掉了脸上的脂粉，她这动作的麻利令我大为吃惊，这使我觉得李妈平时的一举一动都很虚假。

少爷，快到屋里火盆边暖暖身子吧！李妈对我说，她苍老的脸上又平静如初了。

我干爹冯子玉还经常来给老爷送滋补品。他来后和老爷简单地应酬几句，就去了太太屋里。他往太太屋里走时显得很神秘，像夜里的什么影子。

整个冬天我就像一只快活的小鸟儿一样在我家这结构复杂的院子里飞舞着，我身边回响着私塾先生林鹤鸣那干涩悠长的念书声和李妈不厌其烦的唠叨。雪花那张生动的脸也在我眼前晃动不止，但我对她一直不敢轻举妄动。

这年冬天的某一天，那次闻名遐迩的攻城战役终于打响了。但攻城的部队面对固若金汤的城堡惨败下去，密集的枪声和令人作呕的血腥味飘散出几十里，在我家青色的宅院里烟雾般浮动。在这浓重的战争氛围里，我们全家连同仆人都紧缩脖子不敢大声说话，就连老爷也不例外。那几天里的深夜，老爷的院里破天荒地静如止水，那撕心裂肺的怪叫声消失得无影无踪。

攻城的失败使老爷激动了一阵子。但很快，他的脸又阴沉下来，他对来给他送滋补药品的冯子玉说，咱们不能高兴得太早，我看这城总有一天得让共产党攻下来的。说到这里，老爷故作高深地捋捋胡子，又说，不是有一句俗话嘛！没有攻不破的城！我看国军的气数已经尽了。

这年的冬天还下了一场罕见的大雪，那雪一直持续了三四天，纷纷扬扬，蔚为壮观，仿佛漫天飘飞的白蝴蝶。在雪天里我总爱在院里玩，更爱仰起脸来让凉爽的雪花亲吻我的脸颊和嘴唇，那凉爽的感觉使我心旷神怡。我还踩着厚厚的雪去花园里看那只大鸟，只见它正落在那棵歪脖子柳树上，望着这一片茫茫的白色出神。它的全身已让雪花紧紧裹住，两只亮晶晶的眼睛像埋在雪里的两小块炭火。它似乎一点也不显得孤独。

这天一个意外的发现使我喜不自禁。同时也改变了我对冬天的印象。我在花园的南墙根下的一个小洞里竟然瞥见了一抹嫩绿。那是刚生出的一种我叫不出名字的野草，这种野草从前我在花园里从未见到过。

在整个漫长的冬季，院子里还到处充斥着太太的诅咒和期待。太太的声音极其恶毒却细如牛毛，它只是在我的听觉里才清晰可辨。

春天，私塾先生却教会了我许多咏雪的古诗，这使我的想象仍停滞在雪花满天、天寒地冻的意境里。有一天我背完了古诗走出学房时，看见布满朱红色回廊的院里飘浮着一团团的新绿，丁香花、月季花、海棠花馥郁的香味浩浩荡荡地涌进我的嗅觉，我顿时产生了春天蓦然而降的错觉。

我一回屋里，李妈就给我端来了一碗莲子羹。快趁热喝了吧，少爷！李妈和蔼地对我说。李妈越发的苍老了，脸上的皱纹仿佛一张蜘蛛网，那两只细眯眯的眼睛就像是两只落网的苍蝇或者什么不安分的小虫子。

我喝了莲子羹，听见雪花在院里轻轻唱歌。我觉得很新奇，就走出屋来。雪花正在院里的绳子上晾晒衣服，春天绵长的阳光使她罩上了一圈橘红色的光环。在她的歌声里，她两腮红得就像着了火。我听出她唱的是《送情郎》，这首歌李妈从前也给我唱过。雪花比李妈唱得好，我听得如痴如醉。雪花晾完盆里的衣服，扭头发现了我，朝我伸下舌头，哧哧地笑了。我说雪花你怎么不唱了，我很爱听你唱！雪花说不唱了，我唱得不好。这时候，我看见四儿在门口探头探脑，当我的目光和四儿的目光相撞时，四儿的脸又倏地不见了。这时候，雪花也往门口瞥了一眼，她的眼神变得很迷离，两腮的红晕已扩散到了整个脸部。我说四儿探头探脑的有什么事吧！雪花忙低下头，说他能有什么事呀，他就是那个样子，整天鬼鬼祟祟的。她说着就端着脸盆走回屋里。

毛茸茸的阳光使我对院子流连忘返，我就蹲在墙根下，享受这太阳的亲昵抚摸。一只肥胖的蜜蜂从我眼前嗡嗡飞过，我知道它是往花园里飞去了。这时我听见李妈在屋里对雪花说，你以后不要再当着少爷唱那支歌了，唱那种歌对少爷不好。李妈的声音不太大，但口气十分坚硬。我不知道为什么李妈能在我面前唱那首歌，而雪花就不能唱。

晚上，镇子四周的水田里挤满了青蛙们的喧闹。那声音洪亮高亢，丰富着虚幻的春夜。在一天半夜，小腹的憋胀把我从梦境中拉回到现实，我刚爬起来要出去小解，却透过窗玻璃瞥见了一个影子从墙上悄然飘下。我惊得张开嘴巴，却喊不出一点声音。我呆呆地望着那黑影，背上已冷汗淋漓，却不知道如何是好。在我惶恐的目光里，那黑影蹑手蹑脚地朝厢房走去，那是雪花的房间。一个不祥的预感顿时袭上我的心头。那黑影在雪花窗前停住，轻轻地拍了两下窗户，须臾，门慢慢开了，那黑影一闪就进去了。

刚发生的一幕使我疑惑不解。那黑影显然不是贼，可不是贼又是谁呢？我没有吱声，我想既然是雪花开的门，那她一定愿意让那黑影进去，雪花愿意做的事情，我用不着大惊小怪。

这天夜里，院里青幽幽的月光显得格外神秘。

第二天早晨，我很注意雪花的神情。雪花和平时起得一样早，起来了就去给我熬燕窝粥。当她把一碗热气腾腾的燕窝粥端到我跟前时，我只是从她的脸上发现了一丝疲惫，除此之外，没有什么异样。她那胖胖的脸蛋在早晨清甜的空气里依然楚楚动人。

镇子四周的水田里布满了大大小小的泉眼。这些泉眼一年四季从不干涸，那淙淙的流水像一首首古老的歌谣一样在镇子四周日夜飘洒。

去年冬天，老爷突然心血来潮，在我家花园里挖了一个荷花池，又从外面引来了一股泉水，那清澈的泉水从我家院后穿墙而过。经过老爷的院子，然后悄无声息地流进花园的荷花池里。荷花池在我家花园里那片柳林后面，极其隐蔽。当然，这荷花池的位置也是老爷精心选定的。后来，老爷神采飞扬地向人们陈述了他把荷花池建在那儿的理由。老爷的理由令人钦佩，还说明他有一种属于天赋方面的审美能力。当人走进花园，看腻了浓艳的玫瑰、月季之后，去那片柳林小憩时，那一池碧绿的荷叶和几点含苞欲放的粉红色的荷花，透过稀疏的柳枝霍然映进人们麻木的视野，让人顿时耳目一新。私塾先生林鹤鸣说，这就是柳暗花明又一村的优美意境。

荷花池的水又从花园的西北角穿墙而过，携带着我家的许多故事，潺潺地流进了四季的稻田里。

后来我才知道，那个荷花池是老爷专门为二太太挖的，二太太喜欢荷花。人们对此一点也不感到奇怪。

初夏的一天，我又去花园里看那只大鸟。一走进花园，我就隐隐约约地看见荷花池边有人影在晃动。我感到好奇，抛开那只朝我搔首弄姿的大鸟，走进绿意蒙蒙的柳林。雪花正在池边洗衣服，那一池的清水和漂浮在水面上圆圆的荷叶都随着雪花双臂的抖动而轻轻荡漾。我刚要喊她，却见池塘对面的苇丛里飞出一小块砖头，砰地落在雪花跟前的水里，溅了雪花一脸水珠。雪花用手擦把脸，冲着苇丛大声地骂。随着嘿嘿的几声笑，苇丛里探出一个圆圆的脑袋，是四儿！雪花见了四儿，嗔怒地骂声该死，哧地笑了。

四儿没出来，而是朝雪花招招手。雪花放下手中的衣服，朝茂密的苇丛走去。

四儿那诡秘的举止和那天晚上钻进雪花屋里的黑影如出一辙。

我木然地愣在那里。池塘里的水纹渐渐消失，水面又恢复了平静。

当我匆匆地离开花园时，那只大鸟朝荷花池那边飞去了。

二太太分娩时正是盛夏。那时我家院里整天飘着稻花和荷叶的清香。

那个水淋淋的早晨，一声尖细绵长的婴儿啼哭使我家几天来的喧闹顿时消散了。李妈慌忙地跑进屋来，对我们说，二太太生了，是位千金！

太太的屋里却出奇的安静。我发现长久弥漫在院里的诅咒和那种恶毒的期待顷刻间销声匿迹了。我仿佛感到太太要发生什么事情了，就赶去看望太太。太太正坐在床上，呆呆地望着蚊帐上一只颜色艳丽的苍蝇出神。太太显得出奇的平静，快一年了，我都没有见太太这么平静过。对我的到来太太仿佛视而不见，我突然感到我和太太之间原本很生疏。

丫头秋草仿佛一枚五彩的树叶姗然而降。她对太太说，二太太生了位千金！太太的眼睛一亮，扭头盯着秋草，小声说二太太生了位千金吗？秋草说，是生了位千金，白白胖胖的。太太苍白的脸上渐渐洇出了一层红晕，一下子抓住了我的手，把我揽在了她怀里。太太的手在我身上亲昵地抚摸，但这抚摸已唤不起我童年时对太太的记忆，显得极陌生。随后，太太就笑了，那笑声很低，却极脆亮。

这天下午，我正在老爷院里玩儿，冯子玉走了进来。恭喜恭喜！他朝迎出门的老爷拱拱手。

老爷凄然地笑笑说，是位丫头，不过这也得谢谢你！

冯子玉没有进屋，就和老爷告辞了，然后拉着我朝太太院里走去。冯子玉朝太太屋里走时惶惶然如丧家之犬。

太太正坐在椅子上，让秋草给她修剪指甲。见我们进来，太太忙推开了秋草的手，秋草朝冯子玉问了安，就走了出去。太太的手不经意地抚弄着刚剪过的指甲，问冯子玉，又给老爷送药了吧！冯子玉咧开嘴想笑，但那笑却僵在了脸上。他说二太太刚生了，我怎么好意思去给他送药呢！太太冷冷地一笑，说你那药可真帮了老爷的大忙了。冯子玉说，这不怪我那药，全怪老爷，老爷真是位奇人！

太太盯着冯子玉，冯子玉不敢看太太，低头望着自己的脚。过了好大一会儿，太太扭过头，对我说，你出去玩吧！在这里待着干什么！

我走出屋来，站在回廊下看太太那只傲气十足的杜鹃。我听见太太和冯子玉在屋里嘀嘀咕咕地商量什么，那声音神秘低沉，像是什么东西在屋里鬼鬼祟祟地滚来滚去。

后来，里面又传出几声金属一样的东西和桌子碰撞的声音。那声音沉重而脆亮。

是太太交给了冯子玉几块银子。

我脊梁上顿时冒出一股冷气，同时，一个不祥的预感跳进了我的脑际。

当一场蓦然而降的暴雨停息后，我看见雪花换了件肥大的褂子。那件浅红色的粗布褂子穿在雪花身上显得滑稽可笑。我不知道这件衣服雪花是从什么地方找来的，更不知道她为什么把这件极不合体的衣服穿在了自己苗条的身上。

雪花穿着这件宽宽大大的衣服在我的院里和屋子之间晃来晃去，为我的每一个欲望而忙碌。她那蛇一样又黑又长的辫子在我的视线里十分妩媚地扭动着。

自从李妈去了一趟太太那儿，她的目光就在雪花身上扫来扫去。有一次雪花拿了我的脏衣服走出屋门，朝池塘走去后，李妈的眼睛突然变得又亮又圆，她神秘兮兮地问我，你半夜里听到雪花屋里有什么动静吗？我茫然地摇摇头。没有！我对李妈说。

我看见李妈的嘴一撇，阴阴地笑了。李妈的笑使我不寒而栗，这熟悉的笑声使我仿佛又看到了那飘着二太太呻吟的夜晚。

每当李妈不在屋里时，雪花就躲在自己的屋里收拾她的衣服、手绢什么的。当有一次她抬头看到了窗外偷看的我时，顿时吓了一跳。我扒在窗台笑嘻嘻地问她，你总收拾这些干什么？雪花的脸上掠过一层潮红，她说我是在找一件衣服，可总也找不到。

我不知道什么衣服使雪花这么谨小慎微，但她脸上的慌乱却证明她确实是在撒谎。

冯子玉来后的第四天，老爷突然失踪了。

后来，我对老爷突然失踪的那天晚上进行了仔细的回忆，但没有搜寻到一点异样的痕迹。那天晚上呈现给我的犹如一张灰色而又透明的玻璃，一目了然。吃过晚饭后，我在院里四处游荡了一会儿，就回到屋里听李妈给我讲乡间逸事。李妈边讲边给我洗脚。她讲她小时候如何像男孩子一样爬到树上掏鸟窝。有一次她的手兴致勃勃地伸进鸟窝后，没有摸到小鸟，却拎出了一条光溜溜的蛇。当一夜的大雪将田野、草舍覆盖后，人们早晨起来推开门，看见村里的田寡妇吊死在了门楼上。人们把她抬下来时，才发现她的肚子大得像鼓。显然她已有了身孕，但关于她的相好是谁人们却大伤脑筋。因为田寡妇平时很少出门，没人发现她跟外面男人发生过什么联系。后来弄明白了，让村里人都大吃一惊。但无论我怎样央求，李妈坚决不告诉我田寡妇的相好是谁，害得我总是浮想联翩。李妈的故事总是这样扑朔迷离，像一个个的迷宫。

这天晚上，李妈总是目光炯炯地审视我的脚，然后她像小孩子一样笑着对我说，你的脚和老爷的脚简直一模一样。她还用手攥住我的脚，轻轻地抚摸，此时她的脸变得很红。她头发上挥洒着一股浓浓的桂花香味，那芳香的气息又把我带进了春天温馨的花丛里。

这天晚上，我还看见镇子外面稻田里的蛙鸣汇集成一条明晃晃的带子在我家院子上空洒脱地舞动。偶尔从老爷院里传来几声婴儿的啼哭，那哭声虚无缥缈。我还听见李妈的鼻息声像肥皂泡一样层层叠叠，无休无止。后来，在这熟悉的声音里我渐渐进入梦乡，当我再次睁开眼时，我听到了雪花开门的声响。那时淡青色的窗口已涂满了麻雀的喧闹。

我刚要起来，听到管家大保在院子里大声地问李妈，老爷在这儿吗？李妈说，大保你真会说笑话，大清早的老爷来我们这里干什么？大保说，真的找不见老爷了，二太太说，半夜里有人敲门，老爷当是下人有什么事要回呢，就披着衣服出去开门。这一出去再也没回来。刚才把院儿里都找遍了，也没找见。李妈说，你去问问守门的婆子，天亮那会儿门是不是还插着呢。大保说，我问过了，她们说大门一直就是插着的。李妈冷笑一声，说我还不知道那守夜的婆子们呀，她们晚上只顾了打牌，就是有人把门搬走她们也不会知道！再说，早晨就是门开着她们也不告诉你！我还不知道她们，一个个都鬼着呐！你快去花园看看墙根下有没有脚印，这事不妙！李妈的声音开始发颤。

我洗脸时，大保又慌慌地跑过来，气喘吁吁地对李妈说，在荷花池边的墙根下，发现了一片脚印，乱七八糟的。李妈的脸顿时黑得像抹了锅灰，她的两只手僵在空中，呆呆地望着大保，突然，她拖着哭腔朝大保喊，快去回太太呀！老爷让人带走了！

我刚喝了燕窝粥，秋草就走来，说太太让我去一趟。

我跟着秋草，惴惴不安地来到了太太屋里。太太刚吃过饭，正吃橘子。见我进来，她让秋草从橱子里给我拿来一个。秋草把橘子剥了皮，递给我。

老爷让人带走了。我惊恐地对太太说。

太太一下子把我抱在怀里，在我脸上亲一下，说你不要害怕，老爷不会丢的，总有一天还得回来。太太的神情十分平静，这和李妈形成鲜明的对比。

我抬头望着太太，只见太太长叹一声，眼睛里仿佛涌出一团亮闪闪的东西。

少顷，太太扭过脸，对站在旁边的秋草说，你快去告诉大保，让他派人去镇子外面找找老爷。千万不要乱嚷嚷，弄得满城风雨的；再让大保告诉下人们，大家该干什么还干什么，不要说长道短的。

在老爷失踪后的几天里，太太变得异常的活跃，她时常去安慰二太太，让她不要太着急，在月子里，一着急就容易生病。她还亲自给二太太安排了两次可口的饭菜。

太太的处乱不惊，让下人们都啧啧称赞。

我干爹冯子玉也来过两次。他来后，先到二太太屋里，问二太太，老爷回来了没有？然后，就匆匆来到太太屋里，他一见太太就容光焕发，那双细长的眼睛里，满是盈盈的笑。有一天，我正在学房里读书，秋草跑过来，对私塾先生说，太太叫少爷呢。得到林鹤鸣的允许后，我就来到了太太屋里。太太正和冯子玉嘀嘀咕咕地说话。冯子玉把胡子刮得很干净，显得又年轻又精神。

见我进来，冯子玉忙站起来，拉住了我的手。他的手又大又厚，像一块铁板。冯子玉抿着嘴不出声地笑着，说少爷是有福气的人，好好念吧，大了好接管这个家业！

我突然从冯子玉身上嗅到了一股腥气，那腥气甜丝丝的，使我不由自主地想到了那次耸人听闻的攻城战役，那时我家院里到处都是这种腥味。我突然感到很恶心。当我抬起头，看见太太正和冯子玉相视而笑，两人的笑都很怪异，太太脸上的皱纹像是一大朵绽开的菊花。

太太呷了一口茶，问冯子玉，城里有什么信儿吗？冯子玉干笑两声，说共产党撤走了，看样子今年不会再攻城了。不过，共产党迟早还会来的。

太太微微蹙起眉头，仰起脸，又问冯子玉，如今城里的情况怎样。冯子玉悠然地吐一口烟，说如今城里倒还平安，只是听说国军在城里很霸道，一股脑儿地搜刮民财，老爷说得很有道理，我看国军的气数也真要尽了。不过太太不必担心，无论世道怎样变化，人们总得花钱，花钱就离不开钱庄。冯子玉说完又干笑了两声。

太太往窗外扫了一眼，倾着身子小声对冯子玉说，城里的那几个钱庄你常盯着点，防着他们暗中捣鬼！冯子玉眯着眼，冷冷地一笑，说太太放心，谁要给咱们捣鬼他妈的我就宰了谁。太太捂着嘴，“哧”地笑了，她扭头娇嗔地望着冯子玉，说我知道，你什么事儿都做得出来。冯子玉低沉地笑着，说，无毒不丈夫嘛！

此时的太太年轻得像一位少女。

这天冯子玉走得很晚，他显然是很不愿意离开太太的。

吃过晚饭，我又悄悄地来到了我家花园。花园里一如既往，一团团的深红和浅红热烈奔放，在绿的海洋里像绚丽的朝霞般轻轻浮动。我巡视一下整个花园，惊喜地发现园子里属于夏天的花全都开放了。这一发现使我忍不住像只小鸟般在花丛里跳来跳去，我听见蜗牛在我的脚下粉身碎骨的声音，抖落的金黄色花粉还沾了我一身。我在得意忘形中让月季花的刺儿划破手时，才忽然想到了那只大鸟。当我逃出花丛，却怎么也看不到它的踪影了。我顿时有些心神不定，手扶杨树光滑的树干，四下寻找。正当我心急如焚时，它突然从荷花池那儿悠然飞来，落在了我身旁的杨树上。那双猩红的眼睛依然怪异地盯着我。

在这个五彩缤纷的黄昏里，雪花悄无声息地走进了花园。雪花的到来，给花园制造出锦上添花的效果，这使我欣喜万分。我望着她那能和鲜花媲美的脸蛋，问她，是李妈让你来叫我吗？雪花用花手绢擦着脸上的汗，说不是，我是来看看你。看我！看我什么呀？我迷茫地望着雪花。雪花仍穿着那件浅红色的大褂子，夕阳丰富了她身上的色彩。雪花诡谲地朝四下看看，然后朝我甜甜地一笑，说少爷我就是来看看你！她的眼睛亮闪闪的，一动不动地盯着我，我不知道她要干什么，但已预感到要发生什么事情。果然，雪花一下子抱住我，在我脸上狂吻起来。

雪花的举动确实出乎我的意料，我懵懵懂懂地享受着雪花的摆布，形同木偶。雪花停止亲吻后，那双热乎乎的手捧着我的脸，对我说，少爷快亲亲我。她的声音温柔娇嗔，像燕子柔美的呢喃。我愣怔一下，那个埋在心里很久的欲望开始迅猛地膨胀，我开始在她脸上亲吻。雪花的脸光滑而细腻，像香喷喷的果子，后来，我还吻了她鲜艳欲滴的小嘴，她嘴里有一股甜丝丝的鲜菜味。

当一只蜜蜂从我们身旁嗡嗡地飞过时，雪花挣脱开了我。雪花离开我时眼睛又深情地盯了我许久，汪出的泪花像早晨花瓣上晶莹的露珠。

第二天早晨，当李妈大嚷大叫地找雪花给我熬燕窝粥时，才发现雪花不见了。雪花把屋子收拾得干干净净，却把她那块花手绢端端正正地摊放在床中央。初升的太阳把雪花的屋里映得亮堂堂的。

雪花和四儿一起出走了。

对于雪花和四儿的突然出走，李妈显得镇定自若。她微微地笑着对我说，哼，雪花也是自作聪明，她再鬼，还能瞒得过我呀！她跟着四儿不会享什么福的。

雪花和四儿出走的第二天，人们终于在河滩里找到了老爷。据说是几个在河滩挖野菜的小孩最先发现老爷的。那天的阳光灿烂明媚，天空呈现着很深的蓝色。那几个孩子先是在沙滩上面瞥见了一撮灰白的毛发，那毛发在阳光下明亮挺拔。他们觉得很奇怪，怎么这野草丛生的沙滩上霍然生出了毛发呢？再一细看，见四周的沙子有人挖过。强烈的好奇使他们开始用挖野菜的小铲往下挖。在沙子和小铲相互摩擦发出的响声里，老爷怒目圆瞪的脸重见天日。孩子们吓得四散而去，那恐怖的呼喊声在河滩里久久回荡。

这天下午，大保领着几个下人，把老爷挖了出来，老爷是被活埋的。老爷被五花大绑着，嘴里还塞了一团破布……

老爷出殡后的第十天，二太太就抱着孩子回娘家去了。

二太太走的那天，我正在横穿我家院子的那条小河沟里捉小鱼玩儿。我从学房出来，就一直在这里捉小鱼，那一群群在水里游来游去胆小如鼠的小鱼使我忽视了已渐渐接近正午的阳光。当我为自己从茂密的水草里逮住了一条小鲫鱼而欣喜若狂时，李妈风风火火地赶来，说少爷可找到你了，你让我好找！我边观赏着手里活蹦乱跳的小鱼，边对李妈说，你找我干什么，逮鱼很好玩儿。李妈说，你看看天都什么时候了，再好玩儿也不该忘了吃饭呀！你要是喜欢鱼，让大保给你逮几条好了，你哪能自己逮呢！我说李妈你不懂，我不只是喜欢鱼，我更喜欢逮鱼。

我跟在李妈身后，踩着咝咝作响的阳光往回走，当走过老爷门口时，恰好二太太抱着她的千金走出门来，丫头碧莲和大保拎着大包小包跟在身后。他们落在地上的身影又黑又短。二太太穿一件葱绿色缎子旗袍，脸上的脂粉涂得恰到好处，发髻梳理得油光闪亮，金灿灿的首饰在阳光下直晃人的眼睛。二太太依然那么光彩照人，风姿绰约。

我和李妈都站住了。李妈脸上堆起笑，她问二太太，二太太你这是干什么呀？

二太太微微仰起脸，嘴角漾出一丝吝啬的笑，她对李妈说，我要回娘家住几天。

李妈的目光在二太太那张有些妖艳的脸上扫来扫去。回娘家散散心吧，在这里闷着也不好，李妈说。一只麻雀掠过我们头顶，落在了老爷院里的海棠树上，那清脆的鸣叫在寂静的正午里像一条条随风飘动的细线。

二太太缓缓地垂下眼睑，声音哀哀地说，老爷死得真惨！她那件葱绿色的旗袍让如水的阳光洗涤得越发鲜亮水灵。一说到老爷，二太太眼圈就红了，说老爷这一辈子也没得罪过什么人，不知道谁这么狠毒，竟然朝老爷下了毒手。我真想把害老爷的人碎尸万段！李妈说，如今世道这么乱，哪说得清是谁害的老爷呀！二太太嘴角一撇，眯起眼睛笑得很阴森。她对李妈说，你回去给太太传个话，就说害老爷的人也没有好结果，我总有一天得替老爷报仇的。

二太太阴森的目光使我不寒而栗。我这是第一次见二太太眼里的这种目光，这又阴又冷的目光和冯子玉的那种目光简直一模一样。我想不到二太太那双漂亮的眼睛里也会射出这种光。

二太太临走时用这种目光扫了我一眼，我急忙低下了头，我觉得二太太的目光像一条条居心叵测的虫子一样在我身上蠕动。

我和李妈往我院里走，我家那辆朱红色的轿子马车一直占据着我的思维空间。我仿佛清晰地看到它载着二太太渐渐溶化在了夏日的阳光里，但那清脆的马蹄声却在我的耳旁久久回荡，敲击着我几乎麻木的听觉。

在这个短暂的过程中，我还看到李妈几天来一直阴郁的脸像抹了油彩一样明亮。这天吃着饭，李妈暧昧地笑着，说二太太不会回来了，她可是个有心计的人，看着吧，以后还会有好戏看的。

二太太走后，冯子玉总是隔三差五地来看我。和我说上两句话，就急忙朝太太屋里奔去，那迫不及待的样子十分可笑。他去太太那里也很少带我了，我不知道他整天跟太太说些什么。每当冯子玉去太太那里后，李妈就在门后望着冯子玉像纸一样宽大而轻飘的背影，偷偷地冷笑。有一次我问她为什么总是这样笑，李妈呓语般地对我说，你家的家道眼瞅着就要衰败了，真快，就像眨了一下眼睛。这也怪老爷，老爷真是看错了人！李妈说着长叹一声，晚了，如今说什么也晚了。

李妈的话使我很是莫名其妙，我的眼前仿佛飘浮着一团迷蒙的雾。

那场细如牛毛的小雨蓦然消失后，太太让大保把我和李妈叫到了她的屋里。

那是黄昏时分，空气中飘浮着湿漉漉甜丝丝的水汽，从花园里飘来的丁香花的香味越发浓郁清纯。这诱人的香味使我总是忍不住翕动鼻孔贪婪地吸吮。

太太正躺在床上让秋草给她掐脑袋。李妈走上前，说太太不舒服吧！太太说，也没什么大事儿，可能是受了点风。

太太坐起来，我发现她脸上那种喜滋滋的神色一扫而光，眼圈变得很黑，脸黄得像贴上了一张黄纸。太太仿佛又苍老了许多。

太太把我揽在怀里，抚摸着我的头发，呆呆地盯了我许久。太太的眼睛在昏暗的光线里显得很浑浊。然后，她慢慢地扭过头，声音低低地对李妈说，上午冯子玉来告诉我，如今外面风声很不好，共产党攻下了北边的几个县城，他们对大户人家一点也不客气。听说不久共产党就要攻打咱们县城了。你知道，我们家就少爷这么一棵独苗，不能让少爷有一点闪失。我想来想去，还是把少爷托付给你，你带上他回你们乡下躲躲吧！等天下太平了，我再派人去接少爷。

李妈低下头，用袖子擦了擦眼角，声音喑哑地对太太说，我在你们家这么多年了，老爷和太太待我都不薄，我会好好照料少爷的，太太只管放心好了。太太往前倾倾身子，小声问李妈，你又听到过你男人的信儿吗？李妈说，去年他还来过一次呢，我不愿意见那不成兴的东西，就让雪花给了他一些零花钱，打发他走了，我知道他回到家还得赌！当初要不是怀上我的小山子，我早就离开家了。小山子出天花死后，我想到老爷和太太都是心慈面软的，又听说太太刚生了少爷，正找奶妈，我就离开了那该死的。我把这里当成我的家了。也许是提到了她的小山子，李妈的脸色变得很难看，不停地用袖子擦眼睛。

太太也掏出手帕擦了擦眼睛。此时屋里很静，只有从外面传来的鸟声。李妈突然抬起头，凄然地笑了一下，说如今为了少爷，我只好回去跟那该死的过日子了。太太说好赖那也是你的家，你也该回去看看了。李妈点点头，说是呀，打从出来后，我一直还没回去过呢！我迟早也得回去呀！太太说，你这几天就收拾收拾东西，准备走吧！走时多带些钱，过段日子再让大保送些去。我听说二太太改嫁了，嫁给了城里新月鞋店的老板，又给人家做了二太太。李妈说，新月鞋店可是个大店，那老板在城里很有势力。太太却鄙夷地笑了，说人家再有势力，她也是做人家的二房呀！

我和李妈离开太太时，秋草已点亮了蜡烛。在昏黄的烛光下，我看见太太憔悴得像一个假人。

这些日子，我发现栖息在我家花园里的那只大鸟已不再飞来飞去了，它总是落在柳树上，目光散乱，显得无精打采。然而，它那不停地晃动的脑袋仿佛在告诉我，它正酝酿着一个什么行动。

晚上，镇子四周那清脆的蛙鸣依然涌满了我家空旷的宅院，并且使我的梦境变得诡秘而又丰富多彩。

这天下午，太太来到了我屋里。秋草小心翼翼地搀扶着太太。我对秋草却视而不见，因为她仿佛是太太的影子。李妈正坐在床上，为我做着一双鞋子。太太问李妈，这又是给少爷做的吧！李妈说，是给少爷做的，乡下的路坑坑洼洼的，费鞋着呐！不多做几双哪行呢。太太笑着说，还是李妈心细，少爷跟着你我真放心。停一下，太太又问李妈，东西准备得怎么样了？也该动身了。李妈说，也没什么好准备的，该带的东西早收拾好了。太太说，我还给少爷准备了一包东西，你也带上吧！少爷爱吃蜜饯，怕乡下买不到，明儿你去街上多买些，带走让少爷吃。

太太正要转身离开，大保走进来，说城里钱庄的一个伙计有事来回太太。大保那过于饱满的眼白一闪一闪的，像一团雪，使我在这炎炎夏日顿生凉爽之感。太太说，让他进来吧！那伙计进来后，忙向太太请了安。他戴着一顶瓜皮小帽，衣服又宽又大。那伙计胡乱地擦了擦脸上的汗，结结巴巴地向太太报告了一个非常不好的消息：昨晚我家城里的那几个钱庄让人砸了，把钱抢得一文不剩。

太太听了，脸唰地变得像一张白纸。秋草忙把太太扶到椅子上坐下。少顷，太太战战兢兢地问伙计，这事儿是共产党干的吧？伙计回答，不像，国军把城里把守得那么严，共产党是不会进来的。太太哆哆嗦嗦地对大保说，你快去药店把冯子玉叫来。不大会儿，大保惶惶地跑进来，对太太说，冯子玉昨晚让人带走了，刚才他家伙计在镇子南边的河滩里找到了他，他也让人活埋了，死得和老爷一模一样。

太太尖叫一声，一下子瘫在了椅子里，手腕上的那一对儿白玉手镯滑脱下来，落在了地上，摔得粉碎……

第二天上午李妈没有给我买蜜饯。太太病倒了，李妈说等太太好些了再带我回乡下去。这几天里李妈那下垂的嘴角又常常挤出怪异的冷笑。有一次我还听见她说，二太太果然是个有心计的，这下老爷在九泉之下也该瞑目了。老爷没白疼二太太！

然而，外面的风声却一天比一天紧，听说共产党的队伍正从北边朝我们这里开进，城里的国军已做好了死守的准备。看来一场激战就迫在眉睫。这天上午，秋草过来告诉李妈，说太太让我们不要等了，明儿就赶快动身吧！

吃过午饭，李妈就挎上篮子，上街给我买蜜饯去了。李妈换了件二成新的灰色褂子，松松垮垮的，一走路仿佛浑身都在颤抖。过了好久她才回来，她那圆胖的脸在鲜亮的阳光里异常灰暗。她放下篮子，一屁股坐在凳子上，眼睛呆滞地死盯着面前雪白的墙壁。我们走不了啦！我们走不了啦！李妈的嘴轻轻嚅动，冲着一无所有的白墙自言自语。

后来我才知道，李妈买好蜜饯回来，正巧碰到了一位同乡。那同乡告诉她，她男人刚刚死了。由于嗜赌如命，他债台高筑。他一死，债主们就把他家那几间房屋变卖了，把得到的钱瓜分得一干二净……

我仍然喜欢黄昏时去看那只大鸟。黄昏里，我家的花园就像一块彩色的纸。当有一次一只蝙蝠在这张澄明的纸上留下了一条曲曲弯弯的黑线后，那只大鸟突然飞走了。我看见它飞走时对我家花园恋恋不舍。后来，仿佛突然刮来了一阵风，那只大鸟就摇摇晃晃地随风飘去了。

我看见我家花园外面的天空很蓝……

（原载《长城》1996年第3期）

年 关

白天的最后一抹痕迹销声匿迹时，黑妮正在灶房里蒸过年吃的馒头。她双手用力拉着风箱，汹涌的火舌舔舐着黑乎乎的灶口。那时候，八奎正坐在炕上歪靠着被垛抽闷烟。屋里没有开灯，黑夜在这里显得十分丰满。八奎手中的烟诡谲地眨动着，仿佛野地里飘浮不定的磷火。自从他和黑妮在镇上开的饭馆倒闭后，一个来月的时光，八奎大都是用这种方式来打发的。

从高高的笼屉上袅袅升腾的热气把黑妮笼罩在馒头酸甜的气味里。估摸着馒头差不多熟了，黑妮就起来，解下围在头上的枣红色的头巾，拍拍身上的灰尘，然后开了院里的灯，拿上瓢，去西屋里舀玉米面。这时候，各家各户的院里也都明如白昼，圆寂的夜幕被尖锐的光亮切割得支离破碎，亮晶晶的星星也都黯然失色了。一股豆腐的清香从墙外飘过来。今天是腊月二十四，家家户户都开始做年菜了。年的氛围已初见端倪。

把馒头出了锅，黑妮刚要往锅里化粥面，邻居家的狗就凶猛地叫起来。她的手抖动了一下，支棱起耳朵，听着外面的动静。这些天来一听到或远或近的狗吠，黑妮的听觉总会变得格外灵敏。果然，一串纷沓的脚步声由远而近朝她家涌来。黑妮慌乱地把瓢扔在了灶台上，就倚着门框惊恐地朝院里张望。随即，街门被推开了，闯进来两个人。黑妮惴惴不安地走出来，狐疑地盯着来人。

这是两个陌生的汉子，两截木桩般伫立在黑妮面前。从他们身上飘洒出的那种凌人的盛气里，黑妮感觉到她所担心惧怕的事情终于来了。他们肯定是乡信用社来催要贷款的！

“先到屋里坐吧！”望着来人，黑妮的手慌乱地在胸前抚弄着。她感到自己的声音很空洞。

“八奎呢！叫八奎出来！”高个子微微仰着脸，眯缝着眼睛盯着黑妮。黑妮从他的眼睛里瞥见了一种令她心惊肉跳的光亮。

“八奎在屋里呢！你们到屋里坐吧！”黑妮说。但她仿佛一点也听不到自己的声音了。

这时，厚厚的棉门帘被掀开了，八奎披着件军用棉袄走了出来。那棉袄是王庄的李老歪的。院里明亮的灯光使那棉袄泛出一种橘黄色的光亮，仿佛秋后黄昏里的茅草。一股黑妮十分稔熟的烟味从棉袄上飘过来。

“有事呀？我就是八奎！”八奎边说边把手伸进棉袄的口袋里摸烟。

八奎递过去的烟被来人推开了，他缩回去的手就有些不自然。

原来，来人是老肥的朋友，为老肥来催要欠款的。老肥在镇上开了个家电门市部，春天八奎的饭馆开张时，八奎从老肥那里搬了台彩电，给乡工商所的头头送了礼。当时给老肥钱时欠了一千，后来生意一直不好，就一直拖欠下来。此时，望着老肥的这两位朋友，黑妮就在心里埋怨老肥：你不知道俺赔得这么惨呀！还和八奎是朋友呢！怎么连这点情面也没有呀！

“到年根啦！那一千块钱老肥让你今晚务必还了，他等着结账哩！”高个子冷漠地盯着八奎，把刚才的话又重复了一遍。

八奎把烟头猛地甩在地上，呼吸变得急促起来：“那么多钱，也得容我想想办法吧！我要能还早还了！”

黑妮说：“俺又不赖他账，等俺一有钱，先还他还不行呀！眼下让俺到哪儿去借那么多钱！”

这样僵持了好大会儿，后来，矮个子冷冷地笑笑，从口袋里掏出一把亮闪闪的水果刀，在八奎面前晃了晃，用低沉的声音说：“好吧！再等你三天，三天后你再不还，就别怪我们不客气了——让你白刀子进去，红刀子出来！”

在一片惊心动魄的狗吠声里，那两个灰灰的影子又像幽灵般飘走了。

这天晚上，黑妮和八奎都没有了一点睡意。八奎不停地翻身，牙磨得咯吱咯吱响。黑妮抚摸着他宽大结实的肩膀，柔声地劝他：“先睡觉吧！明天咱再想办法呗！”

八奎忿忿地说：“狗×的老肥，还多年的朋友呢！怎么也这么不讲情面！”

“朋友？”黑妮苦苦地笑了笑，“如今他才不认你这个朋友呢！这种人只认钱！”

黑妮的话刚落，忽然听到院里有响动。她的心又狂跳起来，战战兢兢地爬起来掀开窗帘，隔着窗玻璃朝外张望。借着冷清的星光，她看见靠在厨房门口的笼屉让风吹倒了。起风了，那只水缸在风中发出了呜呜咽咽的响声，那声音忽远忽近，像晨雾般虚无缥缈。

“起风了！”黑妮说着又钻进了被窝，推了八奎一下，“外面的风真大！快睡吧！”

但黑妮无论如何也无法入睡，那一千块钱仍像一条蛇一样在她的脑海里游来游去。他们的饭馆赔进了三万，其中一万五是从乡信用社贷的款，另一万五大多是从亲戚手里借的。如今赔了，亲戚们不来催要就是给了他们天大的面子，还怎么好意思再去向人家借钱呢！想到这里，黑妮的脑袋开始隐隐作痛，她伸出右手，用拇指和中指狠劲地掐住了两个太阳穴。

就在这时，八奎坐了起来。黑妮以为他有办法了，但八奎却没有和她说什么，而是倾身从抽屉里摸出烟，“嚓啦”一声划亮火柴，把烟点燃了。火柴的光亮使八奎布满愁容的刀削脸又一次映入了黑妮的视野。八奎边吸烟边咂嘴，那种痛苦的样子使黑妮滴着血的心仿佛又撒上了一把盐。黑妮用胳膊支撑起身子，把脸迎向八奎，轻声地劝他：“为这点事儿，莫非还把自个身子毁了呀！我不相信老肥真敢和咱动刀子！”

八奎深深地叹了口气说：“你还记得吧？李老歪还欠咱一千块钱哩！”

黑妮一骨碌从被窝里爬起来，拍着脑门说：“看我这记性！我怎么就忘得这么干净呀！想起来了，头掰棒子时他结过一次账，可那次他只还了咱五百多，还欠咱一千块呢！他打的欠条我记着锁在抽屉里了！”

八奎把右手伸进了蓬乱的头发里，声音低低地说：“你说，咱怎么跟老歪要呢？要是换个人，我也不会这么为难！”

黑妮又像泄了气的皮球般倒在了被窝里。倏地，黑妮所熟悉的那种陈旧的烟草味又钻进了她的鼻孔。黑妮用力抽了抽鼻子，当她看到那件盖在自己身上的军用棉袄黑乎乎的影子时，李老歪那胖墩墩的身影顿时浮现在她眼前。李老歪是八奎中学时的同学。李老歪高中毕业后当过几年兵，从部队复员后，他在村里办了个纸箱厂。为了照顾八奎的生意，他每次请客都要舍近求远地来八奎的饭馆。去年冬天的一天，他又来这里请了一次客，临走时，喝得迷迷糊糊的李老歪就错穿了八奎的那件深蓝色的棉袄，把自己那件八成新的军用棉袄丢在了八奎的饭馆。这样的事情在他们的交往中早已屡见不鲜。他和八奎，常常就错穿了对方的鞋子，抑或错戴了对方的帽子。而他们发觉后却又从来不去更换的。时间久了，他们甚至就有些分不清这些东西到底是对方的还是自己的了。这次八奎也依然没有和李老歪更换棉袄。从此，八奎在冬季里晃来晃去的身影就变成了肥硕的黄绿色。

这时，黑妮扭头望望八奎，见八奎依然狠命地抽烟。那时候，院里那只水缸低沉空洞的呜响仍四处游荡。一只迎风飞来的大鸟像片灰色纸片般落在院里的大榆树上，洗耳恭听水缸那如诉如泣的呜咽，模糊不清的羽毛在风中蓬松开来，仿佛是一个灰黑色的毛线团儿。

突然，八奎把烟头猛地甩在了地上，扭过头来对黑妮说："我×他娘！都这时候了，还管那么多干吗？明儿你去趟老歪家，无论如何也得把那钱要回来！去了给他解释清楚，咱实在是没有办法了！"

呼啸的北风在黎明时分才停息了。早饭后，黑妮给儿子衡衡喂了奶，从抽屉里找出了李老歪打的欠条，穿上那件只有出门时才舍得穿的棕红色褂子，来到镜子前梳妆打扮了一番。黑妮其实一点也不黑，可她听娘说，自己刚生下来时又黑又瘦，像只干瘪的黑枣，于是就叫她黑妮。可她越长越和自己的名字大相径庭，出落得白皙而妩媚。她曾给自己起了个十分美丽的名字"彩霞"，但"黑妮"已深入人心，她的那个异彩纷呈的名字很快就被人忘掉了。

尽管肆虐了一夜的北风已屏声敛息，但天依然冷得像个大冰窖。太阳仿佛是挂在树梢上的红气球，尽管颜色鲜艳，但属于它的那种炽热却所剩无几，像画在纸上一样虚假。

李老歪的纸箱厂坐落在王庄的村南口。首先映入黑妮眼帘的是写在厂门两侧围墙上的广告。那广告用白石灰写成，在青色的砖墙上显得极其醒目。黑妮眯起眼睛望着，见左侧写的是：上曲阳村胡金利加工鸡笼；右侧的石灰粉很新鲜，显然是刚写上去的，字迹却歪歪扭扭：厢同村有种猪，需交配者请找该村钱北瓜。

黑妮的目光久久地停留在这条广告上，她觉得这句话有些别扭，细一想，忍不住抿嘴笑了，原来钱北瓜和种猪混为一谈了。

纸箱厂的铁栅栏门紧紧关闭着，一把锈迹斑斑的大铁锁把黑妮无情地拒之门外。黑妮只好走进村，向人打问了，便朝李老歪家走来。

推开了李老歪家那两扇沉重的大门，迎接她的是一条半人高的大黄狗。那狗咆哮着，像条黄龙一样朝她扑来。黑妮吓了一跳，当她惶惶地躲那狗时，才发现自己的担心是多余的，那狗只是扑，但刹那间就被身上那根铁链子拉回了原位。狗是拴在枣树上的，可黑妮心里还是直发毛。

在惊天动地的狗吠里，一位病恹恹的女人推开屋门走了出来。这女人生了张北瓜脸，细眯眯的眼睛里游动着令人恐怖的血丝。黑妮没有来过李老歪家，更没有见过李老歪的女人，但她估摸着她肯定是李老歪的女人了。

那女人惊惧地望着黑妮问："你，你找准呀？"

"你是嫂子吧！我是八奎家里的！"黑妮努力地笑着说。心里却想，李老歪的女人这不是长得不咋样吗？

李老歪的女人没有流露出一丝一缕的惊喜，她蹙起眉毛，目光警惕地在黑妮脸上扫来扫去。

"你，你是找老歪吧！他没在家，你有事就跟我说吧！"

李老歪的女人有些语无伦次地对黑妮说。

黑妮尽量用平静的口气把来由说了一遍。然后又解释道："想不到俺们饭馆赔了那么多钱！俺欠着人家钱哩！要不也不会来跟你们要的，实在是没有别的办法了！磨盘压着手哩！"

李老歪的女人顿时哭丧着脸说："俺们也赔得好惨哩！干了一年，赔进了八九万，临到年根啦，要账的就跟催命似的。可外面欠俺们的钱又要不回来！——还不了人家，老歪就躲出去了，让俺在家里挨人家的数落！"她说着双手捂着脸蹲了下来。

"可那钱迟早也得还人家呀！"李老歪的女人低声地啜泣起来，"你看，办这个破厂子，让俺挨人家多少数落呀！……"

是啊！俺欠人家老肥的钱也得还了呀！黑妮就是在心里反复念叨着这句话离开了李老歪家。当走出王庄的村口时，黑妮拍了拍鼓囊囊的口袋，长长地吐了一口气。她暗暗庆幸李老歪女人的啜泣并没有使自己改变初衷。"要不是老肥派人来拿刀子逼八奎，俺也不会来跟你们催要的，俺知道老歪和八奎的关系，可实在想不出别的办法了呀！你们就想想法子吧！要不他们真敢对八奎下毒手哩！”那时，在她一遍一遍的哀求下，李老歪的女人终于慢慢地从地上站了起来。她用手背擦着泪光闪闪的眼睛说：“老歪走时把他身上的七百块钱留下了，让俺和孩子们过年哩。这样吧，先还你五百，俺和孩子们总得过这个年吧！”

五百就五百吧！黑妮边走边想，到年根底下啦，咱可不能逼绝了人家！再说人家又说得那么真诚，不像糊弄俺哩！给老肥凑不够一千，就让他搬走那台电视。虽说那电视是黑白的，可也不旧哩，往少里说不值五百呀？

黑妮走进家门时八奎刚从茅房里出来，两手还在裆前忙碌着。望着八奎脸上那和他的年龄极不相称的皱纹和深深陷下去的双颊，黑妮的眼睛禁不住有些发湿。八奎才三十岁呀！他变成这样还不是为了这个家！黑妮想着，仿佛吃了一只青杏，那种又苦又涩的感觉顿时从嘴里涌满了她的全身。

回到屋里，黑妮边往外掏钱边把去老歪家的经过原原本本地向八奎说了一遍。八奎好久没有言语，他的目光在桌子上的那堆脏兮兮的钞票上停留了好大会儿。忽然，他把穿在身上的那件军用棉袄脱了下来。在黑妮疑惑的目光里，他把那棉袄轻轻叠好，然后打开衣柜，小心翼翼地放了进去。此时他的脸上泛出了一层淡淡的红晕，仿佛刚刚喝了酒。

又有一只爆竹在空中炸响，当那悠长的尾音在很远很远的地方消失的一刹那，黑妮似乎就听到年匆匆的脚步声了……

（原载《山东文学》1997年第1期）

映日葵花别样黄

春天的时候，老人刚刚在院里种上葵花就病倒了。

当那些葵花拱出嫩黄色的幼芽时，老人被确诊得了乳腺癌，已经到了晚期。病魔其实早就给老人传递过信号，却没有引起她的注意，于是丧失了手术治疗的机会。那天小华用拖拉机从医院里拉回老人时，空中正飘着霏霏的春雨，而地上那一片片的水洼很像一只只泪光盈盈的眼睛。

夏天到来时，老人就病入膏肓了。小华向母亲隐瞒了她真实的病情，但聪慧的老人已从儿子那张潜藏着巨大痛苦的脸上感觉到属于她的时日不多了。老人就是在这时打定了那个主意的。她觉得自己只有这样做，才对得起儿子小华和他的媳妇金叶。

这天，老人终于等来了机会。

午饭后是一天中最闷热的时刻。白花花的太阳仿佛就悬在了人们的头顶上。老人静静地躺在炕上，那汹涌而来的热浪对她来说已形同虚设。小华吃过饭，就到田里浇玉米去了，金叶在家里照看老人和孩子。前些日子也曾有过一个这样的机会，但在最关键的时刻老人又不忍心那样做了。

这时候，院里极安静，几只母鸡也躲到了荫凉里，铺展开翅膀，把身子窝在土里享受着里面的凉意。也看不到麻雀的影子，它们显然跑到什么地方避暑去了。金叶刚刷洗了碗筷，正侧身躺在炕上喂孩子奶吃。屋顶上旋转的吊扇使她额头上的头发像水草般舒缓地摆动着。当孩子发出轻微的鼾声，金叶才起身下床，来到了婆婆屋里。

老人身上只盖着一条灰色的褥单子，她木桩般枯槁的躯体便清晰地显露了出来。望着婆婆这憔悴的样子，金叶的心里就一阵酸楚。公公死得早，公公死时婆婆才三十多岁。就在公公去世的第二年，七岁的小欢从屋顶上摔下来，把脑子摔坏了，从此，聪明顽皮的小欢变成了傻子。怕小华和小欢受委屈，婆婆后来一直没有改嫁。金叶很同情婆婆的遭遇，她就对命运多舛的婆婆格外敬重。

如今，眼瞅着婆婆一天不如一天了，但金叶还是问婆婆：“妈，今天是不是觉得好些呢？”金叶常常这样问婆婆。

望着金叶柔顺如水的目光，老人朝她点了点头。金叶真是位好媳妇！盯着金叶那张俊气的脸，老人就这样想。金叶越是对她好，她越是觉得自己没有一点理由不去做那件事。尽管那样太残忍了，似割她的心呵。

金叶又扭身走出去给婆婆洗了只桃子，递到婆婆嘴边：“妈，这桃儿熟透啦！又甜又软乎，来，尝尝吧！”金叶笑眯眯地对婆婆说。

老人咬了一口，桃子的香甜却再也无法唤醒她的食欲。她勉强地咽下去，就朝金叶摇了摇头。

金叶把桃子放回到了桌子上，当她转过身，院里那片黄灿灿的葵花便涌进了她的视野。望着这片葵花，金叶心里有一种说不清的滋味。她和小华结婚没几天，就知道了婆婆非常喜欢葵花。

接下来，老人让金叶帮她解了小便。老人没有躺下来，她让金叶拿来被子垫在她的身后，这样她就可以半躺半坐着歇息了。老人对金叶说，她打算这样待一下午，她觉得这样很舒服。

这时候，小欢正坐在院子东墙根下，手里捧着一团烂纸、破布条和柴草棍，目光呆滞地盯着前方。他手里那些乱糟糟的东西好像是一只硕大的鸟窝。开始西斜的太阳透过稀疏的树叶落在了他身上，上面的污垢越发清晰。自从小欢摔成傻子后，这二十来年的时光他大都是用这种方式来打发的。

为了让金叶感到自己确实好多了，老人又让她拿来了那个桃子。吃着桃子，老人就对金叶说：“你去帮小华浇地吧！今儿下午我觉得身上好受多了！”

金叶说：“那才几亩地呀！莫非他一个人干不了吗？”

老人声音嘶哑地说：“如今庄稼长高了，他一个人又是施化肥又是改口子，怕顾不过来。——你快去吧！”最后这一句老人显然用了很大的力气。

见金叶犹豫着，老人又说：“你把宾宾给你雪山婶子送过去，让她给看着吧！”

起初金叶坚决不肯离开婆婆，当她看见婆婆因催促自己而急躁起来的神态，想婆婆一时半会儿不会有什么事儿，便答应去田里了。

临走时，金叶又麻利地从水缸里舀了一桶水，浇了院里那片葵花。自从婆婆病倒后，金叶就很精心地照管它们。此时，望着它们，金叶仿佛又看到了在桃红柳绿的春天里，婆婆弯着腰在这里播种的情景……

听着金叶的脚步声渐渐远去，老人如释重负般地呼出一口气。但刹那间，心又像被人捅了一刀似的痉挛起来。

……老人先是闭了一下眼睛，然后从褥子下面摸出一个小纸包。当她哆哆嗦嗦地展开那纸包时，一团白花花的药片跳进了她的视线里。

老人手捧着药片就这样呆呆地坐着。坐了好大一会儿，摇摇头，又把纸包重新包好了。

然而，当老人掀起褥子正要放下纸包时，手突然又僵持在了那里。你又心软了是吧！老人狠狠地责怪自己。她想起了去年夏天的那个情景。那天上午小欢趁她去大眼家轧挂面的工夫，便对金叶整洁的屋子进行了一次肆无忌惮的践踏。他把那些烂纸、破布条和柴草棍扔了一屋子，又把金叶床上的东西统统扔到屋地上……

想到这个，老人又缓缓地展开了那个纸包。她闭了下眼睛，然后就双手颤抖着把那些药片倒进了水杯里，又伸手把窗台上那个盛有白糖的瓷瓶打开，往水杯里添了几勺白糖，用勺子搅匀了，扭过脸朝窗外喊："小欢，快来喝甜水呀！"

当小欢出现在老人面前时，她还是吃了一惊。小欢脸上和头发里全是泥土，像刚刚从垃圾堆里爬出来。小欢的这副腌臜相使老人不由得潸然泪下。自己病倒前，小欢可不是这样的。自己要是走了，还有谁来疼小欢呢？但老人很快就责备起自己不该生出这个想法。其实，小华两口子这日子过得也不轻松。今年他们喂了十多头猪，平时又得喂猪又得顾着田里，本来就够忙了，可偏偏自己又病倒了，哪还有工夫照料小欢呢！再说，平时金叶待小欢也不错，时常帮着婆婆给小欢洗涮让屎尿弄脏了的衣服。人家金叶没有嫌弃过小欢！

接下来，老人朝小欢笑了笑，笑得很凄然。老人就那样笑着对小欢说："来呀小欢，妈给你沏了杯甜水！"老人捧着水杯，朝小欢递过去，浑浊的眼睛里涌出了两团亮晶晶的东西。然而她却不敢看小欢的眼睛。小欢的眼睛其实很漂亮。

望着母亲手中的水杯，小欢嗬嗬地笑了，透明的涎水如同小溪般从嘴角淌下来。小欢的这种神态使老人仿佛又回到了从前的岁月。那时候白糖水对于小欢来说就是最奢侈的饮品了，因此白糖水在小欢的记忆里就再也无法抹去了。

“我要喝甜水，我要喝甜水！”小欢大声地喊着就去夺老人手中的水杯。

当小欢的手快要触到水杯时，老人才瞥了一眼小欢。她从小欢的眼睛里看见了一丝她许多年来没有见过的那种亮光，那亮光像闪电般狠狠地击了她一下，握着茶杯的手就突然收了回来。一个稚嫩的声音在她的耳畔蓦然响起：“妈妈你先喝吧！妈妈你先喝吧！”随着这稚气的声音，一张小男孩俊俏的脸和小蝌蚪一样黑亮的眼睛在老人的脑海里浮现了出来。她紧紧地闭上了眼睛。

老人眼窝里的泪水终于滚落下来，她痛苦地摇了摇头，慢慢地睁开了眼睛。睁开眼睛后老人把那杯水缓缓地洒在了地上……

这时候，院里那一大团的葵花越发鲜亮，有两只深红色的蜜蜂在这金子般炫目的黄色里飞舞。当一阵微风吹来时，这些葵花就轻轻地晃动了几下，那两只蜜蜂也嗡嗡地飞走了。

当橘黄色的树叶纷纷飘落时，老人离开了这个她操持了大半辈子的家，到另一个世界和丈夫团聚去了。

老人去世不久，小欢也死去了。小欢死时天气已经很冷了，呼啸的北风常常裹携着雪花恣意飞舞。对于小欢的死，人们议论纷纷，尽管小华两口子说小欢是得暴病死的，但人们猜疑的阴影在村子里始终萦绕不散。

“来子婶要是还活着，小欢也不会死的！”有人说。

也有人说：“小欢活着也是小华两口子的累赘，如今人们都忙着挣钱过日子哩，哪有工夫去侍候一个傻子呀！”

第二年夏天，雨水格外充沛，老人和小欢的坟上爬满了绿茸茸的杂草。一天下午，小华顶着炎炎烈日来清除杂草时，还没走到坟前，就瞥见母亲的坟上长出了一棵向日葵。那向日葵有一米多高，但那黄灿灿的花盘在这深绿色的背景下格外赏心悦目。小华不由得皱起眉头：咦，母亲的坟上怎么长出了向日葵呢？

小华把母亲坟上的杂草拔得干干净净，却把那棵葵花留了下来。

当又一个春天来临，小华和金叶在母亲的坟前种了许多葵花。

这年夏天，当蓬蓬勃勃的庄稼将田野涂抹成墨绿色时，老人的坟茔也淹没在了那一大片的黄色里。那黄色像一坨坨的金子呵，直晃人的眼睛。在阳光的爱抚下，老人身旁的这片葵花长得格外茁壮而葱茏……

（原载《长城》1997年第4期）

黄昏历程

淑云是这一带山村里少见的大美女。男人们在较劲的时候，总是说："有本事让淑云当你老婆！"

在追逐淑云的男人中，就有村长光釉。那时光釉还是村里的团支部书记，他精明能干，长得也不丑气，淑云不嫁给他还能嫁给谁呢？后来，淑云却出人意料地嫁给了根生。根生是村里一个极普通的男人，长得粗粗拉拉，爱圪蹴在地上眯缝着眼睛抽烟。根生娶了淑云，人们没有对他刮目相看，却说这是一朵鲜花插在了牛粪上！

显然，根生因娶了淑云而招致了男人们的嫉妒。像是对淑云几近疯狂的迷恋一样，人们都狠狠地鄙视根生，当然也包括光釉。有一次，光釉就在村口，对着乘凉的一大堆人，像吃了酸杏子般撇着嘴说："哼，一棍子打不出个屁来，不知道淑云图了他什么？"

那时，根生也不明白淑云为何看中自己，就问淑云，淑云说，我就喜欢你的实在！淑云说着就像猫一样依偎在根生怀里。她拥着他，仿佛小草拥抱着大地。只有厚道男人才是可靠的！母亲经常这样对她说。她的父亲很凶悍，在外面酗酒，找女人，回来就无缘无故地打老婆。

人们不但背后嘲讽挖苦根生，而且在方方面面也表现出对根生的轻视。譬如，去根生家借东西，即使根生就在跟前，也要朝淑云张口。

后来，人们再也不敢那么做了。

那天，金焕从外面买了个媳妇，人贩子等着要钱，他就拖着一条拐腿一家家地借。这村里穷，人们手头都不宽裕，但没多有少，就十块二十块地给他凑。当金焕来找淑云时，淑云却虎起脸说："你没看见你叔在院里吸烟吗？从他眼皮子底下过来，怎么不朝他要？钱就在我兜里，可你叔是当家的，他不点头，就是块二八毛，我也不敢给你！"

有了几次类似的事情，人们就悄悄地说："往后呀可别轻贱根生了！你看看淑云，就像母鸡呵护小鸡那样护着根生！再轻贱根生，小心她给你弄背兴！"淑云的嘴厉害。

有时候，淑云还故意在人们面前向根生眉来眼去地撒娇，仿佛用这种方式告诉人们：你们谁也别小看俺家根生！谁也不如他，他是村里最好的男人！

根生和淑云都结婚好几年了，人们依然还在等着看他们的好戏——老实巴交的根生，能拴住淑云的心吗？瞅着吧，淑云准有后悔那一天。

但是人们一直也没有看到淑云有任何懊悔的迹象。她和根生就这么恩恩爱爱，平平静静地生活了下去。

他们的日子并不滋润。这里地处偏僻，至今还没有一条像样的公路通向山外。而这里的山上却有优质的大理石，前几年村里要建大理石厂，从县里申请了一笔扶贫款，修了一条通向山外的公路。不是柏油路，更不是水泥路，是那种用沙土石子铺成的简易公路。尽管简陋，却宽敞平坦，能通汽车能往山外运送大理石，人们就知足！——这里从开天辟地起哪有过这样的路！谁知，大理石厂还没建起来，一场不算大的山洪就将新修的公路冲得七零八落，仿佛是一条遍体鳞伤的大蟒蛇。这条路其实质量根本不过关，据说修路时光釉收受了施工队的贿赂。这小小的山村里也有腐败风。

没有建成大理石厂，人们依旧上山采摘山货，把山货晾干后再驮到山外卖掉。虽说发不了大财，但能补贴家用。

根生和淑云农闲时几乎整天都待在山上。夏天和秋天他们采药材、摘酸枣，拣各种各样的山蘑。他们家用大青石垒成的院子里，晾满了五颜六色的山货，一种特有的清香总是在院子里萦绕不散。到了秋天，屋墙上还挂上一簇簇黄灿灿的玉米，一嘟噜一嘟噜的红辣椒。站在山上朝他家望，仿佛秋色都让他们两口子偷到自己家院里去了。

根生喜欢吃辣椒，就连吃米饭吃面条也往碗里大把大把地撒辣椒粉，直吃得大张着嘴吸气才过瘾。淑云和他开玩笑："这一辈子你就有两大爱物，一个是烟，一个是辣椒，你说，这两样儿东西是你的心尖尖吧！"根生眯着眼笑起来，摆摆手给淑云更正："还有一个呐，顶数这个重要！"

淑云想了半天也想不出来，就嗔根生一眼，撇撇嘴说："反正不是什么好东西！”根生一缩脖子，嘿嘿地笑起来。他问淑云：“你不是好东西吗？这可是你说的，别怪我嘴损！”淑云顿时醒过味来，嗤嗤地笑着说：“看你整天蔫拉吧唧的样儿，会咬人的狗才不叫哩！”淑云就喜欢根生这种蔫乎乎的诙谐……

这天吃着晚饭，淑云讲了流传在这里的一个传说：很久以前这里就很穷，一天晚上，神灵给村里一位后生托梦，说山上的一个山洞里藏有一把金钥匙，如果能得到它就能打开一道石门，石门里又藏有一本经书，把它默念七七四十九遍，就能得到一条秘诀，按照这个秘诀的指引，人们就会得到无数的金银珠宝。于是，后生带着美好的梦想上山了，他没有寻到那把金灿灿的钥匙，却不慎坠崖身亡……

仿佛是为了证实这个传说的真实性，淑云又说：“听说后生死后变成了一棵树！人们都说，这山上哪棵树最高，哪棵树上就藏着那后生的魂灵！”

根生也听过这个传说，他曾把那位年轻的后生当英雄敬仰过。但今天他从淑云嘴里再次听到它，又别有一番滋味。

第二天他俩又要上山采摘山货，然而刚走到村口又踅了回来。他们不敢上山了。原来昨天有人在山上割草时发现了一只黄乎乎的东西，在灌木丛里一闪便不见了。随即，村里晚上接连丢失了几只羊。人们就猜测这大山里出现了害人的孽障。

又过了一些日子，这里又平静如初，再也没有谁家晚上丢失过羊，连一只鸡也没有丢过。人们绷紧的神经松弛了下来。

人们就想，这里虽是深山老峪，却没有原始森林，没有原始森林哪来的老虎和豹子！虽然西边的深山里有一片原始森林，可这些年也很少见到老虎和豹子的踪影了。何况，这里距离那片原始森林还有百里之遥。只要不是老虎不是豹子，还能有什么祸害人的野兽呢？于是，人们又开始背着背篓上山了，那崎岖的山路上又回荡起了女人们的说笑声，还有男人们粗鲁的玩笑。只是，人们也没有完全放松警惕。家里有猎枪的，出门时就背在身上。根生有一支自制的猎枪，枪管长长的，他曾用它打死过一只獾和无数只野兔。当然这辉煌的战果已属于过去，后来山上的猎物越来越少了，这猎枪就被他挂在屋墙上，好久都没摸过了。

背着猎枪的根生和淑云上山采摘山货时，淑云就像一只小羊羔一样被根生呵护着。一次，淑云到离他稍远的树丛里去采一串枸杞豆，根生立刻虎起脸朝她猛吼：“找死呀你！”淑云悚悚地抖动一下身子，讪笑着跑了回来。

后来人们就不再背着猎枪上山了，因为那个黄乎乎的不明物再也没有出现过。背着沉甸甸的猎枪上山采摘终究是个累赘，不方便。

这一年的夏天和秋天，根生家卖了不少山货，除了用作零花外，卖山货的钱大多被根生积攒起来。他打算冬闲时，带淑云和儿子冬冬去逛逛山外的省城。省城离这里六百多里路，出了大山，差不多还要坐一天汽车，除了光釉的女人，村里的女人们很少有去过省城的。

听根生说要带自己去逛省城，淑云就像孩子盼过年一样高兴。她笑嘻嘻地对根生说：“到了省城，给我买一件人造革上衣吧！也给你买身西服，再给冬冬买身海军服，买辆小汽车，孩子都和我要好几回了！别的咱嘛也不买！”光釉的女人就穿一件棕红色的真皮上衣，她整天在村子里炫耀般地晃来晃去，那油光闪亮的皮衣不知晃花了村里多少女人的眼睛。

谁知，根生把脖子一拧，翻她一眼：“要买咱就买真皮的！”淑云吓着了似的，她朝根生伸了伸舌头说：“我的天！那得花多少钱？我不买！”根生又翻了她一眼说：“莫非我就买不起一件皮衣裳？”淑云不再吭声了，她知道根生有个犟脾气。

能穿上真皮上衣对淑云来说真是一种莫大的幸福。而更令她感到欣慰的是，那件将要属于她的真皮上衣是用他们自己挣的钱买的。光釉女人那件说不定就是用贪污修公路的钱买的呢！那钱脏啊！那年如果建成了大理石厂，谁还这么辛辛苦苦地上山采摘山货呢？爬一天山也挣不了几个猴钱，却肥了山外那些比猴子还精的二道贩子！光釉图了包工头那几个钱，却坏了大家的好事！每每想起这个，淑云就在心里怨恨光釉。

在山上采摘山货，女人们时常说到各自的男人。一说到自己的男人，淑云就说，俺就喜欢俺家根生眯缝着眼睛吸烟的样子，别看他蔫乎乎的，有时一句话就把你逗乐了。有人和淑云开玩笑，说那种爱眯缝眼的男人其实最坏！你准是看上了他身上那个物件吧！这话把人们逗笑了。

秋后的山风渐渐地改变着大山的颜色，先是枫叶红了，红得像着了火一般热烈。随后柞树、桦树、山杨树的叶子也泛出了淡淡的黄色或淡淡的橘红色。秋后的大山就像挂满了万国旗一样好看。

淑云来例假了。第二天吃着早饭，根生对淑云说，今个儿别上山了，在家里歇几天吧！这天根生要到山外边的李村镇卖山货。李村镇离这里八十多里，他紧赶慢赶也得摸个黑才能回来。根生临走时，淑云特意叮嘱他："跑那么远的路，晌午别亏了自个儿的肚子，拣好的多吃点！"

根生说声"那是"，就推上自行车走出了家门。自行车后座的两侧戳着两条鼓囊囊的麻袋，里面全是晒干的山货。

淑云却不肯在家歇息，根生走后，她又和老踹的女人瑞莲结伴上山了。

想不到这天就出事了。

据瑞莲说，她们采满了一背篓蘑菇，便一前一后地往回走。刚拐过一个山口，突然身后"噗"的一声响，随即她听到淑云"哎哟"了一声。她急忙扭过头，身后哪还有淑云的影子呢？她看到一团黄乎乎的东西在灌木丛里一闪便不见了。淑云采的山蘑撒了一地，那只背篓也滚落到了一边。显然，那个黄色的不明物又卷土重来了。

光釉带着几个人协同根生在茫茫的大山里寻觅了两天。没有找到淑云，他们就回去了。根生没有下山，他仍背着那杆塞满钢珠的猎枪，在那群峰攒涌的大山里苦苦地寻觅。不除掉那个孽障，人们还怎能上山采摘山货呢？是它掳掠走了他的淑云，也断绝了人们惟一的财路啊！

晚上，根生就栖息在一棵山榆树上，一根柔韧的藤条把他和树枝牢牢地绑在了一起。那支猎枪被他挂在伸手可及的树枝上。在这杳无人迹的大山里，这是最安全的歇息方式了。这里遍布着枫树、山梨树、橡树，而根生却选中了这棵山榆树。

每天黄昏他就回到这里，仰头望一眼这棵挺拔的山榆树，于是淑云讲述的那个传说再次浮现了出来。

躺在这山榆树粗大的树枝上，根生常常感到淑云那双柔软温热的手在他身上轻轻地抚摸，同时她几乎是对着他的耳朵说："你也能成为咱村里响当当的男人！"

有时，根生也认为淑云被那孽障掳掠走后，没有受到伤害，很可能还活着！这样想着根生顿时激动起来，于是在寻找那个孽障的同时，他也期待着能在这大山里和淑云不期而遇。

有一天晚上，他在梦里和淑云相遇了。原来那孽障是一个奇异无比的旋风，它把淑云卷到了那个高楼林立的省城里。令人称奇的是，淑云却安然无恙。在这个心仪已久的城市里，淑云买了一件红色的真皮上衣。根生对淑云这充满神秘色彩的经历深信不疑。他记得收音机里说过，一年夏天，一场罕见的干热风席卷了美国的一个州，所到之处不但河水干枯，庄稼绝收，还有许多人失踪，这是人类破坏了生态平衡后受到的惩罚。根生也知道，西边深山里那片原始森林不也在渐渐缩小吗？看看吧，往后说不定还会出现什么糟害人的怪物呢？根生忧心忡忡地想。

后来根生从梦中醒来，醒来后他发现自己脸上冰凉一片，那是他在梦中流出的泪水，他恨自己为什么会从梦中醒来，他真想让这个梦永远做下去，无休无止。他的泪水又涌了出来。

根生和那个黄色的孽障相遇是在几天后的一个黄昏。

那天，奔波了一天的根生在太阳落山时回到了这棵山榆树下。他先是舒展开四肢，像一只被击落的大鸟般躺在一块大青石上歇息了一会儿。随后就来到溪水边，洗摘来的野果子。吃光了从家里带来的干粮，这些天他就靠它们充饥。面对着清澈的溪水，根生看到自己长长的胡子和蓬乱的头发在水里舒缓地摆动着。明天一定得想办法把胡子裁一裁，再把头发整理一下！自己这副样子不把淑云吓着才怪呢！他想。

后来，当根生背着猎枪正要攀上那棵山榆树时，随着一阵“窸窸窣窣”的响声，那团黄色从不远处的草丛里忽剌剌钻出来，像闪电般扑向根生。

那倏然而来的响声使根生警惕地扭过脸来，当那孽障朝他扑来时，他很机敏地跳到了一边。飘然而来的暮色使四周的树木、山石仿佛涂上了一层淡淡的墨迹，但根生依然看清了向他扑来的是一只黄乎乎的豹子。就在这豹子扭转身子再次向他袭来时，他猛地跳到了一块大石后面，极其麻利地端起了猎枪。然而，当他的手正要扣动扳机时，耳边霍然响起了光釉那沙哑的声音。那天，光釉在村里的高音喇叭上念着刚刚颁布的《动物保护法》。听着光釉那拿腔拿调的声音，根生朝地上狠狠地吐了口痰。“这山上还有你娘的什么，不就是几只野兔几只野山鸡吗？真要能冒出只老虎、豹子来，先吃了你狗×的！”

这样想着，他感觉自己的枪口对准的不只是这只豹子了，还有村长光釉，光釉和那只豹子重叠到了一起。根生咬着牙扣动了扳机……

村里人都听到了那声枪响，那嘹亮的枪声气贯长虹，在这黄昏的山间久久回荡。后来，当人们赶到那棵山榆树下时，看到根生和那只豹子都躺在血泊里。四周凌乱不堪的茅草使人们仿佛看到了根生和豹子搏斗的情形。

那些涂满鲜血的茅草和漫山的枫叶一样红，红得直晃人的眼睛……

望着血肉模糊的根生和那只像小牛犊般大小的豹子，光釉狠狠地抽了自己一个耳光。再不修路，再不建大理石厂，人们把枪口对准的就不单单是这豹子了……

这次修路他们没有向县里申请扶贫款。光釉先是拿出了八千元，紧接着人们也都拿出了多年的积蓄，有预备着给儿子娶媳妇的，也有准备修房盖屋的……这都是人们平时从牙缝里一点点地节省下来的。

人们说，没有路，咱还得去采摘山货，苦巴小业的才能挣几个钱呀。再说，谁能保证今后再不会出现害人的孽障呢……

那条废弃的公路修好后，光釉又托关系争取到了一笔贷款。不久，一座大理石厂就在村北的山脚下矗立起来。村里的青壮年都来厂里上班了。光釉说，过几年还清了贷款，咱这大理石厂就成了股份制企业，村里每一户人家都是股东。光釉还给厂子起名为“根生大理石厂”。这几个字镶嵌在漂亮的厂门上，黄灿灿的耀人眼目。

再有人从那棵山榆树跟前走过时，就时常听到一种声音。有人说，那是风吹树叶的声音，树大招风，没有什么可奇怪的；有人却说，那声音如歌如泣，仿佛是根生在呼唤在倾诉什么。

人们不知道根生在呼唤在倾诉什么，但他们知道，根生的魂灵永远栖息在这棵大榆树上了……

（原载《长城》1998年第6期）

竞　选

谁也不会想到，王大乱也要竞选村长了。

那天下午他在村口和老费下棋，观棋的老白说，今年选村长不让乡里指定了，要让全体村民投票选举，听说北京派来记者在小王村采访这次选举哩。老白还说，这个消息绝对可靠，乡里这会儿正在印选票。

王大乱的对手没有理会老白的话，那双滴溜溜的猫眼正盯在王大乱的一个炮上，目光里满是杀机。那是一枚很关键的棋子，就像历史上众多战役中一个举足轻重的城郭或地区，失去它将意味着全军覆没。

王大乱却扭头看了老白一眼，你说嘛来？他问老白。老白不耐烦地朝他努努嘴说，小心老费吃了你的炮，你又不当村长。王大乱的眉头就皱了皱，心里说，你怎么知道我不当村长？莫非我就不能当村长呀。他不喜欢老白那双细眯眯的眼睛，那双眼睛仿佛从来就没有正眼看过他。

王大乱的目光再落回到棋盘上，那只炮果然让老费吃掉了。人们都为王大乱惋惜，说你小子今个儿发什么愣怔！

王大乱两手在棋盘上一划拉，说，我要参加竞选！娘的，我也要当一回村长！

人们还以为王大乱看这盘棋输定了，要耍草鸡，就都臭摆他，大乱你真没劲，怎么和小孩子一个样？

大乱不理他们，站起来拍拍屁股上的尘土，朝村里走着说，我要当村长，谁说我王大乱就不能当村长？下棋的人们就小声嘀咕，大乱不是爱开玩笑的人呀，他今个儿是吃错药了吧？几个蹲在墙根下抽烟的老头把烟架在手指上指点着大乱说，看这孩子，说大话也不怕闪了舌头！

王大乱回到家里时，太阳已经落山了，空气里弥漫着炊烟的香味，女人刚从新山家回来，正蹲在院里仔细地洗手上的油漆。他看到女人头发上落了一层锯末，在夕阳的余晖里黄灿灿的，就像染了金粉一般好看。王大乱就对着女人窄窄的肩膀说，我竞选村长呀。娘的，老子也要当回村长。

女人没有听到大乱进来，吓了一跳，扭过脸来白了大乱一眼说，走路跟猫似的，差点把俺吓死。说完又把手放进水里揉搓。没洗几下她又扭头问大乱，你刚才说嘛来呀？你要当村长？女人的脸白白胖胖的，看上去就像一团发酵的面粉。

王大乱把头微微仰了仰，笑眯眯地说，刚才听老白说，今年选村长和往年不一样，不是乡里指定，是竞选，谁也可以报名，人们看谁顺眼就投谁的票。王大乱显得非常激动，他把竞选两字说得很重。

女人哧地一声笑了，朝他撇撇嘴说，当村长干嘛，当县长才过瘾哩！

王大乱知道女人没有把他的话当真，就急得挠了挠头皮，对女人说，你还不信是不是，乡里正印选票哩！这次选举大货不下台才怪哩，人们早就恨透他了。

女人收敛了笑，朝他啐了一口说，也不撒泡尿照照自个儿，大货下了台就能轮到你？你有那两把刷子吗？

王大乱本来也想朝女人笑笑的，可这笑就僵在了脸上，简直比哭还难看。他想到了女人家头发长见识短这句俗语，跟她们莫非还能争出个尺长寸短来？他宽慰着自己，就坐在院里抽起烟来。

女人倒了盆里的水，再没有理大乱，钻进厨房收拾晚饭去了。

但大乱的心里还是很难受。女人平时时常抱怨他没本事。女人说，跟了他算倒了八辈子的血霉，吃不上也穿不上。女人的抱怨也不无道理。王大乱没有手艺，除了种那几亩地，夏秋两季只有到村南河滩地里给人做做帮工，挣不来几个钱。

听到女人抱怨自己，王大乱很不高兴，他拿眼瞪着女人说，你别捧着金碗不知足，咱要吃有吃要喝有喝，冬天有炉子，夏天有电扇，烦了有电视看，你还要怎样呀？

女人冷笑一声说，你那也是吃？那只是填饱肚子吧。看人家大货媳妇，穿金戴银的，家里又装了空调，夏天吹凉风，冬天吹热风，冻不着也热不着，都是一个人，人家过的那是什么日子？要知道你这熊样儿，打死我也不跟你！女人就是天上的云彩，谁有钱就嫁谁！

王大乱知道女人说的是气话，但脸上还是热辣辣的。他朝女人嗫嚅道，人家大货是村长，咱能和人家比吗？一个村里才一个村长！女人说，你也当村长去呀！有本事你也当村长去呀，那才是个男人！

如今他要竞选村长了，女人竟然对他冷嘲热讽起来。

很沮丧的王大乱就仰着脸看天，天开始暗下来，几只蝙蝠在院里飞着觅食，不停地扇动的翅膀把他的心搅得乱糟糟的。

女人是那种手脚出奇利索的人，只一会儿工夫，院里就飘起了饭菜的香味。天黑下来了，女人开了厨房里的灯。大乱坐在院里看她，就像看戏台上施了粉黛的丽人，丽人来了又去了。大乱就对女人晃来晃去的身影说，我要当了村长，咱还让你去给狗日的新山做工呀，干一天也挣不来几个猴钱。我当了村长就让你成天在家里歇着，到时候光别人送咱的也吃不清穿不清——你看看狗日的大货！

女人在新山开的家具店里打磨家具。用砂纸一点点打磨光亮了再喷上油漆，整天弯着个腰，吸那种呛鼻的油漆味。她们干的是计件工，这种活儿很磨人，一天累死累活的也只能挣十多块钱。当然也不能说人家新山不好，可女人有时不愿看他那种眼神。如今城里下岗的多，钱就不如以往好挣了。你在他这里干活，就像他给了你多大的面子似的。女人有时就感到新山看她的眼神很不对劲。

看女人朝这里望了一望，眼神也活泛了起来，王大乱知道说到女人心里去了。他就趁热打铁，说整天闻油漆味容易得肺癌，我当了村长，才不让你干这个哩，那哪是人干的活儿呀，对健康非常不好。正拿着锅铲铲菜的女人就僵在了那里。她仿佛就嗅到了一股呛鼻的油漆味。她天天都闻这种气味，心里顿时害怕起来。

这时，女人就想大乱不缺胳膊不少腿的，脑瓜子也不笨，他为嘛就不能当村长呢？女人想着，就埋怨自己小瞧了男人。她就朝大乱笑了一下，笑得很好看，那张白白的脸也泛出了一层红晕，显得生动起来。

王大乱就很得意，眼睛里闪出两团亮光，朝着空中吐了个烟圈，望着烟圈慢慢消散着，他又说，我当了村长，咱家这破电视也该换换了，换成二十九英寸大彩电，也装上卫星天线，一天二十四小时都有电视看。还有冰箱、摩托、空调……嘿，大货家有的咱一样也不能少！

刚在堂屋摆好饭桌，父亲领着儿子超超从外面回来了。父亲干干瘦瘦的，身板却很硬朗。王大乱的母亲死得早，是父亲又当爹又当娘把他拉扯大的。父亲曾和村里一个寡妇好过，那时王大乱常和父亲怄气。直到他结婚后才理解了父亲，理解了父亲做鳏夫的那种孤独难耐。他也明白了父亲不和那个寡妇结婚是怕他受委屈。他越发对父亲好了。

这么大的事不能不和父亲商量。王大乱咬了一口馍，就把想竞选村长的事对父亲说了。

父亲捧着碗喝了一口稀饭，抹掉了粘在嘴上的饭粒，像孩子般笑着说，记得还是闹土改时兴过这样选村长。父亲想了想又说，那时不叫村长，叫贫协主任！父亲说完又埋头吃饭去了。

王大乱才不管是村长还是贫协主任呢，他眼下最关心的是父亲对他竞选村长的看法。

见父亲久久不表态，王大乱有些沉不住气了，吃到嘴里的饭也寡淡无味。爸，你说，这么好个机会，咱能白白放过吗？他挥着筷子说。

父亲眯起眼睛瞅了瞅他，低下头嘿嘿地干笑两声，说，你还以为上边就真的让咱选村长吗？说你嫩吧你还不服气，历朝历代都是朝里有人好做官，这次无非是和前年选乡长一样，光是喊喊罢了。

王大乱顿时就想起了那次别开生面的选举。那次上边也喊着要民主选举呀，喊得就像夏天的蝉声一样，让人耳朵里都要起老茧了。那是差额选举，可上边早把乡长人选定好了。几个候选人都是外乡的干部，人们还不知道他们是黑人白人哩，就瞎选吧，结果就把内定的人选跑了。于是又推倒重来，结果反复了三四次也未能如愿。看看天已近中午，主持会的人再也没有耐心等下去了，拉下脸来骂前来选举的村干部，你们怎么这么笨，一个个都是蠢驴！实话告诉你们吧，选不上某某，你们别想回去吃饭！

从此一个不太恰当的歇后语便在这一带悄然流传：乡里搞选举——一屋子蠢驴。村干部们开玩笑时，也常常把对方叫做蠢驴。

但王大乱不认为这次又是走过场，北京都派记者下来了，怎么能哄人呢？依他的看法是，凡是新闻单位一重视，下边就不敢稀里马虎了，往往就要动真格的。这时女人开始鼓动他，咱为嘛不去试试，不管选上选不上，只要你有这个胆，往后村里没人再小瞧你。

王大乱很感激地望了女人一眼，也赶忙对父亲说，我要当了村长，得把村里好好整治整治。巴掌大个村，光村干部就有十多人，上边有嘛部门，村里也按葫芦画瓢，白养一群闲人，变着法儿从老百姓身上揩油。老百姓养得起他们吗？

憨实的父亲显然被大乱的情绪感染了，他放下筷子，用一种期待的目光望着儿子说，做老人的哪个不想让自己的孩子出息？你想竞选也可以试试，不过你真要是当了村长可别学大货，咱虽说能耐不大，可只要实实在在为大伙办事，大家就会拥护咱的！

第二天一早，村里大喇叭上就广播了竞选村长的通知。吃着早饭，女人问大乱，你上午想出去找谁呀？

王大乱搛了一筷子炒白菜，说，我谁也不找，我去村委会报名呗！女人嗔他一眼说，傻蛋，没人投你的票你当个屁村长。你看看电视上，人家外国选总统还兴拉选票哩。

大乱拿筷子敲了一下碗，说我还真把这个给忘了。他不得不佩服女人的精细。

这村子有几百户人家，主要由王姓、张姓、刘姓三大姓氏组成。现任村长大货姓刘，不能去刘家拉选票。王大乱就想去动员张氏和自家姓氏的人。只要这两大姓氏的人支持自己，他当村长就是板上钉钉了。说不定刘姓人里面还会出汉奸呢，如今这是很常见的事。这样一想，王大乱就偷偷地笑了笑。

撂下饭碗，王大乱就来到了王金海家。王金海正在院里打量一件刚上好油漆的大衣柜。王金海开着个家具铺，院里除了工棚，还堆满了锯末、刨花和废弃的工具，显得很零乱也很拥挤。一股刺鼻的油漆味使王大乱禁不住皱了皱眉头。王金海是村里第一个开家具铺的人，如今至少也趁大几十万了。今年他又要在村外征地，准备投资三十多万元，把这家具铺变成家具厂。受王金海的影响，如今村里光家具铺就有十多家。王金海是王家最有威望的人，谁家有了红白喜事都来找他操办。村里人看重实际，只要有一样儿干得让人佩服了，人们就把你当作神一样敬重，一好百好。

王大乱掏出一支烟，对金海说，二叔，抽支烟吧！金海排行老二，大乱就亲昵地叫他二叔。王金海没去接烟，朝大乱摆摆手，掏出了自己的“石林”，抽出一支，衔在了嘴里，那烟就像大炮般在他嘴上支棱着。大乱明白金海是让自己给他点烟，他一摸口袋，心里咯噔一下。怎么忘了带打火机呢？他暗暗叫起苦来。王金海掏出了打火机，大乱急忙抢过去，给他点了，才给自己点。

王金海吸口烟，问大乱，你看这大衣柜做得怎么样呀？

王大乱这才仔细地打量了一眼大衣柜，这是今年城里很流行的那种款式，小巧玲珑，线条柔和，让人看了很舒服。王大乱就说，不错，不错，二叔做的家具肯定能卖大价钱。王大乱说的其实全是心里话，可不知怎么他心里竟然有些发虚。自己怎么净恭维别人呀？真没出息。当村长吧，当了村长也尝尝让别人恭维是个嘛滋味。

王金海是喜欢听别人好话的人，大乱这么一说，他的嘴角就漾出了一丝浅笑。他把目光移向大乱，脸上总是紧绷的肌肉也变柔和了。他突然说，大乱，你来我这儿干吧！你是咱们王家唯一一个高中生，脑瓜子还算活络，你来帮我支应支应摊子，我一月给你开四百！

王大乱听了吓一跳，王金海心气很高，平时从不把人放在眼里，他不明白金海今天这么抬举自己到底是为什么？是因为自己刚才夸他的家具做得好？还是看出了自己的确聪明，在村里是出类拔萃的？

王大乱不愿意很突兀地说出那件事儿。他先对金海说，二叔，你没听到喇叭上喊呀，咱村要竞选村长了！

王金海微微仰起下颏，说，选村长关我什么屁事！又不给我误工补贴。不管谁上台，我还得打我的家具。他又说，还有仨月“五一”哩，“五一”城里人结婚的多，这一季我至少拿它这个数！王金海朝大乱得意地晃了晃巴掌。大乱知道那是五万，五万可不是个小数。

王大乱又说，咱王家还没一个人当过村长哩。二叔要当的话还不比大货强，如今当村长得会搞经济！王大乱说这话时心里很紧张，他牢牢地盯着金海那张富态的脸。

王金海嗞地吐口唾沫，说，我要竞选村长，他大货不得到一边稍息去呀。实话对你说吧大侄子，我不当村长，大伙尊重我，我要当了村长，难免要得罪人，那时就有人说我的不是了！我不缺吃不缺喝的，我干那个干嘛？再说，无论谁在台上，对我都会客客气气！

王金海不想竞选村长，大乱放心了。他就挠着头皮，趁机把自己要竞选村长的事儿说了！

王大乱说，二叔，我要当了村长，胳膊肘还能往外拐吗？我知道哪头轻哪头重！狗日的大货都当了十年了，也该咱们王家人当一回了。

王金海斜着眼把大乱上上下下地打量了半天，那根烟快烧到手指了，他都浑然不觉。忽然他呵呵地笑起来，笑得爽朗而又极有城府，说，想不到咱王家还真藏着条好汉哩！你年轻又有文化，好好，我发动咱王家的人都投你的票！王金海镶着一颗金牙，他一笑，嘴里就发出一闪一闪的光。

王金海扔了烟蒂，脸上的肌肉又绷紧了，说，狗日的大货也该下台了！这么多年他给大伙办过什么事呀！一件也想不起来。去年我大概给他搂了一下，村里十多户生了三胎，一胎罚六千吧，十胎就是六万。还有十多户没有二胎指标生了二胎的，每户罚了四千，这又是四万。这十来万又没有上交，还不都让他们捞摸了。还有村南那二十亩沙地的承包费哩……

大乱临走时对金海说，我要当了村长，就要干出个样儿来，要不也对不住二叔。

从王金海家出来，大乱又来到了张小华家。

小华五岁的儿子正在屋里吹一只避孕套玩，吹得跟个大气球一样。大乱进来时，他正巧把它吹爆了，砰——像在屋里放了一个鞭炮。小华正躺在床上看书，他把书往床上一摔，恶狠狠地骂儿子，整天就知道你娘的瞎玩，嘛东西也得让你弄坏！儿子哇哇地哭起来，两道白白的鼻涕像粉条般耷拉下来。

见大乱进来，小华忙跳下床给他沏茶。小华长得很特别，头发自然卷曲，高鼻梁，眼珠子也有些发黄，不知道的还以为他有外国血统。他和大乱是同学，又是多年的好友。他的堂叔张大年是张氏家族最有威望的人。

王大乱坐在沙发上，喝了口小华给他沏的花茶，突然感到嘴里有个软乎乎的东西，吐到手里一看，竟是一块避孕套的碎片。王大乱皱着眉把手伸向小华说，你看你看！小华说，没关系，我洗干净的。他这一说，大乱就越发不敢喝那杯水了。

大乱和小华的关系很铁，没有绕弯子兜圈子就把来意向小华说了。他说只要大年叔说句话，你们张家人就会支持我。

张小华听了愣愣地望着大乱，仿佛不认识他的好朋友了。

王大乱就和他逗趣，你看我不是那块料吧？我不是和你开玩笑，我真要竞选村长了。你没听见老胡在喇叭上喊呀，让人们选自己中意的人当村长！

张小华拍了下额头，说，我真没看出你小子还有这么大的尿！平时看你老实本分的，嘿，真人不露相！其实，咱俩都是不甘心就这么过一辈子！

小华这话是有来历的。前年他去东北做过木材生意，由于没有摸准行情，赔得很惨，不但把前几年做木工的积蓄全搭了进去，还背了一屁股的债，从此便一蹶不振。再做木工吧，又看不起那几个小钱了，做大买卖吧也早伤了元气。农闲时他就成天歇着，看看书，和人下下象棋。最近他又打算以他做生意为素材创作一部长篇小说，期待着一炮打响，赚了稿费弥补做生意的亏空。王大乱知道他也是一个自命不凡的人，只是上天没给他好机会罢了。

小华愿意帮大乱这个忙，他对大货也满腹牢骚，他说，去年放宅基地的那十多万元哪去了？还有村北那几家个体厂子，光每年的地皮钱也得交村里好几万。去年上边进行财务大检查呀，他和会计林福在屋里整整捣鼓了一天，弄了一套假清单，贴在村委会门口。其实那清单只能哄傻子吧。一年办公费哪能花五万呢？招待费花去十万，打井花二十万，说得也忒不着边了。也怪，那张清单都贴半年了也没见几个人仔细看过。

小华又说，无论谁当村长，只要一个人说了算，不产生腐败才他娘的怪哩。

大乱说，我要是当了村长，就让大家监督我。

小华冷笑道，监督个屁，村里又不是大城市，在一块住了好几辈了，低头不见抬头见的，傻子才愿意给自己结下仇人哩。你当了村长，得改革一下，想想新法子吧。小华又说，我记得咱们上学时学过“商鞅变法”，就是忘了商鞅是哪个朝代了。

大乱忙说，那是，那是，咱怎么也不能跟大货一个样！你告诉你叔吧，我当了村长，绝对让咱村变个样儿。就说村里这个街道吧，你看看现在这个破样儿，一下雨，街上都成烂泥坑了。

果然，第二天小华就告诉大乱，说他堂叔答应了他。想着王金海和张大年都支持自己，大乱心里就美滋滋的。

村里人都知道王大乱要竞选村长了。村子不大，芝麻大点小事也像风吹着一样立马就传个遍。王大乱再从街上走过时，就有人和他开玩笑。和他开玩笑的大多是女人，女人们喜欢他那一副憨态。在他小时候，有一次放了暑假去田里锄草，几个媳妇一合计就把大乱扒了个精光。那时大乱还很腼腆，直到他羞得哭起来，女人们才罢了手。

大乱在街上碰到了狗剩的女人，狗剩的女人本来长得就喜相，见了大乱脸就笑成了一朵花。她笑嘻嘻地对大乱说，大兄弟，我家明明也老大不小的了，你当了村长，结记着给咱批块宅基地吧。我先把话撂下，你嫂子可拿不出东西给你送礼！

王大乱朝她挤挤眼，说送什么礼呀，有你那俩奶就够！小时候像女孩子一样腼腆的大乱，如今也变得敢说敢做了。

大选的日子渐渐临近了。

刚开始乡里让人自愿报名参加竞选。可几天过去了，报名的只有大货和大乱两人。乡长在大喇叭上喊了几遍，依然没有人再报名。

乡长先前给县长当秘书，后来提拔成了乡长。他和大货关系很铁，再没有人报名，就意味着大货再次当选的可能性很大，这是他们巴不得的事情。

就在准备发选票时，上边又来了新精神，说这次选举不设立候选人，要先进行海选。海选就是让全体村民选出候选人，这是第一轮，然后再进行第二轮，第二轮选举就产生新的村长了。

信心十足的王大乱在选举前还写了一份就职演说，大体是这样的：“上任后先把村里的那辆奥迪车卖了（如今这车其实成了大货的专用车了），干部外出办事儿一律坐公共汽车；两年内把村里几条主要街道铺成水泥路面；在今年年底前给全体村民装上自来水，水费连同电费村里给补贴一半；过年过节给孤寡老人每人津贴五十元；六十岁以上的老人每人每月还可得到二十元的生活补贴……”望着自己的这个就职演说，王大乱竟然也被感动了，自己真的要这样好好干一番事业吗？这时他忽然想起自己对女人的那些承诺，竟有些羞愧起来。他想自己还年轻，干嘛也学大货呢？人过留名，雁过留声，当个好村长，就是九泉之下的列祖列宗脸上也有光彩！王家可从来没有人当过村长哩！

小华也被他的就职演说打动了，他对大乱说，你要把这些都做到了，下一届还让我叔发动我们张家人投你的票！

王大乱把这个就职演说让王金海和张大年看了。他们两人仿佛商量好了似的，都没有对它发表什么意见，没有说好也没有说不好，只是用有些责备的口气问大乱，你这是什么意思，你不相信我是吧？弄得大乱倒不好意思了，从他们两家走出来时他竟有些灰溜溜的。

海选这天早晨，王大乱和他女人都早早地起来了。女人在厨房里给他煎鸡蛋，王大乱就把院子打扫得干干净净。平时他很少打扫院子。然后他就叼着烟在院里来回地走，心里又是激动又是紧张。初春的早晨还很清冷，有一群喜鹊在那棵老槐树上啄食风干的槐籽。听着它们吱吱喳喳的鸣叫，大乱感到心里很舒坦。

上午，乡干部和村民代表挨家挨户地发放选票。向人们讲清了填写方式，他们就站在院里等；一家人就在屋里填写。接过填好的选票，把它很小心地放进一个密封的箱子里，再去第二家。整个过程完全是在村民代表的监视下进行的，很正规。人们还没有见过这样选村长，都觉得很新鲜，一群小孩子围着发放选票的人，像一群羊羔般走哪跟哪。

下午唱票时村委会宽敞的院子里挤满了人，乱糟糟的。大乱站在一个很显眼的地方，眯着眼寻找大货，他看到大货坐在挨近主席台的一个角落里，跷着二郎腿抽烟，一脸的傲慢。大乱感到他很可笑。

唱票员是乡里的一位副书记，瘦瘦高高的，嗓门却很洪亮。然而，在他洪亮的声音里，王大乱的心里却慌乱起来，因为人们投的大多是大货的票。他的声音越大，大乱就越感到刺耳。他先是疑惑地四下望望，望望王氏家族的人，又望望张氏家族的人。他瞥见了王金海和张大年，他们都叼着烟，眯着眼望着主席台，仿佛王大乱根本就没有在这世上存在着。他又瞥了大货一眼。大货手上架着烟，右腿正得意洋洋地晃动……

王大乱再也不敢抬头了，他不敢看人们的目光，不敢看主席台上方悬挂的会标。他低低地垂下了脑袋，感到阳光渐渐消失了，透骨般的寒冷顿时包围了他。他记不清自己是怎样回到家的……

这次选举王大乱只得了四票。这四票除了大乱自己投自己的，其余三票是他女人和父亲还有小华的。

第二天吃了早饭，大乱就去找王金海。王金海正和人手忙脚乱地往大卡车上装家具，他要往河南走货。

卡车呜呜地开走了，大乱才来到王金海跟前。他没有给王金海递烟，他恨王金海结结实实要了自己一回。

王金海洗着脸对大乱说，你干倒不如不干，大货是什么人物头？他仨兄弟一个个跟老虎似的，都不是善茬，你当村长，他们能让你安安生生地干下去？他一搅和，村里还能平稳了？国家不是说要有一个安定局面吗？

王金海扯过毛巾擦着脸，又说，大货干了这么多年，虽说没做过什么好事，可也把上边方方面面的关系打通了，若换了人，再去打通关系，又得糟害多少钱……再说，我和大货无冤无仇的，我干嘛和人家过不去？他一直挺尊重我。

王大乱从王金海家走出来，就朝他家那黑漆漆的大铁门上吐了一口唾沫。望着像胶水一样的吐液慢慢地淌下来，他在心里狠狠地骂金海，我日你祖宗！你这个势利小人，看我还叫你叔，你就是给我当孙子我也不要！

王大乱来到小华家时，小华的女人正和他怄气。女人说，你写什么屁小说呀，你这是不愿干活！小华说，我只要写了，就能挣到好多钱。女人冷笑道，我听你说了好几个月了，也没见你写一个字。再说，就是写了，能不能赚钱还说不准！别跟大乱一样，矬个子也想够着天哩，看看栽了跟头不是？就说眼下吧，光光又要书钱了，咱上哪弄去？这一开春立马要浇地，你给我买化肥的钱呀？

女人看到大乱进来，脸一下子红了，忙走了出去。

挨了女人数落，又想着大乱听到了女人的话，小华就更感到对不住大乱了。他一脸的惭愧，讪讪地笑着对大乱说，本来说得好好的，谁知后来又变卦了？我刚去找了我叔，他说大货也不是多么坏，没出去嫖过，也没在村里找过女人，他无非就是捞了几个，吃了喝了，如今的干部有几个是那么干净的！你心眼不错，他是怕你拨拉不开。他说，好人不见得就能干好……

这次海选产生了两位候选人，一个是刘大货，另一个是张小眼。张小眼也开着一个家具铺，在村人眼里也属于本事人，他没有打算竞选，却成了村长候选人，这让他感到很意外。但他的选票远不如大货，因此当正式选举时，大货又一次当上了村长。

选举结束后，王大乱在家里躺了两天。女人劝慰他说，大货家有彩电、空调又有什么了不起呀？那都是花的大伙的钱，说不定哪天吹冷风吹成个瘫子。大乱心里很烦，就对着女人吼道，别说了！让我安静一会儿好不好？

第三天，王大乱就背上铺盖去南方了。临走他对女人说，等老子挣足了钱，再回来竞选村长！

（原载《当代人》1998年第10期）

有妈的孩子是块宝

爸爸从城里回来，豆豆正在街上玩耍。听到“三马”车的响声，他丢下伙伴们，一瘸一拐地朝家里走。豆豆家养了几十头猪，豆豆的爸爸就托一位在城里蓝天宾馆当厨师的亲戚，包了那里的泔水，他每隔几天拉一趟。拉一趟给人家五元钱。

豆豆走回家，见“三马”车停在前院里，妈妈正提着一只深红色的塑料桶，倾斜着身子，左胳膊一甩一甩地往院里提泔水。爸爸蹲在车旁抽烟。每次从城里回来后，他都要这样蹲着抽支烟。

每当爸爸拉泔水回来，豆豆都喜欢站在一旁看，看爸爸妈妈从车上一桶一桶地往缸里倒泔水。在这些城里人丢弃的秽物里，总是漂浮着一些豆豆很难见到的东西——完好无损的鱼和完好无损的虾，有时还有海参、鱿鱼（豆豆一家还不认识它们）。

有一次，妈妈从里面发现了一只没吃几嘴的猪肘子，心疼得直咂嘴：哎呀呀，这么好的东西，也舍得扔！

在这个春天的傍晚，走路还有些跛的豆豆，麻利地爬上“三马”车，从盛泔水的铁桶里捞起了一只大虾。这是一只黄里透红的油闷大虾，豆豆望着，一种欲望便像潮水般涌上来。

其实大虾和铁桶里的泔水一样，散发着一股酸溜溜的气味，可这丝毫不能阻挡它对豆豆的诱惑。

提着空桶走来的妈妈以为豆豆要吃大虾，大声警告他，那东西吃不得，脏，吃了肚里长虫虫！

吃晚饭时，那只油汪汪的大虾总是在豆豆的碗里晃动。后来，豆豆终于忍不住了，他把碗一推，哇地哭起来，他哭着朝妈妈嚷，我要吃大虾，妈妈我要吃大虾！豆豆的碗里是光亮亮的玉米面粥。

妈妈瞪了豆豆一眼，没理他。豆豆并没有理会妈妈这无声的责备，依然眯缝着眼不管不顾地哭喊，我不喝粥，我要吃大虾！豆豆这一声声尖利的哭喊使妈妈的脸阴沉起来，她放下碗，大声呵斥豆豆，吃，你就知道吃！我也知道那东西好吃！可咱到哪弄钱呀！

那只大虾依然在豆豆的眼前晃动着，晃动着。我就吃大虾，我不喝这破粥！垂涎欲滴的豆豆开始狠劲地跺起小脚。妈妈的脸黑得越发难看了，站起来，朝豆豆脸上打了一巴掌：你知道大人过日子多难？你白吃饭不算，还给添乱！

妈妈平时很少这么大动肝火，尤其是对豆豆。去年秋后，为买猪崽他们不得不背上一笔沉重的债务。如今这些猪崽还没长大，也就是说还没有获得一点收益，偏偏豆豆又被车撞了。这对他们家来说，无疑是雪上加霜。这些天妈妈心里很焦躁，情绪不好的她就忍不住打了豆豆一巴掌。

豆豆捂着火辣辣的脸，惊叫着站了起来。在他的记忆里，疼他爱他的妈妈从来没有这样打过他。豆豆感到很委屈，狠劲地哭着，迈开小腿，歪歪仄仄地朝门口走去。

俺找奶奶去呀！俺不在你们家了！豆豆用手胡乱地抹着眼泪，晃动着两条麻秆般细瘦的小腿，嘤嘤地哭着说。豆豆朝门口走去时连头都没有回一下。

豆豆要去找奶奶。奶奶住在后院的叔叔家。

他的妈妈余怒未消，伸手指着走出院门的豆豆说，走吧！走了你就再也别回家了！

妈妈说这话时，就瞥见了豆豆有些瘸的右腿，心顿时软了。奔过去，俯下身子抱起了豆豆，在儿子沾满泪珠的光腻的脸蛋上亲了一下，用轻柔又满含歉意的声音对儿子说，好乖乖，妈妈不该打你，等咱卖了猪，妈就给你买大虾吃！买大鲤鱼吃！妈妈安慰着豆豆，两颗泪珠落在了豆豆的嘴里，豆豆感到妈妈的眼泪又苦又涩。

被妈妈紧紧抱在怀里的豆豆还嗅到了妈妈的发香，嗅着妈妈这熟悉的发香，豆豆就渐渐停止了啜泣。

……豆豆的右腿是被邻村的李国正骑摩托撞坏的，粉碎性骨折。豆豆住院治疗，总共花了一千多块。李国正却以种种借口拒绝承担责任。

这天晚上，爸爸撂下饭碗去找黑仁。

黑仁在县交通局上班，如今村里搞运输的多，办个驾驶执照，出车时遇到什么难事都去走他的门子。

豆豆的爸爸和黑仁同过学，这点面子黑仁还是给的。第二天，黑仁就带着豆豆的爸爸进城，请公安局交警大队事故科的人“坐坐”。

爸爸走后，妈妈先是在一口大铁锅里给猪拌食，然后，便一桶一桶地提到前院里喂猪。猪们迫不及待的哼哼声使妈妈来去匆匆。

妈妈在前院里喂猪，豆豆就来到了西墙根下。紧靠西墙根，一字排开摆着四只大缸，缸里都盛着泔水。

北头那两缸泔水就是爸爸昨天从城里拉回来的。爸爸妈妈往缸里倒泔水时，豆豆瞥见了一条很大的鱼。那时他多想伸手把这条鱼捞起来呀！可豆豆无法捞起它，因为妈妈怕泔水弄脏了他的衣服，不准他靠近水缸。不让靠近，豆豆只有远远地看。

在这个春天的上午，豆豆很想朝水缸里看上一眼，看看那条让他眼馋的鱼。然而面对比自己几乎高出一倍的水缸，豆豆又傻眼了。

他黑亮的眼睛急剧地眨动着，小手在腮上胡乱抓挠。

突然，他有了办法，跑到屋里，拽出一个比他还高的凳子。

果然，爬到凳子上，水缸里的一切便看得清清楚楚。他把腹部紧贴着水缸，俯下身子伸手就捞起了他曾经看到过的那条鱼。这是条大鲤鱼，抓到手里时，豆豆才发现它的半边差不多吃光了，那排整齐的鱼刺多像妈妈梳头的梳子呀！

几乎是下意识的，豆豆张嘴就要去咬那白花花的鱼肉。突然，一声呵斥在他耳边倏然响起来：吃不得呀豆豆！脏，吃了肚里长虫虫！这是妈妈的声音，虽说只是幻觉，可豆豆就不敢吃了。

这天，爸爸很晚才从城里回来。

吃着晚饭，豆豆听见妈妈抱怨爸爸，你也敢在“蓝天”请客呀，那饭菜多贵！爸爸搛口菜，瞪妈妈一眼说，人家定在那儿了，你让我还怎么说！妈妈又问爸爸，净是官面上的人，和人家吃饭，你也不发怵？爸爸讪讪地笑着说，嘿，别提啦，还真闹了个大笑话！我搛了一个肉丸子，手一哆嗦，丸子掉进上衣口袋里，捣鼓了半天才掏出来。

妈妈把碗放到桌子上咯咯地笑起来，一根筷子就掉在了地上。豆豆看见妈妈伸手捡筷子时，脸上的笑又变得像哭一样了。

豆豆的爸爸请了客，李国正的父亲李大胜也在蓝天宾馆请了一桌。豆豆的爸爸一桌花了四百，而李大胜那一桌花了八百。这是黑仁告诉豆豆爸爸妈妈的。

人家李大胜请客才不会自己掏腰包哩！你胳膊拗不过大腿！这天，在豆豆家街门口，黑仁斜倚着摩托，悄悄地对豆豆的爸爸说。他长得的确黑，脸上总像没洗净似的。见豆豆的爸爸耷拉着脑袋，哭丧着脸，黑仁吐出一口烟，眨眨眼说，舍不得孩子套不着狼，咬咬牙，明个咱再来一桌，我看他们敢不给我面子！

黑仁走后，爸爸妈妈为请客发生了争执。妈妈担心客白请了，钱都打了水漂儿。即便能如愿以偿，可赔偿的钱除去请客的花费就所剩无几了！豆豆的爸爸却不这么看，他说咱要是不请，那四百块不也是白花了？咱不争馒头还蒸（争）口气哩！以后咱在村里也好做人！

这两次请客的钱都是从邻居家借的。第二天豆豆的爸爸就捉了几头猪，打算卖给镇上的屠宰厂。往“三马”车上装着猪，豆豆看见妈妈涨红着脸抱怨爸爸，顶多才一百多斤吧，咱这是糟害它们哩！爸爸白了妈妈一眼说，磨盘压着手哩，总不能逼我上吊吧！

收拾停当了，妈妈说要去镇上买东西，就跳上“三马”车和爸爸一块走了。临走时，她对正拿着一团旧喇叭线玩耍的豆豆说，你在家里看着猪吧！有什么事就去喊你叔！我和你爸一会儿就回来！

由于那些鱼呀虾呀总是在豆豆脑海里游荡，爸爸妈妈走后，豆豆就搬出凳子，放到了水缸前。爬上凳子，那条鲤鱼一下子闯进了他的视野，几乎没有犹豫，豆豆就俯下身子把它捞了上来。

他来到厨房，舀瓢水把鱼洗了洗。洗干净的鱼吃到肚里就不会生虫虫了！豆豆很高兴地想。豆豆迫不及待地吃起来，他用两手捧着鱼咀嚼的样子极像是吹口琴。只是，鱼肉有些酸！然而，从这酸乎乎的味道里，他竟然吃出了香味。

吃完鱼，他还不满足。缸里说不定还有好东西呢！他又爬上凳子，扒着缸沿，在泔水里搜寻。

果然，他又发现了一只大虾，它藏在混浊的泔水里若隐若现。两条细长的胡须像红色的玻璃丝。

他伸出小手去揪那两根鲜艳的胡须，却怎么也够不着。豆豆就狠狠地往前探身子……

临近中午，豆豆的爸爸妈妈从镇上回来了。

妈妈先是看到了那个木凳，再往上看，两只小脚出现在她的视线里。她惊叫一声，疯了似的朝那里奔去。手里的那条鱼被她扔到了地上。

那是条大鲤鱼，闪着耀眼的银光……

（原载《当代小说》1999年第2期）

界　河

那死囚是刚从几十里外的劳改场押来的，办好了交接手续，我们就在会场旁边一个单位的院子里等待。这天我们还从监狱里押来了几个犯人，是用来陪绑的。大门口早已挤满了看热闹的人。

那死囚三十来岁，中等个儿，被反绑着，戴手铐和脚镣，一张宽脸，白白净净的，眉毛粗黑，看上去身体很健壮。他原来是一家工厂的厂长，因贪污公款被判了几年刑。在劳改场服刑时，杀死管理员企图越狱，于是，被判了死刑。

这是四月的天气，不冷也不热，这死囚额头上却浸着一层油亮的汗珠。他一直垂着头，一副无奈和绝望的样子。

我一直想看看这死囚的眼睛，看里面是否有杀人犯们惯有的那种凶光。然而很遗憾，这死囚始终低低地垂着头。

围观的人仰着脸，眼睛盯牢在死囚身上。他们的目光都显得比平时明亮，里面有好奇和探询，也有怜惜。一位白发老太太牙疼般地咂着嘴，扭头对旁边的人说，多排场一个小伙子呀，怎么就走了这条道？人们便跟着发出了一阵唏嘘声。老太太扭回头，把一只胖手伸向额头，搭个眼罩又去望那死囚。一个小男孩从人们的大腿间钻出来，慢慢地又有些怯怯地踱到汽车跟前，仰着小脸也往车上看，这样望了一会儿，显然是和死囚的目光相撞了，他惶惶地把眼睛移开，圆嘟嘟的脸蛋也顿时涨得通红。

今天的正射手是我们班长老穆，副射手是一班长水根，两人都是老兵，各项工作都很过硬，这个任务非他俩莫属。昨晚，我看到穆班长弯着腰，在操场的水泥台上反复地磨一粒子弹，据说，磨过的子弹能把犯人脑袋打开花。后来，他又在操场上徘徊了许久。他那时在想些什么？是担心明天发生什么意外？因为刚听说，今年市大队要给我们中队一个提干指标，这可是一个难得的机会。因此，今天对于我们班长来说就是一个严峻的考验了，千万不可发生意外。

我们穆班长是个很随和的人，也非常有心计。他时常让我们看他对象的来信和照片。不是让大家一块看，而是在一种极其秘密的情况下，让人单个地看。不久，我们都知道他对象长一对儿好看的酒窝，笑起来甜甜的。望着这像大姐姐般亲切的笑容，我们感受到的，是我们穆班长的平易近人，还有被他信任的那种自豪和感激。

公判大会还没有召开的迹象。指导员去了一趟会场，回来时他就有些焦躁，说有一位县领导还没到，还得等。他说着，爬上了汽车。我们指导员还不到四十岁，因驼背，显得有点老相。利用这个间隙，他又一次给我们讲了在会场上应注意的事项。主要强调了两点，一是宣布死囚死刑时，别忘了给他插上“亡命牌”，动作要猛要狠。那个纸糊的牌子现在就靠在我们旁边的汽车挡板上，上面“许来顺”三个黑字被红笔打了个大大的×。另一个，也是更重要的，要随时准备对付死囚在大会上呼喊反革命口号。虽然这是20世纪80年代初期，但大街两旁的屋墙上，还能看到用白石灰写的“把文化大革命进行到底”之类的标语。尽管这标语经过风吹日晒，已经变得暗淡了，甚至模糊了。

指导员又转过身来，警告死囚，在会上你一定要老实！又补充，到了刑场也得老实，别给我们找麻烦！我们指导员嗓音有点沙哑，一口浓重的沧州口音。

那死囚捣蒜似的点点头：我老实，我老实。他说着，脑袋又垂下去一截，脊背也隆起得更高了。他为什么就不抬一下脑袋呢？他马上就要离开这个世界了呀。也许此时他已经开始神游那个界河了，界河的对面就是冥府。我想，这时候相信冥府的存在，也未必是一件坏事吧。

这时看守所的老张朝我们指导员递个眼色，小声说，我们给他做了工作，不会出问题！我明白老张的意思，不管怎么说，对死到临头的人，应该客气一些。老张长得慈眉善目，又胖，像一尊弥勒佛。他平时对犯人也很客气，我总觉得像他这般和气的人，在看守所工作是一个天大的错误。

然而，我也很理解我们指导员，因为这任务事关重大，不容许有半点差错。我们单位是县武警中队，属市武警大队领导。山高皇帝远，在我们心中，指导员就是皇帝了。可我们指导员却不甘心总是在这里做皇帝。可以说，今天这个任务完成得好与坏，将直接影响到他的仕途。

指导员又去了另一辆车上，上面是那几个陪绑的人。他一走，我们就变得随便起来，我小声问那死囚，你这会儿怕不怕？

那死囚略做沉吟，嘴角嚅动了一下，说，怕！他声音很低，额头上又冒出了一层油亮的汗珠。

穆班长俯下身往地下吐一口痰。一缕阳光正好照亮了他的方下颏，顺脸颊那一溜稀疏的胡子也被映亮了。他扭过身来又盯住死囚看，目光里已没有了先前的新奇，甚至有些茫然，也许是等得无聊了，他就问死囚，你早晨吃的什么呀？我们知道，让临死的犯人吃上一顿好饭，是自古传下来的规矩。

死囚小声说，猪肉炒菜和馒头。老穆又问他，吃了多少？死囚说，一点儿也没吃，吃不下去。他的声音很轻，甚至有些哀怨。

我们班长这样问死囚时，我听到身后有人小声说道，这不是废话吗？我扭过头，看到一班长水根，正两手扒着车挡板，冷笑着望着我们班长，嘴角往下耷拉着，本来就瘦削的脸，这会儿拉得更长了。

水根今天怎么了？莫非是因为没让他做正射手？为了能获得提干的机会，水根和我们穆班长平时在各方面都在暗暗地较劲儿，比赛似的和指导员加深感情，在工作中也想方设法压过对方。而今天能做正射手既是一种荣誉，更表明了在领导心目中的位置。副射手就不同了，它只是正射手失误后的一个补充，分量自然轻多了。很显然，作了副射手的水根心里感到不平衡。

今天，我们中队最坦然的就数小魏了。小魏靠在汽车的挡板上，很少去看死囚，而是眯缝着眼仰着又尖又白的下巴，望着大门口那些看热闹的人。他是我们中队唯一一位城市兵，父亲是市公安局的一个科长，因此方方面面都有一种优越感，而且心态也有别于我们这些农村来的，转不转干无所谓，将来国家给他安排工作。当兵就是图个好玩。成天抱着个盒式单卡“三洋牌”录音机，听邓丽君唱歌。在这1981年的春天，邓丽君的歌还属于靡靡之音被禁。大喇叭里放《在希望的田野上》《年轻的朋友来相会》，年轻人却悄悄地欣赏邓丽君。像《香港之夜》呀，还有《美酒加咖啡》，把我们引向了另一个陌生又新鲜的世界。轻松、亲切，这也许就是1981年的一种特殊景观。小魏不但是邓丽君迷，还别出心裁地把军裤改成喇叭裤。就这么轻轻一改，他就比我们多了几分时髦，也把他和我们这些农村兵区分开来。对于小魏听邓丽君和改喇叭裤，我们指导员总是睁一只眼闭一只眼。

太阳渐渐升高了。空气中突然飘浮起了一团尘土，人们都离开大门，朝会场涌去。我看到先前那个小孩，也夹在人缝里，探着脑袋朝前奔跑，一眨眼就不见了。

大会就要开始了，我们接到了出发的命令。在喧嚷的人声里，老张问那死囚，你还有什么要求吗？在这生命的最后时刻，他也许会对家人再留下几句话吧。

那死囚却说，让我解个小便吧。

他的这个要求让我们感到很惊讶，我觉得他是发毛了。我和水根给他松了绑，架着他下了汽车，在他哆哆嗦嗦地解小便时，我俩端着枪，守在厕所门口，那样子仿佛进入了一级作战准备。

公判大会设在县中学的操场上。押着死囚的卡车停在了主席台前的中央位置。操场上黑鸦鸦的全是人。这是上午十点多光景，一个大晴天，春天的阳光温暖、柔和，把操场照得亮堂堂的。人们都把目光齐刷刷地对准了死囚。

那死囚的脸已呈蜡黄色，头也垂得更低。

当宣布他死刑立即执行时，他的双腿一下子软了，汗珠又密密麻麻地顺脸颊淌下来。此时就像刚刚炸响了一枚炸弹，会场上一阵骚动，空气顿时紧张了，就连阳光似乎也开始颤动起来。

刑场在城北大沙河的沙滩上，我们的车开到这里时，两边已远远地站满了前来观看的人。四月的天气，城外的景色十分怡人。太阳把沙滩晒得暖烘烘的，杨树的叶子娇嫩、鲜亮，矮小的槐树上开满了槐花，像一团团的雪花，散发着馥郁的清香。沙滩上也长满了绿茸茸的小草，黄色和红色的野花迎风摇曳。如果这里不是刑场，还真是一个幽静而美丽的去处。

我们这些荷枪实弹的武警，一部分人按照指导员的布置，迅速散开，把刑场围了一个圈。死囚已经瘫了，像面袋一样软沓沓的，我们架着他往前走，走向那个事先挖好的小沙坑。我看到许多的欲望在那个沙坑里像虫子般蠕动着。我想，这是一个盛满欲望的坑呵。我又想，这短短的十几米，就是死囚人生的最后轨迹了。可我又无法知道他此时是怎样一种心态，也许他的脑海已是一片空白，但我更希望他的灵魂在此时已得到了拯救。

死囚在沙坑前跪下来，我们穆班长把枪口对准了他的后脑勺。我们端着枪，麻利地用身子把穆班长围住，做他的屏障。

时间一分一秒地过去了，人们都屏住呼吸，等待着那个时刻的到来。终于，指导员手中的小旗落下了，几乎同时，老穆扣动了扳机。这是我第一次听到刑场上的枪声，很轻微也很悠远，就像打了个响鞭，然而却摇曳着尾巴，使四周的景物都在一瞬间凝固住了……

中午，我们吃的是馒头和菠菜炒肉。然而，望着白花花的猪肉片，我们都没有一点胃口。我的眼前总是出现死囚那白花花的脑浆，还有从口中像涌泉般喷出来的浓稠的血，那血很快就把沙土砸下去一个坑。

穆班长没和我们在一起吃，他端着饭碗去里屋时，朝我们笑了一下，但那笑很快僵在了脸上。

几天后，公安局的摄影员小王给我们送来了几张照片。我们都被刑场上那几张吸引住了，它们真实地记录了行刑的全过程，也就是说，把那个短暂的过程给凝固了。

第一张照片，死囚跪到了沙坑前。我们穆班长的枪口几乎挨着他后脑，但还没有扣动扳机。死囚的脸上还散发着生命的光泽。

第二张照片，死囚的头微微仰起，嘴洞张着，面部已经扭曲，呈现出痛苦状。眼睛眯缝起来，也没了神采，就像一盏灯突然熄灭了。他的后脑勺上已出现了一个枣核大的洞，额头裂开了一道缝隙，但整个脑袋还是完整的。我不知道此时那死囚是否已经丧失了意识。也就是说，他的生命之灯已经熄灭，还是正在熄灭？

最后一张照片，死囚已蜷曲着趴在了沙坑前……

这个任务我们穆班长完成得相当漂亮。我也不得不佩服小王摄影技术的高超。因为，那颗子弹在犯人脑袋里穿行的时间连一秒都不到，他捕捉生命消亡时的准确让我惊叹不已。

出乎我的意料，在第一张照片里，我终于如愿以偿，看到了那死囚的眼睛，弯弯的，又黑又亮，并没有人们所说的那种凶光。面对着那个爬满欲望的小沙坑，他的眼睛里只有生命即将结束时的惶恐和绝望。

生命是什么？生命就像竹笛上的苇膜，它既能发出或激昂或凄婉的音符，也会在顷刻间支离破碎。

没过多久，大家仿佛就把这件事忘记了，很少有人再提起它。我们依然上岗和出操，苦练擒拿格斗，又紧张又忙碌。小魏一有空闲，还是抱着那台录音机，半眯着眼，陶醉于邓丽君那情意绵绵的歌声里；而我们的穆班长和一班长水根还在暗暗较劲。他们的面前也横着一条河，谁趟过这条河，谁的人生便会发生转折。

我们都听到了那个提干指标姗然而来的脚步声……

（原载《当代小说》2000年第7期）

闲言碎语

市文化局派人来S县检查群众文化活动情况。S县文化局局长老梁出差了，副局长老王负责接待。他领着客人们参观了展厅、游艺厅、录像厅和新华书店。整整忙活了一上午，中午在聚仙阁安排了一桌饭。打发客人走了，老王没有回家，就在办公室里美美地睡了一觉。

下午，老王正喝着茶醒酒，老金溜了进来。

老金其实才三十多岁，一点也不老。更不姓金，姓张，只因他镶着一颗金牙，人们便叫他老金。时间一长，不明底细的人还真认为他姓金。文化局这幢大楼囊括了文化馆、图书馆，为了创收，一楼全租出去了。老金就是游艺厅的老板。

老金拿起老王桌上的烟，抽出一支，右腿压在左腿上，觑着眼问老王，听说聚仙阁的小姐全是东北妞，怎么样，滋味不错吧？

不等老王回答，老金朝他做了个咂嘴的动作，又说，你没听说嘛，女人们最近编了一句顺口溜——

顺口溜？什么顺口溜？老王蹙起眉头，拿眼使劲盯着老金问。

老金卖了个关子，朝老王诡谲地眨眨眼，又仰起脸来缓缓地吐了个大大的烟圈，才压低声音，用一种类似滑稽的语气说，赶走东北狐，还我好丈夫！

老王噗地一声笑了，嘴里的茶水便喷在了桌子上。他拿抹布擦着桌上的水说，你也不看看来的都是什么人，也敢胡诌八咧？都是搞艺术的，有野鸡，也没人肯丢那个面子。老王把湿淋淋的抹布扔到了窗台上，回过身来又对老金说，人家都是正儿八经的文化人！

老金的右腿用力晃着，斜着眼咕咕地笑了，说，越是搞艺术的越风流！你看看唐朝的唐伯虎，不就是位风流才子嘛。文化人心都花！

老王坐下，歪着脑袋嘿嘿地笑起来，不是笑老金这样理解文化人，是笑他把唐伯虎的所在朝代弄错了，就朝老金摆摆手说，唐伯虎不是唐朝人，人家是明朝的大画家。你老弟要是到别处去说，不让人笑掉大牙才怪！

老金弹弹烟灰，脸上一副无所谓的神态，他说，你们文化人就爱凿个死理，管他是哪朝人哩，反正他净找娘们儿。老金又把左腿压在了右腿上，很夸张地晃动着说，别不好意思嘛，如今当官的打几个野鸡又算个球，就连县长都这么干！看你这无精打采样儿，没去才怪！

老王把脸一绷说，你别瞎说，这不是开玩笑的事儿！

老王平时没有一点官架子，和人们开玩笑也开惯了，他越否认，老金越逗他。

玩笑终究是玩笑，老王并没把它放在心上。日子就这样平平淡淡地流逝着。

后来，老王又陪下来检查工作的领导们在聚仙阁吃过几顿饭。有两次他和几位同学聚会，也都是去的聚仙阁。

老王没有想到，他每次吃饭回来，都有人和他开那种玩笑。和他开玩笑的不光是老金，还有秘书小郝和会计兰香。

其实这都怪老王自己，怪他平时总爱没大没小地和他们逗趣。有一次，兰香刚买了一辆红彤彤的坤车，老王骑上它在院里溜了几圈，朝兰香挤挤眼说，嘿，我今个儿也骑了骑你！兰香就红着脸笑嘻嘻地骂他，你就总没个正经！

小郝刚来局里时，还不大爱说话，后来老王就把他调逗得皮了也乖了，没事儿就和老王斗嘴。那天，他们在大办公室里聊天，忽然有电话找老王。老王接电话时，小郝就悄悄移开他身后的椅子。接完电话老王坐了个仰八叉。老王一急就喊，哎呀，不得了啦，党外人士把共产党给打倒了！老王是党员。

人们挖苦他，就这水平，你就当一辈子副职吧！老王知道人们也不是恶意，就摇晃着脑袋嘿嘿地笑笑说，当××正职倒不自在，你看看咱们梁局长，累得连开玩笑的精力也没有。老王很高兴自己混了个好人缘，这对他多少也是一点慰藉吧。

这天老王的一位同学买彩票得了大奖，中午就请几位同学在聚仙阁搓了一顿。下午头下班小郝钻进了老王的办公室。他拍一下老王的肩膀，压低声音神秘地问他，如今有个顺口溜，你知道不知道？

老王便想到了老金说的那个顺口溜，知道小郝也没个正经，就沉下脸说，你不在办公室好好值班，小心我月底扣你的奖金！

小郝正在谈对象，整天打扮得像个港台歌星。他一甩打了摩丝的头发，两条细眯眯的眼睛很亮地盯着老王说，扣吧，不就那么几个钱吗？扣完了到你家吃饭去！

老王咧开嘴笑了，说，你小子真长出息了，也变得这么油嘴滑舌！

小郝笑眯眯地朝他挤挤眼，说了那个顺口溜：“有钱有权就是好，老牛也能吃嫩草！”老王没有明白小郝的弦外之音，朝他一挥手说，净××瞎说！

小郝把嘴一撇说，找了小姐，还假装正经！

兰香也来凑热闹了，她倚着门框，手背在身后笑嘻嘻地说，都快当老公公了，心倒变花了，回头我告诉嫂子，看她晚上让你进门才怪！兰香四十来岁了，这个年龄的女人说话已没有多少顾忌。

然而，让老王更烦恼的事情还在继续着。晚上上床后，老婆闻到了他嘴里的酒气，就伸手捅捅他，故意夸张地抽动了几下鼻子，嚷道，呀，你身上怎么有了香水味？

老王边勾着脖子用保健槌敲背，边笑着说，你又开什么国际玩笑呀，我身上哪来的香水味？你再闻闻！

老婆俯下身装模作样地在他身上来来回回地闻了闻，就说，你老实交代吧。交代你在外面做的好事！

老王觉得奇怪，扔了保健槌，低下头在自己的胳膊上胸脯上来来回回地闻了闻。奇怪，他没有闻到老婆说的香水味。

老婆就故意逗他，揪住他的耳朵扯了扯说，这回可抓住你的证据了，我看你再抵赖！

老王本来就胖，他赤裸着身子坐在灯影里显得越发臃肿，让人觉得他就是一堆颤巍巍的肉。望着老婆咄咄逼人的目光，他胡乱地抚摸着脑袋说，中午吃饭小姐们又是上菜又是斟酒的，也难免染上香水味，你可别胡猜八猜。

老婆就把脸一虎说，都抓住证据了还嘴硬！

老王更急了，他哭丧着脸对老婆说，别人不了解我，莫非你也不了解？这两年我那方面还行吗？还没上阵哩，就缴枪投降了！

老婆咯咯地笑起来，说，我还不知道你们男人呀，跟自己老婆总是不行！你看税务局的李老寿，他岁数比你也不小！

老王就不高兴了。他往床上一躺，说，李老寿是什么东西呀，你怎么拿我和他比？

李老寿是税务局局长，不久前他在外面嫖女人让公安局给抓了，由此又查出了他的贪污问题，弄了个开除党籍和公职的下场。据传，他嫖女人也开发票让单位报销。

老婆见老王急了，便钻进被窝，掖着被角又咯咯地笑起来。看到男人着急时那种笨拙而可爱的样子，她顿时滋生出一种满足感。

春天就像晚霞一样短暂，转眼间夏天来到了。S城有众多的文物古迹，是一座远近闻名的旅游城。整洁的马路两旁，高的是树，矮的是花。夏天的热情使那些排列有序的法国梧桐生得蓬蓬勃勃。树下的月季花也毕毕剥剥地燃烧着，一路烧过去，把两边的店铺都烧红了。

这天下午头下班，老金又来找老王聊天。他神秘兮兮地问老王，梦巴黎酒楼出事了你知道不知道呀？老王一脸的惊诧，说不知道，出了什么事？老金就说，有位小姐一晚上接待了十多个嫖客，造成大出血，天亮时人们把她送到医院，人已经不行了。你看看，就为了多挣几个钱，连命也搭上了！

老金又说，他最恨那些当官的嫖女人。大款嫖女人挥霍的是自己的钱，而当官的挥霍的是人民的血汗，挥霍人民的血汗那更是缺德呀！

老王总觉得老金是在说自己，脸上禁不住有些发烧。他不知道自己这是怎么了，没做亏心事也怕鬼叫门？这时电话响了，是老李找他。老金不好再待下去，就赶紧告辞了。

不一会儿，老李骑着摩托车赶来。老李从前在文化馆群艺组拉二胡，后来不愿意挣那几个死工资了，就带着一班人在乡下弄了一个吹奏班子。如今乡下人钱包鼓了，无论红事白事都要请他们来热闹一番。没几年老李就发了。

最近老李在城里开了一家歌舞厅，他找老王是想挂靠文化局。如今财大气粗的老李已不再把吃乡下饭放在眼里了。老王见老李穿着高档西装，头上还打了发蜡，想想自己那身挂在衣架上的旧西装，就感到很寒酸。他吸了一口烟，望着气气派派的老李说，这倒是件好事儿，我想不会有问题吧。

老李显得很得意，把俩眼一眯，让烟熏得焦黄的手指在桌子上轻轻地敲着说，事成后不会亏待你们。你给梁局长捎个话，每年你们几位局领导年底都有红利，局里其他在编人员也一人能得到一份礼品。

老王知道这些红利不能白给，就像买东西一样，也是一种交易。就说，这样吧，我明天就和梁局长商量一下，别看人家年岁小，可萝卜不大，长到畦背上了，最后还得人家拍板！

老王在文化馆当副馆长时，和老李一个屋办公，关系处得还不错。老李就臭摆他，你这辈子就吃实在的亏！

老王弹弹烟灰，苦笑着说，没办法，我这脾气带到棺材里去了。咱不会跑官不会要官更不会踩着别人的肩膀往上爬！

老王说完起身睇视窗外。中午刚刚落过一场雨，楼下院里的花草树木都泛出一种油纸的光泽。这会儿又让夕阳给染了，顿时有了油画般的质感，恬淡而宁静。老王回过头来，又对老李说，我记得有位作家说过这样的话：大路任人忙，小径容我静。你看，这也是人生的一种境界吧！

大大咧咧的老李不去接老王的话，把烟头往地下一扔说，干脆，你办个早退和我一块干吧！人只要有了钱，想干什么还不是由着自己，告诉你吧老兄，我这两年光睡女人就这个数了！老李很豪迈地咂着嘴，朝老王伸出了巴掌，然后又把巴掌翻了翻。

老王明白那是怎样的一个数字，他像吓着似的倒吸了一口冷气，那双略显浮肿的眼睛直直地盯视着老李，就说，×，你小子这辈子可痛快了！他笑了笑又说，你也不想想，你都快当爷爷了！

老李哈哈地笑起来，他仰起脑袋说，咱都这岁数了，说不定哪天就死毬的哩！不享受，死了冤不冤？他吸口烟，又说，人活着的时候短，死的时候长！你呀，这辈子算是白活了！

第二天，老王就把这事儿和局长梁大林说了。梁大林也认为这事不错，不但能得到一笔收入，年终写总结还是点成绩，而老李原来又是文化馆的人，不会做出什么出格的事，也乐得做个顺水人情，当下就拍了板。

说到红利，老王还有些顾虑，纸里包不住火，怕以后被人知道了弄出事来，为这点小钱栽了跟头划不来。

梁大林就说他，你心眼也忒小，你看看税务局、交通局，明里暗里，一年得多少实惠！就咱这点好处，连人家的一个犄角也赶不上！你这辈子就吃本分的亏！

梁大林本是想趁机夸奖老王，可他没想到，别人这么说可以，他这么说老王心里就不好受。老王想，你是怎么当上局长的当我不知道？你屎壳郎变人，倒冲我卖起乖来啦。梁大林从前在一个厂子当厂长，捞足了，就狠狠花了一笔钱弄了个局长。文化局不能说是个肥缺，可总比当厂长体面。再说也算正式进入政界了。梁大林还年轻，能进入政界对他来说显然很重要。

老李的歌舞厅很快就装饰好了，还起了一个很浪漫的名字：夜来香歌舞厅。开张那天，他把工商、税务、公安等方方面面的头头脑脑和文化局的人全请到了梦巴黎，在那里很体面地摆了几桌。

这天老李穿一件洁白的衬衣，系一条红领带，显得风度翩翩。他端着酒杯逐个给大家敬酒，一脸的谦虚和虔诚。当他来到老王跟前时，低声对老王说，老兄什么时候想解闷了，就到我那里去吧。我那儿的小姐一个比一个水灵！

老王愣了一下，指指身边的小郝道，这事还是让年轻人干吧，他们火力大！

小郝把头一歪，嘻嘻地笑起来，就说，嗬，王局长今个儿也谦虚起来了！不行不行！姜还是老的辣！一桌人就都大笑起来。

吃好了饭，老李又请大家去他的歌舞厅跳舞。老王对那地方不感兴趣，就推脱喝多了，回机关睡了一觉。

老李的夜来香歌舞厅名气越来越大，生意也非常火爆。这天，老李打电话又约老王晚上去他的舞厅坐坐。老王想这次再不能推辞，再推辞老李该有别的想法了。下了班，往家打了电话，就匆匆去了。

夜来香歌舞厅在S城那条最繁华的街道上，紧挨着影剧院，地理位置很优越。老王走进去时，老李正在前厅等他，前厅里回荡着舒缓悠扬的音乐，舞池里有几对情侣正紧紧地贴在一起轻轻地摇晃着。身着艳丽服装的服务小姐端着托盘，在大厅里来来回回地走动。

老李领老王来到了一个KTV包间。他开了灯，喊来了一位鹅蛋脸细腰身的小姐，让她上茶，再上几个小菜。小姐应一声，扭动着苗条的腰肢走了出去。

老王喝着茶，就和老李打趣，我可是干了一辈子革命了，你小子别拉我下水呀！

老李递给老王一支烟，就说，操，我又不是国民党，我干嘛要拉你下水？我吃饱了撑的呀！说完两人就都笑起来。

酒菜端上来了，两人喝着生啤，老李就叫小姐唱几首歌。小姐落落大方，唱了《月亮代表我的心》又唱《千言万语》，情意绵绵的，还真有邓丽君的味道。唱毕，老李又把话筒递给老王，起初老王不好意思唱。老李就说，你在文化部门都干这么多年了，还这么放不开。后来老王喝多了，就拿着话筒唱起来。他唱了几首高亢激昂的革命歌曲，老李带头鼓了掌。没有办法，从那个年代过来的老王只会这一类歌曲。

后来，老王感觉喝得差不多了，就想回去。老李又一次拦住了他，说别走，我还有事儿让你帮忙呢！老王不知道老李让他办什么事，就说，咱们都多少年交情了，客气什么，有屁快放吧！老李就把他按在沙发上，说事不大，就是托你给梁局长说说，把管理费再减免一点。老王不解，这么大个摊子，一年只收五千，也够给他面子了，再减免就无法跟下面交代。但老李说出口了，又不好驳他的面子，老王嘴上答应着，心里就有些瞧不起老李，心想，都趁几十万了，还在乎这几个小钱！

这样想着，老王就感到胃里的酒开始往头上涌，他正要起身告辞，恍恍惚惚中，却看到老李和小姐低头耳语了几句什么。他正疑惑，老李走过来笑眯眯地对着他的耳朵说，今个儿也让你开开戒，吃一回差样饭！你把心搁肚里，在我这绝对不会出事！说完朝老王挤挤眼就走出去。

起初老王还以为老李是在开玩笑，可他正要尾随老李出去时，小姐把他拉住了，声音甜甜地说，老板吩咐了，让我务必侍候好先生！

老王感到自己最担心的事情果然发生了。他脑袋嗡一下涨大了，眼前的一切也像罩上了一层流动的雾气，轻轻地晃动起来。他惊恐地望着满脸媚态的小姐，像吓着似的往后缩着身子说，你要干什么？快让我出去！

谁知小姐依然牢牢地拉着他，另一只手掩住嘴嘻嘻笑了。她问老王，先生是第一次来这里吧？又柔柔地说，莫非先生不喜欢我？

老王感到自己脸上像着了火，心也怦怦的仿佛快要跳出来。情急之下他脱口说道，你放开我！我不想落下一身病！本来，老王是想以此来脱身的。可说过他又有些后悔。谁知小姐一点也不介意，还变戏法般拿出一只避孕套，在老王眼前晃了晃说，你要不放心就戴上这个！说完又向老王抛了个媚眼，老王又哀求般地说，你看我多大年岁了，还能做那种事？小姐又低声笑起来，非常自信地说，比你年岁大得多啦，在我这就没有不行的！

老王简直哭笑不得，没有办法，他就绷起脸，朝小姐挥挥手，大声吼道，你快放开我！

小姐没有放开他，却努起红嘟嘟的嘴唇，半嗔半娇地说，我知道，你们官场的人都爱面子，怕什么，我又不会吃你。说着，就依偎到了老王怀里，两只乳峰紧贴住他。手也在他背上抚摸起来，指甲上鲜艳的蔻丹像漂浮在水里的梅花一样游走着。老王懵了，正要推开小姐，一股沁人心脾的芳香钻进了他的鼻孔。他吸吮着这汹涌而来的香气，简直有些晕眩了，像中了魔法般闭上了眼睛。突然，老王又像从睡梦中醒来，打了一个激灵，推开缠在身上的小姐想逃出去。然而接下来所发生的也许是他一生中最尴尬的事情了。急于出门的老王竟然找不到了通向外面世界的房门，他像一只无头苍蝇一样在屋里撞来撞去。这时他仿佛看见四周墙壁上浮现出几张熟悉的面孔，有老李和李老寿的，还有工商局局长刘长福的。他甚至感觉就是这些面孔组成了四周的墙壁，将他牢牢地围困起来。出不去，老王就狠狠地擂着他认为是房门的那面墙壁，他不明白，明明是从这里进来的，怎么那个房门就不见了呢？这到底是怎么回事？

后来老王就像陷入敌军的重围一样彻底绝望了。当他喘着粗气靠在墙壁上，猛然看到一个雪白的胴体伫立在他的面前。老王的眼睛顿时迷离起来，一种生理的本能将他一下子吞噬了……

第二天，老王上着班，突然一缕香水味钻进了他的鼻孔。他耸耸肥大的鼻头，疑惑地四下寻找。咦，哪来的香水味？

老王又低下头闻了闻，终于明白这香水味来自自己的袖口。他把袖口伸到脸前贪婪地吸吮着，昨晚的情景又历历在目。老王忍不住咂咂嘴，心里霍然生出一种奇怪的感觉，他觉得自己一下子年轻了许多岁。他像足球运动员射门成功了一样，兴奋地向上伸了伸胳膊，感到自己真像老李说的，这几十年算是白活了！

后来，人们发现老王变了。老王不但穿戴比从前讲究了，脑袋上那几根稀疏的头发也总是梳理得一丝不苟，油光闪亮，显得年轻洒脱多了。他和人聊天的时候还时不时地抬起袖口闻一闻，闻着，眼睛里顿时放出一种奇异的光亮。人们都知道这是老王新添的一个怪癖。

冬天很快来到了。

刚刚落了一场雪，天非常冷。这天上午一上班，一个令人震惊的消息就在S县文化局大楼里不胫而走：老王昨晚在金蔷薇歌舞厅嫖娼给抓了，罚了两千块钱。

人们不相信这是真的。肯定是谣言，老王是个正派人，他怎么会干那种事！

唯独小郝没有言声。他突然想到了老王那几根油光闪亮的头发，还有他闻袖口的怪癖，于是就捂着嘴笑了。刚要说什么，又像吓着似的，吐了吐舌头，把已到嘴边的话咽了下去，然后，偷偷地扫大家一眼，大声说道，老王可不是那种人！

这天，人们还听说老王的女人在门口跳着脚骂大街，说有人吃饱了撑的，给他家老王造谣。据说，老王的女人一直骂了一中午，骂得昏天地黑……

（原载《长城》1999年第6期）

红 星 记 忆

我家住了三位女兵。每天早晨，她们都要给我家清扫院子，有时还和我母亲拉家常，对我们非常和气。

可我们小孩子喜欢男兵。男兵多么威武雄壮呀，尤其是他们背着枪，扎着腰带的样子简直威风极了。在这方面女兵们就差些，她们多少显得有些娇气。

每天放学后，把书包往家里一放，我就朝雪山大伯家的新房跑去。这是一处很大的宅院，三间北屋，一明两暗，东西两间屋子都住上了解放军。我和小伙伴们看他们排队去吃饭，看他们洗衣服。这么大规模的队伍，我只在电影上见过。何况，他们又是从北京来的。北京，那可是我们的首都呵，是毛主席住的地方，因此在我们眼里他们都罩着一圈神圣的光环。

“小朋友，你叫什么名字呀？”这天，一个高个子军人，抚摸着我的脑袋，非常和蔼地向我发问。他黑红的脸膛，上面长满了青春痘，一脸的憨厚。

在一种胆怯而又兴奋的复杂情绪里，我对他说了我的名字。

“这小孩一定聪明！”他扭转身来，对旁边一个小个子军人说。这人长一张娃娃脸，白白净净，眼睛细眯眯的，有点像画报上的雷锋。

“你得告诉我你叫嘛名字！”我也向他提了个要求。因为感到亲近，我的胆子也变大了。然而，眼睛却不敢和他对视，朝地上望着。地上落着几片榆树叶子，像用红墨水染过一样，红得让人怜惜。

“孙玉松！”他笑嘀嘀地对我说，“玉石的玉，松树的松！”

“你是哪里人呀？”我穷追不舍。

他抬手往上推了推军帽，说：“我是山东人！家住山东浮山县！”像是有一种默契似的，他和那位小个子军人对视了一下，于是两人会意地笑了。后来我查了地图，山东哪有什么浮山县呀，倒是有个乳山县。显然，他是故意将乳山说成了浮山。我那时还不明白，他为什么要和我开这样的玩笑，故意将“乳”念成“浮”？莫非，因为我还是个小孩子？

“有空儿来这玩吧！”他抚摸着我的脑袋，诚挚地向我发出邀请。他的眼睛不大，却又黑又亮，目光真诚亲切。

——这就是我和他认识的整个过程，从此我们就成了好朋友。

下午放学，把书包往家里一扔，我就像出笼的小鸟一样飞跑出去，去找孙玉松叔叔玩。有一天，他还让我玩了他的步枪（当然，里面没装子弹）。这可是真家伙，拿在手里沉甸甸的，完全不像我们用木棍做的那种假枪。那种假枪算老几呀，轻飘飘的让人心里直发虚。

他们吃饭去了，我和小伙伴们却舍不得离开，在这里交换着各自得到的有关这支部队的各种信息。都知道他们是来我们这里拉练的，但什么是拉练却又不很明白，只是觉得它和“训练”二字有些关系。

雪山大伯家住的解放军最多——总共住了六位。这里也就成了我们小孩子最喜欢光顾的地方。我们都喜欢和孙玉松叔叔玩。是因为他喜欢我们小孩子，还是他对人和蔼亲切，又生得高大魁伟——在我们眼里，解放军就该是这个样子。说不清的，反正我们都喜欢他。

让我非常高兴的是，孙玉松也很喜欢我。有一天，我来找他玩，他塞给了我一个包子。包子的形状和我们村里人做的不一样，不但个头小，而且皮薄馅大。馅是猪肉白菜，咬一口，香喷喷的，满嘴流油——这是那时候我吃到的最好吃的包子了，那种味道我们乡下人根本就做不出来。

“你知道房东家住哪吗？”他问我，那张黑里透红的脸映着蜡烛的光亮。

我说：“知道！”

他显得很高兴，说：“那你就给我带路吧。——我要去看望房东。”

我答应着，心里美滋滋的。能帮他做点事情，我感到既高兴，又有几分自豪。

和我们同去的，还有那位小个子、娃娃脸的军人，玉松叔叔叫他小刘。虽说人们早吃过晚饭了，但大街上依然飘着炊烟的香味。正是农历九月中旬，一轮圆月挂在黛青色的夜空，白净得像一只大瓷盘子。我听到了村南水田里青蛙的鸣叫，一股水漉漉的气息钻进了我的鼻孔，里面有秋后河水那种特有的腥味，也有稻茬被水浸泡后发出的那种甜丝丝的气息。看得出孙玉松很愉快，也许他想起了自己的家乡吧。

来到雪山大伯家，大伯和大娘已经睡下了——村里人睡得早。然而，还是很热情地开了门。

孙玉松就和小刘坐在炕沿上，和两位老人拉家常。这时我才知道了他的一些情况：他今年二十七岁了，已在老家订下了对象，明年复员回去就结婚。那个小刘不大爱说话，只是笑眯眯地望着两位老人，偶尔才插上一句。

为了欢迎北京来的部队，村里准备了一台文艺晚会，其实就是小学校的文艺队演出几个简单的节目，有歌舞《火车向着韶山跑》和《我爱北京天安门》，还有女声独唱《老房东查铺》。戏台就搭在村西的地里，是临时用土堆起来的。晚饭后，住在我们这一片的解放军来到雪山大伯家门前集合。我和小伙伴们围着解放军看热闹，他们对我们的吸引力远比文艺节目大。这时，孙玉松向我招手。我走过去，他拉住了我的手，小声对我说："跟着我看吧！"

于是我就在小伙伴们艳羡的目光里，夹在队伍中朝着戏台走去。看戏时，孙玉松就让我坐在他的大腿上，他的大腿结实而温暖。我们离舞台很近。

在开演前，发生了这样一件事情，一位老太太（这是一位非常风趣的老人，据说她年轻时唱过戏），突然从戏台的一角爬上去，然后在上面扭了几下（她扭的大概是我们当地的秧歌吧），在人们的一片哄笑声中，又从戏台的另一侧下去了。人们的笑声持续了好久。

孙玉松悄悄地问我："那个老太太是谁？她是你奶奶吗？"

"不是！"我马上回答他，应该是反驳。此时我的脸烧得很厉害，一定非常的红。这老太太怎么能是我奶奶呢？我奶奶才不出这种洋相呢！尽管我明白他是和我开玩笑，但我还是对他心生不满。

一连几天，放学后，我都没有去找他玩。

这天，当我又来到雪山大伯家的新房时，孙玉松率先看到了我。——他刚吃过晚饭，正两手插在裤兜里，站在院里和一个女兵聊天。这女兵二十来岁吧，两条小辫子爬在肩上，脸胖得像我母亲蒸的大馒头，又白，又暄，一笑还露出红红的牙床。两人不知在谈什么，边说边笑。他们军帽上的红五星，在夕阳的余晖里闪着耀目的光亮，在这秋后的黄昏，带给人一丝暖意。

“你怎么不来找我玩啦？”孙玉松笑嘻嘻地问我，语气里还有一丝责怪。

不知怎的，我对他的怨气一点也没有了。我恨自己的小家子气。我说：“我这几天总是有事儿——”我只好这样搪塞他，自我感觉都底气不足。也许是感到羞愧吧，我赶紧低下头。我又瞥见了几片榆树的落叶，它们泛出和天边晚霞一样好看的光泽。

显然，他早已窥透了我的心思，笑哈哈地逗我：“你人不大，心眼倒蛮多呀！呵，对不起啦！”说着他伸出大手，轻轻地抚摸着我的脑袋。他的眼睛里，竟然还有一丝恳求的意思。

我又每天来找他玩。他到哪里也都要带上我。

然而，他们拉练结束了，就要回北京了。

一晃，他们都来我们村一个多月了。

就在他们头走那天晚上，吃过饭，我就去找他。

仿佛知道我要来，他正在院里等我。

“我们明天一早就走！”他盯着我，声音很低地说。他的脸被浓重的夜色罩住了，但我依然能感觉到他目光里的那种灼热。

“我知道！”我不敢看他，又把头低下去。此刻我的眼睛早已湿润了，但我却压抑着不让眼泪流出来。

“来，把这个给你吧，留个纪念！”他说着，右手就伸进口袋。当他将手指张开，我的眼前一下子亮了。呵，红五星！尽管天黑，但借着朦胧的星光我还是看到了我所熟悉的那种光亮！我差一点叫出声来。那时，我做梦都想得到一颗红五星。

此时，我的脑海里闪现出了刚在我们村放映过的电影《闪闪的红星》中的画面：潘冬子的父亲离开家乡北上抗日时，就给小冬子留下了一颗红五星。我想，孙玉松也一定很喜欢这部电影吧。

然而，我握着红五星，却说不出一句话。

还是他先开口了，他说：“我们明天四点钟就走！天太早，你别过来了！”

这天晚上，我将这颗红五星一直放在身边。这可是北京来的解放军送我的。我激动得怎么也睡不着，想到就要和玉松叔叔分别了，也许这一别永远也不会见到他。可一想到这颗红五星，心里又涌出一丝温馨。此时，它就被我握在手心里，暖烘烘的，我认为这是它自身的体温。它怎么能没有体温呢？我甚至还感到它在跳动——就像一颗心在跳动。这样想来想去，就越发的没有一点睡意了。

不知什么时候，我听到了汽车的引擎声。我一骨碌坐起来，在额头上猛拍一下，该死，什么时候睡着了？扭头看窗户，窗纸已泛出蛋青色，谁家的公鸡也开始打鸣，咯——咯——咯，声音悠长而清脆。

当我来到雪山大伯家新房时，呆住了——他家的栅栏门洞开着，院里却一点动静也没有。来到屋里，果然，炕上的被褥不见了，墙上的挂钩还在，却没有了水壶和衣服。屋子被他们打扫得干干净净，就像根本没有住过人一样。

也许他们还没走远吧，于是我飞快地跑到了街上。我看到街北边的高台上站了许多乡亲。深秋季节，清晨已经很冷了，他们都将手插在袄袖里，盯着一辆辆远去的军车。也不向解放军招手，更不打招呼，然而那木讷的眼神里，却透出一种深深的依恋。有的人，眼睛里还闪动着一丝波光，猛一看像是反射的星光，其实，那应该是泪光。这就是我的乡亲们。

此时大部分的军车都开走了，这也就意味着他们大多出了村。我失望了。我没有往前赶，我知道这样做是徒劳的。这时，一辆吉普车在我们面前停下来。从里面走下一位年长的军人，显然是一位首长。天渐渐亮些了，天边上已经露出了鱼肚白，淡淡的，像一缕轻烟，又似国画中留出的空白。这首长浓眉方脸，气宇轩昂。他就站在晨曦里，向着乡亲们挥手告别，非常动情地说了几句感谢的话。这首长，还有乡亲们，他们的神色都格外庄重。这种庄重的神色只属于那个年代。不知怎的，我心里便生出一种莫名的情愫。

过了大约有半个月吧，又有一支部队来我们村拉练，也是从北京来的。我家里又住了军人，那是两个男兵，然而没有一个像孙玉松叔叔那样和我建立起那么深的友情。

他们临走时，已是初冬了，村里人都生起了炉火。为了答谢我们村，部队的文工团专程从北京赶来为乡亲们演出。地点改在了村东，也是搭的土台子。演出结束，我和小伙伴们来到舞台西侧，正望着那台发电机看稀罕，一辆军用大卡车开过来，停在我们旁边，几位军人开始收拾从戏台那里扯过来的电线。

突然，有人喊我，声音从那辆汽车上传来。

我一惊，心想，莫非是孙玉松叔叔？我扭头循着喊声望过去，借着朦胧的电灯光，一个人正朝我招手。原来是和孙玉松同屋住的那个小王，那张娃娃脸一半埋在暗影里，一半映着电灯光，一脸的惊喜，正笑眯眯地盯着我。

“想不到，还真见到你了！”他从汽车上探下身子，对我说。

我来到他跟前，问他：“孙叔叔呢，他来了没有？”此时，我多么想再和孙玉松见上一面呀。

“他没来，我也是刚到，是跟着文工团来的！——哎，孙玉松让我代他向你问好呢！”他朝我笑了笑，一口白牙在灯光下像碎银一般闪了一下。

我心里一热，对他说：“你也代我问他好吧！”

“好的！”他伸出手来，像对待一个大人一样，和我握了握，然后就向我告别，忙着往车上装演出的道具。一眨眼的工夫，他就消失在了那一片晃动的绿色里。

那颗红五星，先是被我带在身边。后来我害怕丢失，就将它放在了一个只有我才知道的地方。我长大后，参加了工作，又结婚生子，在城里有了自己的家，那颗红五星也被我带到了城里。这时充填在我记忆里的东西越来越多，何况在这期间我又搬过一次家。像大多数人那样，从一个城市的这一端，搬到另一端，寻找着适合自己生存的地方。——人生的大部分时光，自然就在这迁徙中不知不觉地逝去了。后来那颗红五星到底放在了哪里，竟然连我也说不清了。

这样，又过去了许多年。想不到一个非常偶然的机会，那颗红五星又出现在了我们的生活中。

那些天，每天吃过晚饭，我和妻子都喜欢来那条新建的历史文化街上散步。这天，在一座唐代的古塔边，新开了一家出售古玩的小商店。我和妻子走了进去，映入我们视线的大多是“文革”时期的物品。老板非常热情，他对我和妻子说，选几样收藏吧，这东西升值空间很大！

我们只是看了看，什么也没买。往家里走着，妻子问我：“你不是有一颗红五星吗？那可是‘文革’时期的！”

我说：“对，七五年。”我的眼前顿时浮现出了那张和蔼亲切的脸，上面长了许多青春痘。同时出现在我眼前的，还有榆树的落叶——深红色的、淡黄色的，有的还绿中泛红，显然那是让秋风染醉了。

回到家，妻子就翻箱倒柜地寻找那颗红五星。我给她泼冷水：“你就是一晚上不睡觉，恐怕也找不到！都这么多年了，早忘了把它放哪啦！”

但妻子却非常固执，不达目的不罢休。

突然，妻子兴奋地朝我喊道：“快来看呀，红五星！”

我跑过去，一眼就看到了它，那颗三十多年前的红五星。一种久违了的亮光射进了我的眼睛。原来它被我放在了衣柜最下面的一个纸袋里，这么多年了，竟然完好无损，这不能不说是一个奇迹。

此时的妻子，显然将它的商品属性忘记了，她完全是出于一种喜欢，对我说：“咱把它放工艺柜上吧！”

我家的工艺柜上摆满了各种各样的工艺品，有我获奖的奖杯，它们都是镀金或者镀银，又气派又漂亮。我把这颗红五星放在了那个最漂亮、档次也最高的奖杯旁边——这也是我家工艺柜上最显眼最重要的位置。突然，妻子“啊”地叫了一声：“真好看！”

我也呆住了，面对着这颗久违了的红五星。在这些充满时尚气息、令人眼花缭乱的工艺品中，它虽不合时宜，却历久弥新，散发出一种圣洁的光泽，温暖和润泽着我的眼睛，还有我的心。

（原载《短小说》2007年第12期）

鸵　　鸟

我来到小吴村大队部，没有见到吴书记。会记老房告诉我，吴书记他们刚去了河滩。

拨通了吴书记的手机，听出是我的声音，他提高了嗓门，说：“你等着，我让赵主任开车去接你。”

不大一会儿，老赵就开着他那辆半旧的雪铁龙驶进村委会院里。老赵是村委会主任，因为见过几次面了，他对我的热情里多了几分随便。“上车吧！”他笑着，朝我招招手。

出村南口，过大堤，汽车驶进种满杨树的河滩。正是五月中旬，嫩绿的杨树叶透出淡淡的黄色，又让阳光映得亮闪闪的，非常悦目。汽车在林间小路上颠簸着，只用了几分钟，就来到一座很大的院子里。院子当央有几棵大槐树，我看到几个人正蹲在北端的那排平房前忙碌着什么。听到汽车声，他们几乎同时抬起头来，朝这里张望。我一眼看见了村支书老吴。

我问老赵：“他们在干什么？”

“杀鸽子，一会儿招待县领导！”老赵说着，将车停好，拉开了车门。

见我们走来，老吴站起来。他手里提着一只鸽子，笑呵呵地和我打招呼。老吴五十来岁，见人总是一脸和蔼的笑。目光却非常机敏，不时闪出一道锐光，仿佛在时刻提醒你：这个人，可小觑不得！

我问老吴：“县领导来视察工作吧？”

老吴甩了甩手上的鸽子毛：“不是，来野餐的，吃鸵鸟肉，吃鸽子肉！”说完，他又对我笑了笑，露出了一口整齐的牙齿。像他这么大年岁的人，有这么一口好牙，真是难得。我想，这也许和他不吸烟有关系吧。老吴不吸烟，这在村干部中是不多见的。他还有一头浓密的黑发，因此，看上去他要比实际年龄年轻得多。

我说："我还真有口福呀，来得正巧——帮你们干点什么呢？"我摊开两手，做出要帮忙的样子。我不愿意白吃人家的，虽说我也不是外人——这次下乡，为了便于开展工作，县里给我挂了个村副主任的头衔。可毕竟不是真的，不是真的，心里就发虚。

"这样吧——"老吴看我一眼，"你和赵主任去买菜吧！"

看来老吴还真没把我当外人，我心里很高兴。

院里已经支起了一口大铁锅，下面燃起了干槐树枝，一股久违了的炊烟的香气飘过来。我自小在乡下长大，这种气味让我感到很亲切，尘封已久的记忆之门被打开了，脑神经禁不住兴奋起来。

上车后，穿过滹沱河，就是省城的五七路。那里有几所大学，有自由市场。这就是小吴村的优势——东临县城，南边和省城隔河相望。因为河道常年干涸，村里就修了一条通向对岸的简易公路。从河滩去五七路上买东西，比去县城还快。

赶回农场时，天已近正午了。从那口大铁锅里已蒸腾起了一团团的热气，大块深红色的鸵鸟肉在锅里滚动着，肉丝很粗，有些像马肉。

老吴正在院里打手机，声音很大像是怕对方听不到似的："你们在哪里？好，一直往前走，不要拐弯，出村后，过大堤，再穿过杨树林，见路往西拐，第二个大门就是！"收起手机，老吴对我们说，"王书记他们马上就到，咱们得加快速度啦！——你俩先把青菜拿到西院，让刘师傅赶快收拾！"因为激动，老吴的语速也加快了，像在布置一项顶重要的工作。

西院和这个院子仅一墙之隔，可走进去，里面却是另一番天地。

如果说刚才的院子只是大，那么这个院子何止是大！院子的北端，竟然矗立着一座像旅馆一样的房子。我非常惊讶，在这片河滩树林里竟然还藏着这么漂亮的建筑，看来这老吴还真了不得。院里种了许多花木，有丁香、月季、木槿，像一个姹紫嫣红的大花园。除了花草，还种着几畦野菜，几畦豆角和生菜，鲜嫩的菜叶让春日的太阳涂上了一层淡淡的嫩黄，呈现出油画中的那种暖色调。此外，还有假山、水池；有一群鸽子在水池边踱步，看到我和老赵，轰地飞走了，眨眼间落到了远处的一片草地上。

从南端那排平房里，传来几声狗吠，声音低沉而洪亮，仿佛震得整个院子都在颤抖。

随着狗叫，从平房里走出一个彪形大汉，老远就和老赵打招呼。这人粗眉宽脸，长一双鱼泡眼。他问老赵：“领导们到了没有？”声音极干脆，说的是普通话，不像是本地人。

“马上到，快弄菜吧！”老赵朝他抖了抖手里的塑料袋。看来，他就是刘师傅了。

我们跟着刘师傅朝那座华丽的房屋走去。这是一座宾馆，里面有十几间客房，客房的门都锁着，从窗口望进去，除了床，里面电视、卫生间和沙发一应俱全，还铺着猩红的地毯。我们一直走到最东头——这里是个大餐厅，摆着两张枣红色餐桌，木质坚硬，非常精美。餐厅的北端，是一间很大的厨房。

我很纳闷，问刘师傅：“这是什么地方呀？——莫非是旅馆！”

“怎么说呢？是，也不是——”刘师傅边洗菜，边给我介绍。原来，老吴在省城搞建筑时，结交了不少搞房地产的朋友。这些朋友无论是在生意上，还是在其他方面，都给过老吴不少关照。后来老吴回村当了支书，一个朋友承包了这片河滩地，盖了这一排房子，其实说它是休闲场所更为合适些。

“不对外营业，就是让朋友们来玩的！”刘师傅抬眼望我一眼，笑眯眯地向我解释，“说白了，也就是为朋友们建了个好玩的地方。”

他又告诉我，他从前也搞房地产，他不缺钱，来这儿就是给哥们儿帮忙，朋友们来了，给他们做做饭，收拾收拾房间。再就是玩——他喜欢养狗，养鸽子。市里不方便，他就来这儿养，总共养了几百只鸽子，二十条狼狗！从他那低沉的声音里，我听出了一种发自内心的喜悦。

我和老赵开始往餐桌上摆凉菜时，院里的狗又狠劲地叫起来。老赵拍一下秃脑门，对我说：“来啦，走，咱们去迎接！”

我俩走出去，老远，就看到大门外有人影在晃动。走近了，我一眼就认出，走在最前边、身材高挑的那个人，正是县委的王书记——这次换届他成了县人大主任。这张白皙的圆脸，细小的眼睛，我再熟悉不过了，因为经常在县里的电视新闻里见到。他手里拿着一把黑色纸扇，边走边扇动着。

他后面，跟着四五个人，经介绍，我知道那位女士是政协的梅主席。她穿一身素花连衣裙，体态丰盈得赛过香港影星肥肥，可远没有肥肥漂亮——一张粗糙的南瓜脸，鼻子扁平，头发烫得乱糟糟的。她先前担任县长，这次换届成了政协主席；她后面的那位是人大的张副主任，这是一个矮胖子，脸上的颜色很重，像马来人。还有一位长得白净富态，总是笑眯眯的，显得很亲切——他是县卫生局的马局长。其他几位就是秘书和司机了，他们簇拥着领导，走进了这座豪华的房子。

在餐厅坐下来，王书记依然呼啦啦地摇着扇子。其实屋里很凉爽，窗子全打开着，从外面林子里吹来夹带着各种植物香气的凉风。

老吴起身，说："王书记，咱打开空调吧？"

王书记哈哈地笑了，用力挥了挥扇子："不用，不用，你还不知道我这个习惯——到了夏天，不管天热不热，我是手不离扇！"

梅主席不失时机地开玩笑："看呀，王书记这样多潇洒！"梅主席说得不错，这把小小的纸扇就像舞台上的道具，为王书记增添了几分气派。真不愧是县里一把手，和其他人就是不一样——换届前如此，来到人大后，也依然如此！他还是从前的那个王书记，他不会因为职务的变化而轻贱自己。

然而，这些领导——用老吴的话说，就是县四大班子领导（其实也姑且算吧，因为还要算上他们原来的职务），当他们坐在餐桌前，谈论的更多的却是美食：在这个季节，茄子如何吃，冬瓜如何做，牛肉是多吃好，还是少吃好？忽然，梅主席两只胖胖的小手一拍，说："你们吃过大叶菜吗？——大叶菜猪肉馅饺子，再好吃不过！"她的声音又高又尖，而且说话时两手还比划着，即便是这几句话，也是打着极为夸张的手势，像是在台上讲话似的。其实她说的大叶菜，在马路边和大楼下随处可见。乡下人都用它来喂猪，喂兔子。

"不光包饺子，用开水焯一下，再拌上蒜泥，也是一道美味！"卫生局的马局长接过了话茬，依然笑眯眯的。他有一双英俊明亮的大眼睛。这几位领导里，他最没有架子。

显然，是美食——这无比轻松的话题，使餐厅的气氛热烈多了。刘师傅从厨房里端出一盘凉拌苦瓜，放到餐桌上，也加入了关于美食的谈话。他吐出一口烟，将目光望向大家，说："我教你们一个做红烧肉的好办法吧！"

"好哇，我最喜欢吃红烧肉啦！"梅主席又尖着嗓子嚷道。一条白珍珠项链，倒把她脖子上的皱褶衬得更清晰更扎眼了。

大家将目光投向了老刘，仿佛刚刚发现了他的存在。

刘师傅眉飞色舞地向大家介绍了他发明的烧制红烧肉的方法，非常简单：二斤五花猪肉，切好，放入高压锅里，再倒上一袋优质酱油——如果喜欢吃甜的，放上少许砂糖；待高压锅放汽后，蒸十五分钟即可！

“嘿，你就吃吧，那味道绝对好！咋个好吃法？就是你吃了一顿，还想吃第二顿，越吃越想吃，就像吸大烟一样——上瘾！”刘师傅边说边打手势。他的手大而粗糙，我很难想象，这样一双看上去如此粗笨的大手，竟然会有那么高超的手艺。

刘师傅的话让人们呆住了。就这么简单？大家问他。刘师傅又吐出一口烟，说，对，就这么简单！看到刘师傅如此自信，人们再也不去怀疑了。梅主席又兴奋地晃动着两只胖胖的小手，大叫起来：“哇，太好啦！今天回去就做一次！”又扭头问刘师傅，“莫非就不放葱、姜、蒜？”

刘师傅摆摆手：“什么作料也不放，不信你试试看！——保准让你吃一次，还想第二次！”因格外兴奋，他黑红的脸膛变成了鸡冠子样。能在县领导面前津津乐道于自己所创造的烧菜方法，而且又无拘无束，这又足以证明刘师傅是个性情中人。

今天各位领导都很放松，完全没有了平时在机关里和主席台上的那种庄重和威严。——他们本来就是来放松的呀。他们品尝着各种凉菜和热菜，纷纷赞叹：好吃，就是好吃！嘿，比高档酒楼里的还好吃！老吴一脸的谦逊，向领导们一个个地敬酒，说着感谢他们这几年对小吴村的大力扶持之类的话。

“本来，今天我有个会，早上马局长一个电话，我就给他娘的推了！”王书记笑哈哈地说，那把黑纸扇已放到了窗台上。马局长赶紧举起酒杯，向王书记敬酒：“谢谢王书记这么给我面子！先干为敬！”一仰脖子，吱一声，一杯酒下肚了。

王书记也端起酒杯，一抬手，喝干了。接下来，其他领导也赶忙给王书记敬酒。轮到梅主席时，大家就起哄：“不行，得和王书记喝个白酒！”起先梅主席不肯，但拗不过这么多张嘴，只喝了一杯，就痛苦得咧开嘴，赶紧喝了口饮料。看来王书记还算满意，眯起眼睛笑。我突然想起那个有关他俩的笑话。那时，梅主席还是梅县长，一天，她和王书记谈一项工作。虽说两人在心里谁也瞧不起谁，但在明面上都表现得很君子。王书记说，梅县长，你在上边，我在下边，你先干吧！梅县长说，哎呀呀，书记客气什么，你在上边，我在下边，还是你先干吧！

想着这个笑话，我就想笑，但又忍住了。

其实，那时的梅县长看不惯王书记的霸气，而王书记打心里也看不起她——自己一个堂堂男子汉，怎么能和一个女人平起平坐呢？因此，在工作上两人就互相推诿、扯皮——梅县长批复的事情，他有意压下来，同样，王书记的批复，梅县长也拖着不办。许多该办的事情，就这样拖了下来。

这次换届，两人都从重要位置退下来，再也不用去争那个尖儿了，两人的心态也就发生了改变。也许是为了大家一团和气，这次王书记就主动邀请梅主席一起来这里品尝野味。而梅主席呢，既然王书记这样看重自己，她就欣然答应了。总之，通过这次吃野味，两人从前的罅隙消释了，至少表面上如此。

老吴插不上话，脸上却始终挂着笑。——这是一种发自内心的喜悦。想想吧，一个农村支部书记，竟然这么有面子，一句话，就将这么多县领导请来了。而他们来这里不为什么公事，纯粹就是来玩的。这不是把他老吴看作了朋友是什么？是的，老吴就有这个能耐，在城里搞建筑，干得红红火火，是远近闻名的大能人。回村当支书，短短几年，就将一个破破烂烂的小吴村整治得井然有序，成了全县新农村的典型。

瞅个机会，老吴端起酒杯，去向王书记敬酒。

王书记哈哈地笑着，朝他摆摆手："你还是先敬马局长吧，要不是他打电话，我也不会来！"

马局长端起酒杯，对老吴说："好吧，咱们共同敬王书记一杯！王书记可是很忙呀，感谢他给咱们面子！"

大家就说："好！这个主意好！"于是，两只酒杯就一同敬向了王书记。

王书记那双细小的眼睛，此刻差不多要笑没了，脸上也泛出一层酡红。他喝干了，将酒杯放下，对大家说："我喝不少啦！你们喝！你们喝！"就拿起筷子夹菜。一块鸽子肉被他送进嘴里，鼓着腮帮子慢慢地咀嚼。

老吴又给其他人敬酒，向他们表示感谢。大家说，不用谢，王书记都来了，我们能不来吗？于是，餐厅里就响起一阵笑声。王书记用餐巾纸擦擦嘴，又斜睨着眼睛，扫大家一眼，目光深沉而威严。

“王书记，我向你汇报一下工作吧——”老吴端起酒杯，迎向王书记。

老吴的话立刻被马局长打断了，他朝老吴摆摆手：“老吴你烦不烦？今天不谈工作，就是让王书记来休息的！——王书记刚来人大，让他先轻松一下吧！”老吴有些讪讪地笑了笑，恰好，刘师傅端来了最后那道大菜——冒着热气的鸵鸟肉。鸵鸟肉被装在一只大瓷盆里，上面撒一层香菜。深红色的肉，配着嫩绿的香菜，先不去品尝，光是看，就是一种绝妙的享受！

这道菜为老吴解了围，他将筷子伸向鸵鸟肉，却不去搛，目光盯着领导们，说，快尝尝，快尝尝！于是，一双双的筷子，就伸向了那里。

这是我第一次吃鸵鸟肉。我只吃了两块，就再懒得去动它了。说实话，这种看上去很像马肉的肉，无论味道还是口感都和马肉差了一大截，像嚼木头渣子。其他人吃了两块，也很少再朝它下筷子。可嘴上却不停地说着，好吃，好吃！王书记又悠闲地摇起了扇子。

酒足饭饱了，又聊了会儿天，领导们就告辞往外走。

走到院子中央时，王书记停下来，环视了一下四周，咂咂嘴，说：“这真是一个好地方呀，等我退休了，就在这儿盖几间房子！——”又摇动了几下扇子。是的，这里真是一个好地方，围墙外面就是茂密的杨树林。有小鸟在树梢上高声吟唱，一阵微风吹来，带来了春天的杨树林里那种清新醉人的气息，里面还夹杂着野花淡淡的香气。

马局长说：“我们也在这盖房子，来和王书记做伴呀！”

对！对！其他人也赶紧附和。尤其是人大的张副主任，他声音最高。他今天喝得不少，那张黑脸，透出浓重的枣红色。

而梅主席呢，自然也不肯落后，她用那尖尖的嗓子，大叫道：“咦，我不光要盖房子，还得挨着王书记住！”

本来，这是梅主席给了人们开她和王书记玩笑的一个机会——也许是无意的，也许是有意为之。然而，这个机会人们竟然放弃了。是因为离开了酒桌，再开这样的玩笑没多大意思了吧。看上去他俩变得和气了，可这是不是一种表面现象呢。因此，和他俩开玩笑必须慎重。

送走了客人，往回走，老吴像是自言自语，又像是对我说："这马局长还真够意思！让他请县领导，还真给请来啦！"此时的老吴，许是喝多了酒，那张方脸红彤彤的。就连眼睛也微微泛红了。

望着一脸满足的老吴，我想，这老吴也真的很够意思。——这些领导曾经给予过小吴村的帮助，都被老吴记在心里，于是，就有了今天的这种报答。而领导们走出办公楼，来到这个世外桃源般的好地方，吃鸵鸟肉，品尝野味，身心顿时得到了放松。王书记和梅主席呢，两人也变得一团和气，像原本就是一对儿好搭档，好朋友。

我问老吴："今天吃的鸵鸟肉，从哪里弄的呀？"

老吴往东指了指，说："那边养着哩！"老吴告诉我，那个鸵鸟养殖场也是承包小吴村的河滩地，今天就为了招待领导，他让人家宰了一只。一只鸵鸟通常要卖两万多元。"鸵鸟肉倒不怎么值钱，值钱的是它的毛皮。今天吃的是鸵鸟的大腿。"他说。

我走进那个院子，终于看到了这种高大的动物。它们显得安详、温顺，望着一个地方，半天不动一下。养鸟人一脸胡须，高高的个子，听口音像东北人。我问他生意怎样，他说，马马虎虎吧。然后就去给鸵鸟喂食，不再和我说话。他像个喜欢沉默的人。

从小吴村回来，我查阅了现代汉语词典，关于鸵鸟的词条是这样的：鸵鸟，现代鸟类中最大的鸟，高达三米，颈长，头小，嘴扁平，翼短小，不能飞，腿长，脚有力，善走。雌鸟褐色，雄鸟的翼和尾有白色的羽毛。生长在非洲草原和沙漠地带。

（原载《当代小说》2008年第3期）

去 杭 州

大菊从杭州回来，已临近中秋，田里的秋庄稼就要收割了。

吃过晚饭，几个邻居来到她家。她们坐在大菊家宽敞的院子里，用既羡慕又新奇的目光，望着大菊。

“哎呀呀，大菊嫂，你看你多有福气呀！”住在大菊家前院的大改，摇着一把阔大的蒲扇，对大菊说。——其实，天已不太热了，尤其是晚上，已有徐徐的凉风从村子外面吹过来，带着玉米和谷子成熟时那种淡淡的香气。白白胖胖的大改，还是喜欢拿把大蒲扇，说话时，不时地摇几下，说是驱赶蚊子。

显然，大改说出了大家的心里话——大菊还真是有福气！你说，村里人谁不想去杭州逛逛？人们从小就知道那句话：上有天堂，下有苏杭！因此，去一趟杭州可是人们的一个梦想呵。可早年大家都在生产队上工，就连几十里外的县城也很少去光顾。何况，杭州又远在几千里之外的南方！他们哪来这样的机会？当一种愿望总是无法实现而只停留于愿望的层面时，随着年龄的增长和世事的改变，再美好的愿望也会渐渐变得模糊起来。如今大菊竟然将这个愿望实现了。

既然去了一趟杭州，自然就要说到西湖。就像说到北京，就离不开天安门和长城一样。

“你们猜猜，我家小茹住在哪呀？——就住在西湖边上！”不等人们回答，大菊就笑呵呵地说。那两条细细的眉毛，时而朝一起集拢，时而又向两端分开。一张扁平的脸，顿时变得生动起来。月亮已经升起来，像一枚硕大的杏子，深黄中透出淡淡的红色，静静地挂在树梢上。

大改往前探探身子，问大菊：“这么说，你也住西湖边上啦？”说着，又用力摇动了几下扇子。扇起的风，将她额前的一绺头发吹起来，在月光下轻轻地飘拂。

大改的话刚落音，大菊猛地将两手一拍，说："可不呗，就住在西湖边上，从楼上都能看到湖上的小船！"停了片刻，又说，"西湖边上的房子那可是天价呀！买这处房子，小茹婆家花了一百万！"

"哎呀，我的天爷，这么贵！"前街的大香婶率先发出一声惊叹。这个女人，不但个子高大，而且手大，脚大，性格又非常直爽，是个热心肠。因正对着月亮，她那张瘦削的脸，让月光涂一层银色。

大菊两手抚着膝盖，咯咯地大笑着，说："可不呗，你不想想那是什么地方呀——那可是西湖边上！"她的笑声非常响亮，透出一种无法掩饰的得意和自豪。

她这样一说，人们像是想通了。是呀，那是西湖呀，可不是一般的地方，那地方金贵着呢。接下来，她们又想，舍得花这么多钱买一套房子，可见小茹婆家是多么有钱了。听说她公公是工商局局长，能没有钱？啧啧，小茹这孩子真有福气，这不是跳进蜜罐里了？

人们这艳羡的目光，让大菊越发的兴奋了。她不时地打着手势，又对大家讲起小茹家的房子："你们知道那套房子光装修花了多少钱？"大菊目光灼灼地望着大家，不等人们回答，伸出巴掌晃了晃，"五万块，五万块呀！你想，这五万块铺在屋里，还不成了金窝窝！"因为激动，她的声音极高，嗓子里竟然发出了一种类似棉布被撕裂的那种难听的声响。

望着滔滔不绝的大菊，大改突然从心里生出一种反感。本来，大菊去了杭州，她眼气得要命，这会儿，心里就更感到不平衡了：这种好事，怎么偏偏就落在了她头上？

在大改看来，像去杭州这样的好事，无论落在谁头上，也不该落在大菊头上的。在村子里，她算老几？她哪来这个资格？如今的乡下人，除了会侍弄田地，还得有点别的本事。譬如说吧，有的人靠着一身的蛮力，跟着建筑队去城里盖大楼；有的去河滩地里给承包河滩的人家做工；也有靠手艺赚钱的，会木工的，就去村里开家具厂的人家做工。会开车的，就给搞运输的人家当司机。总之，一年下来也发不了大财，可只要不吝惜力气，过上小康日子是不成问题的。

而大菊的男人清河，就没有什么手艺。他平时只是去河滩里给人打工。春天，给种西瓜的人家整地，下种子；夏天，拔瓜地里的杂草，帮着摘西瓜，运西瓜；到了秋天，又帮着种花生种棉花的人家收花生，摘棉花，一天也能挣个三四十块。而大菊呢，就在村里的家具厂做小工，往家具上涮油漆呀，刮腻子呀，活儿又脏又累，挣钱却不多。两口子就是靠着一双手，供着女儿小茹读完了大学。可大改却瞧不起这样的人家，她认为，这是最笨的人的活法，不能让人佩服！

相反，她男人秋玉，却是个灵巧人！前几年，他组建了一个建筑队去城里干建筑。因脑瓜子好使，没几年就发了。如今，他的建筑队已从当初的十几个人，扩展到了几十人。鸟枪换大炮，他也一跃成为了村里最有实力和影响的人物。夫贵妻荣，平时，大改就不大把人放在眼里，自认为在村里高人一等。你说，她今晚怎么能容忍大菊在她面前如此的卖弄呢！

这时，她完全忘记了自己今晚的身份，便冷笑道："花五万块算嘛哩？那也算个钱？"也许是为了发泄她不满的情绪，又用力摇了几下扇子。不管是谁，只要惹她不高兴了，不管三七二十一，马上就给你弄难看，才不管你面子不面子。

大改的话，让大菊愣住了。她瞅了大改一眼，心想：这个霸道娘们，就看不得别人有一点好！此时，她的眼前又浮现出了那一大堆的雪，那雪刺痛了她的眼睛。

那年冬天，下了一场大雪。大改把自家屋顶上的雪都推到了大菊家院里。明摆着，这是故意欺负人。大菊和清河把大改扫到自家院里的雪用小车拉了出去，并没有去和她理论。只是，两人一边往外倒雪，不免抱怨几句。就是这样，大改也不高兴了，自此见到大菊，连眼皮也懒得抬一下，更别说打招呼了。那张像用水泡涨了的白面馍一样的胖脸，阴沉得似要滴出水来，倒像是人家做了什么对不住她的事儿似的。

当然，这是从前。后来，大改就突然对大菊家改变态度了。

说起来，还是大菊的女儿小茹为家里争了气。几年前，小茹考上了浙江的一所重点大学。她学的是美术系，毕业后被杭州一家装潢设计公司正式聘用了，而且收入不菲。如今谁家的孩子考上大学了，人们已不再像从前那样羡慕了，家里人呢，也不再引以为豪，因为紧随其后的便是要花费几万块钱来供这个孩子完成学业。而毕业后，也不见得能找到好工作。这几年，村里在外面上过大学的，大多靠给人打工混日子。几年下来，竟然还不如在家里做生意的人日子过得好。过年过节回来，一个个都有点灰溜溜的。

然而，小茹毕业后不但在杭州找到了工作，还找了一个公务员的女婿。自此，大改看大菊的眼神就改变了，不但主动和大菊搭话，对她也肯露出笑脸了。当听说大菊从杭州回来了，也主动赶过来。

“我呀，连那个雷峰塔也见到了——就是法海压白娘子的那个塔呀——”

那天，小茹的爱人小张带大菊游了西湖，在白娘子和许仙相遇的断桥上，小张指着远处山峰上的一个塔影，用那种南方人有些蹩脚的普通话，告诉她那儿就是雷峰塔！顺着小张的手指，她看到了那个隐在层峦叠嶂里的一个塔影。

“你们还记得白娘子和许仙相遇的那个断桥吧？那个断桥就在西湖上——”她把眼睛扫向了大改。

说到断桥，偏偏大改就想到了自己多年的那个困惑——白娘子和许仙相遇的那个断桥，一定是从中间断开的吧。她禁不住问大菊：“那个断桥，如今还是断开的吗？”

大菊一愣，随即捂着嘴笑了，之后干脆就将手移开，放声地大笑起来：“你看看你，这断桥怎么能是断的呢？——你可真有意思呀！”

大改的脸刷地红了，明白自己做了一件多么蠢的事情。为了掩饰自己的窘态，赶忙将脸移开，看天上的月亮。月亮又升高了一些，越发的白了。

她也曾经这样嘲笑过大菊的。那是她家秋玉刚发迹时，有一天她和大菊在胡同口碰面。大菊问她：“听说你家安空调了，我就不明白，那空调怎么就能吹冷气呢，莫非里面放着冰块？”当时她就是用这样的笑声来嘲讽大菊的孤陋寡闻的。

此时，看到无比狼狈的大改，大菊心里非常受用。继而又想：你再有钱，女儿也不见得考上重点大学！你男人还不是让你“守活寡”？

是的，秋玉进城干建筑发迹后，马上就聘了一个女秘书。那是个刚毕业的大学生，不但人长得漂亮，而且还是个公关高手。村里人都知道，自从有了这女秘书，秋玉就很少在家里过夜了，据说，她都为秋玉打过两次胎了。而且，无论秋玉去哪儿也要带上她。那一次，秋玉去杭州，就让那女秘书陪同。他们从杭州回来后，大改就去公司找那个女秘书。然而，一见到人家，她就感到自己矮了一大截。那女孩子长得跟水葱一样水灵，通体都散发着一种青春和活力。而且，又乖巧又伶俐，见了她，一口一个大姐地叫，就像亲姐姐。她事先想好的一肚子难听话，都卡在了喉咙里，心想，完了，自己让这个媚狐子给打败了。她不但感到自卑，更生出一种危机感。这个聪明的女人，从此对秋玉就睁一只眼闭一只眼，不敢和他闹僵。因此，此刻在大菊面前，她第一次感到了自卑。后悔自己今晚不该来大菊家。这不是自讨没趣吗？

其实，她今晚也是来向大菊讨经验的。她家香玲明年就要升高中了。香玲的文化课不是太理想，她也琢磨着让她像小茹那样，上个美术学校，将来考个重点大学。她今晚来，就是想问问大菊这方面的情况。如今，她将希望都放在女儿身上——闺女是最疼母亲的。此时，香玲成了她这一生的最后一根稻草，她必须要将她抓牢！

可她突然改变了主意——不在大菊这里取经了。自己怎能向她讨经验呢？

然而，大菊像是故意要抓住大改不放似的，说："哎呀，你这辈子不去趟杭州那才叫怨呀！咱们村里的女人们，其实最你有条件！对了，让你家秋玉带你去一趟呗！"说完，就笑盈盈地盯着大改。在大改看来，她的笑竟有些幸灾乐祸的意思。

大菊这是哪壶不开专提哪一壶！大改的脸上又烧起来。

明珍妈注意到了大改的尴尬，赶忙转移话题，问大菊："小茹和孩子怎么样呀？"

大菊依然笑着，说："那个大胖小子呀，长得倒像我家小兵，你说，外孙像舅舅，这话可没说差！"因为笑得太厉害了，耳朵上的两只耳环也跟着乱晃——这是女儿在杭州给她买的。又说："不过嘛，孩子的白，可不像我家小兵，像他爸爸小张！"对于她的女婿小张，她是十二分的满意。小张不但长得文静，秀气，皮肤白皙，而且也很懂事。

就在大菊又兴致勃勃地向人们讲西湖的美景时，那个又高又尖的声音突然在她耳边响起来："哎呀呀，我的大妹子，你真是有意思呀。这断桥可不是坏的，它本来就是一个完整的桥呵！"

这个声音把她吓了一跳。她四下里看看，这里并没有那个娇小的身影，更没有那双针尖一样锐利而刻薄的眼睛，这显然是自己的幻觉。可那个声音却真切地出现过。那天当小张带她逛完西湖回来，她就把心里的那个疑惑对小茹的婆婆说了。她说，我看了半天，也没看出那断桥是断的呀？小茹的婆婆像吃呛了饭似的，咯咯地大笑起来——她的笑声也是又高又尖。然后，那一对儿藏在眼镜片后面的眼睛紧紧地盯住她，那目光，像是要刺进她的肉里，说："你真有意思呀大妹子，你以为这断桥就真是断的吗？"

那时候，大菊的脸也腾地红了。

小茹的婆婆拍了拍她的肩膀，以一种见多识广的神态，向她讲述了断桥之所以叫断桥的来历。原来，冬天下雪，断桥上的雪总是先从中间开始融化，这样远远望去，这桥就像从中间断了似的。这断桥的雪景，还是西湖的一大景观呢！

想到这个，大菊突然默然了。月亮已升至中天，像是一片明亮的瓦片。

大改回到家时，女儿香玲还没上床睡觉，正蜷缩在沙发上看电视。今天是星期六，她是昨天从学校回来的。

见香玲看电视，大改又来了气："哎呀呀，我的小祖宗，都什么时候了，还有这个闲心！你看看人家小茹——这不，她妈刚从杭州回来！你说，你要能像小茹那样有出息，妈脸上多有光呀，也去杭州逛逛！"

香玲知道母亲还为那件事耿耿于怀，然而，在她看来，父亲去杭州是为了业务，带那个女秘书不正合适吗？母亲去能帮父亲什么忙？其实她对那个女秘书印象并不坏，人家比她也大不了几岁，可眼界却比她宽多了，而且接人待物大方得体，又很善解人意。她甚至觉得父亲和她在一起，倒是很般配。

这样想着，香玲就白了母亲一眼，说："小茹爱人不就是个公务员呗，有什么了不起！一个月就挣那点死工资！——妈，我要找对象，一定得找个大老板，一年挣的钱一辈子花不完！就像我爸那样！"

香玲不知道，她最后那句话就像一把刀子刺进了母亲的心里。这个胖胖的女人脸顿时气青了。她狠劲地梗着脖子，命令小茹："我就是让你考到杭州去，毕业后也留在那里！离你爸越远越好！"

此时的杭州，在大改的眼里，已成了一个符号，更是一种希望……

（原载《安徽文学》2008年第6期）

苹果的滋味

初秋的正午，天气非常闷热。此时大人们都在睡午觉，太阳白花花地照着，村子里极安静。我从压水井里汲一脸盆水，“嚓——”再从作业本上撕下一张纸，叠成一只小轮船，将它放在水里玩。清亮亮的水里映着一朵白白的云彩，一眨眼，又让小船划出的水波给搅碎了。阳光像碎银一样，在水面上闪闪地跳。

“吱呀”一声，我家的木门被推开了，露出一张圆脸，一双鬼精的眼睛一眨一眨地盯着我，随即，咧开嘴笑了，是小春。

小春笑眯眯地走进来，他穿一件白衬衣和海蓝色的短裤，白衬衣是的确凉布，而短裤却是用家里的粗布缝制的；脚上呢，是那种黑色的很笨气的塑料凉鞋。那个年代里，一到夏天，我们小孩子就都是这身行头。

今天是星期天，小春说，他在家里没事干，就来他姑妈家玩，其实主要是来找我玩的。小春的姑妈家和我家是邻居，每次来姑妈家，他都要找我玩，日子久了，我们就成了无话不谈的好朋友。小春喜欢给我讲他们村里发生的稀罕事，像是进行交换，我也把我们村的稀罕事说给他听。小春说起话来总是口若悬河，不大会儿，嘴角上就会浸出一层白沫。据说，讲话嘴角流白沫的人嘴皮子厉害，看来还真是不假。不过小春说话很风趣，虽说有时他会添油加醋，甚至有些不着边际，但也不让人感到厌烦。

小春用手拨弄着那只小船，玩了一会儿，厌烦了，就对我说：“这有吗意思呀，走，咱们出去耍吧！”我非常赞同这个提议。此时，一丝风也没有，挂在我们头顶上的大太阳，仿佛把一切都给凝固住了。空气里含着椿树散发出的那种有些苦涩的香味——我们这里，一到夏天，空气中总是飘着这种气味。这种气味会让我们小孩子莫名其妙地兴奋起来，尤其是，此刻大人们都午睡了，没人管我们了，我们怎肯只待在院里呢？

见我没有反对，小春朝我眨了眨眼睛，悄声地说："咱们去果园里摘苹果吧！"说完，他还咂了几下嘴，像是已经吃到那又香又甜的苹果了。

我禁不住笑了一下，心想这小春真会说话呀，明明是偷，却说成了摘，一字之差性质却完全不同。说起来非常的荒唐，那个年代我们是很少能吃到苹果的。我们大队的果园里每年都获得大丰收，但那一筐筐像玛瑙般的苹果都让汽车拉走了，卖给了国家。村里人只能过过眼瘾罢了，很少有那个口福，因此能吃到一个苹果还真是一件非常奢侈的事情。小春家住西河村，西河村就在我们村西边，过了我们大队果园走不多远就是，他每次来他姑妈家都要从果园边上路过。——这小子，也许对果园里的苹果早就垂涎欲滴了，才想出了这个主意。

"好吧！"我将那只纸船捞起，扔到了地上，做出很兴奋的样子，我也无法拒绝苹果的诱惑。我突然嗅到了果园里的气息，里面有苹果树那种特有的气味，还有野花淡淡的香气。当然，更有苹果的香气。我的眼前也浮现出了苹果成熟时散发出的那种红色的迷离的光晕，此时它像一抹霞光一样布满了我的视野。

于是，我俩很快就走出村来。村外比村子里更安静，只有知了躲在田头的大杨树上吱吱地叫着；玉米已经吐出了非常好看的红缨儿，谷穗也垂下来了，此刻都顽强地接受着太阳的炙烤。从这些庄稼丛里，蒸腾出来一股闷热的气息。突然。我又嗅到了果园里那种诱人的气味，此时它像一条清凉的小溪一样让我感到无比舒坦。

果园距离我们村子有一里多路，我们不敢直接走近它，先是来到了一座废弃的砖窑里。那时候许多老电影又都复映了，我们小孩子尤其喜欢看那些战争片和反特片——特别是反特片，那扣人心弦的情节让我们无比着迷。而模仿电影上一些生动有趣的情节，更是那个年代我们小孩子最爱做的一种游戏。此时我和小春，自然不肯放过这样一个好机会。我们来到窑顶上，手搭凉棚，向果园里张望——我们是在模仿电影上侦察兵的样子，觉得无比的神气。此时的苹果园是一片浓重的绿色，像飘着一大团一大团的云翳。也许因为距离太远了，抑或是果园边上的灌木太密了吧，我们没有发现人影。只有几只灰白色的小鸟，在上面悠闲地飞过，像是喜鹊，又像是鸽子。果园里的那种气息又像潮水一样涌进我的鼻孔。

我扭头对小春说："啊，果园里的气味真好闻！"此时小春脸上浸出了一层细密的汗珠，像清晨草叶上的露珠，闪着太阳的光亮。

小春将左手从额头上放下来，使劲地抽了抽扁塌塌的鼻子，说："没有呀，我只闻到玉米地的气味了。对了，还有村南水稻的气味。"小春闻不到果园的气味，这让我感到很失望，那么浓烈的气味，怎么他就闻不到呢?

越是看不到人影，我们心里越是不安。说不定，护园人就藏在那密密实实的槐树丛里呢！这果园没有围墙，只是在边沿处栽了一米多宽的槐树棵子，如今，这些槐树棵子已成为了天然的篱笆，将果园严严实实地围拢了起来，人已经很难钻进去了。

从砖窑上下来，我们猫着腰，顺着田间小路朝果园悄悄地靠近。我听到脚上的凉鞋和小草碰触时发出的那种轻微的声响，嚓——嚓——嚓，像是急促的音乐，又像是冬天的风吹过树梢的声音。我的鼻孔里依然布满了果园里的气息。

我们村子是个大村，有四五千人。果园也非常大。其实，早年间这里还是一片荒岗子，旁边有一条大沟，叫"狼沟"。据老人们讲，民国时期有人还在这里见过狼和豹子。由此可见，这里是一个多么荒凉而又偏僻的地方。小春的姑妈，我们都叫她成奶奶，就讲过这样一件事情：她小的时候，村里的一个人就在这里打死过一只豹子。那只豹子足有七八十斤重，那人将它宰了，煮熟，唤来全村人品尝。小春的姑妈也吃到了一块，她说豹子肉非常香。比猪肉还香，好吃！那天，全村人就像过年过节吃团圆饭一样高兴！每当她讲到这里时，人们都会向她投去艳羡的目光。因而她就时常向人们讲述这件事，语气里自然也就多了几分兴奋和自豪。人们呢，自然也非常乐意听，每一次听仿佛都在渴望和重温一种东西。大约在20世纪60年代初，这个荒岗子栽上了果树，成了大队的苹果园，春天鸟语花香，秋天硕果累累，一个很有诗意又装满了全村人欲望的地方。

非常的幸运，在果园的一个角落里我们发现了一个"洞"——其实说它是个缝隙更为合适。也就是，将几根小槐树的枝条向两边拢去，透出一点空隙，显然这是偷苹果的人弄出来的。

此时，这偌大的苹果园仿佛也沉睡了，只有小鸟在我们身边的大槐树上喳喳地叫着。在果园深处，还有一只鹁鸪在一声长一声短地啼鸣。极少的阳光漏过树叶，像闪光的铜钱一样在地上幽幽地跳。这种幽静，好像在为我们鼓劲——快进去吧，这个好机会千万不可错过。

可面对篱笆，我和小春又犹豫起来。因为一钻进去，我们无疑就成了小偷。小偷，这是一个多么让人唾弃的字眼儿！可以说这篱笆就是一道分界线——这边是清清白白的好人，一旦进入那边，就成了小偷，成了让人憎恨的坏人！尽管那时人们对偷集体的东西已习以为常，没人去笑话！甚至可以说，每一个人都偷过队上的东西：收工时趁队长不注意往口袋里塞几把花生，往草筐里掖几块红薯；路过队上的菜园子，见护园人不在，便弯腰摘一只紫皮大茄子，再拔一根大葱，边走边吃，茄子就大葱的味道极美！那时候在人们的眼里，只有偷个人的东西才算偷！这个人也就成了小偷，就被村里人所唾弃，从此再也抬不起头来了，大人和小孩子都会提防他——一个人如果活到这种地步，也真是无意思透了。偷集体的东西不算偷，只有偷了个人的东西才是贼人——这就是那个年代乡下人的道德观。

此时，我瞥见小春的脸变得通红，像罩上一块红绸布，上面那密密麻麻的汗珠就像雨后菜叶上的小水滴，单薄的身子竟然还有些哆嗦——看来他是多么紧张！事实上，此刻我的狼狈程度一点也不亚于他。毕竟这是我们第一次来大队果园里偷苹果——我们多么不愿把这种行为称之为“偷”呀！但要是让护园人逮住了，那可不是闹着玩的——这比掰几只棒子要严重得多。怎么个严重法？先是通知队上去领人，然后再让队上扣几个工分。那个年代人们都靠工分生活，对一个农户来说几个工分就是个不小的损失。除此之外还要挨训——先是被护园人狠狠地训一顿，回家后自然也逃不过家长的处罚——那几个工分可是大人们一个汗珠子摔八瓣，面朝黄土背朝天地在田里劳作挣来的呀！

此刻我真的想打退堂鼓了。我是个性格内向又极为腼腆的人，我害怕护园人那张凶巴巴的脸，害怕父亲那像铁扇般的大巴掌，更害怕我们班主任眼镜片后面那双无比锐利的眼睛，还有同学们带有讥讽和鄙视的目光。

我发现小春也有打退堂鼓的意思了——那张圆脸早已由血红色变成了紫红——想象得出，此时他的心跳得有多厉害！可我们俩人又都不愿意把这个意思说出来，害怕打退堂鼓让对方耻笑。在砖窑上模仿电影里侦察兵的样子时是多么豪迈，多么神气呀，无论是外形还是心态简直都跟真的一样。刚才还是雄赳赳气昂昂的，此时怎么能变成稀泥软蛋呢？打退堂鼓，这可不是我军侦察兵的作风！——此时在我们身上其实还有一种英雄主义的豪情，它就像鼓满风的船帆一样，推着我们朝前走。

这天，我们非常顺利地摘到了苹果。可以说，整个过程有惊无险，和我们想象的一样，好玩而又刺激。

从果园里出来，我听到的是我们杂乱的脚步声和咀嚼苹果的响声。我们脚上的凉鞋和路边的小草摩擦时，发出的声音也不那么急促了，嚓——嚓——嚓，甚至有了几分悠闲，像是很舒缓的小夜曲。突然，果园里那种清新好闻的气味又钻进了我的鼻孔。我忍不住对小春说："我又闻到苹果园的气味了，真好闻！"

小春扭过头来望着我，那双黑亮的眼睛里充满了不解和疑惑："果园里有嘛气味呀，我怎么闻不到？"因为嘴里塞满了苹果，他说话时口齿就不大清晰，听上去就像患了重感冒一样。

"这苹果真甜呀！"他不屑地瞥我一眼，像是故意和我作对似的，又说，"我闻不到果园里有嘛气味——这苹果真好吃，香！"咔嚓，他又咬了一口苹果，下口非常狠——其实，此时的苹果刚红了脸，离真正的成熟还有一截距离呢。

此时我看到，小春的两个嘴角上又浸出了一种东西，不过不是那种让人讨厌的白沫，而是苹果淡绿色的汁液。我忽然明白了，此时，我和小春的思想正朝着两个不同的方向发展。我关注的不仅是手里的苹果，还有苹果园里的各种植物所散发出来的气息。那气息清新淡雅，让我深深地陶醉。而在小春的意识里，却只有这苹果——的确，苹果的滋味很美。

有一只鹁鸪在远处的大杨树上懒洋洋地鸣叫。太阳依然高高地悬挂在天上，没有一丝的风。

再次见到小春，已是十多年后了。那是个星期天，我从城里回来和妻子在玉米地里锄草。我家的玉米地紧临着通向西河村的那条大路，刚收过小麦，太阳正毒，这条土路被太阳晒成了白色，像一条亮闪闪的巨龙，穿过满是金黄色麦茬的田野，朝西边延伸过去。

一阵马达的响声，由远及近地传来。我直起腰，循着声音眺望。一辆红色的摩托车像一团火苗般从东边驶来，走近了，正是小春。我们都感到非常意外，小春忙停住了，从摩托车上下来，脸上现出几分惊喜的样子。就这样，在地头的树阴下，我们面对面地站着。小春穿一件白衬衫，系一条红领带，皮鞋擦得锃亮。那张圆脸变宽了，朝两边狠狠地扯着，比从前也黑了一些，眼角上有了几丝细密的皱纹——岁月无情，毕竟是过三十岁的人了啊！

高中毕业后，我先是当兵，后来又去城里谋出路，和小春就再也没有见过面。但有关他的消息，我还是听到了一些：和村子里的许多年轻人一样，没有考上大学的小春，梦想着一夜暴富，出人头地，成为让村里人艳羡和敬佩的人物。后来，他就将梦想付诸行动了：四处筹钱，办了个木器加工厂——我们村里后来那些牛皮哄哄身价百万的老板们，大多就是这样富起来的，然而问题是，那些人，就是如今左右着村里各种时尚的腰缠万贯的款爷，从一开始就是朝着那个既定的目标走来。而小春却恰好相反。这是什么原因呢？是小春不善经营吗？有这个原因，但不是最主要的。原来在他开张后不久，就让人给骗了。那是个外地的客户，买了他的货，却再也找不到人了。这次受骗使小春元气大伤，生意滑向了死胡同——因他刚开张不久，还没有什么资金积累。此后他的资金就周转不开了，他又是个极爱虚荣的人，不愿意将厂子停办。由于没有钱，买不起先进设备，更雇不起好木匠，因此他生产的家具在市场上就没有竞争力，极大地影响了销路。家具卖不出去，资金就越发的匮乏。他实际上是走上了一条恶性循环之路，只好拆东墙补西墙，靠借钱来维持。维持什么？除了维持生意，还维持他那点可怜的面子，也就是尊严。久而久之，再没人肯借他钱了。他只好打着各种幌子，向亲朋好友借——明知道借去的钱很难再还，这其实就有些骗的性质了。

在我们这里有这样一句俗话：虱子多了不咬人。小春就是如此，他用骗来的钱在城里吃喝嫖赌，像村子里那些财大气粗的老板一样，尽情地享乐。起先他女人还一心一意地和他过日子，期盼着厂子能起死回生。但看到他破罐子破摔，一气之下离他而去了。

我们先是寒暄了几句，说了些时间过得真快之类的话，之后，我就问他，你现在干什么活儿呢？

小春眨动了几下眼睛——他的眼神比从前活泛多了，说：“还开着那个木器厂！”说话间，脸上竟然露出几分自豪，掏出一盒“石林”烟，递给我一支——这是那时候最上档次的香烟。

我从头上摘下草帽，扇着风，说：“好哇，几年不见，你当大老板啦！”虽说小春的名声已经坏了，但当我真的面对他时，在内心深处还是生出对他的同情——不管别人如何评价他，我却固执地认为，小春走到这一步也是无可奈何的。因为我总觉得是有一种看不见摸不着的东西，在推着他一步一步地走到了今天这种境地！而这种东西在我们的生活中又无处不在，只是世人对它总是不去理会。尽管如此，对于小春，我的语气里还是有几分鄙夷。我看不惯他那种外强中干的神态——厂子都成那样了，你还牛气个什么？

此刻，我的鼻孔里布满了麦茬被太阳暴晒后发出的那种气味——那是一种干燥植物的气息。我突然又嗅到了苹果园里的那种气味，里面有苹果花的香气，有野草的气味，非常的好闻。我禁不住抽动了几下鼻子。

对我语气里含有的隐隐的嘲讽，小春一点也不在意，依然是一脸的得意，还赶忙给我纠正：“不是老板，是经理！”说完，仰起下巴，吐出了一个大大的烟圈。蓝莹莹的烟圈很快被风吹散了。下午的太阳，依然明晃晃地照着，从天边飘过来一块云彩，让太阳映得雪白，像是一块硕大的棉絮。天空更显得辽阔，而且蓝中泛白，像一张让水浸湿的纸。

小春干脆在地头蹲下来，又递给我一支烟。抽着烟，他又向我讲起了他的生意。他说，他的厂子眼下是遇到了一些困难，但他相信不久他就会闯过这一关的。“哈，我刚和县农行的行长联系上了，他答应下个月就给我办一笔贷款！”他又得意地眨了眨眼睛，说，“我的一个同学和那个行长关系非常铁，这不，我刚请人家吃了一顿饭——你知道这顿饭花了多少钱？”

见我摇头，他就得意地冲我晃了晃手指，那是个八字。八百块！我不相信吃一顿饭会花掉这么多钱。那时候，八百块可不是个小数。谁知他对我冷笑一声，不屑地撇了撇嘴：“你还在外面混哩，这么老土！是在‘亚细亚’吃的。”“亚细亚”是我们县档次最高的饭店。

看得出来能请行长吃一顿饭，而且还花这么多钱，他是非常自豪的。如果人家看不起你，能出来吃你的饭吗？再说人家既然吃了你的饭，就很有可能要给你办事了。用这个逻辑来推理，小春是真的要得到一笔贷款了。而有了这笔款子，小春的厂子自然就有救了。

因此小春就越发显得兴奋，两只眼睛也放出光来了，笑眯眯地望着我，说：“有了钱，我先买一辆小汽车，你看看，我现在连车也没有，还骑着摩托车，你说丢人不丢人？”他虽这样说，但从他的眼神里，我看到的依然是老板们常有的那种傲气。

他马上又问我：“你买房子了吗？要是没买，我借给你钱，真的哥们儿，到时候给你个三万五万的绝对没问题！”他说这话时，嘴里发出了一种响亮的声音，脸上明显地露出一种优越感，“你们上班才挣几个猴钱呀，不就是每月那点死工资呗！仨核桃俩枣的！”他又抬起脸来吐了一口烟，眼睛却盯视着我。

我笑了笑。我还能说什么呢？我明白，小春此时也许是真心要帮我的，但我能相信他的话吗？他说这些也许是在为自己挣个面子，他的要强使他至死不会认输！这时，我又闻到了果园的气息，也想到了当年吃苹果的那种滋味。我不想再听他说这些了，我想和他说点小时候的事情。尤其是，我想和他说说那个苹果园。

但我终究没有和他说小时候的事情，更没有提到苹果园。此时，说那些事情，他怎能感兴趣呢？

这时小春又吸了一口烟，眼睛突然亮了一下，将嘴贴近我的耳朵，先是嘿嘿地笑了笑，露出让烟熏黑了的牙齿，说：“哥们儿，俺这辈子也值了！”声音很低，却有一种压抑不住的得意和满足。

见我不明白，他又咧开嘴笑了，提高声音，说：“你不知道，我都快赶上皇帝了——你别不信，咱就有这个艳福！”

他告诉我，他女人和他离婚后，他先后和三四个女人同居过，这几个女人都是他略施小计骗来的。可人家一发现上当受骗，就离他而去了。可他一点也不在乎，这样频繁地换女人，那才叫——美！

“嘿，那真是一种享受！每个女人和每个女人的滋味，都不一样！”

此刻在他的两个嘴角上，又流出了一层白沫，像是刷牙时留下来的牙膏，又像是过年用石磨磨豆腐时滴落的豆浆。明晃晃的阳光下，泛着一种森森的白，狠狠地刺着我的眼睛。

我此时的心情很复杂，不知说什么好。我直起腰来，朝着西边眺望。目光所及，正是村里果园的位置。可此时的苹果园已不复存在了，变成了一片田地。曾经是蓊蓊郁郁、飘满花香和果香的苹果园，如今却没有了一棵苹果树，只有几棵大槐树孤零零地矗立在那里。

我记得，那个苹果园，那个偌大的苹果园，是随着生产队的解体让人承包的。后来，苹果不好卖了，赚不到钱，那户人家就把所有的苹果树都砍光了，种上了庄稼。可我的嗅觉里，依然飘着苹果园里那种清新而醉人的气息，这气息让我的心绪变得安静而舒畅。而我的口中，也布满了当年那刚红了脸的苹果被我们咀嚼时的那种滋味。

（原载《青年文学》2008年第9期，
《小说月报》2008年第12期转载）

团 圆 饭

何大妈怎么也没想到，好好的一顿饭，却让何大叔给搅得一塌糊涂。

这天是中秋节，小花早早地就去市场上采购，回来就下厨房，做了一桌丰盛的菜肴。

临近中午，大牛去村里把两位老人接来，一家老少三代坐在小客厅里，喝酒，吃菜。

大牛自从在这村北马路边上开了门市，酒量也练出来了。而喝多了酒，在话头上就喜欢争强好胜，他和父亲说着说着，就叮叮当当地吵起来。

大牛是个犟驴脾气，见父亲发火，一句也不肯少说。后来，何大叔一抬手就将饭桌掀了个底朝天。一桌子的菜，连同杯盘，哗啦啦地滚了一地。吵闹声惊动了周围的邻居，呼啦一下，围过来许多人。何大妈臊得恨不能找条地缝钻进去，她让人帮忙硬是把何大叔拖了回去。

喝多了酒，又是上了年岁的人，回到家，何大叔往床上一歪，就沉沉地睡去了。

何大妈越想越感到蹊跷：这到底是为什么呢？爷俩儿怎么说着说着就吵了起来？

本来，刚开始气氛非常好。

大牛两口子这两年运气不错，生意红火得不得了。因而大牛说话时，语气里便生出几分豪迈。就连喝酒的动作，也和从前不大一样，很有几分当下小老板的那种派头，有几分傲气，但也有几分洒脱。何大妈看在眼里，自然是喜在心头。

何大叔也很高兴。

儿子生意越做越红火，小孙子蛋蛋又顽皮可爱，自己已是奔七十岁的人了，这一辈子还图个什么？不就是这红红火火的光景吗？他笑眯眯地盯着儿子，像豆荚一样的眼睛里，盈满了笑意和幸福，差一点要顺着眼角，淌出来，然后沿着眼角两边的鱼尾纹，涌遍整个脸。

再后来，何大叔就是听大牛说他的事情。说什么？大牛讲他如何了不得，这个店开张才有三年多吧，就将生意做得这样红火！同是做生意，这里面却有许多的道道儿。有些道道儿，是只能意会而不能言传的。尤其是大牛开门市没多久，呼啦啦，就像雨后草地上冒出的蘑菇一样，紧挨着他们家，又开了好几个门市，同样经营农药、化肥和种子。他家有的，人家也有，而且还大有超过他家之势！这些开门市的，有他们村里的人，也有外村的。而大牛最厉害之处就在于，他不但在生意上占了上风，而且还和四周的老板们结成了好朋友，铁哥们！在生意场上，能做到这一点相当不容易。同行是冤家呀，可大牛却将冤家变成了朋友！这不是本事是什么？

大牛说这些时，何大妈没怎么去听。她主要是照料小孙子蛋蛋，搛一块鱼肉，把鱼刺儿一根根地摘出来，直到确认摘干净了，才送到蛋蛋的小嘴里。老伴什么时候发的火？何大妈只记得，当大牛说了句："爸，你看看你，这一辈子混了个嘛呀，说起来还当了那么多年生产队长哩，看看从前咱家穷的！"

听了这话，何大叔一愣，脸上的笑容急速地消退着。

大牛也不去理睬父亲的脸色，仍不管不顾地说："你比别人不傻也不呆的，看如今在村里谁还拿你当回事呀！"大牛说这话时，跷起二郎腿，右手的食指和中指夹着烟，鼓起腮帮子，徐徐地吐着烟圈，目光里流露出对父亲的不屑。为证实自己的这种看法，大牛还举了一个例子：小时候，他们家一年只能吃上两次猪肉，中秋节吃一次，过年吃一次。大牛说，直到现在他还爱吃肥猪肉，总觉得吃肥猪肉最过瘾也最解馋，这个一直无法改掉的嗜好时常受到朋友们的奚落。

何大妈记得，就是在这个时候，老伴的脸一下子变黑了，黑得可怕。他把手里的烟往地上一扔，就和大牛吵了起来。

此时，望着烂醉如泥的老伴，何大妈就在心里抱怨他：恁大一个人，怎么和孩子们一般见识呢？说你没能耐就没能耐呗！这丢什么人呀！再说，和大牛吵就吵吧，真不该去掀饭桌！你这样做怎么对得住小花呢？就为吃这一顿饭，人家小花可是忙活了一上午！

明天去一趟门市吧，安慰一下小花！何大妈想。

望着一片狼藉的屋子，小花就对大牛发火：“以后还喝吧！就喝不死你！”

此时大牛的酒已醒了大半，正耷拉着脑袋坐在沙发上抽烟。

他心里还不怎么服气，不就是一句话吗？想不到竟然惹出这么大的事儿！父亲的脾气也太古怪了！

小花也在心里埋怨何大叔：大牛无非就说了那么一句话，值当得发这么大的火？一桌子的菜，就这么给糟害了！她感到委屈极了，眼里禁不住汪出了泪花。

小花是个颇有几分姿色的女人，柳眉细眼，齿白唇红，整个人靓得扎人眼睛。当初她嫁大牛时，生产队已经解散了。村里人都开始做生意，而何大叔的观念却还转不过弯来。就因为他家穷，小花的父母死活不同意这门婚事。但小花非大牛不嫁，父亲就把她锁在屋里，逼她和大牛分手。一天半夜，大牛搬来梯子，小花从后窗爬出来，两人就私奔了。在城里打了几年工，生米做成了熟饭，他俩才带着儿子回家来。大牛能吃苦，人也忠厚，是个过日子的好手。前年，凭着他敏感和超前的眼光，看到村北马路边上潜伏着巨大的商机，就率先在这里开了门市。果然，这里就渐渐地发展成了一个小集镇，去山西拉煤的司机也在这里吃饭、歇脚。

他们家能有今天，小花也功不可没。

从前她性格内向，自从做起生意，渐渐地变得开朗了，而且在原有的质朴里，又多了几分精明和灵活，里里外外已是一把好手。是她帮着大牛，一步一步地将生意做大做红火了！

想着这些，小花感到很自豪，为大牛，也为她自己！她还记得当初大牛要在这里开门市，何大叔是极力反对的。他说：“那地方，还能成大气候？咱赚得起，可赔不起呀！”于是小花就想，在各方各面大牛都要比他父亲强得多！

不过，老人毕竟是老人！从这个角度说，大牛又不该去说那句话，他伤了老人的自尊！

让大牛明天去给老人赔个不是吧！小花突然生出了这个念头。

第二天，何大妈吃过早饭，就朝儿子家走来。

大牛进城办业务去了，只有小花一人照料门市。见到婆婆，小花就盼着能得到几句安慰话。然而一见到小花，何大妈却改变了主意：自己怎么能替老伴向她道歉呢？昨天的事儿，还不都怪大牛？王八羔子，手里有了俩臭钱，就不把你老子放在眼里！

在何大妈眼里，何大叔是个了不起的人物！刚二十岁，何大叔就担任了生产队长，一直干到生产队解散。那时候，何大妈最开心的事情就是村里召开社员大会，几乎每次开会，何大叔都要受表扬。到年底，村支书还要亲手给他往胸前戴上一朵大红花。望着何大叔那张被灯光和胸前大红花映红了的脸，何大妈心里简直比吃了蜜还要甜，觉得自己男人是那么的精神和英俊。而这荣誉里，又包含着他多少的汗水和心血！那时何大叔什么都干到前头，起土，往田里运粪，都和大家伙一起干，没有摆过一点生产队长的架子。收过秋了，他总要和大伙把耕耙过的田地整得像镜面一样平。一有空闲，他就叼着烟，背着手，迈着坚实的脚步，在地头上一趟一趟地走，觑着眼往田里瞅，头上的白毛巾像一只飞翔的大鸟，酷似当年的陈永贵！

何大妈呢，她年轻时也是个美人坯子！一张好看的瓜子脸，白皙里透出红润，杏核一样的眼睛，亮晶晶的，里面总像汪着一泓清水，而且身材也苗条，走起路来婀娜多姿。

更为难得的是，她天生一副好嗓子。那些年，一收过秋，场光地净了，村里就成立文艺宣传队。何大妈是宣传队的台柱子，她扮演的李铁梅无论是扮相还是嗓音，和电影上的刘长瑜已是非常接近了，把一村子的人迷住了不算，就连外村也有她的戏迷。

一到正月，村里的大喇叭里一喊：社员同志们请注意啦，今黑价咱村宣传队为大家演出《红灯记》啦！这声音连周围村的人都能听到，还没到天黑，就有外村人成群结伙地涌来。他们看什么？就是看何大妈扮演的小铁梅！整个正月，是何大妈最风光的时候。

在那么多痴迷她的人中，就有何大叔。何大妈他们演到哪里，他就跟到哪里。渐渐地何大妈就看中了何大叔。那时的何大叔相貌周正，红润的方脸，眼睛不大，却透着精明，眉宇间时时迸射出一股英武之气。想想吧，像何大妈这样的美人加名人，被她看中的男人能是孬种吗？

回忆往事让何大妈的情绪激动起来，就更对大牛生出了强烈的不满。

在她看来，何大叔带给她的那份荣耀是深藏在她心灵深处的一块圣地，不容许别人有丝毫的贬损和玷污！

“你看看昨天弄的，俩人都像红了眼的公鸡！”何大妈这样对小花说。

小花的希望落空了，心里不痛快，但她又绝不会在脸上显露出来。

小花是个颇有心计的女人。因她是以那样一种方式和大牛结合的，敏感的她就窥视到，其实从骨子里，何大妈将她看扁了，也看贱了。也许是天生丽质，何大妈被人宠坏了。先前被全村的人宠，嫁给何大叔后，又被何大叔心肝宝贝般地宠着。因而，有时她就显得有些骄横和霸道。平时在何大妈面前，小花表现得极其驯顺，从不和她争执，但也不去极力讨好，她的温顺是有底线的，以此来维护着自己的自尊。这些年，她就以这种方式和婆婆相处。因此，今天见何大妈连一句宽慰的话都不肯说，她也就不肯把责任全推在大牛身上，把嘴一撇，说：“还不是都喝了酒？你说，喝酒有嘛好处呀？”

何大妈将两手一拍：“就是，俩人见了酒，都像个馋猫一样，一个比一个没出息！”

就这样，两人把火气，也可以说是罪责全部推给了酒。

是的，如果不是因为喝酒，就不会发生昨天的事情。一顿好好的饭菜，谁也没能吃上几口。于是两人都变得心平气和了，而且还达成了一项共识：往后不管是什么样的酒席，都要看好各自男人的酒杯，不让他们贪酒。

后来，何大妈就向小花讲何大叔当生产队长时的一些事情。那时候，村西有两个大沙岗。何大叔就带领乡亲，用小车拉，用筐挑，只用了一个多月，就将那两个沙岗端掉了。然后再往上面垫肥土，第二年这里就长出了绿油油的庄稼，成了高产田！那时，何大叔吃住就在那里，一个月也没有回过几趟家……

小花听得入了神。

老人们这一辈子也不容易呢！她就对何大叔生出了一种敬意！

不知不觉已临近中午了。中午还吃团圆饭吧！先是何大妈提议，马上就得到了小花的热烈响应。于是小花就开始准备饭菜了，就像昨天一样，先去市场上采买，回来后就戴上碎花围裙，钻进厨房开始忙活。

何大妈回村里去叫何大叔，何大叔不好意思去，何大妈就劝她：“人家小花都准备好了，你不去，不就拂了人家的好意？你先走一步，我还得给猪拌食！”

无奈，何大叔叼着烟，朝大牛家走去。

走到村口他站住了，通往村北的路有两条，一条是大路，一条是小路。

走大路自然要远一些，但好走，年前村里将路面铺上了柏油，平坦，宽阔；小路呢，是顺着一排新盖的房屋踩出来的。何大叔犹豫了一下，两只大脚还是朝大路迈去。多走几步有什么不好？何大叔这样想着，听着自己的脚踏在柏油路上的声音，“嚓——嚓”，清脆而急促，心里便感到踏实和舒坦。有几只麻雀从他头顶上飞过，落在身边的玉米地里。

何大叔已听到从公路上传来的汽车声了，想着一桌丰盛的饭菜正等着自己，心里顿时变得复杂起来，就像身边玉米地里的色彩一样杂乱——既喜，亦忧。

他将手里的烟头扔了，抬手挠挠头皮，想，看这事弄的，我咋好意思见人家小花呢？

不过很快便释然了：反正都是自家孩子，有嘛不好意思的呀！于是脸上就露出了笑意，连那一道道深深的皱纹里都溢着喜气——毕竟，又要吃团圆饭了，在他这把年岁，还能企盼什么？只要一家子和和睦睦的，这就是福！

这时，昨天小花做的菜又浮现在他面前——尤其是那道清炖草鱼，里面有白有绿有红，白是鱼汤和鱼肉，绿是新鲜的香菜，红是红辣椒，先不去吃，单是看上一眼就让人食欲大开！除此之外，小花还有一道最拿手的，就是可乐鸡翅，这是她从报纸上学来的，旁边的几家饭馆还曾把她请去传授手艺，后来都成了他们的特色菜了。今天无论大牛说什么，自己都不要往心里去，就是要好好地品尝小花的拿手菜！

这样想着，何大叔竟然像个馋嘴的小孩子一样吧嗒了一下嘴。

大牛从城里回来，见餐桌上摆了几个凉菜，屋里也飘着肉香，就问正在厨房里忙活的小花：“不年不节的，做这么多菜干吗？”

小花抿着嘴朝大牛笑了笑，说：“咱再吃顿团圆饭——今个儿你得向咱爹认个错！老人这辈子也不容易哩！”

昨天自己对父亲也太不尊重了——大牛心里懊悔着，就用手摸着后脑勺，朝小花咧了咧嘴，说：“我去叫咱爹一趟吧！给老人一个面子！”此时他和二老吃团圆饭的愿望也相当强烈！

来到公路上，面对大牛的有两条路。他没有丝毫的犹豫，那两条细长的腿就迈向了小路。他想，还是走小路快。

这条小路和那条大路就隔了两块玉米地，虽说玉米已收过了，但密匝匝的玉米叶子却将他和父亲隔开了，谁也看不到谁。玉米叶子绿中泛黄，被太阳映照着，闪动着一种迷人的光亮，像画家将几种染料混杂在了一起，然后在纸上恣意地涂抹。

又要吃团圆饭了，这让大牛心里感到一热，像是喝了一杯烧酒，脸上早已洇出一层红色。

这时，他想到了小花那道最拿手的可乐鸡翅。吃上一口，细嫩滑爽，这些感觉依次在口中绽放，完全有别于饭店也有别于一般农家的饭菜的味道。可昨天他光顾着对父亲讲他的业绩了，哪还有心思去理会那道菜所散发出来的独特而馋人的香气！今天不说自己的事情，就是要好好地品尝这道美味！他想着，禁不住咂了咂嘴，就像已经吃到了一样，柔嫩，滑爽，满口余香。

（原载《光明日报》2008年10月11日，
《小说选刊》2008年第12期转载）

月 亮 地

白白走出屋来，抬头往东边望。月亮已经升起来，黄灿灿的像开在树梢上的一朵大葵花。院子里也被涂上了一层淡淡的黄色，像镀上了一层金子。这是初升月亮的颜色，当它升高后，就渐渐地变成了银白色。

见月亮出来了，白白将头探进厨房，催促母亲："妈，饭做好了没有？你看，月亮都出来啦！"

他的母亲正在厨房里做晚饭，柴草燃烧的香气溢出来，飘到了院子里。这是个非常节俭的女人，为了省钱，平时很少用煤气灶做饭。她对人说，她喜欢柴草燃烧时的那种香气。听见白白催吃饭，她用力拉了几下风箱，说："跟个催命鬼似的，你没看见我刚下地回来呀！"

今天，白白的母亲和丈夫铁锤在村北给麦子浇水。小麦正灌浆，是拼命吸水的时候。她在前边撒化肥，铁锤在后边改口子。看看天色暗下来，淡灰色的暮霭在天边悄悄地笼起，铁锤就对她说："你先回去做饭吧，剩下这几畦我自个儿浇！"那时候，西边天际还浮着一抹绛红色的霞霓，像一条长长的纱缦横在黛青色的远山上面。天真的不早了，白白的母亲又飞快地撒了两畦，就扛上铁锹，往田边走。不远处，那个叫秋花的女人正在自家麦田里拔草，她摘了头上的草帽，露出一张粉嘟嘟的脸，笑盈盈地和白白的母亲打招呼："回家做饭呀，小翠嫂！"白白的母亲不愿意搭理这个女人，便懒懒地应了一声："嗯，回家！"然后，就匆匆地朝村里走去。心里却想：骚货，才几月天呀，就捂个大草帽！

在村子里，人们都知道秋花还有个绰号——"一抬筐"。意思是说，她见识的男人那个东西多得能装一抬筐。这显然是极为夸张的说法，但秋花为了一点小便宜就和男人睡觉却是真的。白白的母亲最瞧不起这种女人了。

见月亮越升越高，白白的心里越发急躁起来。罩在月亮上面的那层淡淡的黄晕已褪去了大半，那种炫目的银色迸射出来了，像溢出来的水银。地上已映出树叶的影子，像河面上跳荡的水花，又似散落的一枚枚铜钱。白白知道，月亮地快要形成了——只待月亮再升高些，完全变成了银白色，那时院里就会变得白花花一片了。这就是月亮地。村里人喜欢月亮地。有月亮地的晚上，人们吃过晚饭，连碗筷也懒得收拾了，守着饭桌，坐在院里唠闲嗑儿；小孩子们结伴来到村边的空地上，尽情地玩耍，玩捉迷藏，老鹰逮小鸡。村外的月亮地比村里的更亮，也更大。

今天是农历十五，是月亮最圆最亮的夜晚。那么，月亮地无疑也是最好的了。于是，白白就和几个小伙伴早早地约好，晚饭后到村西的那块空地上玩耍。因白白慌着早早地赶去，哪还有耐心等母亲做饭呢。不过，他也不会饿着肚子去玩的，眼珠子一转，抬脚朝前院的叔叔家跑去。

叔叔一家正围坐在院里吃饭。见白白进来，婶婶笑眯眯地问他："白白，吃饭了没有？"

"没有！"白白的声音很小，眼睛却盯着饭桌。一股饭菜的香味从上面飘来，他禁不住吸溜了一下鼻子。

胖乎乎的婶婶便朝他招招手："快过来，就在这吃吧！"

白白正等着这句话呢，又圆又小的脸上顿时露出笑。他正要过去，叔叔却故意虎起脸，说："白白，你光在俺家吃饭哩，背粮食来了没有呀？"

白白知道叔叔和自己开玩笑，但还是有些不好意思了，两只小手背在身后，站在那里不知如何是好。还是婶婶给他解了围："白白，别听你叔的！你妈刚浇地回来吧，就在这吃碗面疙瘩吧！"说着，一碗飘着葱花油香味的疙瘩汤早递到了白白面前。爷爷也笑呵呵地说："小白，快挨着爷爷坐下！看你叔他敢夺你的碗？"

本来就调皮的白白，这时胆子大起来，故意跳到了叔叔跟前，张大嘴巴，瞪圆眼睛，学着老虎的样子，嘴里发出了一声：哞——

白白的样子把叔叔逗笑了，他将碗放在饭桌上，轻轻地拍一下白白的脑袋："白白生叔叔的气了吧？"白白坐下来，脆生生地说："你不让我吃饭，我就变成大老虎，先吃了你！"

白白开始吃饭了。婶婶看白白吃得狼吞虎咽，就说，白白，不着急，慢慢吃，吃了饭和弟弟玩！白白头也不抬，说：“我还去和小钻他们玩哩——你们看，月亮出来了！”

爷爷端着碗，仰头朝天上望一眼。见一轮明月，已越过树梢，像一只温柔又热情的眸子一样注视着他，就转过头来，说：“有了月亮地，孩子们哪还在家里待得住！”

在白白很小的时候，吃过晚饭，爷爷总爱领着他在院里看月亮。前年，白白上了学前班，爷爷指着天上的月亮，对他说，这是老母！白白咧开掉了牙的小嘴笑了，他反驳爷爷，我们老师说那叫月亮，怎么就成了老母呢？是的，那个长得胖胖的戴一副眼镜的女老师，教他们认的最初几个字，就是——“太阳”和“月亮”。因此，他觉得爷爷真有意思。谁知，爷爷摸着下巴上的胡子，仰脸望着像一盏天灯似的大月亮，很固执地说，就叫老母嘛！白白问，那太阳叫什么呢？爷爷说，叫老爷儿呗！其实，白白知道爷爷是这么称呼太阳的，此时他是故意问爷爷的。从前他也随着爷爷这么叫，但一上学，老师一教他认字，认识了“太阳”和“月亮”，他就感到爷爷的叫法多么荒唐可笑！

“呵呵！老爷儿，老母——这么说，太阳是男的，月亮就是女的呗？”那时白白像突然明白了什么似的，问爷爷；又像不明白，人分男女，太阳和月亮又不是人，莫非也分男女吗？

听了他的话，爷爷仰着像老树皮一样多皱的脖子，呵呵地笑起来。而后，将白白紧紧搂在怀里，抚摸着他的小脑袋，说：“我的小白就是聪明呀，到底是小学生啦！”

因为急着去村外玩耍，白白很快就将那碗面疙瘩吃光了。当婶婶再给他盛饭时，他早一溜烟似的跑出了叔叔家那高大的街门，消失在水一样的月色里了。

他的小伙伴们——小钻、小海和小英子，早就等候在那里了。这是一户人家的空地，因为准备盖新房，就没有种庄稼，于是成了孩子们玩耍的好地方。因没有房屋和树木的遮挡，完全地成了月亮地，就连地上的柴草棍也清晰可辨。细细的柴草棍，泛着白亮亮的月光。

他们先是玩了一会儿捉迷藏。后来不知是谁提出来，这么好的月亮，应该玩点更有意思的。于是，大家就决定玩过家家的游戏。这种游戏，如今很少有人玩了，但这里的孩子们，还没有将它完全忘记。玩过家家，小英子自然就成了宝贝，这让她一下子兴奋起来。因为兴奋，这个女孩子说话时声音就有些娇气，甚至还学着那些妙龄少女的样子，手不时地拢一下额前的头发，看上去有些搔首弄姿的意思。三个男孩，一个女孩，他们是这样平衡的——一个人先和小英子扮作夫妻，而另外两人扮作他们家的亲戚。既然是亲戚，就要走动。——先是敲门，进门后寒暄。寒暄之后，就要给客人烧茶做饭了，女主人就下厨房——所谓的家，其实就是用几块砖头垒一个圆圈，里面仅能容下三四个人；厨房里更不见锅灶，只是放一块砖头，做个象征罢了。他们完全是在模仿大人们的日常生活，觉得非常有趣。这种游戏，其实也是小孩子们对长大成熟和未来的一种朦胧的向往吧。

可问题出来了：他们谁先做新郎呢？于是，三个男孩开始划拳。

白白赢了。

他和小英子刚进入他们的家，就从不远处传来了激烈的吵嚷声。吵嚷声打破了这月夜的宁静。

起先他们没怎么在意，那个属于大人们的声音和他们小孩子有什么相干呢？此时，这块明光光的空地，像撒上了一层雪粉，白，亮，却不晃人的眼睛。他们就像是站在了月亮上面，仿佛都能听到月光流动的声音。月光的声音是怎样的？有些像淙淙的流水声，轻柔，欢快，能让人生出一种莫名的激动。月光下，他们能看清各自的脸，但又朦朦胧胧的，像是那种拍虚了的黑白相片。事实上，四周的景物也都只有黑白两色。——月亮的光华让一切都生发出一种朦胧的美，那种感觉和白天完全不同。他们陶醉在这如梦似幻的月夜里，怎肯离开呢？何况，正是春天，麦田里那种特有的香气，伴随着夜晚泥土醉人的气息，也随着微风飘过来。这一切，无不让他们陶醉。

然而，白白还真的要离开了。因为那吵嚷声分明是从他家的方向传来的，他甚至从中还分辨出了母亲的声音。

“白白，是你家吵架哩！”长一颗圆圆的大脑袋的小钻，站在“家”外面，对白白说。

“白白，快回去看看吧！”小英子也用关切的语气催他，仿佛真的做了他的新娘。

白白从他们的“家”里噌地跳出来，像一只逃避人捕捉的小兔子。

白白是一口气跑回家的。他家那宽敞的院子里，此时也成了月亮地。院里除了他的父母亲，还有秋花和她的男人三堂。三堂正一脸怒气地盯着他的父亲。这是一个矮个子男人，长一张三角脸，手里拿着铁锹，像要随时向白白的父亲拍去。

“三堂，我不相信你说的话，我家铁锤不是那种人！”白白的母亲说，“你不要冤枉他！”

三堂挥了挥他那短短的胳膊，说：“你让秋花说说吧，谁先勾引谁的？”又将三角脸转向秋花，“秋花，你说，是不是他勾引你？”

“他解了我的衣服，就把我摁在了麦地里——”秋花低声地说着，用手捂着脸，呜呜地哭起来。哭着，又喃喃地说：“哎呀呀，让我还怎么见人呢，真不如死了好！”

秋花的哭声好似进军的号角，三堂就对着白白的父亲吼道：“铁锤，你个王八蛋日哩，今儿我不和你拼了就不是人养的！”他去镇上买化肥回到家，见秋花还没回来，看看天快黑了，就到地里去接她。于是逮了个正着。

作为女人，秋花盼着铁锤保护她，主动承担责任。她是真心喜欢铁锤。

遗憾的是，铁锤没有领会秋花的心思，他边躲着三堂的铁锹，边说：“我们谁也没有勾引谁，我们两个都愿意！”

从心里，三堂相信铁锤的话。但为了尊严，他就得认定铁锤勾引了他女人。这个一直被老婆戴绿帽子的男人，此时终于找到了撒气的对象。因此当铁锤为了躲避他跑回家，三堂不顾秋花的阻拦，也就追到了他家里。

铁锤蹲在院里，耷拉着脑袋，一言不发。而秋花呢，也只是轻轻地抽泣。她盼着三堂早点收场，自己好快些离开这里。

“你也撒泡尿照照呀，看自个儿是什么东西？还有脸说铁锤勾引你？”白白的母亲就认定秋花勾引了铁锤。

就是这句话，将秋花的脸一下子撕破了。她一跳老高，几乎指着白白母亲的鼻子，说：“哟，你血口喷人！你问问铁锤，是不是他先勾引我？”被人揭了短的秋花，也只有假戏真做了。那张粉嘟嘟的脸，霎时间变成了铁青色。

白白的母亲也不甘示弱，她也跳着脚，和秋花对骂起来：“你偷了人家的汉子，倒有理了不是？你跳，跳呀，我看你能跳过我？——脸真比城墙还厚！”

两个女人正要撕扯到一起时，铁锤再也看不下去了，他站起来，伸手扯住了自己女人。“闹什么闹？住手！”

“好哇，你个吃里扒外的东西，你干脆打死我吧——我死了，你不正好和这个浪女人痛快呀！”白白的母亲又调回头来，哭喊着，一头朝铁锤怀里撞来。

正在他们吵得不可开交时，白白的爷爷赶来了。他瞪着一双可怕的眼睛，走到铁锤面前，照准儿子的脸，啪，就是一巴掌：“没出息的东西！不好好干活，做这种下贱事儿，丢人现眼！”

白白的母亲一下子蹲在地上，两手捂住脸，像被人捅了一刀似的号啕大哭起来：“爸，你得给我做主，他背着我和野女人好，我还和他过什么过——我非跟他离了不可！”

“爸，你——”铁锤刚要为自己辩白，脸上又挨了父亲一巴掌。父亲说：“你还有什么说的，你做得对是不是？——越活越没成色！”

白白被爷爷的呵斥声吓坏了，他从来没见过爷爷发这么大的火。他看见爷爷下巴上那撮胡须在月光下剧烈地抖动着，也像是发怒了。

果然，谁也不再吭声，都让爷爷的声音给震慑住了。白白的母亲也只是呜呜地哭，渐渐地，哭声就变成了哽咽。

白白的爷爷扭头望着三堂，声音低下来：“三堂，你说这是嘛好事呀？大吵大嚷的，也不怕让人听到笑话？大侄子，你要是还认我这个大伯呢，你就听我说一句——快叫上你媳妇回家去，我饶不了铁锤！”老人说得极干脆，口气里透着那种属于长者的威严。

这个小个子男人，低下他那三角脸，沉思了一下，说：“好吧！既然大伯说到这份上了，就看你的面子——秋花，咱们回去吧！”他们两家虽说不是本家，但在村子里人们对长辈还是很尊重的。既然白白的爷爷出面了，而话又说得这么在理，他怎能不给老人面子呢？况且，他来铁锤家也不指望要把铁锤怎样，只是发泄一下内心的屈辱和郁闷。他嚷了也喊了，该到收场的时候了。

秋花呢，正巴不得有这么个台阶下。看到铁锤挨打，她竟然觉得像是打她，那种痛一直传到了心里。但这个场合，她又能说什么？听到三堂终于要鸣锣收兵，她恨不得马上离开。于是，她就赶忙扭身往外走。在这个有月亮的晚上，她和三堂像两条灰灰的影子一样，很快就消失在了屋墙的暗影里。

"爸，我不该和她——"见他们走远了，铁锤又蹲在地上，双手抱住脑袋低声说。他的懊悔是发自内心的。

见铁锤认错了，白白的爷爷叹出一口气，语气也温和了一些，说："秋花是什么货色，难道你不清楚？就不怕被别人笑话！你是肉锅里煮元宵——混蛋！"

父亲的话虽然让铁锤听着不舒服，但又不好再替秋花辩白了，只是说："爸，这都怪我——我没出息！"说着，就用手狠劲地拍打自己的脑门。因为秋花对他动了真感情，他就不愿意让别人伤害她。他此时的心情很复杂。

白白的母亲剜了铁锤一眼，冷笑道："人家的脸蛋子长得好看呗！眼睛又大，又迷人，你一见人家，骨头还不都酥了——俺还在家里傻等着你吃饭哩，你说我贱不贱？"说着，又呜呜地哭起来。她哭得很悲痛，那是一种发自内心的委屈！

白白的爷爷劝她："知道错了就好。都浇一天地啦，先吃饭吧！——这人呀，谁也有犯糊涂的时候，不能得理不饶人，把人一棍子打死！"……

躺在床上，白白却没有一点睡意。月亮依然明光光的，透过窗玻璃，像水一样流到屋里。他先是听到母亲用被子蒙住脸，轻轻地啜泣。后来被子被父亲掀开了，父亲对母亲说了许多好话，请求她原谅。白白蜷缩在被窝时，紧紧地拽着被角，心里竟有些莫名的紧张。这个孩子，已经朦胧地感到父亲和那个女人做了一件多么不光彩的事情。此刻，听着父亲对母亲那低三下四的哀求，他替父亲感到不好意思。在他的眼里，父亲不是这个样子的。父亲不但个子高大，而且性格爽朗，为人热诚，在白白眼里是个了不起的英雄！

白白不想听到父亲用这种语气和母亲说话，索性用被子将耳朵掩住了。后来，渐渐地进入了梦乡。

在睡梦里，他又回到了那片月亮地。没有屋墙和树叶的影子，那月亮地比他家院里的更大，也更亮。他和伙伴们又继续玩过家家的游戏。他又一次将小英子娶到了“家”里。

入了洞房，白白和小英子盘腿坐在床上——其实是坐在明光光的月亮地里。白白觉得自己和小英子是坐在一张硕大的纤尘不染的荷叶上，又像是坐在一片明净的湖面上。眼前的一切——远处房屋的暗影，朦胧如烟的树冠，还有坐在他对面的小英子，所有这些都罩上了一层圣洁的光泽。

白白就盯住小英子那双迷人的大眼睛，痴痴地看。他非常喜欢这双眼睛，觉得像天上的明月一般清澈无瑕；又恍若觉得是天上的月亮跳进了小英子的眼睛里。

小英子也盯着他看，目光中有几分新奇，更有几分兴奋。终于，小英子开口了：“小白哥，你得向我保证——”她的嗓音依然脆生生的，非常的好听。那黑亮的头发上，也跳动着柔美的月光。

“保证什么呀？”白白眨动了一下眼睛，有些傻乎乎地问。

小英子轻轻地笑了，说：“保证，保证你长大后，不再爱别的女人，你只爱我自己——”小英子一笑，就露出一口洁白的牙齿。

“好的，只爱你自己！”

月亮像个和蔼可亲的老者，正对着他俩笑。此时的小英子，满身都披上了洁白的月光，像是披着一袭美丽的婚纱，更像是一个圣洁的女神，不容许有丝毫的亵渎……

（原载《天津文学》2008年第12期）

微笑

三婶走出村口，顺着一条窄窄的羊肠小路，朝村北走去。

太阳静静地挂在山顶上，田野以及路边上伫立的大杨树，都涂上了夕阳迷人的色彩。今天是大年三十，田野里阒无一人。黄昏的冷风带着原野上特有的清新气息，徐徐地吹来。三婶把手插进袖管里，侧侧歪歪地朝前走。

她走过一块麦田，又走过一块麦田。越冬的麦苗像温顺的孩子一样沉睡了，只等来年的春风将它唤醒。三婶走过了一条田间小路，在一块麦田边停下来。这是她家的麦田，下面就长眠着她的爹娘。

三十多年前，父亲临终时对她说："活了一辈子啦，临了还得挨一把火！——丫头，爹就托你一件事，我走后，你得想法儿让我留个完整身骨！"望着爹那乞求般的眼神，她点点头，说："爹，你就把心搁肚里，你丫头绝对不让你进火葬场！"

果然，她让父亲的愿望实现了。——在父亲出殡那天，她巧妙地避开村人的眼睛，把父亲葬在了她婆家的这块田地里。

"爹，娘，丫头看你们来啦！"三婶低声说着，弯下瘦小的身躯，手颤抖着从口袋里掏出纸钱，点燃了。红通通的火苗，像是迎风吹起的一面小旗。小小的坟头上也落上夕阳的颜色，极淡，却让人感到温暖。望着燃烧的纸钱，三婶又说："爹，娘，你们的丫头来看你们了！"

按村里的风俗，祭祀去了那个世界的亲人，应该在正月初三。今天是大年三十，这个时候，家家都在准备年夜饭。可三婶却悄然走出村子，来到了父母坟上。

太阳终于躲到山背面去了。天也暗了一些，黄昏的翳影向四周慢慢地散开去，并一点一点地变深变浓。风也更凉了一些。从村里传来的二踢脚的爆响，渐渐稠密了。砰——嘎，那声脆响，拖着长长的尾音，像是要传向宇宙的深处；还没消停多久，又是一声，砰——嘎，年的氛围就像是让爆竹声一点一点地往高潮上推的。

三婶盘腿坐在了麦地上。这满眼稀疏的麦苗，便连亘天际地涌起一层墨绿色，像是给这冬天的大平原披上了一件抵御风寒的外衣。席地而坐的三婶，像是坐在自家热乎乎的炕头上，神色那么安祥肃穆，好似一只归巢的大鸟。

三婶将目光盯在了那个小土堆上："爹，娘，你们的丫头很想陪你们坐一会儿，说会儿话！"三婶喃喃地叨念着，仿佛看到了父亲那张总是笑眯眯的脸。那是一张古铜色的方脸，和善，慈祥。此时他正咧着掉了几颗牙的嘴，朝着她笑，那样子和从前没有什么两样。

那是上了年纪的父亲。而年轻时的父亲英俊倜傥，是个做生意的好手。每年一到农闲，父亲就背上那只白布口袋出门了。父亲是个牲口经纪，他赶镇上的集市，也赶县城的庙会，每年秋后还要去一趟张北坝上。父亲不愧是这个行当里的人精，只需扫上一眼牲畜的毛色，再掰开它的嘴瞧瞧牙口，就能准确无误地判断出这头牲畜的成色。那时她的弟弟小春还没出生，三婶自然是父亲的掌上明珠了。每一次从父亲迈出家门始，她就盼着父亲早点归来。父亲每次回来都要给他买荷叶烧卖包；那荷叶的清香和烧卖包的香气，早把她馋得不停地吸溜起鼻子——以至于几十年来，二者混杂在一起的那种特有的香味从没在她的记忆里消失。此时她仿佛又看到父亲用手托着烧卖包，笑眯眯地招呼她："来呀，丫头子，香香你的嘴！"

她呢，马上扑过去，面对着那深绿色的荷叶，使劲地抽动小巧的鼻子，张开两只胳膊，极为夸张地大叫一声："呀，真香！"一只烧卖包，早被父亲塞到了她的嘴里。然后，父亲又像变戏法似的，从口袋里掏出几根红头绳，这也是她喜欢的。那一团鲜亮亮的红，不但给这个家带来了喜气，也映亮了她的整个童年。这天母亲的笑声也多起来，又脆又亮，那张黄瘦的脸上，洇出一层酡红。那时，从村外飘来蚕豆花的清香，几只蜜蜂在阳光下嗡嗡地飞，唱着动听的歌。

这种快乐时刻，深深地印在了三婶的记忆里。后来三婶也做了母亲，可每年的除夕夜，当人们都沉浸到过年的欢乐中，她喜欢一个人静静地回忆那些逝去的岁月。每一年都如此。

“爹，娘，小春嘛，你们也不用惦记他，有我哩，再说他过得也不赖，去年他也抱上孙子啦！——一眨眼，我们也都是奔七十的人啦！”三婶又喃喃地说。灰白的头发，让微风吹起来，像飘飞的柳絮。她闻到了从麦苗的根部散发出来的泥土的气息。

天呢，又暗了一些。西边的那抹晚霞，也不知什么时候消失了。但那里却比别处亮堂，像一块泛着白光的幕布。远山的轮廓也隐在了苍茫的暮色里，成了一团模糊的影子。两只小鸟从她头顶上掠过，一眨眼，连同那尖细的啁啾声消失在了苍茫的暮色里。

父亲去世的第三年，母亲也离开了他们。虽说三婶早已出嫁了，但她还要帮衬着弟弟小春过日子，一直到老。三婶要将父母给予她的那种爱，传承给她的亲人。

如今，她幸福吗？幸福！两个女儿对她很孝顺，隔三差五地回娘家看她，给她买衣服，买她喜欢吃的吃食。儿子大槐和小俊结婚也有七八年了，三婶真的老了。

作为一个女人，三婶已完成了她人生的使命。可有时，她又感到很委屈。明面上三婶和小俊处得还不错，但那完全是建立在她委曲求全之上的。昨天，大槐出门时，不慎将门帘掀下来。小俊竟然发火了，命令大槐把帘子拣起来挂上。大槐偏不买她的账。见拗不过大槐，小俊就命令三婶：“大槐是你儿子，他不拣，你得给我拣起来！”

三婶不想给她拣。可明天就是大年三十了，要是和她一般见识，这个年还能过好了？一年三百六十五天，就只有一个年！

于是，三婶走过去，将那条棉门帘拣起来，挂在了门上。大槐愣住了，小俊也愣住了，两人都呆呆地望着三婶。

三婶扭过头来。三婶脸上的神色完全变了。三婶注视着小俊和大槐，目光变得非常可怕。这目光让平时温和的三婶显得神圣不可侵犯。

果然，三婶发作了：“现在是什么时候，你俩知道不知道？你们是三岁的小孩子吗？辛辛苦苦干了一年，就剩最后两天了，还要吵着嚷着过吗？都是当父母的人了，我都替你们脸红！”

三婶又将目光扫向大槐，声音变得越发严厉：“你把它拣起来，莫非就矮了半截？你这是成心不让我和你爸过好年哩！”

小俊从没见过婆婆发这么大的火，而且每一句话都入情入理、掷地有声。她的脸颊羞得通红，赶忙回屋里去了……

天边上的那抹亮光彻底消逝了。铅灰色的暮霭也将天地完全笼罩，夜幕悄然降临。

晚风吹在三婶脸上，但她不感到多么冷，仿佛这晚风也染上了年的喜气，变得温和怡人。三婶发现，夜幕下的原野是回忆过去的最好去处。

“爹，娘，小时候过年，咱一家不就这样坐在一起守年吗？”那时候，吃过年夜饭，三婶一家就围坐在一起，讲述着一年来最值得说道的事情。有些事几乎年年都要讲，可一点也不感到厌烦，今年说了，明年还要说，就像咀嚼和品尝什么东西。大年三十晚上，真该让人们静下心来，咀嚼一下过去的时光。——平时人们都在忙生活，哪有时间去回味生活？这样想着，三婶眼前仿佛亮起一盏灯，那是一盏煤油灯。暗淡的灯光下，父亲叼着那杆长长的旱烟袋，那张慈祥的瘦脸一半隐在灯影里。她和母亲盘腿坐在热炕上，母亲给她的新衣服缀扣子，她却瞪着一双好奇而又兴奋的大眼睛，不停地询问母亲那些过往的事情。不时有二踢脚在空中炸响，回音像滚滚的雷声，一直消失到高远的天际。

如果不是一个声音隐隐约约地响起，三婶也许还要沉浸在和爹娘团聚的喜悦之中。

“娘——娘——你在哪儿呀？”是大槐沙哑的嗓音。

大槐的声音刚落，就有一个奶声奶气的声音响起：“奶——奶——你在哪呀？”这是小孙子乐乐在喊她。

一股热流从三婶心里涌上来。她站起来，拍拍裤子上的土，向爹娘辞别：“爹，娘，我要走了！大槐和乐乐找我来了。我得回去和他们吃团圆饭！”……

三婶走进屋，就闻到了饭菜的香味，桌上是丰盛的年夜饭。小俊围着花围裙，正往桌上摆着碗筷，见到三婶，便笑盈盈地迎上前：“妈，快洗手吧，都弄好了！——就是不知道做的菜对不对你的口味！”

“肯定好吃！”三婶真的不相信眼前的情景，觉得像是在梦中。

但又的确不是梦。她坐下来，夹了一口菜。果然，味道不错，很对她的胃口。显然，大槐也很满意小俊的表现，脸上挂着笑，从酒柜里拿出一瓶老酒，和父亲对饮起来。于是浓浓的年菜香里，又飘起了醉人的酒香。

“妈，吃饺子呀！”随着小俊柔和的声音，一个白白胖胖的饺子落到了三婶的碗里。

小俊一抬头，正好碰到了三婶那张微笑着的脸。小俊脸上也绽开了笑。是这微笑，让她的脸生动而妩媚了。

在这乐融融的除夕夜，地上的人是欢快的，而地下的人却是寂寞的。

其实他们并不寂寞，因为他们看到了地上人的笑脸，还有那一声声的爆竹声。咚——嘎，咚——嘎，年年如此，今年也如此。那一声声的爆响，是祝愿，也是期盼，更是人们对大地的礼赞！

（原载《小说林》〈双月刊〉2008年第6期）

印　记

一个天大的喜讯笼罩了整个谢家屯：玉秋家丢失多年的小炕头就要回来了！

这个好消息还是村主任张计五带来的。那天，玉秋刚吃过早饭，正站在院里拿火柴棍剔牙。看见计五进来，笑了笑，问他："今儿刮的哪边风呀，竟把大主任吹来啦！"计五说："甭管哪边的风，反正是好风！——玉秋哇，该你请客啦！"望着一脸惊诧的玉秋，问他："你家小炕头是不是二十年前丢的？"

玉秋矍然一惊，将火柴棍扔了，一双深陷在眼窝里的大眼睛，瞪得有铜铃般大，下死劲地盯住计五，喃喃地道："没错，我家的小炕头丢了整整二十年了，你这是？"

计五倒不着急了，掏出烟来，吸一口，一双小疤瘌眼斜睨着玉秋，告诉他：他刚接到了乡民政助理老倪的电话，说是有这么一个年轻人，二十年前被人贩子拐走卖到了省城。现在这孩子就凭着仅有的一点记忆，认定自己是这一带村里的人。

正在刷碗的梅菊，从灶房赶出来，尖着嗓子说："那肯定是我家小炕头！孩子在哪呢？嘛时候回来？"

计五笑着，抖着架在手上的烟，说："你先别高兴得太早，眼下只是把年岁和丢失时间对上了，可究竟是不是你家小炕头，只有见了人才能确定！"

计五走后，玉秋和梅菊就像傻了一样，站在院里，你望着我，我望着你，心里都在说：这是真的吗？还是梅菊忍不住了，竟捂住嘴，抽抽噎噎地哭起来。玉秋的眼睛也湿了，劝她："你还哭嘛哩，还不快把家里收拾收拾！"

第二天傍晚，计五就把那个孩子领来了，后面跟着县民政局一位白白胖胖的女干部。乡民政助理老倪也来了。一进院门，那个女干部就向大家介绍情况，说这孩子中午下的火车，他们一刻也没停，就带他朝这里赶，为的是让他早日见到日思夜想的亲人。那孩子瘦高的个子，大眼睛，白白净净得像一根嫩豆芽，一看就是城里长大的娃子。这就是丢失多年的小炕头吗？在那一刹那，玉秋和他女人像是置身于梦境里，心里一热，当年那个活泼可爱的孩子顿时浮现在了眼前！他们一人拉住了孩子的一只手，眼里含着泪，开始在孩子的脸上仔细地打量。

老倪理一下花白的头发，笑呵呵地打哈哈："好好看看吧，看是不是你们当年丢失的孩子！"不错，他们还真得好好地辨认一番，要从一个二十多岁的人身上，找到他三四岁时的影子，还真不是件容易事！不过无论是从感情上，还是心理上，玉秋早已认定了这个孩子就是他的小炕头！一旦认定，他竟然发现这孩子的脸形和自己有些相像——都是那种瘦长脸，而眉骨又有些往外凸。前来看热闹的人们也纷纷说道："你还别说，俩人长得还真像，不仅脸盘子像，就是笑起来的样子，也非常像！"是的，两人都是薄薄的嘴唇，咧开来，露出一口整齐的牙齿，不同的是，玉秋的牙黄里透黑，那是他几十年烟龄的证明；而那孩子却是一口白牙，闪出白瓷一样的光亮。没错，就是小炕头！那些上了年纪的女人，有的禁不住用衣袖擦起了眼睛，说，当年小炕头是个多么可爱的孩子呀！真是老天有眼，这孩子命里就不该丢！

"爸，妈——"显然，那孩子已经认定面前的两位老人就是自己的亲生父母了。那双清澈的眼睛里，早已盈满了亮晶晶的泪水，在夕阳下闪闪发亮。

玉秋答应着，将这孩子的手握得更紧了。他女人呢，虽说也答应得非常响快，但还觉得拿不准，想再好好地辨认一下。她突然想起来，小炕头的左额角上，曾经让家里养的一只大白鹅啄过一口。伤口痊愈后，那个地方就落下了一块梅花样的疤痕。

想不到，这个让她曾经无比痛恨的疤痕，此时却派上了大用场！她抬手撩开了这孩子额头上那缕墨黑的头发，然而光溜溜的额头上，哪有一点疤痕的影子？这让她非常失望，这个兴冲冲地从几百里外的省城赶来认亲的孩子，并不是自己的亲骨肉！她扭头对玉秋苦笑着，摇了摇头，说：

“他不是咱家小炕头！”

就像一盆冷水浇在了热锅上，玉秋顿时愣住了。那个孩子尤其显得尴尬，刚才的激动迅速地消退着，白皙的脸颊上竟然飞上了两片红晕，这种腼腆男孩特有的羞涩，让人心生爱怜。

也许是为了解围，县民政局那个白胖胖的、大脸盘子的女干部，爽朗地笑了笑，安慰玉秋和梅菊：“呵，不是也不要紧的，不过嘛，你们最好再仔细看看——都过去这么多年了，孩子身上哪能就没有一点变化！”

可除了那块疤，其他地方还有什么印记呢？梅菊想着，又抬起脸来，端详这孩子。

老倪向那孩子挥了挥他蒲扇一样的大手，哈哈地笑着，说：“小伙子，不是也没关系的，这有嘛要紧！你回去再好好想想，天底下姓谢的多得去了！再去周围县里找找吧！不要着急！”

那孩子也抚摸着脑袋，喃喃地说：“我记得就是这一带呀。莫非，是真的找错了？”显然是因为自己的原因，给这么多人带来了麻烦，便感到有些不好意思，额头上早已沁出了细密的汗珠，脸色变得红彤彤，像是被天边的晚霞浸染了似的。

后来，还是玉秋母亲解了围。她两手颤抖着，指着这个孩子，说：“你们看看，他的脸盘子多像他爸爸呀，就连眉骨也像！他就是我的小炕头！”伸手就拉住了孩子的手，像是抚摸一件失而复得的珍宝。那年夏天，是她在家里带小炕头，一眼没注意，孩子跑到街上玩。等她出去寻找时，哪还有孩子的影子？孩子是她带丢的，她就一直对儿子和儿媳心存愧疚。想不到呵，丢失多年的小炕头突然又回家来了，这怎能不让她感到惊喜？年逾七旬的老人，两只昏花的眼睛盯住这孩子的脸不肯移开。阿弥陀佛！终于在有生之年见到了丢失的小孙子，这是她梦里多次梦到的情景，今天却变成了现实！泪光在她的眼睛里闪动。

见老人说得这么肯定，这么坚决，玉秋和梅菊也不好再说什么了。是呀，这件事老人比他们有发言权，平时小炕头由奶奶带的时候多。这个孩子是不是小炕头，瞒不过老人的眼睛！于是，梅菊也就不再去想那个梅花样儿的疤了，认定了这就是自己的儿子。

这天晚上，他们祖孙三代，围着饭桌，一边吃，一边各自说着离别后的思念。饭桌上摆满了好吃食，这是梅菊和玉秋上午从镇上买来的，仿佛要把这二十来年对儿子的亏欠找补回来似的。梅菊那张瘦小的脸，也像抹了油彩一般油光水亮，一脸的喜气。

小炕头——他现在的名字叫贵川，告诉玉秋和梅菊，那年他朦朦胧胧地记得，自己是被一个女人带走的，说是要带他去找妈妈，后来又坐火车，来到了那座城市。城市里有那么多的高楼，有数不清的汽车。他就被人贩子带到了一个人家。那个人家的大人，也就是他的养父母，他们非常疼爱他，每天都给他买好吃的，还给他起了新名字。时间久了，他不记得自己原来的名字了，却记住了爸妈曾对他说过：咱家姓谢，就是感谢的谢！于是就把这个字牢牢地记在了心里。对于老家，他只记得村南有一条弯弯的小河，河两边是绿油油的稻田。河边有几棵大柳树，父亲带他在柳树上捉过知了。那时，红通通的太阳悬挂在远处黛青色的山峦上，满天是鱼鳞状绚烂的晚霞。被晚霞映红了的稻田上，有几只像红辣椒一样的蜻蜓翩然飞舞。他还记得，他家的房子是带“檐”的，也就是这里人所说的那种“嵌檐”房子。然而这一切又都笼罩在了一层淡淡的雾气里，迷迷蒙蒙的，像是一个梦！

玉秋一下子兴奋起来，放了筷子，望着贵川不住地点头，说，对，对！他想起来了，那时候吃过晚饭，他喜欢领着小炕头到河边玩。做了一天活，在这里能让他感到放松。他领着小炕头在大柳树上捉知了猴，下到稻田里逮青蛙。知了猴用火烤了吃，有一种奇特的香味；而青蛙肉也很鲜美，逮上十多只，就能炖一锅。他喜欢用青蛙肉下酒。有时看四下没人，就脱个精光，在小河里洗个澡，洗去身上的灰尘和一天的疲劳，那才叫痛快！至于这孩子说的那种房子，他家的老房子的确就是那种样式，后来拆了，盖了新房！

梅菊也想到了村南那条弯弯的小河。当年，也就是她刚嫁到这里时，她时常坐在河边洗衣服，把裤腿挽得高高的，在稻田里拔那种和稻子非常相像的稗草。空气里飘着稻花的清香和好闻的水腥味。那时候，她每每望着清泠泠的河水，望着河里鲜嫩的水草还有欢快地游弋的小鱼，竟感到生活是多么的美好！那如镜面般的河水，曾映过她如花般青春的容颜，更映亮了她对美好日子的憧憬！可后来，那条小河不知怎么就干涸了，河两边的水田也变成了旱田，和其他地方一样，种小麦，也种玉米，却再也闻不到那令人心醉的稻花的香气了。她起初还惋惜过，后来和村里所有的人一样，成天为生计忙碌，那条小河以及由它滋生出来的美丽风景，就退出了他们的记忆。

可以说，是贵川的到来，让他们昔日的记忆复活了。而且还通过这些记忆，证实了这个孩子竟是自己的亲骨肉！这是一个多么精爽可爱的孩子呀，黑亮亮的豆荚一样狭长的眼睛里，迸射着聪明和坚毅，眉宇间也透出几分秀气和机灵。梅菊就紧紧地盯着贵川看——小炕头的突然丢失，就像是剜去了她的心肝，她几乎要垮掉了。直到又生了一对儿女，她才从那场噩梦里渐渐走出来。此时，那张瘦小的脸上，满是欣喜的神色，不停地给贵川往碗里夹菜，嘴上说着，多吃点呵，咱这里的特产，荞面扒糕。又说，这是马家烧鸡，你在城里吃不上的，快尝尝！

贵川吃着梅菊夹给他的菜，告诉二老，他是突然生出寻找故乡的想法的。可细想起来，也并不完全是这样，仿佛在他的潜意识里，自己的故乡就不是那个繁华的都市，而是那个村前有一条小河、河边有一排大柳树，四周又飘着稻花香的小村庄；每当他听到那首老歌“一条大河波浪宽”时，就备感亲切，认定自己的故乡原本就是这个样子！冷不丁就会生出寻找故乡的冲动。可那时他也只是想想而已，并没有想到会有一天，自己真的去付诸行动的。然而，随着年岁的增长，他这种去看看自己的出生地，看看亲生父母的愿望越发强烈！

但他最后下决心寻找故乡，还是从师范学校毕业之后，因为工作一直没着落，在家里闲着无聊，就利用网络，凭着自己那个朦胧的记忆，通过各地的热心网友，帮他寻亲。怎么个寻找法？中国这么大！他先是根据时间——他记得，他被人贩子哄走，先是坐汽车，之后就坐火车，天黑时来到省城。从这一点推测，他家距离省城也就五百来里地。此外，他又根据远山，稻田，推断出了故乡的大致方位。在华北大平原，能看到西山，又有稻田的地方毕竟不多！这样，经过几个月的苦苦寻找，还真有了结果。怕养父母伤心，他就对他们谎称去外面找同学玩，便背上行囊，悄悄地前来认亲，实现他那个埋藏心间多年的夙愿！

就这样，一直聊到很晚，他们才睡下了。躺在父母为自己收拾得干净整洁的屋子里，贵川心情无比激动。这里和他城里的家完全不同，虽说简陋，却让他恍若置身于了温馨的童年，即幸福又新奇。就像一个风餐露宿、历尽种种坎坷的游子，终于回到了母亲的怀抱，一种踏实感将他包围。他盼着天亮，好去村外转转，寻找那个一直萦绕在脑海里的画面。

第二天，贵川起得很早。和城里不同，这里没有汽车排出的废气，更没有从马路边的商铺里飘出来的刺鼻的油漆味。有的，只是乡村的清晨那种甜丝丝、潮漉漉的清新空气，吸一口，让他感到神清气爽。

玉秋带他朝村南走去。路上，贵川又闻到了炊烟的香味。这柴草燃烧时的香气让他的神经变得兴奋起来，禁不住感叹，还是乡间好呵，就连空气，都是甜的！

走出村南口，贵川一眼就看到了那条小河。它由西边伸过来，像一条大蟒一样，在村南拐一个弯，向东南方向蜿蜒而去了。这就是自己记忆里的小河吗？然而已经不见了亮闪闪的水波，说它是一条河的遗迹更为合适！那裸露的河床上堆满了生活垃圾，有塑料包装袋，有卫生纸……凡是城里垃圾堆里有的，这里一样也不少。

见贵川皱起鼻子，玉秋便苦笑着，声音低沉地说："没办法，从前村里人养猪，垃圾都倒猪圈里造肥了；如今没人养猪了，这河沟就变成了垃圾场！"

忽然，一股刺鼻的臭味扑来，贵川扭过头，看到河床的东边堆着一团黑乎乎的东西。他正疑惑，玉秋告诉他，说这是鸡粪，如今村里人养鸡的多，就在自家田地里，垒几间小屋，再盖几排鸡舍，几百只上千只鸡，每天排出大量的鸡粪，就倒进了这河沟里。

"真没办法，人们嘛来钱快就干嘛，才不管环境不环境哩！"玉秋像是牙疼一样，巴咂了一下嘴。

听玉秋这么一说，贵川也注意到在村边的麦地里伫立着一片片低矮的屋舍，看来那就是鸡场了。他突然觉得，这些鸡舍就像一只只凶猛的野兽一样，正在将绿油油的麦田一点一点地吞噬。想着那个"一条大河波浪宽，风吹稻花香两岸"的优美景色，看着眼前的情景，他真切地感到了什么是"沧海桑田"！刚才的好心情，顿时荡然无存了。但也不能说他就对这里产生怀疑，他记忆里的东西，必定是在这里存在过的。

就在玉秋领着贵川在村外寻访童年的足迹时，正在做早饭的梅菊，对婆婆说："我还是有点纳闷，我记得咱小炕头额角上的那块疤可不浅呀！莫非这二十来年，它真能长平了！——就一丁点也看不出来？"婆婆说：

“是呀，那么大一块疤，哪能一点痕迹也不留呢？”

梅菊就问她：“那你昨天干嘛就认定他是小炕头？”老人只好说实话：“我看他的脸形，还有眉骨倒是真的有点像！不过嘛，当时我就想，是真是假，咱还是先认下，反正，咱家里又多了一个男人！”

梅菊平时很有主见，但在这件事上却变得优柔寡断了。听婆婆这么一说，心里又开始犯嘀咕：光是凭借那几个记忆就能证明一切吗？从前村边有小河的村子多啦！再说，那条小河从西山里一路流过来，要经过多少个村子？而哪个河边不种几棵柳树？哪个大人又没领着小孩子捉过知了呢？

单凭额头上那块疤痕是不能确定这孩子是不是小炕头了，那么还有没有别的办法呢？梅菊就挖空心思地琢磨。突然，她眼睛一亮，说：“妈，我记得小炕头最喜欢吃你做的饼干！”

婆婆愣了一下，很快也就想起来了。原来，那时候他们家日子还不好过，白天梅菊和玉秋下地了，小炕头饿了，老人就给他变着法做好吃的。老人有一双巧手，做面食很有一套，她把白面拌上香油，再打上几个鸡蛋，掺上葱花，姜丝，白糖，就像做锅贴饼子一样，做那种小饼干——那饼干又薄又脆，散发出一种特殊的香气。不管小炕头哭得多厉害，只要见到这种小饼干，立刻就不哭了。吃得又香又甜，那双黑亮亮的眼睛，便溢出一弯笑来，挂在眼睑上的泪珠欢快地砸在白白的小手上。老人逗他，好吃不好吃？小炕头将手里的饼干高高地举起来，说，好、好其（吃）！老人轻轻地拍一下孩子的脑袋，说，好孩子，不淘气，奶奶还给你做饼干吃！

为什么不能用这种吃食来检验一下呢？主意拿定，梅菊心里一下子敞亮了，在她看来，这是一个最高明的办法。孩子额头上的疤痕随着年岁的增长能够消失，可烙在心里的印记，是不会轻易消逝的！这就像在一个人的躯体上砸上了一枚钢印，那是一个深入肌肤的无法抹去的标记！

“爸、妈，我以后会常来看你们！”这天，贵川一边收拾行李，一边对玉秋两口子说，“谢谢你们，这几天给你们添麻烦了！”他是昨天接到养父的电话的，说是费了好大力气，才给他找到了一份工作，到一所小学校任教。

梅菊赶忙说：“傻孩子，你还和我们客气嘛哩！你以后不要忘了我们就行！”边说，边往贵川的背包里塞煮熟的鸡蛋。

那天吃饭，婆婆将一盘小饼干端到了贵川跟前，说，孩子呀，这可是你小时候最喜欢吃的！于是，一双双眼睛就像一束束探照灯似的，都齐刷刷地集拢到了贵川的脸上。当年的小炕头，每每面对这金灿灿、香喷喷的小饼干，眼睛里会立刻放出光来，嘴里呵呵地叫着，两只白白的小手抓过一片，迫不及待地朝嘴里塞去。此时，他们期盼着从贵川的眼里放出那种光来。那光亮似清晨天边洇出的一缕曙光，更像春天璀璨而明媚的朝阳。而此时的贵川，有些羞涩地笑了笑，说着“是吗？我怎么不记得了”，就拿起一片放到了嘴里。可他并没有感到这种东西有多么好吃，甚至还对它产生了怀疑：这就是我小时候吃过的东西吗？哪有城里的饼干好吃，像巧克力呀，钙奶饼干呀，哪一样不比这个好吃？不好吃，只吃了一片就不想吃了。但碍于情面，又硬着头皮吃了一片。因为在贵川的脸上，没有看到一丝的惊喜，大家顿时都失望了。便认定，这个孩子真的不是自家的小炕头！

不是小炕头，梅菊心里又迷惑起来：这个孩子在城里待得好好的，非跑到这穷乡下来寻嘛亲哩？在她眼里，总觉得贵川的寻亲未免有点荒唐，当她听说贵川的养父母是教师，一个月有几千块钱的收入时，就更觉得这个孩子不可理喻！

毕竟和这孩子在一起生活了几天，此时就要离开了，玉秋心里竟有些不舍，便随了梅菊说道：“是呵，以后常回来看看！”然后，吸一口烟，盯着这个“儿子”看。那高高的眉骨便狠狠地耸起来，像两座小山丘。这个老实巴交的男人，这几天是在一种复杂的心情中度过的。刚开始是惊喜，后来听女人说这孩子并不能百分之百地确定是自家小炕头，他的心里顿时又凉了半截。但还是希望他就是他们的小炕头！为此，他还和女人商量过，是不是做个亲子鉴定，以便彻底打消顾虑。然而一打听，价钱非常昂贵，下来得花几万块钱，吓得他们马上就打消了这个不现实的想法。不能做亲子鉴定，他就安慰女人：“咱还是睁一只眼，闭一只眼吧！咱就认定他就是小炕头不就得啦？”女人瞪他一眼，说：“看你说得轻巧，多一个儿子，咱不还得给他盖一处房子呀？再说啦，这孩子过两年就要成家了，如今连个工作也没有，他要是不走，咱还真的得给他盖房，娶媳妇，你说这得花多少钱？”

梅菊的话把玉秋着实给吓住了，瘦削的脸颊像被马蜂蜇了，猛烈地抽动了几下。原来，他们村这几年出了几个做大生意的老板，因为有钱，无论什么事都出手阔绰。尤其是在红白喜事上，就像比着似的，场面那是越闹越大，花费也越来越多，你压我，我压你，谁也不服谁，以至于要娶一房媳妇，前两年一两万还能打住，如今一下子就涨到了七八万。这些人在村里都是有头有脸的，谁都想占个先儿。就这样，他们就把村里红白喜事的花费抬上去了。普通村民心里不乐意，但又拗不过这种风气——一种行为一旦成为了风气，就再也难以改变。只好咬着牙，跟头趔趄地跟着跑，那种狼狈和不情愿，正应了这里的一句俗语——家雀跟着夜马虎（蝙蝠）飞！你说，家雀能跟着蝙蝠飞吗？没有钱，就靠借债来维护自己的面子。是呵，他玉秋甭说大老板了，连个小老板也不是。他只是村里最普通不过的人了，农闲时，他和梅菊也给人家打工——就是去承包河滩地的人家做帮工，一天也挣个三四十块。就是靠着这不多的收入，他们还要供一双儿女上学。儿子亮亮十八岁了，明年就要考大学，而女儿只比儿子小一岁，这两个孩子上高中，读大学，一路走来哪个不要大把大把地花钱？如果再为这个儿子盖房，张罗媳妇，他们有这个能力吗？这不就等于用磨盘压住了手吗？而且，通过这几天的观察，这孩子远没有村里的孩子们壮实。如果将村里的孩子比作一头壮牛犊子，那么这孩子就是地里的一棵大秆高粱。想想吧，一棵大秆高粱怎能和一头牛犊子相比呢？在乡下，男人没有力气是很难立足的。这样说来，这孩子不就成他们的累赘了吗？

可话又说回来，如果这个孩子真的是他们的亲骨肉，那也就罢了，花钱再多，麻烦再大，那是他们不可推卸的责任！可问题是这个孩子的来路有些不明不白，疑点很多，这让他们心里怎能踏实下来？因此他们就觉得犯不着——这么匆匆忙忙又糊里糊涂地认下这个儿子，这不是自己给自己找麻烦吗？这两口子，越是这样想，就越是感到这件事要多荒唐有多荒唐。人家叫一声“爸妈”，就晕得不知天是天地是地了。越是这样想，他们就越是觉得贵川不像自己的孩子！就连当初认为相像的地方，竟然一点也不像了。而且，他们对贵川来这里认亲也产生了种种猜测，一致认为他的父母根本就不是什么教师，有可能是下岗工人，在城里混不下去了，让儿子来这乡下找饭吃，然后呢，还能在村里要块宅基地。他们知道，如今城里的房价高得吓人，买一套房子动辄就是几十万。而在乡下，盖一处房子也就是五六万。这样算来，在乡下安一个家还是非常划算的。虽说玉秋家生活不富裕，但玉秋也很会寻找理由宽慰自己：看看眼下城里的下岗工人吧，那才叫苦哩，生活还远不如自己！不管怎么说，咱还种着几亩地，至少吃饭不成问题吧。这样一想，玉秋便生出一种莫名的欣喜，他就对女人说了这个意思。果然，梅菊也高兴起来，那张窄窄的小脸上，顿时绽开了菊花一样的笑纹，说，就是，你说咱苦吧，还有比咱更苦的哩。从前我还向往大城市哩，现在看看，还是咱乡下好——在乡下住着踏实！只要肯吃苦，总是不愁吃口饭的。于是，两人心里就感到从来没有过得舒坦和满足，甚至对城里人，尤其是那些下岗工人，竟然生出一丝怜悯！对于他们这样的人家，能生出对别人的怜悯，何止不是一件自豪而又值得他们骄傲的事情！因为这个理由，他们就认定了贵川就是城里下岗工人的孩子，是打着认亲的幌子来乡下找生路的。

既然不想认这个儿子了，总得向人家摊牌吧！可又有些张不开口。正当他们左右为难时，听说贵川找到了工作，压在他们心头上的那块石头，啪，落地了。

就这样，贵川被他们送到了村北口。

就要离开这里了，贵川望着两位老人，竟然产生了一种陌生感。他想起了这几天他们对他态度的变化——由热情渐渐地变得暧昧甚至冷淡，此时想来，这分明是在向他传达这样一个信息：他们对他又产生了怀疑！那么，他们到底是不是自己的亲生父母呢？莫非，是真的弄错了不成？这样一想，贵川的神色便有些尴尬，目光不再好意思和玉秋两口子对视了，而是将眼睛望向了村口。

他又想到了那个模糊的记忆：静静流淌的小河，枝叶婆娑的大柳树，远山，落日，还有悠扬的蛙鸣以及让人陶醉的馥郁的稻花香。然而，贵川此刻突然对这个记忆产生了怀疑。莫非，这个画面并不是现实的存在，而是来自梦境？如果来自梦境，那他又不明白了，在城里长大的他，怎么偏偏会出现这样一个梦，而这个梦又长久地萦绕于他的脑际？

对于这个问题，他是无法弄清楚的。可有一个事实却摆在他面前：通过这几天对乡下的体验，和他想象的竟然相去甚远。乡村生活的种种不便，还有越来越严重的污染，都让他大为失望。而且，他也发现自己和乡下人之间竟然有那么多的隔阂！莫非，是自己太喜欢陶渊明的田园诗了，才幻化出了那样的一个梦？抑或，因为自己的先人也是乡下人，那种对田园的印记，早已根植于了自己的灵魂深处，因而在潜意识里就存留了这种亲近乡土的信息吧？

他就在这种困惑和尴尬中，和玉秋两口子道别，踏上了开往县城的一辆公共汽车。透过车窗，他看到两位老人还在向他招手，嘴里说着："别忘了回来看看呀！"但在他听来，已完全是出于一种礼貌和客气。他禁不住想：今后，自己还会来到这小村，看望两位老人吗？

此时，望着渐渐远去的汽车，梅菊的情绪又忽然激动起来，她扭头瞥玉秋一眼，说："我看这孩子就是咱家小炕头！没错，就是他！"口气非常肯定，不容置疑。

玉秋顿时愣住了。平时梅菊不是这个样子的，她是个很有主见的女人，可今天她为什么变得这么没有主见了呢？

"你——你不是认准了那个疤吗？还有妈做的那种小饼干！"他说。心想，也许她是见人家一走，又想起了他们的小炕头。想起孩子，她心里一乱，就没了主意。

梅菊狠狠地白他一眼，目光里充满了怪怨："那个疤能说明什么？你想想吧，都二十年了，咱小炕头也从一个三四岁的孩子，长成二十多岁的小伙子了，他身上不发生变化才怪哩？莫非那块疤就不能消失，专等着你去辨认？至于小饼干嘛，家做的哪有买来的好吃？城里的孩子嘛饼干没吃过，哪还记得咱家小饼干嘛味道？"女人那像刀子一样的嘴，噎得玉秋没话说了。鼓起腮帮子，巴咂了一下嘴。

但他心里还是发虚。哎，如果那个疤痕，也就是那个惟一能证明是他们小炕头的印记，没有消失，依然牢牢地长在那里，那该有多好！

这样想着，玉秋就长长地叹出一口气！

（原载《当代小说》2009年第4期）

光　亮

莫非，自己真的出不去了?

这样一想，一种巨大的恐怖笼罩了她。她边用手揉着落满灰尘的眼睛，边想：自己还活着！既然没有被砸死，就有生还的希望。然而，又有些悲观，也许自己不可能活着出去了。

灾难来得竟是那么突然。当时，她挺着大肚了，来到办公室。她的预产期是十五号，今天是十二号，还有三天。可单位这些天非常忙，自己经手的账目，不愿意让别人来接手，那样太麻烦。再忙上两天，把这笔账目做好，她就可以请产假了，安安生生地在家生孩子。谁知，她坐下来，刚打开抽屉，桌子就晃了一下。她感到自己也随着晃了一下，像是有人在后面猛地推了她一把。她下意识地扭过头，身后并没有人，就感到奇怪。几秒钟之后，她又感到了晃动，是整座楼一起在晃，而且晃得很厉害。伴随着剧烈的摇晃，从远处传来沉闷的轰隆隆的响声，像是滚过来的雷声，但又远比雷声凶猛而沉重。她认为是什么地方发生了爆炸，依然没有想到是地震。她没有往外跑。正在她惊恐不安又不知所措时，突然听到楼道里响起一片脚步声，有同事在喊：快跑，地震了！啊，地震了！她什么也顾不上了，推开门随着人们从四楼往楼下跑。因她挺着大肚子，跑不快，跑到二楼楼梯拐角处，只听轰的一声，整座楼塌了。她感到自己也迅速地往下落，就像从高空往下掉，又像有一只大手在往下面狠劲地拽她。她想，完了，一定是要死了。可当四周安静下来时，她发现自己并没有死，而是被塌下来的楼板挤在了这个逼仄的角落里。楼房倒塌时腾起的灰土眯了她的眼睛，空气里满是呛人的尘土味。

此刻，想着刚发生的一切，她感到像做了一场梦，更像有人搞恶作剧，将大地轻轻地晃几下，顷刻间一切就面目全非了。当她渐渐地从这令人惊恐的一幕中醒过神来，才感到了钻心的剧痛，像是有无数根钢针在她的右腿上乱扎乱戳。她想动一下，却动弹不得，右腿被一件又沉又硬的东西死死地压住了。伸手摸了摸，像是一块楼板，冰冷而坚硬。那种剧痛就是从那里生出，再向她全身扩散。但此时她还没有感到绝望，而且为自己能死里逃生感到庆幸。她相信，会有人来救自己的！

这样一想，她的恐惧感也消逝了一些。只是，腿部的疼痛让她吃不消。她给自己鼓劲，一定要挺住呀。爸爸妈妈怎么样了？还有小张，他们是否逃过了这一劫？她从家里来上班时，母亲正在洗衣服，爸爸在午睡。今天小张去乡下检修信号塔，中午她就来母亲这里吃饭。因为自己快要分娩了，妈什么也不让她干了，午饭后她就躺在床上休息了一会儿。不到两点钟，就起来了。她家离单位只有几百米，她上班都不用骑自行车，很方便。临出门，妈妈又嘱咐她：下楼得小心点呵！她没言声，只是冲妈扮了个鬼脸，心里抱怨妈多事，自己的身子，难道自己还不清楚？这个中午，和平时没有什么两样，祥和，温馨。天气也不错，白亮亮的太阳挂在头顶上，火辣辣地照着她，也照着马路，楼房和树木。天空中飘着几朵白棉絮一样的云彩，有些热，但并不是那种让人难耐的闷热，不时会有微风从城外的山上吹过来，带着春天草木特有的清香。她挺着大肚子在大街上走，竟然生出一种即将做母亲的豪迈。那件白底粉红色小花的连衣裙，是她为自己特意做的孕服，此时将她衬托得越发的白皙而妩媚了。大街上依然人来车往，一切都和往常一样安宁。想不到，一场灾难却悄无声息地向人们逼近……

就在这时，她听到外面有人大声喊。那声音显得很遥远。然而这隐隐约约的声音就像为她注射了一针兴奋剂。一定是救自己的人来了！突然，她听到了妈妈的喊声。不错，是妈妈的声音，妈妈的嗓音已经嘶哑了，但仍扯着嗓子在喊，喉咙像是要扯破了，流出血来了。她屏住呼吸，仔细地听，妈妈喊：小萍，你在哪里？妈妈救你来了！还有一个声音，很粗很深沉，一定是爸爸。爸爸的脾气很暴躁，嗓门也很大。急躁的爸爸只是可着嗓子喊：小萍，小萍！这么说，爸爸妈妈都跑出来了，他们平安无事！她激动不已，使出浑身的劲，回应他们：爸，妈，我在这里——你们快救我出去！呵，妈妈听到了她的声音了，妈妈对她喊：小萍，你不要怕，我和你爸一定救你出来！妈——她呼唤着，两团泪水窝在了眼眶里，热辣辣的。她就这样不停地喊。泪水淌下来，流到了嘴里，又苦又涩。

她喊着，想坐起来，可一动弹右腿就扯心裂肺般疼。不但腿不能动弹，身子也没有多大的活动空间。这样喊了一会儿，她就感到口渴得厉害，就喊：妈，我口渴，我想喝水！她的声音充满了哀怨，像一个在外面受了委屈的小孩子。她记得中午妈做的饭菜不咸呀，怎么这么渴呢。她不明白这是怎么回事。后来她感到右腿有热乎乎的东西往外流，伸手摸一下，是黏的，呵，是自己的血！她看不到血的颜色，但她感到自己的眼前在冒金星子，就像夕阳下稻田上飞舞的蠓虫，在她的眼前胡乱地飞着，飞着，让她心烦意乱。

她又安慰自己：没关系的，爸妈肯定开始救你了。只要坚持下去，一定能活着出去！

爸妈逃出来了，可小张呢？他是否安全？她心里仍放不下小张，在心里为他默默地祈祷：老天保祐，让他也躲过这一劫吧！只要他没有发生危险，很快就会赶回来救她的。

四周还是黑乎乎的，没有一丝光线透进来。从外面隐隐绝约约地传来人们的喊叫声，其中还夹杂着哭声，悲恸心肺的哭声呵！没问题了，人们已经开始挖掘了。她甚至已经听到了搬动砖块的响声，还有铁镐碰触楼板的那种尖厉的声音。平时她最讨厌这种声音，但此刻听上去却感到格外动听，这是世上最好听的音乐呵！

右腿的疼痛渐渐消失了，她伸手摸一下，没有知觉，看来已经麻木了。她想，这样也好，倒免去了那难捺的痛苦。

她就这样挺着。然而，外面并没有挖过来。后来，竟然连搬动砖块的声音也没有了。这是怎么了？是爸爸妈妈不救自己了？不会的。也许是自己埋得太深了吧？埋得太深，就不好挖，他们又开始想别的办法。这是一座五层大楼，她在四楼办公，她是被埋在二楼楼梯拐角处的。也就是说，在她上面还压着厚厚的砖块和楼板。她倒吸了一口气，感到了情况的复杂和严峻。她想到了救援队。她在电视上看到过，哪里发生灾难国家就会派部队过去救援。他们会想办法的，她安慰自己，顿时又看到了希望。

因为看不到光亮，她无法分辨白天和夜晚。时间从她身边悄然地流逝，她却无法看到时间划过的痕迹。四周很安静，只有余震发生时，身边的砖石发出吱吱的响声。但很快就安静下来。一安静下来，她就能听到自己心脏的跳动，那声音听起来非常微弱，可又很急躁，怦——怦——怦，像是石块落到深水里发出的响声，坚强而执拗。

也不知从什么时候起，她竟然看到了一丝亮光。她一阵惊喜，认为是外面人挖了过来。然而再仔细看，却又没有了。她明白这是自己的幻觉！但她不感到孤独，因为还有她的孩子和她做伴。不，应该说她时刻都在和孩子相伴。她一定要把孩子生出来，让孩子来到这个世上！

她用手抚摸着鼓绷绷的肚子，眼前又出现了那缕亮光。孩子，咱们会出去的。你爸爸，还有你外公外婆，他们都在等你。他们会找人来救咱们的！她自言自语，就像孩子能听到她的声音一样。

母子间莫非真的有心灵感应？一丝疼痛突然从腹部传来，像一根针轻轻地扎了一下。她一惊，莫非孩子就要降生了？随即疼痛接连地涌来，起初疼痛只是一个“点”，后来就向四周扩散，渐渐的蔓延成一个“面”——整个腹部开始疼痛。孩子马上就要降生了。

而这个时刻，也正是全家人都在期盼的。她怀孕到五个月，晚上临睡前小张总喜欢将耳朵贴在她肚皮上，捕捉孩子的动静。有一次，他终于听到了孩子心脏的跳动，便兴奋地对她说：呵，我听到孩子的心跳了，你听听，你听听，跳得多有力！小张那圆嘟嘟的脸上，露出孩子般的笑。小萍伸手刮一下他的鼻子，笑他：你是想当爸爸想疯了吧？你说，我怎么听呀？小张哈哈地笑起来，蜷起身子在床上打个滚，又往墙上擂一拳，然后一个鲤鱼打挺坐起来，使劲地抱住小萍，两只眼睛亮亮的盯着她，说：心脏跳得那么有劲，一定是个男孩！小萍就故意沉下脸，说：男孩不好，我喜欢女孩子！女孩子知道疼妈！小张也不和她争辩，只是傻笑，那样子像是已经抱上儿子了。

是的，他们还很年轻，属于80后。他们有自己的生活理念，看重的是享受生活，并不去理会将来的生活会有多么沉重。别看小张平时大大咧咧的，其实是个细心人，尤其是小萍怀孕后，他的细心和周到便充分体现出来——给小萍买了一大堆孕妇保健书籍，还有胎教磁带。每天晚上，都让她做胎教。他们都沉浸在即将做爸妈的喜悦之中，就像千千万万的小夫妻一样，在一种期待中细数着擦身而过的日子。

这一切却在大地的摇晃中发生了改变。她要在这个小小的角落，在地震的废墟下面，来迎接他们的孩子——那托附着他们全家希望的新生命！

腹部的疼痛越来越强烈了，而且间隔越来越短。她意识到那个幸福的时刻就要来临了。呵，她就要做妈妈了。

然而，这种喜悦却转瞬即逝。在这样严酷的环境里，又没人帮她，也就是说要自己独自来完成分娩，这有多么可怕！她平时胆子很小，一直对生孩子心存惧怕。在单位里她曾听过年长的女同事讲述生孩子的痛苦，她害怕那种揪心般的疼痛。那天当她把自己的担心告诉小张时，小张笑嘻嘻地安慰她：怕什么？人和人的情况不一样的！为了生产顺利，平时她尽量多运动，不但像平时一样做家务，晚饭后还去街上散步。甚至，她一直还坚持上班。母亲也安慰她：做女人哪个不过这一关哟？忍一下就过去了。——再说，生小孩子嘛，哪个不是在医院里？如果发生什么意外，医生会想办法的。母亲的话让她吃了一颗定心丸，心里顿时平静了一些，就一心一意地等待着那个时刻的到来，即欣喜，又紧张。

这个时刻，真的就要来了。可不是在医院的产床上，有严阵以待的大夫，有先进的医疗设备，身旁还有亲人的陪伴。她就要在冷冰冰的废墟下面，来完成作为女人的使命。她想大声喊，让外面的人听到，那样他们会更快些救自己的。可她感到这样做是徒劳的，不但不起作用，而且还消耗自己的体力。她要保存体力，只有这样，孩子才能存活下来。她不停地为自己鼓劲。

……在一阵撕心裂肺般的疼痛后，一团热乎乎的东西滑出了她的身体。她感到了从来没有过的放松，可她的力气也差不多用完了。她不能动弹，感觉自己像被掏空了，就要死去了……

她的手终于摸到了那团热乎乎的生命，身上突然又有了力气。看不到孩子的模样，她只能用手来触摸。她摸到了孩子的脑袋，孩子的脑袋上湿淋淋、滑腻腻的。然后是眼睛，孩子的眼睛是闭着的。但她能感觉出孩子的眼睛很大，这大大的眼睛，像谁呢？像她呀！她就有一双妩媚的大眼睛。小张就被她这双眼睛迷住了，曾无数次地吻过，更诚心地赞美过：你的眼睛真好看呀，将来咱孩子的眼睛一定要像你！

……她的手伸向孩子的裆部时，差点叫起来。呵，是男孩！她猛地在儿子脸上亲了一下。我的儿子！我们有儿子了！她仿佛看到了小张笑盈盈的脸。

巨大的兴奋过后，竟是更大的疲倦。她口渴得也更厉害了。然而，还是没有一点救她的迹象。一种巨大的恐惧再次向她袭来。她开始感到绝望，蹲在身边的死神向她露出了狰狞的面孔，随时就要吃掉她和她的孩子。

她又责怪自己，你怎么这样悲观呢？一定要挺住！你现在已经是一位母亲了，你挺住了孩子才能获救！

滴嗒，嘀嗒！不知从什么时候起，她听到了轻微的滴水声。刚开始她不相信自己的耳朵，可千真万确，的确是有水滴落下来。是外面下雨了？雨水顺着废墟的缝隙，落下来。她想着，疲软的身子顿时有了力气。听觉也变得更敏感了，捕捉着发出声音的地方。没错，就在自己的左上方，听上去并不太远。滴嗒，滴嗒，那声音听起来那么清脆悦耳。只要有了水，就是这样再待上几天，她也不怕。她就想用手去接。手碰到的，却是楼板。是的，一大块坚硬的冰凉的楼板。无论她怎样击打，它也纹丝不动。她又摸了摸上边，也是一块楼板，而她的左右两侧，也都是坍塌下来的楼板。她突然明白了，是这些楼板为自己支起了一个“小窝”，她才逃脱了被砸成肉酱的厄运。

此时这楼板又无情地阻断了她的生路——将她和那水滴生生地隔断了。怎么办？听着近在咫尺的滴水声，她开始急躁起来。她用手狠狠地砸那块楼板，竟然感觉不到疼痛。但楼板岿然不动，像固若金汤的城堡。这一刻，她的心仿佛要爆裂了。但很快就冷静下来，责备自己：你这不是无端地消耗体力吗？你要有耐心，才不会被渴死，被饿死！于是她就不动了。她想，时间长了，那水也许会浸过来的。这样一想，她又看到了希望。但她感到阴冷得厉害，就把孩子紧紧地搂在怀里，用自己的衣服裹住，让她的体温，为孩子驱逐阴冷。

孩子，不要怕，妈妈会带你出去的！她对着孩子，喃喃地说。她仿佛看到了孩子在对着她笑。圆嘟嘟的脸，笑起来的样子更像小张了。她禁不住又在孩子滑腻的脸上亲了一口。

孩子，你爸爸，还有你外公外婆，他们会想法救咱们出去的！她说，忽然停了一下，像是听到了什么，又说，你听，孩子，他们正在救咱们！事实上，除了滴水声，四周仍是死一般的静——静得可怕！

孩子，苦命的孩子呵！你怎么偏偏这时候来到人间呢？顷刻间，为了这个可怜的小生命，她又变得沮丧起来了，为孩子鸣不平。随即，呜呜地哭起来，泪水流到了脸上，顺着脸颊淌到了嘴里。她干裂的嘴唇顿时得到了润滋，但马上又告诫自己：你竟然还敢哭！你应该把这有限的水分，变成孩子的乳汁！她狠狠地责备自己，就像犯了一个不可饶恕的错误似的！

她停止了哭泣，却将儿子搂得更紧了，像是害怕让人夺去。可让她失望的是，依然没有水从楼板的缝隙里浸出来。显然那珍贵的水滴，是被这坚硬的楼板挡住，流到了另外的地方。她不再对它抱什么希望了。没有了指望，那难耐的焦渴伴着饥饿，像凶猛的动物一样，又向她张开了血盆大口。她实在坚持不住了。她感到身上没有了一点水分，孩子也因吸不出乳汁，将小嘴移开了，然后就哇哇地哭起来。她的精神像要崩溃了，就乱抓乱挠，抓到什么东西就往嘴里塞。一块脱落的墙皮被她塞到嘴里，然而嘴里已经没有吐液了，反而噎得她干咳起来。后来，她抓到了一张纸——那是一片不知从哪儿落下来的打印纸，她一下子就塞到了嘴里。嚼烂了，可依然无法下咽，堵在嗓子眼里，把她憋得差一点晕过去。

就是在这时，她想到了那团湿乎乎的东西。她抓在手里，没有丝毫迟疑，大口大口地吃起来，一口气吃完了。渐渐地她感觉不到饿了，也不多么渴了。却感到了满口的腥味，她想吐，又极力控制住。她安慰自己：胎盘可是大补呵，你和孩子有救了！

然而，难耐的困倦又开始折磨她，眼皮开始发沉，她使劲地睁着，不让自己睡过去。她就紧紧地抱着孩子，让孩子吸吮自己的乳头。然而困意却难以抵挡，正当她迷迷糊糊地要睡去时，眼前蓦地又出现了那丝亮光。就像一道闪电划破漆黑的夜空，她一阵惊喜，外面的人救自己了。那是来自外面世界的光亮呀。她仿佛看到了那耀目的太阳！那是希望之光，更是生命之火！她的身上顿时又充满了力量，她睁开眼睛，可眼前依然一团漆黑。她的怀里，只有她的赤身裸体的儿子！这个孩子一来到世上，就遇到了这么大的灾难！不幸的孩子呵！有她在，儿子一定会活着出去的。她一定要让儿子活着出去！于是，她就欣慰地笑了，眼前又出现了那束光亮，她就冲着这束光亮微笑……

……她和孩子被救出时，是在地震后的第五天。救援人员移开她上方的那块楼板，看到了这样一幕：一个小孩子，被母亲的衣服紧紧地裹着，正含着母亲的乳头吸吮。人们被这一幕震惊了。把母子俩放到了担架上，小张扑过来，一下子握住了妻子的手，对她喊着：小萍，我是小张，你和孩子得救了！随着他的喊声，一行泪水从小萍的眼里流出来。

她的双眼蒙上了黑布，泪水就把黑布浸湿了。她的嘴张了张，但发不出声音。小张疯了似的又大声说：小萍，你放心，孩子没事儿！他的话音刚落，小萍的头就歪向了一边，任凭小张和小萍的爸妈如何呼唤，再没有一点反应了。但小张不肯丢开她的手，这个在地震的第二天步行几十里，翻山越岭，才赶了回来的小伙子，就这样一直握着妻子的手不肯丢开，跟着抬担架的救援人员向用帐篷搭建的临时病房里跑。然而，妻子的手却渐渐地变凉了。

后来，发生了这样一幕：刚刚失去母亲此时已躺在临时病房里的孩子，突然，对着小张，还有外公外婆，咧开小嘴，灿灿地无声地笑了。

小张呆住了。他急忙扭头，对正在旁边抽泣的小萍的母亲喊：妈，你看，你看，这个小家伙，他会笑了！

这个面容呆滞的中年女人，因为女儿被深深地埋在废墟下，她就和丈夫用手挖，用铁锹和钢钎撬坚硬的楼板。他们的手指都磨烂了，滴着血。然而，层层叠压的楼板却无情地挡住了女儿的生还之路。实在没办法了，这个不幸的母亲只好坐在废墟旁无助地哭泣，盼着救援部队快快赶来。

此时她和小张都处于一种矛盾之中——失去亲人让他们极度痛苦；而孩子这朝霞一样新鲜而灿烂的微笑，又让他们感到了欣慰和希望。

几乎是同时，两人从孩子的笑脸上，看到了小萍的影子——亮晶晶的大眼睛，微微上扬的嘴角，流露出的是纯净和坚毅！

小张突然明白了：小萍为自己留下的遗言，都写在了孩子微笑的脸上……

（原载《山东文学》2009年第6期）

喜　事

“你哭有嘛用？再哭，也哭不活咱小英子啦！”李景山对着小香吼。

小香疯了似的扑到男人的怀里，用头拱着他的胸膛，两只手也狠劲地在他身上拍打，那呜呜咽咽的哭声越发的撕肝扯肺。

李景山伸胳膊将小香抱住了，窝在眼睛里的泪像断了线的珠子，扑簌簌地砸在了小香的脊背上。他不明白，老天爷为什么这样不公平，竟然让他们踩中了人生的巨大陷阱——白发人送黑发人，这是最大的人生悲剧呀！尽管心理上早有准备，但他们的神经几乎要崩溃了。

本来，如果不发生这一切，这将是一个非常幸福而温馨的家——他和小香虽说没做什么生意，可平时除了侍弄那几亩地，农闲时也出去给人打工，一年下来两人也能挣三万来块钱，这足以让他们过上衣食无忧的小康生活。而更让他们自豪的是，他们的宝贝女儿小英子考上了一所名牌大学，毕业后又考取了研究生。正是聪明伶俐的小英子，改写了他们村从来没出过研究生的历史！有多少次，李景山和小香都在睡梦里笑醒了。然而，乐极生悲，就在今年春天，小英子查出了肝癌，晚期。如遭五雷轰顶，他们两口子一下子傻了。尽管四处求医问药，但直到他们将家里的积蓄全部花光，也没有救回女儿。就在今天，小英子永远闭上了她那双美丽的大眼睛。在他们眼里，天塌下来了。

遇到大事情，男人总比女人理智一些。李景山仰起头，绝望地长叹一声，然后推开了小香，压抑着心里的悲痛，劝她：“人死如灯灭，小英子怎么死，嘛时候死，都是命里注定的！由不得人哩！你哭坏了身子，不还得自己遭罪？咱得赶忙安排一下孩子的后事！”

“活着还有嘛意思呀？我也不活了，我要跟着咱小英子走！”小香摇晃着一头乱发，又扑在床上，悲怆的哽咽复又响起。

李景山一屁股坐在沙发上，手颤抖着从口袋里掏出烟来，拿打火机点了，放进嘴里吸一口："你就是哭下天来，小英子也是走了！她这么狠心，说走就走了，让咱白白疼她一场，还哭她干嘛？"话没说完，那张酱紫色的马脸像让马蜂蜇了，狠劲地抽搐几下，泪水又从眼里涌出来。李景山的话，让小香哭得更厉害了。

突然，李景山猛地拍一下脑门子："哎呀，我记得咱这里好像有这么一个风俗——没成家的闺女死了不能埋入祖坟！"

小香不哭了，她就像让电流击中了似的，腾地坐起来，两只让泪水泡得红通通像熟透的桃子般的眼睛，先是惊诧，后又无奈地望着李景山，喃喃地说："是有这么个风俗——小英子入不了祖坟，你说咋办呀？"

还真是个麻烦事儿！莫非就把女儿随便埋入大田地里，做个孤魂野鬼不成？那样咋对得住死去的女儿！李景山抱着脑袋，想了想，然后将吸了半截的烟扔在地上，抬头对小香说：

"给咱小英子配阴亲吧！"

配阴亲，这三个字对小香来说并不陌生。村里有早殁的孩子，父母就托人找一个同样是没结过婚而且已去了那个世界的异性，两家人简单地为他们举行一个仪式，再将俩人的尸骨合葬在一起。从此这两个不幸的孩子就有了属于他们温暖的家，在那边安安生生地过他们的小日子了——这样做，会让他们的家人得到一丝慰藉！

一想到配阴亲，小香又哭起来。本来，如花似玉的女儿完全可以在城里找个如意的郎君，住高楼，享受现代人应该享受的一切。然而，这原本属于女儿的东西，转瞬间让一只无情的大手掳了去，一切都化为泡影，她的心仿佛也让人摘去了。

"要怪，还不都怪咱小英子？她在阳间没那个福分，咱就让她去阴间享福吧！"李景山耐心地开导着小香，其实也是在劝慰他自己。

小香觉得李景山的话说到她心里去了，擦一下眼睛，抬起脸来，呆呆地望向窗外的那棵大榆树。一阵秋风吹落几片叶子，在窗前闪了一下，就落到了地上。小香望着，就宁愿相信人死后是有灵魂的！那么，又找谁家的孩子来和女儿配阴亲呢？面对这个严峻而又亟待解决的问题，她和李景山不得不挖空心思地思摸起来。主要是依靠记忆，来寻觅近几年村子里因各种原因死去的男孩子。李景山点一支烟，这次是慢悠悠地吸，不急不燥，那双蚕豆眼不时地望望屋顶，仿佛答案就写在那上面。此时，他们似乎忘记了女儿就躺在堂屋的床上，倒像是真的在为女儿物色对象一样。太阳正一点一点地西移，院里的树木和围墙，都拖起长长的灰影子。

让他俩无比沮丧的是，思来想去竟然没有一个和小英子般配的。本来村子里半路夭折的男孩子就不多，因而可供他们选择的余地非常小。就是这为数不多的几个，不是模样不好看，就是死因不好——出车祸或者自杀。怎肯让女儿嫁给这种人？这时他俩也开始后悔，昨天怎么就没有想到给女儿配阴亲？如果想到了，哪里还会这么抓瞎，急来抱佛脚？

过了好大会儿，小香感到肩膀被一双大手抓住了，听到李景山问她：

“你还记得晓晓吧？”

“哪个晓晓？”小香赶忙扭过头来，诧异地盯视着男人。

“就是张有子家那个老大呀！”

小香的眼睛一亮，嘴里说着“就是，就是，咋想了半天，竟然没有想到他呢”，但目光马上又暗淡下来，有几分沮丧地说：

“晓晓死得也不吉利，我记得他是让人给——”

李景山打断了小香的话，蹙起眉头：“不就是被人打死的呗！这有嘛不好？”

小香立马拉长了脸，说：

“就晓晓那个长相，咋配得上咱小英子！——再说，晓晓死去都十多年了吧？要是活着也三十多岁了，比小英子大了十多岁！咱小英子还是研究生！”说着，又禁不住落下泪来，仿佛就因为提到张晓晓，她的小英子就受到了莫大的污辱和伤害！

李景山显得不耐烦了，朝小香挥了挥手：

“你懂嘛呀，人在阴间是不增寿的！再说，人长得好赖有嘛关系？晓晓家门槛比咱家高——”

挨了男人的抢白，小香虽说心里不服气，但目光却变得柔和了，说：“嫁到张有子家，倒也对得起咱小英子。只是，晓晓当年——”

当年，才十七八岁的张晓晓就纠集了一帮游手好闲的地痞，在村子里欺男霸女，坏事干尽。然而厉害行过了头，也注定要倒霉！有一次，张晓晓带着他这帮小兄弟和城东另一伙地痞打架，被人家一刀给捅了！那年，他才十九岁。

晓晓死得不光彩不算，而且又是四里八乡有名的地痞无赖，可论地位，在村里能配上小英子的还能有几人？小香终于想通了，于是，两人很快就将这件事定了下来。然后又商量着，除了找人去亲戚家报丧，李景山还要亲自去来顺家一趟，请他为小英子保媒。来顺德高望重，村里的红白喜事大多请他操办。而他在张有子面前呢，也是有些面子的。虽说张有子霸气十足，但对于村里有名望的长者，他还是笑脸相迎的。这也正是他的精明和狡黠之处。

他们没有想到，后来的事情进行得并不顺利。从张有子家回来，来顺一屁股坐在景山家沙发上，绷着那张皱巴巴的脸，吸了两口烟，这才慢悠悠地说："你看看，你看看，人家有子家还得商量商量哩！"

几乎是同时，李景山和小香都张大了嘴巴。奇怪呀，张有子家还商量什么？小香就说："哎呀呀，俺小英子哪配不上他家晓晓？"由于急切，声音里又带出了哭腔，里面有悲恸，更有委屈。

这时的来顺，右手捏着烟，左手就捻着下巴上那几根山羊胡，盯住他俩很有意味地看。——这就是来顺的厉害了，每当此时他总是不动声色，显得异常的冷静和深沉。那双狭长的眼眯缝起来，从里面射出的无比锐利的光像两束探照灯似的直射到对方的心底。

"来顺叔，你还得替俺们想想办法！俺小英子就躺在床上，要是总下不了葬，也不是个法子！"李景山哪里还沉得住气，赶忙央求来顺。小香也帮腔："俺磨盘压着手哩，还得请大叔多费心！是块铁就比钉大，您就是掉个吐沫星子，也比俺们说一筐子的话重哩！"

看时机到了，来顺心里一喜，用手掩住嘴，"咳咳，咳咳，咳咳咳"地干咳了几声，然后抬起头，像终于拿定了主意，提高嗓门说："是呀，人死了，就得入土为安嘛！"他突然停住，手在脸上抹了两把，"这样吧，我就拉下我这老脸再跑一趟，看人家张有子肯不肯给我个面子！咱丑话可说到前头，如果人家不把我放到眼里，你们可别恼！"

"看大叔说的，我们哪敢恼呢，感激还怕感激不过来哩！"李景山和小香都抢着说，就像落水的人抓住了一根通向河岸的麻绳，把来顺看成了南海的观音。

果然，不大会儿，来顺就从张有子家回来了，进门就说："嘿，总算我这张老脸没丢在那儿！"望着一脸惊喜的李景山和小香，来顺又把语气一转，“不过嘛，你们也得有点心理准备！——有子的脾性你们不是不知道，他说，虽说是配阴亲，也要大办一场！到时候景山还得去一趟！——他特意让我转告你们！”

李景山一怔，那张马脸变成了苦瓜样儿，整个人就像霜打了的茄子般蔫了。小香忍不住问来顺：“他咋样办总得有个谱吧，总不能也像平常给孩子办喜事一样？”

来顺双手一拍，说：“可不是嘛！要不，我才让你们有个心理准备呀！芝麻大点事儿，到了张有子手里，不也要弄成西瓜样儿大吗？”

李景山和小香都闭上了嘴巴，这个情况的确是他们没有想到的。本来嘛，配阴亲和平常的婚礼毕竟不同，因而在规格上也就没多少讲究。男方呢，顶多摆上一桌酒席，请来女方的父亲和本族的长辈，喝上几杯烧酒，互相说些体己和安慰的话，就算了事。只是在合葬时，放几只二踢脚，那轰然的炸响在田野里传得极远，仿佛也在告诉地下的死者：今天是你俩大喜的日子，从今往后你们就在那边好好地过你们的小日子吧！别的什么也不用惦记！——这就是配阴亲的全过程。不请吹奏班子，也不大摆宴席，就这样的简单。而且虽说是配了阴亲，但两家人并不像平常的亲戚那样走动，见了面只不过客气地打个招呼。甚至平时碰面聊天时，也极少再提到这层关系了。往往几年后这件事就渐渐地被人忘掉了，就连双方的家人都有可能忘掉。只是双方的父母偶尔想起自己那早殁的孩子时，才会想起这件事，但又绝不会去多想，只是到此为止。以至于两个孩子在那个世界过得如何，仿佛再不关他们的事了。——他们已经尽到了责任，了却了一桩心事！

想不到呵，配个阴亲，张有子也要大操大办，弄得和平时过喜事一个样。送走了来顺，小香又一头扑到床上，呜呜咽咽地哭起来，嘴里还不停地叨念：“老天，这叫吗事呀——有子你也太过分啦，俺女儿可是刚刚闭眼呀！呜呜——”

李景山那张马脸拉得更长，他坐在小香身边，抽了几口烟，吐出浓浓的烟气，才对小香说：“嗯，人家乐意咋办就咋办吧，这是人家的自由嘛！再说啦，他办得越热闹，咱脸上不也越光彩嘛！”

就这样，李景山左劝右劝，小香的哭声才停息了。其实，小香早就想开了，只是女儿刚离开人世，从感情上她怎么能接受得了张有子家的那种做法？但她只能面对现实，心里再不乐意，也得接受它！

第二天，李景山去张有子家时特意换上了一身西装，还扎了一条红领带，显得精神了许多。临走时，小香反复叮嘱他："去了一定要少喝酒，可别让人家有子小瞧！"李景山瞪她一眼，拍了拍胸脯："看你说的，他能小瞧咱？我去了就是他家晓晓的老丈人！再说啦，又是他有子请我去的，还能慢待我？"

今天，张有子家还真是热闹！他家晓晓娶了一位研究生，这可是光宗耀祖的大喜事！如今没有吹奏班子的婚礼，还能称得上婚礼吗？今天，张有子请来的吹奏班子是河南人搭的班，唢呐、板胡等乐器样样齐全，据说其中几位原本都是当地豫剧团的台柱子，后来，因戏曲不景气才出来自己闯。按行政区划这里隶属河北省，只因当年那出风靡一时的现代戏《朝阳沟》，河南梆子在这里就大有市场。这一带的乡下人，每逢过红白喜事，都乐意请他们捧场，因此这个吹奏班子的生意就格外红火。

当李景山来到张有子家时，站在街门口的人，唰——就像听到了一声命令，赶忙给他让出一条夹道，一张张脸上都绽出几分谄媚的笑。望着这些平时很少正眼瞅他的人，李景山不由得心花怒放，暗暗地庆幸和张有子家结了这门阴亲！

恰巧，他一走进街门，就瞥见了张有子。

让李景山无比失望的是，张有子并没有像他想象的那样热情地和他打招呼，只是匆匆地瞥他一眼，就踅进了屋里。那肥胖的身影，一闪，就不见了。

李景山像冷不丁掉进了冰窖里，全身上下凉了个透。他随即又安慰自己：也许人家张有子没有看清吧？不对，他们相距就那么近，他怎么能看不清自己呢？也许，今天来的人太多了，张有子连个招呼也顾不上和自己打吧！他看到在客厅里坐着的，都是场面上的人——有村里做生意的大老板，也有村干部。张有子怎么不先去招呼人家？再说都成亲家了，哪还那么客气！

但很快，李景山就发现这个理由根本站不住脚。明摆着，这是自己在替张有子开脱呢！——他再忙，也应该过来和自己打个招呼吧！毕竟自己是晓晓的岳父，又是第一次登门，按说今天他李景山才是这里的贵客哩，坐上席，接受人们的敬酒！其他人，他们算个屁！

这样想着，他就在靠近屋门那一桌坐了。天已临近中午，白花花的太阳烤着李景山的脊背，像放上去一把烙铁。莫非张有子真把自己忘了不成？李景山又有些沮丧地想。这时，张有子走出屋来，笑呵呵地给外面的人敬酒，挨个地敬，就像掉进地洞的人瞥见了一丝亮光，李景山又看到了希望，他暗暗地责备自己：你着的哪门子急？张有子来这桌敬酒时，不就看到你了吗？

李景山这一桌坐的，都是街坊四邻。他们都是给张有子上了礼金的，一个个都喜眉笑脸的。然而又和平时不同，他们其实是用一种看热闹的心态来参加这场婚礼的。在他们眼里这场婚礼既滑稽又荒唐，让他们大开了眼界！他们前来贺喜，本来就是慑于张有子的威严的。——人家是村里的首富，又是那么能说会道，而且说一不二，就连村长都敬他三分！此时，望着穿戴一新又煞有介事的李景山，不禁觉得他可笑又可怜！有人就开他的玩笑：“你不是晓晓的老丈人吗？咋也和我们坐一桌？”语气里，满含着讥讽和嘲弄。本来，李景山家在村里属于孤门小姓，是弱势群体，虽说今天他和张有子家攀上了亲戚，但此刻人们还是看张有子的脸色行事。如果张有子把李景山尊为上宾，人们也就对他另眼相看了，哪里还敢取笑他！

此时的李景山，感到身上落满了人们的目光，那目光就像一根根钢针扎进他的肉里。妈的，张有子也太不够意思了！何况，按这里的风俗，张有子还应该摆一桌酒席来宴请他。不去计较那桌酒席了，可今天你小子不该这么慢待我！李景山在心里抱怨着张有子，尴尬和愤恨交织在一起，让他已沁出了细密汗珠的脸，又像罩上了一块红绸布。

但李景山又找理由宽慰自己：去堂屋又有什么好处？那里都是场面上的人，你拙口笨舌的，那是你去的地方吗？

后来，他终于盼到张有子来这里敬酒了。这是一个非常关键的时刻，他仿佛听到了张有子笑哈哈地对他说：“亲家，你咋能坐这里？今天你可是贵客呀，快，屋里请！”——至于他去不去客厅，那倒不要紧，有了这句话，就为他挣足了面子！

今天，张有子也穿上了一身崭新的灰色西装，隆起的腹部像孕妇般高高地挺着，墨黑的头发梳得油光水亮，像是打过发蜡，显得越发有风度了。也许是喝了酒，也许是无比兴奋所致，他那张白胖胖的像发面馍一样的脸，竟然泛出少妇才有的那种红晕。

昨天，当来顺来给晓晓提亲时，他心里一下子乐开了花。小英子不但长得俊俏，而且还是村里的第一个研究生，而他家晓晓连初中都没读完就辍学了。更何况他们张家甭说研究生了，连一个大学生的毛儿也没逮着过。如今他什么都可以在人前炫耀，惟独这一条让他气短！这次晓晓和小英子配了阴亲，他家祖坟里不就多了一条文脉吗？说不定，日后会冒出一股青烟来，那么他的后代不仅能出大学生，兴许还能出研究生呢。

然而，他心里的得意却又不肯露出半点来，一脸平静地对来顺说："这件事嘛，我得好好考虑考虑！——孩子的婚姻大事可草率不得，虽说晓晓是在那边，可也不能委屈了他！"他女人一个劲地给他使眼色，让他快答应下来。见他不理会，又装作倒茶水，悄悄地踢一下他的脚。来顺离开后，张有子瞪她一眼："你懂个屁！不让来顺跑两趟，李景山还认为咱巴不得和他家成亲哩！"

因此今天他和李景山碰杯时，只是对他点点头，笑了一下，笑得很有分寸。

李景山明白，此时这满桌的人都将目光投向了张有子，他们会把张有子对他的每一句话，每一个眼神，都统统地丝毫不落地收拢到自己的眼睛里，然后就会向村里传播，而传播的过程中又自然不忘放大好几倍。李景山渴望得到人们的尊重，因而他就眼巴巴地盯视着张有子，就像一个跌倒的小孩子在渴望得到大人的安抚一样。一层酡红，早已悄悄地爬上他那张黑呛呛的马脸。

然而，就像一阵风吹来，在他心里亮起的那盏灯噗地熄灭了。张有子连一句话也不肯和他多说，就像吃了喜鹊蛋似的笑盈盈地端着酒杯朝其他桌上走去了。

妈的，不就有俩臭钱呗！你牛你妈个××头！李景山在心里狠狠地骂着张有子，将烟蒂甩在地上，又抬起脚来狠狠地踩了。

吃过饭，正是下午两点来钟。几缕棉絮一样的薄云浮在天上，太阳一会儿让云彩遮住，一会儿又钻出来，天蓝得像一个幽深的湖。临近成熟的玉米、谷子，被太阳烤出一股甜丝丝的气味，随风飘进村里。

人们也喝了，也吃了，下一个程序就是将晓晓的坟墓挖开，再将小英子的棺椁放进去，两个棺材并排躺在一起——这就是合坟，也是夫妻的象征。

而这天，对于小英子来说却是非常奇特的，因为这既是她的葬礼，又是她的婚礼。尽管李景山在张有子家憋了一肚子气，但他还是按照配阴亲的程序来操办，不肯有一点马虎。

按这里的风俗，未出嫁的女儿在娘家是不能举办葬礼的。这样一来，今天小英子的婚礼就大于葬礼了。但这种婚礼又和平常完全不同，只是由几个亲戚帮忙，将小英子精心地装扮了——为她仔细地画了眉，涂了口红，穿上一身特意买来的新娘装，然后去火葬场火化。回来后再将她的骨灰盒放进棺材里入殓，用三马车拉到张有子家的坟上。这样，小英子就算出嫁当了新娘。

因为是婚礼，所以从气氛上也要和张有子家配合好。李景山从张有子家回来，小英子的骨灰盒已摆在了灵床上，上面镶着她的相片，一张俊俏而清纯的脸，那双含笑的大眼睛里饱含着对美好未来的憧憬和向往。李景山不敢和女儿的目光对视，他命令般地对小香说："有子家已经派人去了坟上，一会儿听到炮响就把小英子送过去——可有一条，你千万不能哭，记住了！"

女儿就要入土了，却又不让哭，小香一百个不情愿。但她望着李景山那不容置疑的神色，还是含着泪点了点头。

果然，这个女人真的一声也没有哭。人们将小英子装上车，拉走了，按风俗，小香不能去坟上。她强忍着眼里的泪水，不让它流出来。既然是女儿的婚礼，那么就不要弄得悲悲切切，凄凄惨惨。不大一会儿，伴着二踢脚在空中的炸响，欢快的唢呐声在村北轰然响起，那声音响亮、悠远，听上去像是从天上飘来的仙乐。不用说，小英子和张晓晓的合坟仪式是非常隆重而热闹的！

小香再也控制不住了，她哇地大叫一声，两手捂了脸，跌跌撞撞地跑到屋里，一头扑在床上，用被子蒙住头，呜呜地恸哭起来……

这天晚上，李景山做了一个梦。在梦里，小英子抱怨他："爸，你真糊涂，咋让我嫁给晓晓呢？"他却不以为然，说："你嫁给他，不愁吃，不愁穿，有享不完的福！"小英子边哭边说："晓晓是什么东西，我才不和他做夫妻哩！爸，我要回家！"

李景山猛地醒了。他坐起来，木然地望着窗口。此时院里洒满了清幽幽的月光，似铺上一层水银。夜风吹过树梢，发出哗啦啦的声响，仿佛从村外小河里传来的流水声。

李景山躺下来，却再无睡意，眼前突然浮现出了小英子那双无助的眼睛，同时一个稚嫩的声音在耳边骤然响起，“呜——呜”，那是小英子的哭声，小英子的哭声像用玻璃片割他的心。那天，在他和小香的再三追问下，女儿才用小手捂住脸，抽抽噎噎地告诉他们：在放学的路上，晓晓将她拖到路边的玉米地里，在她身上乱摸。当时他气得在屋里跺着脚大骂：“张晓晓，你个狗东西，我×你八辈祖宗！”但骂归骂，他最终还是选择了沉默。他怎么能去和人家张有子怄气呢？他有那个胆吗？没有！就是借给他十个胆，他也不敢！他只有把这口窝囊气含在嘴里，再往自己肚子里咽，咽！那年，小英子只有十岁。十岁的小英子梳着两条羊犄角一样的小辫子，上面还扎着鲜红的蝴蝶结。她哭泣时全身不停地颤动，像一朵在风雨中摇动的花骨朵，越发的惹人心疼和爱怜！

啪！李景山狠狠地打了自己一记耳光。

月光漏进屋来，将屋里映得像白天一样明亮。远处，有一只夜鸟在啼鸣，声音喑哑、低沉……

（原载《雨花》2008年第11期）

大 柏 树

亮亮和妞妞又来到村南刨稻茬。

秋后的稻田一片空旷，稻谷早已收过，那灰褐色的稻茬像排列齐整的棋子，执拗地戳在裸露的稻田里。

远远的，那棵大柏树就伫立在村南角上，它被其他绿树簇拥着，确切地说是被一团团深绿色的云翳团团围住，然而却非常醒目。

“亮亮哥，你看见那棵大柏树了吗？”这是妞妞的声音。妞妞的声音像远处小河里流水般清亮，又似刚咬开的青皮脆萝卜。

亮亮扭过头来，一双黑亮鬼精的眼睛望着妞妞，然后将刨稻茬的三齿杵住泥土，说：“莫非就你能看见吗？”又把嘴一撇，佯装生气的样子，将头一扭，“我看不见！”

“嘻嘻，亮亮哥，你真有意思。我说你没看见，莫非就真没看见呀？”妞妞朝亮亮诡谲地眨眨眼，两手撑住地，仰起那颗奔奔头望着他。

亮亮挠挠头皮，嘿嘿地笑着说，看你这个妞妞，看你这个妞妞。他知道妞妞早没有心思刨稻茬了，开始和他耍起贫嘴，他就有些后悔带她来这里了。

可不带她又说不过去，因为他家和妞妞家住对门，两家大人走得很近。平时妞妞家包了饺子，总要给他家送一碗过来。过端午节他家包了粽子，奶奶也要用搌布包上几个，让亮亮给妞妞送过去。回来时亮亮手里也不空着，又把妞妞家包的粽子带来几个。因为两家关系好，妞妞平时就喜欢来找亮亮玩耍。这个小丫头，别看个子不高，长得黑不溜秋的，像个还没有长开的黑枣，而且还是奔奔头，又因为奔奔头，俩大眼睛有些瘪，像托在手掌心里的扁豆，酷似电影上的越南人。然而，俩眼睛却非常有神，且机灵活泼。事实上这是个伶牙俐齿的小丫头，一点也受不得委屈。有时还有几分尖刻，发起威来能把她母亲气得扑簌簌直掉眼泪。有时候亮亮很烦她，不想和她在一起玩，可在无聊时又盼着她来找他。

亮亮来村南稻田里刨稻茬，已有三天了。第二天妞妞就非缠着要和他一起来。起初他不干，故意吓唬她，稻田里有狼，专吃小女孩子。你就不怕被狼吃了？这个机灵的小丫头，把脑袋摇得像个拨浪鼓，毅然决然地说，不怕，你不怕，我也不怕！再说，咱这里还有狼呀，咋就没听说呢？又狡黠地眨眨眼，心知肚明似的说，真要遇到狼，咱俩就用三齿打它，一直把它打死。这时奶奶也替妞妞帮腔，亮亮，你个臭小子，你就带妞妞去呗，你也有个伴不是？奶奶的话倒是提醒了亮亮，是呀，有妞妞跟着，他也可以和她说说话，这样干活不觉得累。于是他抿嘴一笑，对妞妞挥挥手，故意做出大度的样子说，好吧，你快回家拿三齿背筐子。我告诉你，去了可不许喊累。

妞妞嗔他一眼，说，还没去哩，你咋就知道我嚷累呀，你甭看不起人！

在他家前院里，摊晒着一大片稻茬，这是亮亮一天的收获。那灰褐色的稻茬让阳光晒得开始泛白，一股水腥味混合着植物根茎的清甜气息恣意地飘散着。稻茬一晒干，就成了奶奶做饭的燃料了。其实用稻茬做燃料并不好用，烟气大，不怎么耐，远不如玉米秸、棉花根、豆根豆秆耐烧，这些东西火旺，随着那喜人的毕毕剥剥的声响，火苗就呼呼地蹿出灶膛。也正因为它们如此耐烧，就成了村里人的抢手货，每年队里一收过秋，大人小孩就手拿三齿，肩背荆条筐，成群结队地朝田里涌去。有的人家还专门备有钎棉花根的铁钎子，而刨玉米和高粱茬的小三齿每家都有。有的人家还不止一把，而是有两把三把。把这些庄稼的根茬刨下来，再抖去上面的泥土，大筐小筐地背回来，于是半年的燃料就不成问题了。因为亮亮家人口多，燃料总是不够用，奶奶就让亮亮去村南稻田里刨没人待见的稻茬，以此来弥补燃料的不足。

头一天，妞妞还刨得非常卖力，今天她就有些厌烦了。平时村南是男孩子的天下，他们在这里捉鱼、捞虾，夏天还脱得赤条条跳进水里游泳。其实也就是狗刨，乡下人没人会那些像蛙游呀，仰游呀，还有更专业的蝶游这些新花样。有些大人吃过午饭，也来到村南，像水牛一样泡在水里，只露个脑袋。也有恶作剧的，见远远地从路上走来一个小媳妇，就故意从河里钻出来。女人往往羞得别过脸，骂道，臭男人，流氓！如果是上些年岁的，胆子就大了，嘴里骂着，却又斜眼偷偷地朝男人瞅一眼，抿嘴一笑——这里民风淳朴，男女之间的这种玩笑并不越矩。所以一到夏天，各家的大人还是不忘告诫自己的闺女，没事儿，不要到村南河边去。现在是秋后，自然不用担心光屁股男人，因此妞妞就可以放心大胆地跟着亮亮来这里。平时她没有机会来，因此一来到这里看什么都新鲜，俩眼都不够用了，哪还有心思刨稻茬呢？

“亮亮哥，你看那儿像个嘛呀？”妞妞两手撑地，尖尖的屁股作为轴心，转了个半圆，整个人像一个奇特的圆规。见亮亮发怔，将手向东一指，把声音提高了：“你看——那里像个嘛？”

顺着妞妞纤细的手指，亮亮朝那里眺望，那是村里向水田突出的那一部分，那棵大柏树就矗立在那突出部位的西端，那里一片绿意朦胧。

“我，我看不出来。那里不就有房子，有树呗。”亮亮的目光流露出一丝不屑。他说得没错，不仅是那里，就连整个村子也是由这两样东西组成的。房子，树木，当然还有人，男人和女人。而每一家的房屋都大同小异，但树木的品种却很多，有大叶杨小叶杨，榆树，槐树——槐树又分笨槐和洋槐，笨槐是本地槐，也称中国槐；洋槐呢，顾名思义，就是舶来品，是上世纪初从德国引进的。此外还有柳树、香椿树等等。

“你再看，你再看——”妞妞扭过脑袋，口气竟有几分不耐烦了。

“再看，也是那几样东西——”

“哎呀，你连这个也看不出来呀！”妞妞先是失望，随即两只大眼睛灼灼放光，指着村子探向水田的那一部分，大声嚷嚷，“你看，那里像不像小岛？”

“嘿嘿，还真是像——”亮亮望了一会儿，点着头，颇为叹服的样子。这个妞妞真是厉害，自己怎么就没看出来呢？

“嘻嘻，像吧——”妞妞得意地理一下纷乱的刘海儿，又晃一晃那颗奔奔头，两条猫尾巴一样的小辫子也来回晃动了几下。

他们村地势很特殊，南低北高。村北种植玉米、小麦、大豆、棉花等农作物，这和大平原上其他村庄没有什么两样；而村南却是沼泽地，遍布着数不清的泉眼，于是就滋生出了池塘、河汊——这里种植稻米、莲藕，是个水草丰美，鱼跃鸟翔的北方小江南。

此时，亮亮和妞妞身处水田的北端，也就是水田和旱地的联接地带。稻子收割后，旱季来临，泉水相对小了些，这里的水退到了远处的池塘里，于是就裸露出灰褐色的稻茬。而南面不远处，那些稻茬依然浸泡在清泠泠的秋水里，远远望去像落了一群群黑乌鸦。也许因为自己的发现得到了认可，妞妞兴犹未尽，又伸手朝东面一指，问亮亮："亮亮哥，你看那棵大柏树像嘛呀？只许说一次！"

这一次，亮亮不得不认真起来，眼珠子转一下，几乎是脱口而出："像船上的桅杆！"

"不对——"妞妞马上否定，那颗奔奔头又像拨浪鼓似的晃几下，"小岛上咋就有了桅杆呢，船上才有——"

前些天，村里放映电影《海岛女民兵》，妞妞看到停靠在大海边的驳船上戳着一支支高高的桅杆。她当然还不知道那是桅杆，她问父亲，爸，那是烟筒吧？船上咋还有烟筒呢？父亲笑了，给她纠正，妞妞，那不是烟筒，那是桅杆。桅杆是挂帆用的，船挂上帆再让海风一吹，船就跑得飞快，一会儿就跑没影儿了。妞妞的父亲喜欢看书，在家里看，有时也把书带到地里，别人歇息时，他就捧着一本书看。在妞妞眼里爸爸无所不晓，非常了不得。爸爸说是桅杆那就是桅杆，于是妞妞就把这个桅杆记在了心里。

亮亮却反驳她："不对，你再看看，那里更像一只大轮船，刚下水的大轮船——"

"你狡辩，你狡猾——"妞妞说着，拍一拍手上的泥巴，两条小腿用力一弹，站起来。她穿一件白底浅红花裙子，在阳光下亭亭玉立，像一朵灿然绽放的针金花。她把脸一歪，故意把嘴高高地噘起来。

见妞妞生气了，亮亮赶忙改口："好吧，不像轮船，还是像个小岛吧。"

"它就是像小岛嘛！"妞妞转怒为喜了，她笑笑，又惊喜地说，"你看，那大柏树像不像岛上的旗杆？"

亮亮一拍脑门，说："像，就像个旗杆——"心里却想，它应该更像个引航塔才对。关于引航灯塔，他也是从电影上知晓的。他爱看抓特务的电影，那部让他无比着迷的《小螺号》里就有在大海上高高耸立的灯塔。但他没有说出来，他不想再让妞妞生气了，他知道这个小丫头一旦犯起犟来，谁也拗不过的。谁让自己比她大一岁呢，他得像个大哥哥的样子。

此时的妞妞，因为在这个大哥哥面前再一次挣足了面子，因此就格外高兴，那张圆圆的脸庞洇出一层酡红，微微上翘的鼻尖上，也沁一层密密的汗珠，在秋阳下晶莹透亮。

“亮亮哥，你奶奶还去给大柏树磕头吗？”妞妞突然问亮亮。

亮亮迟疑一下，点点头：“嗯——”随即，板起脸孔警告她，“你千万不要在外面乱说！”

妞妞很听话地说：“我知道，我不说——”

是的，每月的初一和十五晚上，亮亮的奶奶就悄悄地走出家门，穿过凸凹不平的村街，去村南给大柏树磕头。亮亮不知道奶奶为什么这样做，他很想跟奶奶去一趟，他觉得那个让奶奶顶礼膜拜的地方一定非常神秘。但奶奶从不带他去，说那地方小孩子去不得。后来亮亮越想越纳闷：不让小孩子去，可为什么村里小学校还建在那里呢，成天有背着书包的小学生去那里上课，读书。亮亮今年七岁了，年底就可以上学前班了。他盼着那一天快些到来，那样就可以天天去看那棵大柏树了。

“我妈也去——”妞妞说，“有一次，我还看到我妈是和你奶奶做伴去的。”妞妞把嘴一撇，满腹委屈，“我妈总不带我去，她说小孩子去不得。我总觉得我妈哄我哩，她越是不让我去，我就越是想去那里看看。亮亮哥，你说呀，她们为嘛老去那个地方哩？”

“我奶奶说，那棵大柏树保佑着咱全村人哩。你看看，这村南有河，有池塘，有这么多的水，可就没有淹死过一个人吧。”亮亮有几分神秘，更有几分激动地说。

“对了，我妈也这么说——”对这个话题，妞妞同样不肯落后，“我妈说，村北水渠里放水时就淹死过人。”

他们的目光都同时投向了大柏树。因为距离太远，看不大清，但大柏树那巍峨高大的身影却让他们越发的肃然起敬了。

“我奶奶总是偷偷去——”

“我妈也是——”

“你知道她们为嘛不让人知道吗？”这一次，亮亮想难为一下妞妞了，他确信妞妞是回答不上这个问题的。

妞妞闭上眼想了一下，的确回答不上来，于是狡黠地笑笑，说：“我知道，就是不告诉你。”

“嘿嘿，你不告诉我——”亮亮大度地笑了，把嘴一撇：“得，得，不知道就不知道呗，还给我充大尾巴狼哩。嗨，还是我告诉你吧，如果被人看见了告到大队里，就会让民兵押着游街。”

是的，游街。妞妞明白了，这一次她没有再强词夺理，她老实了，甘拜下风的样子，紧盯着亮亮不言声。她的耳边仿佛又响起了震耳的锣鼓声，每一次听到这震耳的锣鼓声，他们就知道又有人被村里的民兵押着游街示众了，就撒开脚丫子往大街上跑。那游街的有时脖子上还挂个大纸牌，上面写几个大字，有时是反革命，有时是四类分子，有时又是牛鬼蛇神。他俩不认得字，不知道为什么让这些人游街，但在他们的意识里这些人就是坏人。如果不是坏人，民兵为什么让他们游街呢，而且游完了街，还要押到大队部进行批斗。

望着倔犟的妞妞，亮亮突然想起一件事：那天她妈去地里拾豆叶，让她临近中午时先把米煮上。结果妞妞光顾着玩了，把这事忘个干净。待她妈从地里回来，掀开锅盖一看，里面什么也没有。她妈训斥她：你咋这么没记性哩，我走时揪着你耳朵告诉你的，你咋就给忘了。妞妞不服气，顶撞她妈：妈你说谎，你嘛时候揪我耳朵了？

想着这件事儿，亮亮扑哧笑了。

“你笑嘛哩，亮亮哥？”妞妞不解地望着他。

亮亮抬手抹把脸，说：“没笑嘛，我就是想笑——”

“你真是有意思呀——”妞妞也跟着笑了，她笑得莫名其妙。

“亮亮哥，你说，这大柏树长了多少年了？”妞妞止住笑，问亮亮。

“听大人们说——”亮亮沉思一下，“顶少也得有几百年了。听我爷爷说，他小时候这大柏树就这么高，这么粗。你想想吧，没有几百年上千年的，它能长这么高这么粗？”

是的，在那绿树丛中，那棵大柏树出类拔萃，鹤立鸡群。因为有了它，整个村子顿时有了一种让人振奋的气势。

“哎哟，这个谁不知道呀，就你懂？”看到亮亮有些卖弄起来，妞妞把嘴一噘，她哪里受得了亮亮用这种教训人的口气和她说话。

“亮亮哥，你说，人们为嘛要给大柏树磕头呢？”

“不知道，我只知道过年我爸我妈给我奶奶磕头。我哩，给我爸我妈磕头。”对这个问题亮亮的确没有思索过，在他的意识里就像人每天要吃饭一样正常——奶奶对大柏树这么敬畏是天经地义的。

妞妞一拍巴掌，说：“我猜到了，这大柏树是咱村里人的老祖宗！”她觉得这是一个重大发现。

“树又不是人，咋就成了人的祖宗呢？——我爸爸说，人是猴子变的。”

“猴子能变人，那么大树也能变人！”妞妞笑了笑。

亮亮急了，高声说：“树和猴子不一样。猴子能跑，能跳，能吃东西能喝水，树就不能吧？”去年，爸爸带亮亮去了城里一趟，去了他向往已久的动物园。在动物园里他第一次见到了老虎、豹子，还有在假山上跳来跳去的猴子。它们都是真的，不是在电影和小画书上。

“你说人是猴子变的，那人为嘛不去给猴子磕头呢？”妞妞穷追不舍。

“人咋能给猴子磕头呢？你真有意思，妞妞。”亮亮朝她眨眨眼，语气里含着一丝嘲讽。

“对呀，人不能给猴子磕头吧？没错，大柏树就是人的祖宗。”

亮亮赶忙转移话题，问妞妞：“你说人是树变的，那树又是嘛变的呢？”

妞妞真的为难了，两只大眼睛骨碌碌转了好几圈，也没有想出来，但她不肯服输，干脆就说，树就是树，它才不是什么变的。

这就是妞妞的霸道，这一次亮亮真生气了，就不愿再搭理她。弯下身子开始刨稻茬，在稻茬被刨开的一刹那，一股浓郁的水腥气飘过来，他看到有带壳的小虫子在蠕动，像是躲避刺目的阳光。阳光在新鲜的泥土上跳跃着，地上像铺满了金子。

妞妞却不甘寂寞，过一会儿，又吱吱喳喳地嚷开了：“亮亮哥，你说，咱村里那么多树，为嘛偏偏这棵大柏树就活下来了？这几百年也没有人刨它，莫非它也没生过病？你说怪不怪？”因为她忽然想起来，这世上的树不但有人刨，而且还会像人一样生病，遭受各种虫灾。今年夏天，她家的榆树就生满了虫子。那虫子呈杏黄色，苍蝇般大小，一层一层地附在树上，乍一看像落满了黄蜂。全村的大小榆树都爬满了这种虫子。她曾学着大人的样子，往树上涂“六六粉”，还点着几根玉米秸，攥在一起烧，眼瞅着虫子被烧死了，但没过几天又生一茬新的，层出不穷的样子。生了虫子的榆树先是叶子发白，之后就渐渐死去了。

“我，我不知道——”

“看看，你也不知道吧。”妞妞咧开嘴笑起来，露出两排整齐的小芝麻牙。因为生得黑，那牙就显得格外白。她有些幸灾乐祸，是呀，又把亮亮难住了，她的好胜心再一次得到满足。

他们不再说话了。对他俩来说，这是难得的沉默，然而又都情不自禁地朝那里眺望。太阳又升高了一些，大约十来点的光景了，整个稻田泛出油画里的那种酱黄色，凝重里又不乏一种温馨。远处池塘的水面上闪动着一层涟漪，微风吹来，带来了扑鼻的水腥味。池塘边的苇草，还有菖蒲、三棱草，那枯败的叶子让太阳抹一层光亮，在微风中轻轻摇曳。

“亮亮哥，我想去看看大柏树——”妞妞刨下一坨稻茬，扭过头，盯住亮亮，眼睛里满含期待。

“好吧——”亮亮顿时来了精神，“那咱们就去一趟！”说着，把三齿扔到地上。平时他从没有走近过大柏树，他不敢独自去那里，那里是小学校，是让他无比敬畏的地方，在他看来只有成了小学生才有资格去。不过，有天晚上，他还是忍不住好奇，悄悄地尾随着奶奶朝那里赶去。没有月亮的夜晚，一片漆黑，但星光满天，密密麻麻的星星像河里的蝌蚪，在夜空里游动着。亮亮躲在学校的墙角处，借着朦胧的星光看奶奶给大柏树跪下来，然后再磕三个头，嘴里还念念有词，她在朝大柏树祷告什么吧。奶奶的话亮亮一句也没有听清，但他感到奶奶非常虔诚和庄重。学校里没有一个人，一片静谧，静谧里又多了几分神圣。后来，又有几个女人悄悄地赶过来，其中就有妞妞的妈妈二菊婶。反是来这里朝拜的人，相互之间很少说话，她们只是点个头而已，而且来去匆匆，又相互保密，第二天任谁也不再去提这件事，就像根本没有发生一样。

那一次，因为没有月亮，亮亮看不清大柏树，他看到的只是大柏树模糊的影子。然而那种神秘氛围，还有人们面对它时的庄重和肃穆，将他的心灵震撼了。

“今天是星期天吧？”妞妞突然问亮亮。

“嗯，星期天。”亮亮那双像小蝌蚪一样黑亮的眼睛里，莹莹放光。

妞妞眼睛也一亮：“正好，今天学校里没人，咱们去一趟吧。”

他俩都觉得这是个难得的机会，于是就顺着窄窄的田埂，一前一后地朝着大柏树走去。太阳将他们的身影投在光秃秃的稻田上。因为天近中午，那浓重的酱黄色变淡了些，有些发白发亮了。大柏树在他们的视野里越来越清晰了。一只白色水鸟翩然飞过去，围着大柏树盘旋几圈，然后就落在上面，像让风吹起的纸屑，白得晃人的眼睛。

从那里回来后，亮亮和妞妞的脸上都洋溢着兴奋的光泽，他们再没有心思刨稻茬了，依然沉浸在一种无法按捺的幸福之中。

“亮亮哥，那大柏树真粗呀，咱俩拉起手来，才能抱住它。”妞妞咧嘴笑着，又露出两排白白的牙齿。那时，他们脸颊紧贴着大柏树，同时感受着大柏树充满爱意的抚摸。是的，大柏树那皴裂的躯干，多么像一位老人宽厚的手掌呵。

一层红晕，从妞妞黝黑的脸颊上洇出来：“我看呀，它长了得有一千年。”

“它还高哩，比咱们在这儿看到的要高得多。你看，咱俩要使劲抬着下巴，才能看到树顶。”亮亮边说边做了个仰视的动作。颈部的肌肉狠劲地扯着脸肌，把他那张椭圆形的脸抻成了奇怪的三角形。他的眼睛向上翻动着，露出的眼白像春天从稻田里挖出的茨菇。

妞妞被他逗得咯咯大笑起来，妞妞又重温了刚才他们仰视大柏树的情景。呵，她这是第一次这么近距离地面对大柏树，大柏树通身披着太阳光，那遒劲的枝干坚毅挺拔，苍绿滴翠，直插云霄。她忽然觉得这大柏树就是一个灯塔，不仅照亮了整个村子，也映亮了广漠的稻田，燃亮了她和亮亮的童年。

从西边天际传来几声隆隆的炮声，他俩寻着响声望去，一抹黛青色的远山横亘在天边上。那是山里的水泥厂在炸山石，每到中午时分，爆破声就会准时从那里传过来，人们就知道该收工回家了。

“咱回家吧，亮亮哥，我饿了。”妞妞拍了拍瘪下去的肚子。

“好吧，咱回家吃饭。”

很快，背负着满满一筐稻茬的小身影，就踏着稻田朝村里移去。那两个影子越来越小，越来越小，渐渐消失在金灿灿的秋阳里……

几年后，小学校从村南搬到村北，这里成了生产队的牲口圈，一年四季都散发着牲畜的气味。生产队解散后，牲口分给了各户，这里就变成了村民的宅基地。而那些喷涌了不知多少年的泉水，似乎一夜之间干涸了。泉水没有了，于是池塘和小河露出了青褐色的淤泥，这里再难觅鱼虾的影子了。从此，和村北一样，这里改种小麦、玉米，还有棉花等等，在这方面南北统一了。

又是许多年过去了。亮亮先是去城里卖服装，后来有了积蓄，就租了一个门脸，开了一个时装店。因为业务忙，他平时很少回来。这天，他开着白色“捷达”，回来看望生病母亲的。年过不惑的他，明显发福了，椭圆形的脸也变宽了，头发又黑又密，而且脸色红润；穿一身休闲装，浑身透出成功人士的那种派头。

当他路过那年他和妞妞刨稻茬的地方，他把车停住了。正是春暖花开时节，当年这里稻花飘香，溪流潺潺，而此时却是一片葱茏的麦田。小麦已长到齐膝高，整齐的麦芒迎着暖阳闪烁出蝉翼一样的光泽。有一对白色蝴蝶在麦田上翩然起舞。

亮亮站在田垄边，站了许久。他闻着扑面而来的小麦的清香，恍若又闻到了儿时的稻花香，沧海桑田，此情此景让他不禁感慨万千。他忽然想拍一张照片，一张麦浪簇拥着村庄的远景照片，带回去设置为电脑的桌面背景。于是他转身回返，从车里拿出数码相机。

他将镜头对准了远处的村子。

夕阳如血，霞光满天。亮亮的目光盯住取景框，被他摄入镜头的是一幢幢的新民居，那洁白的瓷砖和钢塑门窗闪着耀眼的光亮。

他突然发现，那里缺少了什么。他皱眉想一下，马上明白了，原来那棵大柏树没有了。他想起来，那大柏树是前几年人们盖新房时给刨掉了。

没有了大柏树，村子就像失却了一种有力的支撑，再没有了从前的那种勃然气势。而且那瓷砖刺目的光，竟是那么霸道，替代了从前让人赏心悦目的葱茏苍翠。

正在他无比沮丧和惋惜时，一团白色飘进了相机取景框，是水鸟，白色的水鸟。他来不及拍了，抬起头朝那里眺望。在这一刻他儿时的记忆被点亮了，他激动得两颊绯红，痴痴地望着，然而，又突然呆住了。

那是一个废弃的塑料袋，被风吹着腾空而起，朝村里悠然地飘去……

（原载《山东文学》2011年第1期）

金桥

天色渐渐暗下来，穿宽大休闲T恤的小吃店老板们开始往外摆烧烤的家当，迫不及待地拉开了夜市的序幕。

雪莹觉得今天非常开心，一个人在外面疯玩，想到哪里就到哪里，自由、随便。从前她跟奶奶来城里的表姑家，无论走到哪里，奶奶一步都不肯离开，怕坏人把她的宝贝孙女给拐跑了。雪莹就像正月里天上的风筝，无论飞多高，飞多远，总是逃不脱人们手里那根线儿。可不是嘛，还没走上几步，奶奶就厉声喝住她，莹莹，别去，别去，快过来！特别是当她路过那个街心小公园，看到小孩子们在玩滑梯，做游戏，还有小孩子踩着滑轮，像夏天傍晚时恣意飞翔的蝙蝠一样，在广场上嗖嗖地来来去去，她的心早痒痒了，哪里还忍得住。谁知刚蹿出一步去，就被奶奶一把给薅住了衣领。“莹莹，再不听话，往后别想让我再带你进城！”奶奶瞪她一眼，狠狠地训斥她。是的，城里毕竟不是她的家，哪能像在自己村里一样，想去哪儿就去哪儿，想咋玩就咋玩。今天就她一个人，好，她想咋玩就咋玩，想去哪儿就去哪儿，一定要玩个痛快。

她就是这么满心欢喜地想着，走进了那个小公园。

她爬到滑梯上玩，正得意，突然，瞥见坐在不远处椅子上一位穿戴时尚的年轻女子，对着身边的男友挤一下眼睛，悄悄地说了一句什么话，然后，两人把目光射向她。随即，女孩捂着嘴偷偷地笑起来，手里的烤串被另一只手高高地擎着，像举着一串糖葫芦。见女友笑，男孩也咧开嘴笑了。雪莹听不清他们说什么，但看他们的眼神，显然在嘲笑她。哎呀，怪不得人家笑话你，你当你还是小孩子吗？你都上四年级了，还玩这个，呸，丢人不丢人？

雪莹逃似的离开了小公园，就一直朝南，顺着宽阔的大街前行。工夫不大，就踏上了那条仿古街，再走，她就出了南城门。

前边就是滹沱河，过河走不多远就是省城。一座刚修建的大桥横亘在河面上，宽展展的桥面正对着南城门。

雪莹恨不得一下子跃过大桥，像小鸟一样飞到省城。一旦到了省城，她就变成了一条鱼儿，一条潜入大海的鱼儿，家人要想找到她就没那么容易了。

刚走上大桥，她就被一个声音喝住了："嗨！小姑娘——别上去！"她吓了一跳，赶忙回头，看到一个胳膊上戴红袖章的圆脸老汉，伸出两只胳膊对她做拦截状。

她就那么怯怯地站着，一脸的惶惑。这桥怎么不让过呢？

"说你哩，还愣着干嘛？快回去，快回去！"见雪莹怔在那里，圆脸老汉缩回胳膊，又朝她狠劲地摆了摆手。老汉穿一件深蓝色夹克衫，眉毛又黑又长，像爬在脸上的两条黑毛毛虫。

见雪莹不动弹，圆脸老汉走到她跟前，俯下身来，用关切的口吻问她："哎，小姑娘，问你话哩，你咋不搭腔？你到底去哪儿呀？咋就你一个人？"

雪莹心里像塞进一只小兔子，慌得似要跳出来。她不知道如何回答老人，害怕人家一旦知道了实情，设法和她家人取得联系。那样，她的整个计划就会泡汤。

她正低垂着脸不知所措，从马路对面走来一个中年人。中年人炭黑色的脸膛，八字眉，穿一件深红色夹克衫，一头墨黑而蓬乱的头发，看上去活像个黑煞神。一双凌厉的眼睛扫一眼雪莹，扭头对圆脸老汉说："我看她像个哑巴。你看，半天都不说话！"

圆脸老汉在脑门上猛拍一下，目光又重新落在雪莹脸上，可不是呗，看样子她该有十二三岁吧，又不是几岁的小孩子，咋就一声不吭？倒真像个哑巴！人常说，十个哑巴九个聋嘛，和她说了半天话，原来她一个字也没听到。嗨，没错，是个小哑巴。随即，叹息一声："唉，小姑娘可惜了，咋就是个哑巴？"

中年男人那双豹子眼里射出一道亮光，对雪莹挥了挥手，其实他是在做手势，嘴里发出"唔""呀""呵"的声音。他是那种大喇叭嗓子，再配上生硬得有些滑稽的手势，完全是在和一个聋哑人交流。他先是指了指桥面，铺路车还在轧轧地响，已铺好的一段油面冒着热气，在落日下闪着青幽幽的光。然后，又狠劲地对雪莹摇了摇手，仿佛在说，你看看，这桥上像能走人是吧？没错，虽说桥面上正铺沥青，桥两边却铺了水泥砖——啧啧，可就是不能过呀，这是上边的命令，我们就是在这儿挡人的，挣的就是这份工钱，没办法，不能让你过去！

又转过身子，指着横在桥头的一根麻绳给雪莹看。麻绳的两端，各插一面小红旗，小红旗迎着东南风像两团火苗似的或跳跃，或摆动，摇曳生姿。中年男人瞥一眼雪莹，伸手指了指北面的外环路。“对，顺着外环往西走，就是107国道，你不用拐弯，一直往南走就能到省城！”圆脸老汉赶忙插嘴，忽地想起女孩是听不到他声音的，于是用右手向西指了指，又往南一拐，胳膊在空中划一道弧线。弧线的终点就是省城。

就在雪莹要扭身离开时，中年男人突然做了这样一个动作：那双豹子眼先是眯缝起来，又猛地一瞪，伸出右手，将中指和食指张开，然后右腿往前一弓，右手指向雪莹，啪——嘴里发出一声脆响，像燃放了一支炮仗。雪莹吓得身子一缩，扭转头来，惶恐地盯着中年男人，就像自己真的中弹了一样，脸吓成了土黄色。看到中年男人哈哈大笑起来，她赶忙扭转身，逃也似的离开了。踏上外环路，迎着红通通的落日，朝西走去。

圆脸老汉瞥中年男人一眼，心生不满：哎呀，一惊一乍的，哪能这么吓唬一个小孩子？人家不就是个哑巴呗！但又不好吱声，就掏出一支烟，递进嘴里，吸一口，再缓缓地吐出来，像吐出了对中年男人的不满。中年男人说话行事都非常霸气，他认为对的，绝不容许别人否定半点。有时，望着他那一脸蛮横的臭德行，圆脸老汉暗自叫苦：背兴！怎么就和这种人在一起共事呢？他甚至盼着大桥早日通车，那时他们就会各奔东西，成为两个毫不相干的人。尽管大桥一通车，将意味着他失去这份轻闲的工作。

他不愿意再看中年男人一眼，眼睛又去追寻小女孩的身影。在墨绿色的柳色里，小女孩身上那件枣红色的运动衫像绽开的一朵红灿灿的石榴花，又似玉米吐出的红缨儿，在浩无边际的庄稼地里，红得扎人的眼。他忽然想起来，刚才他在女孩身后喝住她，女孩立刻就停下了。他伸手猛拍脑门，拍得很重：哎呀，女孩的耳朵没有问题，她不是个聋子！而且，觉得女孩有些蹊跷：是离家出走，还是迷了路？一个女孩子，又是个哑巴，而且天也快黑了，就这么走下去——他不敢再往下想了，将吸了半截的烟甩到地上，又用脚踩了。你咋就那么粗心？你应该把她留住，再想法弄清到底是咋回事儿。他这样在心里抱怨自己，又无奈地摇摇头：哎，说什么也不济事儿，人家都走了。再说，就是留下来又有什么办法？她又不会说话，你还能问出个子丑寅卯来？

天色暗下来。夕阳不知何时悄悄地藏到了西山里，像捉迷藏的小孩子。待那抹霞光也消失干净了，天就完全黑下来。这时雪莹还没有感到后悔，一点也没有。

这里的夜晚和乡下不一样，路灯赶走了月亮，赶走了星星，她更听不到那高一声低一声的犬吠。只有一辆接一辆的大卡车，呼啸着从她身边驶过，轰隆隆，轰隆隆，地动山摇一般，在那一刹那仿佛整个世界都在震颤、摇荡。汽车裹挟起的风，扑在她脸上身上，吹起她额前的头发，像小鸟迎风张开的美丽的羽毛。她的心仿佛也随了去，她只有一个念头，就是走，走，快些赶到省城，离家越远越好。

夜愈深，风愈有穿透力，像钻进她的骨头里，冷！而且，四野寂然，就是在这时，一种恐惧感向她袭来了，像有一只狡黠的兽，正张着血盆大口靠近她。她开始后悔，如果在大桥前改变主意，此刻她正在暖和的被窝里美美地睡大觉呢。

你还愿意回到那个家吗？成天看爸爸妈妈阴沉得似要拧出水来的脸？听他们无休止的争吵？这时，似有一个声音在问她。是的，她不想回到那个冷冰冰的家了。雪莹记得，自从父亲在村里当上了电工，他就时常和朋友们去城里下馆子。每次从城里回来，母亲就和他怄气。城里有从事那种营生的女人，她就认定自己男人学坏了。就时常和他吵架，于是，家里整天鸡犬不宁的……

不知何时，雪莹的鼻尖上沁出了细密的汗珠，而且头上和衣服领子里也开始腾起热气，两条腿像坠着一块大石头。她一步也不想挪动了，可又不敢歇息一会儿。两边全是空旷的野地，寂无一人，她害怕。她咬牙走着，目光始终盯着远处的路灯。是的，她只有盯着路灯，才会将四周漫无边际的黑暗忘掉。那橘黄色的像水一样轻盈的灯光不仅往她心上撒下一层温馨，更让她感到一种安全感。

她终于走到了省城。

走到宽阔的大街上，雪莹才感到了疲乏，上下眼皮也开始打架。两条腿又沉重起来，而且比先前更甚。一放慢脚步，凉意复又向她袭来，她像掉进了冰冷的河水里。可眼前的一切又是那么新鲜，到处是璀璨的灯光，大楼上霓虹灯的招牌有规律地闪动着，变幻着，像故意做出花样来让她看，逗她开心。她不害怕了，那闪烁不定的各色灯光，把她带到了灯的海洋。呵，灯的海洋，红的灯，绿的灯，直晃她的眼，煞是好看！这么漂亮的地方，哪能有坏人呢？

她就这么随心所欲地在省城的大街上趑趑趄趄地走，直到她疲惫至极。她仿佛看到爷爷奶奶，还有爸爸妈妈，正在呼天抢地地喊着她的名字四处找她。不知怎的，雪莹的嘴角上竟然漾出一丝快意……

吃过午饭，老王歪在办公室的沙发上，叼上一支烟，打开了刚送来的晚报。

嚓——嚓——嚓，老王掀开了广告版，目光立刻在一则寻人启事上定住了。他眯起双眼，对着上面的小照片端详着，烟快烫着手指也浑然不觉。忽然，一蜷身子坐起来——没错，这个走失的名叫张雪莹的女孩，就是他们救助站里的那个！没错，就是她！

只是，老王有一点不明白：广告上没有说这个女孩是哑巴呀？如果不是哑巴，她为什么一直不开口说话？这样想着，老王将报纸扔到桌上，疑惑地咂了咂嘴。他拿起电话，拨下了一串号码。只一顿饭的工夫，来接女孩的车就赶来了。

雪莹的母亲，从面包车上一下来，就扑过去，将雪莹紧紧地抱住了，那样子像捡回了一件丢失的宝贝。

接下来发生的情景令老王无比吃惊。他看到小女孩拉住妈妈的手，又拉住爸爸的手，仰起小脸说："爸爸，妈妈，我想家，咱们快回家吧。"

咦，女孩不是哑巴！老王惊得张大嘴巴，像塞进去一只大馒头，半天都合不拢，整个人变成了木雕，好久都缓不过神来。

汽车开动了。母亲又对雪莹说："你看看，为了找你，把你爸爸嗓子都急哑了。"

雪莹的父亲，这位生得胖墩墩、一脸络腮胡子的男人，嗓子的确哑了。他就用沙哑的嗓子，嗡声嗡声地说："我无论如何也没想到咱莹莹往南边走呵，更没有想到她会一直走到省城。昨天，我还去南城门外边找过，被那座大桥挡住了。有两个人把守着大桥不让过，想咱莹莹咋也不会过去吧。我就往回走，开始在城里的大街小巷贴寻人启事，还往南城门上贴了一张哩。”

“不只是在城里——”母亲轻轻地抚摸着雪莹的脑袋，“你爸爸还在城北每个村里都贴了寻人启事。哎呀，惟独没有想到你会来省城。”

“嗨！可不是呗，昨天我去报社登寻人启事，也没想到咱莹莹就在市里呀。”雪莹的父亲有些激动起来，扭头望妻子一眼。雪莹的母亲也扭头瞥男人一眼：“你说怪吧，咱咋就没想到莹莹去了省城？这两天，你带着那么多人都白找了！”

因为车里的气氛非常轻松，雪莹的父亲说起了那座大桥。他说，这大桥叫子龙大桥，就是以三国里的常胜将军赵子龙命名的。他们县是赵子龙的故乡。

此刻，在雪莹的脑海里那大桥像一条舒展开的巨龙，尾部朝着远方伸展开去，连亘天地地掀起一片苍茫。而桥头有两个戴红袖章的人，是他们给她指明了去省城的路。

大家都盼着大桥通车。大桥一通车，河北岸的人去省城，无需再绕到107国道上。而只需七八分钟，就能到达省城。七八分钟，这是什么速度，这是现代化为人们带来的便捷啊。

那座桥，人们把它称之为“金桥”！

（原载《天津文学》）2011年第3期）

回　门

小夏一进门，看到姐夫明珠正叼着烟，站在院里。明珠喷出一口蓝莹莹的烟气，笑呵呵地问小夏：“小夏，就你自个吗？”

小夏点了点头：“妈叫我来接姐姐！”

忽然，小夏看到西屋的窗玻璃后面有一张红扑扑的脸闪了一下，就不见了。眨眼间，姐姐花妮笑盈盈地从屋里迎了出来，向他招手：“小夏，快屋里来吧，外面冷！”刚过腊八，天的确很冷。有心急的人家开始蒸年糕了，一股馋人的大枣香随着冷风飘过来。

姐姐的婆婆也闻声从厨房迎出来，当她看到面前只有小夏一人时，脸上的笑纹就像寒流袭来的河水一样凝固住了，两手在花围裙上擦一把，问小夏：“咋，就你一个人？”

花妮忙向婆婆解释，一脸的歉意：本来嘛，今天母亲让妹妹花荣来接她，可早晨突然接到了花荣的电话，说今天同学们在城里集会，因她是班长不能推辞，就让弟弟小夏代替她。花妮说着，手在小夏的头上拍一下，对婆婆笑了笑：“妈，你可别把小夏当小孩子看，他人不大，心里的窟窿眼儿不少，是个小机灵鬼！”

婆婆勉强地笑了笑，从客厅茶几上抓了一把五香瓜子，往小夏的手里塞：“来，先吃瓜子吧！”哗啦啦，几粒瓜子落在了亮光光的地板砖上。

花妮将小夏按在沙发上：“看电视吧，想看什么就自己找。”说完，扭身随婆婆去了厨房。

小夏哪有心思看电视，他肚子里的馋虫开始往上爬了，一直爬到了嘴里，在他的舌头上不安分地蠕动。于是，尖尖的舌尖开始舔舐嘴唇，像灵动的蛇信子，脑海里也浮现出一桌丰盛的大餐，两只玻璃球似的大眼珠子转了两下，他就悄悄地朝厨房走来。

这时，花妮正对婆婆说：“妈，中午饭咱就简单点，一个小孩子家能吃多少哩？”原来，这里新媳妇回门是一件大事，不管娘家来什么人，一桌丰盛的酒席是必不可少的。酒席的规格不仅代表着婆家的生活水准，更体现了对新媳妇娘家人的看重程度。而新媳妇通过这次回门，还可体察出自己在婆家的地位——虽说只有短短的三天，可给人留下的印象足以改变对一个人的看法。

这个花妮，因她在家里是老大，因此父母自小就不把她当小孩子看待，刚长到八九岁就成了母亲的好帮手——小小的人儿，窝在大蒲团里，单薄的身子几乎贴俯在风箱的拉杆上，一探一仰地拉风箱帮母亲烧火做饭。冬天，两只白白嫩嫩的小手浸在冰冷刺骨的水里，洗衣洗菜，转瞬间两只手冻得就像刚出土的红萝卜。除了做家务，她还帮母亲照看小妹妹。因为对兄妹谦让惯了，她不但性格温和，对人也是知疼又知暖。按说，这样的儿媳妇婆婆能不喜欢吗？的确，婆婆对这个儿媳妇打心眼里满意，除了懂事又能干，模样也俊俏可人——一张白净的鹅蛋脸，两只明亮的眸子透着聪敏和机灵。按理说，今天对花妮的娘家人她应该热情接待才对。她的确也是这样准备的，昨天一大早她遣明珠去镇上买了鸡、鱼、火腿、腊肉，还有各种青菜，她要体体面面地办一桌筵席。

令她想不到的是，今天亲家竟然派一个小毛孩子来接花妮回门，这不是打她的脸吗？按这里的风俗，接闺女回门要派闺女的哥嫂；没有哥嫂的派成年的弟弟妹妹，如果没有亲哥嫂和亲弟妹的，本家的也可。可花妮家咋就派了一个小孩子呢？她不是还有叔伯哥嫂吗？因为心里不舒坦，当花妮和她谦让时，她就一口答应了。

其实花妮是在试探婆婆，她心里可不是这个意思——她不希望婆婆真这么潦草地就把弟弟打发了。起初她也不理解母亲，怎么就派弟弟一人来了呢？花荣来不了，就让她的叔伯嫂子来呀。很快她就明白了母亲的心思，原来父母生小夏时都年逾四十，那是人生的秋天呵。花妮依然记得那天的情景：父亲高兴得简直像一个小孩子，将正下蛋的老母鸡宰了，亲自下厨房为妻子炖了一锅香喷喷的鸡汤。对于这个晚到的弟弟，花妮的疼爱一点不亚于大人。偏偏小夏又生得机灵乖巧，非常招人喜欢，因此眼瞧着父母那么偏爱小夏——平时，家里有了好吃食，两个姐姐只有过眼瘾的份，可花妮却一点不嫉妒。谁让小夏是父母的独生子呢？又是期盼了那么多年，好不容易才得来的。弟弟是这个家延续香火的“根”，更是将来的主人！因此她和父母一样，满心欢喜地维护着弟弟在这个家至高无上的地位。

没错，今天母亲是有意安排弟弟来接自己回门的，花妮恍若瞥见小夏一下子长成了魁伟挺拔的男子汉！心里悄然生出一丝豪迈，为了自己，更是为了娘家！因此她多么希望婆婆用招待大人的规格，来招待弟弟呵。

谁知婆婆却顺坡下驴，甚至连最起码的客气也没有。“嗵！”一块冰坨砸进了花妮的心窝里，让她浑身上下凉了个透。萝卜不大，可长到畦背上了，弟弟再小，也是代表俺娘家人呀！这不成打发叫花子了吗？

小夏呢，本来他是被肚的馋虫引领着来到厨房门口的，想不到，眼瞅着他的期待就落空了。那张圆圆的小脸蛋腾地变红了，像让人狠狠拧了一把。她生姐姐的气，你干嘛那样说呢？更恨姐姐的婆婆。心里不高兴，伸手拨弄着噘起老高的嘴唇，踯躅着朝客厅走。他感觉今天的风蚀骨般的冷，像长满了利刺一样，在他脸上乱抓乱挠的。太阳忽地让一片云彩遮住了，天暗下来。

腊月天短，像是眨了一下眼睛的工夫，天就晌午了。飘在天上的那几片像棉絮一样的云彩，不知被风吹到哪儿去了。太阳像开在天上的一朵黄灿灿的大葵花，院子里铺满了淡淡的酱黄色，空气里也饱含了阳光的味道，这是腊月里一个难得的好天气。

明珠推开东屋的房门，招呼母亲：“妈，吃饭吧。”

那会儿，当明珠赶到厨房，对她说，妈，中午饭你就不用操心了，我来张罗吧。边说，边抢了母亲手里的菜刀。她呢，哪里去理会儿子脸上露出的诡谲的笑意，她还巴不得那样呢，谁乐意去侍候一个小孩子呀？

可当她走进客厅，一桌子花花绿绿的菜肴横在她面前时，她呆住了，像是让人劈手打了一个耳光，马上恍然大悟：哎呀呀，怪不得明珠去抢我的菜刀哩！原来这是给我下的套呀。一种威胁像外面的冷风一样将她笼罩了，这种威胁来自花妮！这个看似和善柔顺的女人，想不到刚过门就把明珠降服了，这还了得！

然而，菜都摆上桌了，她只有打掉门牙往肚里咽，按捺着心里升腾的怒气，脸上还得挤出一丝笑，一个劲地劝小夏吃菜。心里却和花妮较着

劲：你个小妮子，别得意得太早了，咱骑着毛驴看唱本，看我逮机会不给你个下马威才怪！

小夏呢，望着一桌美味，两颗大眼珠子亮得似要鼓出来，想吃哪道菜，筷子早伸了过去，毫无顾忌。而且因吃得畅快，小嘴发出叭叭的响声。

望着狼吞虎咽的小夏，花妮的婆婆心里就乐开花了。小夏越是这样，她越感到开心，伸出筷子，指向一个菜，笑着，说："小夏，再尝尝这个呀！"小夏吃了一口，又把筷子伸向另一个菜，那是一条清蒸草鱼，上面顶着几根香菜，几只红辣椒，鲜艳夺目。一股鱼香，早已扑进了小夏的鼻腔里。他搛一块放到嘴里，满口的鱼香，于是又把筷子伸过去。姐姐的婆婆抿嘴笑起来，那笑没有一点声息，却盈满了豆荚一般狭长的眼睛，很吝啬，不肯溢出半滴来，那张像经霜打过的茄子般松塌塌的脸上，却平静得出奇。"吃吧，吃吧，随便吃！"嘴上呢，仍是热情地劝着小夏，心里却早把花妮看扁了：你娘家人不就这副德行呗！呵呵，屎壳郎爬到了花骨朵上，别以为自己有多美哩！

此刻，花妮从内心里感激明珠，是他巧妙地给了她这个面子。可又觉得有点过意不去，认为不该和婆家计较这个，只有七岁的小夏可不就是个小孩子呗！偏偏，小夏又这么不争气，望着弟弟的丑态，她的肺差点气炸了，恨不得上去赏他一个嘴巴子！今天，小夏的大方的确行过了头，就像真在自己家里一样。是的，他们全家都喜欢看小夏这种肆无忌惮的样子，因为小夏的快乐，也正是他们全家人的快乐。而小夏呢，后来竟然有意这样做。这样不但自己能得到实惠，还能逗大人开心，何乐而不为——小夏是个顶聪明的孩子！

按说，以小夏的聪明，莫非他就不知道今天不是在自己家吗？就不知道自己所处的环境发生了改变吗？不知道这是在给新婚的姐姐丢丑吗？何况，临来时母亲就差去揪着他的耳朵告诫他了。母亲说，小鬼头，吃饭时菜再好吃，也不能不放筷子，像个馋猴儿一样，给你姐姐丢脸！然而，当小夏面对着这一大桌子的美味，肚里的馋虫早爬出来，把他的脑子搅乱了，就像在自己家一样，不但痛快淋漓地享受满桌的美食，他还要做出大快朵颐的样子逗大人开心。

"小夏！"花妮终究忍不住了，两道细细的眉毛皱起来，狠狠地剜了小夏一眼。

这时的小夏，嘴里正含着一块鱼肉。本来，按正常的咀嚼也不会发生什么意外，然而由于惊诧和委屈，他的咀嚼方式就发生了改变，因失去耐心，匆匆而慌乱地嚼了几下，就囫囵吞枣地咽下去。一根鱼刺卡住了喉咙。

他扭着头，伸长脖子放声地咳，小脸涨得通红，身子也像发摆子一样抖动着。

花妮放了筷子，伸手扶住小夏的肩膀，一只手拍着他的脊背：“看看，吃个饭也慌，看卡住了不是？”又扭身向婆婆道歉：“妈，真不好意思呀，这都是大人把他惯坏的！”

“小孩子家家的，哪个不馋嘴？你这不是见外了？”婆婆嘴上客气着，脸却阴得似要拧出水来了。

花妮忙把目光从婆婆脸上移开，低下头，说：“是哩，真不是在外人家。”说着，让自己强挤出一丝笑，但那笑转瞬间就僵住了，像冬天凝在瓦楞上的白霜。

花妮这副尴尬的神情，让婆婆看着很受用。——一种胜利者的感觉顿时涌上她的胸腔。接下来，她要打扫战场了。她起身，去厨房拿来了醋瓶子，递给小夏：“来，喝口醋吧。喝口醋，鱼刺就下去了。”

不知是被鱼刺卡的，还是被醋呛的，咕碌碌，一口醋下肚，小夏那两只黑白分明的眼睛里汪出了亮闪闪的泪花。那泪花渐渐的膨胀，像玉米秸被斩断后洇出的汁液，落在了他的脸蛋上。随后，又淌下来，啪嗒，滴到了菜碟子里。

这两串晶亮亮的泪珠，像电流一样将明珠的母亲击中了。她的心痉挛了一下，小夏那两只含泪的眼睛早已幻化成了另一个孩子的眼睛。

明珠的父亲去世时她才三十来岁。那时，她简直成了一只香馍馍，媒婆们差不多踏破了她家门槛，却都被她谢绝了。她不愿意抛弃这个她和丈夫含辛茹苦共同创建的家业，更不愿意让丈夫留下的这棵独苗苗过寄人篱下的日子。儿子毕竟只有六岁，正需要大人的百般呵护，那可是一朵经不得风吹雨打的娇嫩的花骨朵。然而，怎耐她年轻又有几分姿色，每天晚上，她都会听到从自家院墙外冷不丁传来两声男人轻轻的咳嗽，其用意自是不言而喻；偶尔，她推开街门，不远处墙角的暗影里，总有烟头在闪动，一眨一眨的像是鬼魅贪婪的眼睛，她被吓得后脖颈上“嗞嗞”地直冒寒气。后来经人介绍，一个来平原谋生路的山里人入赘，做了她的上门女婿。这也正是她为何选择以这种方式再婚的原因——她要让儿子明珠自始至终都是这个家的主人！然而，一年后这个粗鲁凶蛮的山里人突然不辞而别了。原来此人在老家已有妻室，他是把她当作了不用花钱又卫生又可靠的临时性伴侣。明知道自己受骗了，她也没有去大山里找那畜生算账，从此却打消了再招男人上门的念头，默默地忍受着无法言说的屈辱，还有村里大小光棍们的骚扰。明珠就是她的心肝肝儿，她盼着他长大后能立起门户，成为一堵为她挡风遮雨的墙。有一次她做鱼给明珠吃，极其细心地将鱼刺一根一根地剔出来，夹一块白白的鱼肉，送到儿子的小嘴里。可不小心，儿子的喉咙还是让鱼刺卡住了，望着儿子眼里闪动的泪花，那根鱼刺就像扎在了她的心尖尖儿上。她喂了儿子几勺醋，折腾了半天，鱼刺总算下去了，但从那双泪眼里射出的那种求助般的清纯到极致的目光，却永远定格在了她脑海的深处。

今天，同样的画面又出现在她面前。她被一种力量驱使着，忙伸出手来，擦去了小夏脸上的泪珠，安慰他：“孩子，别怕呀，来吧，再喝几口醋，一会儿就没事儿。”声音是那么亲切而温和，藏在眼里的笑——应该说是鄙视，早已跑得了无踪影，就像蒙上了灰尘的窗玻璃让一场大雨洗涤干净了。干净得能映出蓝天、白云，还有人清晰的影子。

果然，几口醋喝下去，卡在小夏喉咙里的鱼刺被降服了，乖乖地滑到了胃里。

花妮呢，她哪还有心思吃饭。小夏给她丢尽了脸面，她感到无地自容，那鲜亮的脸颊竟然羞得像鸡冠子花似的，恨不得找条地缝钻进去。

机灵的明珠，赶忙向小夏举起了酒杯：“来，小夏，跟姐夫碰杯！”一双鬼精的眼睛，却落在了花妮脸上，里面有怜惜，更有抚慰。

小夏咧开掉了门牙的小嘴，嘀嘀地笑了，他端起了盛满可乐的玻璃杯，学着大人的样子，挺直身子，伸胳膊猛地向姐夫的酒杯撞去。

意外发生了，“砰”的一声，小夏手里的酒杯碎了。“哗啦啦”，玻璃片溅落到饭桌上，发出脆亮的响声。

屋里就像落下了一枚炮弹，大家都大张着嘴呆在那里。

明珠突然拍起巴掌，大笑道：“哈哈，看小夏多有力气呀，是个顶天立地的男子汉！”

正不知所措的花妮，却惊诧地发现，有两颗亮闪闪的泪珠正在婆婆的眼睛里打转转。而婆婆的嘴角上却又漾出一缕笑意，那笑却是真挚的，从心灵深处流淌出来，让人感到无比的温馨。

花妮一脸茫然，随即她抿起嘴笑了，那是一种会心的微笑，一双妩媚的眸子也弯成了两道明灿灿的月牙儿。

（原载《长城》2011年第4期，《小说选刊》2011年第9期转载）

凝　　眸

一

柏树庄的人，最先看到的不是日本兵，而是日本的飞蜓（飞机）。

那天，先是有嗡嗡声从天边传来，像千万只蚊子比赛似的一齐吼叫，可又比蚊子的叫声不知大了多少倍。人们好奇呵，站到场院里，街口上，高高地抬起下巴，顺着声音找啊，找啊。那声音，低，沉，又是那么霸道，蛮横，似要把天空生生撕开一个大口子。人们把眼睛望酸了，什么也没有看到。天上只有白亮亮的日头，几朵薄薄的桃花状的云彩浮在天边上，天蓝得像一个偌大的湖。过了好大会儿，才从云彩里钻出一个像蜻蜓一样的东西。呵，蜻蜓。人们兴奋起来，纷纷嚷道，蜻蜓咋飞那么高呢？都飞到天上去了。啧啧，真是稀罕呀。

为了看得更清楚，有人干脆就爬到房顶上了，也有人跑到大街上。大街上乱糟糟的，全是看稀罕的人。活这么大，哪见过那么大个儿的蜻蜓呢，而且又飞那么高，都钻到云彩里去了。

这是村里人第一次见这洋玩意儿。待它飞过来，飞到了人们的头顶上，人们登时都呆住了。妈呀，哪是什么蜻蜓呢？蜻蜓哪有这么大个儿的，而且又是个铁家伙。只有离近了，人们才看清楚原来它飞得并不高，因为都能看清贴在上面的膏药旗，还能看到日本人——一个穿一身黄军装的日本人，戴一顶黄帽子，两块殷红的领章像猎狗吐出的舌头，又像猩红的蛇信子。这日本兵正低头从窗口往下瞅呢，两只眼镜片闪闪地亮，像鬼魅夜里莹莹放光的眼睛。

飞蜓飞过去后，不久又踅回来了，嗡嗡叫着往东北方向飞去了。人们仍不肯离开，一双双好奇的眼睛，一直追寻着那飞蜓又钻进了那几片桃花状的云彩里。

自此，柏树庄人才觉得原来日本人离他们这么近。可并不知道害怕。是呀，日本飞蜓不是已经来过了吗？一枪没打，也没有扔下一个炸弹，有嘛可怕的？哎呀，日本人也是人呗，也长了一个鼻子俩眼、两只胳膊两条腿呗，有嘛可怕的！

知道日本人杀人，还是在一个月之后。

那天是吴兴庙会。

吴兴庙会是这一带最大的庙会。天近午，正是庙会上人最多，最热闹的时候。赶庙会的人熙熙攘攘，摩肩接踵，这时，一个飞蜓，嗡嗡地从东北方向飞过来，它的叫声显得很沉，很重，还有几分怪异，就像即将产卵的大肚子苍蝇。飞蜓的吼叫盖过了喧闹的市声，把人们的目光都吸引了过去。

大家正看得出神呢，突突突，随着一道火蛇，一梭子子弹从飞机上射下来。当场就有十多人倒下了，那殷红的血在大街上恣意地流淌。就在人们傻了一样怔在那里时，天上一黑，飞蜓又下了俩“蛋”。那俩“蛋”，一眨眼就落在人群里，“轰”地炸了，天地间顿时罩起一片血雾，大街上也成了血的河流。

那天，柏树庄也有去赶庙会的，他们捡了一条命，回来后就一脸惶恐地对人讲，哎哟，那天那个惨呀，好多人都给炸飞了，炸烂了，连个囫囵尸首都没有找到。那炸飞的肉，还有胳膊腿，心肝，肠子，有的挂在树杈上，有的落在人家的房顶上，院子里东一块西一块的，捡都没法捡呀。人们听着，再想着那副惨状，骇得脸都白了，骂，操日本人他个姥姥！

直到这时，人们才知道长了眼睛鼻子，还有两只胳膊两条腿的，不一定都是人，有的甚至连畜生都不如！他们是杀人的魔王！

几天后，日本人又在距离柏树庄不远的岸下村大开杀戒。

据说，日本人在岸下村杀人，是因为他们在这里驻扎时，国民党的便衣队夜袭他们了，抓不到便衣队就拿老百姓出气。

这就像一个人，突然闯进你家来，要占你家一间屋子，你自然要往外撵这个闯入者。可这人不但不离开，还在你家耍横棍，出手打人。没错，这就是日本人。这个道理，是后来老徐讲给大家的。

老徐是八路军，自从日本人占领我们这一带之后，他们就经常从西边太行山上下来，在这里端炮楼，打游击。他们神出鬼没，成了日本人的克星，让不可一世的日本人闻风丧胆。

老徐经常住在玉蓉家。老徐大高的个子，高鼻梁，豹子眼，阔嘴巴，满脸络腮胡，和村里男人一样，差不多一年四季头上都箍个白羊肚毛巾。相书上讲，高鼻广颐，极具气势，这一点在老徐身上正好应验了。老徐不但性格直率豪爽，而且嗓音洪亮，说话时把屋子震得嗡嗡响，又风趣诙谐，讲起道理来总是一套一套的。

老徐每次来，都给玉蓉的两个女儿大菊、二菊带点山里的稀罕物件。有时是一包山里红，有时是一挎兜儿核桃。老徐管二菊叫妮子。二菊也喜欢他，一见到这个大胡子八路，她就像一只花蝴蝶一样扑到老徐怀里撒娇。因为刚学会说话，口齿还不利落，母亲让她叫老徐“伯伯”，她却说成“婆婆”，把大家都逗笑了，老徐更是仰着脖子哈哈大笑。笑完了，伸手在二菊的鼻尖上刮两下，说道，看你这个小鬼，看你这个小鬼。老徐喜欢给人讲古，讲林冲发配，讲岳飞精忠报国；还讲杨家将的故事。日本人却对他们恨得咬牙切齿，总想逮机会捉他们。

那一次日本人就是来捉老徐他们的，日本人刚从城里出发，就让我们的交通员知道了。得到情报，老徐赶忙通知乡亲们转移。

那一次，柏树庄人大多逃到了高平村，有亲戚的，就投奔亲戚。没有亲戚的，就在大街上过夜。高平村的地下全挖了地道，日本人不敢来。那部家喻户晓的电影《地道战》，就是以该村为原型拍摄的。

玉蓉一家没有亲戚，就住在一户人家的大门洞里。生一张苍黄色扁脸的女主人还给他们送来了一罐热水，一盆子小米粥。

然而，二菊却不买账，总是不停地啼哭，饿了哭，吃饱了也哭。她是被吓的。二菊胆子非常小，她什么都怕，怕从树上掉下来的毛毛虫，怕知了，更怕老鼠。直到沉沉地睡去，那嘤嘤的哭声才渐渐息止了。她安生了，但世界并没有平静，就像一个大浪铺天盖地地打过来，大浪把人们的心搅乱了，揉碎了，再难回复于先前的安宁。

听说日本人走了，人们才赶回家去。

家里可翻了天！日本人不仅把每家的粮食都装走了，还把坛坛罐罐打个稀烂。玉蓉家养的那七只鸡，被日本人逮走了五只，猪圈里那头已长到七八十斤的猪，也没了踪影。

日本人还往他们家饭锅里拉了屎，炕上也拉了。日本人抓不到老徐他们，就对老百姓发坏。日本人真坏！

二

这一次，日本人是悄悄地包围村子的。

天麻麻亮时，村里的狗突然一齐狂叫起来，紧接着又是一串枪声。玉蓉和大秋被惊醒，两人几乎同时坐起来，惊悚地对望着。哎呀，哪来的枪声？发生什么事儿了？

这时，街上有人喊，乡亲们，日本人把咱村包围了，快逃命吧。是保长老宽的声音。老宽是“两面皮”，明面上替日本人做事儿，暗地里却和八路军一条心。

一听说日本人把村子包围了，玉蓉和大秋赶忙穿好衣服，大秋跳下炕来，一伸胳膊，夹住大菊，玉蓉抱起二菊，俩人几步就奔到了院里。赶快跑吧。

启明星已在东边天际升起来，一闪一闪的。天地间飘浮着紫灰色的雾气，湿漉漉，凉冰冰的，似要黏附到人身上。天呢，还依然黑乎乎的。大秋抬头往天空望一眼，突然就改变了主意，对玉蓉说，别往外跑了，来不及，日本人不是把村子包围了吗？快藏起来吧。

玉蓉颤着声问他，哎呀，藏哪呀？这时，怀里的二菊哇哇地大哭起来。那哭声，在这清冷的凌晨撕扯着人的心肝。

大秋往院里一指，催促玉蓉，快，你们就藏地窖吧。我出去试试，如果跑不脱，再回来也不迟。

大秋刚把玉蓉和两个女儿送下地窖，两位邻居家的女人带着孩子也赶来了。她们说，大秋，我们跑不及了，就藏你家吧，大伙待在一起心里踢实。大秋说，好吧。这两个女人的丈夫在外面打短工，晚上没回来。

地窖是用来冬天储藏红薯的。幸亏有个地窖。

大秋把他们送下去，就用玉米秸把窖口盖住了，看上去这里就是一堆乱糟糟的玉米秸秆。

然而二菊的啼哭却一直没有停止。本来嘛，她睡得正香，却被大人生生地给叫醒了，再说地窖里不但憋闷，更黑得可怕。

玉蓉拍一下女儿的脊背，厉声警告她，乖乖，快莫哭，日本兵马上就来啦！

这一句话，真把二菊吓住了。

二菊不哭了，一头扎到了母亲怀里，像一头受到惊吓的小麋鹿一样。平时，二菊哭鼻子时，母亲就用“再哭，狼就来叨你呀”吓唬她。但母亲说这话时，脸上却没有一点害怕的意思，那狼仿佛只是吃小孩子的，完全和大人无关。这一次，二菊却从母亲的声音里，感到母亲也非常害怕。

秋后的地窖，湿，潮，还有一股属于夏天的那种霉味。里面又杂糅着红薯的甜味和泥土的腥气。两位邻居家的女人和孩子，都挤在洞里面，因为里面太逼仄了，玉蓉的整个身子就露在外面。他们的身下，就是高低不平的红薯。红薯像河边的鹅卵石一样，硌着他们的屁股。

天呢，又亮了一些。有微弱的光亮透过玉米秸的空隙，从窖口射进来。

没过多大会儿，玉蓉听到了一阵乱糟糟的脚步声，而且越来越近，越来越清晰，像刮来一股旋风。

接下来，她听到哇啦哇啦的说话声。她一句也听不懂，觉得像落在树上的一群乌鸦在不停地聒噪。

地窖里的人连大气都不敢出一口，彼此都能听到对方的心跳，怦——怦——怦，似要跳出胸膛，像受到惊吓的小兔子。

二菊没有哭，甚至连一点哭的意思也没有，两只小手紧紧地抓着玉蓉的胳膊。大菊歪着脑袋，靠在母亲身上，身子像发疟疾打摆子一样抖个不停。

可玉蓉的手，却不由自主地箍在了二菊细小的脖子上。女儿的脖子光滑柔软，仿佛一不小心就会弄断。她没有用力，一点也没有，只是做好了那种准备——只要女儿一抽动鼻子，她就果断地把她的哭声拦住，然后再把它掐回去。

隐隐约约能听到日本人翻箱倒柜的响声，玉蓉像看到了日本人再一次用枪把儿打烂了她家的水缸，又打碎她家的坛坛罐罐。当她家做饭的铁锅被打碎时，那尖利的声音像一束束利箭划破空气，向四周迸射开去。想不到，刚过去一年多吧，她家置买的家什又被日本人捣个稀烂。遭报应的畜生！玉蓉在心里狠狠地咒骂。

咚咚咚，玉蓉听到有脚步声向这里走来。她最担心的还是发生了。

那声音在地窖口停住了。

哗啦啦，哗啦啦，玉蓉听到了挑动玉米秸秆的声音，感觉那刺刀挑的不是玉米秆，分明是她身上的肉。她彻底绝望了。

藏在地窖里的人，无论大人，还是小孩子，都紧张得要命。这时，玉蓉感到有一双小手，攥住了自己的胳膊，那是大菊的。这个胆子比男孩子还大的小丫头，似是不敢听上面的声音，紧紧地把耳朵贴在母亲的身上，仿佛这样才是安全的。

日本兵把第一层玉米秆挑开了，随即又挑开第二层。一片幽青的亮光，从上方射下来，射到了玉蓉脸上，几片玉米叶的碎屑也落在她头上。

起初，她不敢往地窖上面看，又忍不住好奇，还是把目光投过去。她竟然看见了那个日本兵。在蛋青色的曦光里，那日本兵正俯下身，探着脑袋往下窥视。两人的目光，霍地撞到了一起。

后来，她对人们说，那时她的手就不由自主地用力掐了。她觉得有一把明晃晃的日本刀架在她的脖子上。那刺刀冒着嗖嗖的冷气，像一条毒蛇把她缠住了。

那个日本兵，就那么呆呆地站着，不知为什么，他竟然没有开枪，没有把他的同伴唤来，也没有彻底将玉米秸掀开。他只是那样呆立着，呆立着。他似乎发现了一个秘密，这个秘密只属于他自己，他不想告诉任何人，他要把它一直藏在自己心里。

哎呀，一准要死了！玉蓉绝望地合上了眼睛。

然而，她没有听到枪声，而是听到了脚步离去的声音。是的，那窸窸簌簌的脚步声远去了。她睁开眼睛，那张日本人的脸不见了。外面似又亮堂了一些，晨曦刺得她的眼睛有些疼。她不明白上面发生了什么，那个日本兵为什么会突然离去呢？又不知过了多久，她听到村外传来清脆的枪声，先是一两声，马上就响成了一片，像过年时人们放的鞭炮，啪——啪——啪。

吱——一声尖利的哨音骤然响起，日本兵开始往外面跑，咚咚的脚步声一眨眼就在胡同口消失了。

又发生什么了？玉蓉睁大眼睛，抬起下巴，紧紧地盯着地窖口。映进她眼帘的是一片圆寂的天。此时，炒豆子一样的枪声从远处传来，还夹杂着机关枪的吼叫，哒哒哒，哒哒哒。这秋后清晨的天幕，被这尖利的枪声撕扯成一条一条的，像是扯坏了的幕布，在清冷的晨风里飘舞着，又像是人因极度紧张而紊乱了的神经。

这一切，发生得那么突然，玉蓉感到自己就像做了一场噩梦。

那枪声是老徐他们的，当听说日本人把村子包围了，他们马上赶过来解救被围困的乡亲。

日本人这次扫荡，村里只死了一个人。这就是二菊，她死在了母亲的手里。

三

正是溽热的暑天，女人们闲来无事，爱凑到街口那棵大槐树下，一边纳鞋底，一边说闲话。

人们正在听玉蓉哭诉那天的事情。有人不忍再看她这痛苦的样子，就说，搁谁也会那样的，谁不怕日本兵呢？

不——玉蓉用手抹一把眼泪，毅然地摇摇头，一脸懊丧地说，哎呀，还不是怪我吗？我不该掐我的二菊呀，她一直就没有哭，孩子懂事了呀，我不让她哭她就不哭了。只有短短半年时间，她那双饱满的眸子就让泪水淹得瘪了下去，而且发木发呆，整张脸也失去了光彩，一下子老去许多。

这一次，不等人们插话，她又马上接着说，再说，那个日本兵眼里根本没有凶光呵，他的目光很善，我看他真的不想祸害我们。他看到了我，看到了我怀里的孩子，他一定不想杀我们了。可我还是怕呀，我的手就——

人们自然不信她的话，说，那是日本兵没有看到你。如果看到你，哪有不开枪的？如果不开枪，那还是日本人吗？

玉蓉却不那么认为，她说，哎呀，我和那日本兵的眼睛互相盯着，他那眼神，分明看到我了。没错，他看到我了。

有人哂笑着反驳她，那是你的错觉吧。当时天刚亮，你们在暗处，日本兵在明处，他就是睁大俩眼使劲看，也是看不清的，不可能的。

人们还说，日本兵个个都是杀人不眨眼的魔鬼，真要是看到了，他怎么能放过你呢？不会的，绝对不会的。

但，玉蓉就是认定那个日本兵看到她了。在她看来日本兵看到了她，却不想伤害她。其实，那只是短短的十几秒钟，然而却成了一个难解的谜。

见人们不相信，玉蓉显得非常焦急，她一遍一遍地向人们解释，那日本兵细高的个子，长得白白净净，欢眉大眼的，是个俊气的娃子哩。他的目光确实没有恶意，一点也没有。可是，我害怕他手里的刺刀，还有那身黄军装呀。那么文静俊气的一个娃子，咋就穿上了那身黄军装呢？手里还拿着枪，枪上的刺刀闪着寒光，要多吓人有多吓人！

四

几十年倏忽而过。二十世纪八十年代中期，中日两国艺术家合拍一部反映二战的电视剧，来我们这一带乡下拍外景。那天，当摄制组拉着摄影器材和各种道具到达柏树庄时，村里人都赶来看热闹。玉蓉也赶来了。她已是一位满头银发、两眼昏花的干巴瘦的老妪，而且背驼得很厉害，两手搭在拐杖上，站在看热闹的人群里非常显眼。

正是初夏时节，炽烈的太阳悬在天上，空气里飘着小麦扬花的香味和蚕豆花的清香。在拍摄的间隙，日本方面一个负责剧务的小伙子，有二十五六岁吧，他口渴了，扭身从挎包里掏出一听易拉罐饮料。砰，打开来，刚递到嘴边，忽然看到人丛里的玉蓉。他没有丝毫犹豫，几步跨过去，伸手将饮料递向她。

这突发的一幕让玉蓉愣住了，她迟疑一下，伸手接了。这时，柏树庄人的目光都齐刷刷地射向她，里面除了羡慕，更多的是鄙视。分明在说，你咋像个馋嘴的小孩子呢？东西再好，也是日本人的，你不但丢柏树庄的人，也给咱全中国人丢脸！哎呀，这老太太，真是老糊涂了呀。那是柏树庄人第一次见到这种易拉罐饮品，在他们眼中，这种东西就是洋玩意，新鲜。但玉蓉不去理会这个，只见她仰起下巴，将易拉罐高高地举起来，对准瘪下去的嘴，咕噜噜地喝两口。然后，巴咂一下嘴唇，甜，真甜呵。脸上忽地泛出清纯而又甜美的笑意——这是属于年轻女人的那种笑，很难看出是从一张皱巴巴的脸上发出来的。然后，就定定地凝视着这个日本小伙子。

这个日本小伙子生得白白净净，文静而又俊气，玉蓉的眼前顿时浮现出另一双日本人的眼睛。

那双眼睛像碧空下一泓幽幽的水潭，她真想跳进去洗个澡！

（原载《雨花》2011年第12期）

寻　　宝

如果不是寻找那件宝物，海海也没觉得家里这么乱，哪里都乱糟糟的。

他将一件旧上衣扔到屋地上，瞪着两只眼珠子，朝红霞发火：“你也不收拾收拾，就不怕把你埋了呀？”

红霞觖望地白他一眼：“你嫌乱，你可收拾呀！这个家是我自个儿的吗？”她正打开一只漆成枣红色的木箱，这只木箱是她弟弟从部队带回来的，用盛炮弹的木条制做的。当初，海海非要把它劈了当柴用，红霞说，好好的东西，烧了多可惜呀。她就用它来盛东西，当个宝贝似的。

接下来，海海又从衣柜里扯出一条旧裤子，用力甩到屋地上：“哼，这活儿也让一个大老爷们干呀？饶你懒吧，还总有理儿。”

就是这句话，把红霞激怒了。啪，她把箱子合上，一扭身走出西屋，又一歪屁股坐在了堂屋沙发上，嘟噜着嘴，气呼呼地说：“好吧，我懒，就你勤快。——我还找嘛呀找，你自个儿找吧！”

海海赌气说：“好，那你就歇着吧！”手却舍不得停下来，仿佛那件宝物就在这衣柜里，只要他再沉住气耐心找上一会儿，它就会像调皮的小孩子一样跳出来，朝着他幸灾乐祸地笑。

那宝物其实是一只陶罐，但又不是普通的陶罐。

它是从院里挖出来的。老早，就有人在地里起土或者打井时捡到过这种东西。不仅有陶罐、陶片，瓦片和瓦当，还有铺地砖、柱础石等等，大多为汉代的遗物。那时人们不拿这个当宝贝，那些陶片和瓦片，就被扔到地头和碎砖头堆放在一起。而那些陶罐，有人家就用它来盛粮食。或者干脆就扔到院子的旮旯里，任凭日晒雨淋，很少再去理会。

记得，红霞刚嫁过来时问海海：“你们村咋净挖出这些玩意呢？连个铜和铁都不是，破砖烂瓦的，也不值个钱。”

海海脸上有些挂不住，赶忙说：“你可别小瞧俺们村，俺们村从前是个大都市！”

海海说的没错，这个冀中平原上最普通不过的小村子，战国时是中山国一个重要城邑；后来汉武帝在此建立了真定国，再后来，真定国改为常山郡；又过了许多年，常山郡移至滹沱河北岸的安乐垒，也就是今天的正定城。至此，这里就失去了其政治、经济和都会的地位，逐渐沦落为一个乡野小村。惟独和当年有联系的，是村子的名称“古城”。分东古城和西古城，海海家住在东古城。

红霞恍然大悟，说：“怪不得哩，俺一直弄不明白，一个村子干嘛叫古城呢。原来是这么回事儿。”又开玩笑：“哎呀，这么说俺也嫁到城里来了。”这句话把海海逗笑了，但他并没有因为自己的村子曾经做过都城而感到有多么自豪。相反，他心里还颇有些怨气。因为，距离他们村十多里处就是省城。那是由一个小村庄渐渐发展起来的新兴城市，只有几十年的历史；而在他看来，成为省城的应该是他们村呀。

再后来，如果不是省城的扩张北移，他们也不会晓得，在他们村随处可见的那些陶片和瓦当竟然还是宝贝呢。

按市政府的规划，这里归属市区后，将开辟一个占地几百亩的文化公园，公园里还要建一座古城博物馆。因为这个年轻的城市终于找到了自己的“根儿”，所以晚报专门拿出两个整版来介绍古城村的历史兴衰，这让嗅觉异常灵敏的文物贩子纷至沓来。这时，海海和红霞才知道，他们挖出的那个陶罐竟是汉代的珍贵文物，价格不菲！

哎呀，那个旧不拉叽的玩意儿，竟然那么值钱！海海和红霞感叹着，马上寻找起来。他们先是在盛杂物的厢房里找——把一件件旧东西移开，每一个旮旯都不放过，没有。然后，两人又分别去箱子和大衣柜里翻找——明知道那个东西不大可能放在里面，但依然不肯放过。

却仍不见那宝物的踪影。海海急得抓耳挠腮，而红霞呢，也不停地唉声叹气，眉宇间堆起两个肉疙瘩——她是个急性子，遇事儿有耸眉头的习惯，因此额头上早早地生出两道皱纹。

其实，这几天村里有许多人家都遇到了同样的情况。找到的，自然是喜不自禁，竟觉得出门拾了个大元宝似的。而大多数人家并不这么幸运，那些当时并不被他们看重的破烂罐子，就像故意和他们作对似的，哪还有影子呢？此时，古城村的上空，笼罩着一种亘古未有的气氛，正是几家欢乐几家愁。

而海海家就属于那种最焦急的人家之一。因为，那只陶罐，对他们来说具有非同寻常的意义。

他们的日子过得很是窘迫。平时，除去侍弄那几亩地，两人就是给人家打工。红霞在镇上一家化工厂做工，干的是计件工，每天都是早早地赶去，晚上很晚才回来，恨不得把每一分每一秒都换成钱才好。海海在大胡子侯五家的电气焊门市当电焊工，也是计件，主要做防盗网、铁门。这两年，这一带的村子都时兴盖楼房了，也对外发售，就是所谓的村证房；因价格比市里便宜许多，城里人来买的也不少。买楼的多，来做防盗网的自然就多了，因此海海一个月能挣到二千多块。按说，他和红霞，两人每个月加起来有四五千元的收入，看上去还是蛮不错的。此外，他们还有几亩地，虽说如今种地挣不来钱，但起码吃的有了。然而，钱到了手里却不经花，一张百元的票子，只要一破开，眨眼间就没影儿了。两个孩子的学费和零花钱，还有电话费、有线电视费，光这几项就是一笔不小的开支。此外，像鸡蛋呀，猪肉呀等杂七杂八的日常生活用品，还有种子、化肥，以及村里红白喜事的随礼，这又是一大项。而更要命的是，所有这些都在一个劲地上涨。他们就是一天不耽误，依然是罗锅上山——前（钱）紧。儿子后年就要高考了，女儿明年也要上高中，所以平时红霞把钱抠得很紧，一分钱恨不得掰成两瓣花。

想不到，老天爷还是怜惜他们的，给了他们这样一个发财的机会。

然而，像是故意难为他俩，那个宝贝就是迟迟不肯露面。刚开始，虽说红霞火急火燎的，但还是忍耐着。不大会儿，她就冲海海发脾气了："那东西是你挖出来的，你到底放哪了呀？成天丢三落四的，是不是当垃圾给扔了？你说呀你！"

海海却满腹的委屈，那东西是他挖出来的不假，但他马上就递给红霞了。他记得红霞先是拿着看稀罕，然后就说，用它盛粮食倒挺合适。

红霞却不这么认为："噢，我说过那个话吗？"想一想，仿佛是有过这么回事儿，可又想不起究竟用它盛没盛粮食了。她认为自己当时只是这么随便一说罢了，家里根本不缺盛粮食的家当，她干嘛要用这个破玩意盛粮食呢？因此，她就认定是海海把它弄丢了。两人谁也不服谁，于是就叮叮当当地吵起来。

红霞嘴巴厉害，专会说难听话，又不容许别人争辩。平时，他俩时常就为一些家常琐事吵架，甚至还升级为动拳头。只是，这种情况在近两年才有所改变，无论红霞再说什么难听话，海海总是把嘴巴紧紧地闭着，尽量不再和她发生冲突。

然而这一次，窝在海海心里的火气再也憋不住了——原来家里竟然这么乱，哪里都乱糟糟的。似乎就因了家里这么乱，才让那件宝物逃之夭夭的。于是，他就朝红霞狠狠地发了一通脾气。红霞哪受得了这个，干脆就坐到堂屋沙发上赌气不干了。

这是红霞的一个习惯，因为脾气急，有时话不投机就立马愀然作色，紧跟着难听话就上来了，一嘟噜一串的像放连珠炮，怎么狠怎么解气怎么说。如果正吃着饭，她会啪一声就把筷子撂了，不管不顾地和海海使性子生闷气。

红霞从什么时候开始变成这样了？他们刚结婚那几年，红霞脾气急是急，但还不像这么决绝。后来，红霞看村里有那么多人做生意发了财，她哪还满足于海海总给人打工呢。她恨不得让海海也像村里的老板们那样神气。就是在红霞一遍遍的抱怨下，海海才开始琢磨挣大钱的。他看这一带养貂的多，认为这是个商机，就通过一个亲戚的关系，从乡信用社办了一宗两万元的惠农小额贷款，用这些钱买了加工貂笼的机器和钢筋。想不到，不久貂皮的销路出了问题，人们养貂的热情大减，他们不但没赚到钱，还赔进去一万多元。

后来，海海也尝试着做过其他生意，结果，都白忙活了一场。这让红霞对海海彻底失望了。哼，没出息！从此，怎么看海海都不顺眼，平时磕磕绊绊的也多了起来。而红霞的脾气，就是在这日复一日的争吵中变得暴躁起来的。

今天，红霞没有和海海对峙下去，没过多大会儿，她就自个走过来了，嘴里责怪着海海：“嘿，你就是这个臭德行，铁锅里的鸭子。”显然，她在给自己找台阶下。

这可是从来没有过的事情呀，而且，听红霞刚才的抱怨也不似先前那么凶巴巴的。嗨，太阳打西边出来了。

“我就不信，它能插上翅膀飞了？”红霞又喃喃道，“我也没记着把它扔了呀！”

海海接过了话茬：“它还能跑到哪儿呢？就在家里！”

“就是，就是！”红霞说，声音轻柔而又温和，“咱再找仔细些。”

今天的红霞，不仅让海海感到诧异，更感到疑惑。这还是那个刁钻尖刻的红霞吗？

这一次，他们扩大了寻找的范围，把目标转向了厨房和茅房，还有院里的每一个角落。

因为他们就认定那只陶罐还在家里，只是躲在某个地方，所以心里依然充满了期待。红霞说：“海海，把陶罐卖了，我得先买一件衣服，要好一点的。”在她眼里，好一点的衣服也就是百十来块。海海说：“好哇，两年了吧，你还没添过一件新衣服哩，过年也没有买过。”

如今，他们要发一笔横财了。仿佛眼前亮起一盏明灯，他们的日子又有了奔头。有奔头的日子，才是好日子呵。

此刻，不知为何，红霞竟然觉得海海十分可怜。哎呀，这还是十多年前的那个海海吗？那时的海海活泼机灵，爱说笑话，一张娃娃脸上，一天到晚都挂着清纯的笑，仿佛世上的忧愁和他没有一点关系。如今的海海呢，不但不说笑话了，还总是愁眉不展的，成了一个闷葫芦。因为嘴巴总是紧闭着，像有一把刻刀，生生地刻出两条弧线，把他的鼻翼和嘴角连在了一起；而且眼睛也散漫无光，背也有些驼，才三十多岁的人，看上去却像个小老头子。

是什么让海海改变如此巨大呢？是生活本身呢，还是怪她成天拿他去和村里的那些老板们相比较？对这个问题，红霞哪说得清！

然而，那个宝物，又的的确确是海海亲手挖出来的。嘿呀，海海还是有本事的，不，是福气！——原来他还有这样的福气哩。红霞心里陡然生出一丝悔疚：这些年，她亏待了海海呀，太拿他不当回事儿了。

于是红霞又对海海说：“海海，给你买身西装吧，买好一点的。”和红霞一样，海海一年四季就是那几身旧衣服，那件夹克衫，袖口都磨白了，还起了毛；那件皱巴巴的灰色西装，都穿好几年了，还拿它当个宝贝哩。夏天更简单，就是那两件T恤衫，还有两条休闲裤，都是从路边地摊上花三四十元淘来的。

海海摇摇手说："甭价，我这个模样哪配穿好衣服呢？"红霞哧地笑了，知道海海是话里有话，因为平时她没少挖苦他。此时她却不去计较，说："人配衣服马配鞍，你穿上一身好西装试试，看看还是原来的你不是了？"

红霞这话说得让海海心里直发热。哎呀，这个陶罐真好。不但能让他们得到一大笔钱，而且，还让他重新找回了从前的那个红霞。是的，从前那个温柔而又善解人意的红霞又回来了。

只是，那个宝物依然没有踪影，这让他们非常失望。

这一上午，他俩都没有出去做工，就一直在家里找。后来把找过的地方，又统统找一遍。不知不觉，太阳移到了头顶上。直到这时，两人仿佛才真着了大急，明明放在家里的东西，咋就没影了？

"真是稀罕！我也没记得把它扔了呀。"红霞的眉宇间又皱起个大疙瘩，"你说，它咋就没了哩？"

海海也吧咂着嘴，连声说："咋回事儿哩，咋回事儿哩！嗨，活见鬼了！"

此时，秋后明丽耀眼的太阳，将院里映得像个金色的湖泊。那年，就是在这样一个晴好的天气里，海海穿着那件袖口泛白起毛的咖啡色夹克衫，脚蹬一双皴裂的老树皮一样的旧皮鞋，吭吭哧哧地在院里挖菜窖。往年收了白菜，他们总是放在厨房里，靠着墙角堆一大垛。整个冬天，这大白菜就成了他们的看家菜，又耐吃又实惠。除了烹炒、醋溜，他们最喜欢的做法就是炖大锅菜了。当一盆香喷喷的大锅菜端上餐桌，外面的冷风似乎也就失去了威力。就是这一盆大锅菜，让他们身上热气充盈，漫长的冬天也不再那么难挨了。

但在厨房里储藏白菜效果不好，不是因为伤热烂帮子，就是冻坏。

今年，他们种的白菜也不少，说什么也得在院里挖个菜窖了。

海海挥着镐，在院里的东南角上，先是掘开一层硬土，然而就拿锹挖坑。当他挖到一米多深时，咔嚓，手里的锹触到了硬物。他弯下腰，小心翼翼地把土扒拉开，于是，那个在地下沉睡了千年的宝物就重见天日了。

今天，也是同样的天气，铺一层金黄色落叶的院子，像莲叶田田的湖面。然而，却不见了那只陶罐的影子。他们沮丧，他们痛心疾首，都恨不得自己掴自己一个耳光。

看看天晌午了，红霞就对海海说："海海，咱先别瞎找啦，还是先回忆一下吧。”

“好吧，说不定能想起来。”海海认为这是个好主意，他就点上一支烟，衔在嘴里，抬起头朝天上望。黄灿灿的太阳，刺得他赶忙把眼睛眯起来，蓦然间，像有无数个金星儿在他眼前狂飞乱舞。他忽然想起来，前些日子，有一个收破烂的老头子从街门口路过，被红霞叫进来。当时，他们刚吃过午饭，下午还要各自去做工。海海离开家时，看到那辆装着各种破烂的三轮车，就停在了厢房门口，红霞正和收破烂的黄脸老头在厢房里讨价还价。那个陶罐，是不是被那老头顺手牵羊了呢？而收破烂的，大多有一双识珠的慧眼。

他想把这个猜疑说给红霞，但跑到舌尖儿上的话，又立刻咽了下去。

随即，他眼珠子一转，手在后脑勺上用力一拍：“嘿，我知道它藏哪儿了。”

“它藏哪儿了，快说呀？”红霞惊喜地望着他。

海海卖了个关子，一脸的诡秘：“人家是故意藏起来的，给咱脸子看哩。谁让咱当初不拿它当回事儿哩。——你猜猜吧。”

“俺猜不着。”红霞哪还等得及，一脸的哀求。

“它呀，嘿，又钻回地底下了。”

“屁话！咋不说它长翅膀飞了，飞到天上了？”红霞的脸立刻阴下来。随即，又哧地笑了。海海好久没和她开玩笑了，她忍俊不禁，两颊不由得飞起两团红晕。这让海海依稀看到了年轻时的那个红霞。当年，他就是被她这种甜美的笑靥迷住的。

“依我说哩，咱想也不想了，费那个脑筋干嘛呀。咱村不是快要拆迁了吗？到那时，咱把院里好好挖一挖，说不定还能再挖出一只来哩。”

这真是个很不错的主意，红霞听了心头顿时又燃起了希望之火，她把嘴一努，瞥海海一眼，有几分娇嗔地说：“看你说哩，哪就一只呀，说不定还能挖出好几只哩。”

“嘿，真说不定。”海海那张娃娃脸上也绽开快活的笑。

他们村拆迁后，人们就都搬到了高楼上。

不知还有多少好东西埋藏在地底下呢，他们真得好好地，挖一挖！

（原载《山东文学》2012年第1期）

认亲记

是不是真的去一趟北京呢？

喜子这么问自己时，已经来到火车站售票大厅。售票口前，早已排起了一条长龙，人们一个个像企鹅一般抻长脖子，急切地朝售票口眺望。然而，队伍往前移动的速度依然很缓慢。

这里距离北京非常近，只有几百里地，坐火车用不了三个小时。也许就因为距离太近，每天往返京城的人格外多。喜子去过一次北京，那是前几年跟着村里的一个伙伴去那里找活儿干，结果失望而归。不过却见到了久已向往的天安门、故宫，还有颐和园，也算没有白往北京走一趟。在天安门前，他仰望着毛主席的巨幅画像，心里生出一种久违的激动，原来无意中，他圆了儿时的一个梦想。

是不是利用这次机会，再去一趟北京呢？他这样想着，两只大脚已加入进了那条购票的长龙。转瞬间，又有两个人排在了他身后。大厅里熙熙攘攘，像有千万只蚊子在嗡嗡嘤嘤地鸣叫，但又看不到是谁在翕动嘴巴。

望着眼前这一张张陌生的面孔，喜子的脑海里浮现出另一个人的影像。这个人，就是那位近两年正如日中天的电视主持人。本来，一个身在京城是国家级电视台的名主持，而另一个，则是几百里外的乡下人。按说，他们两人是毫不搭界的，然而像有一条无形的绳子，将他们连在了一起。

这事儿还得从喜子这里说起。从喜子说起，得先从那天晚上说起。那天晚上，他们一家吃过饭，像往常一样，坐在堂屋的沙发上看电视。那是一档综艺节目，香菊是这个栏目最忠实的观众，那些浅薄的幽默总能把她逗乐。这时喜子突然扭头问她，这主持人和我长得像不像？

起先香菊没拿喜子的话当回事，以为在和她耍贫嘴。当喜子把那句话又重复了两遍时，她看看主持人，又扭头瞥一眼喜子，发现喜子和人家还真有些像。首先是脸形，都是那种不长不短的方脸，不难看，却没有多少特点；两片薄薄的嘴唇，也像。整个五官虽然说不上多么英俊洒脱，但因为长得集中又排列得体，看上去就让人感到舒坦。也就是说，如果这个主持人不是主持人，而是一个普通人，没人拿他当回事的。嗯呀，你怎么能像人家呢？人家是谁？你又是谁呢？也不撒泡尿照照自个儿！就这样，喜子越说像，她就越说不像。平时也是，喜子说这东西是黑的，她偏说是白的，非得和他别着筋。香菊觉得今天喜子真是好笑，竟然把自己和人家大主持人扯到一起了。就是真像，她也不会说像的。她是这位主持人的铁杆粉丝。

然而，喜子并不去理会香菊对他的挖苦和嘲讽，接下来他又说出了一句惊天动地的话：这个主持人，是他们的一个本家！

这无疑是在屋里爆响了一枚炸弹。香菊的目光迅速地从屏幕上移开了，脸上的神情不是用惊诧能形容的，而是像看外星人一样盯着喜子，看他是不是和她说着玩呢，或者突发高烧，把脑神经烧坏了。然而，看到喜子一本正经、不苟言笑的样子，不像和她开玩笑，更不像发高烧把脑神经烧坏了，是非常严肃而郑重地向她宣布这一消息的。

在香菊惊诧得近乎傻了似的目光里，喜子讲述了事情的来龙去脉。

这事儿还得追溯到抗日战争时期。有一天，从西边大山里下来一支八路军，要在这一带打日本鬼子的伏击，就住在了他们向阳沟。喜子有一位堂叔，那年刚满十五岁。待八路军打了胜仗，往山里开拔时，他这位堂叔就穿上军装，跟着队伍走了。谁知这一走，就再没有一点音信。村里人也不知道这孩子到底是死是活，但在那烽火连天的年月，估摸着是凶多吉少。直到解放后，喜子的堂叔突然回来省亲。堂叔十来岁时，父母相继离世，喜子的爷爷奶奶看他可怜，就经常接济他。这次回来，因为没有其他近亲，他自然住在了喜子家，把他们当作最亲近的人。走时还没有枪杆高，黑不溜秋的像个大泥鳅，如今却长成个英武壮硕的黑大汉，要多威武有多威武。人们也终于知道了他离开家乡后的一些情况。因为作战勇猛，人又机灵果敢，第二年他就当上了班长。后来，又当排长，连长。把小日本赶回了东瀛老家，还没消停几天，又和国民党的部队接上了火。他参加过著名的孟良崮战役，后来随着南渡大军，横渡长江天堑，一直打到蒋介石的老巢南京。因为战功卓著，而且又有非凡的指挥才能，渡江胜利后，就由营长擢升为团长。

堂叔回家省亲那年，喜子还没出生，有关这位堂叔省亲的情况，他是从父亲口中得知的。啧啧，你堂叔那次回来，那个威风呵——是县里派专车把他从火车站送回来的，那是咱村里人第一次见到吉普车，一色的绿，像个大绿蛤蟆。一按喇叭，呜呜呜，声音那个脆，那个亮呀，差不多把咱全村人都召来了。父亲对喜子讲述这些时，脸上总是挂着自豪的神色。就是听着父亲这一遍一遍的讲述，喜子在脑海里勾勒出了这位从未谋面的堂叔形象的。

自打那次走后，堂叔就再也没有回来过。早年些，还时常给喜子家寄信，一年来好几封，非常惦记家里的情况。问村里成立高级社没有？地里的收成如何？还有，家里那棵老杜梨树是不是开花了？当然，最后还不忘嘱咐他们：一定要和村干部搞好关系，不要因为他在外面做事儿，就在村里摆臭架子，牛皮哄哄，那是让人戳脊梁骨的。他们也知道，自那次回来省亲不久，喜子的堂叔就在南方的一个大城市落了脚，几年后，脱下戎装，转业到一家大型企业当了党委书记。在村里人眼里，这就是一个非常大的官了。也知道了喜子堂叔的爱人是部队文工团的一位演员，是唱着那首“解放区的天，是明朗的天”和他相恋的。如今，也随着丈夫转业到那座城市，在一个宣传部门工作。喜子的堂叔还寄来了他和女人的合影。那女人面如满月般娇美，一双欢实俊气的大眼睛，溢着盈盈笑意，两腮还有两个小酒窝，和当时正走红的电影明星白杨像一个模子里刻出来的。

自从喜子的父亲亡故后，他们家就和这位堂叔渐渐失去了联系。刚开始，每年还是有信来的，随信还寄来他们的全家福。只是，次数少多了。“文革”开始后，就彻底断绝了联系，想必那堂叔也受到了冲击，自顾不暇。“文革”结束后，喜子也按着从前的地址，试探着给堂叔寄过信，但都石沉大海。猜测堂叔一家是不是已经离开了那座城市，抑或堂叔早已辞世了，不得而知。于是，这位堂叔就从他们的言谈之中，渐渐地消失了。但对堂叔家里的情况，喜子还是记得一些的，知道他有两个儿子，一个女儿。最小的儿子，和他年岁差不多大。

其实，喜子早就发现自己和那个主持人长得有些像。而且，又是一个姓氏。这让他一下子，就想起那个曾在外面做了大官的堂叔。他怀揣着兴奋和好奇相交织的心情，翻箱倒柜地找出堂叔家那张已经泛黄的全家福，从堂叔小儿子充满稚气的脸蛋上，隐约地找出了这位主持人的影子。于是他就认定，这位主持人，就是堂叔的那个老生儿子。这个秘密在他心里藏了许久，今天终于说了出来。

不会错的，哪会错呢？见香菊用怀疑的眼神盯着他，他就非常肯定地向她解释，你看看，姓氏也对，模样儿也像，没错！

然而，无论喜子如何解释，香菊哪里肯信呢。一撇嘴，说，这能说明嘛呀，就是同名同姓的，全天下多得去了，你咋就认定人家就是你堂叔的儿子呢？喜子有些急，就拿出那张合影指给香菊看。你看，你看，他还有小时候的影子哩。香菊手捧照片，端详了许久，说不像吧，真是不像。说像吧，也倒有点像——一个人，要想从童年照片上找到今日的影子，谈何容易？何况，天下所有的小孩子看上去模样都差不多少，都是圆嘟嘟的娃娃脸，清澈到极致的眼睛，翘翘的小嘴儿。见香菊不吭声，喜子赶忙说，你看，是像吧，你还不信！接下来，他又一脸喜色地说，看他长得比我年轻点，那就是咱堂弟吧。第一次，香菊没有和喜子争执，破天荒了。

那几天，向阳沟的人都知道了那位大名鼎鼎的主持人，竟然就是喜子的堂弟。这个消息把小小的向阳沟，震得几乎掀了个底朝天。——哎呀，这老张家还真能耐呀，竟然出了这么一个人物头。不得了，不得了。这时，老辈子的人，又想起了喜子那位戎马倥偬又在外面做了大官的堂叔。如果不是因为这件事，人们早把这位最值得向阳沟人骄傲和自豪的人给忘记了。——这并不是说向阳沟的人有多健忘，实在是因为和喜子堂叔一块光腚长大的人，大多已经作古。就是依然健在的，也大都成老糊涂了。晚辈后生，也只是听说过村里曾经出过这么一个大人物，因为没有亲眼见过印象就不深，而且随着岁月的流逝早从记忆里淡去。而如今就是因为这个话题，喜子的这位堂叔，再次浮出了水面，在向阳沟人的脑海里复活了。哎呀，向阳沟真是好风水，竟然出过这么了不起的英雄！这样一联想，也就认为那个主持人出在向阳沟，出在他们老张家，倒是合情合理。

既然出了这么个大名人，那就不能光停留在口头上，必须要有更实际一些的联系。于是人们就撺掇喜子，嗨，咱离北京这么近，又不是隔了千里万里，干嘛不去找他认亲呢？起先喜子有些作难，虽说是堂弟，但两家多年不联系了，如今去冒昧地找人家认亲，怕不大合适。人们却不这样认为，说，怕嘛哩，再没联系过，他毕竟也是你的堂弟。抓起一把灰就比土热，他的根就在咱向阳沟，莫非，成了大名人了，连老祖宗也不认了？名气大咋了，就是当了国家主席，还不忘故土乡邻哩。就连过去的皇帝爷，不是还有几门穷亲戚嘛。话又说回来，如果那小子真的不恋故土，咱就对他毫不客气，叫上一帮人，把他狠狠揍一顿，看他是吃几碗干饭长大的。咱向阳沟咋了？没有咱向阳沟，能有他爹吗？没有他爹，能有他吗？

人们都说到这个份上了，喜子再没有理由不去认亲了。如果他再推诿，哪里还对得住向阳沟人这一腔的热情？如果他再推诿，像是他害怕什么——他害怕什么呢？怕这事儿不是真的，是不是？他心虚是不是？再从这个角度延伸下去，人们的热情里，似多少又隐藏着一点不信任，那意思分明就是让喜子去证实一下呵。

其中有一双特别的眼睛，那就是老村长的。

哈哈，你小子还真能沉住气，蔫狗子！那天，老村长乐颠颠地走进了喜子家。老村长六十多岁了，却身板硬朗，说话底气十足，红脸膛，高鼻梁，下巴刮得极干净，无论是相貌还是气度，都让人不敢小觑，敬畏有加。老村长在向阳沟执政四十多年，口碑极好。他公正廉洁，克己奉公，那一张张市里县里颁发的奖状便是证明——它们都被老村长用镜框精心装了，悬挂于大队部屋墙上。望着这些奖状，人们对老村长愈加肃然起敬了。

不过，风水轮流转，老村长再有能耐，再能与时俱进，毕竟年岁不饶人，尤其是当今这个经济社会，信息瞬息万变，就是风华正茂的年轻人，稍不留神也会落伍的。何况，老村长已年近花甲。这不，眼瞅着其他村里又是发展板材业，又是搞养殖，种大棚菜，还有的利用村里在外面混事儿的人，也就是利用他们手里掌握的一点权力或者社会关系，招商引资上项目，搞得很是红火，村民得实惠，村干部脸上也有光。第一次，老村长有了一种失落感。尽管乡里领导每一次开会，都忘不了表扬他一句。但人们都不傻，明白那是给他面子，是对他过去业绩的一种敬重——有一些凭吊的意思。

偏偏，老村长不服老，他要舍得这把老骨头，和年轻人再拼上一把。在他的号召下，村里有人办起了养殖场，也有人家开了家具厂，但和其他村比起来，那简直是小巫见大巫，不成规模上不了场面的。老村长经过一番深思熟虑，认为只有走招商引资之路，才会赶上和超过他们。可他把村里在外面工作的人梳理个遍，竟然没有一个能给向阳沟帮上大忙的。正在他沮丧又无奈时，传来了这个好消息。真是踏破铁鞋无觅处，得来全不费工夫。想不到呀，向阳沟还藏着这么个大名人呢。

老村长向喜子谈了自己的想法。他想通过喜子堂叔家这个儿子，为村里引进几个项目。得，这回咱向阳沟就能变个样儿了。一个大名人，什么人物头不结交？人家就是闭着眼儿，两手一划拉，也能给咱划拉一个。咱嘛，胃口不能太大，有一个两个咱向阳沟就成大气候了。老村长说着，俩眼都快让笑纹给挤没了。

到底是老村长，心里总盘算着村里的大事儿呢，总盘算着为大伙谋福利哩。喜子有些感动，就说，哎呀，你看，你看，我只是认出人家了，就怕人家不认咱。

香菊急忙白他一眼，说，你先别高兴得太早了，到底是不是你堂弟，八字还没一撇呢！她是怪喜子说话不给自己留退路。

香菊的话刚落音，老村长就扭过脸来，用责备的口吻说，嗬嗬，我说喜子家的，你这是咋说话哩。到底你不是喝俺向阳沟的水长大的，说话就这么不凉不热，是怕俺向阳沟给你家添麻烦不是？

香菊像让人扇了一巴掌，脸腾地红了，赶忙解释，哎呀，大叔，俺可不是那个意思，俺不是喝向阳沟的水长大的倒不假，可俺现在也是咱向阳沟的人儿呀。你说，俺能胳膊肘往外扭吗？大叔，俺不糊涂！

老村长把右手掌往左手掌上一拍，哈哈地笑了，脸上堆满了菊花纹，说，这不就对了嘛。这才像俺向阳沟人说的话哩。好啦，不管你们心里愿意不愿意，这个忙一定得帮。我先说好了，这可不是给俺个人帮忙哩，是帮咱整个向阳沟的忙，大忙！

送走了老村长，香菊对喜子一撇嘴，说，去吧，你就往北京跑一趟。她说得很认真，虽然她在老村长面前说得那么保守，但这是老村长交派给他们的一个神圣使命，他们不能让老村长失望。

于是，第二天，喜子就换上那身过年时才舍得穿的灰色西装，拎上一只包，到村北坐车，再赶到市里搭火车去北京……

临近中午，香菊想起做饭没盐了，就从抽屉里拿了零钱，走出来，往村里小卖部走去。

正是早春的天气，桃花、杏花正怒放着，和嫩黄色的柳丝相互映衬，构成一幅农家早春图。阳光明媚，有些风，却不大，天空澄明，像倒扣着一个蓝莹莹的湖泊。谁家的一棵香椿树，已经鼓出了嫩红的叶芽儿，在阳光下闪着喜人的亮色，一只喜鹊在上面正吱吱喳喳地鸣叫。

香菊觉得她的心，就像这天空一样敞亮亮的。

刚拐过胡同口，一个尖尖的声音传过来，哎呀呀，这是干嘛去呢？香菊一扭头，看见一张粉白的脸正笑吟吟地盯着她。香菊心里咯噔一下，禁不住颦蹙眉头：哎呀，咋就碰到了这娘们儿？本来敞亮亮的心，像倏忽间飘过来一抹云彩，一下子暗淡了。

这女人就是钟玲玲，前几年他们两家因为地边儿吵过架。每一年翻地，钟玲玲都要把地边儿往香菊家这边移一些，几年下来，就吃了香菊家一尺多地。香菊自然不干，从此两家由地邻变为了仇人。

想不到，钟玲玲今天却来了个一百八十度的大转弯。这是她第一次对香菊绽开笑靥。那张粉白的脸，让笑纹一下子扯成了南瓜样儿。

见香菊怔在那里，钟玲玲将大腿一拍，说，哎呀呀，我说香菊，你家祖坟里冒青烟了！

香菊本来不想理她，但因为今天心情格外好，就说，人家站到高枝上了，眼里哪还有俺这乡下人？虽这么说，心里依然美滋滋的，脸上也挂着笑。钟玲玲扯开大喇叭嗓子，说，看你说的，他地位再高，名声儿再大，也是咱向阳沟的人呀。他没喝过咱向阳沟的水，可他爹喝过，他爷爷喝过。他哪能把祖宗都忘了？哎哟喂——我明白了，你是怕俺们沾挂你是不是？此时的钟玲玲，那神态，那腔调，就像在和自己的亲妹妹说话……

喜子是第二天黄昏赶回家的。

香菊赶忙迎上去，问他，可见到人家了？

因为刚回来，喜子脸上多少有一些倦意。但仍抑制不住内心的激动，一屁股坐在院里那只小矮凳上，说，我的妈！先别提见人家一面了，就是进到电视台里面，你猜那个难！啧啧！香菊附和道，可不是呗，人家那是嘛地方儿呀？哪像咱去城里逛超市那么容易？喜子笑了笑，说，说难吧，那真难。嘿，最后还是我拿出了绝招，对警卫说，我是某某他亲哥！哎呀，还真管用。可进去是进去了，要见那小子还得费老大劲儿。你说，人家是随便让人见的?

香菊一脸的焦急，问他，到底见了没有?

喜子缓缓吐出一口烟，说，你说，我大老远干嘛去了，见不到他不显得太窝囊了?

认了?香菊笑了。

认了！喜子也笑了，笑得有些古怪。

自此，向阳沟的人都知道，那个大名鼎鼎的主持人终于和喜子家认了亲。只是，老村长请人家帮忙的事儿却被婉拒了，人家推说台里太忙，而且到全国各地主持大型晚会的档期排得满满的，实在挤不出时间来，希望家乡父老能够谅解。对于“档期”这个新词汇，向阳沟人还弄不大懂，却明白人家的时间比金子还珍贵哩。

而对于向阳沟的人来说，这就够了，因为他们对人家并没有太高的奢望。自此，全乡甚至全县，都知道向阳沟出了个名主持人。他们看向阳沟人的眼神，就多了几许敬慕和艳羡。而老村长呢，虽说自己的愿望没能得到实现，但去乡里开会，不用说，乡长对他又多了几分敬重。因为，那个名字如雷贯耳的主持人，就是人家向阳沟的后生呀。虽说现在没时间帮向阳沟的忙，但不能说永远就没有时间。说不定哪天，人家突然领来一个大老板，往向阳沟砸上上亿元都有可能。这就是向阳沟一笔无形的资产呀。

有一天，香菊洗喜子去北京时穿的那一身灰西装。在上衣口袋里，她竟然掏出一叠钱，数数，正好七百。那是她给喜子上北京的盘缠。喜子只是把那大几十的零钱花光了——那点钱，连去北京的路费也不够。

这个发现让她呆住了，怔一下，忽然又明白了什么，把钱收起来，该干什么还干什么，脸上依然笑盈盈的。

又一天，他们的儿子张亮突然跑回家，一进门就喊，爸，我刚上网查了，那主持人根本就不是咱村的，人家简介上写的祖籍是广东。

因为平时喜子两口子太忙了，白天做活儿，晚上回来就盯着电视看，哪顾得上照管孩子?因此这孩子很贪玩，一上初中成绩就一个劲下滑，上课就像听天书，每次考试都是让老师赏个大鸭蛋。孩子怕回来挨父亲的巴掌，就灵机一动，自己悄悄地在鸭蛋前面添上一个鸭蛋，然后再添上一个竖道儿。喜子两口子也不认真看，还认为儿子每回考试都是满分呢。后来，这个小把戏被喜子戳穿，看儿子朽木不可雕也，他们就一发狠让他辍学了。一个刚满十四岁的孩子，也帮不了大人多少忙，就成天疯玩儿。如今，镇上有人开了网吧，这孩子的魂儿，就统统被那网吧吸了去。

张亮的话刚落音，啪，脸上就重重地挨了一巴掌。只听喜子吼道，妈的，你个兔崽子，你就光知道上网！网上的东西哪能信？那都是假的。我看你再瞎说！再瞎说，我打烂你的屁股，撕烂你的嘴！

不知是喜子下手太狠了，还是张亮感到委屈，有两滴泪珠从他清澈如潭的眼睛里，啪嗒，落下来。

喜子被老村长提拔成了治保会主任，上任刚八天。

在村人眼里，喜子是最窝囊最无能的一个人。

（原载《当代小说》2012年第10期）

烟 树 图

这个村子以集市而闻名。

据县志记载，这里的集市起始于明代，主要是骡马市，到清末时名声已远播黑龙江、内蒙古、河南、山东等地，大得不得了。一个村子的集市何来这么大名气？这就不得不提到一个人——刘老力。

刘老力是骡马经纪人，他为人豪爽仗义，乐善好施，在村里威望极高。但有个怪脾气，每当本地人和外地人发生争执时，他总是胳膊肘往外拐，从不给本村人争理儿。这样，来做生意的外地人越来越多，骡马市也渐渐地红火起来。刘老力的名字也越传越响。当外地人买骡马钱不够了，只要由他作保，卖家就非常放心地让买家赊账，竟然没有一个赖账的。因此，就有了“三庄唱台戏，不顶刘老力吹口气”的说法。

说这个村子出名，还因了村东那个人称“双疙瘩”的土丘。那可不是一般的土疙瘩，那里面长眠着秦代那位率军南下，平定岭南，后来又为南越的发展立下汗马功劳的王爷的先人。王爷姓赵，故这村子曰赵陵铺村。

眼下，这里就要拆迁了，这可急坏了这个名叫黄敏的小孩子。

这天，黄敏听着院里搅拌机轰隆隆的吼叫，还有从屋顶上传来瓦刀和砖相撞时咔嚓咔嚓的响声，两只像蝌蚪一样的黑眼珠一转悠，忽地想起一件顶要紧的事儿，把书包往堂屋沙发上一扔，扭身钻进了放置杂物的西屋，从大衣柜里拿出那个东西。

那是一只名叫“埙”的小鸟，颜色呈深褐色，光溜滑腻。在小鸟的脊背上有一个小孔，轻轻一吹，就会发出清脆的鸣叫，吱吱喳喳，吱吱喳喳，吱——比真鸟叫得还好听。

这东西来得可不光彩。那天，母亲带黄敏去姨妈家玩，表弟把它掂在手心里，伸到黄敏鼻子底下，问黄敏，你猜猜，它是嘛呀？黄敏看它像只小鸟，就说，嘿，玩具鸟呗。嘻嘻，表弟一仰脖子笑了，说，我知道你也猜不到，它叫——埙！“土”后面加一个“员”字，用土烧成的，俺爸去西安出差买的。表弟连说带比划。说完，嘴巴对着那个小孔，鼓起腮帮子可劲地吹。吱吱，喳喳，吱吱，喳喳喳——那清脆婉转的鸟鸣，在屋里荡漾开来……

自此，这种比真鸟还要嘹亮还要好听的鸣叫，就一直在黄敏的耳畔回荡着，萦绕着，久久不肯停息。当他再来到表弟家，就瞅机会把它塞进了自己口袋里。

此刻，这只小鸟就卧在黄敏手心里，可他却不敢吹。直到过足了眼瘾，才把它放回衣柜里。衣柜是他母亲的陪嫁，样式早过时了，如今只用来盛旧衣服，一年也开不了几次——黄敏认为这里最安全。他害怕母亲发现它，因为这是他第一次以这种方式拿别人的东西。尽管那个别人不是别人，是他的表弟。

如果拆迁，母亲必定要收拾衣柜，那么他的那个秘密就暴露于光天化日之下了。

这样一想，黄敏的心顿时悬起来，像有一只大巴掌架在了他头顶上，随时要落下来。他害怕人们把自己和“偷”和“贼”联系到一起，他得想办法把那只“小鸟”转移，不让它飞进人们的视线里。

黄敏在屋里转来转去，就是找不到那种绝对安全的地方。

是的，无论他走到哪里，都是施工者的影子。如今，只要哪里一说要拆迁，人们便像注射了兴奋剂，纷纷将平房加盖成两层小楼；原本两层小楼的，加盖成三层。没有厢房的，也盖几间厢房。自然，草草加盖的房屋和坚固两字相差甚远，屋顶架的是旧楼板，那是从其他拆迁处低价买来的，便宜！门窗呢，也是人家废弃不用的；院里呢，本来有树，这时也得见缝插针再栽上几棵，要栽果树，什么核桃柿子呀，桃树杏树呀——种果树最划算。因为无论是开发商还是政府，对房屋进行评估时得计算果树每年的结果量，然后再乘以果树的生长年限，按时价进行赔偿。见黄敏家和他的叔叔家开始动工了，人们哪个肯怠慢呢，于是，宁静的小村成了一个人声鼎沸、鸡飞狗跳的大工地。那些拉沙子水泥的，脸上每一个毛孔里都盈满喜气，因为这大面积的拆迁让他们有了生计；因为这大面积的拆迁，才把他们手里的沙子水泥换成了大把大把的钞票。他们丝毫不担心石子沙子有没有用完那一天。而施工人员又是行色匆匆，恨不得快快收工，再赶赴另一个工地。他们不会去想，他们的劳动，其实不久就要被另一双手毁掉的。他们关注的只是速度，对，速度！

这样说来，黄敏心里的那个急劲，和他们也差不多。他曾想把他心爱的小鸟儿藏在盛米面的瓦罐里。马上，又被他否定。因为母亲取米面做饭，很容易被发现——不保险。他还打算埋在香椿树下，又一想，拆迁时香椿树也会刨掉的。他也想到了自己的书包。但马上又沮丧起来了，因为他的书包早让课本和各种课外读物塞得满满当当，哪还有小鸟的位置？即便硬塞进去，母亲检查作业时也会发现。

奶奶看黄敏急得团团转，问他，小敏，丢嘛东西了？

黄敏不想让奶奶知道他的秘密，眼珠子一转悠，巧妙地转移了话题：奶奶，这么好的房子为嘛拆了？奶奶说，可不是呗，还是咱这平房住着舒坦。好好的房子为嘛非要拆呢，这不是糟害东西吗？奶奶唏嘘不已，又慨叹不已。对这个世道，她是越来越看不明白了。

于是她很少再走出屋门了。待得无聊，她就想早年的事情。想当年村里那个红火得不得了的集市。也想到了那个刘老力。

她就给黄敏讲刘老力的故事。黄敏哪有心思听这个呀，眼下他最迫切的，就是如何给他的小鸟儿找个隐秘又安全的小窝儿，把它严严实实地藏起来。

这时候的黄敏，沉浸在了一种矛盾之中。他盼着拆迁，因为这样他就可以住上高楼了，就像表弟家一样。——表弟家住在28层，每一次去他家，黄敏都要扒着窗台好奇地往外望。同样一个世界，如果换个角度去看，就完全不一样了。远处马路上的汽车、行人，都进入了他的视线，汽车变得像火柴盒那么大，人呢，就像一团团的黑蚂蚁，在慢慢地移动。往天上看，哎呀，仿佛伸手就能抓到一朵白云似的，嘿，好玩！

可他又害怕拆迁，因为他还没有为他心爱的小鸟找到安全的窝儿呢。只有不被拆迁的地方才是最安全的。

他想呀想呀，忽然，那个“双疙瘩”跳进脑海里。

不知何年何月，人们在“双疙瘩”上用砖砌了台阶，修建了庙宇，里面供上王爷的泥像，每月的初一和十五都来上香，朝拜，把王爷奉若神明，没人敢动上面的一草一木。这里树木繁茂，每当清晨时分，薄雾笼罩在墓园上方。于是，又被称为“烟树赵陵”。

这天，黄敏怀揣着他心爱的小鸟儿，悄悄走出家门，顺着大街一直往东走，走出村口不远，就来到了墓园。

黄昏时分的墓园阒无一人，空气中弥漫着槐花的香气。黄敏踮起脚尖，将他心爱的小鸟放在了王爷的身后，他要让小鸟和王爷日夜相伴。

当他从庙宇里出来，心里像有块大石头砰地落下了。这时夜幕已经降临，村子里飘起了缕缕饭菜的香味。

他们两家人围坐在院里吃饭。

两年多了吧，这是第一次吃团圆饭。因为赡养老人，两家人发生过不愉快。

院里飘着酒香。黄敏的父亲秋明和叔叔秋亮推杯换盏，气氛非常的好。经过十多天的忙碌，顶晚后天就要完工了，真值得庆贺一下。是秋明率先提出吃饭的。他还想利用这个机会改善两家的关系，让老母亲看着心里高兴。

黄敏的母亲巧巧和婶子二梅，又将话题转到了赔偿。听说，一处平房外加小院，不论大小，可换得三套楼房。这个消息非常可靠，因为听说市区的城中村拆迁时，政府就是按这个标准赔偿的。他们村虽说不是城中村，但离省城只有几里地，老早就是郊区了，不会少到哪里去的。而他们又加盖了一层，这样算下来，就可得到五处住房。啧啧，天上掉馅饼的好事儿呵，一夜之间，他们两家就都成了大富翁。其实，这个话题，这些天她们已经说了不下十遍了，但总也说不够。

巧巧说，五处房子，哪里住得清呢？我要卖一处！按当下的价格，不卖个五六十万呀。有了这五六十万，咱想买嘛就买嘛。——我想买一部出租车，让你哥开出租吧。

二梅急忙摆手，说，大嫂，千万别卖，如今这楼市像月子里的小娃崽一样，让人揪着似的往上长，你干嘛不租出去吃房租呀，房子永远是你的！再说，大哥年岁也不小了，别干那个，太累！

巧巧笑笑，说，是太累！好吧，那就租出去。呀，咱也吃上房租了，不动胳膊不动腿的，票子就哗哗地到手里了。巧巧讨厌二梅，更痛恨她的刁钻和不讲理，但如今却觉得她的话听起来非常顺耳了。如果不是当初二梅的极力鼓动，他们能下决心加盖房屋吗？如果不加盖房屋，将来能白白地多得两套住房吗？而且，二梅和包工头谈价钱时，把价钱压到最低——就连见多经广的包工头也不是她的对手。她不得不佩服二梅的精明和果敢。

突然，一个和这气氛很不和谐的声音传来，呜——

大家都愣住了，顺着声音望去，只见秋亮用手抵住鼻子，像打摆子似的晃动着脑袋。呜呜——呜呜呜——

秋亮的哭声，就像院里落下了一枚炮弹。二梅尖叫道，哎呀，我的天爷，好好的你哭嘛哩？咱五处房子还没到手呢，就把你高兴成这样了是不是？哼，德行！其实秋亮为什么哭，她心里跟明镜似的。她是故意将话题岔开了，往快乐方面引导。

秋亮抬起头，狠狠地瞪着她，吼道，你还有脸说？都怪你——他一改平日在二梅面前的唯唯诺诺，变得从来没有过的硬气。

哎呀，我招你了还是惹你了，你喝多了就到床上挺尸去，别在这儿乱咬人。二梅一脸的羞怒。

巧巧赶忙去给秋亮倒水，然后像哄小孩子似的说，他叔，今个儿咱一家子都高兴哩，你说是不是？来，快喝口水！心想，秋亮真可怜，竟让二梅拿捏成这样儿！

看把弟弟感情的闸门打开了，秋明觉得有一股热辣辣的东西冲到了嗓子眼。他端起酒杯，满满一杯酒下了肚，将酒杯往桌上一蹾，说，哭吧，你就该好好哭一场！那年，为养老人二梅来他家吵闹，他真想将秋亮狠狠揍一顿，可看到生得瘦小孱弱的弟弟那副可怜相，哪还下得手呢？

哥，这都怪我，怪我没能耐——呜呜呜——

这时，街门吱呀一声响，黄敏像只小猴子一样跑进来。

几乎是同时，大家都将目光移向了黄敏。黄敏来得正是时候，大家就像迎接一个来剧院救场的明星一样，都满脸感激地望着黄敏。就连秋亮也止住了哭，用手胡乱地抹一下眼睛，低下头喝杯里的茶水。

乖乖，干嘛去了？饭都忘了吃？巧巧说着，给黄敏盛了一碗白花花的米饭。

二梅给黄敏扯个小板凳，又递给他一双筷子。快吃，今个儿咱吃团圆饭哩。她笑呵呵地催促黄敏，似是用笑来掩饰她的尴尬和羞愧。

这时，刘老力又浮现在了黄敏奶奶的脑海里。他仿佛在她心里扎了根。她没有与时俱进，还依然沉湎在自己想象的世界里，仰起一张干瘪的脸，望向天空。天完全黑下来了，有一颗星星探出脑袋，像夜晚大海上的航标灯，发出耀目的光芒，似要将整个黑漆漆的夜空照亮——

在热切的目光里，人们终于迎来了拆迁。

政府给每户人家发放了一笔不菲的安置费。黄敏家在市区一个破旧的小区租了一套单元房，是顶楼。

二梅在几里外一个名叫杜北的村子里租了两间平房，她图了租金便宜。仿佛一夜之间，他们村就从世上消失了，村里人四散而去。他们都盼着回来，那时，他们就住到了高高的楼上。

有一件事，让人们感到非常沮丧。在签订拆迁合同时，政府严格按照文件规定进行赔偿，这就意味着大家不但白白忙活了一场，而且还亏了本。当然，二梅不会善罢甘休的，她去和拆迁办的人撒泼。她撒起泼来很有一套，因为嗓门高，声音又尖，像长着利刺儿，因此无论和谁吵架，首先在气势上胜对方一筹。当她跳着脚，扯起嗓子吼，哼，别把你姑奶奶逼急了——这时，对方大多会鸣金收兵的。二梅的厉害在村里是出了名的。

然而，这一次却碰了钉子。当她像平时那样，跳着脚和公家的人撒泼，刚说出“小心你们把姑奶奶逼急了——”时，公家的人却没有被唬住，而是硬邦邦地回敬她：“你再闹，我们就报警了，你这是妨碍公务——”二梅顿时噤了口，怔一下，就立马软下来。她知道公家人真敢把警察叫来，更害怕让村里人都知道她二梅被派出所抓起来了，戴上了锃亮的手铐。她不愿意让自己的威风扫地。但回到家，她很快就为自己找到了台阶下，朝巧巧一撇嘴说，哼，又不是光咱两家，这一村子人哩，就我去找公家闹，我这不是犯傻吗?

就在赵陵铺村的高层住宅楼拔地而起时，墓园的周围发生了很大的变化——所有的平房都推倒了，市区往北面的推进已然成功，而且还有继续扩张之势。仿佛省城要这么永远扩张下去，像一只永不满足的大肚子饕餮，最终要将田畴和村落都统统吞进自己的肚子里。

但这个墓园却被保留了下来，墓园还是墓园，庙宇还是庙宇，前来朝拜的人依然络绎不绝。只是，四周那林立的高楼和纵横交错的立交桥，将墓园紧紧围拢起来，再没有了昔日的那种宁静。

黄敏惦记着他的小鸟儿。

一天黄昏，他悄悄地来到墓园，再次走进了那座庙宇。

他踮起脚尖，将小手伸进王爷身后，心里禁不住一阵欣喜，他心爱的小鸟儿还安然地卧在那里。

他从里面出来，对着小鸟脊背上的小孔吹起来。吱吱喳喳，吱吱喳喳，那清脆悦耳的鸣叫呵，迎着霞光，在墓园上空回响，悠悠不绝，霎时，引得无数只小鸟齐声吟唱，组成了鸟儿的大合唱，激昂里又有几分悲壮……

（原载《山东文学》2012年第4期〈下半月〉）

鹿鹿是条狗

秀贞洗漱好去厨房做早餐时，在餐厅瞥见了自己的皮包，她问爱民：“你把我的包放餐桌上了？”

爱民一边往卫生间走，一边说：“没有呀，我没记得。”

秀贞怔在了那里：“我也没动它呀，它怎么就跑这儿了？稀罕！”

爱民从卫生间出来，和秀贞开玩笑：“谁也没动它，它肯定长翅膀了。”心里却想，你一天到晚丢三落四的，不是你干的还能是谁呢？秀贞的记性开始大幅度减退还是在她退休之后，有时手里明明拿着电视遥控，却还在客厅里四处寻找。做好饭后还时常忘记关煤气。

爱民的姐姐姐夫也起来了。

秀贞问爱民的姐姐：“姐，你把我的包放餐桌上了？”问过了，又感到不妥。果然姐姐有些发怔：“没有呀，我哪动过你的包？”秀贞赶忙改口：“姐，我是说，你见我往餐厅放包了没有？”姐姐摇头：“我记得你的包昨晚就在沙发上放着。”

正要去外面散步的爱民在门口停住了，他回过头，目光里露出一丝警觉。“哎呀，是不是失盗了？”边说，边疾步往餐厅赶去。秀贞也跟了过去，拿起皮包，迅速地打开，里面是空的。

莫非，昨晚真的失盗了？秀贞不由得皱起眉毛，一脸的惊悚。

“包里放钱了没有呀？”姐姐急切地问她。

却将秀贞问住了。包里究竟有没有钱呢？如果有，又有多少？她回忆着昨天出去买菜的每一个细节。因为每一天都差不多，同一个细节往往就记错了。昨天的记成了前天，前天的也许记成了大前天，像一堆难以依照时间顺序排列的老照片。然而有一点却明白无误，就是每一次她皮包里总不会是空的，总会剩下一些钱，几百元几十元不等，抑或是一堆毛票。哪有一分不剩的时候呢？

没错，的确失盗了。秀贞感到脊背发凉，一丝冷气在那里游走。

四个人就站在厨房里面面相觑。

爱民的姐姐提出了质疑："怎么可能呢？家里这么多人，有点动静哪有听不到的。"

秀贞觉得这话非常有道理，马上附和："对呀，即便咱们听不到动静，还有鹿鹿呢。如果真的半夜有人进屋来，鹿鹿怎么能不报告呢？"没错，鹿鹿的听觉就像一架异常灵敏的雷达，每当有人从门口经过，它都要竖起两只尖尖的耳朵，警惕地分辨着声音的去向。只要脚步声在门口停住，它立马向主人报信。汪汪汪，汪汪汪，那清脆而急促的叫声呵，让秀贞和爱民心里那么欢喜和踏实。

"哼，没失盗，一场虚惊！"秀贞说，她说得十分肯定，因为她相信她的鹿鹿。

爱民就是认为家里失盗了。为了证实这一判断，他指着厨房里那扇拉开了一小半的窗子，说："看看吧，小偷就是从这里进来的。"

秀贞反驳他："哎呀，那扇窗子昨晚上就一直开着。再说，有什么证据能证明小偷来过了？窗台上有没有脚印？"平时出于安全考虑，晚上厨房的窗子都是插牢的，只是把睡室的窗子打开一些。春秋季节开得小一些，夏天就大一些。厨房外面有天然气管道，而且厨房还远离睡室，就是有点动静也难以听到，那是他们主要的防范之处。而这几天却是个例外，家里人增多了，防范意识也相对减弱了，晚上就把厨房的扇子拉开一些。

窗台上没有脚印，至少肉眼看不出来，但爱民认为，仅凭这一点并不能否定小偷没有光顾过。

爱民破例没有下楼散步，爱民的姐夫老李也没有出去遛弯。老李七十转弯了，身体还算不错。他身板挺直，笑声朗朗，军人的气质依然顽强地保留着。

早饭就吃得有些沉闷。秀贞怪爱民疑神疑鬼的，这不是自己给自己添堵吗？那个包是她放那儿的也说不定。也许昨晚她吃过饭，收拾餐厅时糊里糊涂地就把包带了过来。随着她健忘的升级，这种可能是不能排除的。

早饭后爱民嘴里叼一支烟，开始在房间里寻找小偷留下的蛛丝马迹。他这才发现，抽屉里、柜橱里实在太乱了，乱得一塌糊涂。怎么会乱到这个地步呢？多少年的东西，像用过的打火机、圆珠笔，还有早就淘汰的寻呼机、小灵通，还有，像购物卡、充值卡呀等等，似乎都呼啦啦涌到他面前，像河水冲起的浑浊的泡沫儿，让他眼花缭乱心乱如麻，也像岁月纷乱的影子。

姐夫在一边提醒他："小偷不会偷那个，你看看值钱的吧。"

爱民笑笑："我是看看有没有小偷翻动过的痕迹。"结果令他很失望，这里本来就乱糟糟的，就是有人翻动了，又怎能看得出来呢？

秀贞也在寻找，她的目标是大衣柜，因为里面有她的小体己。她从卧室出来，耷拉着脸责怪爱民："你还看什么呀看，什么也没丢！存折也在，工资卡也在，我的首饰也都好好的，一样也没少！"

"没丢就好，屋里这么多人呢，如果真有小偷进来，总得有人听到点动静吧？"爱民的姐姐说，然后又瞥爱民和老李一眼，嗔怪道，"你们当过兵的警惕性也太高了吧，再说还有鹿鹿哩。"作为客人，她不愿意发生这样的事情，几年不来一次，来一次就遇到这种事儿，心里多少有点别扭。

爱民哪里肯服气，他问秀贞："钱丢了没有？"秀贞一撇嘴："不就是那两千呗？一张不少，还在柜里睡大觉呢。"

爱民摇摇头，冷笑道："你真是个明白人，柜子不是锁着吗？"秀贞说："对呀，锁着哩。"爱民说："锁着哩小偷能打开呀？"秀贞抬高了嗓音："钥匙不就放在抽屉里呀。"爱民急了，一撇嘴："那是小偷没发现钥匙呗。即便发现了，屋里那么多锁，他总不能一把一把去试吧。"

秀贞不吭声了，似找不出合适的理由来反驳爱民。但她就认定小偷进来的可能性不大，因为鹿鹿就是个最好的证明。对，鹿鹿！在她眼里鹿鹿就是这个家的保护神呵。

"鹿鹿也有失职的时候。"爱民明白她心里在想什么。

"不可能，如果小偷从厨房里进来，总得有点动静吧，他不可能提着脚走路。"秀贞真生气了，爱民怎么能说鹿鹿失职呢？这是对鹿鹿的一种亵渎呀。

于是，她和爱民就因为这件事争执开来，而且相持不下。

爱民十七岁就参军了，当的是让人艳羡又感到神秘的侦察兵，他就是凭着侦察兵才有的那种警觉和灵敏，断定家里的确来过小偷了。而对于鹿鹿，他喜爱的程度一点不亚于秀贞，他认为女人嘛，总是感情大于理智。

鹿鹿没听到就是没听到嘛，这有什么大不了的？看把她急的。他由此想到了“护短”两个字。于是就说：“干那行的，总有对付狗的办法。”谁知，秀贞眉毛一皱，冷笑道：“小偷走路就是再轻，鹿鹿也能听到！”

看两口子的争执有升级的趋势，姐姐赶忙打圆场：“哎呀，犯不着为这件事较真，反正咱嘛也没丢！秀贞说得没错，要是真有小偷进屋来，鹿鹿能闭住嘴吗？”

“哼，人家能耐呗。”见姐姐为自己说话了，秀贞更有了底气，瞥爱民一眼：“你就是死拧，怕我们忘了你当过侦察兵是吧？”

爱民不想和她争执了，不管秀贞怎么说，都一声不吭，坐在沙发上默默地吸烟。

秀贞打开电视，和姐姐坐在客厅里边看边唠嗑。到十点多，她还要下楼去买菜，家里就像什么也没发生一样。

每天上午，爱民都要去旁边的世纪公园打陀螺。他是今年春天迷上这个的。刚开始他从别人手里买陀螺，几十元上百元不等。之后他买来电钻、电动砂轮，开始动手制作。他制造的陀螺有枣木的也有槐木的。还有用珍藏多年的空弹壳做的陀螺——只有三个，那是他军旅生涯的证明和纪念。鞭杆也是自己做，和战友去西边太行山砍了拇指粗的酸枣杆，回来后再经过一番仔细打磨，就出落成了一支支光滑坚韧的鞭杆。鞭梢用的三角带。他做陀螺不为赚钱，都无偿地送给了他的“陀友”——他这么称呼他的那些伙伴。

因为他对陀螺入了迷，上了瘾，就连姐姐姐夫来家后，也是照打不误。那天，姐姐姐夫去公园看他打陀螺。说是打其实是在表演，更有几分炫耀的意思。看吧，一只重达五斤的陀螺在他挥洒自如的抽打下，轰隆隆地旋转起来，速度越来越快，越来越快，到后来简直就是地动山摇了。

看弟弟打得这么好，还有人围观，姐姐脸上不觉露出自豪和得意，秀贞也是。看吧，公园里谁有这么大个儿的陀螺呢，而且又是用炮弹壳做的。那黄铜做的弹壳被磨蚀得明晃晃的，有一种威武之气。而爱民呢，他仿佛又看到了当年全军大比武时那激动人心的场景。那一次，他得了全军冠军，受到了军委首长的接见，接见完又合影留念。和军委首长的那张合影就放在他家影集最醒目的位置，每当老家来人都要抢着观赏一番——这不仅是他的荣耀，更是整个家族的荣耀呵。当年的军委首长，后来成了中央领导。每每望着老家人对他流露出的敬慕眼神，他觉得这照片里包含了他生命的全部意义，无上荣光。

本来，今天家里出了这等闹心事儿，上午他哪有心思再去打陀螺呢?因为和秀贞发生争执，他在家里又待不下去，就拎上鞭子和陀螺，走出去。

还不到十一点，他就收拾起他的陀螺和鞭子往回赶。

秀贞也从菜市场回来了。其实，今天她大可不必出去一趟，昨天买的菜还堆在厨房里，但她就是愿意跑一趟。平时也是，仿佛只有跑一趟这一天才是充实的，才更像是一天。

秀贞开始在厨房里择菜洗菜了，姐姐也赶来帮忙。姐夫没事儿干，就在客厅看电视，他属于那种安静的男人，就是这样坐一上午也不觉得麻烦。

爱民爱喝酒，也有几分酒量，姐夫来家后，他每天中午都要捣鼓几个菜，陪着姐夫喝上几杯。只有酒香飘起来，餐桌上的热闹劲才会出来，人的神经也就莫名地变得兴奋。

谁也没再提那件事，都不忍把这个温馨的气氛给打破。如果把这场争执比作一场战争的话，那么爱民的沉默就是对秀贞的妥协。是的，在这场争执中她是胜利者。她的看法没有错，家里根本就没有失盗，她的鹿鹿更没有失职，鹿鹿还是那个鹿鹿，尽职，通人性！因为心情格外好，秀贞又是给姐姐姐夫夹菜，又是问菜的味道合不合他们的胃口。

这时，姐姐问爱民：“爱民，你记得吗，小时候你就喜欢打陀螺。”

爱民点点头，说：“姐，你看，我退休了，都快成老头子了，却又回到了小时候。”

姐姐笑了，笑得很慈祥，慈祥得有些像他们的母亲。姐姐说：“让你姐夫回去也打吧。”

“好哇！”爱民说，“我送姐夫一个陀螺，把最大个儿那个给他。”

老李仰起脸，哈哈地笑了：“我可没那么大力气，你随便给我一个就行。”

看把老李吓住了似的，大家都笑起来。姐姐止住笑：“小时候你在咱家院里打，你不知道你姐多眼气。想打，又不敢，怕咱娘骂我疯妮子，哪有女孩子打这个的。当时，我就盯着旋转的陀螺想，哎呀，它千万别停住，别停住，就这样一直转下去，转下去。”

爱民心里一热，是的，陀螺为什么就不能一直转下去呢？仿佛这样转下去，他和姐姐就不会分开似的。这样想着，他的眼睛就有些发潮，是的，陀螺可以停下来，而时间哪有停下的时候呢？明天，姐姐姐夫就要走了。

是小孙子一次次的催促，让他们决定起程的。他们来这里的第五天，小孙子在电话的另一头——北京，用带着哭腔的童音喊：“奶奶，你怎么还不回来呀？奶奶，我想吃你做的饭，你做的饭比妈妈做得好吃。”听着小孙子的苦苦哀求，姐姐的眼里早噙满了泪花。当孙子第三次打电话时，她就当机立断决定明天回返。她一天也待不下去了。

见拦不住，爱民就不再拦。他提前给他们买了火车票，早早地准备好了礼品。临走时，又把他精心挑选的一个不大不小的枣木陀螺塞进了姐姐的提包。那支酸枣木鞭杆，就让姐夫用手拿着。看到姐姐已然泛白的头发，爱民心里不觉一阵酸楚，姐姐到年就七十岁了，还有多少机会再来他们家呢？他不敢回答这个问题，心里感到空落落的，像要急于抓住一样儿东西，然而又抓不住，那东西虚飘飘的只能看得到却无法抓到手。

是上午九点钟的火车。吃过早饭，爱民和秀贞提着鼓囊囊的旅行包，和姐姐姐夫下楼。刚走出楼口，看见一辆警车缓缓驶过来，在他们跟前“嚓”地停住。车门打开，从里面下来两个警察，押着一个双手被铐住身穿黑色T恤的小伙子，匆匆走进了爱民家旁边那个门洞。

爱民问站在旁边的一位邻居：“哎，出什么事儿了？”那人笑一笑：“你还不知道？五楼一家前晚失盗了，这不，警察带小偷来指认现场。听说，小偷不只偷了他们一家。妈的，现在的小偷真不得了，一晚上能偷好几家，连续作战，高效率，太可怕了！”

爱民的两只脚像被地面牢牢地粘住了，他扭过头，怔怔地望着秀贞。这时，几双眼睛也齐刷刷落在了他脸上。秀贞一脸的紧张，颤着声问他：“莫非，咱家真失盗了？”

因为赶火车的时间绰绰有余，他们决定要弄个水落石出。

没过多大会儿，警察带着小偷从楼上下来了。

果然不出爱民所料，第二个指认的现场就是他们家。

小偷是个二十多岁的年轻人，精精爽爽的，身材很瘦，看上去手脚极为灵活。面对警察的询问，他回答得非常坦然，就像是叙述一件让他津津乐道的事情。

当问到他是如何进入到爱民家时，那有几分狡黠的眼睛里，竟然露出一丝得意和炫耀。因为爱民家住在五楼，想钻进去要冒很大风险的，不但要有高超的攀爬技巧，更要细心机灵，审时度势。他说，他本来对爱民家抱了很大的期望，踩点时，看到爱民成天去公园玩陀螺，认定是个有身份的人。因为以他的判断，如今的城里人，开始稀罕乡下人的东西了，无论是吃的还是玩的，不然为什么就有人跑到乡下去买房，游玩，搞采摘。而乡下人呢，却还眼巴巴地盯着城市的高楼大厦，梦想着有一天成为那里的主人。他就属于后者。他的梦想就是在这座城市里能拥有自己的住房，真正成为这里的主人！然而，光靠打工根本不可能实现。没办法，他就干起了这一行，想不到，却有了意外的收获：当他进入一户人家时，就摇身一变成了这里的主人。他可以随心所欲地在这户人家走动，可以依照自己的喜好，拿走想要的东西。甚至，他还觉得自己就是这座城市的主人了。然而那天晚上，他进到爱民家，发现家里的人增多了，没敢到处乱翻，只是从沙发上拿了女主人每天出门带的那个皮包，到饭厅打开，里面只六百元。他不嫌少。他随手把包扔到了餐桌上，又顺着煤气管道攀到了楼顶。在楼顶上稍作歇息，又爬到了另一家。

“为以防万一，每次作案，我身上都带一把水果刀。”他说，口气非常平静，像和朋友拉家常。

警察问了爱民的姓名、电话，让他随时等候通知，去派出所认领丢失的钱款，然后又带着小偷去指认另一个作案现场。

爱民是开车送姐姐姐夫去火车站的。因为昨天为这件事和爱民发生过争执，秀贞感到有些不好意思。她是个直脾气的人，嘴巴是厉害了些，但心地善良，往往是知错必改，就有些讪讪地对大家说：“想不到，鹿鹿真失职了。怎么在这最关键的时候，它耳朵就失灵了？”

爱民微笑着，摇了摇头：“不对，鹿鹿听到动静了，它没有失职！”

什么，鹿鹿没有失职？大家都愣住了，不约而同地将疑惑和询问的目光投向爱民。

这时秀贞的脑海里浮现出一把水果刀，或许爱民的姐姐姐夫也是这么想，那把寒光闪闪的水果刀突然让他们开心地笑了，连声说：“没错，没错，鹿鹿没有失职。它比人聪明，这次立了大功！”

（原载《山东文学》2012年第10期）

回 家

汽车一直往北走，来春看到了那条名曰石津灌渠（一条石家庄至天津的人工河，据说向天津供水）的小河沟。它从西面逶迤而来，又向东南方延伸而去，看不到头也看不到尾。河水呈淡绿色，反射着粼粼波光，有两三个人在专注地垂钓。这条河是市区和市郊的分界线，再往前就是那个以梨花而闻名的肖家营村了。

然而，从前的田野上，如今伫立起大片的楼房；街两边的店铺也多起来，花里胡哨得让人目眩。行人和汽车也比几年前多出好多倍，哪里还有一点市郊的影子呢？只有路西那家热电厂，差不多还是老样子，那两个高大巍峨的烟囱依然吐着乳白色的烟气。

“啧，才几年工夫呀，全变样了!”一个略带沙哑的声音从来春身边传来。是小顺子大发感叹。来春点点头，却舍不得把目光从窗口移开。在里面待久了，外面的一切都变得那么陌生而新鲜，像上帝创造的新世界。街道上的行人、汽车，都因为漫天的阳光而生动起来，成为一幅富有动感的图画，也证实着这个世界完全是由太阳来点亮的。

见他半天不吱声，小顺子将手伸进上衣兜儿，旋即，一支“黄山”伸到来春鼻子前：“来，老哥，解解闷吧。”

来春接了，刚吸两口，就传来司机毫不客气的制止声：“吸烟的乘客请把烟熄灭！车上不许吸烟！”

来春的手像烫着似的抖一下，他将烟扔出窗外。小顺子也俯身将烟头用脚踩了，俩人都像听话的小学生。来春抬头向大家笑笑，以示歉意，又赶紧将目光移向窗外。他非常敏感，害怕和人们的目光相撞，当他走出劳改场大门，重新置身于这个光怪陆离的世界时，就有了这种感觉。

汽车躲闪着行人，像一只疲惫的老牛般在马路上行驶。上车和下车的人，鱼贯般地进进出出，车门开了又关，关了又开，像鲸鱼的大嘴喷吐海水，无休无止。

终于到了肖家营村，村西和村北各有一个站点，下车的是几位年轻小伙子，都染了发，有染成黄色和红色的，也有白色的，乱糟糟的像秋后经霜打了的萝卜缨子。然后，汽车就顺着北外环向东驶去。可以看到梨花了，来春想。（肖家营地处滹沱河南岸，村北沙滩地上广植梨树。）他家院里就有一棵老梨树，每年春天那一树的繁花，让他感到春天是那样的具体，具体得伸手可触。仿佛春天就是梨花，梨花就等于春天。然而，此时他透过窗口，看到的依然是一个挨一个的店铺，店铺遮住了梨花的丽影。春天在哪里呢？他叹口气，眼里的期待也熄灭了。他对梨花那么在意，是因为在里面待太久了吧？五年，只是人生长河里的一瞬，然而，却在他心里划下了一道深深的印痕。

“操，咋这么慢？”小顺子嘟囔了一句，“瞧这样，没有俩小时甭想到家。哎呀，咋这么多车哩？”一脸的不耐烦。因为是邻县，他和来春口音非常接近，只是个别字的尾音要往下拖一些，在来春听来就有些“侉”。他的话立刻引起了旁边几位乘客的注意，纷纷将目光射向他。挨他站着的那位穿戴时尚的中年女士，忙扭转身子往旁边靠了靠，下意识地将手里的小坤包朝怀里拢了拢。

来春瞥小顺子一眼，无奈地咂咂嘴。虽说从今天开始，他俩就是自由人了，都脱下囚衣，换上了崭新的T恤。但他们那光可鉴人的脑袋，又不得不让来春心里发虚。唉，这个小顺子，咋就一点不知道避讳呢？还是那个德性，大大咧咧的对什么都不在乎。但，马上又理解了他。理解了，心里又不免滋生出一丝怅惘和伤感。如果自己能像小顺子这样该多好。而他呢，既盼着从里面出来，又害怕回家。莫非，去南京找兰兰？

这种左右为难的痛苦，油煎火烧般折磨着他。他盼着车开慢些，再慢些，当初，他不就因为不想待在家里，才做出那件让他悔恨终生的傻事吗？

这么胡乱地想着，来春的脸越发的阴郁，像冬天快要下雪的天空。

“唉，我说老哥，一会儿就见到嫂子了吧？”小顺子的嘴巴总是闲不住，他歪着膀子凑近来春，从那双鬼精的小疤瘌眼里射出一股子嘎气。他不明白，为什么一说回家，来春就愁眉不展。他应该高兴才对呀。

来春“嗯”了一声，不置可否。心里却很感激小顺子，明白他是让自己开心。小顺子是因为打架和抢劫进来的。那一次，他和他那帮小兄弟在镇上喝酒，从饭店出来，小顺子朝迎面开来的一辆小车扔酒瓶子，耍横，偏巧，那是县公安局副局长的车，于是新账旧账一起算。在里面，他依然是“头儿”，也称“狱霸”。但他惟独对来春好，说和他对脾气。他那帮小兄弟给他送来烟和茶，他少不得让来春分享。来春也透过他的“嘎”，看到了几分侠义。

看来春的脸依然绷着，小顺子又打趣道：“好呀，今晚上让嫂子好好服侍服侍吧，咱可是当了好几年和尚——”他忽然打住，没有像在里面那样天马行空口无遮拦。在里面，他谈得最多的就是女人。在外面小顺子身边总不乏美女相伴，这也是他向人炫耀的资本。

他们终于熬到头了。

如今坐车很方便，来春认为没有必要让家人来市里接他，早两天就给父亲打了电话。小顺子则有另一种安排：“嘿，那帮家伙！本来要来市里接我，我说，你们干嘛费这个劲儿呀，一帮子人，跟打狼似的。我又没少胳膊没少腿的，我要自个儿回去，咋来的咋回去！他们倒听话，但非要给我摆接风宴，在我们县最豪华的饭店！我不同意，这是干嘛呢，给我过喜事儿呀？他们说，还真是过喜事儿。还说，吃过饭，就带我去洗浴城泡澡，再找小姐按摩——嘿，说这几年委屈我了！哈哈，你看我这帮弟兄，真拿他们没办法呀！不过嘛，酒可以喝，那种事儿咱可不干！刚从里面出来，得规矩点了。”小顺子说完笑了笑，他的笑里透着喜悦。

来春看不惯他那帮朋友的做法，太张狂！嘛事儿呀，也值得这么大张旗鼓地庆贺？多么光彩是不是？哎，如今的人真有意思呀。然而，他又不得不为小顺子有那么一帮贴心贴肺的朋友感到高兴。

来春也喜欢交朋友。他是尝到了交朋友好处的。当初，如果没有朋友帮忙，他在村里怎么能当上电工呢？他们村办厂子的多，电工自然成了香饽饽——都离不开电。

就是因为朋友，香梅和他闹翻的。刚开始香梅还有耐心，但时间一长，她脸上再难露出笑模样儿。“看你这帮狐朋狗友，一来了就喝酒，一喝就喝个醉蛋，又是往屋地上吐痰，又是擤鼻涕，烦死个人！”朋友们前脚走，她后脚就发脾气，丝毫不担心客人听到。

因为两人谁也说服不了谁，于是开始冷战。在这期间，来春就时常和工友们去城里的舞厅玩。在那里，他结识了兰兰。兰兰以南方女人特有的伶俐和柔媚，把来春迷住了。有一天，他脑子一发热，带着收取村民的八万元电费，和兰兰去了遥远的南方。他这样做其实还有另一层意思，是以此来逼迫香梅和自己离婚。他的愿望最终没有实现，却把自己送进了大墙里面。

顶多还有四十来分钟，汽车就能到达他们县城。

“老哥，车到山前必有路，干嘛不能吃口饭？想开点吧。”小顺子低声安慰他。

是啊，他回去后干什么呢？对于这个问题，来春在里面不止一次地琢磨过。回去后，他还要生活，还要养家，而且，还要偿还他和兰兰挥霍掉的那八万块钱。那是乡亲们的血汗钱啊。一想到这个，他恨不得再掴自己俩嘴巴子。

他回答小顺子：“没错，反正得想法儿挣钱吃饭。”他把那个“钱”字咬得非常重，也非常狠。

小顺子点点头说，那倒是，那倒是。又说：“我回去呀，不能再干那个了。再干那个，谁也对不住。对不住爸妈，对不住老婆孩子，更对不住咱们王队长！”王队长就是负责他们那个班的管教干部。在里面，他们统称管教干部为“队长”，狱警为“班长”。王队长是个大胖子，性情温和得像个老大妈，对他们关心备至。一想起王队长，来春心里一热，说，对，不能再干那损事儿了，再干，谁也对不住。小顺子说：“我呀，要把我们村北那个加油站盘下来。我哥们儿已经和主家谈好了，别人至少八万，我六万就能拿下。”见来春不解地望着他，小顺子又一挤眼睛，笑笑：“嘿，咱一不逼人家，二不抢人家，是人家自己乐意。哎，老哥，你知道这是为嘛呢？”连春摇头：“不晓得。”

“这就是字号呗。我的字号出去了，没法儿的事儿！”小顺子说完，先哈哈大笑，紧接着又无奈地摇头。

就因为小顺子在里面待过，人们才越发的惧怕他，把他当个人物似的。这个世道啊，怎么变成这个样子了呢？有些事儿真就说不清了。来春在心里感叹。

“要不，老哥跟我干吧？我那帮小兄弟干嘛的都有。随便给你个活儿，也能让你吃口饱饭！比你干电工差不到哪去。”

小顺子说这个时，他的目光是真诚的，里面跳跃着热情的火苗。来春心里一热，嘿，这家伙，真够义气！没错，他的确把自己当作了好弟兄。他何尝不想跟他去干呢？因为，他实在不愿回到那个家啊，确切地说，是不愿见到香梅。

“老哥，咋样，想好了没有？要不，还是先跟我回去吧，咱今个儿好好喝几杯，我的接风酒不也是你的接风酒吗？”

来春愣一下，想不到小顺子再次向他发出邀请。他从内心里感激他的好意，这也不失为一个好办法，可以缓解他面临两难选择的痛苦。但他又不想去凑那个热闹，没那个心情。那热闹只属于小顺子。何况，他最终还是要做出选择的。

见他迟迟不做回应，小顺子朝他撇撇嘴：“这有嘛不好意思的，晚上再往家赶呗，这么近，反正又不影响和嫂子——”

他摇摇头，说：“不是不好意思，我心里麻烦，哪有那个心思？”说着，却不敢看小顺子那双热情的眼睛，因为从里面喷出的火，非常容易将他熔化。不然，小顺子哪有那么多的朋友，又哪来那么大的号召力呢。他紧忙将目光移向了窗外，路边的花草、树木像画片似的向后退去，形成一条流淌的河，那何尝不是时光遁逝的影子呢？然而在来春看来，退去的速度还是太快了。他愿意让它慢下来，再慢下来。只有慢下来，才能拉长他回家的时间。

再往前走，马路两边依然有高楼、商店，但明显比先前稀少了。行人也少了。汽车已经驶出了市区。依然看不到庄稼地。在没有楼房和店铺的地方，栽种着花木和草坪。枝头缀满绿叶，草坪绿光浮动，在这川流不息的马路边上，让人多少还能感受到一缕大自然的气息。

终于，来春看到了田野。麦浪起伏，紫燕翻飞，一股清新的气息透过窗口吹进车里。只是，这让人赏心悦目的麦田，却让两边的店铺切割得支离破碎。正是这些各色的店铺，已将县城和省城连在了一起，让人难觅田野的广袤和辽阔。车上的人少了许多。

终于，“常山县汽车站”几个漆红大字，映进了来春的眼帘。

“老哥，你下吧。抽个空儿，一定去我家看看，可记好了？”小顺子和他告别。

来春用力点点头，低声说：“好吧，抽空一定去看看你。我咋能忘了你呢？”他说得有些动情，眼角早已发湿了。是的，他们可是在一起呆了好几年的狱友啊，那是他们人生中一段最不堪回首最难挨的时光。

汽车缓缓地进站了。透过候车室的大玻璃窗，来春突然瞥见了一个熟悉的身影。他身子一激灵，像触了电。再仔细辨认，没错，正是他最不想见到的女人——香梅！五年不见，香梅憔悴多了。她正仰着下巴朝这里张望，她的身边，站着他们的女儿文文。文文也长高了一大截儿，已经成为一个大姑娘了。他赶忙扭转了头，他害怕她们看到他。

他的屁股没有离开座位，当车门嘭地关上时，小顺子惊诧地望着他。来春无奈地一笑，强作镇静，第一次对小顺子撒了谎：“下一站吧，那里好搭上回家的车，方便。”

这个仓促间编织的理由有些荒唐，小顺子竟然没有丝毫的怀疑。他说，好吧，那咱们还能再做会伴儿！

汽车很快驶出车站，顺着107国道继续向北驶去。来春的心，也随着车轮的转动不停地翻滚着。他问自己，你应该怎么办？你不回家，又能到哪里去？要不，对小顺子道出自己的苦衷，先去他那里待上几天，然后，再给南京的兰兰打电话，告诉他自己出来了。其实，前些天他早写信将这一消息告诉了兰兰。很快，收到兰兰的回信，说她非常高兴，一直盼着这一天的到来。兰兰在一家超市打了几年工，去年和一位女友合伙开了一家美容院，那是真正的美容，不再干那种龌龊的事儿了。她要洗心革面，靠自己的手艺吃饭。她告诉来春：待他出来后，可来南京一起经营美容店（已和女友商量好了），或者，他俩干脆把这个店买下来。

这的确是一个很不错的出路，兰兰还是那个兰兰，依然爱他，没有丝毫改变。如果他真的去南京，不难想象，他未来的生活一定会富足和幸福的，他还可以非常轻松地还清村里那八万元电费。兰兰是个非常能干的女孩子，他相信她的能力和诚意。

有了这个想法，他就将目光投向小顺子。

“小顺子——”他轻轻叫了一声。

小顺子闻声扭过头：“咋了，老哥？”

他忽然又打消了那个念头，忙说：“没事儿，我是说，咱哥俩真是有缘。”小顺子嘿嘿一笑：“老哥说得没错，真是缘分。”似有些动容，又说，“老哥，别回去就把老弟忘了。嘛时候有空儿，一定去我那儿一趟。咱哥俩放开肚皮喝，喝个够！”

他在城北口那一站下了车。兰兰的身影再一次浮现在他的脑海时，他觉得她不再那么可爱了。他走进高墙的大门，她是有责任的。她明知道那钱的来路，却又花得那么心安理得。他似乎又看到了她盯住某一件高档物品时，目光中流露出的贪婪……

他拦了一辆西去的公交车。当车门打开的那一刹那，他一步就迈上去，没有丝毫的迟疑。他要给他们母女一个惊喜，失望后的惊喜才更是惊喜。他可以找个理由来搪塞她，说自己从省城直接雇车回家的。

他还想，人这一辈子，其实都是在还债，为还债而活着。有的债务，是不能用金钱来还清的，那是心债！

而心债是要用心来偿还的。

他们家的院落很大，足有半亩地。终于，他又看到了那久违的梨花，雪一样白的梨花直晃他的眼睛。突然，一缕袭人的清香钻进他的鼻孔。梨花还有香气？从前，他只知道赏花，哪去理会这些一身素装的小精灵竟然还有沁人的芳香？

他的耳畔，仿佛响起了文文的呼喊：“爸爸，爸爸——”

文文是个哑巴，刚过十八岁。

（原载《满族文学》2013年第1期）

好大一座山

三丑爷被人打了。

是谁吃豹子胆啦，竟敢打三丑爷！琴琴和大贵听到消息后，脸都气青了，他们本想立马去探望三丑爷的，但看天色不早了，估摸着三丑爷已经睡下了，就打消了这个念头。

第二天吃过早饭，他俩就朝三丑爷家走去。

咱不能忘了三丑爷！琴琴说，如果不是三丑爷，咱还能在镇上摆摊卖菜吗？多亏了三丑爷！

是呵，做人是要讲良心的。大贵说。这也是时常挂在他嘴边的一句话，尤其是三丑爷帮了他们家的忙之后，这句话越发频繁地被他提起，动不动就说，做人讲的就是个良心。

你看看那个马三，当时多牛气呀，可他再牛气也白搭吧，还是不敢得罪三丑爷呗。

哎呀，马三那不是牛气，是坏！琴琴不满意大贵的这个说法，马三光牛气倒不可怕，他牛气他的，于她琴琴又有何相干呢？他万不该支使占奎来砸她的菜摊子，暗地里使坏。马三打过琴琴的主意，却都被她一次次很断然地拒绝了。那一次马三就狠狠地拿眼觑着她说，好哇琴琴，咱就走着瞧——

不久，她家的菜摊子就让占奎给砸了。琴琴出一次摊，就被砸一次。

你说，那天咋就那么巧呢？让三丑爷碰个正着！占奎刚砸了咱的菜摊子，三丑爷就走到那了。琴琴说着，眼前又浮现出那天的情景。那天的情景多么让她扬眉吐气呀，完全成了她记忆中最解恨也最快乐的一件事儿。

嗨，真是巧呀，偏偏三丑爷那天就去赶集，偏偏就碰到占奎那小子砸咱菜摊子。

琴琴赶忙接腔，还不是天意呗，我早就说过，像马三那种下三烂，哪能总那么猖狂下去呢？老天爷睁着眼哩！虽说琴琴三十多岁都是两个孩子的母亲了，但声音依然又尖又亮，像早春河滩地里刚拱出的苇稚稚儿，不看模样光听声音，准以为她是个十几岁的小姑娘。而且，她身材也没怎么走形，腰是腰胯是胯的。唇膏对她来说也是多余的，因为她嘴唇总是那么红，像似开非开的玫瑰花儿，往村里女人堆里一站依然那么抢眼。怪不得，马三打她的主意呢。

嗨，到底是人家三丑爷呀，那真是威风！他往那儿一站，冲着占奎吼了几句：人家卖菜呐，是招你了还是惹你了？你凭嘛砸人家的菜摊子？这还是共产党的天下不是？还有王法没有？哼，欺人太甚！就这么几句话，一下子把占奎镇住了。这几年，马三和他那帮小兄弟在这里净干缺德事儿，谁敢这么教训他们呢？镇住了占奎，也就等于镇住了马三！大贵说着眼里放出光来，眼前又出现了三丑爷那张古铜色的脸，以及那两条黑炭般的卧蚕眉。

你这不是废话吗？占奎是马三的腿子！琴琴白大贵一眼。

如果不是因为那件事儿，他们的日子过得极平静。大贵呢，每天早早起来，骑上三马车去城里的蔬菜批发市场趸菜。回来后匆匆吃过饭，又往城里赶，他在城里一家建筑工地做活儿。琴琴却不怎么着急，她从容地收拾了碗筷，穿戴齐整后，才骑上满载各色青菜的三马车来到镇上，还在那个老地方，把菜筐一个一个地搬下来，开始做她的生意。

是马三搅乱了他们的生活。在他们眼里，那些日子天空是灰的暗的，他们心里也像罩着一层总也驱不散的雾气，堵得难受。明知道马三在使坏，却又不敢吱声。试想，如果不是因为三丑爷的挺身而出，不是三丑爷那一声地动山摇般的大吼，他们能出那口恶气吗？大贵性格绵软，一天到晚只知道做活儿，在人们眼里就等同于一条老黄牛。他怎能斗得过马三呢？也许，当初马三敢打琴琴的歪主意，并且几次进行试探和骚扰，也是看准了大贵软弱好欺吧。

别看马三在村里奓着胳膊走路，看谁都不顺眼，却怕三丑爷。三丑爷年轻时就担任村里大队长，在那个激情似火的年代里他带领全村乡亲，将村西那两个伫立了千万年的大沙丘推平，改造成了高产田。那些年，他一直是县里的劳模，更是全村的骄傲和自豪呵。如果把他们村比作当时的山西大寨，那么，三丑爷无疑就是那个扎着白毛巾的副总理陈永贵了。后来，年纪大了，三丑爷不再当大队长了，却乐善好施，谁家有了困难他都会帮上一把。总之吧，中国人的传统美德在他身上得到很好的体现，因此依然受到全村人的敬重。三丑爷俨然是伫立在村里的一尊雕像，那是道德的化身呀！

你说，马三再厉害，他敢得罪三丑爷吗？

去看望三丑爷，琴琴和大贵自然不能空手。可买点什么东西好呢？

就为这个，俩人在路上争执起来。

大贵想给三丑爷买两瓶“老白干”，再买上两样儿滋补品。

琴琴不乐意，说，买酒就买酒吧，还买高级补品干嘛呀？二百也打不住！以她的意思，买上几盘鸡蛋和两样儿营养品，总共花上一百多块钱即可。三丑爷又不是害病，这样蛮可以了。

大贵怪琴琴小气，说，能这样对待咱的大恩人吗！接下来，他向琴琴历数了他们能在镇上摆摊卖菜的种种好处。

琴琴说，你说了那么多，无非是让我听你的呗。

大贵反问她，我说的没道理吗？琴琴说，说有也有，说没有也没有。她是个倔强的女人。

你这话嘛意思？

琴琴把嘴一撇，说，三丑爷帮过咱不假，如今他被人打了，按道理咱应该去看望一下。只是没必要买那么多东西，他家缺那个吗？咱表个心意不就得了？唉，真没必要！

咋没必要呢。你，你还有良心没有？

大贵这句话让琴琴非常恼火，嘴唇顿时噘成个红辣椒样儿，狠狠地剜大贵一眼，说，你咋说话哩呀？不会说话就把臭嘴闭住！我咋没良心了？你说呀你？我是要空着手去吗？

大贵被她问住了，感到自己的确把话说重了。能说琴琴没良心吗？去看望三丑爷她也是积极响应的，而且她一直也在感激三丑爷，那是从内心生发的感激呀。只是琴琴过日子非常节俭。可从另一个角度说，这何尝又不是一种美德呢。

今天他却不赞成琴琴这种做法，就因为是三丑爷，就因为三丑爷是他们的恩人。镇上那么多人，当时都瞪着眼看热闹，咋就没一个出来替她说话，为她打抱不平。哎呀，像三丑爷这种仗义执言的人如今上哪去找呢？做人，可不能这样！

于是，他们又叮叮当当地吵起来。谁也说服不了谁，谁也不肯让步。

不去了，不去了！琴琴把手一甩，有几分赌气。

不去就不去！大贵将手里的烟用力甩到地上。

于是，两人都扭转身，气呼呼地往回走。

他俩一直对峙了五天。虽说这期间两人该做什么还做什么，生计一点也没耽误，然而，家里的气氛却不同于往常。时间一长，他们再也无法忍受这种让人窒息的气氛了。

他们都觉得自己太傻。是呀，就为一个老头子，他们闹翻值得不值得？三丑爷再好，三丑爷再对他们有恩，不也是个外人嘛。为一个外人而闹得家里鸡犬不宁，这不是犯傻又是什么呢？更何况他们的对峙和冷战，已经影响到了儿子成成。孩子放学回家看到父母都冷着个脸，谁也不搭理谁，心里自然不好受，哪还有心思读书呢。

是呀，这是何苦呢？两人都这么想。成成是他们的心肝宝贝，更是他们的未来和希望，哪能因了一个外人把孩子的前程耽搁了。你说傻不傻？

他们两人都不傻，如今又有几个傻瓜呢？琴琴这么认为，大贵也这么认为。为了儿子成成，他们开始和解了。因为都是一个心思，目标明确，所以两人和解起来非常容易，只需一个眼神，或者一句话，于是漫漶于两人之间的阴霾就消失了。

他们又像从前一样有说有笑了，日子又过得有滋有味起来。

嗨，三丑爷也是多事，你说，人家大民在自家地里盖厂房，碍你嘛事呀，你以为你还当着大队长吗？琴琴说。那天，她去镇上卖菜，正好从那儿路过，看到三丑爷站在大民家的家具厂门口，对着路过的人嚷嚷，唉唉，这都是上好的耕地呀，好好的咋就盖上了厂房？可惜不可惜？都像这么下去，甭说三十年，就是再过上十年，大家还有地种吗？地是什么，是咱老百姓的命根子呀。没地了往后吃什么？都吃家具呀？吃电视，吃冰箱呀？哼！因为气愤，三丑爷那两条卧蚕眉狠狠地往一边拧着。

当时，琴琴看着，听着，就认为三丑爷真是发了昏了，他万不该发这种牢骚，上边三令五申禁止人们占用大田地盖房，哪里管得住呢？村里人谁不知道？只要给村主任李大眼一点好处，他就睁一只眼闭一只眼了。这两年村子在以极快的速度扩张，大块大块的田地被一些家具厂养鸡场吞噬了。

哎呀，这不是跟李大眼过不去吗？三丑爷可捅了马蜂窝哟。琴琴边说边撇了撇嘴。大贵笑笑，附和道，可不，那可是个大马蜂窝！

人家大民当时没出来闹，那是给了三丑爷天大的面子！大贵又说。

琴琴笑了笑，说，不见得吧，大民猴精儿一个人，他知道根本不用他出面，有人会收拾三丑爷的，果然是吧。

嘿，说不定就是大民找人报复。

琴琴反驳道，哪呀，大民有那个胆吗？还不是大眼干的！

你看这个三丑爷，俩儿子一个当公务员，一个做生意，他吃不清花不清，管那个闲事儿干嘛呀？说难听点，是吃饱了撑的。

可不呗，真是吃饱了撑的。闲事儿少管，睡觉养眼。大眼是谁呀，他可不是马三，不是占奎，肚里没点套套儿，能当了村主任？说白了，他是个肚里长牙的主儿，把人整个吃了不吐一块骨头！这不，有你三丑爷的好果子吃喽。大贵说完，还牙疼般地咂了咂嘴，是替三丑爷惋惜吧。

哟，三丑爷心肠好不假，敢打抱不平也不假，可也得看看对方是谁吧。这几年，大眼他们不就是靠这个肥实了吗？你这是断了人家财路，他不急红眼才怪呢。

大贵笑笑说，也真是的，看这个老爷子，不知他脑子里哪根儿弦出问题了。嘿，做傻事儿喽！

过了好大会儿，琴琴忽然想起什么似的，她以胜利者的神态，对大贵说，哎呀，幸亏咱那天没去看三丑爷！

大贵眨巴下眼睛，抚摸着后脑勺，说，对呀，幸亏咱没去他家。

试想，如果真去了三丑爷家，让大眼知道了能不给他们穿小鞋吗？三丑爷再有威望，在村里斗得过大眼吗？

唉，看这个三丑爷，大眼平时不能说不尊重他，可他咋就和人家过不去呢？哼，真是老糊涂喽。大贵又咂了咂嘴。

可不呗，你还缺嘛呀，在家安安生生养老呗。村里人都待你不赖，你还管闲事儿干嘛呢？听琴琴这口气，仿佛三丑爷就是她的亲老子，她就该这么数落他似的。

之后，他们该干什么还干什么，日子就像溪流一般，不急不缓地往前流去。

如果不是马三的再次出现，他们就会这么平静地生活下去的。

那天，当太阳收起它最后一束光线，暮色渐渐降临，琴琴开始收菜摊时，忽然，她感到有一只手搭到了肩膀上，像爬上去一条蛇，一条冷飕飕的蛇。

她一惊，忙回头看，又看到了那张马脸。

她一扭身，躲开了马三的手。你，你干嘛呀，大天白日的，再这样我就喊人了！她的声音不大，里面有气愤，但更多的还是责怪，因而软绵绵的没有一点力量。她不知道自己为什么这么没底气。

马三抖抖肩膀，把脑袋一歪，嘿嘿地笑了，她看不清他的牙齿，却嗅到了从他口中喷出的一股难闻的烟味。那烟味令她窒息，她下意识地扭了一下脸。

马三说，开玩笑吧琴琴。你喊呀，喊呀，就是喊下老天来，三丑爷也不会来帮你了。

接下来，马三说了一句很下流的话，但他的口吻却是和蔼的，没有一点平时的那种霸气。然后，拔了嘴里的烟，就扔下一句话“琴琴，你就看着办吧”，转身走了。

不远处就是他家门市。里面已经亮了灯，雪白的光线，洒满门前那块空地，也映亮了门楣上“华威电动车专卖店”那几个大字。

琴琴，你就看着办吧！琴琴的耳边，一遍遍地回响着这句话。收拾好菜摊儿，她一边蹬着三马车往回走，一边琢磨着这句话。琴琴，你就看着办吧！琴琴，你就看着办吧！——天上地下，仿佛满世界都是这个声音。所有的声音组合到一起，像高分贝的噪音要将她击碎。

她本来想晚上把这件事儿告诉大贵的，让他想个主意。但她没有开口，不知为什么。

此后的几天，她一直魂不守舍。

马三让她看着办，她应该怎么办呢？她能答应他吗？不，不能，她讨厌马三那张马脸，更痛恨他那双鬼精淫邪的眼睛，她怎么能和这种人有那种关系呢？然而，如果不答应他，其结果可想而知，不但摆不成菜摊了，说不定还要发生别的什么事儿呢。

她越想越害怕，每天卖菜时，总感觉身后冷不丁伸来一只手，那只手在她胸上像蛇一样游走。不，像一只尖利的爪子，因为连接手的那条胳膊上，刺着一只张牙舞爪的老鹰。要不，就是突然跳出来一个人，也许是占奎，也许是马三的另外几个小哥们儿，砸她的菜摊儿。然而，好几天过去了，什么也没有发生。

越是这样，琴琴心里越是不安和慌乱。她的耳边一直回响着那个低沉而又含义丰富的声音：琴琴，你就看着办吧。她觉得自己身边游荡着一个幽灵，这个幽灵和那个声音总是相随相伴，就像闪电和雷声相伴一样。

有那么几天，她怀疑马三就在她身后一遍遍地重复那句话。她扭头看，却没有。她也不敢往他家门市那里瞧，总觉得玻璃门后面，有一双淫邪的眼睛，窥视着她的一举一动。

大贵察觉到了琴琴的异常，问她时，她才对他说了。

大贵听了很是惊诧，但也没什么办法。对马三这样的人，他能有什么办法呢？甚至，看上去他比琴琴还要紧张。他知道马三的厉害。望着大贵突然变黄的脸和惊惧的目光，琴琴这才明白她当初为什么不肯对他说了。

如果三丑爷还是原来的三丑爷，马三也不敢再打她的主意，他们也不会遭这份罪的。问题是，三丑爷被人打了。三丑爷得罪了村主任李大眼，于是三丑爷不是原来的三丑爷了。

哎呀，还是人家三丑爷，真是咱村一个人物头！琴琴边对大贵说，边摇头叹息。

是呀，咱村里不能没有三丑爷！三丑爷倒了，再没人给咱们撑腰了，你说，咱该怎么办呢？

对呀，该怎么办呢，咱们！琴琴哭丧着脸，那红嘟嘟的嘴咧成了苦瓜样儿。

这天晚上，他们几乎没有合眼，一直唉声叹气。两人仿佛走路踩空了，掉进了一个可怕的深渊。

这时他们才明白，人一旦失去依靠有多么可怕。在他们眼里，天塌了下来。

不知是谁先提出来，应该去看看三丑爷。

也许是他俩同时说出来的，因为他们心里都是这么想的。他们甚至还想，当初为什么就不去看看三丑爷呢？

是晚上去的，借着夜色掩护，没人注意他们。既看望了三丑爷，又不会让人看到，在他们看来这是最好的方式。这一次，他们没有因为买东西发生争执，完全按照大贵当初的建议办的。

才花这点钱呀，不多，不多！琴琴说。

真不多，三丑爷是谁呀，咱的大恩人。不多！

两人几乎同时说。

秋后的夜晚有凉风徐徐吹着，街上静悄悄的没有一个人影，只有一条狗顺着墙边匆匆地跑过。

是个有月亮的晚上。明晃晃的大月亮挂在天上，往地上铺一层银辉，像落一层白霜。

今天是九月十五吧？大贵问琴琴。

琴琴抬头望一眼月亮，月光洒了她一脸。她就盯着月亮说，看月亮那么圆，应该是十五了。几天前，刚过了九月初九，他们还吃了羊肉萝卜馅饺子。今晚的月亮咋这么亮哩，她像是喃喃自语。大贵说，是呀，真亮，我都能看清你的脸。你比白天好看！琴琴扑哧笑了，那声音更像个小姑娘了，在月光下，那嫣红的嘴唇更有了一种别样的美，像两片开在雾气里的花瓣。你可真逗！我真有那么好看？琴琴问他，因有些不好意思，脸颊洇出一层血色。

马上就到三丑爷家了。他俩恨不得立马见到三丑爷，但又害怕见到，心里矛盾得像自己和自己打架。

见到三丑爷该怎么说呢？都这么多天了！就说，这些天生意太忙，忙得腾不出手来，一直没顾上看望您老人家？但，他们马上又意识到这个理由多么牵强，他们再忙莫非连一点时间也抽不出吗？他们心里发虚呀，不知该如何面对三丑爷。可是如果不这样说，又该怎样说呢？

这几十米的路程，对他们来说，仿佛走了好几年。

终于，他们来到了三丑爷家街门口。

他们同时呆住了。

那两扇漆黑的大铁门，紧紧关闭着，门前却堆满了各种礼品，有盒装点心，笨鸡蛋和杏仁露之类；还有香蕉、苹果、葡萄。月光下，它们五颜六色，尤为好看，闪着一层光亮，像刚从水里捞出来的。

这些礼品，几乎把大门堵住了。而三丑爷家的门楼，显得越发高大，像一座沐浴在月光下巍峨的大山，通体闪着圣洁的光亮呵！

他们没有伸手敲门。他们不想打破这里的宁静，这是多么壮美的一幅画面呀，他们要它永驻心中。

他俩把礼品放到了那里，扭转身往回走。月亮把他们的身影投到了地上。那淡淡的影子，紧随他们朝前移动，像在水底游动的大鱼。

想不到呀，想不到有那么多人来看三丑爷！琴琴的声音又惊诧又欣喜。和来时不同，她两只脚踏在村街上竟是那么有力，两条腿也显得格外矫健了。她竟然觉得自己像电视里袅袅婷婷、风姿绰约的模特。

是呀，真想不到。大贵说，心里也非常愉快，甚至比见到三丑爷还要高兴。从上衣口袋里摸出烟，放嘴里一支，吧嗒点着了，深深地吸一口，连烟的光亮也是兴奋的。

此后，他们该干什么还干什么，日子又像溪水一样向前流去，波澜不惊。真是波澜不惊呵，因为那个总是在琴琴耳畔出现的声音，竟然莫名其妙地消失了，再也没响起过。她也敢往马三家门市那里瞧了，心里呢，像是有了一种力量，让她不再惧怕马三。奇怪的是，马三再没有来找过她，也没人来砸她的菜摊儿。

哎呀，那天晚上真好，看那堆东西，至少有三十个人来看过三丑爷。大贵啧啧惊叹，还伸出三个手指对着琴琴晃了晃。

你说，三丑爷家那个门楼，那晚咋就那么高那么大呢？早先我咋就没注意过？琴琴的声音依然那么细，动听得像夜莺的啼鸣。

那个门楼真好看！

对，真好看。月亮也好看，那晚月亮咋就那么亮呢！

咦，那天晚上看什么都好看，房屋，树木，就像统统用水洗了一遍。

还有你！大贵说，轻轻地笑了一个，有几分诡秘。

你呢，也不例外。琴琴咯咯地笑起来。

嗨，看那个门楼，多么有气势！

像一堵墙。

不，像一座大山。

对，像一座山，永远不倒的大山！

大贵说着，感觉自己也高大起来，气壮起来，成了一个顶天立地的男子汉！

（原载《山东文学》2013年第12期）

香椿树

在这个小城里，小李和美静是最具代表性的。他们都在乡下长大，小李喜欢画画，他想借画画来改变他的农民身份，到城里去生活。那时美静在村里的小学校当教师，是个民办。别看她平时不怎么爱说话，和小李一样，她也有自己的梦想，那就是，伺机转成国办，而且还要调到城里去，做一个城里人！

后来小李在市报上发表了几篇作品，被县文化馆看中，将他录用为美术创作员。这个改变对他们很重要，尽管他们只跨进城里一只脚，但毕竟，他们和城里有了一点关联。

再后来，美静考上了县教师进修学校。上两年学，再出来，就由民办转成了国家正式教师。如果能留到城里，那么，他们就成了不折不扣的城里人。

事实上，美静刚进城上学不久，他们就在学校附近租了房子。那是一个大杂院，里面住着十来户人家，他们租住的是最里面的一间，只有十来平方米。他们又在屋门旁边用石棉瓦搭了一个小棚，再买来一个蜂窝煤炉子，于是厨房也有了。这就是他们的家，他们在城里有了可以栖息的家。虽说显得太寒酸了，但他们并不气馁。因为，他们还年轻，而年轻就是资本！他们坚信，以后，也许过不了多久，好日子就会光顾他们的。

两年的时间很快就过去了。美静毕业时，他们托了一位亲戚，将美静留在了城里，在一所小学校教语文。直到这时，他们才真正成了城里人。

梦想变成了现实，他们心里格外舒畅，比从前也显得精神了许多。成了城里人，就要有城里人的浪漫，这正是从前他们所向往的。于是，每到星期天，小李和美静都要带上儿子，去公园里玩耍。也去逛商店，去照相馆拍照片。这个小城是一座古城，有一千多年的历史，是全国历史文化名城。他们走在整洁的大街上，望着两边古色古香的建筑，感受着作为城里人的快活和自豪。那时他们家还没有电视，晚饭后，小李不是看书，就是画画。美静就带着他们虎头虎脑的儿子玩，有时也织毛衣，看杂志，就像许多年轻女人那样，过着悠闲而无忧无虑的生活。看上去，这是一个和美而幸福的小家庭，可他们心里，并不总是那么平静，有时，他们也在想，能在城里真正有一所自己的房子，那该多好！

他们就带着这个梦想，在这个小屋里又生活了一年。

就这样，又一个春天来临了。这个春天和以往没有什么区别，风多，风中弥漫着少许的沙尘，但阳光依然明媚绚烂，照在身上暖烘烘的，像有一只小手在温柔地抚摸，让人感到周身的舒坦和惬意。这就是典型的北方的春天。这时，却传来一个消息：他们居住的大杂院即将拆除，限他们一个月之内搬走。这就意味着，他们要立马找房子了。他们就出去找，可转遍了小城的大街小巷，竟然没有合适的。在他们不用找房的时候，在大街上经常看到出租房子的小广告。可他们真的去找时，那些小广告竟然都消失了，像是在有意和他们过不去。事实上，他们也找到了几家，不是离美静上班的学校太远，就是价钱太贵。这时，一个念头从小李的脑海里跳了出来：妈的，买一处房子吧！

买房的念头一跳出来，小李几乎吓了一跳。在城里能拥有自己的住房，正是他和美静所梦想的，可当他真的生出这个想法时，竟然感到很惊诧。我们真的能拥有自己的房子吗?他不敢回答这个问题。

其实，如果细究起来，买房的念头他早就想过。那天，他和美静带着儿子去一个老乡家串门。老乡家离他们不远，也是租房住，因是同乡，在这个小城里就显出了亲近。这天，老乡说，他们刚买了房子，马上就搬家了。老乡脸上露出一种难以压抑的喜悦，说，总算有了自己的房子，我们都租房住了五年了！老乡买的是平房，在这个小城里，平房比楼房便宜得多。小李说，是呀，咱们都是从农村出来的，住惯了平房。停了一下，他又说，以后我买房，也买平房，平房住着多痛快呀！此时，小李只是随便说说罢了，他并没有想到自己很快会去买房。老乡就用安慰的口吻对他说，别着急，你们还年轻，好好攒钱吧。有了钱，还愁买不了房子?

从老乡家出来，两人谁也不说话，小李在前，美静在后，不急不慢地朝家里走。快到他们居住的大杂院时，美静先开口了，她的声音很轻，说，你看看人家，说买就买了。美静只是随便说说罢了，并没有什么别的意思。可小李听着就感到不舒服，他没说话，狠劲地踢飞了一粒石子。石子正撞到大杂院破旧的门上，发出一声尖利的响声，很难听！美静对着小李冷冷地一笑，说，你就这点本事吧！说完，又对着小李鄙夷般地撇了撇嘴。小李没吭声，仿佛那粒被他踢飞的石子不是撞在了大门上，而是砸在了他的心里。回到家，面对着逼仄狭隘的屋子，小李突然就萌发了买房的念头。只是，那时他没有好意思说出口罢了，他怕再看到美静那鄙视的神色。是啊，买房，少说也得五万块钱，你有那个经济实力吗?你能和人家老乡比吗?人家是军转干部，有一笔非常可观的安家费，而且，又比他们年长好几岁。这样一想，小李就打消了买房的念头。他还安慰自己，急什么，先攒点钱再说吧。有了钱，还愁住不上房子?他突然就想到了老乡对他说的话。自此，他心里就不再像从前那般轻松了，总像有一块石头压在里面。

眼下，他们这里就要拆除了，一时半会儿又租不到合适的房子，于是买房的念头再次蹦出来。干脆，咱们也买房子吧——借钱也得买！他对美静说，然后，看着美静那张圆嘟嘟的脸。谁知，美静想也没想，说，好呀，买吧！说完，就盯着小李看。小李发现，美静看他的眼神和从前不一样了，温存里带着一种鼓励和钦慕。果然，美静又用轻柔的口气说，男人嘛，就得有点魄力！美静很久没有用这种亲切的口吻和他说话了，小李的心一热，竟然感到有些对不住美静了。是呵，你早先干吗来，你早就应该让美静住上属于自己的房子。

他们很快就看好了一处，而且，很快就买了下来。新房位于小城的东南角，虽说偏僻，却相当幽静，而且房价也便宜。那是一处平房，自然就有一个小庭院。说是平房，却是单元式结构，厨房、卫生间样样齐全，既有楼房的优点，更有楼房所不具备的优势。

有了自己的住房，他们的日子也过得紧巴起来。他们勒紧裤腰带生活，把节省下来的钱，用以偿还借款。这时，他们其实是陷入了一种无比尴尬的状态。一方面，他们有了自己的住房。而另一方面，他们又得忍受生活的清贫。为改变这种境况，两人都做出了种种努力。先是小李，他通过各种关系到企业揽活，给人家画商标，画广告；这种和艺术相去甚远的行为是小李从前所不齿的，他把艺术看得很神圣，因为，是艺术，也就是说画画将他的人生改变了。紧接着，美静也利用节假日给学生办辅导班。果然，他们的收入渐渐地丰盈了起来。除了生活必需品，他们把节余下的钱积攒起来，偿还借款。

就这样，一晃五年过去了。他们已经还清了所有借款，而且，还置买了一些家具，像电冰箱和VCD这些代表现代文明的家用电器，他们也都齐全了。这时，亲戚朋友开始羡慕他们了——刚三十来岁，就过上了这么幸福的日子！

事实也是如此，九十多平米的房子，又带一个小院，这真让住在大都市的人眼红。尤其是，那个小小庭院，让他们的日子充满了情趣。他们在院里种上了许多花草，虽说都不是什么名贵的，只是些夹竹桃、吊金钟、腊梅花，但也把院子装扮得姹紫嫣红，看上去真像一个小花园。春天，他们还在院落外面的墙根下面种上丝瓜、扁豆，到了夏天，丝瓜和扁豆的藤蔓将整个围墙都给掩住了。黄灿灿的丝瓜花，紫色的扁豆花，和院里的草花相互映照着，好看极了。搬来那年春天，美静还在院里种了一棵香椿树，在他们热切的目光里，香椿树长得飞快，到了第三年，竟然跃过了屋顶。从此，一到春天，他们家里就时常弥漫起香椿炒鸡蛋的味道，馋人！

那个时期，人们经常看到他们两口子拉着胖乎乎的儿子，从胡同口走过，去大街上散步。在人们眼里，小李和美静无疑是一对儿最恩爱的夫妻——才三十多岁，就有了自己的房子，而且还是靠自己的本事挣来的。当人们的目光再往下滑，落在他们儿子像苹果一样好看的脸蛋上，就更加羡慕这个小家庭了。孩子还小，没什么负担，而且男的在机关上班，女的又有一份体面的工作。因而，人们断定，他们的好日子长着呢。

在别人眼里，他们最好就这样生活下去。是的，如果不是因为那件事，他们，小李和美静，也许不会离开这里的，也许要在这里住上许多年，甚至一辈子。事实上，他们也真舍不得这里。有一次，美静所在的学校盖集资楼，虽说也要自己掏腰包，但地皮的钱单位给出了，因而，算下来还是比自个买划算。美静见许多同事都买了，心里也发痒。小李却不愿意换房，因为，在小城里平房比楼房便宜，卖掉平房的钱，远买不出一套单元房。他就劝美静，咱们刚还清了借款，不能让你再吃二遍苦受二茬罪了。

小李平时话不多，但一开口往往就命中要害。果然，美静不言声了。想想刚刚过去的紧巴日子，她立刻就打消了那个念头。这样，小李就更感到得意了，他想，看起来，在这些大事上，美静还是尊重自己的。小李平时不爱管家里的事情，家里的大小事儿都是美静来操持。美静就有这方面的天赋，因而只要她认准的事情，小李就别想阻止。在这方面，小李显得有些弱智。所以，今天他就顿生一种被看重的自豪感。小李本来是一个浪漫的人，这时，他就忍不住抱住美静亲了一口。在旁边玩耍的儿子拍着小手，大声地嚷道，亲嘴哩，亲嘴哩！小李不好意思地笑了，赶紧推开美静，对着儿子吼，小孩子懂嘛哩，瞎嚷嚷！想不到，后来，也就是一年后，他们真的要离开这里了。

那天，美静去一个学生家里做家访。学生的父亲是个搞印刷的大老板，有了钱，在小城的马路边上盖了一座小洋楼，就是具有哥特式建筑风格的那种。因而，在这以古建筑为主的小城里显得别开生面，增添了一点中西合璧的美。进得门来，美静简直惊呆住了，这么豪华的居室，她还只是在电视上见过。棕红色的真皮沙发、漂亮的枝形吊灯——当美静的目光落在这只吊灯上时，女主人不失时机地告诉她，光买这吊灯就花去了两万多。

想不到同在这个小城里居住，而居住条件竟有天壤之别。这时美静完全忘记了自己的存在，也可以说，她是被眼前的景象给淹没了，说是吞噬了也可。那学生的父亲没在家，女主人热情地拿出了水果和饮料来招待她。女主人相貌平庸，身上却披金戴银，珠光宝气。她对美静相当尊重，还对美静说，她要让女儿上最好的大学，将来也和美静一样当上教师，他们就心满意足了，花多少钱也不在乎。

女主人对女儿的期望出乎美静的意料，她的自卑感渐渐消失了。然而，当女主人把一只剥好的香蕉递给她时，手指上那只硕大的翡翠戒指晃动了一下，仿佛有一道奇异的光亮射来，不但刺痛了美静的眼睛，还把客厅里的一切映亮了——那油光闪亮的真皮沙发，还有漂亮气派的枝形吊灯。美静感到一阵晕眩向她袭来，那种刚刚消失的自卑感又涌上来。

就在美静家访的第二天，那学生的父亲竟然来回访美静，给美静带来了一些高级补品，向她表示感谢。美静没有想到人家会来，因为她已经见识了人家的豪宅，就感到很不自在，尤其是，当学生的父亲起身告辞时，环视了一下他们简陋得有些寒碜的屋子，用一种怜悯的口吻说，你们的日子过得不甜呀。以后，有了什么困难只管说话，千万不要客气！

送走了学生家长，美静先是提出要装修房子。但一个事实却摆在了他们面前，因为平房结构的限制，无论怎样装修，也不会做出像楼房那样好的效果。首先是客厅，他们的客厅太小了，只有十来平方米。这时，美静就对小李说，咱们卖房吧，去小区买楼房！小李不解地望着美静，说，住得好好的，干吗又折腾呢?小李真的有些不理解美静了。

和上次不同，这一次美静没有听从小李的意见。她说，我要住楼房！说着，脸就耷拉下来，眼里还汪出了泪花。小李是个不太温和的男人，有时，为一些小事，他也会对美静吹胡子瞪眼发脾气。美静也是个十分要强的女人，不服气，就和他争执，两人争执来争执去，往往也弄不出个所以然。于是，美静就哭鼻子了。和许多人一样，小李最见不得的就是女人流眼泪，一看到女人的眼泪，他的心就会立刻软下来。按说，今天小李只是坚持了自己的观点，不同意买楼房。他更没有对美静怎么样！没有发脾气，只是极力坚持自己的观点。两口子之间，在某些事情上意见不一致，是再正常不过了。可美静却抹起了眼泪，两滴晶亮的泪珠从杏核一样的眸子里滚出来，顺着白皙的脸颊，落下去，然后像清晨的露珠一样掉在地上。美静哭泣起来的样子非常好看，比平时又妩媚了许多。面对这样娇美的脸颊，再暴躁的男人也会生出爱怜之心的。小李就是这样的，他感到自己的心悸动了一下，于是，他就不再坚持自己的意见了。

就这样，他们把平房卖了，又贷了一些款，在一个刚建的小区里买了楼房。五楼，一百多平方米。新房装修得虽说和豪华还有很大一段距离，但是简洁、朴素，让人感到舒服。那天，送走了来暖房的客人，在淡黄色的温馨的灯光下，他俩都有些激动起来。他们的儿子已经上了初中，住校，家里只有他们两人。在这个两人的世界里，面对着宽敞明亮的新家，小李就将美静紧紧地拥进了怀里。

住在楼房里的感觉和平房大不相同。首先是，夏天，不潮湿，而且干净，没有让人讨厌的苍蝇、蚊子。也安静，很少听到马路上的噪音。但最让他们感到快乐的，是拥有了宽敞的视野。站在阳台上，可以看到远处灰黄色的城墙，还有开元寺的须弥塔，那巍峨雄伟的塔身直刺蓝天。这些景色，让他们心旷神怡。住在楼房里，还有一个最大的改变——因上下楼不方便，平时他们就很少下楼。无论是晚饭后，还是星期天，他们很少像先前那样，去小城的大街上散步。事实上，他们在家里一点也不感到寂寞和无聊，美静喜欢看电视，看那种两男一女，或两女一男的言情剧。她手拿遥控，只要电视上出现俊男靓女，她就不肯换台了，眼睛盯住屏幕不放。小李觉得美静很无聊，他说，什么破玩意儿，你看的都是垃圾！美静反驳他，人家就是愿意看嘛！你管得着吗？小李不明白，像这样的电视剧美静不知看过多少部了，都是大同小异，莫非她就没有看烦的时候?比如美静眼下正在看的这部电视剧，她是真的看过的。但美静却似乎忘记了。这时，小李感到美静的记忆发生了问题：自己经历过的东西，过后就忘记了，没有在脑子里留下一点痕迹，一点也没有！

由于美静的霸道，小李渐渐地就对电视失去了兴趣。平时，他休闲的方式就是上网，而且很快就入了迷。网上的东西真是千奇百怪，想看什么，只要摁一下鼠标，马上就跳到了眼前。他发现，上网是让人不感到寂寞的最好办法。因而，他就不大理会美静了，她看什么，他也不再去管。

一晃，又过去了好几年。他们的儿子已经考上了大学，考得不是太好，是南方的一所二流学校，不过，还是有些知名度的。他们很知足，毕竟，儿子已经长大了，他们心里感到轻松了些。他们也很少再想过去的事情，只是往前看，也就是将来，儿子大学毕业后，怎样找一份满意的工作。然后，结婚，生子，让他们过上幸福的生活。他们自然也想一下自己的事，那就是，将来怎样度过一个幸福的晚年。不过，也有例外，有一次，小李实在无聊了，就想起了过去的那些时光，想起了租房住的日子，还有他们那个小院落，院里种了许多花草。尤其是那棵香椿树，香椿炒鸡蛋的味道真是让人回味无穷。因而小李就有些激动，对美静说，你还记得咱们住平房吗?他说这话，是想让美静和他一起回忆那些逝去的时光。而逝去的时光永远也不再回复了，在他眼里，不再回复的东西就显得弥足珍贵。可他想错了，美静仿佛早把那些忘记了，或许，是她不满意再回到那个时候。她显得有些不耐烦，说，你闲得没事干了?什么猴年马月的事儿呀，还去想它！你应该想想怎么才能多画画，再把自己的画卖个好价钱！

小李想反驳她，可又找不到充分的理由。是呀，有什么理由来证明美静不对呢?看看满世界的人，都在想方设法去挣大钱，人们都在往前走，生怕自己落伍了，让这个时代给淘汰掉。可他为何还往后看呢?于是，他就不再想从前的事情了，极力让自己跟随着这个时代，就像千千万万的人那样，让什么给牵着鼻子似的，一心一意地往前走，走。

人到中年，最容易发胖。美静就害怕自己发胖，晚饭后主动提出让小李陪她散步。于是，他们下楼，来到了大街上。正是初夏时节，大街上走动着许多散步的人。虽说已七点多钟，但太阳还挂在天上，光线柔和而迷离，把大街两旁的花草映得越发艳丽多彩。

他们很少来大街上散步，又是在这样晴朗而美丽的黄昏，因而，竟然感到了几分新奇。按说，他们就生活在这个小城里，每天都要上班下班，从大街上穿过，可今天，当他们以另一种方式来审视这小城时，竟然又有了一种全新的感受。就这样，两人不知不觉地来到了小城的东南方。这时，他们已经来到了昔日的家，也就是从前那处平房的位置。然而，两人却浑然不觉。这几年，小城和其他地方一样，以一种前所未有的速度发展着。他们那片平房区，也早已被一个住宅小区所取代，那是一大片极具现代感的六层楼房，而且里面有草，有树，也有花，各式各样的花，环境非常优雅。他们溜溜达达地来到了这里。是的，这一切很正常，既然是随心所欲地散步，他们可以去任何认为可以去的地方。事实上，也有许多人在小区里散步，但他俩一点也没有想到这里就是他们曾经生活过的地方。他们只是抬着头，用一种审视而又夹带着艳羡的目光望着那一个个敞开的窗口。小李说，妈的，这楼盖得真漂亮！他没有再往下说，但美静已经明白了他的意思。她用手优雅地理了一下头发，像是安慰小李，又像是自言自语，说，别眼气他们，过不了几年，这楼不也得过时呀——漂亮又怎样?咱们买楼时，那可是全城最好的。当时，人们不是把咱们那里叫做别墅区吗?美静说完，又用手理了一下额前的头发，她的动作比上一次更优雅了些。

就是在这时，小李看到了一棵树，一棵长着茂盛枝叶、蓬蓬勃勃的香椿树。他们两人几乎同时在树前站住了，对它发生了兴趣。小李打量着，说，奇怪，这小区是刚建的，怎么有了这么大的树?这棵树，少说，也有十多年了吧。而此时的美静，正在看掩隐在树后面的一户人家。确切地说，那只是一个人家的阳台。有一个女人，系着围裙，正在厨房里忙碌着，像是做晚饭吧。美静一直注视着那女人，由于精力太集中了，她仿佛没有听到小李说什么，她指着楼上的那个女人，对小李说，你看，那人家多幸福呀，从厨房里一伸手就能摘到香椿吃！美静的口气里充满了羡慕。

从这时候开始，小李和美静，两人的思维开始发生了巨大的分歧。小李关注这棵树的来历，而美静却艳羡树冠后面的那户人家。你看看人家，春天吃香椿多么方便呀，不用爬树，打开窗口，伸手就可以摘到——美静又重复了一遍刚才的话。小李却不明白，这棵树是怎么来的呢?看它长得这样茂盛，不可能是从其他地方移过来的。也就是说，从前，这里是个住宅区，把旧房子拆了，盖了楼房，而这棵香椿树却奇异地保留了下来。由于感到好奇，小李就对这棵树仔细地看了一会儿。突然，他的眼睛亮了一下。眼熟，他感到这棵树太眼熟了！美静问他，什么眼熟?小李说，香椿树！越看，越像咱们家那棵。美静像小女孩一样捂着嘴，哧地笑了，眼角便现出细密的皱纹。她说，天下的树看上去都差不多，你有记号吗?美静完全是一种不屑的语气，但小李却叫起真儿来，他围着树转了一圈，突然两手一拍，大叫道，哈，还真是咱们家那棵呀，你看你看——小李指着树上一个拳头大的疤说，这不是那年我砍掉的吗?那年，他砍掉那个枝干，是为了让树长得更高大，更壮实。

于是，他们很快就明白过来，这里就是他们那处平房的位置，也就是说，他们从前生活过的那个家，连同那一大片的平房，早已被这一幢幢的楼房取代了。

后来，他们又从方位上证实了这个推测。证实了，就感到像是做梦，他们曾经在这里住过好几年，而那几年的时光忽然间又在他们的记忆里复活了。两人都显得很冲动，先是小李，一下子就抱住了那棵树。他抱住那棵树，就像抱住了已经逝去的那段岁月，然后，他又用手在树身上抚摩。美静呢，她没有像小李这般冲动，可她也伸出手来，抚摩着粗糙的树身。此时，她的面颊变得红润了起来，杏核一样的眼睛迸射出了熠熠的光亮，那光亮像水波一样纯净，闪了一下就消失了。这棵香椿树唤回了美静对过去的记忆。过得真快，一晃，都十年了吧？她说着，那些早已逝去的日子又像电影画面一样，在他们的眼前过了一遍。他们的嗅觉里，也布满了香椿炒鸡蛋的香味。

突然，小李在树上发现了一只鸟窝。有两只小鸟飞来，在树枝上跳跃了一会儿，就双双钻了进去。小李听到了它们幸福的呢喃。

小李就对美静说，以后我会经常来这里的。美静扭过头，将目光落在小李泛红的脸上，问他，就为了看这棵树?小李笑了笑，说，对，就为这棵树!

（原载《长城》2004年第6期）

天文现象

一阵嘹亮的鼓乐声将正在宿舍里午睡的杨启民惊醒了。

他一跃而起，趿上鞋，来到窗口，循着声音朝外眺望。正是五月的天气，下午两三点钟的时候，阳光格外绚烂。他窗子的对面，也就是那所私立学校的操场上，有一队身穿天蓝色校服的学生正在演习运动会开幕式。他的眼睛一跳，那个站在队列旁边穿蓝色制服的女教师，怎么那么像田晓鸽呢？远远的，看不大清她的眉眼，但她那又红又亮的颧骨，他再熟悉不过了。是她，那个天真活泼的小鸽子！一股热流顿时涌遍了他的全身。

十年了，没见晓鸽已经十年了呀。十年前，他们同在距这里不远的省矿建三处中学教书。田晓鸽长得很美，尤其是她那又红又亮的颧骨把杨启民迷住了。是共同的爱好——打乒乓球，将他们的距离拉近了。只是，后来这只小鸽子跟随她爱人飞到了外地。想不到，如今她又飞回来了。杨启民急忙下楼，走出报社大门，朝那个操场走去。就这样，分别了十年，他们的手又紧紧地握在了一起。望着晓鸽那依然鲜艳动人的脸颊，杨启民嗓门很高地嚷嚷：小鸽子，你好吗？看看，这世界很小吧！田晓鸽也很激动，喃喃地说着，杨老师，真的是你吗？眼睛里早已汪出了晶亮的泪花。

晚饭后，他们来到了北边的河滩上。天还没有完全黑下来，月亮已在河滩的尽头升起来，是那种暧昧的古铜色，像远古时被人遗弃的一面铜镜。他们在沙滩上坐下来，细软的沙子传递着太阳的余温，两人心里也都热乎乎的。田晓鸽换上了一身浅灰色的西装，头发用丝网向上盘卷着，显得精爽而庄重。十年的时光在她脸上留下了印痕，但不能说老，她还是那么妩媚，通身散发着成熟女性的气息。杨启民看到田晓鸽正火辣辣地盯视着他，这时他却企盼着她问自己：杨老师，你怎么来到了这里？

事实上田晓鸽也这样问他了。他叹出一口气，低声说：在学校干着憋气，去年就来这家报社干校对！他说得轻描淡写，之后又有几分无奈地说，人，总不能在一个地方待一辈子吧！然后他就停住了，等着田晓鸽关注他的事情，那时他就可以对她说说他的苦闷。一个受到创伤的男人也会变得格外脆弱，需要有人来抚慰！尤其是让人心仪的女人。

是的，面对着昔日的同事，杨启民突然生出了倾诉的欲望。这种欲望在他心里潜伏已久了，因而相当强烈。本来，在学校他一直就扎扎实实地工作，什么时候也没有落在别人后面，可什么好事也轮不到他——每年评先进没有他，赶上了两次分房，他住的总是顶楼。其实，论工龄，他不比别人短，只是，别人都是双职工，双职工加分。惟有他女人没有工作——不是他不给找，是因为她没有文化，而且身体不好，做不了体力活儿。假如光是这些，他还不生气。吃亏就吃亏吧，谁让你摊上了那样一个女人！让他感到气愤和不平的是，当过知青当过兵的，学校都给算了工龄，他当过几年民办教师，却没有他的份儿。他也找过领导，人家根本不把他放在眼里。他窝了一肚子火，总想找机会向人诉说。别看平时和同事们在一起说说笑笑，但那只不过是有意制造的一种让大家都很愉快的氛围。他怎么好意思打破这种气氛，何况，有谁关注他心里的郁闷？人们关心的是收入，是老婆孩子，总之都是和自己息息相关的事情！今天，他感到倾诉的机会终于来临了。

可田晓鸽并没有仔细地打问他，只是对着他笑了笑，那笑很空洞也很冷漠。此时面对自己曾经敬佩和喜爱的人，她就像一个在外面受了委屈的孩子见到了亲人一般。但她并不对杨启民的事情感兴趣，她关注的只是自己，她认为自己是天下最不幸的女人！

为了突出那段遭遇的不幸，田晓鸽先是讲了从前的幸福：你知道吗杨老师，调走的第二年，我就给小王生了一个儿子。有了儿子，小王变得温和多了，也知道体贴我了。我觉得小王简直像换了一个人。真的，杨老师，小王的变化让我非常惊讶，真有一种雨过天晴的感觉！杨启民记得，有一次小王喝了酒又拿晓鸽出气。晓鸽跑到了学校，他把她藏了起来，劝走了小王。因而她很感激他，对他更亲近了。

田晓鸽停了一下，将手支撑住沙地，两条腿伸展开来，完全处于一种放松状态。她微仰着尖尖的下巴，对杨启民说：我们过了几年和和美美的日子。那几年我明白了什么叫幸福——幸福就像刚上市的新鲜荔枝，不但看着好看，剥开来放在嘴里，那滋味比想象的还要鲜美许多倍！说完，田晓鸽哧哧地笑了，为自己能脱口说出这样的比喻而得意。

田晓鸽仍在讲述着，声音也渐渐变高——问题是，她并不满足，她还要追寻更大的幸福，于是她就鼓动小王下海经商，她非常羡慕那些一夜之间暴富的人！小王和她一拍即合，办了停薪留职，和一个朋友合伙创建了广告公司。他们的生意不错，可有了钱，小王的心也变了。不但吃喝嫖赌，还在外面养了女人。后来她气不过，就和他离婚了！

田晓鸽收起了双腿，将两条胳膊抱在胸前，气呼呼地告诉杨启民：小王再有钱，我也不稀罕！我要惩罚他，我把儿子甩给了他，他不要，说是给我五万块钱，让我养儿子。我才不答应他哩，想痛痛快快地和那女人过日子呀，没门！我不愿意在B市待了，那里只能勾起我痛苦的回忆。我就辞了工作，来到这所私立学校。由于愤怒，田晓鸽的脸也扭曲得非常厉害。又因为是晚上，那曾经让杨启民无比痴迷的颧骨也失去了往日的光泽。因此，杨启民第一次感觉到，田晓鸽一点也不好看了。

田晓鸽就这样滔滔不绝地向杨启民讲述着，虽然眼睛盯着杨启民，但丝毫不注意他脸上露出的不耐烦甚至是讨厌的神情。讲到动情处，她还打起了手势。她的手势打得非常夸张，因为夸张，就显得格外做作和粗俗。杨启民禁不住皱了皱眉头，心想，她从前可不是这样子的。从前，他们打球，累了，她就靠着球案休息，将两条胳膊交叉在胸前，动作优雅，好看。她的胳膊白皙、纤细，像两条白练般将挺拔的乳峰盘踞起来。杨老师，你打得这么好，当初为什么不报体育系——说不定，你早成球星了！那时候她就用这种姿态问他。她的声音轻柔亲切，每一个字都将他的心挠得痒酥酥的。他感到幸福而甜蜜，把田晓鸽看作了自己的红颜知己。他笑着，又故作谦逊地朝她摆了摆手：啊，我打球是图个锻炼，哪有那么高的理想呀！而后，他从上衣口袋里摸出一支烟，点着，深深吸一口，烟头闪了一下，又闪了一下。那时候学校的扩音器里播放着邓丽君的《千言万语》，歌声缠绵而优美。他禁不住就很“那样”地偷偷瞥了她一眼。是的，田晓鸽那妩媚的脸庞，让他产生了吻一下的想法。然而，他马上又责怪自己不该产生这种欲望。但是他又克制不住自己，因为田晓鸽太迷人了。他喜欢她！他想，没有一个男人面对如此美貌的女子而不生出这种冲动的！

可此时的田晓鸽却让他感到陌生。他觉得自己是在听一个陌生的女人讲述和他不相干的事情，这是一个多么自私的女人呀！他想着，神情开始变得沮丧起来。

他耳边回响着田晓鸽的声音，眼前却映现出他女人那张凶巴巴的脸。那女人就这样将脸狠狠地扭曲着，把他准备考研的资料"嚓嚓"地撕了个稀巴烂：你考，考个屁！想把我甩了，没门！由于愤怒，她那张蜡黄的脸极度变形，显得愈发丑陋。

每一次吵架，他都会产生离婚的念头，但一瞥见她脸上的皱纹，又试图原谅她。他想，这女人毕竟和自己生活了许多年，还给他生了儿子。这些年来他就是在这种矛盾而痛苦的心境中度过的，他承认自己是个懦弱的人！

想不到，在他极度苦恼，几乎要对生活绝望时，却和田晓鸽相遇了。也就是说，田晓鸽像一只蝴蝶飘然而至，这仿佛是上天的有意安排。是的，这沙滩是静寂的，像是月球的一角，正等待着他们去填充——这一对儿曾经相互倾慕的男人和女人。何况，有晚风在轻轻地吹，里面又饱含着植物的清香，那么的撩拨人。

但事情远没有他想象的那样美妙，因为田晓鸽这喋喋不休、不管不顾的倾诉一下子破坏掉了他那种浪漫的心境。而且，也勾起了他心里更多的烦恼。因此，他在做着努力，试图打断对方。比如，他想到了那副"红双喜"牌球拍。那是田晓鸽要随她爱人调到B 市时，他送给她留作纪念的。那天他们打了最后一场球，打得很沉闷，分手时，他装作轻松的样子对晓鸽说：你别那么悲观好不好？说不定哪一天，咱们还会走到一起的，这世界很小！听了他的话，田晓鸽眼睛里汪出了泪花，她低着脑袋，两手抚摩着那副崭新的球拍，直到两滴泪花啪地砸在上面。一晃十年过去了，此时，那副球拍无疑是沟通他们心灵最好的道具了。

可杨启民又不无忧虑。世事无常，田晓鸽还和从前一样吗？不见得！常言说，女孩子的心思变化最快！而自己当时已经是三十多岁的人了，比她大了好几岁。人家也许并不是真的喜欢自己，只不过对自己有好感罢了。或者是被自己的球技吸引住了，肯定是的！

因为这种想法，杨启民反而不好向田晓鸽开口了。他只能等着田晓鸽主动提到那副球拍。他期待着，在那充满浪漫色彩的回忆中，田晓鸽会变成从前的那个样子——活泼、天真而又无忧无虑。可田晓鸽却令他很失望，总是不停地说她的事情。也许，她早就把那副球拍忘记了。

此时的田晓鸽已经完全沉浸在了她自己的语境里，难以自拔。用如饥似渴来形容她，是最恰当不过了。她就如饥似渴地向杨启民倾诉，把杨启民完全当成了她的一个听众。她说，后来，小王竟然把那女人带到家里来。当着她的面，他们肆无忌惮地调情，他根本不把她放在眼里了。她觉得那女人的笑声像母鸭叫一样难听，让她浑身直起鸡皮疙瘩。还有——这件事还和小王的母亲有关：老太太不知足，有了孙子还想抱孙女，但田晓鸽是不会让她实现那个奢望的。有一天，一家人吃团圆饭，小王喝了一点酒，就对他母亲说，妈，你不是想抱孙女吗？小菜一碟，让小红给你生一个吧——小红就是那个小妖精！小王说这话时，完全是一副炫耀的神气。她说，其实她还是很佩服小王的才干的。那时她也很矛盾，一方面欣赏他的才干，另一方面又无法忍受他对她的伤害！她说，本来，男人有了钱，吃点喝点，潇洒一下，只要不过分，我还是可以容忍的。可小王太不像话了，有时他几天也不回一趟家。到后来，他甚至连话也懒得和我说了，有时我给他打电话，没说几句话，他就把电话啪地挂了。

杨启民终于利用她喘气的机会，抢过了话头。由于太急切了，他的话题也就格外混乱。他说，在学校里实在憋气，正好去年有了文件，允许他们买断工龄。这个消息让他简直欣喜若狂，他把余下的工龄买断了，得了十多万，他用这些钱在省城买了一套住房。年前，经一位大学同学引荐，他来到了这家报社干校对。他说话的时候，时常是很响地咂咂嘴，于是连接鼻翼和嘴角的那两道弧线便狠劲地往外撇着，像是两只深深的括号。

接下来，他又说起了他的女人。那天，他家里的马桶坏了，按钮弹不上来。他找物业公司，每次去人家答应得都很好：我们马上派人去修，马上！可等了好几天，连一个人毛儿也没见着。他不愿再跑了，就自己动手修。鼓捣了半天，倒是修好了，可是第二天他女人用时，那按钮又弹不上来了。他女人顿时火了，好像他修马桶反而成了一种罪过。他感到委屈，我又不是维修工呀，莫非我修的马桶就不能再出毛病了？但他历来都是息事宁人的，他不愿意和她吵。他就说，按钮坏了有什么好急的？用手拉一下水阀，不就照样能冲水吗？再说一天也拉不了几次嘛！他这样说，是想让她消消火气。想不到，那女人的火气反而更大了：想得倒美，让我这样凑合，我不干！你真草包，还是个大老爷们，呸！

那天，他们又结结实实地吵了一架。他真想逃出来，离开这个家，离开这个女人，逃得越远越好！他不愿看她那发怒的样子，那时她的脸肌扭曲了，样子非常难看、可怖！还有她的声音，听起来非常刺耳，就像一把锋利的刀子割他身上的肉。他女人依靠他来养活，却对他那么颐指气使，一点也不给他面子，时常为这些鸡毛蒜皮的小事情大动肝火。她用这种方式将他们的生命一点点地消耗掉，到底值不值？

由于这个讲述的机会来之不易，杨启民的头脑便开始发热，后来竟然说起了不应该说的事情。他说近些日子，他女人晚上很少让他碰她了。就是从前，他想和她亲热了，她总是指挥着他干这个干那个。她愿意看他那种服服帖帖，甚至有些低声下气的样子。因此，无论是感情上还是生理上，他都感到无比压抑。但不管怎样，他还得想法挣钱，养家糊口。如今他真是烦透了！

我们知道，田晓鸽在自己的语境里体味到了一种倾诉的快乐，因此她对杨启民的贸然闯入非常恼火。而杨启民也被这酣畅淋漓的倾诉所陶醉，根本没有发现田晓鸽脸上那种不快的情绪。好在，他说的话田晓鸽几乎一点也没有听进去，但看着杨启民那种越来越激动的神情，她真的忍无可忍了。她愠怒地盯视着杨启民，刹那间觉得他格外陌生，像一个她根本就不认识的人。这是一个极其自私的男人呀！她想，甚至，她还从他身上看到了小王的影子。

月亮已经偏西了，一只夜鸟从他们的头顶上飞过去，小鸟振翅的声音像琴弦弹奏出的音乐，急促而又有几分压抑。他们就这样你争我抢，都在为自己寻找着说话的机会。可以说，这像是一场战争，一场只有他们两人的战争。他们互不相让，东拼西杀，没有血光剑影，却是斗智斗勇的心理较量。其实到后来，对方说了些什么，他们竟然浑然不知了，只是看到对方的唾沫星子在月光下像蠓虫一样飞溅，而且强烈的讲述欲使得他们脸部的肌肉剧烈扭曲、变形。他们都被对方那种疯狂倾诉的样子吓坏了，一种巨大的恐怖将他俩笼罩。为了躲避对方的声音，他们就情不自禁地捂住了自己的耳朵。但这极端的动作又被对方所忽视，这样一来，他和她其实只是对着空旷的河滩来倾诉了。

直到他们各自精疲力竭了，才不得不鸣锣收兵。然而他们又意犹未尽，仿佛还有许多的话要说，但又惟恐对方表达这个意思，首先是杨启民，他找了这样一个理由：“真对不起啊，我爱人查出了甲状腺瘤，过几天要做手术。等她出院了，咱们再碰面吧！”

田晓鸽笑了笑，想不到她的理由比杨启民还要充分和彻底，她说：“过几天我就回去了，我不能和我儿子相隔这么远！”而且，她还率先站了起来，拍了拍身上的沙子。一阵风吹来，扬起的细沙迷了他们的眼睛。

他们悄然走出河滩，在公路的拐弯处，一个朝东走，一个朝西走。他们之间的距离越来越大，渐渐地两人就完全淹没在浓重的夜色里。

杨启民抬头望了一下夜空，有两颗明亮的星星跳进了他的眼帘。那两颗星星看上去相距很近，可事实上它们的距离却非常远。而且——他想，它们的距离也不是恒定不变的。它们在朝着各自的方向飞奔着，这是宇宙膨胀学说的观点。他不是天文爱好者，但他却知道这个道理！他对着这浩瀚的夜空，对着那两颗星星撇了撇嘴。他不明白，自己为什么做出这个动作。

（原载《雨花》2004年第5期，《小说选刊》2004年第6期转载）

月亮明光光

我喜欢有月亮的晚上。

有月亮的晚上，吃过晚饭后，妈妈就坐在院里望着月亮呆呆地看。我知道，妈妈在想我们的爸爸。

爸爸在南方的一个城市打工，离我们这里非常远。爸爸临走那天晚上，月亮也是这么亮，这么圆，像个大白瓷盘子。我问爸爸在那里做什么？爸爸说，当建筑工，盖大楼。我说，我要去看你盖大楼，还要看看城里的高楼，还有汽车。

爸爸说你还是个小孩子，长大后再去吧。再说，路太远得坐一天火车。我说，我还没坐过火车呢，就是坐几天我也坐不烦。

爸爸还是不答应，他抱起我亲一下，胡楂子扎得我脸生疼，我没有躲开，心里反而暖烘烘的。

爸爸一走就是一年，过年才回来一趟。一过初五爸爸又走了，爸爸走时，妈妈拎出腊肉、炸豆腐等等年菜，把爸爸那只大帆布包塞得鼓胀胀的。

爸爸拍拍帆布包，问妈妈："你怎么让我带这么多好吃的？"妈妈笑一笑说："让你别忘了我们呗。"爸爸说："我怎能忘了你们？"

爸爸走后，我问妈妈，为什么爸爸要跑那么远去打工呢？妈妈回答我："傻孩子，你爸爸是给咱们挣钱哩。"我不明白挣钱干嘛非要跑那么远，一年才回来一趟。在家就不能挣钱吗？妈妈不就在村里一个家具厂上班吗？

看我一副懵懂的样子，妈妈笑了笑，说："要想挣大钱就得到大城市去做工哦。你看看我，一天干十多个小时，一天不耽误一个月才能挣一千多块。你爸爸一个月能挣五六千块呢。"

我不明白同样是做工，爸爸怎么挣那么多？怪不得村里的大人，尤其是男人们大都背上行李，拎上包，就像我爸爸那样去城里打工。原来城里遍地黄金——我记得大人们说过这样的话。

自从爸爸去城里打工后，每当月亮升到天上，妈妈电视也不看了，就坐在院里望着月亮发呆，后来我才知道她是想爸爸了。这不，一晃，爸爸离开家都有大半年了。爸爸是正月走的，中秋节一过，一年不就过去了大半吗？

我也想爸爸了。

爸爸在家时，他下地回来，时常给我带几只蚂蚱或者鹌鹑什么的。有一次还逮到了一只黄鹂鸟。他用高粱秸编了一只鸟笼，将黄鹂放进去，挂在院里的槐树上。于是，我每天都能听到黄鹂唱歌了。非常好听，比什么都好听。

如今，这些都变成了梦，一个五彩的梦呵。

我喜欢做梦。有时在晚上做，有时又在白天做。比方说吧，我望着蓝天就会想象自己变成一只小鸟，拍动着翅膀在上面飞，随意地飞，飞得又高又远，一直飞到天那边。天那边是什么呢？我真想去看一看。有时，我又想象自己开着飞机在天上跑，又好玩又过瘾。

一进腊月，妈妈就开始朝我和姐姐念叨，说爸爸快回来了。当妈妈开始准备年货时，我就掰着手指数天数。十二，十三，到了腊月十四，该买猪肉了，妈妈就骑上自行车往集上赶——往年，这都是爸爸干的活儿呀。二十那天，妈妈蒸了几锅干粮，有馒头、枣糕，还有糖包。我顶喜欢吃枣糕了，闻着它甜滋滋的香味，仿佛连清冷的空气都是愉快的；二十三，灶王爷升天，妈妈一大早就准备供品，说要先把灶王爷的嘴堵住。我问她，堵灶王爷的嘴干嘛呀？妈妈说，免得他上天后说咱家的不是。我拍着巴掌嚷嚷："哎哎，灶王爷又不是小孩子，怎么也贪嘴吃呀？"妈妈白我一眼，说，别瞎说，一边玩去！她一边在灶王爷画像前摆供品，一边念叨着每年都要说的那句话："上天言好事，下界保平安！"此时妈妈的眼神里闪出一丝渴望，她是在牵挂爸爸吧。想象着爸爸似在高高的天上干活儿，我也捏着一把汗，害怕有一天他会从上面掉下来。

爸爸终于回来了。除了给我和姐姐带回来许多好吃的，又给姐姐买了个漂亮书包，给我买了几样玩具。我最喜欢那架遥控飞机了，安上电池，一摁遥控板，它就嗡嗡地飞起来，像大肚子蜻蜓一样在院里转圈，让它爬高就爬高，让它什么时候落下来，就什么时候落下来，非常听话，可比蜻蜓听话哦。又神奇又好玩。爸爸真好。爸爸在家真好。

晚上睡觉，我就把飞机搂在怀里。姐姐笑话我，我说："我怕它半夜飞跑了。"

爸爸在家的日子，妈妈的脸颊红扑扑的，像夏天我家院里的鸡冠子花，话也多起来，一天到晚都能听到她的笑声。有时，她还哼一首歌儿，这让我想到那只会唱歌的黄鹂。妈妈还说，今年她要多做点年菜，让爸爸多带走一些。

爸爸给我们做了熏鱼，是他从南方学来的，用锯沫熏，非常好吃。

我多少希望爸爸不再离开我们呵。

然而，一吃过初五的饺子，爸爸就要走了。

临走这天晚上，妈妈却和爸爸吵了一架。

是因为妈妈看了爸爸手机上一条短信。妈妈把手机用力摔到床上，妈妈发火了。

爸爸向妈妈解释："我和她只图互相有个帮衬，你别想多了。"

"你还继续骗我呀，是不是？你还好意思说？"妈妈冲爸爸吼道。

"这是真心话，兰兰。"爸爸有些讨好般地说，"她对我再好，在我心里也代替不了你。唉，没法儿的事儿——"

"哼，你光想你自个儿了，你想过我的感受吗？"

接下来，满屋都是妈妈呜呜咽咽的哭声。爸爸一声不吭地坐在沙发上，只是垂着头不停地吸烟，屋里烟味大得呛人。

我和姐姐吓得不知如何是好了。他们从来没有这么争吵过。那么温和慈爱的妈妈，这会儿竟然变得像咆哮的狮子一样可怕。

虽然他们的话我大多不理解，但明白爸爸在外面和另一个女人好上了。

再后来我困得受不了了，就迷迷糊糊地睡着了。我是伴着妈妈的啜泣声入睡的。

我不知道妈妈什么时候止住哭的，更不知道她是否原谅了爸爸。我感到这天晚上发生的一切，仿佛是一场梦。我又多么希望这真的是一场梦呀。我无法接受这个现实，我觉得爸爸一下子陌生起来了。我不知道从前那个他和现在这个他，哪一个才是我的爸爸？我爱他，又恨他。我想，这个世界怎么竟是这个样子呢？

我心里难受极了。

第二天早晨，我看到妈妈的眼睛又红又肿，脸上还有泪痕。

爸爸这天就要走了，妈妈依然来到厨房给我们做早饭。

看到妈妈忙碌的身影，我心里又快乐起来。莫非，妈妈和爸爸和好了？是妈妈原谅了爸爸呢，还是爸爸答应她不再和那个女人好了？我自然往好的方面去想。我甚至还想，也许，昨晚上的确是我做了一个梦。

早饭后妈妈拉着我，把爸爸送到了村北的马路边上。爸爸从这里坐公交车去县城，再从县城坐火车去南方那个遥远的城市。

汽车驶过来了。爸爸抱起我，又在我脸上亲了几下。我再一次享受到了那种痒酥酥的感觉。我真想一直拉着爸爸的手，不让他离开我们。可我做得到吗？

回到家，妈妈就爬到床上，用被子蒙住头呜呜地哭起来，她哭了许久。

妈妈为什么哭，是不是还在生爸爸的气呢。或者，她不忍心让爸爸离开吧。我希望是后者。

一出正月，地上就很难见到雪的影子了，暖风吹来了泥土复苏时那种好闻的气味。到处都是小鸟的鸣叫。春天真的来了。我们这里的春天非常短暂，当杏花桃花一凋谢，夏天就乐呵呵地来向人们打招呼了。

夏天里，每当有月亮的晚上，妈妈自然就对电视不感兴趣，扯上小板凳，坐在院里望着月亮出神。

这时，我也喜欢在院里玩耍。我不明白月亮为什么那么讨人喜欢；月亮总是一声不响地陪伴着一茬又一茬的人。我听爸爸说过，世上的人都是一茬一茬的，就像菜畦里的韭菜，割了还长，总也没个完，没个了。

“妈妈，你在想爸爸吗？”

妈妈的神色有些慌乱，脸也灰得可怕，目光呆呆的。她朝我点点头。我说：“爸爸不是那种人。”她吃惊地望着我，望了许久，我看到她眼里有泪花在闪烁。“对，你爸爸不是那种人。”她说。眼里跳出一丝亮光，但很快又熄灭了。

“爸爸是个好人！”

“对，你爸爸是个好人！”妈妈说着，抚摸着我的头。什么东西砸在了我头上，湿漉漉的，一滴又一滴。一抬头，看到妈妈眼里汪满泪水。见我看她，妈妈赶忙别过了脸。

我就抬头，望着明光光的月亮。爸爸也能看到月亮吧？于是，我就在心里对月亮说，月亮呀月亮，你能不能对我爸爸说，就说我很想他，妈妈也想他。让他早一点回来呀。

月亮没言声，还是那么默默地望着我。不知道它听到了没有？

“爸爸快回来了吧？”我问妈妈。我多么希望爸爸突然出现在我们面前呀，就像唐僧每每遇到危难孙猴子就及时现身一样。我喜欢孙悟空，觉得他很了不起。

妈妈盯着我，想了想才小声说：“等着吧，等月亮再圆六次，你爸爸就回来了。”我看到妈妈眼里闪出了一丝亮光。

我仰起脸来，盯着月亮看。又大又圆的月亮离我们非常近，就像一只大汽灯挂在那棵大槐树树梢上。倏地，月亮变成了爸爸的脸，是那张我再熟悉不过的笑脸啊。爸爸在朝我嘀嘀地笑，他的笑依然那么爽朗和亲切。

自从爸爸出去做工，建锁叔来我家的次数多起来。他来了就帮妈妈干活儿，什么都干。夏天，帮妈妈收麦子。秋天，又帮妈妈掰玉米，然后，再用车把玉米拉回家。有时在我家吃饭，有时干完活就走了。

我很喜欢这个大个子叔叔。别看他长得黑不溜秋的，两只眼睛却格外明亮，有神。他很会讲笑话，还没讲上几句呢，我和妈妈就禁不住咯咯地笑起来。他也时常给我带点好吃的，不是马上给我，而是两手捂在一起，摇一摇，朝上面吹口气，数完一二三，猛地张开，不是一把糖炒栗子，就是几个核桃，就像变戏法，真有意思哟。他家在村北开个加油站，非常有钱，但他对人很亲切。

这天，建锁叔一来我家，也没有和我说话，就往我手里塞了一只苹果，然后就急匆匆朝屋里走去。

这天晚上，他和妈妈谈了好长时间。起初，他们的声音非常小，我一句也听不清。但后来，妈妈的声音开始大了，也急促起来，像是和建锁叔争执什么。我听妈妈说：“没那事儿，别听人们瞎说。宝山不是那种人！”

我不明白屋里发生了什么事情，但隐约觉得和爸爸有关。可这事儿与建锁叔有什么关系呢？再说，妈妈说得对，爸爸不是那种人！

建锁叔是一边叹息着，一边离开我家的。大人们的心思，我终究闹不懂。

建锁叔再次来我家，是几天后的一个下午。不知什么原因，妈妈没去厂里。

妈妈和建锁叔低声的说话声，伴着电扇的嗡嗡声从客厅传出来。我不知道他们在说什么，想走进去，又不敢。后来，我听到了妈妈的抽泣声。我的心揪了起来。我走近屋门，隔着竹帘听到妈妈边哭边说："他还不是为了我和孩子，才跑那么远呀——"

……

建锁叔走后，我赶到屋里，看到妈妈正趴在沙发扶手上抹眼泪。我问她怎么了？妈妈抬起头，使劲揉揉眼睛，说她心里难受。我问她怎么难受？她说："你还是小孩子，你不懂。"

是的，大人的事儿，我总是弄不懂。为什么只有城里的钱才好挣，为什么妈妈总说钱不够花？还有，建锁叔为什么又对我和妈妈那么好呢，他和妈妈总有说不完的话；可今天，他为什么又让妈妈哭了呢。这些，我都不懂得。快快长大吧，长大了我就明白大人的事儿了。

此后几天，建锁叔再没有来过我家。白天，妈妈照旧去上工，晚饭后就在屋里看电视。她爱看那种长长的电视剧，上面的人哭，她也跟着哭。上面的人笑，她却不笑。

有月亮的晚上，她就坐在院里望着月亮想心事。

一天晚上，二婶给我们送来几个包子。她先递给我一个，咬一口，一股茴香的清香钻到了我鼻子里，也飘到了空气里。真好吃。

妈妈说，打死我也没想到，宝山会那样做。你说我该怎么办呀？二婶笑了笑说，你别太往心里去，只要他还顾家，你不妨睁只眼闭只眼。

妈妈说："说起来是这么个理儿，可我心里就是放不下。"说完，长长地叹一口气。天很黑，我看不清妈妈的脸。有蛐蛐在墙边吱吱地叫。蛐蛐一到晚上就叫，却看不到它们的影子。

几天后，妈妈就去南方那个城市找爸爸去了。她没有带我和姐姐。她说你们不能去，南方太热。白天，我和姐姐就和二婶家的婷婷一起玩。我们看电视，打游戏，还在院里捉迷藏，玩爸爸买的那个小飞机。晚上，我和姐姐就住在二婶家。二婶总是给我们做好吃的。

妈妈回来后，完全像换了一个人。我问她那里最高的楼多高呀，快够到天了吧？汽车是不是多得像蚂蚁爬？

妈妈只是摇头，不说话，脸也绷得很紧。才十多天工夫，像老了好几岁。眼角处堆起细密的皱纹，人也瘦了一大圈。

我不知道妈妈这是怎么了。

妈妈对二婶说，那女人对她出乎意料的好，一见面就一口一个姐姐地叫，还做了一大桌子菜，说是为她接风。人家这么客气，弄得她不知如何是好了，在路上准备好的一肚子难听话一句也说不出了。

二婶说："这女人，脸皮怎么这么厚呢。"

妈妈又告诉二婶，那女人在工地上做饭，长得非常漂亮，人们叫她"工地西施"。妈妈怕爸爸的魂儿被那个漂亮女人吸了去。完全有这种可能呀，因为我觉得那女人就是一个女妖，而女妖是吸人魂魄的。我听大人们讲过这方面的故事。我害怕极了。

二婶说："不会吧，都奔四十的人了，他能舍得下你和孩子吗？再说他那么年轻，一年价身边没个女人——"

"男人们都是喜腥的猫呗？"妈妈说，又叹一口气。

这天晚上没有月亮。月亮为什么不天天在天上呢？它在和人们捉迷藏吗？

二婶笑了笑，两只白白的手在膝盖上用力一拍："可不是呗，这总比在外面找那种'卖'的女人好吧？"……

我听不大懂她们说的话，更不明白什么是"卖的女人"。

那天晚上的月亮也是那么亮，只是后来隐到了一片云彩后面，于是院里的一切又像罩在了灰暗的雾气里，空气又潮又热。

虽说二婶经常来宽慰妈妈，但妈妈还是高兴不起来。

如果爸爸不去外面打工，那该有多好？

妈妈天天都在盼着爸爸回来。爸爸回来了，爸爸才属于她。当然，爸爸回来了，爸爸也就属于我了。

不知不觉，一个月过去了。妈妈说，月亮再圆五次，你爸爸就回来了。

每当月亮圆了的时候，我就来到院里，仰起脸盯着明光光的月亮。妈妈也来到院里看月亮。

有时候我恍然看到爸爸和另一个女人亲热，电视上经常有这样的画面。那个女人很漂亮，但我很讨厌她。我就时不时地发脾气，有一次拿起小板凳朝小黄扔去。小黄嗷地大叫一声跳到了一边，哀怨地望着我。其实，它是一条非常懂事的小狗。有时，我又像猫一样窝在沙发里，一坐就是老半天，一句话也不想说。妈妈以为我病了，手伸到我额头上，说你也不烧呀，到底怎么回事？这时，一直含在我眼里的泪水扑簌簌滚下来。我说，妈妈，我恨爸爸，我恨他呀。其实，这哪是我心里话呢？我是恨那个女人，我恨她夺走了我的爸爸。

天渐渐变凉了。树叶开始一片一片地往地上落。风擦过树梢，发出的声音像几十个人在同时吹气。月亮白得像一个大雪团，月亮是被秋风吹白的吧。

就在这个秋天，爸爸出事儿了。爸爸从十二层高的脚手架上摔了下来。爸爸永远地离开了我们。

工地上派人将爸爸送了回来。

爸爸走时活生生一个人，回来却变成了一个小木匣儿，上面盖着用黑布挽成的花儿。这就是爸爸吗？就是我日思夜想的爸爸吗？我觉得自己是做梦。爸爸临走时还抱了我，亲了我，我不信爸爸真的死了。

妈妈把小木匣紧贴在怀里，像抱着一个婴儿。妈妈哭得昏倒在地。

我也哭，用手抓着那个小木匣子哭。我的声音很大，我要让爸爸听到，那样他就会从里面出来的。是呀，爸爸怎么会死呢，不会的。这是一个梦，一个梦啊。

送爸爸回来的人中，有一个非常漂亮的阿姨。后来，我听人说她就是那个“工地西施”。

她果然好看。不胖不瘦，脸蛋红扑扑，尤其是那双眼睛，因为刚刚哭过，更像熟透的樱桃般饱满好看了。看上去要比妈妈年轻一些，怪不得爸爸喜欢她。

我就不喜欢她，再漂亮也不喜欢，正是她夺走了我的爸爸。她是个女妖，我真想把她赶走。

我家得到了几十万元的赔偿。妈妈说，这些钱是用爸爸的命换来的。

安葬了爸爸，那个女人就要和公司来的人一同回去了。

妈妈让我叫她“阿姨”。我不想叫，可又拗不过妈妈，真没办法，我就叫了，但声音很小。

她俯下身，在我脸上亲了一口。我闻到了一股香气，不知是从她脸上还是头发上散发出来的。妈妈身上就没有这种香气，只有家具厂那种总也洗不净的油漆味。这让我想到了爸爸，爸爸身上有一股烟味。我喜欢这种气味，和这女人身上的香气一样喜欢。只是，往后我再也闻不到爸爸身上的烟味了。想到这个，我心里难受极了。

那个女人，抚摸着我的脑袋，说我长得很像爸爸，尤其是那双眼睛，又黑又亮，非常像。嘴巴也有些像。

她又对妈妈说，我爸爸是个非常好的人。我觉得她说得很对，爸爸就是这样一个人。不知怎么，我不再那么恨她了。是因为她说爸爸是个好人？还是因为她的目光竟是那么亲切，不像女妖了？我也说不清。

接下来，发生了这样一幕：妈妈主动拉住了那女人的手，对她说：“大妹子，这几年多亏了你照料他爸。”

我不明白妈妈为什么这样做？她也不再恨她了吗？

那女人抹去滚到脸上的泪珠，长长地吐出一口气。她像是一直等着妈妈说这句话呢！

第二天晚上，建锁叔来到了我家。爸爸的葬礼是他跑前跑后地张罗的，妈妈对他说：“建锁呀，多亏你帮忙，还垫了不少钱。”建锁叔说：“你说这话咱就远了，我不帮你谁帮你呢。”妈妈努力挤出一丝笑，说：“等赔偿款下来了，我就还你！”

建锁叔一怔，然后，抬手在自己脸上轻轻拍一下：“你臊我呀，兰兰？”妈妈说：“我心里念着你的好哩，可我就得还你！”

建锁叔问妈妈为什么，妈妈说：“你也有个家呀，我不想——”

建锁叔两只手握在一起，不停地搓着，说：“你还是好好想想吧，兰兰，我会一直等着你——”

妈妈摇了摇头，摇得很沉重。建锁叔“唉唉”地叹息了两声，就一屁股坐在沙发上，两腿并拢在一起，默默地吸烟，一根接一根地吸。因为紧缩着身子，比妈妈还矮了一截儿。

建锁叔离开我家时，天色已经暗下来了。像往常一样，他弯下腰，摸了摸我的脸蛋，夸我是个乖孩子。虽说我对他印象不错，但总是找不到爸爸抚摸我亲我时的那种幸福的感觉。是呀，我的心里只有爸爸。

我非常想念爸爸。我觉得爸爸没有离开我，他又出远门去了。此后，每当月圆的晚上，我和妈妈依然喜欢来到院里，久久地望着月亮看。

我觉得爸爸没有死。爸爸住在月亮上面。妈妈也会这么想吧，要不，她怎么还是喜欢看月亮呢？

爸爸也在看着我们吧？

我想问妈妈，又怕妈妈伤心。

我忽然觉得自己长大了，也懂事了。

人们都喜欢大月亮吧？明光光的月亮挂在天上，真好！

（原载《时代文学》2014第7期）

后　记

如果从我开始练习写作的二十世纪八十年代初算起，已经过去了三十多年。对一个人来说，这是一个多么漫长的过程，然而，又短得似眨了一下眼睛。

三十多年的岁月，老了一代人，也让我由一个单纯而懵懂的文学青年，步入中年。这是我人生中最重要的阶段，我是一边为了生存而拼搏，一边为实现自己的理想，在文学的道路上孜孜以求，艰难跋涉的。可以说，对文学的追求，伴随着我的成长过程。

记得我初学写作时，正是我国改革开放伊始，国门刚刚打开，各种文学思潮汹涌而来，新手法，新流派，多得让人目不暇接。作为一名狂热的文学青年，我也曾对一些新手法热衷过，因此，一些作品在写法上就带有那个时代的痕迹，从中可以看出我在写法和风格上的探索与改变。隔了几十年的时光重读这些作品，让我感慨良多，似乎又重温了一次和自己的青春以及生命相伴的创作历程。

文学创作是一项辛苦而又寂寞的劳作，其中的甘苦和艰辛，还有人生的诸般滋味，我都深深体味到了。在这个过程中，我也苦闷过，甚至彷徨过；当然，也有小小收获后短暂的自得和欣慰。正是这小小成功，给了我继续向前跋涉的动力和信心。我也非常幸运，因为，在我人生和创作最艰难最困苦的时候，总有老师和朋友给予我精神上的大力支持和无私的帮助，我把这些都铭记在心，永世不忘。同时，也不忘时刻告诫自己：一定要不骄不躁，永远做个真诚善良的好人！

我也曾经想过，究竟是什么力量，让我能坚持下来，能在一次次的失败和挫折中，重新振作精神，一直保持对文学的那份挚爱？当然，除去要通过文学这一形式，来表达我的审美理想之外，更主要的，是想表达我对社会和人生的思索与见解。我记得，当年萌发文学创作的冲动，是因为故乡的风物人情和优美独特的自然风光，触动并打动了我。我明白，自己的情感，已经和这块土地融为一体了。我要用文学这种形式，来讴歌这块土地，讴歌在这块土地上世世代代繁衍生息的人们，抒写他们内心的苦闷和迷茫，以及对美好生活的向往和憧憬！

编辑这本小说集时，我又将曾在我的第一本小说集《香椿树》中，收录过的《这里，有片小树林》《风从园外吹来》《枯井》《年关》收进来，一是因为那是我在文学上迈出的第一步，从而奠定了我作品的风格和审美情趣；二是因为这些作品是在贾大山老师的精心指导下完成的，里面包含着他的心血和对晚辈的关爱与期待。我是通过这种形式，来向我的恩师表达我最诚挚的敬意和怀念！这些早期的作品虽说稚嫩肤浅，然而就像刚破土的幼芽和清晨的露珠，自有一种清新纯真之气，那是我一段青春的记忆，是无法复制的，我对其怀有一种特殊的感情。此外，我还再次收录了《香椿树》《天文现象》和《团圆饭》。

我还要继续写下去，无论世事如何变化，无论文学思潮如何改变，我依然要保持自己内心的那份宁静，按照自己的定力，去追寻心中的文学梦想！在这块我所熟悉并留下我青春梦想的热土上，俯下身来，专心致志地去挖掘去发现生活的“金矿”。

因为，文学已经成为了我生命的一部分，更是我的一种生活方式。

借此机会，再次向帮助和扶持过我的所有朋友表达我衷心的谢意！同时，也感谢花山文艺出版社，给了我一个回顾和总结自己创作的机会！感谢吴义勤先生，在百忙之中为本书撰写序言！

今后，我要拿出更多更好的作品，来回报那些支持和关怀我的领导和朋友们！

康志刚

2014年3月26日